W9-AHA-438

DIENTES BLANCOS

Zadie Smith

DIENTES BLANCOS

Traducción del inglés de
Ana María de la Fuente

Título original: *White Teeth*

Publicaciones y Ediciones Salamandra, S.A.
Almogàvers, 56, 7º 2ª - 08018 Barcelona - Tel. 93 215 11 99
www.salamandra.info

ISBN: 978-84-9838-945-6
Depósito legal: B-1.554-2019

1ª edición, septiembre de 2001
7ª edición, enero de 2019
Printed in Spain

Impresión: Romanyà-Valls, Pl. Verdaguer, 1
Capellades, Barcelona

A mi madre y mi padre
y para Jimmi Rahman

«Lo pasado es prólogo.»
Inscripción en un museo de Washington

Contenido

Agradecimientos 13

Archie 1974, 1945 15

1. El extraño segundo matrimonio de Archie Jones 17
2. Echando los dientes 41
3. Dos familias 59
4. Tres en camino 79
5. La pulpa dentaria de Alfred Archibald Jones y Samad Miah Iqbal 95

Samad 1984, 1857 133

6. La tentación de Samad Iqbal 135
7. Molares 169
8. Mitosis 189
9. ¡Rebelión! 215
10. La pulpa dentaria de Mangal Pande 247

Irie 1990, 1907 265

11. La ofuscación de Irie Jones 267
12. Caninos: los dientes que desgarran 309
13. La pulpa dentaria de Hortense Bowden 353
14. Más inglés que los ingleses 361
15. Chalfenismo frente a bowdenismo 375

Magid, Millat y Marcus 1992, 1999 405

16. El regreso de Magid Mahfuz Murshed Mubtasim Iqbal 407
17. Crisis, deliberaciones y tácticas de urgencia 429
18. El Fin de la Historia frente al Último Hombre 457
19. El espacio final 479
20. De ratones y recuerdos 505

Agradecimientos

Deseo dar las gracias a Lisa y a Joshua Appignanesi por haberme proporcionado una habitación para mí sola cuando más la necesitaba. Gracias a Tristan Hughes e Yvonne Bailey-Smith por procurar dos hogares felices a este libro y a su autora. También estoy en deuda con las siguientes personas, por sus brillantes ideas y su clara visión: Paul Hilder, amigo y caja de resonancia; Nicholas Laird, congénere *idiot savant*; Donna Poppy, meticulosa en todo; Simon Prosser, un editor tan juicioso como es posible desear, y, finalmente, Georgia Garrett, mi agente, a la que nada escapa.

Archie

1974, 1945

Por alguna razón, hoy toda pequeñez parece tener una importancia incalculable, y cuando de alguna cosa se dice que no tiene importancia suena a blasfemia. Nunca se sabe —¿cómo lo diría yo?— cuál de nuestros actos, cuál de nuestras omisiones tendrá alguna importancia.

E. M. FORSTER, *Donde los ángeles no se aventuran*

1

El extraño segundo matrimonio de Archie Jones

Primera hora de la mañana, último cuarto del siglo, avenida Cricklewood. A las seis y veintisiete del 1 de enero de 1975, Alfred Archibald Jones se encontraba de bruces sobre el volante de un familiar Cavalier Musketeer inundado de dióxido de carbono, vestido de pana y confiando en que no fuera muy severo el juicio que le aguardaba. Tenía la mandíbula laxa y los brazos en cruz como un ángel caído; en un puño (el izquierdo) apretaba sus medallas al mérito militar, y en el otro (el derecho), su certificado de matrimonio, ya que había decidido llevar consigo sus errores. Ante sus ojos parpadeaba una lucecita verde, anunciando un giro a la derecha que Archibald había decidido no hacer. Estaba resignado. Estaba preparado. Había lanzado al aire la moneda y acataba con entereza su veredicto. Era un suicidio a cara o cruz. En realidad, era un propósito de Año Nuevo.

Pero, mientras iba faltándole el aire y se le nublaba la vista, Archie era consciente de que parecería raro que hubiera elegido la avenida Cricklewood. Se lo parecería a la primera persona que distinguiera a través del parabrisas su figura postrada, y a los policías que redactaran el informe, y al gacetillero a quien encargaran hilvanar cincuenta palabras, y a los parientes y amigos que las leyeran. Y es que Cricklewood, con un imponente multicine de cemento a un extremo y un gigantesco nudo viario al otro, no era ningún sitio digno de mención. No era un lugar para ir a morir. Era un lugar al que se acudía para ir a otros lugares, por la A41. Pero Archie Jones no quería morir en medio de un bosque lejano ni en un risco festoneado de tierno brezo. Archie opinaba que la gente del campo debe morir en el campo y la de ciudad, en la ciudad. Lo normal. Así en la muerte como en la vida, etcétera. Era lógico que Archibald muriera en esa fea vía urbana en la que había acabado viviendo, a los cuarenta y siete años, solo, en un apartamento de un dormitorio, encima de una freiduría de patatas abandonada. No era hombre que hiciera planes minuciosos, como dejar una nota aclaratoria o instrucciones para el entierro; Archie no era un tipo pretencioso. Sólo necesitaba un poco de silencio, un poco de tranquilidad, para poder concentrarse. Quería la paz y el sosiego de un confesionario vacío, o la que media en el cerebro entre el pensamiento y la palabra. Y quería suicidarse antes de que abrieran las tiendas.

En las alturas, una bandada de voladores bicharracos del barrio despegó de una base oculta, inició un picado y, en el último momento, cuando parecía que se estrellaba contra el techo del coche de Archie, remontó el vuelo con un espectacular giro sincronizado, describiendo una elipse tan elegante como la de una bola de críquet lanzada por una mano maestra, y fue a posarse en la tienda de Hussein-Ishmael, renombrado carnicero musulmán. Archie estaba ya demasiado mareado para festejarlo, pero observaba con regocijo interior cómo los animalitos aliviaban el intestino dejando churretes amoratados en las blancas paredes, y cómo estiraban el cuello para mirar hacia el sumidero de Hussein-Ishmael por el que se escurría la sangre de todas aquellas cosas muertas —pollos, vacas y corderos—, colgadas como abrigos de los ganchos dispuestos por toda la carnicería.

Los desgraciados. Aquellas palomas tenían un instinto infalible para descubrir a los desgraciados, y por eso se desentendieron de Archie. Porque, aunque él lo ignoraba, y a pesar del gas venenoso que una manguera de aspiradora conectada al tubo de escape le lanzaba a los pulmones desde el asiento de al lado, esa mañana la fortuna sonreía a Archie. Una fina capa de buena suerte lo cubría cual baño de rocío. Mientras el conocimiento se le iba y le volvía con intermitencias, la posición de los planetas, la música de las esferas celestes, el temblor de las diáfanas alas de una mariposa tigre en el África Central y un puñado de esas cosas «que mueven los resortes» habían decidido que le correspondía una segunda oportunidad. En algún sitio, quién sabe cómo o por qué, alguien había decidido que Archie tenía que vivir.

La carnicería Hussein-Ishmael era propiedad de Mo Hussein-Ishmael, un hombretón que se peinaba con tupé sobre la frente y cola de pato en el cogote. Mo opinaba que con las palomas había que ir a la raíz del problema, que no es el guano sino la paloma. La mierda no es la mierda (éste era el mantra de Mo): la mierda es la paloma. Por ello, la mañana de la casi muerte de Archie empezó en la carnicería Hussein-Ishmael como todas las mañanas: Mo se asomó a la ventana, apoyó el vientre en el alféizar y, blandiendo el cuchillo, describió un mortífero arco para cortar el goteo amoratado.

—¡Fuera! ¡Fuera, cagonas de mierda! ¡Ajá! ¡SEIS!

En el fondo era críquet, el deporte típicamente inglés, en su versión adaptada por inmigrantes: seis era el máximo de palomas que uno podía cargarse de una pasada.

—¡Varin! —gritó Mo hacia la calle, levantando el cuchillo ensangrentado con ademán triunfal—. Ahora te toca batear a ti, chico. ¿Listo?

Debajo de él, en la acera, estaba Varin, un obeso muchacho hindú con presunta y no demostrada experiencia laboral, procedente de la escuela de la esquina. Miraba hacia arriba con aire compungido, como un gran punto bajo el signo de interrogación de Mo. La tarea de Varin consistía en subir por una escalera de mano, meter las palomas troceadas en una bolsa de plástico, atar la bolsa y llevarla a los contenedores situados al otro extremo de la calle.

—¡Vamos, gordinflón! —gritó uno de los dependientes de Mo, acompañando cada palabra de un escobazo en el culo de Varin—. Mueve tu gordo trasero hindú de dios elefante Ganesh y saca de ahí toda esa paloma picada.

Mo se enjugó el sudor de la frente, resopló y paseó la mirada por Cricklewood, contemplando las butacas viejas y los trozos de alfombra que componían salones al aire libre para uso de los borrachos del barrio; los locales de máquinas tragaperras, las grasientas cucharitas de plástico y los taxis sin licencia: todo, cubierto de mierda. Llegaría el día, Mo no lo dudaba, en que

Cricklewood y sus residentes le agradecerían su diaria escabechina; el día en que los hombres, mujeres y niños del vecindario no tuvieran que seguir mezclando una parte de detergente y tres de vinagre para limpiar la inmundicia que caía sobre el mundo. La mierda no es la mierda —repetía Mo solemnemente—: la mierda es la paloma. Mo era el único que lo veía claro. En este tema se sentía muy zen, muy benévolo con el prójimo, hasta que distinguió el coche de Archie.

—¡Arshad!

Un individuo flaco y nervioso, con mostacho de guías retorcidas y la ropa de cuatro tonos de marrón, salió de la tienda con las manos ensangrentadas.

—¡Arshad! —Mo, que contenía el furor a duras penas, apuntó al coche con el índice—. Hijo, te lo preguntaré una sola vez.

—¿Sí, abba? —dijo Arshad haciendo oscilar el peso del cuerpo de un pie al otro.

—¿Qué diablos es eso? ¿Se puede saber qué hace esto ahí? Tengo descarga a las seis y media. A las seis y media me llegan quince reses muertas. Tengo que meterlas ahí detrás. Es mi trabajo. ¿Entiendes? Me traen carne. De manera que estoy perplejo... —Mo simuló una expresión de inocente desconcierto—. Porque yo pensaba que aquí estaba claramente marcado «Zona de descarga». —Señalaba una vieja caja de madera en la que se leía: PROHIBIDO APARCAR TODOS LOS DÍAS—. ¿Qué me dices?

—Yo no sé nada, abba.

—Tú eres mi hijo, Arshad. No te tengo aquí para no saber. Para eso lo tengo a él. —Sacó el brazo por la ventana y dio un manotazo en la nuca a Varin, que caminaba en aquel momento por el peligroso canalón como por la cuerda floja; manotazo que estuvo a punto de tirarlo a la calle—. A ti te tengo aquí para que te enteres de las cosas. Para procesar la información. Para hacer la luz en la gran oscuridad del inexplicable universo del creador.

—Abba...

—Ve a ver qué hace y échalo.

Mo desapareció de la vista. Al cabo de un minuto, Arshad volvía con la explicación.

—Abba.

La cabeza de Mo se asomó a la ventana, como el enfurecido cuco de un reloj suizo.

—Está suicidándose, abba.

—¿Qué?

Arshad se encogió de hombros.

—Le he gritado por la ventanilla que se fuera y me ha contestado: «Déjame en paz, estoy suicidándome.» Eso ha dicho.

—En mi establecimiento no se suicida nadie —dijo tajantemente Mo bajando la escalera—. No tenemos licencia para eso.

Una vez en la calle, Mo avanzó amenazador hacia el coche de Archie, quitó de un tirón los pañuelos que sellaban la rendija de la ventanilla del conductor y bajó cuatro dedos el cristal a base de fuerza bruta.

—Oiga, señor mío, nosotros no tenemos licencia para suicidios. Este lugar es *halal*. *Kosher*, ¿comprende? Si quiere morir aquí, antes tendremos que desangrarlo bien.

Archie levantó pesadamente la cabeza del volante. Y, en el instante que transcurrió desde que distinguió la corpulenta y sudorosa figura de un Elvis de piel morena hasta que descubrió que su vida aún era suya, tuvo una especie de revelación. Pensó que, por primera vez desde que había venido al mundo, la Vida había dicho «Sí» a Archie Jones. No un simple «De acuerdo» ni un «Ya que has venido, quédate», sino una afirmación categórica. La Vida quería a Archie. Lo había atraído a su seno, arrebatándolo a la muerte en sus mismas fauces. Pese a que no era uno de sus mejores especímenes, la Vida quería a Archie, y Archie, sorprendido, comprendió que quería a la Vida.

Frenéticamente, hizo girar las manivelas de las dos puertas para bajar los cristales, y absorbió con ansia el oxígeno desde lo más hondo de los pulmones. Con lágrimas en las mejillas, se agarró con las dos manos al delantal de Mo y, entre jadeo y jadeo, le dio efusivas gracias.

—Está bien, está bien —dijo el carnicero liberando el delantal de los dedos de Archie y haciendo ademán de limpiarlo—. Ahora márchese, que tiene que venir el camión de la carne. Lo mío es desangrar animales, no dar consejos. Vaya a un psicólogo. Esto es una carnicería.

Archie, deshaciéndose en muestras de agradecimiento, dio marcha atrás, salió al centro de la calzada y dobló por la primera bocacalle a la derecha.

Archie Jones quería suicidarse porque Ophelia, su esposa, una italiana con ojos de color violeta y un poco de bigote, se había divorciado de él. Pero Archie no había empezado el año intoxicándose con ayuda de una manguera de aspiradora porque estuviera enamorado de su mujer, sino por haber vivido con ella tantos años sin estar enamorado. El matrimonio de Archie fue como comprar unos zapatos, llegar a casa y darte cuenta de que no te sirven. Él, para salvar las apariencias, los había soportado. Pero un día, al cabo de treinta años, los zapatos echaron a andar y lo dejaron. Se marchó. Treinta años.

Que Archie recordara, él y Ophelia habían empezado bien, lo mismo que casi todo el mundo. En la primavera de 1946, recién salido de la noche de la guerra, Archie entró en un café de Florencia donde le sirvió una camarera que era un verdadero sol. Ophelia Diagilo, con su vestido amarillo, despedía cálidos fulgores y promesas mientras le ponía delante el espumoso *capuccino*. Fueron al matrimonio como caballos con anteojeras. Ella no podía adivinar que, en la vida de Archie, las mujeres no eran un elemento permanente como la luz del día; que en el fondo no le gustaban, que no se fiaba de ellas, que sólo podía amarlas si tenían aureola. Y a Archie nadie le dijo que, agazapados en el árbol genealógico de los Diagilo, había dos tías histéricas, un tío que hablaba a las berenjenas y un primo que se abrochaba la ropa a la espalda. Así que se casaron y se fueron a Inglaterra, donde Ophelia pronto descubrió su error, su marido no tardó en volverla loca, y la aureola fue a parar al desván, a cubrirse de polvo junto con los cachivaches y los electrodomésticos averiados que Archie había prometido reparar. Entre los electrodomésticos había una aspiradora Hoover.

• • •

La mañana del 26 de diciembre, seis días antes de que aparcara en la puerta de la carnicería de Mo, Archie volvió a la casa adosada de Hendon que había sido su hogar, a buscar la Hoover. Era su cuarta visita al desván en otros tantos días, durante los cuales había ido trasladando a su nuevo piso los desechos de un matrimonio. La Hoover era una de las últimas piezas que quedaban, una de las más averiadas y más feas, una de esas cosas que uno se lleva sólo para fastidiar, porque ha perdido la casa. Porque el divorcio es eso: quitarle cosas que uno ya no necesita a una persona a la que ya no quiere.

—Otra vez usted —le dijo en la puerta la asistenta española, María de los Santos o Santos de María o algo por el estilo—. ¿Ahora qué, señor Jones? ¿Ahora el fregadero?

—La Hoover —dijo Archie lúgubremente—. La aspiradora.

Ella hizo un gesto de resignación y escupió en el felpudo, a dos dedos de sus zapatos.

—Bienvenido, señor.

La casa se había convertido en refugio de las personas que más lo detestaban. Además de la asistenta, Archie tenía que habérselas con la numerosa familia italiana de Ophelia, con la enfermera, la asistenta social del ayuntamiento y, por supuesto, con la propia Ophelia, eje de aquel manicomio, enroscada en el sofá en posición fetal, soplando en una botella de Bailey's que sonaba como un trombón. Sólo en atravesar las líneas enemigas, tardó Archie hora y cuarto. ¿Y para qué? Para llevarse una aspiradora inmunda, arrinconada desde hacía meses por su contumacia en hacer lo contrario de lo que debe ser la función de una aspiradora, o sea, escupir el polvo en lugar de tragárselo.

—Señor Jones, ¿por qué viene a esta casa, si tanto le disgusta? Sea usted razonable. ¿De qué le sirve? —La asistenta, con una botella de líquido limpiador, lo había seguido hasta el desván—. Está rota. No funciona. ¿Lo ve? ¿Lo ve? —La mujer había enchufado el aparato y accionaba el inoperante interruptor. Archie, en silencio, tiró de la clavija y enrolló el cable alrededor de la aspiradora. Se la llevaría aunque estuviera rota. Todas las cosas rotas se irían con él. Estaba decidido a reparar todas las malditas averías de aquella casa, aunque sólo fuera para demostrarles de lo que era capaz.

—¡Pedazo de inútil! —María no sé qué bajaba tras él—. ¡Su esposa está mal de la cabeza, y esto es todo lo que se le ocurre!

Abrazado a la aspiradora, Archie entró en la concurrida sala de estar y, bajo la reprobadora mirada de varios pares de ojos, sacó la caja de las herramientas y se puso a trabajar.

—Míralo —dijo una de las abuelas italianas, la más encantadora, que llevaba chal de colores y tenía menos verrugas que la otra—, se lo quita todo, *capisce?* Le ha quitado el juicio, le ha quitado la batidora, le ha quitado el estéreo. No le falta más que arrancar las tablas del suelo. Esto revuelve el estómago...

La asistenta social, que hasta en los días secos parecía un gato de Angora mojado, movió la cabeza con expresión de asentimiento en su cara afilada.

—Es una vergüenza, una vergüenza, ya lo puede usted decir... Y luego los platos rotos los pagamos nosotras; es una servidora la que tiene que...

La enfermera la interrumpió:

—No pretenderá usted que se quede aquí sola, la pobre... después de que él se ha largado. Esta mujer necesita un hogar... necesita...

«¿No veis que yo estoy aquí? —deseaba decirles Archie—. Estoy aquí, puñeta, a ver si os enteráis. Y la batidora era mía.»

Pero a Archie no le gustaba enfrentarse a nadie. Estuvo escuchándolas durante quince minutos más, en silencio, mientras probaba la potencia de aspiración de la Hoover con trozos de periódico, hasta que lo invadió la sensación de que la Vida era una mochila enorme y pesada y que, aunque hubiera que perderlo todo, valía más dejar el equipaje al borde del sendero y caminar hacia la oscuridad. «No necesitas la batidora, Archie, muchacho, no necesitas la aspiradora. Todo esto es peso muerto. Tira ya la mochila, Archie, y únete a los bienaventurados que hacen cámping en el cielo.» ¿Estaba mal pensar esto? Con la cháchara de la ex esposa y familia en un oído y el siseo entrecortado de la aspiradora en el otro, a Archie le parecía que el fin estaba próximo y era inevitable. Nada personal contra Dios o quien fuera. Era, sencillamente, que aquello se le antojaba el fin del mundo. Y haría falta algo más que un poco de whisky barato, galletas saladas y una triste caja de bombones —ya desaparecidos todos los de fresa— para justificar el inicio de otra anualidad.

Pacientemente, Archie reparó la Hoover y aspiró la sala con extraña y metódica determinación, hurgando con la boquilla hasta en los rincones más difíciles. Con movimientos solemnes, lanzó al aire una moneda (cara, vida; cruz, muerte) y no sintió nada especial al ver que la figura del león rampante había quedado hacia arriba. Lentamente, desmontó la manguera de la Hoover, la metió en una maleta y salió de la casa por última vez.

Pero morir no es fácil. Y el suicidio no puede incluirse en una lista de tareas pendientes, entre limpiar la bandeja del horno y nivelar las patas del sofá con un ladrillo. Es la decisión de no hacer, de deshacer; es un beso lanzado al olvido con la punta de los dedos. Por más que digan, el suicidio exige valor. Es para los héroes y los mártires, para amantes de la ostentación. Y Archie no era nada de esto. Él era un hombre cuya importancia en el Gran Esquema de las Cosas podía describirse con las relaciones clásicas:

Guijarro: Playa.

Gota de lluvia: Océano.

Aguja: Pajar.

Por ello, durante varios días, Archie hizo caso omiso de la decisión de la moneda y se limitó a pasear la manguera de la aspiradora en el coche. Por las noches, al contemplar a través del parabrisas el colosal firmamento, recuperaba la antigua sensación de las proporciones del universo y experimentaba su propia pequeñez y desarraigo. Trataba de imaginar la mella que su desaparición haría en el mundo, y le parecía imperceptible, infinitesimal. Dedicaba los minutos perdidos a especular sobre si la palabra «Hoover» se había convertido en un término genérico para designar todas las aspiradoras o si, como aseguraban algunos, era sólo una marca. Y, mientras tanto, la manguera descansaba en el asiento trasero como un enorme pene fláccido, mofándose de su miedo íntimo, riéndose de los pasitos de paloma con que se acercaba al verdugo, burlándose de su debilidad y su vacilación.

Hasta que, el 29 de diciembre, Archie fue a ver a su antiguo camarada Samad Miah Iqbal, un compadre de lo más dispar y, no obstante, su más viejo amigo. Era un musulmán de Bengala, compañero de armas de los viejos tiempos en los que hubo que luchar en aquella guerra que a ciertas personas les recordaba el tocino rancio y una raya pintada en las piernas simulando la costura de las medias y, a Archie, disparos de artillería, juegos de cartas y el sabor de un fuerte licor extranjero.

—Archie, amigo mío —le dijo Samad con su entonación cálida y cordial—, olvídate de todos esos problemas matrimoniales. Empieza una vida nueva. Es lo que necesitas. Y no se hable más del asunto. Cubro tus cinco chelines, y cinco más.

Estaban en el O'Connell, su nuevo local favorito, jugando al póquer con sólo tres manos, las dos de Archie y la izquierda de Samad: la derecha era una piltrafa gris y yerta, muerta para todos los efectos, salvo para la circulación sanguínea. El establecimiento en que cenaban todas las noches, mitad café mitad garito de juego, era propiedad de una familia iraquí cuyos numerosos miembros tenían en común un cutis lleno de granos.

—Fíjate en mí. Mi matrimonio con Alsana ha dado nuevo rumbo a mi vida. Me ha abierto nuevos horizontes. Es tan joven, tan vital... Es como un soplo de aire puro. ¿Quieres un consejo? Ahí va: deja esa vida que llevas. Es una vida gastada y pobre, Archibald. No te hace ningún bien. Ningún bien en absoluto.

Samad lo miraba, compasivo, porque sentía afecto por Archie. Su amistad de guerra había estado interrumpida por treinta años de separación con continentes por medio, hasta que, en la primavera de 1973, Samad, ya de mediana edad, había venido a Inglaterra en busca de una vida nueva, con Alsana Begum, su joven esposa de veinte años, pequeñita, con cara de luna y ojos vivaces. En un acceso de nostalgia, y porque era el único hombre al que conocía en esta pequeña isla, Samad había buscado a Archie y se había ido a vivir al mismo barrio de Londres. Y, lenta e inexorablemente, entre los dos hombres había renacido la vieja amistad.

—Juegas como un marica —dijo Samad, dejando las damas ganadoras boca abajo sobre la mesa y dándoles la vuelta con un elegante movimiento del pulgar que las abrió en abanico.

—Ya soy viejo —dijo Archie tirando las cartas—. ¿Quién va a quererme ahora? Bastante me costó convencer a alguien la primera vez.

—Tonterías, Archibald. Todavía no has encontrado a la mujer que te conviene. Esa Ophelia, Archie, no es mujer para ti.

Por lo que me has dejado entrever, ni siquiera es una mujer de esta época...

Se refería a la locura de Ophelia, que la hacía creerse, la mitad del día, que era la criada de Cosme de Médicis, el célebre protector de las artes del siglo XV.

—Sencillamente, ha nacido en una época que no es la suya. Ésta no es su hora, quizá ni su milenio. La vida moderna la ha pillado desprevenida y con el culo al aire. Ha perdido la razón. Está ida. ¿Y tú? Pues tú te llevaste por error una vida que no era la tuya, y ahora tienes que cambiarla. Además, esa mujer no te ha dado la bendición de unos hijos... ¿y qué es una vida sin hijos, Archie? Pero siempre hay una segunda oportunidad. Créeme, lo sé muy bien. Tú —prosiguió arrastrando las monedas de diez peniques con el canto de la mano mala— no debiste casarte con ella.

«Menuda perspicacia —pensó Archie—. Qué fácil es acertar mirando hacia atrás.»

Finalmente, dos días después de esta conversación, en la madrugada del Año Nuevo, el dolor se hizo tan intenso, que Archie ya no pudo pensar ni un momento más en seguir el consejo de Samad y decidió inmolar su carne, sacrificar su vida, abandonar la senda que lo había llevado por inhóspitos parajes y que, en lo más intrincado de la selva, devoradas por los pájaros las migas que marcaban la ruta, se había borrado por completo.

Cuando el coche empezó a llenarse de gas, por la mente de Archie desfiló toda su vida, como siempre sucede. Resultó una experiencia breve, poco edificante y de escaso entretenimiento; el equivalente metafísico del discurso de la Reina. Una niñez aburrida, un matrimonio desgraciado y un trabajo insípido —la terna clásica— pasaron rápida y silenciosamente, sin apenas diálogo, haciéndole revivir las mismas sensaciones. Archie no era de los que creen firmemente en el destino, pero ahora tenía la impresión de que alguien, en un esfuerzo especial de predestinación, había elegido para él una vida como si fuera un lote de Navidad, preparado con antelación e igual para todo el mundo.

Estaba la guerra, sí; Archie había ido a la guerra, pero el último año únicamente, a los diecisiete recién cumplidos, así que aquello casi no contaba. No había combatido en primera línea, desde luego. De todos modos, él y Samad, el viejo Sam, Sammy-boy, tenían bastantes cosas que contar. Archie hasta podía enseñar, a quien quisiera verlo, un trozo de metralla que tenía en una pierna, pero nadie quería verlo. Ya nadie quería hablar de aquello. Era como un pie contrahecho o un lunar que afea el rostro. O como los pelos de la nariz. La gente desviaba la mirada. Si alguien decía a Archie: «Cuéntame algo de tu vida» o «Cuál es tu recuerdo más importante», pobre de él como se le ocurriera mencionar la guerra; la gente miraba para otro lado, tamborileaba con los dedos o se ofrecía a pagar la ronda siguiente. Nadie quería saber.

En el verano de 1955, Archie se presentó en Fleet Street con su mejor traje, en busca de un puesto de corresponsal de guerra. Un tipo con aspecto de mariquita, bigote fino y voz atiplada, le dijo:

—¿Tiene experiencia, señor Jones?

Y Archie contó. Le habló de Samad y le habló del tanque Churchill. Y el mariquita, inclinándose sobre la mesa, le dijo con autosuficiencia:

—Hace falta algo más que haber estado en una guerra, señor Jones. En realidad, la experiencia de guerra no es significativa.

Y asunto concluido. La guerra no era pertinente, ni en el 55 ni, mucho menos, en el 74. Nada que él hubiera hecho entonces importaba ya. Las cosas aprendidas eran, según el habla moderna, irrelevantes, intransferibles.

—¿Alguna otra cosa, señor Jones?

Y por supuesto, qué puñetas iba a haber, si el sistema de enseñanza británico se había reído de él poniéndole la zancadilla hacía muchos años. De todos modos, Archie tenía buen ojo para las formas de los objetos, y por eso había conseguido, hacía veinte años, su actual empleo en una imprenta de Euston Road, que consistía en idear la manera en que había que doblar cosas —sobres, circulares, catálogos, folletos—; no era un gran cometido, quizá, pero hay que reconocer que las cosas tienen que plegarse, recogerse en sí mismas, o la vida sería como una hoja de diario de gran formato que el viento se lleva calle abajo, dejándolo a uno sin las secciones importantes. Y no es que Archie fuera amigo de los diarios de gran formato. Porque, según decía, si nadie se molestaba en plegarlos como es debido, ¿por qué iba él a molestarse en leerlos?

¿Qué más? Bien, Archie no siempre había plegado papel. Hubo un tiempo en el que había practicado ciclismo en pista. Lo que le gustaba de este deporte era que dabas vueltas y vueltas. Vueltas y vueltas. Y cada vuelta brindaba la oportunidad de mejorar, de rebajar el tiempo, de superarse. Lo malo era que Archie no mejoraba. No bajaba de 62,8 segundos. Que es un tiempo bastante bueno, de categoría mundial, nada menos. Pero, durante tres años, Archie marcó precisamente 62,8 segundos en cada una de las vueltas. Los otros ciclistas paraban para comprobarlo. Apoyaban la bicicleta en el peralte y lo cronometraban con sus relojes de pulsera. Y 62,8 segundos cada vez. Semejante incapacidad para mejorar es excepcional. Esta persistencia es, en cierto modo, milagrosa.

A Archie le gustaba el ciclismo en pista, lo hacía bien y esta actividad le había deparado el mejor recuerdo de su vida. En 1948, Archie Jones participó en los Juegos Olímpicos de Londres y compartió el decimotercer puesto (62,8 segundos) con un ginecólogo sueco llamado Horst Ibelgaufts. Lamentablemente, esta circunstancia fue omitida del registro olímpico, por el descuido de una mecanógrafa que, una mañana, regresó de la pausa del café pensando en otra cosa y se saltó su nombre al hacer la transcripción de las listas. La señora Posteridad dejó caer a Archie debajo del sofá y se olvidó de él. La única constancia de su meritoria participación en la carrera la daban las periódicas cartas y postales que le enviaba el propio Ibelgaufts. Por ejemplo:

17 de mayo de 1957

Querido Archibald:

Te envío una fotografía de mi querida esposa y de mí en nuestro jardín, frente a una construcción de aspecto poco estético. Desde luego, no se trata de una Arcadia; sólo es un modesto velódromo que estoy construyendo. Aunque no pueda compararse con aquel en el que competimos tú y yo, será sufi-

ciente para mis necesidades. Es a pequeña escala, pero, ¿sabes?, es para los niños que vamos a tener. En sueños ya los veo pedalear y me despierto con una sonrisa de felicidad. Queremos que vengas a visitarnos cuando esté terminado. ¿Quién más digno que tú para inaugurar la pista de tu esforzado contrincante?

Horst Ibelgaufts

Y la postal que ahora mismo, el día de su Casi Muerte, estaba encima del salpicadero del coche:

28 de diciembre de 1974

Querido Archibald:

He empezado a estudiar arpa. Llámalo, si quieres, un propósito de Año Nuevo. A buena hora, dirás, pero nunca es tarde para enseñar nuevos trucos al perro viejo que todos llevamos dentro, ¿no te parece? El instrumento pesa mucho y hay que apoyarlo en el hombro, pero tiene un sonido de lo más angélico, y mi esposa me considera por ello un hombre muy sensible. Que es algo muy distinto de lo que decía de mi vieja obsesión por la bicicleta. Pero el ciclismo es algo que sólo comprenden los viejos luchadores como tú, Archie, y por supuesto el firmante de estas líneas, tu viejo contrincante,

Horst Ibelgaufts

Archie no había vuelto a ver a Horst desde aquella carrera, pero lo recordaba afectuosamente como un muchachote de pelo color fresa, pecas color naranja y fosas nasales mal alineadas, que vestía como un playboy internacional y parecía demasiado grande para su bicicleta. Después de la carrera, Horst emborrachó a Archie a fondo y apareció con dos prostitutas del Soho que parecían conocerlo bien («Yo hago muchos viajes de negocios a tu bella capital, Archibald», le dijo a modo de explicación). Lo último que Archie había visto de Horst —involuntariamente— era un culo rosado que subía y bajaba rítmicamente en la habitación del chalé olímpico contigua a la suya. A la mañana siguiente, Archie encontró, aguardándolo en el mostrador del vestíbulo, la primera misiva de su dilatada correspondencia:

Querido Archibald:

En un oasis de trabajo y competición, las mujeres son un dulce y plácido solaz, ¿no crees? Siento tener que marcharme temprano para tomar mi avión, pero te lo ruego, Archie: ¡No desaparezcas! Ahora nos veo a los dos tan próximos el uno al otro como lo estuvimos en nuestra llegada a la meta. El que dijo que trece da mala suerte era un tonto más grande que tu amigo,

Horst Ibelgaufts

P.D. Por favor, encárgate de que Daria y Melanie lleguen a casa satisfactoriamente.

Daria era la de Archie. Muy flaquita, con unas costillas como jaulas de langostas y casi sin pecho, pero cariñosa y amable; daba unos besos suaves y tenía unas muñecas muy finas enfundadas en largos guantes de seda, que debían de haber costado por lo menos cuatro cupones del racionamiento textil. «Me gustas», recordaba haberle dicho Archie con sensación de desamparo, mientras ella se ponía los guantes y las medias. Ella lo miró y sonrió. Y, aunque era una profesional, a Archie le pareció que también él le había caído bien. Quizá debería haberse ido con ella, echarse al monte. Pero en aquel momento le pareció imposible. Estaba muy atado, con una esposa joven en estado de buena esperanza (un embarazo que luego resultó ficticio, histérico, un globo hinchado de aire caliente), una pierna lisiada... y tampoco había monte.

Curiosamente, Daria fue la última pulsación de pensamiento que pasó por Archie antes de perder el conocimiento: el recuerdo de una puta con la que había estado una vez hacía más de veinte años. Y fue la sonrisa de Daria lo que le hizo empapar el delantal de Mo con lágrimas de alegría, cuando el carnicero le salvó la vida. La había visto con el pensamiento: una mujer hermosa, en el vano de una puerta, que le decía «ven» con la mirada; y Archie descubrió que ahora le pesaba no haber ido. Si volvía a ver una mirada como aquélla, no la desdeñaría: quería aprovechar la segunda oportunidad, el tiempo recuperado. No sólo ese segundo sino también el siguiente y el otro, todo el tiempo del mundo.

• • •

Aquella mañana, Archie daba vueltas con el coche, asomando la cabeza por la ventanilla con la boca abierta como una manga de viento. «Caramba —pensaba—. De manera que esto es lo que se siente cuando un tipo te salva la vida. Como si te hubieran concedido una enorme porción de Tiempo.» Pasó sin detenerse por delante de su apartamento y por delante de la placa de la calle (Hendon), riendo como un loco. En el semáforo, lanzó al aire una moneda de diez peniques y sonrió al descubrir que, al parecer, el Azar tiraba de él hacia una vida nueva. Se sentía como un perro que tira de la correa al doblar una esquina. Por lo general las mujeres no pueden hacerlo, pero los hombres nunca pierden la facultad de dejar atrás una familia y un pasado. Simplemente se transforman, como el que se quita una barba postiza, vuelven a introducirse discretamente en la sociedad, y son otros. Irreconocibles. Así, un nuevo Archie está a punto de surgir. Lo hemos pillado al vuelo. Ahora se halla en ese momento situado entre el pretérito imperfecto y el futuro perfecto. Está en la tesitura del todo es posible. Al acercarse a una bifurcación, reduce la velocidad, contempla un momento en el retrovisor su cara de hombre corriente y elige al azar una vía por la que nunca ha pasado, una calle residencial que conduce a un lugar llamado Queens Park. «Adelante, Archie, muchacho, ¡adelante! —se anima—; a todo gas y ni se te ocurra mirar atrás.»

Tim Westleigh (más conocido por Merlín) oyó al fin el insistente timbre de la puerta. Se levantó del suelo de la cocina, sorteó un laberinto de cuerpos yacentes, abrió la puerta y se encontró frente a un hombre de mediana edad vestido de pana gris de la cabeza a los pies, que tenía una moneda de diez peniques en la palma de la mano. Como comentaría después Merlín al describir el incidente, la pana es un tejido que, a cualquier hora del día, da grima. La llevan los cobradores del alquiler. Y los recaudadores de los impuestos municipales. Los profesores de historia le ponen coderas de piel. Encontrarse frente a una masa de este material a las nueve de la mañana de un Primero de Año puede ser letal, por el cúmulo de vibraciones negativas.

—¿Qué vendes, tío? —Merlín miraba con los ojos entornados al hombre que estaba en la puerta, iluminado por el sol del invierno—. ¿Enciclopedias o Dios?

Archie observó que el chico tenía una manera un poco irritante de dar énfasis a ciertas palabras, describiendo con la cabeza un amplio movimiento circular del hombro derecho al izquierdo. Completado el círculo, asentía varias veces.

—Porque, si es enciclopedias, lo que aquí sobra es, digamos, información... Y, si es Dios, te has equivocado de puerta. Éste es un sitio... llamémoslo relajado. ¿Comprendes? —terminó Merlín con otro gesto de asentimiento y disponiéndose a cerrar la puerta.

Archie a su vez movió negativamente la cabeza, y sonrió sin moverse del sitio.

—Hm... ¿pasa algo? —preguntó Merlín, con la mano en el picaporte—. ¿Necesitas alguna cosa? ¿Estás colocado, o algo así?

—He visto el letrero —dijo Archie.

Merlín dio una calada a un porro, lo tiró y miró al hombre con sorna.

—¿El letrero? —Dobló el cuello para seguir la dirección de la mirada de Archie hacia la sábana que colgaba de una ventana del piso superior, en la que, pintado en letras multicolores, se leía: «BIENVENIDOS A LA FIESTA DEL FIN DEL MUNDO, 1975.» Se encogió de hombros—. Ya. Pero no ha llegado, qué le vamos a hacer. Una pena. O una suerte —agregó con afabilidad—. Depende de cómo lo mires.

—Una suerte —afirmó Archie con vehemencia—. Indiscutiblemente, una suerte total.

—¿Así que te mola el letrero? —preguntó Merlín, dando un paso atrás, por si el tipo, además de estar como una cabra, era violento—. ¿Te van esas cosas? Más que nada era broma, ¿sabes?

—Me ha llamado la atención —explicó Archie, sonriendo todavía de oreja a oreja como un idiota—. Pasaba por aquí en el coche, buscando dónde tomar otra copa... Año Nuevo... en fin, ya sabes... Y como, entre unas cosas y otras, he tenido una mañana bastante movida... bueno, pues me ha llamado mucho la atención. He echado una moneda al aire y me he dicho «¿por qué no?».

Merlín parecía perplejo por el rumbo que estaba tomando la conversación.

—Hm... la fiesta se puede decir que ha terminado. Además, me parece que estás un poco entrado en años... si me entiendes lo que quiero decir... —Aquí Merlín se cortó; en el fondo, debajo del *dakshiki*, era un buen chico de clase media, educado en el respeto a los mayores—. Verás —agregó, después de una pausa incómoda—, quizá no estés acostumbrado a gente tan joven. Esto es una especie de comuna.

—«*But I was so much older then.*» —Archie canturreó maliciosamente una canción de Dylan de diez años atrás—. «*I'm younger than that now.*»

Merlín agarró el cigarrillo que llevaba detrás de la oreja, lo encendió y juntó las cejas.

—Verás, tío... es que no puedo dejar entrar a todo el que pasa por la calle, ¿comprendes? Quiero decir que podrías ser un poli, podrías ser un zumbado, podrías ser...

Pero Merlín vio algo en la cara de Archie (una cara ancha, inocente, animada por una tierna expectación) que le recordó lo que su padre, el vicario de Snarebrook, con quien no se hablaba, solía decir los domingos desde el púlpito acerca de la caridad cristiana.

—Vale, es Año Nuevo, joder. Anda, entra.

Archie pasó junto a Merlín y se encontró en un pasillo largo con cuatro puertas abiertas a sendas habitaciones, una escalera y, al fondo, un jardín. Alfombraban el suelo desechos de toda especie —animal, mineral y vegetal—, además de gran cantidad de mantas bajo las que dormía gente, formando una especie de mar Rojo que se abría de mala gana al paso de Archie. En algún que otro rincón de las habitaciones podía observarse trasiego de fluidos corporales: besuqueos, mamadas, polvos, vómitos; todo lo que Archie sabía, por el suplemento dominical, que se podía encontrar en una comuna. Por un momento pensó en sumarse al jolgorio, en perderse entre esos cuerpos (ahora que tenía en las manos todo aquel tiempo nuevo, aquella cantidad de tiempo que no podía ni abarcar y que se le escurría entre los dedos), pero luego se dijo que sería preferible tomar un trago de algo fuerte. Siguió avanzando esforzadamente por el pasillo hasta llegar al otro extremo de la casa, y salió al helado jardín, en el que vio a varias personas que, por falta de espacio en la casa caliente, habían optado por el frío césped. Pensando en un whisky-tonic,

Archie fue hacia la mesa de picnic. Como un espejismo en un desierto de botellas vacías, se perfilaba una figura con la forma y el color de Jack Daniels.

—Permiso...

Dos tipos negros, una chica china en topless y una mujer blanca que vestía una toga jugaban a las cartas sentados en sillas de cocina. Cuando Archie alargó la mano hacia el Jack Daniels, la blanca negó con la cabeza e hizo ademán de apagar una colilla.

—Tiene tabaco, mi vida, lo siento. Un gilipollas ha apagado el cigarrillo en lo que era un whisky perfectamente aceptable. Aquí hay otros brebajes intragables.

Archie agradeció con una sonrisa el aviso y el amable ofrecimiento. Se sentó y se sirvió un gran vaso de vino del Rin.

Muchos tragos después, Archie ya no era capaz de recordar si en su vida había habido un tiempo en el que no conociera íntimamente a Clive y Leo, a Wan-Si y a Petronia. Vuelto de espaldas, hubiera podido dibujar todos y cada uno de los gránulos de la carne de gallina que rodeaba los pezones de Wan-Si y hasta el último pelo del mechón que a Petronia le caía en la cara al hablar. A las once de la mañana los quería tiernamente a todos, eran los hijos que no había tenido. Ellos, en correspondencia, le dijeron que poseía un alma excepcional para un hombre de su edad. Todos convenían en afirmar que en torno a Archie circulaba una energía kármica intensamente positiva, una energía tal que había inducido a un carnicero a bajar el cristal de un coche a fuerza de músculo en el momento crítico. Resultó que Archie era el primer hombre de más de cuarenta años al que se había invitado a unirse a la comuna, pese a que, desde hacía tiempo, se hablaba de la necesidad de contar con una presencia sexual madura, para dar satisfacción a las mujeres más emprendedoras.

—Magnífico —dijo Archie—. Fantástico. Ése seré yo. —Había llegado a sentirse tan identificado con ellos que no se explicaba qué había podido torcerse cuando, hacia mediodía, de repente el clima se alteró y él se encontró torturado por la resaca y enzarzado en una agria discusión sobre la Segunda Guerra Mundial, nada menos.

—No sé cómo nos hemos metido en esto —gimió Wan-Si, a la que, precisamente cuando habían decidido entrar en la casa, le dio por abrigarse, y llevaba la americana de pana de Archie sobre sus menudos hombros—. No nos metamos en esto. Yo prefiero meterme en la cama que meterme en esto.

—¡Metidos ya estamos, ya estamos! —vociferó Clive—. Ahí radica el problema de su generación, que piensan que pueden enarbolar la guerra como una especie de...

Archie se sintió agradecido cuando Leo interrumpió a Clive desviando la conversación hacia un tema derivado de la cuestión principal, suscitada por Archie tres cuartos de hora antes con el imprudente comentario de que el servicio militar es formativo para el carácter de los jóvenes, comentario que ahora lamentaba porque lo obligaba a defenderse de una bronca a intervalos regulares. Liberado de esta necesidad, se sentó en la escalera, apoyó la cabeza en las manos y dejó que la disputa continuara sin él.

Lástima. Le hubiera gustado formar parte de una comuna. De haber jugado bien su mano, en lugar de empezar una pelotera, podría haber tenido amor libre y pechos al aire a tutiplén; quizá, hasta una parcela para cultivar hortalizas. Hubo un momento (alrededor de las dos de la tarde, cuando hablaba de su niñez a Wan-Si) en el que parecía que su nueva vida iba a ser fabulosa, y que, en el futuro, siempre encontraría la palabra justa en el momento oportuno y a dondequiera que fuera todo el mundo lo querría. «La culpa es mía y sólo mía», se decía Archie, cavilando sobre su metedura de pata, pero también se preguntaba si no existiría algún esquema de un orden superior. Quizá siempre habrá hombres que dicen la palabra justa en el momento oportuno, que en el instante crucial de la Historia dan un paso al frente, como Tespis, y hombres como Archie Jones, que están ahí sólo para hacer bulto. O, lo que es peor, hombres cuya gran oportunidad de adquirir protagonismo consiste en morir en escena, a la vista del público.

Aquí hubiera podido trazarse una gruesa línea negra bajo todo el incidente, cerrando aquel triste día, de no haber ocurrido algo que transformó a Archie Jones en todos los aspectos en que puede transformarse un hombre; y no porque él hiciera esfuerzo alguno por provocar la transformación, sino a causa de la fortuita colisión entre dos personas. Algo sucedió por casualidad. Una casualidad llamada Clara Bowden.

Pero, antes, una descripción: Clara Bowden era hermosa en todos los aspectos, salvo, quizá, por el hecho de ser negra, en lo clásico. Clara Bowden era magníficamente alta, negra como el ébano y el azabache triturados, con el pelo trenzado en una herradura que apuntaba hacia arriba cuando Clara estaba contenta y hacia abajo cuando no lo estaba. En ese momento apuntaba hacia arriba. Sería difícil decir si esto tenía algún significado.

Clara no necesitaba sujetador —era independiente hasta de la gravedad—, llevaba un top rojo de cuello alto que terminaba exactamente debajo del busto; debajo del top (con mucha gracia) llevaba el ombligo y, debajo del ombligo, unos vaqueros amarillos muy ajustados. En el extremo de todo ello había unas sandalias de ante beige de tacón alto, sobre las que Clara descendía la escalera como una especie de visión o, según le pareció a Archie cuando se volvió a mirarla, como un purasangre alzado de manos.

Archie había observado que, en las películas, cuando baja la escalera una persona espectacular, la multitud enmudece. En la vida real no lo había visto nunca, pero con Clara Bowden ocurrió. Bajaba despacio, envuelta en una aureola difusa. Y no sólo era la cosa más bonita que él había visto en su vida, sino también la mujer más cautivadora. Su belleza no era del estilo duro y frío. Clara despedía una fragancia cálida y femenina, como un montón de nuestra ropa favorita. En sus movimientos se observaba un leve desajuste —piernas y brazos hablaban un dialecto ligeramente diferente del que utilizaba el sistema nervioso central—, pero a Archie aquel andar un punto desmadejado se le antojó de una elegancia exquisita. Clara portaba su sexualidad con la naturalidad de una mujer adulta; no (al modo de la mayoría de las jóvenes que había conocido Archie) como un bolso incómodo, que no se sabe cómo sostener, de dónde colgarlo, ni cuándo dejarlo.

—Anímate, chico —le dijo Clara con un acento caribeño que hizo pensar a Archie en la estrella del críquet jamaicano—. Puede que eso tan grave no llegue a ocurrir.

—Me parece que ya ha ocurrido.

Archie, que había dejado caer de la boca un cigarrillo que se había consumido solo, vio cómo Clara, rápidamente, lo apagaba con el pie. Entonces ella le dedicó una amplia sonrisa que reveló la que era, quizá, su única imperfección. La total falta de dientes en el maxilar superior.

—Se me saltaron, chico —dijo con un ligero ceceo, al observar su gesto de sorpresa—. Pero es lo que yo digo: cuando llegue el fin del mundo, al Señor no le importará verme desdentada. —Lanzó una risita suave.

—Archie Jones —dijo Archie ofreciéndole un Marlboro.

—Clara. —Silbó involuntariamente al sonreír mientras aspiraba el humo—. Archie Jones, te veo por fuera como yo me siento por dentro. ¿Se han metido contigo Clive y los demás? Clive, ¿habéis molestado a este pobre hombre con vuestras tonterías?

Clive soltó un gruñido (el recuerdo de Archie casi se había disipado, junto con los efectos del vino) y volvió a despotricar, acusando a Leo de no comprender la diferencia entre el sacrificio político y el sacrificio físico.

—Oh, no... nada grave —barbotó Archie, aturdido ante aquella cara exquisita—. Una pequeña diferencia, nada más. Clive y yo tenemos opiniones distintas sobre ciertas cosas. Conflicto generacional, imagino.

Clara le dio una palmada en la mano.

—¡Qué cosas dices! No es para tanto. Los he visto más viejos.

—Soy lo bastante viejo —respondió Archie, y agregó, simplemente porque le apetecía decírselo—: No lo vas a creer, pero hoy he estado a punto de morir.

Clara levantó una ceja.

—No me digas. Bueno, pues bienvenido al club. Esta mañana somos muchos. Qué fiesta más rara ésta. ¿Sabes una cosa? —dijo pasándole unos dedos muy largos por donde le clareaba el pelo—. Tienes muy buena pinta para haber estado tan cerca de la puerta de san Pedro. ¿Quieres un consejo?

Archie asintió vigorosamente. Él siempre quería consejos, era un entusiasta de las segundas opiniones. Por eso siempre tenía una moneda de diez peniques a mano.

—Vete a casa y duerme. Cada mañana trae un mundo nuevo. Chico... esta vida no es fácil.

«¿A qué casa?», pensó Archie. Se había desconectado de su vida anterior y caminaba por terreno desconocido.

—Chico... —repitió Clara, dándole palmadas en la espalda—. ¡Esta vida no es fácil!

Soltó otro largo silbido y una risa melancólica, y Archie pensó que, o bien él estaba perdiendo el seso, o aquella mirada decía «ven». Era una mirada idéntica a la de Daria, impregnada de una especie de tristeza o desencanto; la mirada del que sabe que ya no le quedan muchas opciones. Clara tenía diecinueve años. Archibald tenía cuarenta y siete.

Seis semanas después se casaban.

2

Echando los dientes

Pero Archie no sacó a Clara Bowden de la nada. Y ya va siendo hora de que se diga la verdad acerca de las mujeres hermosas. No bajan una escalera envueltas en fulgores. No descienden de las alturas, como se suponía en tiempos, sin más sujeción que unas alas. Clara tenía un origen. Clara tenía raíces. Concretamente, era de Lambeth (proveniente de Jamaica), y, por tácito vínculo adolescente, estaba ligada a un tal Ryan Topps. Porque, antes de ser hermosa, Clara era fea. Y, antes de que Clara y Archie existieran como pareja, habían existido Clara y Ryan. No podemos desentendernos de Ryan Topps. Así como un buen historiador debe reconocer las ambiciones napoleónicas de Hitler en el Este a fin de comprender su resistencia a invadir a los británicos en el Oeste, así también Ryan Topps es esencial para comprender por qué Clara hizo lo que hizo. Ryan es indispensable. Clara y Ryan habían existido durante ocho meses, antes de que Clara y Archie fueran atraídos el uno hacia el otro desde los extremos opuestos de una escalera. Y quizá Clara nunca hubiera ido a parar a los brazos de Archie Jones de no haber estado huyendo a todo correr de Ryan Topps.

Pobre Ryan Topps. Era una colección de características físicas desafortunadas. Muy flaco y muy alto, pelirrojo, pies planos y pecoso hasta el punto que tenía más pecas que piel lisa. Ryan se las daba de «mod». Llevaba trajes grises holgados y jerséis negros de cuello vuelto. Calzaba botas Chelsea cuando ya nadie las usaba.

Mientras el resto del mundo descubría las excelencias del sintetizador, Ryan rendía culto a los pequeños hombres de las guitarras grandes: los Kinks, los Small Faces, los Who. Ryan Topps tenía una Vespa GS a la que sacaba brillo con un pañal de bebé dos veces al día y que guardaba en una especie de caparazón de plancha ondulada hecho a medida. Para Ryan una Vespa no era un simple medio de locomoción, sino una ideología, una familia, una amiga y una amante, un dechado de perfección mecánica de finales de los cuarenta.

Ryan Topps, como es de suponer, tenía pocos amigos.

Clara Bowden, con dieciséis años, los dientes salidos, era larguirucha, desgarbada y testigo de Jehová, y estaba prendada de Ryan Topps. Con la típica capacidad de observación de las adolescentes, sabía de Ryan cuanto había que saber, mucho antes de que cruzaran las primeras palabras. Sabía lo que saltaba a la vista: que iban a la misma escuela (Centro Cívico San Judas, Lambeth), que tenían la misma estatura (1,82) y que, al igual que ella, Ryan no era ni irlandés ni católico, lo que hacía de ellos dos islas en el océano papista de San Judas, inscritos en la escuela por el capricho del código postal y vilipendiados tanto por los maestros como por los alumnos. Clara conocía, además, la marca de la moto de Ryan, y leía los títulos de los discos que asomaban de su bolsa. Finalmente, sabía cosas que incluso él mismo ignoraba: por ejemplo, que era «el último hombre sobre la tierra». Cada escuela tiene el suyo, y en San Judas, al igual que en otros templos del saber, las chicas eran las que inventaban el título y lo adjudicaban. Por supuesto, con variantes:

El «Ni por un millón de libras».

El «Ni por salvar la vida de mi madre».

El «Ni por la paz del mundo».

Pero, en general, las alumnas de San Judas preferían la fórmula clásica. Ryan no podía estar al corriente de lo que se hablaba en los vestuarios de chicas, desde luego, pero Clara lo estaba. Ella sabía en qué términos se referían las otras chicas al objeto de su adoración, y mantenía el oído atento, en medio del sudor, de los sujetadores deportivos y de algún que otro áspero chasquido de toalla mojada.

—¡Jo, es que no te enteras! ¡A ver: supongamos que fuera el último hombre sobre la tierra!

—Pues ni así.

—No te creo.

—Escucha, imagina que estalla una bomba y que el mundo salta en pedazos como en Japón, ¿eh? Y que todos los tíos buenos, todos los cachas como tu Nicky Laird se mueren. Achicharrados. Y que no queda nadie más que Ryan Topps y unas cuantas cucarachas.

—Pues yo preferiría dormir con las cucarachas.

La escasa popularidad de Ryan en San Judas sólo podía compararse con la que suscitaba Clara. A ella, el primer día de escuela, su madre le había explicado que iba a entrar en la guarida del diablo, le había llenado la cartera con doscientos ejemplares de *Atalaya* y la había aleccionado para que hiciera el trabajo del Señor. Semana tras semana, Clara, cabizbaja y arrastrando los pies, repartía revistas mientras murmuraba: «Sólo Jehová salva.» Y, en una escuela en la que un simple grano en la cara te podía condenar al ostracismo, ser una misionera negra de metro ochenta con calcetines altos, esforzándose por convertir a seiscientos católicos a la iglesia de los Testigos de Jehová, era lo mismo que tener lepra.

Ryan era, pues, rojo como la remolacha y Clara, negra como el betún. Las pecas de Ryan eran el sueño dorado de un entusiasta de los dibujos de unir puntos, y a Clara le cabía una manzana entre los dientes. Ni los católicos les perdonaban esos defectos (a pesar de que los católicos reparten el perdón con tanta facilidad como los políticos las promesas, y las prostitutas los servicios). Ni san Judas, a quien en el siglo I se le endosó el patrocinio de las causas perdidas (seguramente, porque el nombre ya no inspiraba gran simpatía), parecía querer intervenir.

A las cinco de la tarde, cuando Clara estaba en su casa escuchando el mensaje de los Evangelios o redactando un folleto para condenar la práctica pagana de la transfusión de sangre, Ryan Topps pasaba zumbando junto a su ventana, camino de casa. La sala de estar de los Bowden quedaba un poco por debajo del nivel de la calle y tenía barrotes en las ventanas, de modo que las vistas eran fragmentarias. En general, Clara veía pies, ruedas, tubos de escape y paraguas que oscilaban. Aun así, no por incompletas las imágenes dejaban de ser reveladoras: una mente despierta podía extraer el contenido dramático en un dobladillo deshilachado, un calcetín remendado o un capazo que hubiera visto mejores tiempos. Pero a Clara nada le impresionaba tanto como el paso del tubo de escape de la moto de Ryan. A falta de una palabra que describiera el cosquilleo que entonces sentía en el abdomen, Clara lo llamaba «el espíritu del Señor». Intuía que, de algún modo, ella salvaría al pagano Ryan Topps. Clara deseaba atraer al muchacho a su seno, a fin de resguardarlo de la tentación que a todos nos acecha y prepararlo para el día de su redención. (¿Y acaso en algún sitio —más abajo del abdomen, en las profundas regiones innombrables— no albergaba también la esperanza de que Ryan Topps pudiera, a su vez, salvarla a ella?)

Si Hortense Bowden pillaba a su hija junto a la reja de la ventana, escuchando con melancolía el ronquido de un motor que se alejaba, mientras las páginas de la Nueva Biblia danzaban en la corriente de aire, no vacilaba en sacarla bruscamente de su ensimismamiento para recordarle que sólo 144.000 de los Testigos de Jehová se sentarían en la corte del Señor el Día del Juicio. Y entre el número de ungidos no habría motoristas con mala pinta.

—Pero ¿y si lo salváramos...?

—Cuando se ha pecado tanto ya es tarde para congraciarse con Jehová —resoplaba Hortense—. Tienes que esforzarte mucho para mantenerte siempre cerca de Jehová. Necesitas devoción y abnegación. «Bienaventurados los limpios de corazón, porque sólo ellos verán a Dios», Mateo, capítulo quinto, versículo ocho. ¿No es verdad, Darcus?

Darcus Bowden, el padre de Clara, era un anciano odorífero, moribundo y salivador, que vivía incrustado en una butaca infestada de parásitos, de la que nunca se lo había visto levantarse, ni siquiera —gracias a una sonda— para ir al retrete exterior. Darcus había llegado a Inglaterra hacía catorce años, tantos como llevaba sentado en un rincón de la sala, viendo televisión. La intención original era que él iría a Inglaterra y ganaría el dinero suficiente para que Clara y Hortense pudieran reunirse con él y empezar una nueva vida. Sin embargo, nada más llegar, una misteriosa enfermedad había debilitado a Darcus Bowden. Una enfermedad de la que ningún médico había podido encontrar la causa, pero que se manifestaba con un letargo increíble que había creado en Darcus —que nunca fue el más activo de los hombres, desde luego— una crónica adicción al subsidio de paro, la butaca y la televisión británica. En 1972, furiosa tras catorce años de espera, Hortense decidió al fin hacer el viaje por propia iniciativa. Porque a Hortense nunca le faltó iniciativa. Llegó a la casa, derribó la puerta y —según contaba la leyenda que había viajado de vuelta hasta St. Elizabeth— echó a Darcus la bronca de su vida. Unos decían que la regañina había durado cuatro horas; otros, que había citado de memoria todos los libros de la Biblia, y que había estado hablando todo un día y una noche. Lo cierto es que al final Darcus se hundió más aún en su butaca, miró lúgubremente la televisión, con la que mantenía una relación de tierna compenetración —un afecto inocente y sin complicaciones— y soltó una lágrima que se le quedó en un pliegue, debajo del ojo. Entonces dijo tan sólo: «Humf.»

«Humf» sería lo único que Darcus dijera a partir de entonces. Ya podía uno preguntarle lo que quisiera, a cualquier hora del día o de la noche, inquirir, charlar, implorar, declararle su amor, acusarlo o defenderlo: la respuesta era siempre la misma.

—¿No es verdad, Darcus?

—Humf.

—¡Y lo que a ti te preocupa no es el alma de ese chico! —exclamó Hortense, después de recibir el gruñido de aprobación de Darcus—. ¿Cuántas veces he de decirte que tú no puedes perder el tiempo con los chicos?

Porque, en casa de los Bowden, el Tiempo se acababa. Era 1974, y Hortense se preparaba para el Fin del Mundo, que tenía cuidadosamente marcado en el calendario, con bolígrafo azul: 1 de enero de 1975. Pero no era ésta una psicosis particular de los Bowden: ocho millones de Testigos de Jehová aguardaban con ellos. Hortense tenía una compañía numerosa, aunque un tanto excéntrica. En su calidad de secretaria de la delegación de Lambeth de los Salones del Reino, había recibido una carta del principal Salón del Reino de Estados Unidos, Brooklyn, con la firma fotocopiada de William J. Rangeforth, en la que se confirmaba la fecha. El fin del mundo estaba señalado oficialmente en una carta con membrete dorado. Hortense, para mostrarse a la altura de la ocasión, le había puesto un bonito marco de caoba que, sobre un tapetito, presidía la sala de estar desde encima del televisor, entre una figurita de cristal de Cenicienta camino del baile y una cubretetera con los Diez Mandamientos bordados. Preguntó a Darcus si le parecía bien, y él dio su aprobación con un gruñido.

El fin del mundo estaba cerca. Y esta vez —la delegación de Lambeth de la iglesia de los Testigos de Jehová podía estar segura de ello— no se repetirían los errores de 1914 y 1925. Se les había prometido que las entrañas de los pecadores aparecerían enrolladas en los troncos de los árboles, y esta vez verían las entrañas de los pecadores enrolladas en los troncos de los árboles. Llevaban mucho tiempo esperando que un río de sangre bajara por la calle Mayor, y ahora su sed sería saciada. Había llegado la hora. Ésta era la fecha, ésta era la fecha exacta; todas las fechas que se habían señalado en el pasado eran resultado de errores de cálculo: alguien que había olvidado sumar o restar algo, o llevar uno. Pero ahora había llegado la hora de la verdad: 1 de enero de 1975.

Hortense se alegraba de saberlo. La primera mañana de 1925 había llorado como una niña cuando, al despertar, en lugar de granizo y azufre y destrucción universal, vio el mundo de todos los días, con los autobuses y los trenes circulando normalmente. Así pues, hubiera podido ahorrarse tanta expectación y las vueltas y vueltas que había dado en la cama la noche anterior, esperando a que se cumpliera el vaticinio:

> *Esos vecinos, esos que no prestaron oídos a vuestras advertencias, serán sepultados por un fuego terrible que separará la carne de los huesos, que les derretirá los ojos en las cuencas y abrasará a los niños agarrados al pecho de las madres... Tantos vecinos vuestros morirán ese día que sus cadáveres, puestos uno al lado del otro, darán trescientas veces la vuelta a la Tierra, y sobre sus restos carbonizados los verdaderos Testigos del Señor caminarán hacia Él.*
>
> —¡Despertad!, *número 245*

¡Qué amargo desengaño! Pero las heridas de 1925 habían cicatrizado, y Hortense, una vez más, estaba dispuesta a dejarse convencer de que el Apocalipsis estaba a la vuelta de la esquina, tal como le había explicado el venerable señor Rangeforth. La promesa de la generación de 1914 aún prevalecía: «No pasará esta generación antes de que todo esto suceda» (Mateo, 24, 34). Los que vivían en 1914 verían el Apocalipsis. Hortense, que había nacido en 1907, ya empezaba a ser vieja y a estar cansada, y sus coetáneos morían como moscas. Daba la impresión de que 1975 sería la última oportunidad.

¿Acaso doscientos de los mejores intelectuales de la iglesia no habían pasado veinte años estudiando la Biblia y habían coincidido unánimemente en señalar esta fecha? ¿Acaso no habían leído entre líneas en el libro de Daniel, buscado el significado oculto en la Revelación e identificado acertadamente las guerras de Asia (Corea y Vietnam) como el período al que alude el ángel «de un tiempo, de tiempos y de la mitad de un tiempo»? Hortense estaba convencida de que éstas eran las verdaderas señales. Ésos eran los últimos días. Ocho meses faltaban para el fin del mundo. ¡Muy poco tiempo! Había que hacer pancartas, había que escribir folletos (*¿Perdonará el Señor al onanista?*), había que hacer visitas, había que llamar a las puertas, había que pensar en Darcus que, si no podía llegar ni al frigorífico sin ayuda, ¿cómo iba a llegar al reino del Señor? Y Clara tenía que ayudar en todas estas cosas; no había tiempo para chicos, ni para Ryan Topps, ni para zascandilear, ni para las bobadas de la adolescencia. Porque Clara no era una chica como las demás. Ella era la hija del Señor, la niña milagro de Hortense. Hortense tenía ya nada menos que cuarenta y ocho años cuando oyó la voz del Señor mientras limpiaba pescado una mañana de 1955, en la bahía de Montego. Inmediatamente, soltó la aguja de mar que estaba destripando, se fue a casa en el trolebús y se sometió a la menos grata de sus actividades, con objeto de concebir a la criatura que el Señor le pedía. ¿Por qué había esperado tanto el Señor? Porque el Señor quería mostrar a Hortense un milagro. La propia Hortense era también una niña milagro, nacida durante el legendario terremoto de Kingston de 1907, mientras todo el mundo andaba muriéndose. Los milagros eran, pues, cosa de familia. Hortense lo veía de este modo: si había podido venir al mundo durante un terremoto, mientras trozos de la bahía de Montego se precipitaban al mar y el fuego se derramaba por las laderas de las montañas, no valían excusas. Ella solía decir: «¡Lo más duro es nacer! Después todo viene rodado.» Y ahora que Clara estaba allí, que ya era lo bastante mayor para ayudarla con las visitas, la administración, los discursos y los diversos asuntos de la iglesia de los Testigos de Jehová, más le valdría no distraerse. No había tiempo para chicos. La niña tenía que ponerse a trabajar. Para Hortense, que había nacido mientras Jamaica se derrumbaba, el Apocalipsis antes de los diecinueve años no justificaba la desidia.

Sin embargo, curiosamente y quizá a causa de la bien documentada inclinación de Jehová a moverse por caminos inescrutables, fue precisamente mientras se dedicaba a los asuntos del Señor cuando Clara se encontró por fin cara a cara con Ryan Topps. Los jóvenes de Salón del Reino de Lambeth debían ir de puerta en puerta el domingo por la mañana, «a separar las ovejas de los cabritos» (Mateo, 25, 31-46), y Clara, que detestaba a los jóvenes Testigos, con sus horrendas corbatas y sus voces pastosas, se había ido sola con su propio maletín, a llamar a los timbres de Creighton Road. En las primeras puertas se encontró con las caras compungidas de rigor: mujeres amables que la despedían lo más educadamente posible, sin acercarse demasiado, no fuera que la religión se contagiara como una infección. Luego, en el extremo más pobre de la calle, las reacciones se hicieron más agresivas, y desde las ventanas o detrás de las puertas cerradas le llegaban gritos de:

—¡Si son los Testigos de Jehová, que se vayan a la mierda!

O, con más imaginación:

—Lo siento, mona, ¿no sabes qué día es hoy? Hoy es domingo, y estoy hecha migas. Me he pasado toda la semana creando las tierras y los océanos. Hoy es mi día de descanso.

En el número 75, una eminencia en Física de catorce años llamado Colin estuvo una hora tratando de demostrarle racionalmente la no existencia de Dios, mientras le miraba las piernas. Luego Clara llamó al número 87. Y abrió Ryan Topps.

—¿Sí?

Allí estaba, en todo su esplendor pelirrojo, con su jersey negro de cuello vuelto, doblando las comisuras de los labios y lanzando un gruñido interrogativo.

—Hola... yo...

Clara trataba desesperadamente de olvidar que llevaba la blusita blanca con el volante en el cuello, la falda escocesa hasta la rodilla y la banda que proclamaba con orgullo «MÁS CERCA, MI DIOS, DE TI».

—¿Buscas a alguien? —dijo Ryan dando una enérgica calada a un cigarrillo moribundo.

Clara sacó todos los dientes en su más amplia sonrisa y conectó el piloto automático.

—Buenos días. Soy del Salón del Reino de Lambeth, donde nosotros, los Testigos de Jehová, esperamos que el Señor venga y nos favorezca con su santa presencia una vez más, como hizo ya, aunque lamentablemente de forma invisible, en 1914, el año de nuestro padre. Nosotros creemos que cuando él se manifieste traerá consigo el triple fuego del infierno, en Armagedón, el día en que muy pocos se salvarán. ¿Estás interesado en...?

—¿Eh?

Clara, a punto de llorar de vergüenza, volvió a probar:

—¿Estás interesado en las enseñanzas de Jehová?

—¿En las qué?

—En Jehová... Las enseñanzas del Señor. Verás, es como una escalera. —El último recurso de Clara era siempre la metáfora de la escalera, que solía utilizar su madre—. Yo te veo bajar una escalera, y me doy cuenta de que le falta un peldaño. Y sólo quiero decirte que vigiles dónde pones los pies. Yo sólo quiero que vayas conmigo al cielo. No quiero ver cómo te rompes las piernas.

Ryan Topps se apoyó en el marco de la puerta y la miró largamente a través del flequillo rojo. Clara tenía la sensación de estar replegándose como un telescopio. Al cabo de un momento desaparecería por completo, seguro.

—Traigo material de lectura. —Manoseando torpemente el cierre del maletín, liberó el resorte con el pulgar y, como no había puesto la otra mano debajo de la base, cincuenta ejemplares de *Atalaya* se desparramaron en el umbral—. Vaya, está visto que no es mi día. —Se agachó con tanto ímpetu a recoger las revistas que rozó el suelo con la rodilla izquierda y se la despellejó—. ¡Ay!

—Tú te llamas Clara —dijo Ryan lentamente—. Y vas a mi escuela, ¿verdad?

—Pues sí —dijo Clara. Estaba tan contenta de que él se acordara de su nombre que se olvidó de la rodilla—. San Judas.

—Ya sé cómo se llama.

Clara se puso todo lo colorada que pueden ponerse los negros, y miró al suelo.

—Causas perdidas. Santo patrón —dijo Ryan sacándose disimuladamente algo de la nariz y lanzándolo a un tiesto—. Allí todos son del IRA.

Ryan recorrió una vez más la larga figura de Clara, deteniéndose un buen rato en el considerable par de pechos, cuyos enhiestos pezones se adivinaban bajo el poliéster blanco.

—Vale más que entres —dijo por fin bajando la mirada a la rodilla que sangraba—. Tendrías que ponerte algo ahí.

Aquella misma tarde hubo manoseos furtivos en el sofá de Ryan (que fueron bastante más allá de lo que podía esperarse de una joven cristiana), y el diablo ganó fácilmente otra mano en su partida de póquer con Dios. Hubo pellizcos, achuchones y tirones; y el lunes, cuando sonó el timbre de salida de la escuela, Ryan Topps y Clara Bowden (para repugnancia colectiva de la escuela) eran, más o menos, pareja; en la fraseología de San Judas, «andaban» juntos. ¿Era aquello todo lo que Clara, en sus febriles ensueños adolescentes, había imaginado?

Bien, «andar» con Rayan consistía, en definitiva, en tres ocupaciones principales (por orden de importancia): admirar la moto de Ryan, admirar los discos de Ryan y admirar a Ryan. Pero, si bien otras chicas tal vez no se hubieran resignado a que todas sus citas tuvieran por escenario el garaje de Ryan y consistieran únicamente en observar cómo él contemplaba el motor de una escúter mientras alababa sus peculiaridades y complejidades, para Clara no podía haber nada más emocionante. Pronto descubrió que Ryan, lamentablemente, era hombre de muy pocas palabras y que las raras conversaciones que mantuvieran girarían siempre en torno a Ryan: sus expectativas, sus temores (todos relacionados con la moto) y la extraña convicción de que ni él ni su máquina tendrían larga vida. Ryan, por alguna razón, había hecho suyo el lema, ya un poco trasnochado, de los años cincuenta «vive deprisa, muere joven» y, a pesar de que su escúter no pasaba de cuarenta por hora cuesta abajo, solía advertir a Clara en tono tétrico que no debía hacerse ilusiones, porque él no duraría mucho; acabaría pronto y con mucho ruido. Ella se veía sosteniendo entre los brazos a un ensangrentado Ryan que por fin le declaraba su amor imperecedero; se imaginaba de viuda «mod», un año con jersey negro de cuello vuelto, y pidiendo que tocaran *Waterloo Sunset* en el funeral. La inexplicable devoción de Clara por Ryan Topps no tenía límites. No importaba que fuera feo, aburrido, impresentable. En el fondo, ni el propio Ryan importaba, porque, por más que Hortense dijera, Clara era una chica como las demás: el objeto de su pasión era un simple accesorio de la propia pasión, una pasión que, reprimida durante tanto tiempo, había estallado con fuerza volcánica. Durante los meses que siguieron, Clara cambió de mentalidad, cambió de modo de vestir y cambió hasta de modo de andar. Clara, en suma, cambió de alma. En todo el mundo, las chicas les ponían a estos cambios el nombre de Donny Osmond, Michael Jackson o los Bay City Rollers. Clara decidió llamarlo «Ryan Topps».

No salían en el sentido que suele darse al término. En su relación no había flores, ni restaurantes, ni cine, ni fiestas. Alguna que otra vez, cuando necesitaba hierba, Ryan la llevaba a una gran casa del norte de Londres, ocupada ilegalmente, donde los canutos eran baratos y la gente, siempre demasiado colocada para distinguir la cara de nadie, trataba a cualquiera como a un amigo de toda la vida. Ryan se tumbaba en una hamaca y, después de unos cuantos porros, pasaba de su laconismo habitual a la catatonía absoluta. Clara, que no fumaba, se sentaba a sus pies a admirarlo, mientras procuraba seguir la conversación general. Ella no tenía historias que contar como los demás, como Merlín, como Clive, como Leo, Petronia, Wan-Si y los otros. No podía referir anécdotas de «viajes» a base de LSD, ni de brutalidad policial, ni de marchas por Trafalgar Square. Pero Clara hizo amigos. Era chica de recursos, y echó mano de lo que tenía para divertir y aterrorizar a aquella colección de hippies más o menos estrafalarios y enrollados; extremismo de otro estilo: fuego del infierno, condenación, la predilección del diablo por las heces, su pasión por arrancar la piel a tiras, quemar ojos con hierros al rojo vivo y desollar genitales; en definitiva, todos los meticulosos planes que Lucifer, el más exquisito de los ángeles caídos, tenía preparados para el 1 de enero de 1975.

• • •

Naturalmente, el fenómeno llamado Ryan Topps iba desplazando el fin del mundo de la mente de Clara y relegándolo a un segundo término. ¡Se le presentaban tantas otras cosas, había tantas novedades en la vida! Le parecía que en ese preciso momento, allí mismo, en Lambeth, ella era uno de los ungidos, si eso era posible. Cuanto más bienaventurada se sentía en la tierra, menos pensaba en el cielo. A fin de cuentas, era aquella criba épica lo que Clara, sencillamente, no podía concebir. Cómo podían ser tantos los que no se salvaran. De los ocho millones de Testigos de Jehová, sólo 144.000 personas podrían reunirse con Cristo en el cielo. Las mujeres buenas y los hombres relativamente buenos tendrían el paraíso en la tierra —lo cual tampoco estaba mal como premio de consolación—, pero aún quedarían más de dos millones que no pasarían el examen. A los que había que sumar los paganos, y los judíos, católicos y musulmanes, y los pobres indígenas de las selvas del Amazonas, por los que Clara había llorado de niña; eran muchos los que no se salvarían. Los Testigos de Jehová se ufanaban de que en su teología no existía el infierno; el castigo era la tortura, una tortura inimaginable, el Juicio Final y, después, la tumba y sólo la tumba. Pero a Clara esto le parecía aún peor: la Gran Muchedumbre, gozando del paraíso en la tierra, y los esqueletos torturados y mutilados de los condenados, apenas cubiertos por una capa de mantillo.

A un lado, las ingentes masas del globo (algunas, sin servicio postal), que ignoraban las enseñanzas de *Atalaya*, que no podían ponerse en contacto con el Salón del Reino de Lambeth ni recibir lecturas que las ayudaran a encontrar el camino de la redención. Al otro lado, Hortense, con bigudíes en el pelo, revolviéndose entre las sábanas, mientras esperaba con impaciencia que la lluvia de azufre cayera sobre los pecadores, en especial sobre la mujer del número 53. Hortense trataba de dar a su hija una explicación: «Los que mueran sin conocer al Señor serán resucitados y tendrán otra oportunidad.» Pero a Clara la fórmula no le parecía equitativa. Eran cuentas que no cuadraban. Es muy difícil alcanzar la fe, y muy fácil perderla. Clara se sentía cada vez más reacia a hincar las rodillas en los almohadones rojos del Salón del Reino. Ya no quería llevar bandas, ni portar pancartas, ni repartir folletos. No quería advertir a nadie que faltaban peldaños. Descubrió los canutos, se olvidó de la escalera y empezó a tomar el ascensor.

1 de octubre de 1974. Un castigo. Por haber mantenido, durante la lección de música, que Roger Daltrey era mejor que Johann Sebastian Bach, Clara fue obligada a permanecer en la clase cuarenta y cinco minutos después de la hora de salida, por lo que a las cuatro no pudo estar en la esquina de Leenan Street, donde la esperaba Ryan. Cuando salió estaba helando y ya oscurecía; echó a correr por entre los montones de hojas de otoño semiputrefactas, buscando a Ryan a lo largo y lo ancho de la calle, sin encontrar ni rastro. Con miedo, abrió la puerta de su casa mientras, en silencio, hacía a Dios toda clase de promesas (no más sexo, no más porros, no más faldas por encima de la rodilla) a cambio de que Ryan Topps no hubiera llamado al timbre de su casa para refugiarse del viento.

—Entra, Clara, no te enfríes.

Era la voz que ponía Hortense cuando había visita, modulando bien las consonantes; la voz que utilizaba para dirigirse a los pastores y a las mujeres blancas.

Clara cerró la puerta de la calle y, con franco terror, cruzó la sala de estar, pasando junto al Jesús que lloraba (y luego no lloraba), y entró en la cocina.

—Señor, Señor, cómo viene esta chica. Si parece que se ha peleado con el gato, ¿no?

—Hm —dijo Ryan, que estaba zampándose un plato de *ackee* y pescado salado, sentado al otro lado de la mesa de la cocina.

Clara farfulló:

—¿Qué haces tú aquí?

—¡Ja! —exclamó Hortense, en tono casi triunfal—. ¿Te habías creído que podrías esconderme a tus amigos para siempre? El chico estaba helado, lo he hecho entrar y hemos estado charlando amigablemente, ¿eh, joven?

—Hm, sí, señora.

—Bueno, no pongas esa cara de susto. No me lo voy a comer, ¿eh, Ryan? —dijo Hortense con un fulgor en la mirada que Clara no le conocía.

—No, claro —dijo Ryan con una sonrisita de complicidad. Y, entonces, Ryan Topps y la madre de Clara se echaron a reír al unísono.

Si algo hay que pueda enturbiar un idilio es que tu chico entable una relación de camaradería con tu madre. A medida que las noches se hacían más oscuras y los días más cortos, resultaba más difícil encontrar a Ryan entre la multitud que rebullía en la puerta de la escuela a las tres y media de la tarde, y Clara, abatida, hacía sola el largo camino hasta su casa, donde encontraba a su novio en la cocina charlando alegremente con Hortense y comiéndose la despensa de la familia Bowden: *ackee* con pescado salado, cecina de vaca, arroz con pollo y guisantes, pastel de jengibre y helado de coco.

Sus conversaciones, que sonaban muy animadas cuando Clara metía la llave en la cerradura, siempre se interrumpían al acercarse ella a la cocina. Como niños pillados en falta, los dos se quedaban hoscos, incómodos, y enseguida Ryan daba una excusa y se marchaba. Clara observaba también que los dos habían empezado a mirarla de un modo nuevo, con cierta conmiseración, y hasta con cierto aire de superioridad; y no sólo eso sino que empezaban a hacer comentarios sobre su manera de vestir, que era cada vez más juvenil y atrevida; y Ryan —¿qué pasaba con Ryan?— ya no llevaba jersey de cuello vuelto, la rehuía en la escuela y se había comprado una corbata.

Por supuesto, lo mismo que la madre de un drogadicto o el vecino de un asesino en serie, Clara fue la última en enterarse. Hubo un tiempo en que lo sabía todo de Ryan, incluso antes que el propio Ryan; era una especialista en Ryan. Ahora había quedado reducida a tener que oír cómo las chicas irlandesas aseguraban que Clara Bowden y Ryan Topps ya no andaban juntos; decididamente, no andaban juntos, oh, qué va.

Si Clara se daba cuenta de lo que ocurría, no se permitía a sí misma reconocerlo. El día en que descubrió a Ryan junto a la mesa de la cocina, rodeado de folletos —que Hortense recogió apresuradamente y guardó en el bolsillo del delantal—, Clara se ordenó a sí misma olvidarlo. Aquel mismo mes, cuando Clara convenció a un remiso Ryan para que se encerrara con ella en un aseo fuera de servicio, cerró los ojos para no ver lo que no quería ver. Pero, cuando él se apoyó en el lavabo, echando el cuerpo hacia atrás, algo relució a través del jersey con un brillo apenas perceptible a aquella luz débil. Lo que relucía —no podía ser, pero era—, lo que relucía no era otra cosa que un pequeño crucifijo de plata.

No podía ser, pero era. Así describe la gente un milagro. De algún modo, los opuestos, Hortense y Ryan, coincidían en su común debilidad por el sufrimiento y la muerte ajenos, uniéndose como líneas paralelas en el punto de fuga de un horizonte sombrío. De improviso, salvados y no salvados habían descrito el círculo completo. Ahora Hortense y Ryan trataban de salvarla a ella.

—Sube.

Atardecía, Clara salía de la escuela, y Ryan había parado la moto delante de sus pies con un brusco frenazo.

—Sube, Clara.

—¡Llévate en la moto a mi madre!

—Anda —dijo Ryan ofreciéndole el casco de repuesto—. Es importante. Tenemos que hablar. El tiempo se acaba.

—¿Por qué? —preguntó Clara ásperamente, balanceándose con impaciencia sobre sus zapatos de plataforma—. ¿Vas a algún sitio?

—Vamos los dos —murmuró Ryan—. Al buen sitio. Por lo menos, eso espero.

—No.

—Vamos, Clara.

—No.

—Por favor. Es importante. Una cuestión de vida o muerte.

—Bueno... Está bien. Pero yo no me pongo eso. —Le devolvió el casco y se montó en la moto—. No quiero despeinarme.

Ryan cruzó Londres y, por Hampstead Heath, subió a Primrose Hill. Contemplando desde la cumbre la fluorescencia naranja pálido de la ciudad, Ryan, con muchos circunloquios y en un lenguaje que no era el suyo, le expuso el caso. Que, en síntesis, era: sólo faltaba un mes para el fin del mundo.

—Y ella y yo, bueno, nosotros estamos...

—¡Nosotros!

—Tu madre... Tu madre y yo —murmuró Ryan— estamos preocupados. Por ti. No serán muchos los que se salven el último día. Vas con malas compañías, Clara...

—Tío —dijo Clara negando con la cabeza y aspirando el aire por entre los dientes—. Es que no lo puedo creer. Son amigos tuyos.

—No; no lo son. Ya no. La hierba... la hierba es mala cosa. Y toda aquella gente... Wan-Si, Petronia...

—¡Son amigas!

—No son buenas chicas, Clara. Deberían estar con su familia y no vestir como visten, ni hacer lo que hacen con los hombres en aquella casa. Y tú tampoco. Ni vestirte como, como, como...

—¿Como qué?

—¡Como una puta! —dijo Ryan, y la palabra le explotó en la boca como una descarga que lo aliviara—. ¡Como una cualquiera!

—¡Vamos, ésta sí que es buena! Anda, llévame a casa.

—Ellos tendrán su merecido —dijo Ryan asintiendo para sí y abarcando con un ademán todo Londres desde Chiswick hasta Archway—. Todavía estás a tiempo. ¿Con quién quieres estar, Clara? ¿Con quién quieres estar? ¿Con los 144.000 del cielo, que reinarán con Cristo? ¿Quieres ser de la Gran Muchedumbre que vivirá en un paraíso en la tierra, cosa que no está mal pero... o serás de los castigados con la tortura y la muerte? ¿Eh? Yo sólo estoy separando las ovejas de los cabritos. Lo dice Mateo. Y creo que tú eres oveja, ¿verdad?

Clara fue hacia la moto y se montó en el sillín del pasajero.

—Voy a decirte una cosa: yo soy cabrito. Me gusta ser cabrito. Quiero ser cabrito. Y prefiero asarme en una lluvia de azufre con mis amigos a estar en el cielo consumiéndome de aburrimiento con Darcus, con mi madre y contigo.

—No digas esas cosas, Clara —la reconvino Ryan solemnemente, poniéndose el casco—. Ojalá que no lo hubieras dicho. Por tu bien. Él nos oye.

—Y yo estoy harta de oírte a ti. Llévame a casa.

—¡Es la verdad! ¡Él nos oye! —gritó Ryan volviendo la cabeza y gritando para dominar el ruido del motor mientras daba gas y empezaban a bajar la cuesta—. ¡Él todo lo ve! ¡Él nos mira!

—¡Más vale que mires tú por dónde vas! —gritó Clara, mientras un grupo de judíos hasídicos se dispersaba a su paso—. ¡Mira la calle!

—«Pocos serán los elegidos, está escrito, pocos serán. Todos serán destruidos.» Lo dice el *Deuteronomio*... «Todos serán destruidos, y sólo los pocos...»

Mientras Ryan Topps estaba entregado a su instructiva exégesis bíblica, su antiguo falso ídolo, la Vespa GS, chocó contra un roble de cuatrocientos años. La Naturaleza venció a la orgullosa técnica. El árbol sobrevivió; la moto murió; Ryan salió despedido por un lado, y Clara, por el otro.

Los principios del cristianismo y la Ley de Murphy son los mismos: todo me ocurre a mí y todo ocurre por mí. Así, si a un individuo se le cae la tostada con el lado de la mantequilla de cara al suelo, este infortunado incidente es interpretado como prueba de una verdad fundamental acerca de la mala suerte: la de que la tostada cayó como cayó para demostrarte a ti, infeliz, que en el universo existe una fuerza rectora que es la mala suerte. No es el azar. La tostada no podía caer del otro lado porque así lo establece la Ley de Murphy. En suma, la Ley de Murphy sólo vale para demostrar que la Ley de Murphy existe. No obstante, a diferencia de la ley de la gravedad, no es una ley que exista independientemente de lo que ocurra: cuando la tostada cae del otro lado, la Ley de Murphy desaparece misteriosamente. Así pues, cuando Clara cayó y se le saltaron todos los dientes de arriba, mientras que Ryan se levantaba sin un rasguño, éste comprendió que ésa era la prueba de que Dios había dispuesto que él se salvara y Clara no. No porque él llevara casco y ella no. Y, si hubiera ocurrido a la inversa, si la gravedad hubiera hecho que fueran los dientes de Ryan los que rodaran Primrose Hill abajo como pequeños copos de nieve esmaltada... Bien, puedes apostar el cuello a que, en la mente de Ryan, Dios hubiera hecho mutis.

Así las cosas, ésta era la señal definitiva que necesitaba Ryan. Cuando llegó la última noche del año, él estaba en la sala de la casa de los Bowden, sentado en el centro de un círculo de velas, mientras Hortense rezaba fervorosamente por el alma de Clara, y Darcus orinaba en su tubo y veía *Generation Game* en la BBC 1. Y Clara, con un pantalón vaquero amarillo y un top rojo, se fue a la fiesta. Ella sugirió el tema y ayudó a pintar el letrero y a colgarlo de la ventana; bailó y fumó con los demás, y, sin falsa modestia, se sintió la reina de los okupas. Pero cuando, inevitablemente, la medianoche llegó y se fue sin que aparecieran los jinetes del Apocalipsis, Clara descubrió con sorpresa que estaba triste. Y es que desprenderse de la fe es como hervir agua de mar para extraer la sal: algo se obtiene pero también algo se pierde. A pesar de que sus amigos —Merlín, Wan-Si y los demás— le daban palmadas en la espalda y la felicitaban por haberse librado de sus férvidos sueños de perdición y redención, Clara, en su interior, echaba de menos aquel cálido sentimiento que la había acompañado durante diecinueve años: la espera del envolvente abrazo de oso del Salvador, del que era Alfa y Omega, principio y fin de todas las cosas; el que la apartaría de todo esto, de la lánguida realidad de la vida en un semisótano de Lambeth. ¿Qué podía esperar ahora Clara? Ryan encontraría otra chifladura; Darcus no tenía más que cambiar de canal; y para Hortense, por supuesto, se fijaría otra fecha, habría más folletos y la fe nunca se acabaría. Pero Clara no era como Hortense.

No obstante, después de la evaporación de la fe de Clara, quedaba un residuo. Aún deseaba un salvador. Aún deseaba encontrar a un hombre que se la llevara de allí, que la eligiera a ella para caminar a su lado vestida de blanco: «porque ella sería digna», Revelación, 3, 4.

Quizá no sea, pues, tan inexplicable que, a la mañana siguiente, cuando Clara Bowden encontró a Archie Jones al pie de una escalera, viera en él algo más que un hombre blanco de mediana edad, más bien bajo y más bien grueso, con un traje mal cortado. Clara vio a Archie con los grisáceos ojos de la añoranza; su mundo acababa de desaparecer, la fe en la que había vivido se había retirado como la marea, y Archie, casualmente, se convirtió en su héroe: el último hombre sobre la tierra.

3

Dos familias

«Mejor es casarse que abrasarse», dice Corintios I, capítulo siete, versículo nueve.

Buena máxima. Ahora bien, Corintios también nos aconseja «no poner mordaza al buey mientras pisa el grano». De manera que vete a saber.

En febrero de 1975, Clara había abandonado la iglesia y toda su literalidad bíblica por Archibald Jones, pero aún no era una de esas ateas despreocupadas, capaces de reírse delante de los altares o de echar en saco roto las enseñanzas de san Pablo. La segunda exhortación no le planteaba problema alguno, ya que ella no tenía buey. Pero la primera sentencia no la dejaba dormir. ¿Mejor era casarse? ¿Aun con un ateo? No había manera de averiguarlo, ya que ahora Clara vivía sin apoyo moral, sin red de seguridad. Más que Dios le preocupaba su madre. Hortense se oponía furiosamente a aquella relación por razones más de color que de edad, y, al enterarse de la situación, le faltó tiempo para romper con su hija, una mañana, en la puerta de su casa.

Clara comprendía que, en el fondo, su madre pensaría que era preferible que se casara con un sujeto que ella no veía con buenos ojos a que viviera con él en pecado, por lo que, impulsivamente, pidió a Archie que se la llevara tan lejos de Lambeth como pudiera permitirse un hombre de sus recursos: a Marruecos, a Bélgica, a Italia. Archie le oprimía la mano, asentía y susurraba palabritas cariñosas, consciente de que lo más lejos que un hombre de sus recursos podría llegar era a una casa de dos plantas situada en Willesden Green, recién adquirida y fuertemente hipotecada. Pero no le parecía oportuno mencionarlo todavía, con la agitación del momento. Más valdría que ella se desengañara poco a poco.

Tres meses después, Clara se había desengañado poco a poco, y la pareja estaba en plena mudanza. Archie subía la escalera, renegando y tambaleándose bajo el peso de unas cajas que Clara transportaba sin esfuerzo de dos en dos y hasta de tres en tres. De vez en cuando, ella se paraba a descansar y miraba en derredor, entrecerrando los ojos al cálido sol de mayo, para familiarizarse con el entorno. Se había quitado todo menos una camisetita lila, y estaba apoyada en la puerta del jardín. ¿Qué clase de sitio era éste? Pues la verdad era que no podía estar segura. Al ir hacia allí, sentada al lado del conductor del camión de la mudanza, había visto la avenida, fea, pobre y familiar (aunque sin salones del reino ni iglesias episcopales), pero, al doblar una esquina, de pronto las calles se habían inundado del verdor de unos hermosos robles, las casas eran más altas y más anchas y estaban más espaciadas, se veían parques, bibliotecas... Pero luego los árboles desaparecían, dejando paso otra vez a paradas de autobús, como si hubiera sonado una campana de medianoche, una señal que también las casas habían obedecido, transformándose en pequeñas viviendas de una planta situadas frente a destartaladas galerías comerciales, esas curiosas hileras de tiendas entre las que nunca falta:

> una sandwichería extinta que sigue anunciando desayunos,
> un cerrajero indiferente a las florituras del marketing («SE HACEN LLAVES»),
> y una peluquería unisex permanentemente cerrada que exhibe algún que otro inefable juego de palabras («Nada como un buen corte», «Rizamos el rizo» o «Para que te luzca el pelo»).

Circular por allí era como jugar a la lotería, sin saber si uno iba a quedarse a vivir para siempre entre los árboles o en la mierda. Por fin la camioneta había parado delante de una casa, una casa mona, a medio camino entre los árboles y la mierda, y Clara había respirado, agradecida. Estaba bien, no tan bien como ella esperaba, pero tampoco tan mal como temía: tenía jardincito delante y detrás, felpudo, timbre y aseo dentro... Y ella no había tenido que pagar un precio muy alto. Sólo amor. Amor y nada más.

Y, por mucho que dijera *Corintios*, el amor no es algo tan difícil de ceder, y menos aún si en realidad uno no lo siente. Ella no quería a Archie, pero desde aquel primer momento, en la escalera, había decidido consagrarse a él, si la sacaba de allí. Y él la había sacado; y, aunque no la había llevado a Marruecos, a Bélgica ni a Italia, aquello no estaba mal. No era la tierra prometida, pero era mejor que cualquiera de los sitios en los que ella había estado.

Clara ya sabía que Archibald Jones no era un héroe romántico. Le habían bastado tres meses en una habitación maloliente de Cricklewood para darse cuenta. Era cariñoso, sí, y hasta podía ser encantador; silbaba unas notas claras y cristalinas por la mañana temprano, era un conductor prudente y responsable, y, sorprendentemente, un cocinero competente, pero el romanticismo no era su fuerte, y no digamos la pasión. Y Clara pensaba que si una tiene que cargar con un hombre tan corriente, lo menos que puede pedirle es que esté pendiente de una —por su belleza, por su juventud—; eso es lo menos, para compensar. Pero Archie no era de ésos. Al mes de casados, ella ya le veía aquella mirada extraviada que tienen los hombres cuando la miran a una sin verla. Había vuelto a su vida de soltero: cervezas con Samad Iqbal, cenas con Samad Iqbal, desayunos del domingo con Samad Iqbal; cada momento libre, con aquel hombre, en aquel cafetucho de mala muerte, el O'Connell, un antro asqueroso. Ella trataba de razonar. Le preguntaba: «¿Por qué nunca estás en casa? ¿Por qué has de pasar tanto tiempo con el indio?» Pero él, una palmada en el hombro, un beso en la mejilla, la chaqueta, y ya estaba en la puerta. Y siempre la misma respuesta: «¿Sam y yo? Somos viejos amigos.» Eso no podía discutírselo. Ya eran amigos antes de que ella naciera.

Así pues, el tal Archibald Jones no era un príncipe azul. Sin objetivos, sin expectativas, sin ambiciones. Un hombre cuyos mayores placeres eran el desayuno inglés y el bricolaje. Un hombre aburrido. Un viejo. Y sin embargo... bueno. Era bueno. Puede que bueno no sea mucho, que no ilumine la vida, pero es algo. Ella lo descubrió aquel primer día en la escalera, a simple vista, lo mismo que descubría un buen mango en un puesto de Brixton sin necesidad de tocarlo.

Esto pensaba Clara, apoyada en la puerta del jardín, tres meses después de la boda, mientras observaba en silencio cómo la frente de su marido se fruncía como un acordeón, cómo le abultaba el estómago por encima del cinturón, cómo se transparentaban las venas bajo su piel blanca y se recortaba el «once», los dos tendones que aparecen en el cuello de un hombre cuando (eso decían en Jamaica) se le acaba el tiempo.

Clara juntó las cejas. En la boda no había reparado en estas señales. ¿Por qué no? Aquel día él sonreía y llevaba jersey de cuello vuelto; pero no, no era eso: era que entonces ella no las había buscado. Se había pasado casi todo el día de la boda mirándose los pies. Hacía calor, era un 14 de febrero excepcionalmente caluroso, y habían tenido que esperar, porque aquel día el mundo entero había ido a casarse a la pequeña oficina del Registro Civil de Ludgate Hill. Clara recordaba que, con disimulo, se había quitado los zapatos marrones de fino tacón y había puesto los pies en el frío suelo, afianzándolos a cada lado de una oscura grieta de la baldosa, en un ejercicio de equilibrio en el que, vagamente, cifraba ella su felicidad futura.

Mientras tanto, Archie se enjugaba el sudor del labio superior y renegaba del persistente rayo de sol que le hacía resbalar una gota de agua salada por la parte interior del muslo. Para su segunda boda había elegido un traje de mohair y un jersey blanco, y ambos estaban resultando problemáticos. El calor le hacía brotar gotas de sudor que empapaban el jersey y pasaban al mohair, que despedía un tufillo inconfundible a perro húmedo. Clara, por supuesto, estaba hecha una gata de pies a cabeza. Llevaba un vestido largo de lana marrón de Jeff Banks y una dentadura perfecta; el vestido tenía en la espalda un escote hasta la cintura, los dientes eran blanquísimos, y el efecto del conjunto resultaba francamente felino: una pantera en traje de noche. A simple vista, era difícil distinguir dónde acababa la lana marrón y dónde empezaba la piel. Y, como una gata, buscaba el polvoriento rayo de sol que por una alta ventana caía sobre las parejas que esperaban. En él se calentaba Clara la espalda, casi esponjándose. El funcionario, que había visto de todo —mujeres caballo que se casaban con hombres comadreja, y hombres elefante con mujeres mochuelo—, levantó una ceja ante la insólita pareja que se acercaba a la mesa. Gata y perro.

—Hola, padre —dijo Archie.

—Archibald, no seas bruto. Es el responsable del Registro —dijo su amigo Samad Miah Iqbal que, junto con Alsana, su diminuta esposa, habían sido llamados del exilio de la Sala de Invitados para que fueran testigos del contrato—. No es un cura católico.

—Claro. Por supuesto. Perdón. Son los nervios.

—¿Podemos empezar? —dijo el acartonado funcionario—. Hoy tenemos que despachar a un montón.

Esto y poco más fue toda la ceremonia. Dieron a Archie una pluma, y él escribió su nombre (Alfred Archibald Jones); nacionalidad (inglés) y edad (47). Vaciló un momento en la casilla de «Profesión» y optó por «Publicidad (folletos)», y firmó. Clara puso su nombre (Clara Iphegenia Bowden), nacionalidad (jamaicana) y edad (19). Como no encontró casilla alguna interesada en su profesión, pasó directamente a la línea de puntos, estampó su firma y se enderezó convertida en una Jones. Una Jones como ninguna de las que la habían precedido.

Salieron a la calle, a la escalera donde el viento levantaba confeti de segunda mano y lo arrojaba sobre las nuevas parejas. Allí fueron presentados a Clara los dos únicos invitados a su boda: dos indios, vestidos los dos de seda púrpura. Samad Iqbal, un hombre alto y guapo, con dientes blanquísimos y una mano inerte, que le daba palmaditas en la espalda con la mano sana.

—Fue idea mía, esto, ¿comprende? —repetía una vez y otra—. Idea mía, esto del matrimonio. Conozco a este chico desde... ¿cuándo?

—Desde mil novecientos cuarenta y cinco, Sam.

—Eso es lo que quería decirle a tu encantadora esposa: mil novecientos cuarenta y cinco. Cuando hace tanto que uno conoce a alguien, y ha combatido a su lado, tiene la misión de hacer que sea feliz si no lo es. Y él no lo era. Todo lo contrario. Hasta que usted llegó. Estaba con la mierda hasta el cuello, con perdón. Menos mal que por fin la han encerrado. Porque los locos, con los locos —dijo Samad perdiendo gas a media frase, al ver que Clara no sabía de qué le hablaba—. En fin, mejor dejarlo... Pero fue idea mía, ¿sabe?, todo esto.

Luego estaba Alsana, la esposa, pequeña y callada, que no parecía mirar a Clara con buenos ojos (aunque no era mucho mayor que ella) y sólo decía: «Oh, sí, señora Jones» y «Oh, no, señora Jones». Clara se puso tan nerviosa que, cohibida, tuvo que volver a ponerse los zapatos.

Archie lamentaba por Clara no haber podido reunir más invitados. Pero no sabía a quién invitar. Todos sus parientes y amigos habían rehusado la invitación; unos lacónicamente, otros, horrorizados, y otros, pensando que el silencio era la mejor opción, habían estado una semana sin abrir el correo ni contestar al teléfono. El único que lo felicitó fue Ibelgaufts, que no había sido invitado ni participado del acontecimiento y de quien, curiosamente, llegó una carta en el correo de la mañana:

14 de febrero de 1975

Querido Archibald:

Generalmente, las bodas tienen algo que hacen salir al misántropo que llevo dentro, pero hoy, mientras trataba de salvar de la extinción un macizo de petunias, sentí un calorcillo interno ante la idea de la unión de un hombre y una mujer en cohabitación de por vida. Es realmente sorprendente que los humanos intentemos una hazaña semejante, ¿no te parece? Pero, hablando en serio un momento: como ya sabes, es mi profesión mirar en las profundidades de la Mujer y, lo mismo que un psiquiatra, certificar su estado de salud. Y estoy seguro, amigo mío, de que tú habrás examinado a tu futura esposa tanto mental como espiritualmente y comprobado que en ningún aspecto deja que desear, por lo que no puedo sino felicitarte muy cordialmente.

Tu leal contrincante,

Horst Ibelgaufts

¿Qué otros recuerdos de aquel día podían distinguirlo de los otros 364 que componían 1975? Clara recordaba a un joven negro vestido de negro que, subido a una caja de manzanas, sudaba y predicaba con voz suplicante a sus hermanos y hermanas. También recordaba a una anciana cargada con un capazo que recuperaba un clavel de un cubo de basura y se lo ponía en el pelo. Y nada más de particular: los emparedados que Clara había preparado y envuelto en plástico transparente estaban olvidados y aplastados en el fondo de una bolsa, el cielo se había nublado y, cuando subieron hasta King Ludd Pub, después de pasar por delante de los chicos de Fleet Street que tomaban sus acostumbradas cervezas y los miraron con cara de guasa, encontraron una multa en el parabrisas.

Por esta razón, Clara pasó sus tres primeras horas de casada en la comisaría de Policía de Cheapside, con los zapatos en la mano, mientras su salvador discutía porfiadamente con un inspector de Tráfico que no alcanzaba a comprender la peculiar interpretación de Archie de las normas de aparcamiento del domingo.

—Clara, Clara, cariño...

Era Archie, parcialmente tapado por una mesita de centro, que pretendía llegar a la puerta de la casa.

—Esta noche vienen los Iqbal, y me gustaría que encontraran la casa en orden, así que deja paso, por favor.

—¿Quieres que te ayude? —preguntó Clara pacientemente, pero todavía abstraída—. Podría llevar cosas, si...

—No, no, no, no... Yo me las arreglo.

Clara extendió las manos hacia el borde de la mesita.

—Por lo menos deja que...

Archie trataba de entrar por la estrecha puerta, sosteniendo al mismo tiempo las patas y el grueso vidrio de la mesa, que era desmontable.

—Es trabajo de hombres, cariño.

—Pero... —Clara levantó un butacón con envidiable facilidad y lo llevó hasta donde estaba Archie, que se había dejado caer, jadeante, en la escalera del vestíbulo—. A mí no me importa. Si quieres ayuda, no tienes más que pedirla. —Le pasó la mano por la frente con suavidad.

—Sí, sí, sí. —Él la apartó con un ademán de impaciencia, como ahuyentando una mosca—. Yo soy perfectamente capaz...

—Ya lo sé...

—Es trabajo de hombres.

—Sí, sí, lo sé. No he querido...

—Mira, Clara, lo único que te pido es que te quites del paso, y yo me las arreglaré, ¿de acuerdo?

Clara lo observó mientras él se subía las mangas con gesto decidido y agarraba otra vez la mesita de centro.

—Si de verdad quieres ayudar, cariño, empieza a entrar tu ropa. Hay suficiente para hundir un barco de guerra. No sé cómo vamos a meter todo eso en tan poco espacio.

—Ya te he dicho que, si quieres, podemos tirar muchas cosas.

—Eso no me toca a mí decidirlo. ¿Y qué hacemos con el perchero?

Éste era Archie: nunca tomaba una decisión, nunca se definía.

—Ya te he dicho que, si no te gusta, puedes devolverlo. Lo compré porque pensé que te gustaría.

—Verás, cariño —empezó Archie, con prudencia ahora que ella había levantado la voz—. Era mi dinero. Hubiera estado bien, por lo menos, preguntar.

—¡Hombre! Es un perchero. Y es rojo, sí. Un perchero rojo. ¿Qué tiene de malo lo rojo, ahora, de repente?

—Yo sólo trato... —dijo Archie bajando la voz a un ronco susurro (una táctica muy socorrida: delante de los vecinos o de los niños, no discutir)—, sólo trato de elevar un poco el nivel de la casa. Éste es un buen barrio, vida nueva, etcétera. Mira, vamos a echarlo a suertes: cara, se queda; cruz...

Cuando riñen dos enamorados, al momento ya están uno en brazos del otro; cuando la pasión se ha entibiado, la pareja espera a subir la escalera o a entrar en la habitación más próxima para reconciliarse. Cuando la relación está a punto de romperse, uno de los dos se encontrará a dos bocacalles de distancia, o a dos fronteras, cuando sentirá el tirón de una responsabilidad, un recuerdo, una mano de niño o una fibra sensible que le hace emprender el largo viaje de regreso en busca del otro. Según la escala de Richter, el de Clara fue un temblor apenas perceptible. Se volvió hacia la puerta del jardín, dio sólo dos pasos y se paró.

—¡Cara! —dijo Archie sin rastro alguno de resentimiento—. Se queda. ¿Lo ves? No era tan difícil.

—No quiero discutir. —Clara se volvió a mirarlo, después de renovar en silencio la decisión de recordar su deuda para con él—. Dices que vienen a cenar los Iqbal. Pensaba... si querrán que les haga curry, y es que, bueno, yo sé hacer curry, pero a mi manera.

—¡Por Dios, ellos no son indios de ésos! —se impacientó Archie, ofendido por la insinuación—. Sam comerá carne asada como cualquier hijo de vecino. Él sirve comida india todos los días. No pretenderás que, además, se la coma.

—Sólo me preguntaba si...

—Pues no, Clara, por favor.

Le dio un cariñoso beso en la frente, para lo que ella tuvo que agacharse un poco.

—A Sam hace un montón de años que lo conozco, y su mujer parece muy discreta. No son la familia real. No son indios de ésos —repitió moviendo la cabeza, desazonado por no sabía bien qué oscura sensación.

Samad y Alsana Iqbal, que no eran indios de ésos (como, a los ojos de Archie, Clara tampoco era una negra de ésas) y que, en realidad, no eran ni indios sino bangladesíes, vivían a cuatro bocacalles, en el lado malo de la avenida Willesden. Un año les había costado llegar allí, un año de trabajo duro, para hacer la trascendental mudanza del lado malo de Whitechapel al lado malo de Willesden. Un año en el que Alsana no había parado de darle a la Singer que tenía en la cocina, cosiendo prendas de plástico negro para una tienda de Soho que se llamaba Domination (no eran pocas las noches en que Alsana, contemplando la prenda que acababa de confeccionar con los patrones que le daban, se preguntaba qué podía ser aquello). Un año en el que Samad, inclinando la cabeza en el ángulo justo de deferencia, con el lápiz en la mano izquierda, escuchaba la endiablada pronunciación de ingleses, españoles, norteamericanos, franceses o australianos:

—Buenas noches, qué tomarán los señores.

—Pollo frito con patatas.

—A su servicio y muchas gracias.

Así, de seis de la tarde a tres de la madrugada, y durmiendo de día, hasta que la luz era tan escasa como una buena propina. Porque ¿para qué dar de propina a un hombre lo que uno echaría al pozo de los deseos?, pensaba Samad al encontrar quince peniques debajo de la factura. Pero, antes de que pudiera siquiera insinuarse el pícaro pensamiento de escamotear discretamente los quince peniques bajo la servilleta, Mukhul, Ardashir Mukhul, el huesudo dueño del Palace, que recorría el restaurante con un ojo benévolo en la clientela y un ojo vigilante en el personal, ya estaba a su lado.

—Saaamaaad —decía Ardashir con empalagosa lengua de vaselina—, ¿has besado suficiente trasero, primo?

Samad era primo lejano de Ardashir y tenía seis años más que éste. Y qué satisfacción la que sintió Ardashir en enero último al leer la carta en la que su primo, que era mayor, más instruido y más guapo que él, le decía que tenía dificultades para encontrar trabajo en Inglaterra y que si no sabría él...

—Quince peniques, primo —dijo Samad levantando la palma de la mano.

—Bueno, bueno, todo suma, todo suma, por poco que sea —contestó Ardashir abriendo sus labios de pescado muerto en una sonrisa elástica—. Al orinal con ellos.

El «orinal» era un jarrón negro que habían puesto encima de una columna, al lado de la puerta del aseo del personal, en el que se echaban todas las propinas, que eran repartidas al final de la jornada. Los camareros más jóvenes y atractivos, como Shiva, consideraban injusta esta práctica. Shiva era el único hindú de la casa, reconocimiento a sus buenas dotes para el servicio, que habían pesado más que las diferencias religiosas. Shiva podía sacarse cuatro libras de propina en una noche, si la oronda divorciada del rincón se sentía lo bastante sola y él sabía mover las pestañas con el debido arte. Tampoco se le daban mal los directores y productores con jersey de cuello vuelto (el Palace estaba situado en el centro del barrio teatral de Londres, y todavía corrían los tiempos del Royal Court, los *pretty boys* y las obras de realismo social), que adulaban al muchacho, lo seguían con la mirada cuando iba y venía de la barra moviendo el trasero provocativamente y juraban que, si un día se adaptaba al teatro *Pasaje a la India*, él podría elegir papel. Para Shiva, pues, el sistema del «orinal» era un robo descarado y un insulto a su indiscutible habilidad profesional. Pero los hombres como Samad, que frisaba los cincuenta, o como Muhammed (tío abuelo de Ardashir), que, a juzgar por las canas y por los profundos pliegues que se le habían formado a cada lado de la boca por donde sonreía cuando era joven, debía de andar ya por los ochenta, no tenían queja del sistema. Era mejor hacer bolsa común que arriesgarse a ser sorprendido tratando de embolsarse quince peniques (y quedarse una semana sin propinas).

—¡Cómo os aprovecháis de mí! —gruñía Shiva cuando, al final de la noche, tenía que soltar cinco libras—. ¡Vivís todos a costa mía! ¿Es que no habrá quien me libre de estos desgraciados? ¡Ahí van mis cinco libras, que se repartirán esta pandilla de fracasados! ¿Qué es esto, comunismo?

Y los demás rehuían su llameante mirada, concentrándose en su quehacer, hasta que una noche, una noche de las de quince peniques, Samad dijo en voz baja, casi en un susurro:

—Calla, chico.

—¡Tú! —Shiva se volvió hacia Samad, que estaba triturando una gran olla de lentejas para el *dal* del día siguiente—. ¡Tú eres el peor de todos! ¡En mi vida he visto camarero más jodido! ¡No sacarías una propina ni atracando a la parroquia! Y siempre tratando de entrar en conversación con el cliente: que si biología, que si política... Lo que tienes que hacer es servir la comida y basta, idiota. Eres un camarero, joder, no un profesor. «Perdonen, ¿han dicho Delhi?» —Shiva se puso el delantal sobre el antebrazo y empezó a gesticular por toda la cocina (era un mimo lamentable)—. «Es que yo estuve allí. Universidad de Delhi, fascinante, sí... y también estuve en la guerra, luchando por Inglaterra, sí, sí, sí, encantador.» —Daba vueltas por la cocina, ladeando la cabeza y restregándose las manos como un Uriah Heep, haciendo grandes reverencias al cocinero jefe, al viejo que colgaba grandes trozos de carne en la cámara frigorífica, al chico que fregaba el horno—. Samad, Samad... —dijo finalmente interrumpiendo la burla con aparente compasión y atándose el delantal a la cintura—. Eres un pobre hombre.

Muhammed levantó la mirada de la olla que estaba fregando y negó con la cabeza una y otra vez. Sin dirigirse a nadie en particular, comentó:

—Estos jóvenes... ¡Qué manera de hablar... qué manera de hablar! ¿Y el respeto? ¡Qué manera de hablar!

—¡Tú vete a la mierda! —dijo Shiva agitando una cuchara de madera—. Viejo idiota. No eres mi padre.

—Primo segundo del tío de tu madre —murmuró una voz desde el fondo.

—Gilipolleces —replicó Shiva—. Eso son gilipolleces.

Agarró la mopa y se fue hacia los aseos, pero se paró al lado de Samad y le puso el mango a pocos centímetros de los labios.

—Dale un beso. —Rió e, imitando la gangosa voz de Ardashir, agregó—: Nunca se sabe, primo, a lo mejor conseguirías un aumento.

Así eran la mayoría de las noches: insultos de Shiva y de otros, aires de superioridad de Ardashir, no ver a Alsana, no ver el sol, agarrar quince peniques y luego soltarlos, desear desesperadamente poder llevar un gran letrero blanco que dijera:

> YO NO SOY CAMARERO. FUI ESTUDIANTE, CIENTÍFICO Y SOLDADO. MI ESPOSA SE LLAMA ALSANA, VIVIMOS EN LA ZONA ESTE DE LONDRES, AUNQUE NOS GUSTARÍA MUDARNOS A LA ZONA NORTE. SOY MUSULMÁN, PERO ALÁ ME HA ABANDONADO, O YO HE ABANDONADO A ALÁ, NO ESTOY SEGURO. TENGO UN AMIGO, ARCHIE, Y OTROS. HE CUMPLIDO CUARENTA Y NUEVE AÑOS, PERO LAS MUJERES AÚN SE VUELVEN A MIRARME POR LA CALLE. A VECES.

Pero, como estos letreros no existen, Samad sentía el afán, la necesidad de hablar con todo el mundo, de explicar, al igual que el viejo marinero del cuento, explicar continuamente, para reafirmar algo, lo que fuera. ¿Acaso esto no era importante? Pero entonces llegaba el amargo desengaño: descubrir que lo importante era cómo inclinaba uno la cabeza y apoyaba el bolígrafo en el bloc, que lo importante era ser un buen camarero y prestar atención cuando alguien decía:

—Cordero con arroz. Y patatas fritas. Muchas gracias.

Y quince peniques tintineaban en el plato. Gracias, señor. Muchas gracias.

El martes siguiente a la boda de Archie, Samad esperó a que todos se fueran, dobló su pantalón blanco acampanado (confeccionado con la misma tela que los manteles) formando un cuadrado perfecto y subió al despacho de Ardashir, porque tenía algo que pedirle.

—¡Primo! —dijo Ardashir con una mueca cordial al ver asomar cautelosamente por la puerta medio cuerpo de Samad.

Sabía que Samad iba a preguntar por su aumento, y quería que su primo tuviera la impresión de que, por lo menos, él había considerado la petición con la mejor voluntad, antes de denegarla.

—Adelante, primo.

—Buenas noches, Ardashir Mukhul —saludó Samad acabando de entrar en el despacho.

—Siéntate, siéntate —dijo Ardashir, afablemente—. No hay que andarse ahora con ceremonias, ¿verdad?

Samad se alegró de que así fuera, y así lo dijo. Se tomó un momento para contemplar la estancia con la debida admiración: sus oros inmarcesibles, su mullida alfombra, sus tapicerías en amarillos y verdes. No se podía menos que admirar el talento comercial de Ardashir. Había partido de la simple idea del típico restaurante indio (comedor pequeño, mantel rosa, música estridente, papel pintado horripilante, platos que no existen en la India y bandeja circular de salsas) y había ido ampliándola. No había mejorado nada; seguía con los guisotes de siempre pero en mayor escala, en un local más espacioso, en lo que era la trampa para turistas más grande de Londres: Leicester Square. No se podía menos que admirar al artífice de esta idea, el hombre sentado en el sillón de cuero negro que se inclinaba para apoyar en la mesa su reseco cuerpo de insecto, una langosta benévola, todo sonrisas, parásito disfrazado de filántropo.

—¿En qué puedo ayudarte, primo?

Samad aspiró. La cuestión era que...

Mientras Samad explicaba su situación, la mirada de Ardashir iba haciéndose vidriosa. De vez en cuando, movía espasmódicamente sus flacas piernas debajo de la mesa y manoseaba un clip hasta darle la vaga forma de una A de Ardashir. La cuestión era... ¿Cuál era la cuestión? La casa. Samad se iba de la zona Este de Londres, donde uno no podía criar a sus hijos (no podía, desde luego, si no quería exponerlos a sufrir daño físico, convino Ardashir), de la zona Este, con sus tribus urbanas, a la zona Norte, concretamente, al noroeste, donde la gente era más... más... tolerante.

¿Ahora le tocaba hablar a él?

—Primo... —empezó Ardashir poniendo cara de circunstancias—, comprenderás que... no puedo dedicarme a comprar casas a todos mis empleados, primos o no primos... Yo pago un sueldo, primo... Así son los negocios en este país.

Ardashir se encogía de hombros mientras hablaba, como dando a entender que él desaprobaba profundamente los «negocios en este país», pero qué iba a hacer. A él lo obligaban, decía su mirada; los ingleses lo obligaban a ganar el dinero a espuertas.

—No es eso, Ardashir. Ya he pagado la entrada, la casa ya es nuestra, ya nos hemos mudado...

«¿Cómo diantres se las habrá arreglado? Haciendo trabajar a la mujer como una condenada esclava», pensó Ardashir, sacando otro clip del cajón de abajo.

—Sólo necesito un pequeño aumento, para los gastos del traslado. Facilitar las cosas mientras nos instalamos. Y es que Alsana, bueno, está embarazada.

Embarazada. Una complicación. El caso exigía suma diplomacia.

—Samad, no quiero que interpretes mal lo que voy a decirte. Los dos somos personas inteligentes y francas, y creo que puedo hablarte sin rodeos... Ya sé que tú no eres un «simple» camarero —susurró el adjetivo y sonrió con indulgencia, como si fuera un secreto compartido de carácter escabroso que los hacía cómplices—. Me hago cargo de tu situación... claro que sí... pero tú debes comprender también la mía. Si tuviera que hacer excepciones con cada pariente al que doy trabajo, andaría por ahí como el chalado del señor Gandhi. Sin orinal donde mear. Hilando a la luz de la luna. Un ejemplo: ahora mismo, mi cuñado Hussein-Ishmael, ese gordo que va de Elvis...

—¿El carnicero?

—El mismo. Me pide más dinero por la apestosa carne que me vende. «¡Ardashir, somos cuñados!», me dice, y yo: «Mohammed, tengo que ganarme la vida...»

Ahora era Samad el de la mirada vidriosa. Pensaba en Alsana, su mujer, que no era tan dócil como él creía cuando se casaron, en cómo darle la mala noticia. Alsana, que tenía sus momentos de furor, por no decir arrebatos —sí, «arrebatos» no era una palabra demasiado fuerte—. A sus primos, tías y hermanos aquello les parecía alarmante; se preguntaban si no habría «algún extraño caso de desequilibrio mental» en la familia de Alsana, y lo compadecían como se compadece al hombre que compra un coche robado y descubre que tiene más kilómetros de los que creía. Samad, en su inocencia, imaginaba que una mujer tan joven sería... sumisa. Pero Alsana no lo era; no, no era sumisa. Cosas de las jóvenes de ahora, pensaba. La misma mujer de Archie... El martes había visto en sus ojos algo que tampoco indicaba sumisión. Así eran hoy las mujeres.

Ardashir terminó lo que le parecía un discurso perfecto, se recostó en el respaldo del sillón, satisfecho, y puso la M de Mukhul, que había confeccionado con el segundo clip, al lado de la A de Ardashir que tenía en el regazo.

—Gracias, señor —dijo Samad—. Muchas gracias.

Aquella noche tuvieron una pelea terrible. Alsana tiró al suelo la máquina de coser y los pantaloncitos de cuero negro con tachas que estaba pespunteando.

—¡Es inútil! Dime, Samad Miah, ¿para qué nos hemos mudado a esta casa tan bonita, sí, muy bonita, si no tenemos qué comer?

—Es un buen barrio, aquí tenemos amigos.

—¿Qué amigos? —Alsana golpeó la mesa de la cocina con su pequeño puño haciendo que la sal y la pimienta saltaran y chocaran espectacularmente en el aire—. ¡Yo no los conozco! ¡Un inglés que conociste en una guerra vieja y olvidada... casado con una negra! ¿Qué amigos son ésos? ¿Con ellos ha de criarse mi hijo? ¿Con sus hijos blancos y negros? Y ahora dime tú —agregó, volviendo a su tema favorito— dónde está la comida. —Teatralmente, abrió todos los armarios de la cocina—. ¿Dónde está? ¿Podemos comer porcelana? —Dos platos se estrellaron contra el suelo. Se golpeó el vientre como si llamara al niño y luego señaló los fragmentos—. ¿Tienes hambre?

Samad, que cuando se sulfuraba no era menos histriónico, abrió el frigorífico y sacó un montón de carne que dejó en medio de la cocina. Su madre se pasaba la noche guisando carne para la familia, dijo. Su madre no gastaba el dinero de la casa en comidas preparadas, yogures ni espaguetis en lata, como Alsana.

Alsana le dio un puñetazo en el estómago.

—¡Samad Iqbal, el guardián de la tradición! ¿Qué te parece si lavo la ropa en la calle, en un barreño? ¿Eh? Y, hablando de mi ropa, ¿acaso es comestible?

Mientras Samad se oprimía el estómago, hinchado de gases, ella desgarraba todas y cada una de las prendas que llevaba y las arrojaba encima del montón de trozos de cordero congelado, sobras del restaurante. Cuando estuvo desnuda, a la vista la curva incipiente del embarazo, se quedó delante de él un momento; luego se puso un largo impermeable marrón y salió de la casa.

La verdad, pensó al dar el portazo, era que realmente el barrio era bueno; así tuvo que reconocerlo, mientras caminaba rápidamente hacia la avenida, sorteando árboles en lugar de los colchones y los indigentes de Whitechapel. Sería bueno para el niño, desde luego. Alsana tenía la firme convicción de que los espacios verdes eran fuente de salud moral para la juventud, y allí mismo, a su derecha, estaba Gladstone Park, un amplio horizonte verde que llevaba el nombre de aquel primer ministro liberal (Alsana, que pertenecía a una antigua y respetada familia bengalí, había estudiado historia de Inglaterra; si pudieran verla ahora, a qué extremos...); y, de acuerdo con la tradición liberal, era un parque sin vallas, a diferencia del más elegante de Queens Park (el de Victoria), que tenía verja de barrotes puntiagudos, pero era un lugar muy agradable. Esto no se podía negar. Qué diferencia con Whitechapel, donde aquel loco de Enoch Nosequé había hecho un discurso que los obligó a refugiarse en el sótano, porque unos chicos empezaron a romper cristales con sus botas de puntera de hierro. Violencia gratuita y sin sentido. Ahora que estaba embarazada necesitaba un poco de paz y tranquilidad. Aunque allí, en cierto modo, ocurría lo mismo: la gente miraba con extrañeza a esta india menuda del impermeable marrón que taconeaba furiosamente con la cabellera al viento. Mali's Kebabs, Mr. Cheungs, Raj's, Panadería Malkovich... rezaban los rótulos que leía al pasar, nombres nuevos y extraños. Alsana no era tonta y comprendía lo que aquello significaba. ¿Un barrio tolerante? ¡Qué tontería! La gente no era allí ni más ni menos tolerante que en otros sitios. Sólo que allí, en Willesden, ningún grupo era tan numeroso como para formar una banda contra otro grupo y obligarlo a esconderse en los sótanos mientras rompían ventanas.

—¡De lo que se trata es de sobrevivir! —concluyó en voz alta (hablaba al niño, al que se había propuesto ofrecer, por lo menos, un pensamiento sensato al día), mientras empujaba la puerta de Crazy Shoes haciendo sonar la campanilla. Allí trabajaba su sobrina Neena. Era un taller de reparación de calzado tradicional. Neena ponía tapas en los tacones de aguja.

—Qué cara más larga, Alsana —le gritó Neena en bengalí—. ¿Y de quién es ese impermeable?

—Eso a ti no te importa —respondió Alsana en inglés—. Vengo a recoger los zapatos de mi marido, no a charlar con mi desvergonzada sobrina.

Neena estaba acostumbrada a este trato y suponía que, ahora que Alsana se había mudado a Willesden, empeoraría. Antes su tía utilizaba frases más largas para expresar su opinión, por ejemplo: «Has sido siempre una vergüenza para nosotros...» o «Una sobrina que no sabe lo que es la vergüenza...»; pero, como Alsana ya no tenía tiempo ni energía para armarse cada vez de la indignación necesaria, la expresión de «mi desvergonzada sobrina» se había convertido en un apelativo abreviado de uso general que transmitía el sentimiento de fondo.

—¿Ves estas suelas, tiíta Alsi? —Neena se apartó del ojo un mechón rubio teñido, tomó los zapatos de Samad de un estante y alargó a Alsana un comprobante azul—. He tenido que cambiarlas. ¡Suelas nuevas! Y es que estaban comidas. ¿Qué hace ese hombre? ¿Correr maratones?

—Trabajar —respondió Alsana lacónicamente—. Y rezar —agregó, porque le gustaba dárselas de respetable, tradicionalista y muy religiosa: no le faltaba nada, sólo la fe—. Y no me llames tiíta. Tengo dos años más que tú. —Alsana metió los zapatos en una bolsa de plástico y dio media vuelta para marcharse.

—Creí que la gente rezaba de rodillas —dijo Neena, riendo por lo bajo.

—También se reza durmiendo y andando —replicó Alsana secamente, haciendo sonar otra vez la campanilla al salir—. Siempre estamos en presencia del Creador.

—¿Y qué tal la casa nueva? —gritó Neena.

Pero Alsana ya no la oía. Neena movió la cabeza negativamente y suspiró mientras veía desaparecer a su joven tía por la avenida como una bala marrón. Alsana. Era joven y era vieja al mismo tiempo, pensó Neena. Siempre tan sensata, tan formal, y con aquel impermeable tan largo y tan serio. No obstante, uno tenía la sensación de que...

—¡Oiga, señorita, que aquí hay unos zapatos que reclaman su atención! —gritó una voz desde el taller.

—Que te zurzan —dijo Neena.

Al doblar la esquina, Alsana se arrimó a la pared de Correos y se cambió las sandalias, que empezaban a hacerle ampollas, por los zapatos de Samad. (Lo curioso de Alsana era que, para su tamaño, tenía unos pies enormes. Al mirarla a uno le parecía que aún no había acabado de crecer.) En cuestión de segundos, se recogió hábilmente el pelo en un moño y se ciñó el impermeable para protegerse del viento. Luego siguió andando, pasó por delante de la biblioteca y subió por una larga calle arbolada, por la que no había pasado nunca.

—Lo que importa es sobrevivir, pequeño Iqbal —dijo otra vez a su bultito—. Sobrevivir.

En la mitad de la calle cambió de acera, con intención de torcer a la izquierda para volver a la avenida. Pero entonces, al acercarse a una camioneta blanca que tenía las puertas abiertas y mirar con envidia los muebles amontonados en su interior, reconoció a la mujer negra que estaba apoyada en la puerta de un jardín, con la mirada perdida en el vacío, en dirección a la biblioteca (¡pero a medio vestir, con una camiseta de un lila chillón que casi parecía una prenda interior!), como si su futuro tuviera que venir de allí. Y, antes de que pudiera volver a cruzar para rehuir el encuentro, Alsana oyó que la otra la llamaba.

—¡Señora Iqbal! —Clara agitaba la mano.

—Señora Jones.

Las dos mujeres, cohibidas al principio por sus indumentarias respectivas, empezaron a recuperar el aplomo al observarse mutuamente.

—Mira, Archie, qué casualidad —dijo Clara.

—¿Qué? ¿Cómo? —contestó Archie, que estaba en el recibidor, peleándose con una librería.

—Ahora mismo estábamos hablando de ustedes. Esta noche vienen a cenar, ¿verdad?

«Los negros suelen ser amables», pensó Alsana sonriendo a Clara y anotando inconscientemente la observación en el Haber de la muchacha. De cada una de las minorías a las que detestaba, Alsana tenía a gala seleccionar a un individuo para otorgarle el indulto. En Whitechapel los personajes favorecidos no eran pocos. El señor Van, callista chino; el señor Segal, carpintero judío; Rosie, una dominicana que la irritaba y divertía con sus constantes visitas, tratando de convertirla a la Iglesia Adventista del Séptimo Día... eran los afortunados que habían merecido la indulgencia de Alsana y, por arte de magia, habían quedado disociados de su piel.

—Sí, Samad me lo ha dicho —mintió Alsana.

—Bien... ¡muy bien! —dijo Clara, sonriendo.

Se hizo una pausa. Ninguna sabía qué decir y las dos bajaron la mirada.

—Esos zapatos parecen muy cómodos —comentó Clara.

—Sí. Sí. Es que ando mucho, ¿sabe? Y en mi estado... —Se golpeó el vientre.

—¿Está embarazada? —exclamó Clara con sorpresa—. Caramba, es usted tan pequeña que casi no me doy cuenta.

Clara se ruborizó, avergonzada por aquella familiaridad. Siempre se le escapaba algún comentario personal cuando algo la emocionaba o la alegraba. Alsana se limitó a sonreír amigablemente, no muy segura de haber oído bien.

—No sabía nada —agregó Clara, en tono más comedido.

—¡Vaya! —dijo Alsana con forzada hilaridad—. ¿Es que nuestros maridos no se cuentan nada?

Pero, no bien lo hubo dicho, el peso de la otra posibilidad cayó sobre la mente de las dos jóvenes esposas. La de que sus maridos se lo contaran todo el uno al otro. Que eran ellas las que quedaban al margen.

4

Tres en camino

Archie se encontraba en el trabajo cuando se enteró de la noticia: Clara estaba embarazada.

—¡No, cariño!

—¡Sí!

—¡No!

—¡Sí! Y le he preguntado al médico que qué aspecto tendrá, con eso de ser medio negro y medio blanco, y dice que cualquiera sabe. Y que hasta puede tener ojos azules. ¿Te imaginas?

Archie no imaginaba. No podía imaginar que una parte de él pudiera competir con una parte de Clara en el campo genético y ganar. ¡Pero qué posibilidad! ¡Qué fantástico! Salió corriendo a Euston Road a comprar una caja de puros. Veinte minutos después entraba otra vez en Morgan Hero contoneándose con una gran caja de dulces indios y empezaba a hacer la ronda.

—Noel, toma un pastelito. Ése es muy bueno.

Noel, el meritorio, miró al interior de la grasienta caja con prevención.

—¿Y eso...?

Archie le dio una palmada en la espalda.

—Voy a tener un hijo, ¿sabes? Con los ojos azules, ¿imaginas? Y quiero celebrarlo. El problema es que en Euston Road uno puede conseguir catorce clases de dulces indios pero ni un triste cigarro ni por todo el oro del mundo. Vamos, Noel. Toma éste.

Archie levantaba un pastel mitad blanco mitad rosa con un olor poco apetitoso.

—Hm, señor Jones, es usted muy... Lo que ocurre es que no soy muy amante de... —Noel se volvió hacia sus archivadores—. Vale más que siga con...

—Vamos, Noel, que voy a tener un hijo. Cuarenta y siete años y voy a tener un bebé. Esto hay que celebrarlo. Anda... no sabrás si te gusta hasta que lo hayas probado. Un mordisquito.

—Es que la comida paquistaní no siempre... Tengo un poco de...

Noel se golpeó el estómago y miró a Archie con desesperación. A pesar de trabajar en el ramo de la publicidad por correo, no le gustaba que le hablaran directamente. Prefería ser el intermediario en Morgan Hero: pasar llamadas y dar recados diciendo a uno lo que había dicho el otro, y enviar cartas.

—Joder, Noel, es sólo un dulce. Es sólo que quiero celebrarlo, chico. ¿Es que vosotros, los hippies, no coméis pasteles?

Noel sólo llevaba el pelo un poco más largo que los demás, y una vez había quemado una varita de incienso en la salita de descanso de la oficina. Pero la empresa era pequeña, había poco de que hablar, y no había hecho falta más para que se considerara a Noel una especie de Janis Joplin masculino, por la misma razón que Archie era el Jesse Owens blanco por haber llegado decimotercero en los Juegos Olímpicos de veintisiete años atrás; Gary, de Contabilidad, era Maurice Chevalier porque tenía una abuela francesa y cuando fumaba sacaba el humo por la nariz, y Elmott, el otro plegador compañero de Archie, era Einstein porque podía sacar las dos terceras partes del crucigrama del *Times*.

Noel estaba compungido.

—Archie..., ¿encontró la nota del señor Hero que le dejé sobre los pliegos de...?

—La cuenta de la Asistencia Materna —suspiró Archie—. Sí, Noel, y ya le he dicho a Elmott que corra la línea perforada.

Noel parecía agradecido.

—Bueno, felicidades por... Ahora voy a seguir con... —Noel se volvió hacia la mesa.

Archie se fue a probar suerte con Maureen, la recepcionista. Maureen tenía unas piernas magníficas para una mujer de su edad —unas piernas como salchichas bien prietas— y siempre lo había mirado con buenos ojos.

—Maureen, tesoro. ¡Voy a ser padre!

—¿En serio, tesoro? Oh, cuánto me alegro. ¿Niña o...?

—Aún es pronto para decirlo. ¡Pero tendrá los ojos azules! —dijo Archie, para quien aquellos ojos habían pasado de simple posibilidad genética a hecho concreto—. ¡Quién lo iba a decir!

—¿Los ojos azules, Archie, tesoro? —dijo Maureen hablando despacio, para poder elegir las palabras—. No es que quiera ser graciosa... pero ¿tu mujer no es..., en fin, de color?

Archie movió la cabeza, admirado.

—¡Sí, lo sé! Ella y yo tenemos una criatura, nuestros genes se mezclan y... ¡ojos azules! ¡Milagro de la naturaleza!

—Un milagro, sí —repuso Maureen escuetamente, pensando que en realidad la palabra era muy suave para definir aquello.

—¿Quieres un dulce?

Maureen titubeaba. Se golpeó los rollizos muslos embutidos en leotardos blancos.

—Oh, Archie, encanto. No debería. Esas cosas van directamente a las piernas y las caderas, ¿sabes? Y el tiempo no pasa en balde para ninguno de nosotros, ¿eh? No pasa en balde, ¿eh? No hay manera de dar marcha atrás al reloj, ¿eh? Esa Joan Rivers, ¡ya me gustaría a mí saber cómo lo hace!

Maureen soltó una de aquellas carcajadas suyas que marcaban el ambiente de Morgan Hero: agudas y estridentes, pero con la boca sólo entreabierta, porque Maureen tenía un horror patológico al rictus de la risa.

Golpeó uno de los dulces con una escéptica uña rojo sangre.

—Son indios, ¿verdad?

—Sí, Maureen —contestó Archie con una sonrisita cómplice—. Dulces y sabrosos a la vez. Como tú.

—Qué cosas tienes, Archie —dijo Maureen con tristeza, porque a ella siempre le había gustado un poco Archie, aunque sólo un poco por aquella extraña manía suya de hablar siempre con paquistaníes y caribeños como si tal cosa, y cuando se casó ni se le ocurrió mencionar de qué color era la novia, y al verla llegar a la cena de los compañeros, tan negra, Maureen casi se atraganta con el cóctel de langostinos.

Maureen alargó el brazo por encima de la mesa, hacia un teléfono que estaba sonando.

—Gracias, Archie, pero me parece que no.

—Como quieras. Pero no sabes lo que te pierdes.

Maureen sonrió débilmente y levantó el auricular.

—Sí, señor Hero, está aquí, acaba de saber que va a ser padre... Sí, parece que tendrá los ojos azules... Sí, azules, es cosa de los genes, imagino... Oh, desde luego, se lo diré, que vaya a su despacho... Muchas gracias, señor Hero, muy amable. —Maureen puso los dedos sobre el micro y dijo a Archie en un susurro teatral—: Archibald, encanto, el señor Hero quiere verte. Dice que es urgente. ¿Has hecho algo malo?

—¡Ni en sueños! —dijo Archie, yendo hacia el ascensor.

En la puerta se leía:

KELVIN HERO
DIRECTOR
MORGAN HERO
ESPECIALISTAS EN PUBLICIDAD POR CORREO

La intención era intimidar, y Archie reaccionó en consonancia; primero golpeó la puerta muy débilmente, luego con excesiva fuerza y por fin casi se cae cuando Kelvin Hero, vestido de piel de topo de pies a cabeza, giró el picaporte para hacerlo entrar.

—Archie —dijo Kelvin Hero mostrando dos hileras de dientes como perlas, fruto más de una odontología cara que de un cepillado regular—. Archie, Archie, Archie, Archie.

—Señor Hero —contestó Archie.

—Usted me desconcierta, Archie —dijo el señor Hero.

—Señor Hero —repitió Archie.

—Siéntese, Archie —indicó el señor Hero.

—Gracias, señor Hero —dijo Archie.

Kelvin se enjugó un sudor grasiento que se le acumulaba alrededor del cuello de la camisa, hizo girar su Parker de plata entre las manos e inspiró profundamente unas cuantas veces.

—Lo que tengo que decirle es delicado... Yo nunca me he considerado racista, Archie...

—¿Señor Hero?

«Caray —pensó Kelvin—, menuda relación ojos-cara. Es muy incómodo decir algo delicado delante de unos ojos como ésos. Ojos de niño o de bebé foca, la fisonomía de la inocencia. Mirar a Archie Jones es como mirar a alguien que espera recibir un palo en la cabeza de un momento a otro.»

Kelvin probó una vía más suave.

—Vamos a plantearlo de otro modo. Generalmente, ante una situación delicada como ésta, yo hubiera consultado con usted. Porque yo siempre le he tenido mucha consideración, Archie. Yo lo respeto. Usted no es una persona brillante y nunca lo ha sido, pero es...

—Sólido —acabó Archie, que conocía el discurso.

Kelvin sonrió: una gran hendidura se abrió y cerró en su cara con la súbita violencia de un obeso que atraviesa unas puertas giratorias.

—Eso es, sólido. La gente confía en usted, Archie. Ya no es muy joven, y esa pierna le causa problemas, pero cuando la empresa cambió de dueño quise que se quedara porque me di cuenta de esto: la gente confía en usted. Por eso ha estado en esta empresa tanto tiempo. Ahora yo confío, Archie, en que sabrá comprender lo que tengo que decirle.

—¿Señor Hero?

Kelvin se encogió de hombros.

—Podría darle cualquier excusa, Archie. Podría decirle que nos equivocamos al hacer las reservas y que no hay sitio para ustedes. Podría inventarme cualquier excusa... pero usted no se chupa el dedo, Archie. Llamaría al restaurante; usted no es idiota, usted tiene algo en la azotea, y hubiera sumado dos y dos...

—Y hubiera visto que son cuatro.

—Son cuatro, exactamente, Archie. Hubiera visto que son cuatro. ¿Entiende lo que le digo, Archie?

—No, señor.

Kelvin se dispuso a ir al grano.

—Me refiero a la cena de la empresa de hace un mes: fue violento, Archie, fue incómodo. Y ahora viene la reunión anual con la empresa hermana de Sunderland. Seremos unos treinta, nada especial, ¿comprende? Un curry, una cerveza y un poco de *boogie*... Como le decía, no es que yo sea racista, Archie...

—Racista...

—Yo escupo a Enoch Powell... pero, por otra parte, algo de razón tiene, ¿no? Llega un punto, un punto de saturación, y la gente empieza a sentirse incómoda. Y es que, lo que él quería decir...

—¿Quién?

—Powell, Archie, Powell. Procure seguirme... Lo que él decía es que, llegados a un punto, hay que decir basta, ¿no? En fin, que un lunes por la mañana Euston ya parece Delhi. Y aquí hay ciertas personas, Archie... aunque yo no me cuento entre ellas... que piensan que su actitud es un poco extraña.

—¿Extraña?

—A las esposas no les gusta porque, reconozcámoslo, ella es algo... una verdadera belleza... unas piernas de fábula, Archie, hay que felicitarlo por esas piernas... y a los hombres, en fin, a los hombres tampoco les hace gracia darse cuenta de que les apetece un poco de eso otro mientras están en una cena de la empresa con la señora al lado, especialmente si la señora... usted ya me entiende... en fin, que no saben qué pensar.

—¿Quiénes?

—¿Qué?

—¿De quién estamos hablando, señor Hero?

—Mire, Archie —dijo Kelvin, que ahora ya sudaba profusamente, algo muy desagradable para un hombre con tanto vello en el pecho—, tenga esto. —Kelvin empujó por encima de la mesa un fajo de vales de almuerzo—. Son los que sobraron de la rifa esa por la gente de Biafra.

—Oh, no... Ya me tocó un guante de horno en aquella rifa, señor Hero. No es necesario...

—Tómelos, Archie. Son cincuenta libras en vales, canjeables en más de cinco mil puntos de venta de alimentación de todo el país. Lléveselos. Deje que lo invite unas cuantas veces.

Archie tomó los vales como si cada uno fuera un billete de cincuenta libras. A Kelvin le pareció ver en sus ojos lágrimas de felicidad.

—Bueno, no sé qué decir. Yo voy mucho a cierto local. Si allí me los aceptan, para qué quiero más. Muchas gracias.

Kelvin se pasó el pañuelo por la frente.

—No hay de qué, Archie, no hay de qué.

—Señor Hero, ¿le importa si...? —Archie señaló hacia la puerta—. Es que me gustaría llamar por teléfono a unas cuantas personas, ¿sabe?, para darles la noticia del niño... si no desea usted nada más.

Kelvin asintió, aliviado. Archie se levantó, y ya tenía la mano en el picaporte cuando Kelvin apretó otra vez la Parker y dijo:

—Oh, Archie, otra cosa... Acerca de esa cena con el equipo de Sunderland... He hablado con Maureen y he visto que teníamos que reducir nuestro grupo... así que hemos puesto todos los nombres en un sombrero y ha salido el suyo. De todos modos, no creo que se pierda gran cosa. Esas cenas suelen ser muy aburridas.

—Tiene razón, señor Hero —repuso Archie, distraído, pensando que ojalá el café O'Connell fuera uno de esos cinco mil puntos de venta y sonriendo interiormente por la cara que pondría Samad cuando viera las cincuenta libras en vales.

En parte porque la señora Jones ha quedado embarazada muy poco después que la señora Iqbal y en parte por una proximidad cotidiana (ahora Clara trabaja a jornada parcial de supervisora de un grupo juvenil de Kilburn que parece un conjunto de *ska and roots* de quince personas —peinados afro, sudaderas Adidas, corbata marrón, velcro y viseras de colores— y Alsana asiste a unas clases de preparación al parto para mujeres asiáticas en la avenida Kilburn, a la vuelta de la esquina), ambas se ven a menudo. La relación, tenue al principio —un par de almuerzos y algún que otro café—, iniciada como una respuesta a la amistad de sus maridos, no tarda en consolidarse. Ya se han resignado a esa especie de sociedad de mutuo aprecio que une a sus cónyuges, y el tiempo libre que ello les deja también tiene sus ventajas; es tiempo para meriendas y paseos, para charlas y confidencias; para viejas películas francesas, en las que Alsana grita y se tapa los ojos a la menor insinuación de desnudo. («¡Basta! ¡No quiero ver cosas que cuelgan!») y en las que Clara puede entrever cómo vive la otra mitad de la gente: la mitad que se alimenta de romanticismo, pasión y *joie de vivre*, la mitad que practica el sexo. Una vida que podría haber sido la suya, de no haber estado un bendito día en lo alto de cierta escalera, al pie de la cual aguardaba Archibald Jones.

Más adelante, cuando las dos mujeres ya no están cómodas en las butacas del cine porque se ha hecho muy grande el bombo que una y otra acarrean, se reúnen en Kilburn Park para almorzar, y a veces las acompaña la sobrina desvergonzada. Las tres se instalan en un banco lo bastante amplio, y Alsana pasa a Clara un termo de té sin leche, con limón. Luego va quitando las láminas transparentes que envuelven los manjares del día: sabrosos buñuelos, pastelillos veteados con los colores del arco iris que se desmigan, finas tartaletas de buey picante, ensalada de cebolla.

—¡Anda, come! —dice a Clara—. Date un buen banquete. Esa criatura estará revolviéndose en tu barriga, esperando el menú. ¡No lo hagas sufrir, mujer! ¿O es que quieres matarlo de hambre?

A pesar de las apariencias, en el banco hay seis personas (las tres que se ven y otras tres que están en camino): la niña de Clara y los dos niños de Alsana.

—No es que me queje —dice Alsana—. Eso que quede claro. Los hijos son una bendición: cuantos más, más alegría. Pero cuando volví la cabeza y vi aquel chisme ultranosequé...

—Ultrasonido —puntualiza Clara con la boca llena de arroz.

—Eso. Casi me da un ataque. ¡Dos! ¡Como si no costara ya bastante alimentar a uno!

Clara se ríe y dice que se imagina la cara de Samad al verlo.

—No, mujer —contesta Alsana en tono de reproche, tapándose los grandes pies con el sari—. Él no vio nada. Él no estaba. Yo no lo dejo ver esas cosas. Una mujer ha de tener su intimidad. El marido no tiene por qué intervenir en cuestiones corporales, en las partes de una señora.

La sobrina desvergonzada, que está sentada entre las dos, chasquea la lengua.

—Qué cuernos, Alsi, bien habrá tenido que intervenir en tus partes, ¿o eso tuyo es la inmaculada concepción?

—Qué descaro —dice Alsana a Clara en un tono de superioridad muy inglés—. Muy mayor para tanto descaro y muy joven para saber lo que dice.

Y entonces Clara y Alsana, con la coincidencia de reflejos de dos personas que comparten una misma experiencia, se llevan las manos al vientre.

Neena, para congraciarse, dice:

—Bueno, ¿y qué hay de los nombres? ¿Alguna idea?

Alsana es tajante:

—Meena y Mâlâna si son niñas. Si son niños, Magid y Millat. Las emes son buenas. Las emes son fuertes: Mahatma,

Muhammed, el señor Morecombe, de Morecombe y Wise. Es una letra que inspira confianza.

Pero Clara se muestra más cauta, porque eso de poner nombre le parece una gran responsabilidad, algo más propio de dioses que de simples mortales.

—Si es niña, me gusta Irie. En dialecto jamaicano significa «de acuerdo, paz, sosiego», ¿comprendes?

Antes de que termine la frase, Alsana está horrorizada.

—¿«De acuerdo»? ¿Te parece nombre para una criatura? Es como si la llamaras «Buenosdíastengausted» o «Québuentiempohacehoy».

—A Archie le gusta Sara. Bueno, no es que Sara esté mal, pero tampoco es para volverse loco. Imagino que para la mujer de Abraham no estaba mal.

—Ibrahim —corrige Alsana, más por instinto que por pedantería coránica—. La que empezó a parir criaturas a los cien años, por la gracia de Alá.

Y Neena dice con un gemido, visto el cariz que toma la conversación:

—Pues a mí me gusta Irie. Es mono. Es original.

Eso sí que le gusta a Alsana.

—Por favor, ¿qué le importa a Archie que sea mono? O que sea original. Yo, en tu lugar, elegiría Sara y asunto concluido —dice dando unas palmadas en la rodilla a Clara—. A veces hay que dejar que los hombres se salgan con la suya. Cualquier cosa, por un poco de... ¿cómo se dice aquí? Un poco de... —pone un dedo sobre los labios fruncidos, como un centinela en la puerta— un poco de tranquilidad.

Pero, en respuesta, la sobrina desvergonzada parpadea moviendo unas espesas pestañas, se ata a la cabeza el pañuelo de su universidad a modo de *purdah* y dice adoptando un fuerte acento:

—Sí, tiíta, sí, siempre la india sumisa. Tú no hablas a tu marido: es él quien habla, para dar órdenes. Entre vosotros no hay comunicación, sólo os gritáis. Y al final gana él, porque hace lo que quiere, cuando quiere. Tú la mitad del tiempo no sabes ni dónde para, ni qué hace ni qué siente. Estamos en 1975, Alsi. Ya no se puede vivir así. Esto no es la India. Aquí, en Occidente, tiene que haber comunicación entre hombres y mujeres, tienen que escucharse el uno al otro, o si no... —Neena abre los dedos como si de su mano brotara una nube en forma de hongo.

—Todo eso son pamplinas —dice Alsana cerrando los ojos y moviendo la cabeza con vehemencia—. Eres tú la que no escucha. Por Alá, yo siempre lo trataré como él me trate a mí. Tú imaginas que a mí me importa lo que él haga. Imaginas que quiero saber. La verdad, para que un matrimonio dure no hace falta tanto hablar, hablar, hablar; tanto «yo soy esto» o «en el fondo yo soy así», como en las novelas, ni tanta revelación... sobre todo cuando el marido es viejo y arrugado y se cae a pedazos. Ninguna mujer quiere enterarse de qué es eso viscoso que está debajo de la cama, ni qué es lo que suena dentro del armario.

Neena frunce el entrecejo; Clara no tiene grandes objeciones que hacer, y se vuelven a pasar el arroz.

—Además —prosigue Alsana después de una pausa, cruzando los brazos debajo de los senos, satisfecha de poder hablar de un tema que se toma muy a pecho, un pecho formidable por cierto—, cuando uno viene de una familia como las nuestras, tiene que saber que el silencio, callar, es la mejor receta para la vida familiar.

Porque las tres han sido educadas en familias religiosas y estrictas, en casas en las que Dios hacía acto de presencia en cada comida, se infiltraba en cada juego y se sentaba debajo de la ropa de la cama, en la postura del loto, con una linterna en la mano, para vigilar que no ocurrieran cosas indecentes.

—A ver si me aclaro —dice Neena, burlona—. Me estás diciendo que una buena dosis de represión mantiene sano el matrimonio.

Y, como si alguien hubiera pulsado un botón, Alsana salta:

—¡Represión! ¡Qué palabra más tonta! Yo hablo de sentido común. ¿Qué es mi marido? ¿Qué es el tuyo? —dice a Clara—. Ellos habían vivido ya veinticinco años cuando nosotras ni habíamos nacido. ¿Qué son? ¿De qué son capaces? ¿Tienen las manos manchadas de sangre? ¿Qué es eso pegajoso y maloliente de sus partes íntimas? ¿Quién lo sabe? —Levanta las manos, lanzando las preguntas al aire viciado de Kilburn y, con ellas, a una bandada de gorriones—. Lo que tú no entiendes, sobrina desvergonzada, lo que no entiende nadie de tu generación...

Neena protesta con tanta vehemencia que se le escapa de la boca un trozo de cebolla:

—¿Mi generación? Alsi, sólo tienes dos años más que yo, joder.

Pero Alsana prosigue haciendo ademán de cortar con una tijera imaginaria la lengua obscena de su desvergonzada sobrina:

—... es que no todo el mundo quiere ver las partes íntimas y sudorosas de los demás.

—Pero, tiíta —empieza Neena, alzando la voz en tono suplicante, porque esto es lo que ella quiere discutir, lo que supone la mayor diferencia entre las dos, el matrimonio concertado de Alsana—, ¿cómo puedes vivir con alguien que te es tan desconocido como el padre Adán?

La respuesta es un guiño, un guiño irritante y provocador. A Alsana le gusta aparecer jovial en el momento en que su interlocutor se acalora.

—Porque es el camino más fácil, sabia. Fue precisamente porque Eva no conocía a Adán por lo que vivieron tan felices. Te lo explico. Sí, a mí me casaron con Samad Iqbal la misma tarde del día en que lo conocí. Me era tan desconocido como el padre Adán. Pero me gustó. Nos conocimos en el comedor del desayuno un día de mucho bochorno en Delhi, y él me abanicó con el *Times*. Pensé que tenía una cara agradable, una voz dulce y un trasero alto y bien formado para un hombre de su edad. Estaba bien. Ahora, a medida que voy descubriendo cosas nuevas de él, me gusta menos. De manera que, ya lo ves, estábamos antes mejor que ahora.

Neena golpea el suelo con el pie, irritada por esta lógica retorcida.

—Además, nunca llegaré a conocerlo del todo. Antes que sacar algo en limpio de mi marido, podría sacar piedras del agua.

Neena se ríe a pesar suyo.

—Agua de las piedras.

—Eso, sí. Tú crees que soy estúpida. Pero sé mucho de hombres. Escucha lo que te digo —Alsana se dispone a emitir una sentencia como muchos años antes había visto hacer a los jóvenes abogados de Delhi de pelo engominado—: los hombres son el último de los misterios. Dios es fácil de comprender, comparado con los hombres. Bueno, ya basta de filosofía. ¿Queréis *samosa*? —Oronda, bonita y satisfecha de sus conclusiones, levanta la tapa del envase de plástico.

—Lástima que sean niños —dice Neena encendiendo un cigarrillo—. Quiero decir, que es lástima que vayas a tener niños.

—¿Por qué lo dices?

Lo pregunta Clara que, en pocos meses, ha leído *La mujer eunuco* de Greer, *Miedo a volar* de Jong y *El segundo sexo*, que Neena le ha prestado de una biblioteca secreta (secreta para Alsana y para Archie), en un intento clandestino para liberarla de su «equivocada mentalidad».

—Lo digo porque me parece que bastante caos han provocado ya los hombres en este siglo. Que ya hay en el mundo bastantes cochinos hombres. Si yo supiera que iba a tener un chico —hace una pausa, destinada a preparar la equivocada mentalidad de sus dos oyentes para que asimilen este nuevo concepto—, pensaría seriamente en abortar.

Alsana da un grito, con una mano se tapa un oído y con la otra un oído de Clara y se atraganta con un trozo de berenjena. Clara, sin saber por qué, encuentra divertida la frase, histérica y desesperadamente divertida, sórdidamente divertida; y la sobrina desvergonzada se queda perpleja entre las dos barrigonas que se retuercen, una de risa, y la otra de horror y de asfixia.

—¿Están bien, señoras?

Es Sol Josefowicz, el viejo que en aquel entonces se atribuyó la tarea de vigilar el parque (a pesar de que hacía tiempo que habían suprimido su puesto de guarda por recortes en el presupuesto municipal). Sol Josefowicz las mira dispuesto a ayudar, como siempre.

—Vamos a ir todas al infierno, señor Josefowicz. Si le parece que eso es estar bien... —dice Alsana, serenándose.

La sobrina desvergonzada pone cara de resignación.

—Tú habla por ti.

Alsana, cuando de devolver el fuego se trata, es más rápida que cualquier francotirador.

—Eso es lo que hago, gracias a Alá.

—Buenas tardes, Neena, buenas tardes, señora Jones —dice Sol dedicándoles sendas reverencias—. ¿Seguro que se encuentra bien, señora Jones?

Clara no puede impedir que se le salten las lágrimas. En ese momento, no sabe si llora o ríe.

—Estoy bien... muy bien. Siento haberlo alarmado, señor Josefowicz... De verdad, estoy bien.

—No le veo la gracia —murmura Alsana—. ¿Es que el asesinato de inocentes puede hacer reír?

—No, señora Iqbal, no; se lo digo por experiencia —responde Sol Josefowicz, con la sobriedad con que habla siempre, dando su pañuelo a Clara.

Las tres mujeres intuyen entonces, con la brusquedad con que se hace presente la historia, cohibiéndolas de improviso como un sonrojo, lo que puede haber sido la experiencia del ex guarda del parque, y callan.

—Pues, si no necesitan nada, señoras, seguiré la ronda —dice Sol, indicando a Clara con un ademán que puede quedarse con el pañuelo y volviendo a ponerse el sombrero, que se había quitado con galantería antigua. Hace otra pequeña reverencia y se aleja andando despacio, para dar la vuelta al parque en sentido contrario a las agujas del reloj.

—Lo siento, tiíta Alsi, perdona, perdona... —dice Neena cuando Sol ya no puede oírlas—. ¿Qué más quieres, joder?

—Muchas recondenadas cosas quiero —contesta Alsana, con una voz que ya no es agresiva sino vulnerable—. Quiero entender todo el cochino universo en cuatro palabras. Porque ya no entiendo nada, y apenas he empezado. ¿Tú lo entiendes? —Suspira, sin esperar respuesta; no mira a Neena sino hacia el frente, donde la encorvada figura de Sol aparece y desaparece por entre los tejos—. Puede que tengas razón en lo de Samad... y en muchas cosas. Quizá no haya hombres buenos, ni siquiera los dos que llevo en el vientre... Quizá no hable con mi marido tanto como debería, quizá me haya casado con un extraño. Es posible que tú comprendas la verdad mejor que yo. Qué sé yo... Una pobre chica del campo que andaba descalza, que no ha ido a universidades...

—Oh, Alsi —repite Neena, punteando las palabras de Alsana como un bordado, arrepentida—. Tú sabes que no he querido decir eso.

—Pero yo no puedo estar siempre preocupándome y preocupándome por la verdad. Yo he de preocuparme por la verdad con la que se puede vivir. Y ahí está la diferencia entre tratar de sorber todo el océano o beber de los arroyos. Mi desvergonzada sobrina cree que hablar todo lo cura, ¿eh? —dice Alsana con algo que parece una sonrisa ancha—. Habla, habla, habla, habla, y todo irá mejor. Sé sincera, abre el corazón y esparce por ahí esa cosa roja. Pero el pasado es algo más que palabras, hijita. Nosotras nos casamos con unos viejos. Estas criaturas —Alsana pone una mano en cada vientre abultado— tendrán padres viejos, con un pie en el presente y un pie en el pasado. Esto no se arregla hablando. Sus raíces estarán siempre enredadas. Pero las raíces salen. No tienes más que ver mi jardín. Hay pájaros en el cilantro cada cochino día...

Al llegar a la verja, Sol Josefowicz se vuelve a saludarlas con la mano y las tres mujeres saludan a su vez. Clara se siente un poco teatral agitando por encima de la cabeza el pañuelo color crema que él le ha dado. Es como despedir a alguien que se va en tren al otro lado de una frontera.

—¿Cómo se conocieron? —pregunta Neena, tratando de disipar la nube que ha ensombrecido la merienda—. Me refiero al señor Jones y Samad Miah.

Alsana echa la cabeza hacia atrás en un gesto displicente.

—Bah, en la guerra. Matando a pobres desgraciados que no lo merecían, desde luego. ¿Y qué recibieron a cambio? Samad Miah, una mano destrozada, y el otro, una pierna cascada. De eso les ha servido.

—La pierna derecha de Archie —dice Clara lentamente, señalándose un punto del muslo—. Le quedó dentro un trozo de metal, me parece. Pero no cuenta nada.

—¡Y a quién le importa eso! —estalla Alsana—. Antes me fiaría de Vishnú, el ratero de muchas manos, que creer una palabra de lo que dijeran esos hombres.

Pero Clara evoca con cariño la imagen del joven soldado Archie, especialmente cuando el viejo y adiposo Archie de Publicidad por Correo está encima de ella.

—No digas eso... Nosotras no sabemos qué...

Alsana escupe sin recato en la hierba.

—¡Todo son cochinas mentiras! Si son héroes, ¿dónde están los distintivos de los héroes? ¿Dónde están las medallas y las menciones? Los héroes tienen esas cosas... Y tienen pinta de héroes. Se los distingue a veinte kilómetros. Yo no he visto una medalla... ni siquiera una foto. —Alsana hace un sonido desagradable con la garganta, su señal de incredulidad—. Conque hay que ver la realidad, chica, hay que ver las cosas como son. Ver lo que hay. Samad tiene una sola mano; dice que quiere encontrar a Dios, pero la verdad es que Dios le ha dado de lado y hace dos años que trabaja en ese restaurante, sirviendo cabra correosa a unos blancos que no tienen ni idea de lo que comen, y Archibald... Bueno, hay que ver las cosas como son...

Alsana se interrumpe y mira a Clara, para ver si puede seguir hablando con franqueza sin ofenderla ni herirla innecesariamente. Pero Clara ha cerrado los ojos y ya está viendo las cosas como son: una muchacha y un hombre maduro, y entonces termina la frase de Alsana mientras un principio de sonrisa se le esparce por la cara.

—... Archibald se gana la vida doblando papeles, ay Dios...

5

La pulpa dentaria de Alfred Archibald Jones y Samad Miah Iqbal

Por cierto, muy oportuna la recomendación de Alsana de mirar las cosas de cerca; mirarlas de frente y entre los ojos, con una mirada firme y sincera; hacer una inspección meticulosa que vaya más allá de la superficie, a la médula y, más allá de la médula, a la raíz; pero la cuestión es ¿hasta dónde quiere uno llegar? ¿Hasta dónde será suficiente? Como dicen los norteamericanos: ¿qué quieres, sangre? Probablemente, algo más que sangre hará falta: apartes susurrados, conversaciones perdidas, medallas y fotografías, listas y certificados, papel amarillento con la huella borrosa de unas fechas pardas. Atrás, atrás, atrás. Pues bien, allá vamos. Atrás hasta encontrar a Archie limpio como un jaspe, la cara sonrosada y lustrosa, con diecisiete años pero un aspecto lo bastante maduro para engañar a los inspectores médicos, con sus lápices y sus cintas de medir. Y a Samad, con dos años más y la piel con el color del pan dorado. Hasta el día en que los destinaron al uno con el otro, Samad Miah Iqbal (segunda fila, ¡acérquese, soldado!) y Alfred Archibald Jones (¡vamos, vamos, muévase!), el día en que Archie olvidó el más elemental de los principios de la urbanidad inglesa: no mirar fijamente a una persona. Juntos circulaban en territorio ruso, por una pista de tierra negra, vestidos idénticamente: gorrito triangular en forma de barquito de papel, uniforme de tela áspera y botas negras, cubiertas del mismo polvo, con los pies llenos de sabañones. Archie no podía quitarle ojo. Y Samad soportaba la mirada, esperando que se cansara. Pero, tras una semana de deambular apretujados en aquel tanque, soportando el calor y la mala ventilación, Samad ya no pudo más. Había aguantado aquella mirada implacable tanto como su irritable temperamento le permitía.

—Compañero, ¿se puede saber qué condenado misterio ves en mí que te mantiene en ese embeleso constante?

—¿Cómo dices? —Archie, que no era de los que hablan de cosas personales durante el servicio, se quedó cortado—. Nadie, quiero decir, ninguno, bueno, quiero decir, ¿qué quieres decir?

Hablaban en susurros, ya que la conversación no se mantenía en un lugar estrictamente privado: la dotación del Churchill que estaba cruzando Atenas camino de Tesalónica se componía de cinco hombres, por lo que había en el tanque otros dos soldados, además del capitán. Era el 1 de abril de 1945. Archie Jones era el conductor, Samad el radiotelegrafista, Roy Mackintosh el otro conductor, Will Johnson, comprimido en un cubo, el artillero y Thomas Dickinson-Smith, instalado en un asiento ligeramente elevado que lo obligaba a encoger el cuello para no dar con la cabeza en el techo, pero al que su orgullo le impedía renunciar porque simbolizaba su recién adquirida graduación, era el capitán. Ninguno de ellos había visto a otra persona desde hacía tres semanas.

—Quiero decir, simplemente, que con toda probabilidad tendremos que pasarnos otros dos años encajonados en este armatoste.

Una voz crepitó por la radio, y Samad, que no quería que se dijera que descuidaba la obligación, contestó con prontitud y precisión.

—¿Y qué? —preguntó Archie, cuando Samad hubo dado las coordenadas.

—Pues que existe un límite para el embobamiento que un hombre puede soportar. ¿Quieres hacer un estudio sobre radiotelegrafistas o es sólo que sientes pasión por mi trasero?

Su capitán, Dickinson-Smith, que sí sentía pasión por el trasero de Samad (y también por su mente, y por aquellos brazos largos y musculados que parecían hechos para el abrazo del amor, y por aquellos ojos voluptuosos, entre verdes y avellana), cortó la conversación:

—¡Iqbal! ¡Jones! Ya basta. ¿Ven aquí a alguien que esté de charla?

—Estaba haciendo una objeción, señor. Ya es bastante, señor, para un hombre tener que concentrarse en las efes de «foxtrot» y las zetas de «zapato», los puntos y las rayas, como para que, además, tenga a su lado a un sujeto que sigue cada uno de sus movimientos con ojos de mochuelo, señor. En Bengala, uno pensaría que estos ojos son los de un hombre movido por la...

—Cierra el pico, Sultán —dijo Roy, que detestaba a Samad y su afectado lenguaje de radiotelegrafista.

—Mackintosh —reconvino Dickinson-Smith—, deje hablar a Sultán. Continúe, Sultán.

A fin de disimular su debilidad por Samad, el capitán Dickinson-Smith no le ahorraba las pullas y fomentaba el empleo del odioso mote de Sultán, pero nunca acertaba en el tono, siempre muy suave, muy parecido al florido lenguaje de Samad, y sólo conseguía que Roy y los otros ochenta Roy que estaban directamente bajo su mando aborrecieran al capitán, se mofaran de él y hasta se mostraran irrespetuosos; en abril de 1945 ya lo despreciaban y estaban hartos de sus aires de jefe mariquita y chico raro. Archie, nuevo en el Primer Regimiento de Asalto R. E., empezaba a percatarse de ello.

—Yo sólo digo que se calle, y si ese indio cabrito de Sultán sabe lo que le conviene, se callará. Con el debido respeto, señor, desde luego —agregó en señal de cortesía.

Dickinson-Smith sabía que en otros regimientos, en otros tanques, no se replicaba a un superior, ni tan sólo se hablaba. Hasta la misma «señal de cortesía» de Roy era prueba de la ineptitud de Dickinson-Smith. En aquellos otros tanques, los Sherman, los Churchill, los Matilda, tenaces cucarachas esparcidas por la Europa devastada, ni por asomo se planteaba la cuestión de la falta de respeto. Sólo Obedecer, Desobedecer, Castigar.

—Sultán... Sultán... —musitó Samad—. Sepa, señor Mackintosh, que no me molestaría el mote si, por lo menos, fuera apropiado. No es apropiado históricamente ni lo es geográficamente. Creo haberle explicado que yo soy de Bengala. La palabra «sultán» se aplica a ciertos hombres de las tierras árabes... que están a muchos cientos de millas al oeste de Bengala. Llamarme Sultán es tan exacto, en términos espaciales, como si, al referirme a usted, yo dijera: ese gordo hijo de puta alemán.

—He dicho Sultán y lo repito, ¿de acuerdo?

—Oh, señor Mackintosh, ¿tan difícil sería que usted y yo, reunidos en este tanque británico, encontráramos la forma de pelear hombro con hombro como ciudadanos británicos?

Will Johnson, que era un poco simple, se quitó la gorra, como siempre que alguien decía «británico».

—¿Y de qué te estabas quejando? —preguntó Mackintosh enderezando su abdomen de bebedor de cerveza.

—De nada —dijo Samad—, no me quejaba de nada. Sólo hablaba, hablaba, trataba de comunicarme, como suele decirse y, de paso, convencer aquí al zapador Jones de que dejara de mirarme sin pestañear, sólo eso... Pero veo que en ambos intentos he fracasado.

Parecía dolido, y Archie sintió un súbito deseo, impropio de un soldado, de mitigar el dolor. Pero no era el lugar indicado, ni el momento.

—Bueno. Silencio todo el mundo. Jones, compruebe el mapa —dijo Dickinson-Smith.

Archie comprobó el mapa.

La ruta era larga y tediosa, y sólo raramente encontraban acción. El tanque de Archie era un vehículo-enlace. Pertenecía a una de las divisiones que no estaban adscritas a un condado inglés ni a un arma determinada, sino que servían a todo el ejército e iban de un país a otro recuperando material averiado, tendiendo puentes, abriendo pasos para las tropas, reconstruyendo rutas destruidas. Su cometido era no tanto combatir como asegurar la buena marcha de la guerra. Cuando Archie se sumó al conflicto, estaba claro que las crueles y sangrientas decisiones dependerían del aire, no de los 30 centímetros de diferencia entre el calibre de un proyectil antitanque alemán y uno inglés. La verdadera guerra, la guerra que ponía de rodillas a las ciudades, la guerra que comportaba siniestros cálculos de tamaño, detonación, población, tenía lugar a miles de metros por encima de la cabeza de Archie. Entretanto, en tierra, su pesado tanque explorador tenía una tarea más simple: rehuir la guerra civil de la montaña —una guerra dentro de otra guerra— entre el EAM y el ELAS, es decir, el frente de liberación nacional griego y su brazo armado, el ejército de liberación; avanzar por entre los ojos vidriosos de las frías cifras estadísticas y la «juventud inmolada» y procurar que las vías de comunicación entre uno y otro extremo del infierno estuvieran expeditas.

—La fábrica de municiones bombardeada está a treinta y cinco kilómetros al suroeste, señor. Hemos de recoger lo que podamos. El soldado Iqbal me ha pasado a las 16 y 47 un mensaje de radio en el que se me informa de que, por lo que puede verse desde el aire, la zona no está ocupada, señor —dijo Archie.

—Esto no es guerra —había dicho Samad a media voz.

Dos semanas después, mientras Archie comprobaba la ruta hacia Sofía, Samad dijo, sin dirigirse a nadie en particular:

—Yo no debería estar aquí.

Como de costumbre, nadie le hizo caso y, menos aún, Archie, que se desentendía con especial empeño pese a lo mucho que deseaba escuchar.

—Yo soy un hombre con estudios, un hombre preparado. Ahora debería estar volando con las Reales Fuerzas Aéreas, bombardeando desde las alturas. Yo soy un oficial, no soy un *mullah*, un cipayo que se desloma en el trabajo duro. Mi bisabuelo, Mangal Pande —miró en derredor, buscando el reconocimiento que el nombre merecía, pero, al ver sólo impávidas caras inglesas, prosiguió—: fue el héroe de la sublevación india.

Silencio.

—¡De mil ochocientos cincuenta y siete! Fue él quien disparó la primera bala untada en vil grasa de cerdo que desencadenó la revuelta.

Un silencio más largo y denso.

—De no ser por esta jodida mano —Samad, maldiciendo interiormente la memoria histórica de los ingleses, raquítica memoria de mosquito, levantó cinco dedos retorcidos y agarrotados que solía mantener apoyados en el pecho—, esta mano de mierda que el inepto ejército indio me dejó inútil en pago por mis esfuerzos, yo hubiera emulado sus hazañas. ¿Y por qué estoy mutilado? ¡Porque el ejército indio sabe más de besar culos que del fuego y el sudor de la batalla! No vayas nunca a la India, soldado Jones. Es tierra de idiotas y peor que idiotas. Idiotas, hindúes, sijs y punjabíes. Y ahora que se habla de independencia...

dad la independencia a Bengala, Archie, digo yo, y dejad a la India en la cama con los británicos, si eso es lo que le gusta.

El brazo le cayó inerte al costado y quedó en reposo, como un viejo después de un golpe de genio. Samad siempre se dirigía a Archie como si los dos estuvieran aliados contra el resto del tanque. Por más distante que Archie se mostrara, aquellos cuatro días en que no había podido evitar mirar al indio con indiscreta insistencia habían creado entre los dos hombres un vínculo, tenue como un hilo de seda, del que Samad tiraba a la primera ocasión.

—¿Sabes, Jones? —dijo Samad—. El verdadero error del virrey fue dar cargos de poder a los sijs, ¿comprendes? Sólo porque tuvieron un discreto éxito con los cafres en África, él les dice: «Sí, señor, tú, el de la cara gorda y sudorosa, con tu bigote inglés ridículo y falso, y ese *pagri* en equilibrio sobre la cabeza como una gran boñiga, tú puedes ser oficial, vamos a *indianizar* el ejército; anda, ve, ve a pelear en Italia, comandante Rissaldar Pugri, Daffadar Pugri, con mis magníficas tropas inglesas.» ¡Qué equivocación! Y entonces me llaman a mí, héroe del Noveno de Fusileros Montados del Norte de Bengala, héroe del cuerpo de aviación bengalí, y me dicen: «Samad Miah Iqbal, Samad, vamos a concederte un gran honor. Tú combatirás en Europa... Nada de morir de hambre y beber tu propia orina en Egipto o Malasia, no. Tú combatirás a los alemanes dondequiera que los encuentres.» En la puerta de su casa, soldado Jones, en la puerta de su casa. ¡Eso! Y vine a Europa. A Italia. Bueno, pensaba yo, aquí es donde demostraré al ejército inglés que los musulmanes de Bengala pueden pelear como cualquier sij. ¡Son mejores! ¡Más fuertes! Y tienen la mejor preparación, y la mejor sangre, porque tenemos madera de oficial.

—¿Oficiales indios? ¡Qué barbaridad! —dijo Roy.

—El primer día —prosiguió Samad— destruí desde el aire un escondrijo nazi. Me lancé en picado como un águila.

—¡Y un huevo! —exclamó Roy

—El segundo día disparé desde el aire contra el enemigo cuando se acercaba a la línea Gótica y entraba por la brecha de Argenta y empujaba a los aliados por el valle del Po. Lord Mountbatten en persona iba a felicitarme. Hubiera estrechado esta mano. Pero no pudo ser. ¿Sabes qué ocurrió el tercer día, soldado Jones? ¿Sabes cómo me dejaron inválido? ¿Un muchacho en la flor de la vida?

—No —dijo Archie en voz baja.

—Un cerdo sij, soldado Jones, un imbécil. Mientras estábamos los dos en una trinchera, se le disparó el fusil y la bala me atravesó la muñeca. Pero no quise que me amputaran la mano. Todas las partes de mi cuerpo vienen de Alá y todas volverán a Él.

Y Samad había terminado en la oscura división de enlaces del Ejército de Su Majestad, con otros perdedores como Archie, hombres como Dickinson-Smith (cuyo expediente contenía la observación: «Riesgo: homosexual»), con retrasados mentales como Mackintosh y Johnson. Desechos de la guerra. Batallón de Pringados, lo llamaba Roy cariñosamente. La causa principal de los problemas de la unidad era que el capitán del Primer Regimiento de Asalto Dickinson-Smith no era soldado. Y, mucho menos, jefe, a pesar de que en sus genes había mucho mando militar. En contra de su voluntad, lo habían sacado del colegio de su padre, le habían arrancado la bata de su padre y lo habían obligado a pelear en la guerra, como había peleado su padre, y el padre de su padre, y así sucesivamente, hasta el infinito. El joven Thomas se había resignado a su suerte y entregado a un esfuerzo concertado y prolongado (duraba ya cuatro años) para agregar su nombre a los de los Dickinson-Smith grabados en la larga lista de una losa funeraria en el pueblo de Little Marlow, el día en que lo enterraran encima de todos ellos en la lata de sardinas de su panteón familiar, que presidía el histórico cementerio.

Muertos a manos de alemanes, chinos, cafres, franceses, escoceses, españoles, zulúes, indios (del sur, del este y con piel roja) y hasta por un sueco que, durante una cacería en Nairobi, confundió a un miembro de la familia con un okapi, los Dickinson-Smith, por tradición, parecían sentir un afán insaciable por ver derramar su sangre en tierra extranjera. Y, cuando no había guerra, se dedicaban a la situación en Irlanda, una especie de colonia de vacaciones de la muerte para los Dickinson-Smith, que funcionaba desde el año 1600 y parecía tener cuerda para rato. Pero no es fácil morir. Y, aunque la oportunidad de ponerse delante de cualquier clase de armamento letal había ejercido una atracción irresistible para la familia durante siglos, a este Dickinson-Smith en concreto no parecía entusiasmarlo la idea. El pobre Thomas sentía otros anhelos en tierra exótica. Él deseaba conocerla, cultivarla, aprender de ella, amarla. Para el juego de la guerra era un negado.

La larga historia de cómo Samad había caído desde la cúspide de las gestas militares del cuerpo bengalí al Batallón Pringado fue contada y vuelta a contar a Archie, en versiones distintas y con adornos diversos, una vez al día durante otras dos semanas, escuchara o no. Aunque tediosa, era un rayo de sol entre los relatos de los fracasos que llenaban aquellas largas noches y mantenían a los hombres del Batallón Pringado en su estado preferido de desmotivación y desesperación. Figuraban en el repertorio habitual la trágica muerte de la novia de Roy, una peluquera que resbaló al pisar unos bigudíes y se desnucó contra la pila; la imposibilidad de Archie de ir a un instituto privado de enseñanza secundaria, porque su madre no podía comprarle el uniforme, y los muchos parientes de Dickinson-Smith víctimas de muerte violenta. En cuanto a Will Johnson, de día callaba pero gemía en sueños, y su cara hablaba elocuentemente de calamidades en las que todos preferían no indagar. El Batallón Pringado era, pues, como un circo ambulante de amargados que vagaban sin rumbo por la Europa Oriental; monstruos y payasos sin otro público que ellos mismos. Actores y espectadores por turno. Hasta que, finalmente, el tanque irrumpió en un día que la Historia no recuerda. Que la memoria no se ha esforzado en retener. Una piedra que se sumerge bruscamente. Una dentadura que cae en silencio al fondo del vaso. El 6 de mayo de 1945.

A eso de las 18 horas del 6 de mayo de 1945, algo estalló en el tanque. No fue un ruido de bomba sino de desintegración mecánica, y el tanque, lentamente, se detuvo. Estaban cerca de Grecia y de Turquía, en un minúsculo pueblo búlgaro del que la guerra se había ido por aburrimiento, dejando que los vecinos volvieran a una rutina casi normal.

—Bueno —dijo Roy después de examinar la avería—. El motor cascado y una oruga rota. Habrá que pedir ayuda por radio y esperar a que llegue. No se puede hacer nada.

—¿No vamos a tratar de repararlo? —preguntó Samad.

—No —dijo Dickinson-Smith—. Tiene razón Mackintosh. No tenemos medios para reparar la avería. Nos quedaremos aquí hasta que llegue la ayuda.

—¿Y cuánto tardará?

—Un día —opinó Johnson—. Estamos muy lejos de los demás.

—Capitán Smith, ¿es obligatorio permanecer en el vehículo esas veinticuatro horas? —preguntó Samad, a quien tenía desesperado la higiene personal de Roy y no deseaba pasar en su compañía una noche de bochorno e inmovilidad.

—Naturalmente —gruñó Roy—. ¿Qué te has creído que es esto, un día de asueto?

—No, no... no veo por qué no han de poder salir a estirar las piernas. No servirá de nada que nos quedemos todos aquí metidos. Usted y Jones salgan ahora, y cuando regresen saldremos Mackintosh, Johnson y yo.

Samad y Archie fueron al pueblo y pasaron tres horas bebiendo *sambucca* y escuchando al dueño del café contar la mini-invasión que habían sufrido, cuando dos nazis entraron en el pueblo, se comieron todas sus provisiones, se acostaron con dos golfillas y pegaron un tiro en la cabeza a un tipo porque no les indicaba el camino del pueblo siguiente con la debida rapidez.

—Eran impacientes en todo —dijo el anciano, moviendo la cabeza.

Samad pagó la cuenta.

—Vaya, aquí no hace falta mucha gente para conquistar y saquear —comentó Archie mientras regresaban al tanque, esforzándose por dar conversación.

—Junta a un hombre fuerte y un hombre débil, y ya tienes una colonia, soldado Jones —repuso Samad.

Cuando Archie y Samad llegaron al tanque, encontraron a los soldados Mackintosh y Johnson y al capitán Thomas Dickinson-Smith muertos. A Johnson lo habían estrangulado con un alambre. Roy tenía un disparo en la espalda y la boca abierta, porque le habían arrancado los empastes de plata y le habían dejado las tenazas entre los dientes, como una lengua de hierro. Al parecer, Thomas Dickinson-Smith, al ver acercarse a su atacante, había rechazado el destino que se le asignaba y se había disparado un tiro en la cara. El único Dickinson-Smith muerto a manos de un inglés.

Mientras Archie y Samad asimilaban la situación como buenamente podían, el general Jodl sacudía la estilográfica en una pequeña escuela de Reims. Una sacudida. Dos. Luego hizo danzar solemnemente la tinta sobre la línea de puntos, y escribió Historia al estampar su firma. Fin de la guerra en Europa. Cuando el hombre que estaba de pie detrás de él le retiró el papel, Jodl inclinó la cabeza, anonadado por la trascendencia del acto. Pero Archie y Samad tardarían dos semanas en enterarse.

Eran tiempos extraños, tanto como para que entre un Iqbal y un Jones naciera la amistad. Aquel día, mientras el resto de Europa celebraba el acontecimiento, Samad y Archie se encontraban al borde de una carretera búlgara. Samad sostenía en su mano buena un puñado de cables, un tablero y una caja metálica.

—Nos han jodido la radio —dijo Samad—. Tendremos que empezar desde el principio. Mala cosa, Jones. Muy mala cosa. Hemos perdido los medios de comunicación, transporte y defensa. Y, lo que es peor, hemos perdido a nuestro mando. Un soldado sin mando, mala cosa.

Archie se volvió de espaldas a Samad y vomitó violentamente en un arbusto. El soldado Mackintosh, con toda su jactancia, se había cagado en las mismas Puertas de san Pedro, y el olor se había colado en los pulmones de Archie y hecho aflorar los nervios, el miedo y el desayuno.

Por lo que a la reparación de la radio se refería, Samad sabía cómo, conocía la teoría, pero Archie tenía las manos, y también cierta habilidad con cables, pegamento y clavos. Y se entabló una curiosa competición entre el conocimiento teórico y la habilidad práctica, que se prolongó mientras iban montando las pequeñas piezas metálicas que podían salvarlos a ambos.

—Pásame la resistencia de tres ohmios.

Archie se puso colorado; no estaba seguro de qué quería Samad exactamente. Su mano vacilaba sobre la caja de cables, bobinas y otros artilugios. Samad carraspeó discretamente cuando el meñique de Archie se acercó a la pieza deseada. Era extraño que un indio estuviera diciendo a un inglés lo que tenía que hacer, pero el abandono en que se encontraban y el valor que exigían las circunstancias les permitió asumirlo. Entonces descubrió Archie el poder del trabajo manual, que permite a los hombres utilizar un martillo y clavos para comunicarse, en lugar de nombres y adjetivos. Una lección que recordaría toda su vida.

—Buen chico —dijo Samad cuando Archie le pasó el electrodo, pero entonces, al ver que no bastaba una mano para manipular los cables y fijarlos en el tablero, devolvió la pieza a Archie y le señaló dónde tenía que ponerla.

—Esto quedará listo en un momento —afirmó Archie alegremente.

—¡Chicle! ¡Por favor, *mister*!

Al cuarto día, empezó a congregarse alrededor del tanque una pandilla de niños del pueblo, atraídos por los horribles asesinatos, los hermosos ojos verdes de Samad y el chicle norteamericano de Archie.

—*Mister* Soldado —dijo un chiquillo moreno, flaco como un gorrión, con pronunciación esmerada—, chicle, por favor, gracias.

Archie sacó del bolsillo cinco finas tiras de color rosa. El chico las repartió entre sus amigos con aire de superioridad, y todos se pusieron a masticar furiosamente, con los ojos muy abiertos por el esfuerzo. Luego, cuando el sabor se diluyó, se quedaron mirando fijamente a su benefactor en respetuoso silencio. Al cabo de unos minutos, el flaquito volvía a ser enviado como representante del pueblo.

—*Mister* Soldado —extendía la mano—. Chicle, por favor, gracias.

—No hay más —dijo Archie acompañando sus palabras de complicadas señas—. No tengo más.

—Por favor, gracias. ¡Por favor! —repitió el niño perentoriamente.

—Oh, Dios —cortó Samad—.Tenemos que reparar la radio y poner esto en marcha. Vamos a trabajar, ¿de acuerdo?

—Chicle, *mister* Soldado, chicle. —Era casi una salmodia: los niños repetían las pocas palabras que habían aprendido y las decían en cualquier orden—. ¡Por favor! —Era tanta la vehemencia con que el niño extendía la mano que hasta se ponía de puntillas.

De pronto, abrió los dedos y sonrió con malicia, preparándose para negociar. En la palma de la mano había cuatro billetes verdes, arrugados como un puñado de hierba.

—¡Dólares, *mister*!

—¿De dónde los has sacado? —preguntó Samad alargando la mano bruscamente.

El niño retiró la suya. Hacía oscilar constantemente el peso del cuerpo de un pie al otro. Es la danza del pícaro que los niños aprenden en la guerra, la versión más simple del estar en guardia.

—Primero chicle, *mister*.

—Dime de dónde lo has sacado. No juegues conmigo, te lo advierto.

Samad agarró por la manga de la camisa al chico, que trataba desesperadamente de zafarse. Los amigos empezaron a alejarse, abandonando a su héroe, que se venía abajo rápidamente.

—¿Has matado a alguien para robar esto?

En la frente de Samad, una vena parecía tratar de escapar de la piel. Deseaba defender un país que no era el suyo y vengar la muerte de unos hombres que no lo hubieran saludado en la calle en tiempo de paz. Archie estaba asombrado. Se trataba de su país, y él, pequeño, mediocre y gris, era una de las muchas vértebras esenciales de su espina dorsal, y sin embargo no podía sentir algo comparable a esto.

—No, *mister*, no, no. Me lo ha dado él. Él.

Extendiendo el brazo libre, señalaba una gran casa abandonada, aposentada en el horizonte como una gruesa gallina clueca.

—¿Alguien de esa casa ha matado a nuestros hombres? —preguntó Samad secamente.

—¿Qué dice, *mister*? —chilló el niño.

—¿Quién vive ahí?

—El doctor. Está ahí. Pero enfermo. No puede moverse. El doctor Sick.

Un par de niños que quedaban confirmaron el nombre vivamente: «Doctor Sick, *mister*, doctor Sick.»

—¿Qué le pasa?

El niño, satisfecho ahora de la atención que se le dedicaba, imitó teatralmente a un hombre que llorase.

—¿Inglés? ¿Como nosotros? ¿Alemán? ¿Francés? ¿Búlgaro? ¿Griego? —Samad soltó al niño, cansado de derrochar energía.

—No es nada. Sólo doctor Sick —dijo el niño terminantemente—. ¿Chicle?

Pasaban los días y la ayuda no llegaba. La tensión de mantener el estado de guerra en un pueblo tan agradable comenzaba a pesar en el ánimo de Archie y Samad, que, poco a poco, fueron relajándose y acomodándose a una especie de vida civil. Todas las noches cenaban en el café del viejo Gozan. Por cinco cigarrillos les servían un plato de sopa aguada. Un pescado de cualquier clase costaba una medalla de bronce de bajo rango. Como Archie llevaba ahora un uniforme de Dickinson-Smith, ya que el suyo se había hecho trizas, podía disponer de las medallas del muerto para comprar cosas más o menos indispensables, como café, jabón y chocolate. Con una foto de Dorothy Lamour que había llevado en el bolsillo del pantalón, pegada al culo, desde que se había alistado, Archie pagó unos trozos de cerdo.

—Vamos, Sam, las daremos en prenda, como si fueran cupones de racionamiento. Si quieres, cuando tengamos los medios las recuperamos.

—Yo soy musulmán —dijo Samad, apartando el plato de cerdo—. Y si doy mi Rita Hayworth me quedo sólo con mi propia alma.

—¿Por qué no comes? —preguntó Archie, devorando sus dos chuletas como un maníaco—. Si quieres saber la verdad, eso me parece muy raro.

—No como por la misma razón por la que tú, por ser inglés, nunca podrás satisfacer realmente a una mujer.

—¿Y eso por qué? —dijo Archie, interrumpiendo el festín.

—Está en nuestras culturas, amigo. —Meditó un minuto—. Quizá más adentro. Quizá en nuestros huesos.

Después de cenar hacían como que registraban el pueblo en busca de los asesinos, recorrían rápidamente las calles, inspeccionaban los tres sórdidos bares y miraban en los dormitorios de las viviendas donde había mujeres bonitas, pero al cabo de algún tiempo hasta estas actividades abandonaron y se quedaban sentados al lado del tanque, fumando cigarrillos baratos y contemplando las puestas de sol, rojas y largas, mientras hablaban de sus anteriores encarnaciones de periodista (Archie) y estudiante de biología (Samad). Discurrían sobre ideas que Archie no acababa de entender y, al aire frío de la noche, Samad revelaba secretos de los que nunca había hablado en voz alta. Se hacían entre ellos unos silencios largos y plácidos, como los que se instalan entre mujeres que se conocen desde hace años. Miraban las estrellas que iluminaban una tierra extraña, y ninguno de los dos sentía gran nostalgia de la suya. En suma, era la clase de amistad que un inglés hace durante las vacaciones, y que sólo durante las vacaciones puede hacer un inglés. Una amistad que no repara en la clase ni el color, una amistad que nace de la proximidad física y que subsiste porque el inglés supone que la proximidad física no ha de durar.

Hacía semana y media que la radio estaba reparada, y ellos seguían sin recibir respuesta a las peticiones de ayuda que lanzaban a las ondas, en busca de un oído atento. (Para entonces, en el pueblo ya se sabía que la guerra había terminado, pero nadie tenía prisa por comunicarlo a los dos visitantes, cuyo diario aprovisionamiento tanto auge había dado a la economía local.) En las largas horas vacías, Archie enderezaba la cadena de oruga haciendo palanca con una barra de hierro mientras Samad investigaba el problema. Al otro lado del mundo, sus familias los daban por muertos.

—¿Tienes alguna mujer que te espere en Brighton City? —peguntó Samad metiendo la cabeza entre cadena y tanque, como el domador en las fauces del león.

Archie no era guapo. Si en una foto uno le tapaba la nariz y la boca con el pulgar resultaba atractivo, pero de otro modo no llamaba la atención. Sus ojos de Sinatra, azules, grandes y tristes, atraían a las chicas, pero sus orejas de Bing Crosby y su nariz bulbosa a lo W. C. Fields las desanimaban.

—Alguna hay —dijo desenfadadamente—. Ya sabes, aquí y allá. ¿Y tú?

—Para mí ya se ha elegido a una señorita. La hija de los señores Begum. Los «padres políticos», como decís vosotros. Gente importante. Tan arriba están en la escala social de Bengala que el mismo gobernador suspira por una invitación a cenar en su casa.

Samad lanzó una carcajada, esperando compañía, pero Archie, que no había entendido nada, se quedó impasible como de costumbre.

—Son de lo mejor —prosiguió Samad, desanimado sólo a medias—. De lo mejor. Excelente linaje... y, por si fuera poco, sus mujeres son propensas... por tradición, a través de las generaciones, ¿comprendes?, a tener unos melones realmente enormes.

Samad acompañó la frase con el gesto correspondiente y luego volvió a concentrar la atención en alinear cada diente de la cadena en su ranura.

—¿Y...? —dijo Archie.

—¿Y qué?

—¿Son tan...? —Archie repitió el gesto, pero tan exagerado que la anatomía de la mujer dibujada en el aire le impediría tenerse en pie.

—Oh, aún tendré que esperar algún tiempo. —Samad sonrió con nostalgia—. Desgraciadamente, la familia Begum no tiene todavía una descendiente femenina de mi generación.

—Joder, ¿me estás diciendo que tu esposa aún no ha nacido?

—¿Y qué importa eso? —preguntó Samad sacando un cigarrillo del bolsillo del pecho de Archie. Rascó un fósforo en el costado del tanque y prendió el tabaco. Archie se enjugó el sudor de la cara con una mano grasienta.

—De donde yo vengo —dijo Archie—, a un tío le gusta conocer a la chica antes de casarse con ella.

—De donde tú vienes, es costumbre hervir las verduras hasta que se deshacen. Lo cual no quiere decir que sea buena idea —terminó Samad secamente.

• • •

Su última noche en el pueblo fue absolutamente oscura y silenciosa. El aire bochornoso hacía que no apeteciera fumar, y Archie y Samad tamborileaban con los dedos en los fríos escalones de piedra de una iglesia, a falta de otra cosa en que ocupar las manos. Durante un momento, en el crepúsculo, Archie olvidó la guerra, que en realidad había dejado de existir. Una noche de esas de pretérito imperfecto y futuro perfecto.

Mientras la paz les era aún ajena, durante aquella última noche de su inocencia, Samad decidió consolidar su amistad con Archie. Esto suele hacerse con una revelación singular: un pecadillo sexual, un secreto sentimental o una oscura pasión oculta no mencionada hasta entonces por falta de confianza. Pero para Samad no había nada más íntimo ni más importante que su sangre. Era pues natural que, allí sentados, en un recinto sagrado, hablara de lo que más sagrado era para él. Y no había una evocación más fuerte de la sangre que corría por sus venas y de la tierra en la que a lo largo de los siglos se había derramado aquella sangre, que la historia de su bisabuelo. Así que Samad contó a Archie la gesta de Mangal Pande, centenaria, olvidada y apolillada ya.

—¿Así que era tu abuelo? —dijo Archie, después de contada la historia, escondida la luna tras unas nubes y habiendo quedado él debidamente impresionado—. ¿Tu abuelo de verdad, de sangre?

—Bisabuelo.

—Vaya, no está mal. Lo estudié en el colegio y aún me acuerdo, ¿sabes? Historia de las Colonias, con el señor Juggs. Era calvo y tenía los ojos saltones... el señor Juggs, quiero decir, no tu abuelo. Hacía que nos enteráramos de las cosas, aunque tuviera que darnos en los nudillos con la regla... En los regimientos, aún hoy se llama *pandies* a los que son un poco rebeldes. No sabía de dónde venía la palabra. Pande era el rebelde que no quería a los ingleses y disparó la primera bala del motín. Ahora lo recuerdo, tan claro como la luz del día. ¡Y era tu abuelo!

—Bisabuelo.

—Vaya, vaya, no está mal, ¿eh? —dijo Archie, tumbándose con las manos en la nuca, a mirar las estrellas—. Eso es llevar un trozo de historia en la sangre. Una motivación, diría yo. Yo soy un Jones, ya ves. Lo mismo que Smith. No somos nadie... Mi padre decía: «Somos la paja, chico, la paja.» Y no es que eso me haya preocupado nunca, ¿eh? A mucha honra. Un inglés a carta cabal. ¡Pero tú has tenido un héroe en la familia!

Sam se inflaba de orgullo.

—Sí, Archibald, ésa es la palabra. Naturalmente, no faltan los catedráticos mezquinos que tratan de desacreditarlo, porque son incapaces de reconocer los méritos de un indio. Pero fue un héroe, y todos los actos que yo he realizado en esta guerra me los ha inspirado su ejemplo.

—En eso tienes razón —dijo Archie con gesto pensativo—. En Inglaterra no se habla bien de los indios. No les gustaría oír decir a alguien que un indio ha sido un héroe. Lo mirarían de un modo raro.

Bruscamente, Samad le oprimió la mano. Archie sintió una piel cálida, casi febril. Nunca le había tomado la mano un hombre; su primer impulso fue desasirse, darle un puñetazo o algo así, pero se contuvo porque ya se sabía que los indios eran muy efusivos. Debía de ser por todas esas especias de la comida.

—Hazme un favor, un gran favor, Jones. Cuando vuelvas a tu país, es decir, si vuelves, si volvemos a nuestros países... y oyes a alguien hablar de Oriente —aquí su voz descendió un registro, y el tono se hizo triste y vibrante—, resérvate el juicio. Si te dicen: «todos son así», o «hacen esto» o «piensan esto», resérvate el juicio hasta que conozcas todos los hechos. Porque ese país que ellos llaman India tiene mil nombres y está poblado por millones de personas y, si crees haber encontrado entre esa multitud a dos que sean iguales, te equivocas. Es sólo una ilusión del claro de luna.

Samad le soltó la mano y se hurgó en el bolsillo, hundiendo el dedo en una reserva de polvo blanco que allí guardaba, para luego llevárselo a la boca con disimulo. Se apoyó en la pared y se frotó las yemas de los dedos en la piedra. Era una pequeña iglesia misionera, convertida en hospital y abandonada a los dos meses, cuando los marcos de las ventanas empezaron a temblar con las explosiones. Samad y Archie habían optado por dormir allí porque había colchones, aunque eran delgados, y unas ventanas grandes que ventilaban bien. Samad había encontrado otro aliciente (es la soledad, se decía, es la melancolía): la morfina en polvo que quedaba en los botiquines diseminados por el edificio, que él rastreaba como los niños buscan los huevos de Pascua. Cada vez que Archie salía a orinar o a probar la radio por enésima vez, Samad recorría la capilla, registrando botiquines, como un pecador que fuera de confesionario en confesionario. Cuando encontraba el frasquito del pecado, tomaba un pellizco de polvo, se lo frotaba en la encía o lo echaba en la pipa y luego se tendía en el fresco suelo de cerámica y contemplaba la exquisita curva de la bóveda. Aquella iglesia estaba cubierta de palabras. Palabras trazadas trescientos años atrás por unos disidentes que se negaron a pagar las tasas funerarias durante una epidemia de cólera y a los que un terrateniente corrupto mandó encerrar en la iglesia, donde murieron; pero no sin antes haber cubierto todas las paredes de cartas a la familia, poemas y juramentos de eterna desobediencia. A Samad le gustó la historia cuando se la contaron, pero no le impresionó realmente hasta que sintió el efecto de la morfina. Porque entonces despertaban todos los nervios de su cuerpo, y se destapaba la información, toda la información contenida en el universo, toda la información de las paredes, y le corría por el cuerpo como la electricidad por un cable conectado a tierra. Entonces se le abría la cabeza como una tumbona. Y él se sentaba y contemplaba el desfile de su mundo. Esa noche, tras una dosis más que suficiente, Samad estaba especialmente lúcido. Como si tuviera la lengua bien untada de mantequilla y el mundo fuera un huevo de mármol pulido. Y se sentía solidario con los disidentes muertos, que eran hermanos de Pande —esa noche a Samad le parecía que todo rebelde era hermano suyo—, y le hubiera gustado poder hablar con ellos de la huella que habían dejado en el mundo. ¿Había sido suficiente? Cuando llegó la muerte, ¿les pareció suficiente? ¿Se daban por satisfechos con las mil palabras que habían dejado?

—Si quieres saber lo que pienso —dijo Archie, siguiendo la dirección de la mirada de Samad, que estaba fija en la bóveda—, si no me quedaran más que unas cuantas horas de vida, no las pasaría dibujando en el techo.

—Dime entonces —inquirió Samad, molesto por aquella interrupción de su plácida contemplación—, ¿qué gran reto afrontarías en las últimas horas de tu vida? ¿Resolver el teorema de Fermat, quizá? ¿Dominar la filosofía aristotélica?

—¿Qué? ¿Quién? No... yo, verás... me acostaría con una señora —dijo Archie, a quien la falta de experiencia hacía púdico—. Por última vez, ¿comprendes?

Samad se echó a reír.

—Di mejor por primera vez.

—Vamos, que hablo en serio.

—Está bien. ¿Y si no hubiera «señoras» a mano?

—Bueno, siempre se puede —y Archie se puso colorado como un pimiento, ya que ésta era su particular versión de lo que es consolidar una amistad— darle al salami, como dicen los soldados norteamericanos.

—Darle al salami... —repitió Samad desdeñosamente—. ¿Eso es todo? Lo último que desearías hacer antes de desprenderte de tu envoltura mortal es «darle al salami». Provocarte el orgasmo.

Archie, que era de Brighton, donde nadie nunca, nunca, decía palabras tales como «orgasmo», empezó a retorcerse con una turbación histérica.

—¿He dicho algo gracioso? Me gustaría saber dónde está la gracia —dijo Samad distraídamente encendiendo un cigarrillo a pesar del calor, su cabeza en el más allá por efecto de la morfina.

—Nada —repuso Archie con voz ahogada—, no es nada.

—¿Es que no te das cuenta, Jones? ¿No ves... —Samad estaba echado en el umbral, con medio cuerpo dentro y medio fuera, y extendía los brazos hacia el techo— la intención? Esa gente no estaba dándole al salami, no estaba masturbándose. Ellos perseguían algo un poco más permanente.

—Pues, francamente, no veo la diferencia —dijo Archie—. Cuando uno está muerto, está muerto.

—Oh, no, Archibald, no —susurró Samad melancólicamente—. No te creas eso. Debes vivir la vida con el convencimiento de que tus actos permanecerán. Somos criaturas que dejamos huella, Archibald —dijo señalando las paredes de la iglesia—. Ellos lo sabían. Mi bisabuelo lo sabía. Un día, nuestros hijos lo sabrán.

—¡Nuestros hijos! —exclamó Archie con una risita divertida, tan distante parecía la posibilidad de tener descendencia.

—Nuestros hijos nacerán de nuestros actos. Nuestras acciones se traducirán en sus destinos. Sí; los actos permanecen. Lo que importa es lo que uno hace en el momento crucial, cuando se han hecho las apuestas, cuando cae la bola. Cuando las paredes se derrumban, y el cielo está oscuro, y el suelo tiembla. En ese momento, nuestros actos nos definirán. Y no importa si Alá, Jesús o Buda nos están mirando o no. En los días fríos, un hombre puede ver su aliento, y en los días cálidos no. Pero el hombre respira siempre.

—¿Sabes? —dijo Archie después de una pausa—, poco antes de embarcar en Felixstowe vi el nuevo taladro que han sacado, que se desmonta en dos piezas y se pueden poner cosas distintas en el extremo: brocas, percutores, hasta abrebotellas. Muy útil para un apuro, sin duda. Me gustaría tener uno de esos chismes.

Samad miró a Archie un momento y luego movió la cabeza a derecha e izquierda.

—Anda, entremos. Esa comida búlgara me destroza el estómago. Necesito dormir un poco.

—Estás un poco pálido —comentó Archie ayudándolo a levantarse.

—Es por mis pecados, Jones, por mis pecados, a pesar de que soy más víctima de los pecados ajenos que pecador —contestó Samad riendo por lo bajo.

—¿Qué dices?

Archie sostenía a Samad mientras entraban.

—Algo que he comido no me ha sentado bien —dijo Samad esmerándose en la pronunciación.

Archie se había dado cuenta de que Samad rapiñaba la morfina de los botiquines, pero comprendía que no quería que él lo supiera, por lo que, mientras llevaba a su amigo hacia un colchón, dijo tan sólo:

—Anda, acuéstate.

—Cuando esto termine, volveremos a vernos en Inglaterra, ¿de acuerdo? —dijo Samad dejándose caer en el colchón.

—Sí —repuso Archie, tratando de imaginarse a sí mismo paseando por el muelle de Brighton al lado de Samad.

—Tú eres un inglés diferente, soldado Jones. Yo te considero mi amigo.

Archie no estaba seguro de cómo consideraba él a Samad, pero sonrió afablemente, agradeciendo la intención.

—En el año mil novecientos setenta y cinco, tú cenarás con mi esposa y conmigo. Cuando seamos gordos y tengamos montones de dinero. Estoy seguro de que volveremos a encontrarnos.

Archie, que desconfiaba de la cocina extranjera, esbozó apenas una sonrisa.

—¡Seremos amigos toda la vida!

Después de dejar a Samad, Archie se buscó un colchón y se acomodó, buscando la mejor postura para dormir.

—Buenas noches, amigo —dijo Samad con sincera alegría en la voz.

Por la mañana, el circo llegó al pueblo. Los gritos y las risotadas despertaron a Samad, que se puso precipitadamente el uniforme y agarró la pistola. Salió al patio inundado de sol, donde vio a soldados rusos vestidos de color caqui que jugaban a saltar al potro, disparaban a latas que se ponían en la cabeza y lanzaban cuchillos a patatas clavadas en palos y adornadas con bigotitos negros. Con el cansancio propio de quien entiende por fin, Samad se dejó caer en la escalera y suspiró con las manos en las rodillas y la cara levantada hacia el calor. Al cabo de un momento, apareció Archie dando traspiés, con el pantalón a media asta. Movía la pistola en busca del enemigo y disparó al aire una bala de miedo. La función de circo continuó como si nada. Samad tiró a Archie de una pernera del pantalón y, con un ademán fatigado, le indicó que se sentara.

—¿Qué sucede? —preguntó Archie con los ojos llorosos.

—Nada. No pasa absolutamente nada. En realidad, todo ha terminado.

—Pero podrían ser los hombres que...

—Mira esas patatas, Jones.

Archie miró ansiosamente a uno y otro lado.

—¿Qué pintan las patatas?

—Son patatas Hitler, hombre. Dictadores patata. Ex dictadores. —Arrancó una de su palo—. ¿Ves el bigote? Se acabó, Jones. Alguien ha terminado la guerra por nosotros.

Archie tomó la patata.

—Como un autobús, Jones. Se nos ha escapado la jodida guerra.

Archie gritó a un ruso alto y desgarbado que apuntaba con el cuchillo a una patata Hitler.

—¿Hablas inglés? ¿Cuándo se ha acabado?

—¿La guerra? —El ruso se rió con incredulidad—. ¡Hace dos semanas, camarada! ¡Si quieres más, tendrás que irte a Japón!

—Como un autobús —repitió Samad moviendo la cabeza a uno y otro lado. Sentía crecer dentro de sí un violento furor, la bilis lo ahogaba. Esta guerra iba a ser su oportunidad. Él esperaba volver cubierto de gloria, regresar a Delhi triunfalmente. ¿Cuándo tendría otra oportunidad? Ya no habría más guerras como ésta: eso lo sabía todo el mundo.

El soldado al que había hablado Archie se acercó. Llevaba el uniforme ruso de verano, con la guerrera de tela fina abrochada hasta el cuello y una gorra blanda y demasiado grande. El sol se reflejó en la hebilla del cinturón que rodeaba su considerable cintura e hirió a Archie en los ojos. Cuando recuperó la visión, Archie descubrió una cara ancha, una mirada estrábica y una pelambrera pajiza que apuntaba en varias direcciones. Una imagen alegre, en conjunto, en una mañana soleada. El ruso hablaba un inglés fluido, con un acento norteamericano que acariciaba el oído como rumor de olas.

—¿La guerra terminó hace dos semanas y no se han enterado?

—La radio... no estaba... —La voz de Archie se apagó.

El soldado sonrió ampliamente dándoles sendos y vigorosos apretones de mano.

—¡Bienvenidos al tiempo de paz, camaradas! ¡Y nosotros que creíamos que los rusos éramos una nación mal informada! —Soltó otra vez su risa potente. Dirigiéndose a Samad, preguntó entonces—: ¿Dónde están sus compañeros?

—No hay compañeros, camarada. Los demás hombres de nuestro tanque han muerto y no hay señales de nuestro batallón.

—¿No están aquí con un objetivo?

—Pues... no —contestó Archie, repentinamente incómodo.

—Nada de objetivo, camarada —dijo Samad, con un peso en el estómago—. La guerra ha terminado y nos encontramos sin objetivo. —Sonrió tristemente y estrechó la mano del ruso con la suya buena—. Voy a entrar. El sol —explicó entornando los ojos—. Me daña la vista. Encantado de haberlo conocido.

—Sí, por supuesto —dijo el ruso, que siguió con la mirada a Samad hasta que éste desapareció en el interior de la iglesia. Luego se volvió hacia Archie—. Un tipo extraño.

—Hm —dijo Archie—. ¿Y ustedes a qué han venido? —preguntó tomando un cigarrillo hecho a mano que le ofrecía el ruso.

Resultó que el ruso y los siete hombres que iban con él se dirigían a Polonia, a liberar los campos de trabajo de los que a veces se oía hablar en voz baja. Habían parado allí, al oeste de Tokat, para detener a un nazi.

—Pues aquí no hay nadie, amigo —dijo Archie afablemente—. Nadie más que el indio y yo, y unos cuantos viejos y niños del pueblo. Los demás están muertos o huidos.

—Muertos o huidos... muertos o huidos —repitió el ruso muy divertido, haciendo girar un fósforo entre el pulgar y el índice—. Buena frase... Tiene gracia. Bueno, eso mismo hubiera pensado yo, pero tenemos información fidedigna... de su servicio secreto precisamente... de que hay un pez gordo escondido en esa casa. Ahí. —Señalaba la casa del horizonte.

—¿El doctor? Unos chicos nos hablaron de él. Vaya, pues estará cagado de miedo, si todos ustedes andan tras él —comentó Archie a modo de cumplido—, pero dicen que está enfermo. El doctor Sick lo llaman. Oiga, no será inglés, ¿eh? Un traidor o algo por el estilo.

—¿Qué? Oh, no. No, no, no. Es el doctor Marc-Pierre Perret. Un francés joven. Un cerebro. Una eminencia. Hacía trabajo científico para los nazis desde antes de la guerra. En el programa de esterilización y, después, en la política de la eutanasia. Asuntos internos alemanes. Era uno de los más adictos al régimen.

—¡Caray! —exclamó Archie, a quien le hubiera gustado saber qué quería decir todo aquello—. ¿Y qué van a hacer?

—Detenerlo y llevarlo a Polonia, donde las autoridades se encargarán de él.

—Las autoridades —dijo Archie, todavía impresionado, pero ya sin prestar atención—. Caray.

La capacidad de concentración de Archie era limitada, y ahora lo había distraído la rara facultad de aquel ruso grandote y jovial para mirar en dos direcciones a la vez.

—Como la información que recibimos procede de su servicio secreto, y siendo usted aquí el oficial de mayor graduación, capitán... capitán...

Un ojo de cristal. Era un ojo de cristal que detrás tenía un músculo que no cumplía con su obligación.

—Perdone, pero no sé su nombre ni su graduación —dijo el ruso mirando a Archie con un ojo, y a una hiedra que trepaba junto a la puerta de la iglesia con el otro.

—¿Quién? ¿Yo? Jones —dijo Archie, siguiendo la trayectoria orbital del ojo: árbol, patata, Archie, patata.

—Bien, capitán Jones, sería un honor si usted tomara el mando de la expedición hacia la colina.

—¿Capitán... qué? No, no, ahí ha errado el tiro —dijo Archie, sustrayéndose a la fuerza magnética del ojo y contemplándose a sí mismo vestido con el uniforme de Dickinson-Smith, ornado de relucientes botones—. Yo no soy un jodido...

—El teniente y yo estaremos encantados de hacernos cargo de la misión —lo interrumpió una voz a su espalda—. Hace mucho tiempo que no entramos en acción. Ya es hora de que volvamos a poner manos a la obra, como suele decirse.

Samad había salido a la escalera frontal silencioso como una sombra, con otro de los uniformes de Dickinson-Smith y un cigarrillo aún sin encender colgando del labio inferior con displicencia, como una frase sofisticada. Era un chico bien parecido, y los relucientes botones de la autoridad acentuaban su apostura. A la luz del sol, enmarcado por la puerta y la iglesia, tenía muy buena estampa.

—Lo que quiere decir mi amigo —prosiguió Samad con su más melodioso acento angloindio— es que él no es el jodido capitán. El jodido capitán soy yo. Capitán Samad Iqbal.

—Camarada Nikolai Pesotsky.

Samad y el ruso se echaron a reír y volvieron a estrecharse la mano.

—Es mi teniente. Archibald Jones. Debo pedir disculpas si antes me he comportado de un modo un tanto extraño. Últimamente no me sienta bien la comida. Vamos a ver. Saldremos al anochecer, ¿no le parece, teniente? —dijo Samad dirigiendo a Archie una mirada de complicidad.

—Sí —asintió Archie precipitadamente.

—A propósito, camarada —dijo Samad prendiendo un fósforo en la pared y encendiendo el cigarrillo—, si me permite la pregunta, ¿ese ojo es de cristal? Parece auténtico.

—¡Sí! Lo compré en San Petersburgo. El mío lo perdí en Berlín. Es increíble cómo se parece al otro, ¿verdad?

El simpático ruso se sacó el ojo de la órbita y se lo puso en la palma de la mano para que Samad y Archie lo vieran. «Cuando empezó la guerra —pensó Archie—, los chicos nos arremolinábamos alrededor de una foto para mirar las piernas de Betty Grable. Ahora la guerra ha terminado y miramos el ojo de un pobre tío. Joder.»

Después de rodar por la mano del ruso, el ojo se detuvo en el centro de la línea de la vida, que era larga y profunda, y miró al teniente Archie y al capitán Samad con hipnótica fijeza.

Aquella noche, el teniente Jones supo por primera vez lo que era la guerra de verdad. Conducidos por Samad, Archie, los ocho rusos, Gozan, el dueño del café, y el sobrino de Gozan, subieron la colina en dos jeeps del ejército, con la misión de apresar a un nazi. Mientras los rusos iban bebiendo a morro de las botellas de *sambucca* hasta no recordar ni cómo empezaba su himno nacional y Gozan vendía trozos de pollo asado al mejor postor, Samad, de pie en el primer jeep, más volado que una cometa por todo el polvo blanco que llevaba dentro, gesticulaba cortando la noche con los brazos y gritando unas instrucciones a las que su batallón de borrachos no prestaba atención y que ni él mismo estaba en condiciones de entender.

Archie iba sentado en la parte trasera del segundo jeep, callado, sobrio, asustado e impresionado por su amigo. Archie nunca había tenido un héroe: tenía cinco años cuando su padre salió a comprar el consabido paquete de cigarrillos y se olvidó de volver y, como no era aficionado a la lectura, no había caído en sus manos ninguno de los horrendos libros que se escriben para proponer héroes fatuos a los jóvenes: Archie no había soñado con espadachines, ni piratas tuertos, ni audaces aventureros. Y ahora Samad, con sus botones de oficial reluciendo a la luz de la luna como monedas en el pozo de los deseos, lo había dejado atónito. A sus diecisiete años, Archie acababa de tener una revelación, tan contundente como un directo a la mandíbula, que le decía: aquí hay un hombre para el que no existe en la vida senda demasiado abrupta. Allí había un zumbado delirante, de pie en un jeep, allí había un amigo, allí había un héroe, con un aspecto que Archie nunca había imaginado. Pero, a las tres cuartas partes de la cuesta, la carretera que seguían se estrechó inesperadamente y obligó al jeep a frenar en seco, con lo que el heroico capitán dio media voltereta hacia atrás y cayó con los pies para arriba.

—Hace mucho, mucho tiempo que por aquí no pasa nadie —dijo el sobrino de Gozan royendo filosóficamente un hueso de pollo. Miró a Samad (que había caído a su lado) y señaló el jeep en el que se encontraban—. No pasará.

De modo que Samad reunió a su raquítico batallón y emprendió a pie la marcha montaña arriba, en busca de una guerra de la que poder hablar un día a sus nietos, como le habían hablado a él de las hazañas de su bisabuelo. Dificultaban su avance grandes bloques de tierra que se habían desprendido de la montaña por la explosión de las bombas y que habían quedado en medio del camino. De muchos de ellos surgían raíces de árboles que languidecían en el aire, impotentes, y para poder pasar tenían que cortarlas con las bayonetas de los fusiles rusos.

—Esto parece el infierno —bufó el sobrino de Gozan, trepando con movimientos de borracho por entre una maraña de raíces—. ¡Es como el infierno!

—Tienen que perdonarlo. Está furioso, porque es joven. Pero es verdad. Esto no era... ¿cómo lo dicen ustedes?, no era asunto nuestro, teniente Jones —dijo Gozan, al que habían sobornado con dos pares de botas para que no hablara del repentino ascenso de sus amigos—. ¿Qué teníamos nosotros que ver con todo esto? —Enjugó una lágrima, mitad causada por la borrachera y mitad por la emoción—. ¿Qué teníamos que ver nosotros? Nosotros, gente de paz. ¡Nosotros no queremos guerra! Esta colina... antes muy bonita. Flores, pájaros que cantan, ¿comprende? Nosotros, gente del Este. ¿Qué tienen que ver con nosotros las batallas del Oeste?

Instintivamente, Archie se volvió a mirar a Samad, esperando uno de sus discursos; pero, antes de que Gozan acabara de hablar, Samad apretó de repente el paso y al momento corría a la cabeza de los embriagados rusos, que fintaban con las bayonetas. Al cabo de un instante dobló un recodo y se perdió de vista, tragado por la oscuridad. Archie vaciló unos segundos y entonces, zafándose del sobrino de Gozan (que acababa de enfrascarse en el relato de la historia de una prostituta cubana a la que había conocido en Amsterdam), salió corriendo hacia el lugar en el que acababa de ver brillar un botón plateado, en uno de los caprichosos giros del camino.

—¡Capitán Iqbal! ¡Capitán Iqbal, espere!

Corría repitiendo la frase y agitando la linterna, que iluminaba fugazmente el sotobosque revelando extrañas figuras antropomórficas: aquí un hombre, allí una mujer de rodillas, más allá tres perros que aullaban a la luna. Así siguió un rato, tropezando en la oscuridad.

—¡Encienda la linterna! ¡Capitán Iqbal! ¡Capitán Iqbal!

No recibía respuesta.

—¡Capitán Iqbal!

—¿Por qué me llamas así —dijo una voz a su derecha, muy cerca—, si sabes que no soy capitán?

—¿Iqbal? —Y, mientras Archie hacía la pregunta, la luz de su linterna tropezó con la figura sentada en una piedra con la cara entre las manos.

—¿Por qué...? Quiero decir que no puedes ser tan idiota; que tú sabes, supongo, que yo soy un simple soldado del Ejército de Su Majestad.

—Claro. Pero hay que guardar las apariencias. Es nuestra tapadera, ¿no?

—¿Nuestra tapadera? Hombre... —Samad rió entre dientes de un modo que a Archie le pareció siniestro, y cuando levantó la cara se vio que tenía los ojos inyectados en sangre y también llenos de lágrimas—. ¿A ti qué te parece que es esto? ¿Un juego de imbéciles?

—No, yo... ¿Te encuentras bien, Sam? Pareces alterado.

Samad tenía la vaga idea de que debía de parecer alterado. Aquella tarde se había puesto una fina raya del polvito blanco dentro de cada párpado inferior. La morfina le había dejado la mente afilada como la hoja de un cuchillo, dispuesto a cortar. El subidón había sido espléndido, pródigo en inspiración y elocuencia, pero los pensamientos liberados habían quedado chapoteando en una charca de alcohol y dejado a Samad tirado en un socavón traidor. Esa noche no le gustaba el reflejo de su imagen. Veía dónde estaba —en la fiesta de despedida de lo que había amenazado con ser el fin de Europa— y añoraba el Este. Veía su mano inútil con sus cinco inútiles apéndices; veía su cara, tostada de color de chocolate por el sol; veía el interior de su cerebro, reducido a la estupidez por conversaciones estúpidas y los estímulos nefandos de la muerte, y sentía nostalgia del Samad Miah que era antes: culto, bien parecido, de piel clara. De niño era muy guapo, y su madre siempre lo protegía del sol, le buscaba los mejores maestros y le untaba la piel con aceite de linaza dos veces al día.

—Sam, Sam... Tú no estás bien. Vamos, Sam, estarán aquí de un momento a otro... Sam...

Cuando uno siente odio hacia sí mismo, se revuelve contra la primera persona que encuentra. Pero a Sam le dolía que esta persona fuera Archie, que lo miraba con gesto de preocupación, temor e impaciencia, todo mezclado en aquella cara anodina, tan mal dotada para expresar sentimientos.

—No me llames Sam —gruñó con una voz que Archie no reconoció—. Yo no soy uno de vuestros coleguillas ingleses. Me llamo Samad Miah Iqbal. No Sam. Ni Sammy. Ni mucho menos Samuel, no lo permita Dios. Me llamo Samad.

Archie estaba compungido.

—Bueno, dejémoslo —dijo Samad, suavizando el tono repentinamente, deseoso de evitar una escena sentimental—. Me alegro de que estés aquí porque quería decirte que estoy destrozado, teniente Jones; estoy, como decís vosotros, hecho papilla. Estoy acabado.

Se puso de pie, pero enseguida volvió a desplomarse en la roca.

—Levántate —masculló Archie entre dientes—. Levántate. Pero ¿qué te pasa?

—Estoy acabado, en serio. Pero he estado pensando —dijo Samad agarrando la pistola con la mano buena.

—Aparta eso.

—He estado pensando que estoy acabado, teniente Jones. No tengo futuro. Comprendo que esto te sorprenda... Lo siento, pero mi flema británica no tiene la calidad suficiente. Lo cierto es que sólo veo...

—Aparta eso.

—... oscuridad. Soy un tullido, Jones. —Se balanceaba de derecha a izquierda y la pistola danzaba alegremente—. Y mi fe está tullida, ¿entiendes? Ahora no sirvo para nada, ni siquiera soy bueno para Alá, todopoderoso en su misericordia. ¿Qué voy a hacer cuando acabe la guerra, esta guerra que ya ha acabado? ¿Qué voy a hacer? ¿Volver a Bengala? ¿A Delhi? ¿Quién querrá allí a un inglés como yo? ¿A Inglaterra? ¿Quién querrá a un indio? Nos prometen la independencia a cambio de dejar de ser los hombres que fuimos. Pero es un pacto diabólico. ¿Qué puedo hacer? ¿Quedarme aquí? ¿Ir a otro sitio? ¿Qué laboratorio necesita a un manco? ¿Para qué sirvo?

—Escucha, Sam... Estás diciendo tonterías.

—¿De verdad? ¿Esas tenemos, amigo? —preguntó Samad, que se levantó, tropezó en una piedra y chocó contra Archie—. Te asciendo en una tarde de soldado de mierda a teniente del ejército británico, ¿y así me lo agradeces? ¿Dónde estás cuando más te necesito? ¡Gozan! —gritó al obeso dueño del café, que, sudoroso, había doblado el recodo más alejado—. Gozan, hermano en la fe musulmana, ¿es esto justo, en nombre de Alá?

—Cállate —cortó Archie—. ¿Quieres que te oigan todos? Y baja eso.

El brazo de Samad surgió de la oscuridad y rodeó el cuello de Archie, de manera que sus dos cabezas y la pistola quedaron unidas en un odioso abrazo.

—¿Para qué sirvo, Jones? Si ahora apretara el gatillo, ¿qué quedaría de mí? Un indio, un indio inglés renegado con una mano muerta, muerta como una rama seca y ni una medalla que enviar con mi cadáver. —Soltó a Archie y se agarró el cuello de su propia guerrera.

—Toma medallas, carajo —dijo Archie, arrancándose tres del pecho y arrojándoselas—. Aquí hay un montón.

—¿Y qué me dices de este otro detalle? ¿Te das cuenta de que somos desertores? De hecho, somos desertores. Párate un momento a pensarlo. Nuestro capitán ha muerto. Llevamos sus uniformes y mandamos a suboficiales, unos hombres que tienen mayor graduación que nosotros. ¿Y cómo? Con engaño. ¿No nos convierte eso en desertores?

—¡La guerra había terminado! Además, tratamos de ponernos en contacto.

—¿Estás seguro, amigo Archie? ¿De verdad tratamos? ¿O escurrimos el bulto como desertores, escondidos en una iglesia mientras se hundía el mundo y los hombres morían en el frente?

Forcejearon un momento, mientras Archie trataba de hacerse con la pistola y Samad lo golpeaba con una fuerza considerable. Archie vio aparecer a lo lejos, por el recodo, al resto de la pintoresca partida, una masa grisácea que subía haciendo eses y cantando *Lydia, la dama tatuada*.

—Oye, baja la voz. Y cálmate —dijo Archie soltándolo.

—Somos unos impostores, unos farsantes, con la ropa de otros. ¿Cumplimos con nuestro deber, Archibald? ¿Sinceramente? Te he arrastrado en mi caída, Archie, y te pido perdón. La verdad es que éste era mi sino. Estaba escrito.

«¡Oh, Lydia! ¡Has visto a Lydia, la dama tatuaaaaadaaaa!»

Samad, con aire distraído, se puso el cañón de la pistola en la boca y amartilló el gatillo.

—Escúchame, Iqbal —dijo Archie—. Cuando estábamos en el tanque, con el capitán, Roy y los demás...

«¡Oh, Lydia, la reina de los tatuajes! En la espalda tiene la batalla de Waterloo...»

—... tú siempre estabas hablando de ser un héroe y todo eso... como tu tío abuelo como se llame.

«Al lado de la ruina del Hesperion...»

Samad se quitó la pistola de la boca.

—Pande —dijo—. Bisabuelo. —Y volvió a morder el cañón del arma.

—Pues aquí tienes la ocasión. Ni pintada. Tú no querías perder el tren, y no lo perderemos, si llevamos las cosas como es debido. Así que deja ya de hacer el gilipollas.

«Y ondeando sobre las olas, rojo, blanco y azuuuul. ¡Lydia puede enseñarte mucho!»

—¡Camarada! ¿Qué carajo...?

El ruso simpático se había acercado sin que ellos lo notaran y miraba horrorizado a Samad, que chupaba el revólver como si fuera un pirulí.

—Estaba limpiándolo —barbotó Samad, quitándose el arma de la boca, visiblemente sobresaltado.

—En Bengala se hace así —explicó Archie.

La guerra que aquellos doce hombres esperaban encontrar en el viejo caserón de la montaña, la guerra que Samad quería poner en conserva en un tarro para dejar a sus nietos como recuerdo, no estaba allí. Encontraron al doctor Sick sentado en una butaca, envuelto en una manta, delante de una chimenea en la que ardían unos leños. Pálido. Muy delgado. Sin uniforme: camisa blanca con el cuello desabrochado y pantalón oscuro. Era joven, no tendría más de veinticinco años, y no se movió ni protestó cuando irrumpieron en la casa todos a la vez, con las armas en la mano. Era como si hubieran cometido la incorrección de presentarse en una hermosa casa de campo francesa sin estar invitados y pretendieran sentarse a cenar portando armas. La habitación estaba iluminada por lámparas de gas, con tubos de formas femeninas. La luz que oscilaba en la pared revelaba una serie de ocho cuadros que representaban un continuo del paisaje búlgaro. En el quinto, Samad reconoció la iglesia, una pincelada terrosa en el horizonte. Los ocho cuadros, colgados a intervalos, envolvían la habitación con su muestra panorámica. En un caballete situado quizá demasiado cerca del fuego se hallaba el noveno, húmedo todavía, una relamida muestra de estilo moderno. Doce pistolas encañonaban al artista. Y cuando el pintor-doctor se volvió a mirar a los recién llegados, éstos vieron que por las mejillas le resbalaban lo que parecían lágrimas sanguinolentas.

Samad se adelantó. Él había tenido en la boca el cañón de una pistola y esto lo envalentonaba. Se había metido un disparate de morfina, había caído por el agujero que abre la morfina y había sobrevivido. Y, mientras se acercaba al doctor, Samad pensaba que el hombre nunca es más fuerte que cuando ha caído más allá de la desesperación.

—¿El doctor Perret? —preguntó, y la pronunciación de su apellido al modo inglés provocó en el francés una mueca de dolor, la cual fue seguida de una nueva efusión de lágrimas de sangre. Samad seguía apuntándole con la pistola.

—Sí, yo soy él.

—¿Qué es eso que tiene en los ojos? —inquirió Samad.

—Sufro retinopatía diabética, *monsieur.*

—¿Cómo? —dijo Samad sin bajar el arma, decidido a no empañar su momento de gloria con un antiheroico debate médico.

—Significa que, cuando no recibo mi dosis de insulina, segrego sangre, *mon ami*. Por los ojos. Lo que dificulta no poco mi afición —agregó señalando los cuadros que lo rodeaban—. Iban a ser diez. Una visión panorámica de ciento ochenta grados. Pero, al parecer, ustedes han venido a interrumpirme. —Suspiró y se levantó—. En fin. ¿Va a matarme, amigo?

—Yo no soy amigo suyo.

—No, supongo que no. Pero ¿tiene intención de matarme? Perdone si le digo que no me parece que tenga usted edad de matar ni siquiera moscas. —Miró el uniforme de Samad—. *Mon Dieu*, es usted muy joven para haber llegado tan lejos, capitán.

Samad se agitó, incómodo, captó por el rabillo del ojo la cara de pánico de Archie y separó un poco los pies para mantenerse firme.

—Perdone si me pongo pesado con la pregunta, pero... ¿tiene usted la intención de matarme?

El brazo de Samad estaba quieto y el cañón del arma, inmóvil. Podía matarlo. Podía matarlo a sangre fría. No necesitaba la protección de la oscuridad ni la excusa de la guerra. Podía matarlo, y los dos lo sabían.

El ruso, al ver la mirada del indio, se adelantó.

—Perdone, capitán.

Samad seguía mirando al médico sin moverse, y el ruso dio varios pasos más.

—Nosotros no tenemos intenciones al respecto —dijo dirigiéndose al doctor Sick—. Nuestras órdenes son conducirlo a Polonia.

—¿Y allí me matarán?

—Eso lo decidirán las autoridades competentes.

El doctor ladeó la cabeza y entornó los ojos.

—Es sólo... es sólo algo que un hombre desea que le expliquen. Aunque parezca extraño, es importante para él. Por lo menos por cortesía, hay que decirle si va a morir o no.

—Eso deben decidirlo las autoridades competentes —repitió el ruso.

Samad se situó detrás del médico y le apoyó el revólver en la nuca.

—Camine —dijo.

—Deben decidirlo las autoridades competentes... ¿No es civilizada la paz? —comentó el doctor Sick mientras un grupo de doce hombres lo sacaba de la casa apuntándole todos a la cabeza.

Aquella noche, el batallón dejó al doctor Sick esposado al jeep y se fue al café.

—¿Juegan al póquer? —preguntó a Samad y Archie un muy alegre Nikolai al entrar en el local.

—Yo juego a lo que sea —afirmó Archie.

—Más pertinente sería preguntar si juego bien —dijo Samad con una sonrisa sarcástica al sentarse.

—¿Juega usted bien, capitán Iqbal?

—Como un maestro —repuso Samad tomando las cartas y abriéndolas en abanico con su única mano buena.

—Muy bien —dijo Nikolai, sirviendo una ronda de *sambucca*—. Ya que tan confiado se muestra nuestro amigo Iqbal, valdrá más ser prudentes. Empecemos por cigarrillos, y veremos adónde vamos a parar.

De los cigarrillos pasaron a las medallas, luego a las armas, a las radios y a los jeeps. A medianoche, Samad había ganado tres jeeps, siete pistolas, catorce medallas, la parcela de terreno contigua a la casa de la hermana de Gozan, y un pagaré por cuatro caballos, tres pollos y un pato.

—Amigo —dijo Nikolai Pesotsky, cuya afable franqueza había dado paso a un gesto de nerviosa contrariedad—, debería darnos la oportunidad de recuperar nuestras pérdidas. Las cosas no pueden quedar así.

—Quiero al doctor —dijo Samad rehuyendo la mirada de Archibald Jones, que lo contemplaba boquiabierto y borracho—. El doctor, a cambio de todas mis ganancias.

—¿Y eso por qué? —preguntó Nikolai con asombro, recostándose en el respaldo—. ¿Qué utilidad puede tener...?

—Razones personales. Quiero llevármelo esta misma noche sin que me sigan y sin que se informe del incidente.

Nikolai Pesotsky se miró las manos, paseó la mirada alrededor de la mesa y volvió a mirarse las manos. Luego metió la mano en el bolsillo y arrojó las llaves a Samad.

Una vez fuera, Samad y Archie subieron al jeep en el que el doctor Sick dormía apoyado en el salpicadero, arrancaron y se alejaron en la oscuridad.

A cincuenta kilómetros del pueblo, el doctor Sick se despertó durante una discusión en cuchicheos que hacía referencia a su futuro inminente.

—Pero ¿por qué? —susurraba Archie.

—Porque, a mi modo de ver, necesitamos mancharnos las manos de sangre, ¿comprendes? Como expiación. ¿No lo entiendes, Jones? Durante esta guerra, a ti y a mí nos ha tocado hacer el gilipollas. Hay mucho mal en el mundo que no hemos podido combatir, y ahora ya es tarde. Pero lo tenemos a él. Es una oportunidad. Y yo te pregunto: ¿por qué se hizo esta guerra?

—No digas tonterías —dijo Archie por toda respuesta.

—Para que pudiéramos ser libres en el futuro. La pregunta que se nos hacía siempre era: ¿En qué mundo queréis que crezcan vuestros hijos? Y nosotros no hemos hecho nada. Estamos en una encrucijada moral.

—Mira, no sé de qué me hablas, ni quiero saberlo —dijo secamente Archie—. Dejaremos a éste —señaló al semiinconsciente Sick— en el primer cuartel que encontremos y luego tú y yo nos diremos adiós. Ésta es la única encrucijada que me importa.

—Escucha, Jones —prosiguió Samad mientras recorrían kilómetros y kilómetros de monótona llanura—, yo he observado que las generaciones se hablan unas a otras. La vida no es una línea, no es una línea que se lee en la palma de la mano; es un círculo, y los nuestros nos hablan. Por eso no se puede leer el destino: hay que experimentarlo.

Samad sentía cómo la morfina volvía a aportarle información, toda la información del universo y toda la información de todas las inscripciones de las paredes, en una única y fantástica revelación.

—¿Tú sabes, Jones, quién es este hombre? —Samad agarró al doctor por el pelo haciéndole doblar el cuello sobre el respaldo del asiento—. Me lo han dicho los rusos. Es un científico, lo mismo que yo, pero ¿qué ciencia es la suya? La que decide quién nace y quién no, la que cría a las personas como si fueran pollos y destruye a las que no se ajustan a las especificaciones. Él quiere controlar, dictar el futuro. Crear una raza de hombres indestructibles que sobrevivan a los últimos días de la Tierra. Pero eso no puede hacerse en un laboratorio. Sólo puede... sólo debe hacerse con la fe. ¡Sólo Alá salva! Yo no soy religioso, nunca he poseído esa fuerza, ¡pero tampoco soy tan tonto como para negar la verdad!

—Ah, pues antes, en la montaña, decías que no era asunto tuyo —barbotó Archie, encantado de haber pillado a Samad en una contradicción—. Si este sujeto hace... lo que sea, ¿a ti qué? Has dicho que era problema nuestro, de Occidente, lo has dicho.

Ahora el doctor Sick, al que Samad seguía agarrando del pelo, sangraba a chorros por los ojos y tenía arcadas porque se ahogaba con su propia lengua.

—Cuidado, que lo ahogas —dijo Archie.

—¡Y qué! —gritó Samad al paisaje sin eco—. Los hombres como él creen que los órganos del cuerpo han de responder a un diseño. Ellos rinden culto a la ciencia del cuerpo, no a Aquel que nos lo ha dado. Es un nazi. De lo peor.

—Pero tú has dicho que eso no tenía que ver contigo —insistió Archie, sin dar su brazo a torcer—. Que no era asunto tuyo. Si alguien de este jeep tiene cuentas pendientes con este alemán tarado...

—Francés. Es francés.

—Bueno, francés. Si hay aquí alguien que tenga una cuenta que saldar, ése soy yo. Porque hemos estado combatiendo por el futuro de Inglaterra. Por Inglaterra. Ya sabes —Archie rebuscaba en su cabeza—, por la democracia y la comida del domingo, y... y... los paseos y las playas y las salchichas y el puré... y las cosas que son nuestras. Que no son tuyas.

—Precisamente —dijo Samad—. Por eso has de ser tú.

—¿Yo qué?

—El que lo haga.

—¡Y un cuerno!

—Jones, el destino te llama, y tú te dedicas a darle al salami —dijo Samad con una risa desagradable en la voz, sin soltar el pelo del médico.

—Un momento —replicó Archie, tratando de mantener un ojo en la carretera mientras Samad doblaba el cuello del médico hasta casi partírselo—. Un momento, yo no digo que él no merezca la muerte.

—Pues entonces mátalo. Mátalo.

—Pero ¿por qué coño te empeñas en que lo mate yo? Yo nunca he matado a nadie... No de ese modo, cara a cara. Un hombre no debería morir en un coche... No puedo.

—Jones, se trata simplemente de saber lo que harás cuando llegue la hora de la verdad. Es algo que me interesa. Supongamos que esta noche hay que poner a prueba una antigua convicción. Será, si quieres, un experimento.

—No sé de qué me hablas.

—Quiero saber qué clase de hombre eres, Jones. Quiero saber de lo que eres capaz. ¿Eres un cobarde, Jones?

Archie paró el jeep con un brusco frenazo.

—Estás pidiendo que te sacuda, joder.

—Tú no defiendes nada, Jones —prosiguió Samad—. Ni una fe, ni una doctrina política. Ni siquiera a tu país. No me explico cómo tu gente pudo conquistar a mi gente. Es un jodido misterio. Tú eres un cero a la izquierda.

—¿Un qué?

—Y un idiota. ¿Qué contestarás a tus hijos cuando te pregunten qué eres? ¿Sabrás qué decirles? ¿Llegarás a saberlo?

—¿Y qué puta maravilla eres tú?

—Yo soy un musulmán y un hombre y un hijo y un creyente. Yo gozaré de la eternidad.

—Tú eres un borracho de mierda y estás... estás drogado. Esta noche te has drogado, ¿verdad?

—Yo soy un musulmán y un hombre y un hijo y un creyente. Yo gozaré de la eternidad —repitió Samad como si fuera una salmodia.

—¿Y qué coño quiere decir eso? —Mientras gritaba, Archie agarró al doctor Sick y acercó la cara ensangrentada del hombre a la suya hasta que las narices casi se rozaban—. Usted —gritó—, usted se viene conmigo.

—Lo haría, *monsieur*, pero... —El doctor levantó las manos esposadas.

Archie las abrió de un tirón con una llave oxidada, hizo bajar del jeep al doctor Marc-Pierre Perret y se lo llevó hacia la oscuridad, apuntándole con la pistola a la base del cráneo.

—¿Vas a matarme, muchacho? —preguntó el doctor Sick mientras se alejaban.

—Eso parece, ¿no? —dijo Archie.

—¿Puedo suplicar por mi vida?

—Si lo desea... —dijo Archie, empujándolo.

Al cabo de cinco minutos, Samad, sentado en el jeep, oyó un disparo y tuvo un sobresalto. De una palmada mató un insecto que merodeaba por su muñeca, en busca de carne que picar. Al levantar la cara, vio a Archie que volvía, sangrando y cojeando. Su figura aparecía a intervalos, entrando y saliendo del haz luminoso de los faros. A esta luz, que volvía traslúcido su pelo rubio, parecía muy joven, su cara redonda de luna iluminada como la de un bebé que entra de cabeza en la vida.

Samad

1984, 1857

La prueba del críquet: ¿a qué bando animan...? ¿Miras todavía hacia el lugar del que viniste o hacia donde estás?

NORMAN TEBBIT

6

La tentación de Samad Iqbal

Niños. Los niños habían afectado a Samad como una enfermedad. Sí, había engendrado a dos voluntariamente —dentro de lo que cabe—, pero no se esperaba esto otro. Esto que nadie le había contado. Lo de tener que tratar con niños. Durante cuarenta y tantos años Samad había viajado alegremente por la autopista de la vida, ignorante de que en las zonas de descanso diseminadas a lo largo de la ruta había un servicio de guardería infantil que albergaba a una subclase de la sociedad, una subclase llorona y vomitadora; Samad nada sabía de ella, ni le interesaba. Hasta que, de pronto, a principios de los ochenta, contrajo la infección de los niños; niños ajenos, niños amigos de sus hijos y amigos de los amigos y, después, los niños de los programas infantiles de la televisión infantil. En 1984, por lo menos un treinta por ciento de su círculo social y cultural tenía menos de nueve años... y todo ello, inevitablemente, lo había conducido a la situación en la que ahora se hallaba: la de padre miembro del consejo escolar.

Curiosamente, el proceso por el que alguien se convierte en padre miembro del consejo escolar guarda una perfecta simetría con el proceso por el que alguien se convierte en padre. Empieza inocentemente. Por casualidad. Uno se deja caer en la Feria de Primavera, rebosante de energía, ayuda con los boletos de la rifa (porque la bonita maestra de música pelirroja se lo pide) y le toca una botella de whisky (todas las rifas escolares están amañadas), y cuando quiere recordar se encuentra asistiendo todas las semanas a las reuniones del consejo, organizando conciertos, hablando del proyecto de un nuevo departamento de música y haciendo donativos para reparar las fuentes; en suma, se ha implicado, se ha involucrado en la escuela. Y llega el día en que ya no deja a sus hijos en la puerta, sino que entra con ellos.

—Baja la mano

—No quiero bajar la mano.

—Hazme el favor.

—Suelta.

—Samad, ¿por qué te empeñas en mortificarme? Bájala.

—Tengo una opinión. Estoy en mi derecho de tener una opinión. Y de expresar mi opinión.

—Sí, pero ¿tan a menudo tienes que expresarla?

Ésta era la conversación que mantenían en cuchicheos Samad y Alsana Iqbal, sentados en el fondo de la sala en la que se celebraba la reunión del miércoles del consejo escolar, a primeros de julio del 84, mientras Alsana trataba de obligar a Samad a bajar el brazo izquierdo que él levantaba con determinación.

—¡Suelta, mujer!

Alsana rodeó la muñeca de su marido con sus pequeñas manos y trató de retorcérsela.

—Samad Miah, ¿es que no te das cuenta de que sólo estoy tratando de salvarte de ti mismo?

Mientras se producía el disimulado forcejeo, Katie Miniver, la presidenta —blanca, divorciada, con pantalón vaquero muy ajustado, pelo muy rizado y dientes salidos—, trataba desesperadamente de rehuir la mirada de Samad. Maldecía interiormente a la señora Hanson, la mujer obesa que estaba detrás de él, que hablaba de la carcoma del huerto de la escuela, con lo que, inconscientemente, le impedía fingir que no veía la persistente mano de Samad. Antes o después, iba a tener que dejarlo hablar. Mientras asentía a las palabras de la señora Hanson, Katie miró con disimulo el acta que redactaba la señora Khilnani, la secretaria, sentada a su izquierda. Quería cerciorarse de que no eran imaginaciones suyas, de que no era injusta ni antidemocrática ni, mucho peor, racista (aunque se había hecho el test de «Ciego para los colores», incluido en el influyente opúsculo de la Asociación Arco Iris, y sacado buena puntuación), racista de un modo tan instintivo y socialmente condicionado que no se hubiera dado cuenta. Pero no, no. No estaba loca. Cualquier extracto tomado al azar confirmaba la impresión:

13.0 La señora Janet Trott propone que se instale en el patio de recreo una segunda estructura de escalada, para descongestionar la actual, ya que la aglomeración de niños la hace peligrosa. El señor Trott, que es arquitecto, está dispuesto a diseñarla y supervisar su construcción, sin coste para la escuela.
13.1 La presidenta no ve inconveniente. Se dispone a someter a votación la propuesta.
13.2 El señor Iqbal desea saber por qué el sistema educativo occidental da prioridad a la actividad corporal frente a la actividad mental y espiritual.
13.3 La presidenta no está segura de si la pregunta es procedente.
13.4 El señor Iqbal solicita que se posponga la votación hasta que él pueda presentar su argumentación por escrito y manifiesta que sus hijos, Magid y Millat, practican todo el ejercicio necesario haciendo el pino, lo cual fortalece los músculos y estimula el riego sanguíneo del córtex somatosensor cerebral.
13.5 La señora Wolfe pregunta si el señor Iqbal espera que su Susan haga el pino obligatoriamente.
13.6 El señor Iqbal opina que, dado el rendimiento académico y los problemas de peso de Susan, podría ser beneficioso para ella hacer el pino.

—Sí, señor Iqbal.

Samad se arrancó los dedos de Alsana de la solapa, se levantó innecesariamente y hojeó los papeles que llevaba prendidos en una tablilla, extrajo el que buscaba y lo sostuvo ante los ojos.

—Sí, sí. Tengo una moción. Tengo una moción.

Hubo en la sala la insinuación de un suspiro, seguido de una ligera agitación: piernas que se cruzan, manos que rascan, que abren el bolso, que arreglan la chaqueta colgada en el respaldo.

—¿Otra, señor Iqbal?

—Oh, sí, señora Miniver.

—Es que ya ha presentado doce mociones esta tarde, y quizá alguna otra persona...

—Se trata de algo importante, no admite espera. Si me permite, señora Miniver...

—Lo está pronunciando usted mal.

—¿Cómo dice?

—Ha estado usted toda la tarde pronunciando mi nombre como si se escribiera Mrs. Miniver, cuando en realidad se escribe Ms. Miniver.

Samad miró interrogativamente a Katie Miniver, luego a los papeles como si esperase encontrar la respuesta allí y luego otra vez a la atribulada presidenta.

—Perdón, ¿no está casada?

—Divorciada, en realidad, divorciada. Pero conservo el apellido.

—Ya. Mis condolencias, Mis Miniver. Hablando del asunto que...

—Perdone —atajó Katie pasándose los dedos por la crespa melena—, pero tampoco es Miss Miniver. Lo siento, pero estuve casada, así que...

Ellen Corcoran y Janine Lanzerano, dos amigas del Grupo de Acción pro Defensa de los Derechos de la Mujer, dedicaron a Katie sonrisas de ánimo. Ellen movió la cabeza para indicarle que no llorara (porque estás haciéndolo bien, pero que muy bien) y Janine musitó: «Adelante» y levantó el pulgar con disimulo.

—Es que no me sentiría cómoda... Considero que el estado civil no debe importar... No es que quiera rectificarlo, señor Iqbal, es sólo que me sentiría... Si usted pudiera pronunciar bien Ms. Miniver...

—¿Mzzz?

—Ms.

—¿Acaso se trata de una especie de fusión lingüística entre las palabras Mrs. y Miss? —preguntó Samad con una curiosidad auténtica y sin reparar en el temblor del labio inferior de Katie Miniver—. ¿Un término que describe a la mujer que ha perdido a su marido o que no tiene la esperanza de encontrar otro?

Alsana gimió y se llevó las manos a la cabeza.

Samad miró la tablilla, subrayó algo tres veces y se volvió de nuevo hacia la asamblea.

—La Fiesta de la Cosecha.

Agitación, cruzar de piernas, rascar, arreglar chaquetas.

—Sí, señor Iqbal. ¿Qué ocurre con la Fiesta de la Cosecha?

—Eso quisiera yo saber. ¿Qué ocurre con la Fiesta de la Cosecha? ¿Qué es? ¿Por qué se celebra? ¿Y por qué han de celebrarla mis hijos?

La directora, la señora Owens, fina y cortés, cara afable semiescondida por melenita rubia con atrevido corte a lo paje, indicó a Katie Miniver que ella contestaría.

—Señor Iqbal, de las festividades religiosas se trató ya extensamente en la reunión de otoño. Como usted debe de saber, la escuela reconoce una gran diversidad de fiestas religiosas y laicas, entre otras: Navidad, Ramadán, Año Nuevo Chino, Diwali, Yom Kippur, Hanukkah, el cumpleaños de Haile Selassie y la muerte de Martin Luther King. La Fiesta de la Cosecha se inscribe en la política de la escuela de respetar la diversidad religiosa, señor Iqbal.

—Ya. ¿Y hay muchos paganos en la escuela, señora Owens?

—¿Paganos? Lo siento, pero no comp...

—Es muy sencillo. El calendario cristiano tiene treinta y siete conmemoraciones religiosas. Treinta y siete. El calendario musulmán tiene nueve. Sólo nueve. Y están desbancadas por esta increíble profusión de festividades cristianas. Mi moción, pues, es de lo más sencilla. Si elimináramos del calendario cristiano todas las festividades paganas, nos quedarían libres unos... —Samad miró la tablilla— veinte días, y los niños podrían celebrar *Lailat-ul-Qadr* en diciembre, *Ei-dul-Fitr* en enero y *Ei-dul-Adha* en abril, por ejemplo. Y la primera fiesta que, en mi opinión, debe desaparecer es esa cosa de la cosecha.

—Mucho me temo —empezó la señora Owens con su mejor sonrisa de «afable firmeza»—, mucho me temo que eliminar las festividades cristianas de la faz de la tierra esté más allá de mis atribuciones. De no ser así —terminó, dedicando el latiguillo a la concurrencia—, eliminaría la Nochebuena y me ahorraría mucho trabajo llenando calcetines.

Samad hizo caso omiso del coro de risitas que ello suscitó, e insistió:

—Precisamente a eso me refiero. La Fiesta de la Cosecha no es una fiesta cristiana. ¿Dónde dice la Biblia «Robarás alimentos de la despensa de tus padres y los llevarás a la escuela, y obligarás a tu madre a cocer un pan en forma de pez?» Esto son ideas paganas. A ver dónde dice «Llevarás una caja de barritas de pescado congelado a un viejo que vive en Wembley».

La señora Owens frunció el entrecejo: no estaba acostumbrada al sarcasmo que no fuera de la variedad empleada por los maestros, como por ejemplo «¿Qué es esto, es que tenemos que vivir en una pocilga? Supongo que lo mismo haréis en vuestra casa».

—Sin duda, señor Iqbal, es el carácter benéfico de la Fiesta de la Cosecha lo que debe inducirnos a preservarlo, ¿no? Llevar alimentos a los ancianos me parece una idea encomiable, aunque no esté recomendada por las Escrituras. Desde luego, no hay en la Biblia nada que indique que debemos comer pavo en Navidad. Pero serían pocos los que por esta razón condenaran la costumbre. En realidad, señor Iqbal, preferimos plantearnos estos actos más como prácticas comunitarias que religiosas.

—El dios de cada hombre es, precisamente, su comunidad —declamó Samad.

—Sí. Hm... ¿votamos la moción?

La señora Owens paseó la mirada por la sala, en busca de manos.

—¿Alguien la secunda?

Samad oprimió la mano de Alsana. Ella le dio un puntapié en el tobillo. Él le pisó el dedo gordo del pie. Ella le pellizcó la cadera. Él le retorció el dedo meñique y ella, de mala gana, levantó el brazo derecho al tiempo que hábilmente le clavaba el codo izquierdo en la ingle.

—Muchas gracias —dijo la señora Owens, mientras Janice y Ellen se volvían a mirar a Alsana con la sonrisa triste y compasiva que reservaban para las tiranizadas mujeres musulmanas.

—Quienes estén a favor de eliminar del calendario escolar la Fiesta de la Cosecha...

—Por sus raíces paganas.

—... por ciertas... connotaciones paganas, levanten la mano.

La señora Owens volvió a recorrer la sala con la mirada. Se alzó una mano, la de Poppy Burt-Jones, la bonita pelirroja maestra de música, y varias pulseras le resbalaron por la muñeca con un tintineo. Luego Marcus y Joyce Chalfen, una pareja de hippies veteranos ataviados con indumentaria pseudoindia, levantaron las manos en actitud desafiante. Samad miró fijamente a Clara y Archie, sentados al otro lado de la sala en actitud pasiva, y otras dos manos se elevaron lentamente.

—¿Los que estén en contra?

Las treinta y seis manos restantes se alzaron en el aire.

—Rechazada la moción.

—Estoy seguro de que la Sociedad Solar de Brujas y Duendes de la Escuela celebrará la decisión —dijo Samad sentándose.

Terminada la reunión, cuando Samad salía del aseo, después de utilizar, no sin dificultades, un urinario en miniatura, lo abordó en el pasillo Poppy Burt-Jones, la bonita maestra de música pelirroja.

—Señor Iqbal.

—¿Sí?

Ella extendió un brazo largo, pálido y un poco pecoso.

—Soy Poppy Burt-Jones. Doy clase de música y canto a Magid y Millat.

Samad sustituyó la mano derecha que ella esperaba estrechar por la izquierda sana.

—Oh, perdone.

—No, no. No duele, es sólo que no funciona.

—Ah, bueno. Es decir, me alegro de que, bueno, no duela.

La maestra de música era lo que podríamos llamar una belleza natural. Entre los veintiocho y los treinta y dos, como mucho. Delgada pero no huesuda, con una caja torácica curva, como la de una niña, y unos pechos alargados, planitos y recogidos a la vez, con las puntas respingonas; camisa blanca, abierta en el cuello, Levi's gastados, zapatillas grises y una gran mata de pelo rojo recogido en una cola de caballo despeinada, con mechoncitos sueltos en la nuca. Sonrisa agradable, un poco boba, que ahora mostraba a Samad.

—¿Desea hablarme de los gemelos? ¿Algún problema?

—Oh, no, no... Van muy bien. Magid tiene un poco de dificultad, pero supongo que para un chico con unas calificaciones tan buenas no debe de tener mucho aliciente limitarse a poner el casete, y Millat tiene muy buen oído para el saxo. No; sólo quería decirle que pienso que tiene usted razón en lo que ha dicho.

—Señalaba con el pulgar por encima del hombro la sala de actos—. En la reunión. La Fiesta de la Cosecha siempre me ha parecido una ridiculez. Quiero decir que, si uno desea ayudar a los ancianos, lo que tiene que hacer es votar a otro gobierno, no mandarles latas de conserva. —Volvió a sonreírle y se puso un mechón detrás de la oreja.

—Es una vergüenza que no haya más gente que piense de ese modo —dijo Samad, halagado por la segunda sonrisa y hundiendo el músculo abdominal, que conservaba muy buen tono para sus cincuenta y siete años—. Esta tarde estábamos en franca minoría.

—Pues los Chalfen lo han apoyado. Son personas con clase. Intelectuales —susurró Poppy, como si hablara de una exótica enfermedad tropical—. Él es científico, y ella se dedica a algo relacionado con la jardinería. He hablado con ellos, y dicen que debería usted perseverar. He pensado que podríamos reunirnos durante los próximos meses y preparar una nueva moción para la reunión de septiembre, es decir, más cerca de la fecha señalada para el festival, así nuestra acción sería más eficaz. Podríamos imprimir folletos y demás. Porque, ¿sabe?, a mí me interesa mucho la cultura india. Pienso que esos festivales que usted ha mencionado serían mucho más... coloristas, y podríamos encuadrar en ellos artes plásticas y música. Podría ser muy estimulante —dijo Poppy Burt-Jones, ya estimulada—. Y beneficioso para los niños, estoy segura.

No era posible, eso lo sabía muy bien Samad, no era posible que esta mujer sintiera por él ni el menor interés erótico. No obstante, vigilaba que Alsana no anduviera cerca y agitaba nerviosamente las llaves del coche en el bolsillo, mientras sentía que algo frío se posaba en su corazón, y comprendió que era el temor de Dios.

—En realidad, yo no soy de la India —dijo Samad, con mucha más paciencia de la que había mostrado las numerosas veces que había tenido que repetir esta frase desde su llegada a Inglaterra.

Poppy Burt-Jones parecía sorprendida y desilusionada.

—Ah, ¿no?

—No; soy de Bangladesh.

—Bangladesh...

—Antes Paquistán, y antes Bengala.

—Bueno, no hay tanta diferencia...

—No, no tanta.

Se hizo una pequeña pausa, incómoda, durante la cual Samad comprendió claramente que la deseaba más que a ninguna mujer a la que hubiera visto durante los diez últimos años. Así, sencillamente. El deseo no se molesta en procurar que no chirríen las bisagras o comprobar si están los vecinos, no; el deseo da una patada a la puerta y se instala como en su propia casa. Samad estaba mareado. De pronto notó que su expresión pasaba de la excitación al horror, en grotesca parodia de los movimientos de su mente, mientras examinaba a Poppy Burt-Jones y todas las consecuencias físicas y metafísicas que su persona le sugería. Tenía que decir algo antes de que las cosas empeoraran.

—Pues... me parece buena idea eso de volver a poner sobre la mesa la moción —dijo contra su voluntad, porque algo más bestial que su voluntad hablaba ahora por su boca—. Si dispone usted de tiempo.

—Podríamos hablar. Lo llamaré dentro de unas semanas. ¿Qué le parece si nos reunimos un día después de la clase de música?

—Bien... muy bien.

—¡Espléndido! De acuerdo entonces. ¿Sabe?, sus hijos son adorables... realmente extraordinarios. Se lo decía a los Chalfen, y Marcus dio en el blanco: dijo que, generalmente, los niños indios son, ¿cómo le diría?, mucho más...

—¿Más?

—Sosegados. Muy educados, muy... no sé... dóciles.

Samad reprimió una mueca al imaginar lo que diría Alsana a esto.

—Pero Magid y Millat son muy... despiertos.

Samad hizo un esfuerzo por sonreír.

—Magid tiene una inteligencia impresionante para un niño de nueve años, todos lo dicen. Es extraordinario. Debe de sentirse usted muy orgulloso. Es como un adulto en pequeño. Hasta en la ropa... No recuerdo haber conocido a ningún otro niño de nueve años que vistiera con tanta... tanta sobriedad.

Los gemelos siempre se habían empeñado en elegir su ropa, pero mientras que Millat porfiaba para que Alsana le comprara prendas Nike y Osh-Kosh Begosh a rayas rojas y cazadoras con dibujos por el derecho y el revés, a Magid, independientemente del tiempo que hiciera, se lo veía con su jersey gris, camisa gris, corbata negra, zapatos relucientes y sus gafitas de la Seguridad Social, como un bibliotecario enano.

—Mi hombrecito —decía Alsana, tirando de él hacia las estanterías de colores básicos—, ¿no te gustaría más azul? Anda, hazle este favor a tu *amma*, ¿sí? Sólo una azul. Iría bien con tus ojos. Hazlo por amma, Magid. ¿Cómo puede no gustarte el azul? Es el color del cielo.

—No, amma. El cielo no es azul. Es sólo luz blanca. La luz blanca tiene en sí todos los colores del arco iris y, cuando se esparce por el sinnúmero de moléculas del cielo, los colores de onda corta, el azul y el violeta, son los que vemos. En realidad, el cielo no es azul, sólo lo parece. Eso se llama la ley de Rayleigh.

Un niño extraño, con un intelecto frío.

—Debe de estar muy orgulloso —repitió Poppy con una sonrisa enorme—. Yo lo estaría.

—Por desgracia —dijo Samad con un suspiro, olvidando su erección al pensar con tristeza en su hijo menor (menor por dos minutos)—, Millat es un desastre.

Poppy pareció mortificada.

—Oh, no, yo no pretendía insinuar tal cosa... Quiero decir que me parece que quizá se sienta un poco eclipsado por Magid, pero tiene mucha personalidad. Es sólo que no es tan... cerebral. Pero todos lo quieren mucho. Porque también es guapo. Claro que... —agregó haciendo un guiño y dándole un golpecito en el hombro— tiene buenos genes.

¿Buenos genes? ¿Qué quería decir con lo de buenos genes?

—¡Hola! —dijo Archie acercándose por detrás y dando a Samad una fuerte palmada en la espalda—. ¡Hola! —repitió, estrechando la mano de Poppy con el aire pseudoaristocrático que adoptaba con las personas de carrera—. Archie Jones, el padre de Irie, por mis pecados.

—Poppy Burt-Jones. Doy a Irie clase de...

—Música, sí, ya lo sé. Siempre está hablando de usted. Pero se sintió un poco decepcionada cuando no la eligió para primer violín... Quizá el año que viene, ¿eh? ¡Bueno! —dijo Archie mirando a Poppy y a Samad, que se había apartado un poco y tenía una expresión extraña, una expresión jodidamente extraña, pensó Archie—. Así que ya conoce al temible Iqbal. Lo tuyo en la reunión ha sido demasiado, Samad, ¿eh? ¿No le parece?

—No sabría qué decirle —repuso Poppy afablemente—. Yo pienso que el señor Iqbal ha dicho cosas interesantes. Me ha impresionado. Ya me gustaría a mí ser experta en tantos temas. Lamentablemente, a mí me sacan de mi parcelita, y me pierdo. ¿Es usted profesor de algo, señor Iqbal?

—No, no —dijo Samad, furioso de no poder mentir delante de Archie y sintiendo que la palabra «camarero» se le atravesaba en la garganta—. Lo cierto es que trabajo en un restaurante. De joven estudiaba, pero vino la guerra y... —Samad acabó la frase encogiéndose de hombros y vio con pesar cómo la cara pecosa de Poppy Burt-Jones se contorsionaba en un gran interrogante rojo de perplejidad.

—¿Guerra? —preguntó como si él hubiera dicho «biógrafo», «pianola» o «gramófono»—. ¿Las Malvinas?

—No —dijo Samad escuetamente—. La Segunda Guerra Mundial.

—Oh, nunca lo hubiera dicho. Debía de ser muy joven.

—Había tanques que tenían más años que nosotros, señorita —dijo Archie con una amplia sonrisa.

—¡Esto sí que es una sorpresa, señor Iqbal! Aunque dicen que la piel oscura se arruga menos, ¿verdad?

—¿Eso dicen? —preguntó Samad, tratando de imaginarse aquella cara tersa y sonrosada fruncida en pliegues y más pliegues de epidermis caduca—. Creí que eran los hijos lo que mantenían joven al hombre.

—Eso también, supongo. —Poppy rió—. ¡Bien! —dijo con una extraña mezcla de turbación, timidez y aplomo—. Es usted afortunado. Estoy segura de que más de una vez lo habrán comparado con Omar Sharif, señor Iqbal.

—No, no, no —protestó Samad, encantado—. El único punto de comparación está en nuestra común afición al bridge. No, no, no... Y llámeme Samad, por favor.

—Tendrá que llamárselo en otra ocasión, señorita —intervino Archie, que daba el mismo tratamiento a todas las maestras—, porque ahora tenemos que irnos. Las señoras nos esperan fuera. La cena, seguramente.

—Bien, he tenido mucho gusto —dijo Poppy apuntando otra vez a la mano mala y enrojeciendo cuando él le salió al encuentro con la izquierda.

—Encantado, adiós.

—Vamos, vamos —dijo Archie, guiando a Samad hacia la puerta y bajando por la entrada de coches en dirección a la verja—. Está buena, eh, más lozana que el perro de un carnicero. ¡Jo! Buena, muy buena. Y tú, ya te estabas probando el traje... ¿Y se puede saber qué es eso de «nuestra común afición al bridge»? En todos los años que te conozco, no te he visto jugar al bridge. Lo tuyo es el póquer de cinco cartas.

—Cállate, Archibald.

—No, no, hay que reconocer que lo has hecho muy bien. Pero no es propio de ti, Samad. Porque, habiendo encontrado a Dios y todo eso, no parece que hayas de sentir la tentación de la carne.

Samad se sacudió del hombro la mano de Archie.

—¿Por qué has de ser tan obsceno?

—Pero si no era yo el que...

Samad ya no lo escuchaba sino que repetía mentalmente las dos frases en las que trataba de creer, unas palabras que había aprendido durante los más de diez años que llevaba viviendo en Inglaterra, palabras que confiaba en que lo protegieran de aquel abominable ardor que sentía dentro del pantalón:

Para los puros todas las cosas son puras. Para los puros todas las cosas son puras. Para los puros todas las cosas son puras. Más justo no puedo ser. Más justo no puedo ser. Más justo no puedo ser.

Pero rebobinemos un poco.

1. Para los puros todas las cosas son puras

El sexo —por lo menos, la tentación del sexo— era un problema desde hacía tiempo. Cuando, hacia 1976, empezó a infiltrarse en el ánimo de Samad el temor de Dios, a raíz de su matrimonio con Alsana, aquella mujercita apática, de manos pequeñas y muñecas flojas, fue a ver a un anciano alim de la mezquita de

Croydon, para preguntarle si al hombre le estaba permitido... poniéndose la mano en el...

Antes de que Samad llegara a insinuar siquiera el ademán, el anciano erudito le entregó un folleto de un montón que tenía encima de una mesa y con un enérgico movimiento de su arrugado dedo le señaló el apartado número tres.

Los nueve actos que rompen el ayuno:

(i) Comer y beber.
(ii) Mantener relaciones sexuales.
(iii) Masturbarse (*istimna*), que significa envilecerse, hasta la eyaculación.
(iv) Atribuir cosas falsas a Alá, a su Profeta y a los sucesores del Santo Profeta.
(v) Tragar polvo denso.
(vi) Sumergir por completo la cabeza en el agua.
(vii) Permanecer en *Janabat*, *Haidh* o *Nifas* hasta el *Adhan* de la oración de *Fajr.*
(viii) Introducirse líquidos mediante enema.
(ix) Vomitar.

—¿Y si no es época de ayuno, alim? —preguntó Samad, compungido.

El sabio respondió con gesto severo:

—Se dice que Ibn Umar, al ser consultado sobre ello, respondió: «No es más que friccionar el miembro viril hasta que expele su agua. Sólo es dar masaje a un nervio.» —Samad se animó al oír esto, pero el alim prosiguió—: No obstante, en otra ocasión respondió: «Está prohibido que el hombre goce consigo mismo.»

—Pero ¿cuál es la respuesta válida? ¿Es *halal* o es *haraam*? —inquirió Samad tímidamente—. Hay quienes dicen: «Para los puros todas las cosas son puras.» Si un hombre es honrado y firme en sí mismo, no daña a nadie, ni ofende...

Pero el alim se rió al oír esto.

—Nosotros ya sabemos quiénes son ésos. ¡Que Alá se apiade de los anglicanos! Samad, cuando el órgano viril se yergue, las dos terceras partes del intelecto del hombre se desvanecen —dijo el alim denegando con la cabeza—. Y una tercera parte de su religión. Hay un *adith* del profeta Mahoma, que la paz sea con él, que dice así: «Oh, Alá, en ti deseo refugiarme del mal de mi oído, mi vista, mi lengua, mi corazón y mis partes íntimas.»

—Pero... pero, si el hombre es puro, sin duda puede...

—¡Muéstrame al hombre puro, Samad! ¡Muéstrame el acto puro! ¡Oh, Samad Miah, yo te exhorto a apartarte de tu mano derecha!

Desde luego. Samad, por ser Samad, recurrió a todo su pragmatismo occidental y, al llegar a casa, puso a trabajar su mano izquierda, que era la hábil, repitiendo: «Para los puros todas las cosas son puras. Para los puros todas las cosas son puras.» Hasta que por fin llegó el orgasmo, viscoso, triste y deprimente. Y el ritual se había repetido durante unos cinco años, en el cuartito de lo alto de la casa en el que dormía solo (para no despertar a Alsana a las tres de la madrugada, cuando llegaba del restaurante); en secreto, en silencio; porque, aunque cueste trabajo creerlo, él se sentía torturado por estas fricciones, tirones y derrames furtivos, por el miedo a no ser puro, a que sus actos no fueran puros, a no poder llegar a ser puro nunca, y parecía que su Dios estaba siempre enviándole pequeñas señales, pequeñas advertencias, pequeños castigos (en 1976, una infección de la uretra; en 1978, un sueño de castración; en 1979, la tía abuela de Alsana descubrió las manchas acartonadas en las sábanas y pensó mal), hasta que, en 1980, se planteó la crisis y Samad oyó a Alá rugir en su oído como el mar en una caracola y pensó que había llegado el momento de hacer un trato.

2. Más justo no puedo ser

El trato fue éste: el 1 de enero de 1980, como el que sigue una dieta y, con motivo del Año Nuevo, renuncia al queso a condición de poder comer chocolate, Samad dejó de masturbarse a cambio de beber. Era un pacto, un negocio que hacía con Dios, en el que Samad era el socio activo y Dios no tenía ni voz ni voto. Y desde aquel día Samad había gozado de una relativa paz espiritual y saboreado muchas Guinness espumosas con Archibald Jones. Incluso había adquirido el hábito de tomar el último trago mirando al cielo, como un cristiano, y pensando: en el fondo, soy bueno. No le doy al salami. Dame un respiro. Tomo una copa de vez en cuando. Más justo no puedo ser...

Pero, por supuesto, no era la suya una religión apta para arreglos, tratos, pactos, debilidades ni «más justo no puedo ser». Si lo que buscaba era empatía y concesiones, una exégesis liberal y un respiro, no había sabido elegir el bando. Su Dios no era como aquel anciano barbudo y bonachón de las iglesias anglicana, metodista o católica. Su Dios no daba respiros a la gente. Samad descubrió por fin esta verdad en el momento en que, en julio de 1984, puso los ojos en Poppy Burt-Jones, la bonita maestra de música pelirroja. Entonces comprendió que su Dios se vengaba, comprendió que el juego había terminado, vio que el contrato estaba roto, que no había concesiones y que, deliberada y alevosamente, le habían puesto la tentación en su camino. En suma, no había tratos que valieran.

La masturbación volvió a empezar con renovado ímpetu. Aquellos dos meses comprendidos entre su primera conversación con la bonita maestra de música pelirroja y la segunda, fueron los cincuenta y seis días más largos, viscosos, olorosos y contritos de la vida de Samad. Dondequiera que estuviera, hiciera lo que hiciera, de pronto se sentía invadido por una especie de caótica obsesión sensorial por aquella mujer: oía el color de su pelo en la mezquita, olía el contacto de su mano en el Metro, saboreaba su sonrisa mientras iba por la calle inocentemente, camino del trabajo. Y ello lo llevó a conocer todos los aseos públicos de Londres, lo llevó a masturbarse de una manera que hasta un adolescente residente en las Shetland hubiera considerado excesiva. Su único consuelo era el nuevo trato que había hecho: frotar pero no comer. De algún modo, quería purgarse de las imágenes y los olores de Poppy Burt-Jones, del pecado de *istimna* y, a pesar de que no era época de ayuno y corrían los días más largos del año, del alba al ocaso nada le pasaba por la garganta, ni su propia saliva, gracias a una pequeña escupidera de porcelana. Y, puesto que por arriba no entraba comida, lo que salía por abajo era tan claro y escaso, tan insignificante y traslúcido que Samad casi lograba convencerse a sí mismo de que el pecado disminuía y que llegaría un día venturoso en el que podría frotar el salami cuanto quisiera sin que saliera más que aire.

A pesar de la intensidad de sus apetitos —espiritual, físico y sexual—, Samad seguía trabajando doce horas diarias en el restaurante. Realmente, el restaurante era el único sitio en el que podía estar. No soportaba estar con su familia, no soportaba ir al café O'Connell, no soportaba dar a Archie la satisfacción de verlo en semejante estado. A mediados de agosto, había aumentado sus horas de trabajo a catorce. En el ritual de su trabajo —tomar el cesto de servilletas rosadas dobladas en forma de cisne y seguir el rastro de claveles de plástico marcado por Shiva, rectificar la posición de un cuchillo o un tenedor, sacar brillo a una copa, borrar de un plato la huella de un dedo— había algo que lo sosegaba. Samad podía ser un mal musulmán, pero nadie negaría que era un excelente camarero. Se había volcado en aquel tedioso oficio y lo ejercía a la perfección. Por lo menos aquí podía señalar el camino recto a los otros: cómo disfrazar un *bhaji* de cebolla rancio, cómo conseguir que una ración de langostinos pequeña parezca mayor, cómo convencer a un australiano de que en realidad no desea tanto chile como imagina. Fuera del Palace, Samad era un masturbador, un mal esposo, un padre mediocre, con la moralidad de un anglicano. Pero allí dentro, entre esas cuatro paredes verdes y amarillas con dibujo de cachemir, era un genio manco.

—¡Shiva! Aquí falta una flor.

Viernes por la tarde en el Palace, dos semanas después del nuevo trato de Samad, preparando las mesas.

—¡Te has saltado este florero, Shiva!

Shiva se acercó a la mesa diecinueve y se quedó mirando el florero de vidrio azul, fino como un lápiz.

—Y en el *chutney* de mango de la bandeja de salsas de la mesa quince flota un pedacito de lima en vinagre.

—¿En serio? —dijo Shiva secamente. Pobre Shiva, casi treinta años ya, un poco menos guapo y todavía allí. Lo que fuera que él pensaba que iba a sucederle no le había sucedido. Sí, había dejado el restaurante en 1979 una temporada, recordaba vagamente Samad, para fundar una empresa de seguridad, pero «nadie quería contratar a gorilas paquistaníes» y había tenido que volver, un poco menos agresivo y un poco más desesperado, como un caballo domesticado.

—Sí, Shiva, en serio y en verdad.

—¿Y es eso lo que te está volviendo loco?

—Tanto como loco, no... pero me molesta.

—Últimamente —comentó Shiva— estás que te subes por las paredes. Todos nos hemos dado cuenta.

—¿Todos?

—Nosotros. Los chicos. Ayer, porque había un grano de sal en una servilleta. El otro día, porque Gandhi estaba torcido en la pared. Hace una semana que te portas como el jefe. —Shiva señaló en dirección a Ardashir con un movimiento de la cabeza—. Estás pirado. No sonríes. No comes. Siempre estás sacando defectos a unos y otros. Y, cuando el jefe de sala no está bien, todo el mundo anda despistado. Es como el capitán de un equipo de fútbol.

—No sé de qué hablas —contestó Samad fríamente alargándole el florero.

—Seguro que sí —dijo Shiva provocativamente, poniendo el florero vacío en la mesa.

—Si algo me preocupa, no tiene por qué interferir con mi trabajo —dijo Samad, que empezaba a sentir pánico, volviendo a darle el florero—. No es mi deseo causarles problemas.

Shiva dejó otra vez el florero en la mesa.

—Así que algo hay. Vamos, hombre... Ya sé que no siempre estamos de acuerdo, pero somos compañeros y tenemos que ayudarnos. ¿Cuánto hace que trabajamos juntos, Samad Miah?

Samad levantó la cabeza bruscamente, y Shiva vio que estaba sudando, que parecía casi aturdido.

—Sí, sí... Hay algo.

Shiva le puso la mano en el hombro.

—Mira, a la mierda el clavel. Ven, deja que te prepare un curry... Dentro de veinte minutos empezará a llegar la gente. Anda, cuéntaselo a Shiva. No es que me importe un carajo, ¿eh?, pero yo también trabajo aquí y me tienes frito, hombre.

Samad, extrañamente conmovido por este rudo ofrecimiento de un oído atento, dejó sus cisnes color de rosa y siguió a Shiva a la cocina.

—¿Animal, vegetal o mineral?

Shiva cortó una pechuga de pollo en dados perfectos que luego pasó por harina de maíz.

—¿Cómo?

—¿Es animal, vegetal o mineral? —repitió Shiva con impaciencia—. Eso que te preocupa.

—Animal en su mayor parte.

—¿Femenino?

Samad se dejó caer en un taburete y bajó la cabeza.

—Femenino —dedujo Shiva—. ¿Tu esposa?

—El oprobio y el dolor recaerán en mi esposa, pero no. Ella no es la causa.

—Otra mujer. Mi especialidad. —Shiva hizo ademán de enfocar una cámara, tarareó el tema de un concurso de preguntas y respuestas de la televisión y se situó ante el imaginario objetivo—. Shiva Bhagwati, treinta segundos sobre el tema de tirarte a una mujer que no es tu esposa. Primera pregunta: ¿Está bien? Respuesta: Depende. Segunda pregunta: ¿Iré al infierno...?

—Yo... no tengo relaciones sexuales con ella —lo interrumpió Samad, disgustado.

—Ya que he empezado, déjame terminar. ¿Iré al infierno? Respuesta...

—Basta. Déjalo. Por favor, olvida lo que te he dicho.

—¿Lo quieres con berenjena?

—No. Sólo pimiento verde.

—Vale —dijo Shiva, lanzando al aire un pimiento verde y ensartándolo con el cuchillo—. Marchando un *bhuna* de pollo. ¿Cuánto hace que dura el asunto?

—No hay ningún asunto. La he visto una sola vez. Casi no la conozco.

—Entonces, ¿qué hubo entre vosotros? ¿Un morreo? ¿Un achuchón?

—Sólo un apretón de manos. Es la maestra de mis hijos.

Shiva echó la cebolla y el pimiento picados en el aceite caliente.

—Así que algún mal pensamiento. ¿Qué tiene de malo?

Samad se levantó.

—Es más que algún mal pensamiento, Shiva. Es todo mi cuerpo que se rebela, que no me obedece. Nunca había sufrido semejante indignidad física. Por ejemplo, estoy continuamente...

—Sí —dijo Shiva mirando la entrepierna de Samad—. También lo hemos notado. ¿Por qué no te la cascas antes de venir a trabajar?

—Ya lo hago... Estoy... Pero no sirve de nada. Además, Alá lo prohíbe.

—Mira, Samad, tú no deberías meterte en religión. No va contigo. —Shiva se enjugó una lágrima de la cebolla—. Todo ese remordimiento no es saludable.

—No es remordimiento. Es miedo. Tengo cincuenta y siete años, Shiva. Cuando se llega a mi edad, uno se siente... preocupado por su fe, no quiere dejar las cosas para más adelante, no sea que resulte demasiado tarde. Inglaterra me ha corrompido, ahora lo veo, y mis hijos y mi esposa también están corrompidos. Quizá los amigos que he hecho no son los apropiados. Quizá he sido frívolo. Quizá pensé que era más importante el intelecto que la fe. Y ahora parece que he sido sometido a esta última tentación. Para castigarme, ¿comprendes? Shiva, tú tienes experiencia con las mujeres. Ayúdame. ¿Cómo pueden ocurrir estas cosas? Hace varios meses no sabía ni que existiera esa mujer, y he hablado con ella una sola vez.

—Tú lo has dicho: cincuenta y siete años. La crisis de la media vida.

—¿Media vida? —exclamó Samad, irritado—. Shiva, joder, ¿es que te has creído que pienso vivir ciento catorce años?

—Es un decir. Es lo que lee uno en las revistas. Cuando un hombre llega a cierta edad, empieza a pensar que está caduco. Y lo importante es ser joven de espíritu, ¿verdad?

—Yo estoy en una encrucijada moral, y tú te pones a decir sandeces.

—Son cosas que tienes que aprender, hombre —dijo Shiva hablando despacio, con paciencia—. El organismo femenino, el punto g, el cáncer de testículos, la menopausia, la crisis de la madurez. Son cosas que el hombre moderno tiene que saber.

—¡Yo no quiero saber esas cosas! —exclamó Samad, empezando a pasearse por la cocina—. ¡Y ahí está lo malo! ¡No quiero ser un hombre moderno! ¡Yo quiero vivir la vida que me estaba destinada! ¡Quiero volver al Este!

—Ah, eso es lo que queremos todos, ¿no? —dijo Shiva removiendo la cebolla y el pimiento en la sartén—. Yo salí de allí a los tres años. Y maldito lo que he conseguido en este país. Pero ¿dónde está el dinero para el billete de avión? ¿Y quién quiere vivir en una casucha con catorce criados a tu cargo? Quién sabe lo que Shiva Bhagwati hubiera sido en Calcuta. ¿Príncipe o mendigo? ¿Y quién —dijo Shiva, recuperando algo de su antigua belleza—, quién te saca del cuerpo el Oeste, una vez que se te ha metido dentro?

Samad seguía paseándose.

—Nunca debí venir: ahí está la causa de todos los problemas. Nunca debí traer a mis hijos aquí, tan lejos de Dios. ¡Willesden Green! Teléfonos de prostitutas en las pastelerías, Judy Blume en la escuela, un condón en la acera, el Festival de la Cosecha, maestras tentadoras... —rugía Samad, eligiendo ejemplos al azar—. Shiva, en confianza: mi mejor amigo, Archibald Jones, es ateo. ¿Qué te parece? Éste es el ejemplo que doy a mis hijos.

—Iqbal, siéntate. Tranquilízate. Escucha; tú, sencillamente, deseas a una persona. Porque las personas desean a las personas. Y esto ocurre de Delhi a Deptford. Y no es el fin del mundo.

—Ojalá pudiera estar seguro de eso.

—¿Cuándo volverás a verla?

—Tenemos que reunirnos para asuntos de la escuela... el primer miércoles de septiembre.

—Ya. ¿Es hindú? ¿Musulmana? No será sij, ¿verdad?

—Eso es lo peor —dijo Samad con la voz quebrada—. Es inglesa. Blanca. Inglesa.

Shiva movió negativamente la cabeza.

—Yo he salido con muchas palomitas blancas, Samad. Muchas. Unas veces ha ido bien, y otras no. Dos norteamericanas preciosas. También me colé por una parisina estupenda. Incluso viví un año con una rumana. Pero con una inglesa nunca. No sale bien. Nunca.

—¿Por qué? —preguntó Samad mordiéndose la uña del pulgar y esperando una respuesta terrible, un edicto de las alturas—. ¿Por qué no, Shiva Bhagwati?

—Demasiada historia —fue la enigmática respuesta de Shiva mientras ponía el *bhuna* de pollo en un plato—. Demasiada puta historia.

• • •

8.30 de la mañana del primer miércoles de septiembre de 1984. Samad, ensimismado, oyó a medias abrirse y cerrarse —allá lejos, en el mundo real— la puerta de su Austin Mini Metro, y al volverse vio a Millat que se instalaba a su lado. Por lo menos, una figura que tenía la forma de Millat hasta el cuello y, en lugar de cabeza, un Tomytronic, un juego de ordenador en forma de prismáticos de gran tamaño. Samad sabía por experiencia que allí dentro un cochecito rojo que representaba a su hijo perseguía a un coche verde y un coche amarillo por una carretera tridimensional de diodos fotoemisores.

Millat apoyó su pequeño trasero en el asiento de plástico marrón.

—¡Au! ¡Está frío! Se me está helando el pompis.

—¿Dónde están Magid e Irie, Millat?

—Ahora vienen.

—¿Vienen a la velocidad de un tren o a la velocidad de un caracol?

—¡Huyyy! —chilló Millat, en respuesta a una virtual obstrucción de la carretera que amenazaba con destruir su coche rojo.

—Millat, haz el favor de quitarte eso.

—No puedo. Necesito uno cero dos siete tres puntos.

—Millat, ya va siendo hora de que aprendas a leer los número como es debido. Repite: diez mil doscientos setenta y tres.

—Dimilosiento sentitré.

—Quítatelo, Millat.

—No puedo. Me moriría. ¿Tú quieres que me muera, abba?

Samad no escuchaba. Si este viaje había de servir para algo, él tenía que llegar a la escuela antes de las nueve. A las nueve, ella ya estaría en clase. A las nueve y dos minutos, abriría el libro de registro con sus largos dedos, a las nueve y tres sus uñas de marcadas lúnulas golpearían una mesa de madera, en algún lugar oculto a su mirada.

—¿Dónde están? ¿Es que quieren llegar tarde a la escuela?

—Oh...

—¿Siempre se retrasan tanto? —preguntó Samad, porque ésta no era su tarea habitual: de acompañar a los niños a la escuela se encargaban Alsana o Clara. Era para ver un momento a Burt-Jones (a pesar de que para su entrevista faltaban sólo siete horas y cincuenta y siete minutos, siete horas y cincuenta y seis minutos, siete horas...) por lo que Samad había asumido la más odiosa de las responsabilidades de los padres. Y mucho le había costado convencer a Alsana de que no había nada de particular en aquel repentino deseo de colaborar en el transporte escolar de su descendencia y la de Archie:

—Pero si no llegas a casa hasta las tres de la mañana, Samad. ¿Te pasa algo?

—¡Quiero ver a mis hijos! ¡Quiero ver a Irie! Están creciendo día a día... y yo me lo pierdo. Millat ha crecido cuatro dedos.

—Pero, no crecen a las ocho y media de la mañana. La gracia está en que crecen a cada momento, ¡bendito sea Alá! Milagro será. ¿Qué es lo que pasa, eh? —Hundió la uña en la curva del estómago de Samad—. Aquí algo me huele mal..., a lengua de cabra pasada.

Ah, el olfato culinario de Alsana para la culpa, la mentira y el miedo no tenía rival en todo el distrito de Brent, y Samad se sentía indefenso ante él. ¿Sabía ella algo? ¿Sospechaba algo? Estas inquietudes habían acompañado a Samad durante toda la noche (cuando no estaba dándole al salami), lo habían seguido hasta el coche esa mañana y en esos momentos él las desahogaba con su hijo.

—¿Dónde puñeta se meten?

—¡En la quinta puñeta!

—¡Millat!

—Tú lo has dicho primero —se defendió Millat, iniciando la vuelta catorce y consiguiendo cinco-cero-cero de bonificación por causar la combustión de Coche Amarillo—. Tú siempre dices tacos. Y también el señor Jones.

—Nosotros tenemos licencia para decir tacos.

El descabezado Millat no necesitó la cara para expresar su indignación.

—¡HALA, NO EXISTEN LICENCIAS PARA...!

—Está bien, está bien —se retractó Samad, sabedor de que no se saca nada en limpio de las discusiones ontológicas con un crío de nueve años—. Me has pillado. No existen licencias para decir tacos. ¿Dónde está el saxofón, Millat? Hoy tienes música.

—En el maletero —dijo Millat en tono de incredulidad y repulsa; un hombre que no sabía que el saxofón se metía en el maletero el martes por la noche era un caso clínico de despiste—. ¿Por qué nos llevas tú ? Hoy le toca al señor Jones. Tú no sabes nada de llevarnos. Ni de traernos.

—De todos modos, creo que me las arreglaré. Tampoco es ciencia espacial. ¿Dónde están esos dos? —gritó tocando el claxon, irritado por la capacidad de su hijo para detectar lo irregular de su comportamiento—. ¡Y tú hazme el favor de quitarte ese maldito chisme de la cara! —De un manotazo, Samad bajó el Tomytronic al cuello de Millat.

—¡AHORA ME HAS MATADO! —Millat, consternado, miró al interior del Tomytronic, a tiempo de ver cómo su pequeño alter ego rojo se estrellaba contra la barrera y desaparecía en medio de una catastrófica lluvia de chispas amarillas—. ¡ME HAS MATADO CUANDO IBA GANANDO!

Samad apretó los párpados y giró hacia arriba los globos oculares, con la esperanza de que su cerebro hiciera impacto en ellos y los fulminara, un autocegado con el que emularía a Edipo, otra víctima de la corrupción de Occidente. «Deseo a otra mujer —piensa—. He matado a mi hijo. Digo tacos. Como tocino. Le doy al salami. Bebo Guinness. Mi mejor amigo es ateo. Me digo que, si froto sin usar las manos, no cuenta. Pero vaya si cuenta. Todo cuenta en el ábaco del Gran Contable. ¿Qué pasará cuando llegue Mahshar? ¿Cómo me disculparé en el Juicio Final?»

... Clic-chas. Clic-chas. Un portazo, Magid y un portazo, Irie. Samad abrió los ojos y miró por el retrovisor. En el asiento trasero estaban los dos niños a los que esperaba; los dos, con gafitas. Irie con su peinado afro, del que no había quien la disuadiera (no era bonita, había sacado los genes malos: la nariz de Archie y los terribles dientes de Clara), y Magid con su abundante pelo peinado y engominado con raya en medio de un modo muy poco favorecedor. Magid llevaba una grabadora e Irie el violín. Pero, aparte estos detalles básicos, allí había algo anormal. O mucho se equivocaba Samad, o en el Mini Metro algo pintaba mal. Los dos niños vestían de negro, llevaban sendos brazales blancos con rudimentarios dibujos de cestos de hortalizas y, colgados del cuello con un cordel, un bloc y un lápiz cada uno.

—¿Quién os ha vestido así?
Silencio.
—¿Ha sido amma, o la señora Jones?
Silencio.
—¡Magid! ¡Irie! ¿Se puede saber qué os pasa?
Más silencio; silencio infantil, tan ansiado por los mayores y tan inquietante cuando al fin llega.
—Millat, ¿sabes tú algo de esto?
—Una lata —refunfuñó Millat—. Ganas de darse importancia del señorito Magú y doña Carademico.
Samad se volvió para mirar a los dos disidentes.
—¿Puedo preguntar qué sucede?
Magid agarró el lápiz y, con su letra clara y pulcra, escribió: SI INSISTES. Arrancó la hoja y la pasó a Samad.
—Comprendo, voto de silencio. ¿Tú también, Irie? Creí que tú eras muy seria para estas tonterías.
Irie garabateó en su bloc y entregó la misiva: ES UNA PROSTESTA.
—¿Pros testa? ¿Qué pros ni qué testa? ¿Es cosa de tu madre?
Pareció que Irie iba a prorrumpir en una vehemente explicación, pero Magid hizo como si le cerrara los labios con una cremallera, le arrancó el papel de la mano y tachó la primera «s».
—Ah, ya. Protesta.
Magid e Irie asintieron enérgicamente.
—Vaya, muy interesante. Y supongo que esta mascarada es cosa de vuestras madres, ¿no? ¿Los trajes? ¿Los blocs?
Silencio.
—Buenos prisioneros políticos: no soltáis prenda. De acuerdo. ¿Se puede saber contra qué protestáis?
Los niños señalaron elocuentemente los brazales.
—¿Las verduras? ¿Protestáis por los derechos de las verduras?
Irie se tapó la boca con la mano, para no gritar la respuesta, mientras Magid se ponía a escribir precipitadamente en el bloc: PROTESTAMOS A FAVOR DE LA FIESTA DE LA COSECHA.
—Ya os advertí que no quiero que participéis en esa tontería —gruñó Samad—. No tiene nada que ver con nosotros, Magid. ¿Por qué te empeñas siempre en ser lo que no eres?

Hubo un mudo reproche recíproco, mientras padre e hijo rememoraban el penoso incidente aludido. Unos meses antes, el día en que Magid cumplía nueve años, un grupito de niños blancos de aspecto agradable y buenos modales llamaron a la puerta y preguntaron por Mark Smith.

—¿Mark? Aquí no vive ningún Mark —dijo Alsana inclinándose con una afable sonrisa para situarse a su altura—. Ésta es la casa de la familia Iqbal. Os han dado mal la dirección.

Pero, antes de que ella terminara la frase, Magid llegó corriendo y apartó a su madre de la puerta.

—Hola, chicos.

—Hola, Mark.

—Me voy al club de ajedrez, mamá.

—Sí, M... M... Mark —dijo Alsana, a punto de echarse a llorar, porque aquel detalle final de cambiar «amma» por «mamá» ya era el colmo—. No vuelvas tarde.

—¡TE DOY EL MAGNÍFICO NOMBRE DE MAGID MAHFUZ MURSHED MUBTASIM IQBAL! —gritó Samad cuando Magid volvió a casa aquella tarde y subió la escalera como una exhalación, para esconderse en su cuarto—. ¡Y TÚ QUIERES QUE TE LLAMEN MARK SMITH!

Pero esto no era sino síntoma de un descontento más profundo. En realidad, a Magid le hubiera gustado ser de otra familia. Le hubiera gustado tener gatos en lugar de cucarachas, y que su madre hiciera música de violonchelo en lugar de ruido de máquina de coser; tener una enredadera florida a un lado de la casa, no un montón de desperdicios de los vecinos; y un piano en el recibidor, no la puerta rota del coche del primo Kurshed; ir de vacaciones a Francia en bicicleta, no a Blackpool, ida y vuelta el mismo día, a ver a las tías; y que el suelo de su cuarto fuera de madera reluciente, no una alfombra verde y naranja del restaurante, vieja y arrugada; a él le hubiera gustado que su padre fuera médico, no un camarero manco; y ese mes Magid había cifrado todas estas ambiciones en el deseo de participar en el Festival de la Cosecha, como Mark Smith. Como todo el mundo.

ES QUE QUEREMOS PARTICIPAR, O NOS CASTIGARÁN. HA DICHO LA SEÑORA OWENS QUE ES UNA TRADICIÓN.

Samad estalló.

—¿Una tradición de quién? —vociferó mientras un lloroso Magid empezaba otra vez a escribir con ahínco—. ¡Maldita sea, tú eres musulmán, no un duende del bosque! Y ya sabes, Magid, tú ya sabes cuál es la condición. Yo te doy permiso para que participes en el festival si tú me acompañas cuando haga la Haj. Si he de tocar esa piedra negra antes de morir, quiero tener a mi hijo mayor a mi lado.

Magid rompió la mina del lápiz a la mitad de la respuesta, que terminó con punta roma. NO ES JUSTO. YO NO PUEDO IR A LA HAJ. TENGO QUE IR A LA ESCUELA. NO TENGO TIEMPO DE IR A LA MECA. NO ES JUSTO.

—Bienvenido al siglo veinte. No es justo. Nunca es justo.

Magid arrancó otra hoja del bloc y la sostuvo delante de la cara de su padre. DIJISTE A SU PADRE QUE NO LA DEJARA IR.

Samad no pudo negarlo. El martes anterior había pedido a Archie que se mostrara solidario manteniendo a Irie en casa la semana del festival. Archie se resistía, temiendo las iras de Clara, pero Samad lo había tranquilizado: «Tú fíjate en mí, Archibald. ¿Quién lleva los pantalones en mi casa?» Archie evocó la figura de Alsana, con su bonito pantalón de seda ceñido al tobillo, y la de Samad, con el *lungi*, un paño gris bordado atado a la cintura que parecía una falda a todos los efectos. Pero se reservó el comentario.

SI NO NOS DEJAS IR NO HABLAREMOS, NO HABLAREMOS NUNCA, NUNCA, NUNCA MÁS. CUANDO NOS MURAMOS TODOS DIRÁN QUE HAS SIDO TÚ. TÚ. TÚ.

«Bravo —pensó Samad—. Lo que faltaba: ahora, sangre, otro pecado viscoso en mi única mano buena.»

Samad no sabía nada de dirección de orquestas, pero sabía lo que le gustaba. Cierto, probablemente la cosa no tenía grandes complicaciones tal como ella lo hacía, sólo un simple tres por cuatro, un metrónomo unidimensional dibujado en el aire con el índice, pero ¡aaah, qué delicia poder contemplar cómo lo hacía! Estaba de espaldas a él; a cada tercer compás, sus pies desnudos se alzaban de las chanclas, y cuando su cuerpo se inclinaba hacia delante, para marcar uno de los ásperos crescendos de la orquesta, sus nalgas se perfilaban bajo el pantalón vaquero. ¡Qué delicia! ¡Qué visión! Samad tenía que hacer un esfuerzo para dominar el impulso de correr hacia ella y llevársela en brazos. Aquella imposibilidad de apartar la mirada de su figura lo asustaba. Pero había que ser razonable: la orquesta la necesitaba; era evidente que, sin ella, nunca conseguirían terminar aquella adaptación de *El lago de los cisnes* (aunque la impresión era más bien la de una bandada de patos chapoteando en un vertido de petróleo). Sin embargo, qué lástima —era como ver a un niño pequeño colgado del pecho de la desconocida sentada a su lado en el autobús—, qué lástima que tanta hermosura se malgastara en unas criaturas que no sabían apreciarla. Al instante se arrepintió de este pensamiento. «Samad Miah, sin duda un hombre no puede caer más bajo que cuando siente celos de un niño de pecho, celos de los jóvenes del futuro...» Entonces, y no por primera vez aquel día, cuando Poppy Burt-Jones se elevó sobre sus chanclas una vez más y los patos sucumbieron por fin al desastre medioambiental, se preguntó: «¿Por qué, en nombre de Alá, estoy aquí?» Y, una vez más, con la persistencia del vómito, volvió la respuesta: «Sencillamente, porque no puedo estar en ningún otro sitio.»

Tic, tic, tic. Samad agradeció los golpecitos de la batuta en el atril que interrumpieron estos pensamientos rayanos en el delirio.

—Silencio, niños, niños. Basta. Shhh, silencio. Los instrumentos, fuera de la boca, y ahora un saludo. Saluda, Anita. Eso es, sí, ahí mismo. Gracias. Como habréis visto, hoy tenemos visita. —Se volvió hacia él, y Samad buscó afanosamente una parte de su persona en la que fijar la mirada, una parcelita que no hiciera hervir su sangre turbulenta—. El señor Iqbal, el padre de Magid y Millat.

Samad se levantó como movido por un resorte, procurando tapar con su abrigo de anchas solapas la delatadora bragueta, agitó la mano blandamente y volvió a sentarse.

—Decid: «Buenos días, señor Iqbal.»

—BUENOS DÍAS, SEÑOR IQBAL —dijeron en estridente coro todos los músicos de la orquesta menos dos.

—Decidme, ¿no tocaremos tres veces mejor porque tenemos auditorio?

—SÍ, SEÑORITA.

—Además, el señor Iqbal no sólo es hoy nuestro público sino que es un público muy especial. A causa del señor Iqbal, a partir de la semana próxima ya no volveremos a tocar *El lago de los cisnes*.

Saludó este anuncio un rugido estentóreo, acompañado de una algarabía de trompetas, tambores y platillos.

—Bueno, bueno, basta. No esperaba una aprobación tan entusiasta.

Samad sonrió. Además, esta mujer tenía sentido del humor, una cierta causticidad... pero ¿por qué imaginar que, cuantas más razones hubiera para pecar, había de ser más leve el pecado? Ya estaba otra vez pensando como un cristiano, diciendo a su Creador: Más justo no puedo ser.

—Abajo los instrumentos. Sí, a ti te digo, Marvin. Gracias.

—¿Y qué tocaremos entonces, señorita?

—Bien... —empezó Poppy Burt-Jones con aquella sonrisa entre tímida y audaz que él había observado ya anteriormente—. Será algo muy interesante. La próxima semana, me gustaría que probásemos a tocar un poco de música india.

El de los platillos, no sabiendo qué función le correspondería desempeñar en tan radical cambio de género, se adelantó a ridiculizar el plan.

—¿Qué? ¿Ese EeeeeEEEAAaaaaEEEeeeeAA Ooooo? —dijo, en una imitación bastante lograda de los sones que se oyen al comienzo de un musical hindi o en el reservado de un restaurante «indio», mientras movía la cabeza al compás. La clase soltó una carcajada tan potente como la sección de metal y coreó el remedo en masa: «Eeee Eaaao OOOAaaah Eeee OOOiiiiiii...» Lo cual, acompañado de la parodia de unos violines chirriantes, penetró en el profundo ensueño erótico de Samad e hizo volar su imaginación hasta un jardín rodeado de mármoles, en el que él, vestido de blanco, se escondía detrás de un gran árbol para espiar a una Poppy Burt-Jones con sari y *bindi* que correteaba coqueta escondiéndose entre las fuentes.

—No me parece... —empezó Poppy Burt-Jones, y alzó la voz varios decibelios para tratar de dominar el griterío—: NO ME PARECE DE BUENA EDUCACIÓN... —Aquí la voz recobró el volumen normal, porque la clase, al captar el tono de enojo, se había sosegado—. No me parece de buena educación burlarse de una cultura ajena.

La orquesta, inconsciente de que esto era lo que hacían pero muy consciente de que aquél era el peor de los crímenes según las normas de la escuela, se miró los pies, contrita.

—¿Y qué os parece a vosotros? ¿Te gustaría, Sophie, que se burlaran de los Queen?

Sophie, una niña de doce años un poco retrasada, envuelta en la parafernalia de esta banda de rock, la miró por encima de sus gruesas gafas.

—No, señorita.

—No, claro que no, ¿verdad?

—No, señorita.

—Porque Freddie Mercury pertenece a tu cultura.

Samad había oído comentar a los camareros del Palace que el tal Mercury era un persa de piel muy clara llamado Faruk, al que el chef recordaba de la escuela de Panchgani, cerca de Bombay. Pero ¿para qué desengañarla? Samad, para no interrumpir el discurso de la encantadora Burt-Jones, se reservó la información.

—A veces, la música de los otros nos parece extraña porque su cultura es diferente de la nuestra —dijo la maestra en tono solemne—. Pero eso no significa que no sea igual de buena, ¿verdad?

—SÍ, SEÑORITA.

—Y todos podemos aprender unos de otros a través de las culturas respectivas, ¿verdad?

—SÍ, SEÑORITA.

—Por ejemplo, ¿qué música te gusta a ti, Millat?

El interpelado pensó, se arrimó el saxofón a un costado e hizo como que tocaba la guitarra.

—«*Bo... orn to ruuun!* Da da da da daaa!» Bruce Springsteen, señorita. «Da da da da daaa! *Baby, we were bo... orn...*»

—Ah, ¿y nada... nada más? ¿Quizá algo que escuchéis en tu casa?

Millat, contrariado por no haber sabido dar la respuesta que, al parecer, se esperaba de él, miró a su padre, que gesticulaba detrás de la profesora, insinuando los espasmódicos movimientos de la cabeza y las manos del *bharata natyam*, el baile que gustaba a Alsana en otro tiempo, antes de que la tristeza lastrara su corazón y los hijos la ataran de pies y manos.

—«*Thriller!*» —cantó Millat a voz en cuello, creyendo haber captado la intención de su padre—. «*Thriller night!*» ¡Michael Jackson, señorita! ¡Michael Jackson!

Samad puso la cabeza entre las manos. La señorita Burt-Jones miró atónita al niño que, subido a una silla, hacía girar las caderas y se agarraba los genitales.

—Está bien. Muchas gracias, Millat. Gracias por... la demostración.

—De nada, señorita —dijo Millat sonriendo ampliamente.

Mientras los niños hacían cola para cambiar veinte peniques por dos galletas digestivas y un vaso de zumo insípido, Samad seguía los pies ligeros de Poppy Burt-Jones como un depredador... hasta el almacén de música, un cuartito sin ventanas ni otras vías de escape, lleno a rebosar de instrumentos, archivadores repletos de partituras y un olor que Samad pensó en un principio que era de ella y luego identificó como emanación del cuero de estuche de violín, mezclado con el efluvio dulzón de la cuerda de tripa.

—¿Es aquí donde usted trabaja? —preguntó Samad detectando un escritorio debajo de una montaña de papel.

Poppy se puso colorada.

—Es pequeño, ¿verdad? El presupuesto para música se ha ido recortando de año en año hasta que ya no ha quedado nada que recortar. Hemos llegado al extremo en que ponen una mesa en un armario y lo llaman despacho. Gracias que nos han dejado una mesa.

—Sí que es pequeño —dijo Samad buscando desesperadamente con la mirada un lugar de la habitación en el que ponerse para no tenerla al alcance de la mano—. Yo hasta lo llamaría claustrofóbico.

—Sí, es terrible... Pero ¿no quiere sentarse?

Samad buscó la silla a la que ella pudiera referirse.

—Oh, caramba, perdón. Aquí. —Con una mano, barrió al suelo papeles, libros y objetos diversos dejando al descubierto un taburete de aspecto peligroso—. Lo hice yo misma, pero es bastante seguro.

—¿Es aficionada a la carpintería? —preguntó Samad, buscando más buenas razones para pecar—. Además de música, artesana.

—No, no, no... Sólo asistí a unas clases nocturnas. Nada extraordinario. Hice eso y un reposapiés, pero el reposapiés se rompió. No soy ningún... Bueno, no se me ocurre un solo carpintero al que citar.

—Siempre está Jesús.

—Pero no se puede decir: «No soy ningún Jesús.» Bueno, es evidente que no lo soy, pero por otras razones.

Samad se instaló en el vacilante asiento mientras Poppy Burt-Jones iba a sentarse detrás de la mesa.

—¿Quiere decir con eso que no es buena persona?

Samad observó que la había turbado con la accidental solemnidad de la pregunta. Ella se peinó el flequillo con los dedos, jugueteó con un botoncito de carey de la blusa y rió nerviosamente.

—Quiero pensar que no soy mala del todo.

—¿Y eso es suficiente?

—Bueno... yo...

—Oh, perdone, señorita Burt-Jones... —empezó Samad—. No hablaba en serio.

—Bueno... digamos que no soy el señor Chippendale. Creo que eso bastará.

—Sí —dijo Samad afablemente, mientras pensaba que las piernas de ella eran mucho más bellas que las patas de una silla reina Ana—, eso bastará.

—Bien, ¿dónde estábamos?

—¿Estábamos en algún sitio, señorita Burt-Jones? —preguntó Samad inclinándose ligeramente sobre la mesa para mirarla.

(Se servía de los ojos; recordaba que la gente decía que sus ojos eran... «Ese chico que ha llegado a Delhi hace poco, Samad Miah —decían—, tiene unos ojos que te matan.»)

—Yo estaba... estaba buscando mis notas. ¿Dónde se habrán metido?

Revolvía en la confusión de su escritorio, y Samad irguió el tronco una vez más, observando con toda la satisfacción de que era capaz que, al parecer, a ella le temblaban las manos. ¿Se produjo entonces un momento crucial? Él había cumplido cincuenta y siete años —hacía por lo menos diez que no tenía uno de estos momentos— y no estaba seguro de poder reconocerlo si se daba otra vez. «Eres un viejo —se dijo enjugándose la cara con el pañuelo—, un viejo idiota. Vete de aquí, vete antes de que te ahogues en tu propia exudación de remordimiento —porque estaba sudando como un cerdo—, vete antes de que pongas las cosas peor de lo que están.» Pero ¿sería posible? ¿Sería posible que durante todo aquel mes —aquel mes de frotar y correrse, rezar y suplicar, hacer tratos y pensar, pensar nada más que en ella—, ella hubiera pensado en él?

—Ah, mientras busco... Ahora recuerdo que quería preguntarle algo.

¡Sí!, dijo la voz antropomorfa que había fijado su residencia en el testículo derecho de Samad. Cualquiera que sea la pregunta, la respuesta es sí, sí, sí. Sí, follaremos encima de esta misma mesa, sí, arderemos por ello y sí, señorita Burt-Jones, sí, la respuesta es inevitable, ineludiblemente SÍ. No obstante, fuera, donde la conversación continuaba, en el mundo racional situado cuatro palmos por encima de los testículos, la respuesta fue:

—Miércoles.

—No —dijo Poppy, riendo—; no me refería a qué día de la semana. ¿Tan despistada parezco? Quiero decir qué día es para los musulmanes. Es que he visto que Magid va vestido de un modo especial y, cuando le he preguntado, no ha querido hablar. ¿No estará enfadado?

Samad frunció el entrecejo. Es odioso que a uno le hablen de sus hijos cuando está calculando el exacto tono y rigidez de un pezón que consigue manifestarse de ese modo a través del sostén y la blusa.

—¿Magid? No se preocupe por él. ¿Por qué iba a estar enfadado?

—Ya me parecía a mí —dijo Poppy, alborozada—. Debe de ser algo así como, no sé, ¿una abstinencia oral?

—Ah... sí, sí —barbotó Samad, que no deseaba divulgar su dilema familiar—. Es un simbolismo coránico: la manifestación de que el día del juicio final empezará por dejarnos inconscientes. Mudos, ¿comprende? Por eso, el primogénito de la familia se viste de negro y, ah..., se abstiene de hablar durante... un tiempo, en un proceso de... de purificación.

Santo Dios.

—Comprendo. Es muy interesante. ¿Así que Magid es el primogénito?

—Por dos minutos.

—Por muy poco entonces. —Poppy sonrió.

—Dos minutos pueden ser muy importantes —dijo Samad con paciencia, ya que hablaba con una persona ignorante del impacto que períodos tan pequeños habían tenido en la historia de la familia Iqbal.

—¿Y esa práctica tiene nombre?

—*Amar durbol lagche.*

—¿Qué quiere decir?

Traducción literal: «Me siento débil.» Quiere decir, señorita Burt-Jones, que todas las fibras de mi ser desfallecen por el deseo de besarla.

—Quiere decir —dijo Samad en voz alta, sin titubear—: muda adoración del Creador.

—*Amar durbol lagche.* ¡Vaya!

—En efecto.

Poppy Burt-Jones se inclinó hacia delante.

—Pues no sé... Para mí es un acto increíble de autodominio. En Occidente no tenemos ese... ese sentido del sacrificio. Yo siento gran admiración por esa capacidad de su pueblo para la abstinencia y la autodisciplina.

Instante en el que Samad dio un puntapié al taburete que tenía debajo, como el que se ahorca, y cubrió los locuaces labios de Poppy Burt-Jones con los suyos, abrasados de fiebre.

7

Molares

Y los pecados del padre oriental recaerán sobre los hijos occidentales. Por lo común al cabo de mucho tiempo, tras permanecer latentes en los genes como la calvicie o el carcinoma testicular, pero en ocasiones el mismo día. En ocasiones, al instante. Esto explicaría por qué, dos semanas después, durante la antigua fiesta druida de la cosecha, vemos a Samad meter subrepticiamente en una bolsa de plástico la única camisa que nunca se ha puesto para ir a la mezquita («Para los puros todas las cosas son puras»), a fin de poder cambiarse antes de reunirse con la señorita Burt-Jones (4.30, reloj de Harlesden) sin despertar sospechas... mientras Magid y un Millat convertido a la causa introducen sólo cuatro latas de garbanzos caducados, una bolsa de patatas fritas y varias manzanas en dos mochilas («Más justo no puedo ser») antes de ir en busca de Irie (4.30, furgoneta de los helados) y visitar al anciano que se les ha asignado, un tal J. P. Hamilton de Kensal Rise, al que han de ofrecer su caridad pagana.

Ninguno de ellos es consciente de que estos dos viajes discurren por vías transitadas de antiguo o —utilizando una expresión más actual— que lo suyo es un rebobinado. Ya habíamos estado aquí antes. Es como ver la televisión en Bombay, en Kingston o en Dacca: viejas series británicas, servidas a las antiguas colonias, en un ciclo interminable y tedioso. Los inmigrantes han sido siempre muy sensibles a la repetición; ello se debe en parte, sin duda, al hecho de su traslado del Oeste al Este, del Este al Oeste o de una isla a otra. Y es que, aun después de llegar, siguen yendo y viniendo, y los hijos van de un lado al otro.

No hay una definición adecuada para esto: pecado original parece muy fuerte; quizá, trauma original. Al fin y al cabo, un trauma es algo que uno revive una y otra vez, y ésta es la tragedia de los Iqbal, el tener que reconstruir el salto que un día dieron de un país a otro, de una fe a otra, de una patria de piel oscura a los pálidos brazos pecosos de una soberana imperial. Necesitan repetirlo varias veces antes de poder volver la página. Y esto es lo que sucede, mientras Alsana cose estrepitosamente en su monstruosa Singer, haciendo doble pespunte en una braguita sin entrepierna, ajena al padre y los hijos que andan por la casa sigilosamente, recogiendo ropa, apilando comestibles. Es el proceso de la repetición. Es un salto entre continentes. Es un rebobinado. Pero calma, vayamos por partes...

Vamos a ver, ¿cómo se predisponen los jóvenes para el encuentro con los viejos? Del mismo modo en que los viejos se predisponen para el encuentro con los jóvenes: con ciertos aires de superioridad, con pocas expectativas acerca de la racionalidad del otro; con la convicción de que el otro encontrará difícil de entender lo que ellos digan, que el asunto los desbordará (no tanto intelectual como visceralmente), y que tienen que presentarse con algo que guste al otro, algo apropiado. Como unas galletas Garibaldi.

—Es que les gustan —explicó Irie cuando los gemelos cuestionaron su elección, mientras viajaban en la parte de arriba del autobús 52—. Les gustan porque tienen pasas. A los viejos les gustan las pasas.

Millat bufó por debajo de su caparazón Tomytronic.

—Las pasas no le gustan a nadie. Uvas muertas, puaj. ¿Quién va a comer eso?

—Los viejos las comen —insistió Irie, volviendo a meter el paquete de galletas en la bolsa—. Y no están muertas sino que están secas.

—Sí, pero las secan cuando están muertas.

—Cállate, Millat. ¡Magid, di que se calle!

Magid se ajustó las gafas y cambió de tema diplomáticamente.

—¿Qué más llevas?

Irie rebuscaba en la bolsa.

—Un coco.

—¡Un coco!

—Para tu información —respondió secamente Irie, poniendo el coco fuera del alcance de Millat—, a los viejos les gustan los cocos. Pueden usar la leche para el té. —Y se apresuró a añadir mientras Millat fingía arcadas—: También llevo pan francés crujiente, lonchas de queso, manzanas...

—Manzanas llevamos nosotros, mema... —atajó Millat.

—Bueno, pues yo también, y seguro que son mejores que las vuestras. Y pastel de menta y pescado salado.

—Qué asco, pescado salado.

—Nadie te ha pedido que lo comas tú.

—Es que ni ganas.

—¡Si no lo vas a comer!

—Mejor, porque no quiero.

—Aunque quisieras, tampoco te daría.

—Pues es una suerte, porque no quiero. Así que avergüénzate —dijo Millat, que, sin quitarse el Tomytronic, ejecutó el habitual ritual pasando la palma de la mano por la frente de Irie—. Vergüenza sobre tu cabeza...

—No tienes que preocuparte, porque no te voy a dar...

—¡Está caliente, caliente! —chillaba Magid apretándole la frente—. ¡Tiene vergüenza, tiene vergüenza!

—Pues no, pues no... Vergüenza tú, porque esto es para el señor J. P. Hamilton...

—¡Es esta parada! —gritó Magid poniéndose en pie de un salto y tirando de la campanilla más veces de las necesarias.

—Si quiere saber mi opinión —dijo un incomodado pasajero de la tercera edad a su vecino—, todos deberían volver a su...

Pero esta frase, la más vieja del mundo, quedó ahogada por los campanillazos y el estrépito de pasos, y acabó debajo de los asientos, con las bolas de chicle.

—Vergüenza, vergüenza, tiene vergüenza —gorjeaba Magid. Los tres niños bajaron del autobús precipitadamente.

El 52 circula en dos sentidos. Desde el caleidoscopio de Willesden se lo puede tomar hacia el sur, como los niños, y llegar a

Portobello y Knightsbridge, pasando por Kensal Rise, y observar cómo los colores van aclarándose a medida que el autobús se acerca a las brillantes luces blancas de la ciudad; o se puede ir hacia el norte, como Samad, por Dollis Hill y Harlesden, y ver con temor (si uno es timorato como Samad, si todo lo que la ciudad le ha enseñado es a cambiar de acera cuando ve a hombres de piel oscura) cómo del blanco se pasa al amarillo y al color café. Entonces surge el reloj de Harlesden, que, lo mismo que la estatua de la reina Victoria en Kingston, se yergue como una alta piedra blanca en medio de la negritud.

Samad se sintió sorprendido, sí, sorprendido, al oír que ella susurraba «Harlesden» cuando él le oprimió la mano después del beso —aquel beso que todavía podía saborear— y le pidió que le dijera dónde podía verla, fuera de allí, lejos de allí («Mis hijos, mi esposa», había balbuceado), esperando oír «Islington», o quizá «West Hampstead» o, por lo menos, «Swiss Cottage».

—En Harlesden. Vivo en Harlesden.

—¿En Stonebridge Estate? —había preguntado Samad, alarmado y atónito ante las creativas formas que encontraba Alá para castigarlo, viéndose encima de su nueva amante con el cuchillo de doce centímetros de un gángster en la espalda.

—No, no... pero está no muy lejos de allí. ¿Quieres que nos veamos?

Aquel día, la boca de Samad era el francotirador que, desde lo alto de un montículo verde, había matado a su cerebro y pretendía suplantarlo al mismo tiempo.

—Sí. ¡Maldita sea! Sí.

Entonces había vuelto a besarla, convirtiendo lo que hasta entonces había sido relativamente casto en otra cosa, asiendo su pecho con la mano izquierda y gozando al notar cómo ella aspiraba entrecortadamente.

Luego mantuvieron el breve y obligado diálogo al que recurren los infieles para sentirse menos infieles.

—Yo no debería...

—No sé cómo esto ha podido...

—Hemos de vernos, por lo menos, para hablar de lo que...

—Sí, de lo sucedido, hay que hablar...

—Porque algo ha sucedido, pero...

—Mi esposa... mis hijos...

—Démonos tiempo... ¿El miércoles, dentro de dos semanas? ¿A las cuatro y media? ¿En el reloj de Harlesden?

Por lo menos, en medio de ese sórdido laberinto, Samad podía felicitarse de haber calculado bien la hora: se apeó del autobús a las 4.15, lo que le dejaba cinco minutos para entrar en el aseo del McDonald's (que tenía guardias de seguridad negros en la puerta, guardias negros para no dejar entrar a los negros) y cambiar el pantalón acampanado del restaurante por un traje azul marino, un jersey de lana y una camisa gris, cuyo bolsillo contenía un peine con el que atusarse la espesa melena. Las 4.20: cinco minutos para visitar al primo Hakim y su esposa Zinat, que regentaban la tienda de «1 libra + 50 peniques» (un tipo de tienda que opera sobre la falsa premisa de que no vende ningún artículo por encima de este precio, aunque luego uno advierte que esto es lo que cuesta el artículo más barato), a los que pensaba utilizar de tapadera sin que se dieran cuenta.

—Samad Miah, oh, qué elegancia. Algún motivo tiene que haber.

Zinat Mahal tenía una boca tan grande como el túnel de Blackwall, y en esto confiaba Samad.

—Gracias, Zinat —dijo Samad con una expresión deliberadamente maliciosa—. El motivo... no sé si puedo decirlo.

—¡Tú sabes que soy una tumba, Samad! Lo que se me dice confidencialmente morirá conmigo.

Lo que se le dijera a Zinat invariablemente hacía vibrar la red telefónica, saltaba por antenas, ondas hertzianas y satélites, y finalmente era recogido por avanzadas civilizaciones extraterrestres mientras rebotaba en las atmósferas de planetas remotos.

—Verás, la verdad es que...

—¡Habla ya, por Alá! —exclamó Zinat, arqueando el tronco sobre el mostrador, en actitud de cotilleo—. ¿Adónde vas?

—Verás... Voy a visitar a un hombre en Park Royal, para hablar de un seguro de vida. Quiero que, si muero, a mi Alsana no le falte nada. Pero... —agregó agitando el índice hacia su interrogadora, adornada con profusión de alhajas y sombra de ojos—. ¡No quiero que ella se entere, Zinat! Le horroriza pensar en la muerte.

—¿Has oído, Hakim? ¡Hay hombres que se preocupan por el futuro de la esposa! Pero, anda, no te entretengo más, primo. Y no sufras —gritó mientras él se alejaba, al tiempo que alargaba hacia el teléfono su mano de uñas largas y curvadas—. No diré ni una palabra a Alsi.

Una vez establecida la coartada, a Samad le quedaban tres minutos para decidir qué debe llevar un hombre maduro a una muchacha; un hombre maduro de piel oscura a una muchacha de piel blanca, en la intersección de cuatro calles negras, algo apropiado...

—¿Un coco?

Poppy Burt-Jones tomó el peludo objeto y miró a Samad con una sonrisa de perplejidad.

—Es una cosa híbrida —explicó Samad nerviosamente—. Tiene zumo como una fruta fresca, pero es duro como un fruto seco. Oscuro y viejo por fuera, blanco y fresco por dentro. No es una mala mezcla. A veces lo usamos en el curry —agregó sin saber qué más decir.

Poppy sonrió; una sonrisa impresionante que acentuaba la belleza natural de aquella cara y tenía, pensó Samad, algo que era mejor que esto, algo exento de vergüenza, algo mejor y más puro que aquello que estaban haciendo.

—Es bonito —dijo ella

En la calle, a cinco minutos de la dirección escrita en las hojas de la escuela, Irie, irritada por el rifirrafe del autobús, buscaba el desquite.

—Me elijo ésa —dijo señalando una moto bastante deteriorada que estaba aparcada junto a la boca del metro de Kensal Rise—. Me elijo ésa y ésa —repitió abarcando con el ademán dos BMx que había al lado de la primera.

Millat y Magid entraron en acción inmediatamente. Ambos eran muy aficionados a aquel juego que consistía en elegir para sí, cual colonos recién llegados, cualquier objeto que vieran en una calle que no era la suya, y que les apeteciera.

—¡Bah! ¿Y quién quiere elegir esos cacharros? —replicó Millat con el acento jamaicano que todos los chicos, de cualquier nacionalidad, utilizaban para expresar desprecio—. Me elijo ése —dijo entonces señalando un impresionante MG pequeño, rojo y reluciente que iba a doblar la esquina—. Y ¡ése! —agregó adelantándose a Magid en el momento en que un BMW pasaba zumbando—. ¡Chico, ése sí que me mola! —dijo a Magid, que no discutió—. ¡Cantidad!

Irie, un tanto desanimada por el rumbo de los acontecimientos, dirigió la mirada de la calzada al suelo, de donde le llegó una súbita inspiración.

—¡Elijo ésas!

Magid y Millat se pararon, contemplando con admiración el par de Nikes blancas que ahora eran propiedad de Irie (con una marca roja y otra azul; de muerte, diría después Millat), aunque aparentemente seguían caminando hacia Queens Park, en los pies de un chico negro, alto, con el pelo trenzado.

Millat asintió de mala gana.

—¡Ojalá las hubiera visto yo antes!

—¡Elegido! —dijo entonces Magid, aplastando su dedo regordete en un escaparate, en dirección a un equipo de química de metro veinte de largo que tenía en la tapa la foto de un personaje de la televisión—. ¡Sí, me lo elijo! —repitió golpeando el cristal.

Siguió un corto silencio.

—¿Eso eliges? —preguntó Millat con incredulidad—. ¿Eso? ¿Un juego de química?

Antes de que el pobre Magid pudiera reaccionar, dos feroces bofetadas le habían caído sobre la frente dejándole un buen escozor. Magid lanzó a Irie una mirada suplicante de «¿tú también, Bruto?», aun a sabiendas de que era inútil. No hay lealtad a los nueve años.

—Vergüenza, vergüenza sobre tu cabeza.

—El señor J. P. Hamilton —gimió Magid, abrumado por la vergüenza—. Ya hemos llegado. Ahí está su casa. Es una calle tranquila. No se puede hacer tanto ruido. Es viejo.

—Si es viejo será sordo —arguyó Millat—. Y si es sordo no oye.

—Las cosas no son así. Los viejos lo pasan mal. Tú no lo entiendes.

—A lo mejor es tan viejo que no puede ni sacar las cosas de las bolsas —dijo Irie—. Vale más que las saquemos nosotros y las llevemos en la mano.

Así se acordó, y pasaron un rato cargando los paquetes en manos y brazos, para «dar una sorpresa» al señor J. P. Hamilton con su espléndida caridad. El señor J. P. Hamilton, al ver en su puerta a tres niños de piel oscura, agarrando una miríada de proyectiles, se llevó una gran sorpresa. Era tan viejo como ellos imaginaban, pero más alto y más aseado. Entreabrió la puerta, manteniendo en el picaporte una mano con una cordillera de venas azules, y asomó la cabeza. A Irie le recordó un águila majestuosa y vieja: unos pelillos finos como plumón le asomaban de las orejas, los puños y el cuello de la camisa, y el mechón de la frente parecía espuma; sus dedos se agarrotaban en un espasmo permanente, como garras, y vestía como podría esperarse de un viejo pájaro inglés en el País de las Maravillas: chaleco de ante cruzado por la cadena de oro del reloj y chaqueta de lana.

Toda su persona despedía destellos, desde las chispitas azules de los ojos, festoneados de blanco y rojo, hasta el brillo de oro de la sortija de sello, pasando por la plata de las cuatro medallas prendidas sobre su corazón y el papel de estaño del paquete de Senior Service que asomaba del bolsillo del pecho.

—Por favor —sonó la voz del hombre-pájaro, una voz que hasta los niños intuyeron que pertenecía a otra clase y otra época—. Os pido por favor que os marchéis de mi puerta. No tengo dinero; de modo que si traéis intención de robar o de vender perdéis el tiempo.

Magid dio un paso adelante tratando de situarse en el campo visual del anciano, porque el ojo izquierdo, azul como la dispersión de Rayleigh, miraba más allá de donde ellos estaban, mientras el derecho casi desaparecía en un mar de arrugas.

—Señor Hamilton, ¿no lo recuerda? Nos envía la escuela. Éstos son...

—Adiós, adiós —les dijo el hombre como si se despidiera de una anciana tía que se marchara en tren. Y luego otra vez—: Adiós. —Por los dos paneles de vidrios de colores de la puerta los niños vieron la alta figura del señor Hamilton, desdibujada como por efecto del calor, alejarse lentamente por un pasillo hasta convertirse en unas motas marrones que se confundieron con las motas marrones del mobiliario y casi desaparecieron.

Millat se bajó el Tomytronic al cuello, frunció el entrecejo y, con gesto decidido, oprimió el timbre con el puño, sin soltar.

—A lo mejor no quiere estas cosas —apuntó Irie.

Millat dio un breve respiro al timbre.

—Tiene que quererlas. Las ha pedido —gruñó volviendo a apretar el pulsador con toda su fuerza—. Es la cosecha de Dios, ¿verdad? ¡Señor Hamilton! ¡Señor J. P. Hamilton!

Entonces se reprodujo a la inversa el lento proceso por el que unas partículas se disgregaban de la escalera y el aparador y se acercaban, y el hombre recuperaba su tamaño natural y asomaba el cuerpo por la puerta entreabierta.

Millat, a quien no sobraba la paciencia, le puso en la mano la hoja informativa de la escuela.

—Es la cosecha de Dios.

Pero el anciano agitaba la cabeza como un pájaro en el baño.

—No, no. No voy a dejarme intimidar a comprar en la puerta de mi propia casa. No sé qué vendéis... No quiera Dios que sean enciclopedias: a mi edad no es más información lo que necesita uno, sino menos.

—¡Si es gratis!

—¿Eh...? Sí, ya. ¿Y por qué?

—La cosecha de Dios —repitió Magid.

—Es la ayuda a la comunidad local. Usted debe de haber hablado con nuestra maestra, señor Hamilton, porque nos envía ella. Quizá se le ha olvidado —agregó Irie con su voz de persona mayor.

El señor Hamilton se frotó la sien con expresión de tristeza, como tratando de recuperar el recuerdo, y después, muy despacio, acabó de abrir la puerta y dio un pasito de paloma hacia el sol otoñal.

—Bien... adelante, pasad.

Los niños siguieron al señor Hamilton a la penumbra del recibidor de una casa del centro de la ciudad, repleto de muebles y enseres victorianos, deslucidos y agrietados, salpicados aquí y allá de señales de vida más reciente: bicicletas infantiles rotas, un manual de ortografía usado y cuatro pares de botas de agua sucias de barro, de los distintos tamaños que corresponden a una familia.

—Vamos a ver —dijo el hombre animadamente cuando llegaron a una sala de estar con hermosos ventanales que daban a un amplio jardín—, ¿qué tenemos aquí?

Los niños depositaron su carga encima de un sofá apolillado. Magid iba enumerando los artículos como si fueran objetos de la lista de la compra, mientras el señor Hamilton encendía un cigarrillo e inspeccionaba aquella merienda urbana con dedos inseguros.

—Manzanas... Ay, pobre de mí, no... Garbanzos... no, no, no. Patatas fritas...

Así se desarrolló la operación, cada producto sopesado y denostado, hasta que al fin el hombre los miró con un leve lagrimeo.

—Yo no puedo comer estas cosas... Son demasiado duras. Quizá, la leche de ese coco... De todos modos, tomaremos el té, ¿queréis? ¿Os quedáis a tomar el té?

Los niños lo miraban fijamente.

—Bueno, sentaos, sentaos, niños.

Irie, Magid y Millat se auparon nerviosamente al sofá. Entonces se oyó un chasquido, y cuando levantaron la mirada vieron que el señor Hamilton tenía los dientes encima de la lengua, como si una segunda boca le hubiera salido de la primera. Luego, en un abrir y cerrar de ojos, volvían a estar en su sitio.

—Es que no puedo comer nada sin que me lo trituren. Pero la culpa es mía. Años y años de descuido. El cepillado de los dientes nunca fue una prioridad en el ejército. —Se señaló a sí mismo torpemente, llevándose al pecho una mano temblorosa—. Porque yo estaba en el ejército. Ahora decidme, ¿cuántas veces os laváis los dientes, jovencitos?

—Yo, tres veces al día —mintió Irie.

—¡MENTIRA! —dijeron Magid y Millat a coro—. TE CRECERÁ LA NARIZ.

—Dos y media.

—Bueno, dime: ¿cuántas veces? —preguntó el señor Hamilton alisándose el pantalón con una mano y levantando la taza con la otra.

—Una vez —dijo Irie dócilmente, porque la preocupación que notó en la voz del anciano la impulsó a decir la verdad—. Casi todos los días.

—Mucho me temo que lo lamentarás. ¿Y vosotros dos?

Magid se hallaba en proceso de elaborar una complicada fantasía acerca de una máquina-cepillo que limpiaba los dientes mientras uno dormía, pero Millat respondió con sinceridad.

—Lo mismo. Una vez al día. Más o menos.

El señor Hamilton se recostó en el sillón en actitud contemplativa.

—A veces, uno se olvida de la importancia de los dientes. Porque nosotros no somos como los animales inferiores, que cuando se les cae un diente les sale otro. Nosotros somos mamíferos. Y los mamíferos, por lo que a los dientes se refiere, no tienen más que dos oportunidades. ¿Más azúcar?

Los niños, conscientes de sus dos oportunidades, rehusaron.

—Pero, como todas las cosas, la cuestión tiene dos caras. Los dientes blancos también pueden ser un peligro. Por ejemplo, en el Congo, yo sólo podía localizar a los negros por la blancura de los dientes, no sé si sabéis lo que quiero decir. Un horror. Estaba oscuro como boca de lobo. Y por eso morían, ¿lo entendéis? Desgraciados. O, visto desde el otro lado, por eso yo me salvé, ¿lo veis?

Los niños callaban. Y entonces Irie empezó a llorar bajito.

—En la guerra, hay que decidir en un instante —continuó el señor Hamilton—. Uno ve una mancha blanca, y ¡bum! Oscuro como boca de lobo. Malos tiempos. Todos aquellos buenos mozos, muertos, allí delante de mí, a mis pies. Con el vientre reventado y las tripas en mis botas. Como si fuera el fin del jodido mundo. Buenos mozos, reclutados por los alemanes, negros como la noche. Pobres desgraciados, no sabían por qué estaban allí, por quién peleaban ni contra quién disparaban. La razón del fusil. Fulminante, chicos. Brutal. ¿Una galleta?

—Yo quiero ir a casa —susurró Irie.

—Mi papá estuvo en la guerra. Jugaba con Inglaterra —saltó Millat, rojo y furioso.

—¿Te refieres a la selección de fútbol o al ejército?

—Al ejército británico. Conducía un tanque. Un Mr. Churchill. Con el papá de ella —explicó Magid.

—Lo siento, pero me parece que estáis equivocados —dijo el señor Hamilton, tan cortés como siempre—. Que yo recuerde, no había indios, ni paquistaníes. ¿Qué hubiéramos podido darles de comer? No, no —repitió considerando la cuestión como si se le brindara la oportunidad de volver a escribir la historia en ese momento—. Descartado. Yo no hubiera podido con esa comida tan condimentada. No había paquistaníes, no. Ellos estarían en el ejército paquistaní, si existía tal cosa. En cuanto a los pobres británicos, bastante trabajo tenían con nosotros, los veteranos...

El señor Hamilton rió para sí, volvió la cabeza y admiró en silencio las amplias ramas de un cerezo que presidía un ángulo del jardín. Al cabo de un rato los miró otra vez, y volvía a tener lágrimas en los ojos, unas lágrimas repentinas, como provocadas por una bofetada.

—Los chicos no deben decir mentiras, ¿sabéis? Se os caerán los dientes.

—No es mentira, señor Hamilton —dijo Magid, siempre el mediador, el negociador—. Lo hirieron en la mano. Tiene medallas. Fue un héroe.

—Y cuando a uno se le caen los dientes...

—¡Es la verdad! —gritó Millat dando un puntapié a la bandeja del té que estaba en el suelo—. ¡Viejo estúpido de mierda!

—Y cuando a uno se le caen los dientes —prosiguió el señor Hamilton sonriendo al techo—, aaah, ya no hay remedio. Ya nadie lo mira como antes. Las mujeres bonitas no le hacen caso, ni por dinero ni por amor. Pero mientras se es joven lo importante son las terceras molares. Generalmente las llaman del juicio, tengo entendido. Antes que nada, hay que cuidar las terceras molares. Fue eso lo que a mí me perdió. Vosotros no las tenéis todavía, pero a mis nietos ya les están saliendo. Lo malo de las terceras molares es que uno no sabe si le van a caber en la boca. Son la única parte del cuerpo que no tiene el sitio asegurado. Hay que ser lo bastante grande. Porque si no, ay, salen torcidas, o de través, o no salen. Se quedan incrustadas en el hueso, impacto lo llaman, me parece, y uno tiene unas infecciones terribles. Hay que arrancarlas cuanto antes, eso le digo a mi nieta Jocelyn que haga con sus hijos. Hay que arrancarlas. No se puede evitar. Ojalá yo me las hubiera arrancado, en prevención. Porque son las muelas del padre, ¿sabéis? Las muelas del juicio se heredan del padre, estoy seguro. Y por eso hay que ser lo bastante grande para que quepan. Y bien sabe Dios que yo no era lo bastante grande... Que os las arranquen, y cepillaos los dientes tres veces al día, si queréis un buen consejo.

Cuando el señor J. P. Hamilton se volvió a mirarlos, para ver si querían un buen consejo, sus tres visitantes de color pardo habían desaparecido, llevándose la bolsa de manzanas (manzanas que él pensaba pedir a Jocelyn que pasara por la picadora) y corrían empujándose y tropezando hacia un espacio verde, uno de los pulmones de la ciudad, un lugar en el que fuera posible respirar libremente.

Los niños conocían bien la ciudad. Y sabían que la ciudad cría locos. Conocían al señor Cara Blanca, un indio que se pasea por las calles de Willesden con la cara pintada de blanco y los labios de azul, con leotardos y botas de montaña. Conocían al señor Periódicos, alto y flaco, con una gabardina hasta los tobillos, que se instala en las bibliotecas de Brent, saca de la cartera los periódicos del día y metódicamente los rompe en tiras; conocían a Mary la Loca, una negra que hace vudú y se pinta la cara de rojo. Su territorio se extiende desde Kilburn hasta Oxford Street, pero hace sus sortilegios en un contenedor de basura de West Hampstead; conocían al señor Tupé, que no tiene cejas y lleva tupé, pero no en la cabeza sino colgado del cuello con un cordel. Pero ellos pregonaban su locura; eran mejores, menos inquietantes que el señor J. P. Hamilton porque exhibían sus manías, no estaban medio chiflados, no se asomaban a la puerta doblando el cuerpo. Estaban locos, como los locos de Shakespeare, y decían cosas muy sensatas cuando uno menos lo esperaba. En la zona norte de Londres, donde una vez los regidores votaron poner al barrio el nombre de Nirvana, a veces, yendo por la calle, se oyen unas sabias palabras del hombre de la cara blanca y los labios azules o del tipo sin cejas. Desde el otro lado de la calle o el otro extremo del vagón del metro, estos personajes, merced a su talento esquizofrénico, pueden establecer asociaciones insospechadas (estudiar el universo en un grano de arena, extraer dialéctica de la nada), pueden plantear un acertijo, componer un verso, desnudarlo a uno, decirle quién es y adónde va (generalmente, a Baker Street, porque la mayoría de los videntes modernos viajan en la línea Metropolitana) y por qué. Pero nosotros, los ciudadanos, no apreciamos a estas personas. Intuimos que tratan de violentarnos, que en cierto modo pretenden avergonzarnos cuando avanzan con paso vacilante por el pasillo del tren, con ojos saltones y nariz bulbosa, disponiéndose a preguntarnos, inevitablemente, qué miramos. Qué coño miramos. Los londinenses han aprendido a utilizar el mecanismo preventivo de no mirar, no mirar nunca, rehuir miradas en todo momento, a fin de evitar la temida pregunta: «¿Qué miras?», y la lastimosa y cobarde respuesta: «Nada.» Pero, en la medida en que la presa evoluciona (y todos somos presa para los locos que nos persiguen, desesperados por estampar su propia marca de verdad al infeliz pasajero), evoluciona también el cazador, y los auténticos profesionales empiezan a cansarse de la vieja pregunta cebo «¿Qué miras?» y recurren a medios más rebuscados. Por ejemplo, Mary la Loca. Desde luego, el principio sigue siendo el mismo, pues se basa en un cruce de miradas, pero es que ahora ella es capaz de captar la mirada del otro desde cien, doscientos y hasta trescientos metros de distancia, y se acerca corriendo, con fetiches, plumas y capa al viento, dando alaridos y moviendo el bastón de vudú, se planta delante de uno, le escupe y empieza su retahíla. Samad sabía todo esto; ya se había tropezado con ella, y hasta había tenido la desgracia de que aquella Mary la Loca de cara roja se hubiera sentado a su lado en el autobús. En cualquier otro momento, Samad no se hubiera quedado atrás en la respuesta. Pero ese día se sentía culpable y vulnerable, ese día oprimía la mano de Poppy en la suya mientras caía la tarde; no podía enfrentarse a Mary la Loca, a la saña con que ella esgrimía la verdad, su fealdad, su locura... que era precisamente la razón por la que ella lo perseguía, lo perseguía descaradamente por Church Road.

—Por tu seguridad, no mires —dijo Samad—. Sigue andando en línea recta. No imaginaba que llegara hasta aquí.

Poppy lanzó una mirada fugaz a la colorida figura que se acercaba galopando en un caballo imaginario.

—¿Quién es ésa? —preguntó riendo.

Samad apretó el paso.

—Es Mary la Loca. Y no tiene nada de graciosa. Es peligrosa.

—Vamos, no exageres. Que no tenga techo y sufra... trastornos mentales no significa que quiera hacer daño a la gente. Pobre mujer. ¿Imaginas lo que habrá tenido que sufrir para acabar así?

Samad suspiró.

—En primer lugar, no está sin techo. Ha robado todos los contenedores de West Hampstead y se ha hecho con ellos una construcción bastante respetable en Fortune Green. Y, en segundo lugar, no es una «pobre mujer». Todo el mundo le tiene pavor, empezando por el concejo municipal. Todas las tiendas de comestibles de la zona norte le dan comida, desde que en Ramchandra las ventas cayeron bruscamente al mes de que ella lo maldijo. —La robusta figura de Samad empezó a transpirar cuando él aceleró la marcha, al advertir que, al otro lado de la calle, Mary la Loca hacía lo propio—. Y odia a los blancos —añadió, jadeante.

—¿En serio? —Poppy agrandó los ojos, como si tal cosa fuera inconcebible, y cometió el error fatal de mirar. Al segundo, Mary la Loca estaba delante de ellos.

Un gordo salivazo alcanzó a Samad entre los ojos, en el puente de la nariz. Él se limpió, atrajo a Poppy y trató de rehuir a Mary metiéndose en el atrio de St. Andrew's, pero el bastón de vudú golpeó el suelo delante de ellos, marcando en la grava y el polvo una línea que no se podía cruzar.

Lentamente, y con una mueca amenazadora que le paralizaba el lado izquierdo de la cara, la mujer dijo:

—¿Miraba... algo... especial?

Poppy consiguió responder con voz chillona:

—¡No!

Mary la Loca le dio un golpe en la pantorrilla con el bastón y se volvió hacia Samad.

—¡Usted, caballero! ¿Miraba... algo... especial?

Samad denegó con la cabeza.

La mujer se puso a gritar de repente:

—¡NEGRO! ¡EN TODAS PARTES TE CIERRAN EL PASO!

—Por favor —tartamudeó Poppy, claramente aterrada—. Nosotros no queremos líos.

—¡NEGRO! ¡LA ZORRA QUIERE TU CONDENA!

—Nosotros no nos metíamos con nadie... —empezó Samad, pero lo interrumpió un segundo proyectil de saliva, éste en la mejilla.

—Por montes y quebradas te acosan, te acosan; por montes y quebradas el diablo te devora, te devora —salmodió la mujer en un susurro melodramático acompañado de una danza oscilante hacia uno y otro lado, mientras mantenía firmemente el bastón debajo de la barbilla de Poppy Burt-Jones—. ¿Qué han hecho ellos por nosotros, más que matarnos y esclavizarnos? ¿Qué han hecho ellos por nuestro espíritu, más que herirnos y ofendernos? ¿Qué es toda esta contaminación? —Aquí, Mary la Loca levantó la barbilla de Poppy con el bastón y repitió—: ¿QUÉ ES TODA ESTA CONTAMINACIÓN?

Poppy lloraba.

—Por favor... No sé qué quiere que yo...

Mary la Loca sorbió aire entre los dientes y nuevamente fijó su atención en Samad.

—¿DÓNDE ESTÁ LA SOLUCIÓN?

—No lo sé.

Mary la Loca le golpeó los tobillos con el bastón.

—¿DÓNDE ESTÁ LA SOLUCIÓN, HOMBRE NEGRO?

Mary la Loca era una mujer hermosa, imponente: frente noble, nariz enérgica, piel sin edad, negra como la noche, y un cuello largo que para sí quisieran muchas reinas. Pero Samad concentraba su atención en sus ojos, unos ojos alarmantes que lanzaban una cólera rayana en el colapso total, porque veía que le hablaban a él y sólo a él. Poppy no importaba para nada. Mary la Loca lo miraba como si lo reconociera. La mujer había descubierto a un compañero de viaje. Había detectado al loco que había en él (es decir, al profeta); estaba seguro de que había detectado al hombre furioso, al masturbador, al hombre varado en el desierto lejos de sus hijos, al extranjero en país extranjero, pillado entre fronteras... Al hombre que, si se lo empuja lo suficiente, de pronto verá la luz. ¿Por qué si no se había fijado en él, en una calle llena de gente? Simplemente, porque lo había reconocido. Simplemente, porque él y Mary la Loca venían del mismo lugar, es decir: de lejos.

—*Satyagraha* —dijo Samad, sorprendido por su propia calma.

Mary la Loca, que no estaba acostumbrada a que respondieran a sus preguntas, lo miró con asombro.

—¿DÓNDE ESTÁ LA SOLUCIÓN?

—*Satyagraha*. Quiere decir «verdad y firmeza» en sánscrito. Es una palabra de Gandhiji. Porque a él no le gustaba hablar de «resistencia pasiva» ni de «desobediencia civil».

Mary la Loca empezó a tener espasmos y a jurar entre dientes, pero a Samad le pareció que, en cierto modo, ello era señal de que escuchaba, de que su mente trataba de procesar unas palabras que no eran suyas.

—Estas palabras no eran lo bastante grandes para él. Gandhiji quería demostrar que lo que nosotros llamamos debilidad es fortaleza. Él sabía que, a veces, la mayor victoria del hombre es no actuar. Él era hindú. Yo soy musulmán. Mi amiga es...

—Católica —dijo Poppy con un hilo de voz—. No practicante.

—¿Y tú eres...? —la animó Samad.

Mary la Loca dijo «coño, puta» varias veces y escupió en el suelo, lo que Samad interpretó como señal de enfriamiento de las hostilidades.

—Lo que quiero decir...

Samad miró al grupito de metodistas que, al oír el alboroto, se habían congregado nerviosamente en la puerta de St. Andrew's. Esto le infundió confianza. En el fondo, él era un predicador frustrado. Un hombre que tenía respuestas para todo, un hombre de acción y de palabras. Con un pequeño auditorio y mucho oxígeno alrededor, siempre se sentía poseedor de todos los conocimientos del universo, todos los conocimientos escritos en las paredes.

—Lo que quiero decir es que la vida es una iglesia muy grande, ¿no crees? —Señaló el feo edificio de ladrillo y a sus temblorosos feligreses—. Con unos pasillos muy amplios. —Señaló la olorosa riada de negro, blanco, castaño y amarillo que discurría por la calle. Señaló a la mujer albina que, en la puerta del súper, vendía margaritas cortadas en el cementerio de la iglesia—. Pasillos por los que a mi amiga y a mí nos gustaría seguir andando, si no tienes inconveniente. Puedes estar segura de que comprendo tus inquietudes —prosiguió Samad, inspirándose ahora en Ken Livingston, el otro gran predicador callejero de la zona norte de Londres—. Yo también tengo dificultades. Todos tenemos dificultades en este país, este país que es nuevo y, al mismo tiempo, viejo para nosotros. Todos tenemos sentimientos contradictorios.

Aquí Samad hizo algo que nadie había hecho en más de quince años: tocar a Mary la Loca. Muy levemente, en el hombro.

—Todos vivimos en conflicto con nosotros mismos. Una mitad de mí no desea sino permanecer con los brazos cruzados, dejando que las cosas que escapan a mi control sigan su curso. Pero la otra mitad quiere librar la guerra santa. *Jihad!* Y, desde luego, podríamos hablar de todo ello aquí, en la calle, pero a fin de cuentas me parece que tu pasado no es mi pasado, tu verdad no es mi verdad ni tu solución es mi solución. Así que no sé qué quieres que te diga. Verdad y firmeza es mi sugerencia; pero, si no te satisface, puedes preguntar a otras personas. Yo he puesto mis esperanzas en el fin de los tiempos. El profeta Mahoma, ¡que la paz sea con él!, dice que el Día de la Resurrección todos quedaremos inconscientes. Sordos y mudos. Nada de cháchara. Sin lengua. Y qué jodido alivio será. Ahora, con permiso...

Samad asió firmemente de la mano a Poppy y echó a andar, dejando estupefacta a Mary la Loca, que se rehízo enseguida, corrió hacia la iglesia y roció de saliva a la congregación.

Poppy se enjugó una lágrima de temor y suspiró.

—Serenidad ante una crisis. Impresionante.

Samad, cada vez más proclive a las visiones, vio a Mangal Pande, aquel bisabuelo suyo, agitar un mosquete, luchando contra lo nuevo, defendiendo la tradición.

—Es cosa de familia —dijo.

Después, Samad y Poppy subieron por Harlesden, dieron la vuelta a Dollis Hill y, cuando parecía que se acercaban demasiado a Willesden, Samad esperó a que acabara de ponerse el sol, compró una caja de pegajosos dulces indios y llevó a Poppy a Roundwood Park, donde admiró las últimas flores. Hablaba y hablaba sin parar; era esa charla con la que uno pretende conjurar el inevitable deseo físico y sólo consigue acrecentarlo. Habló de Delhi hacia 1942, y ella le habló de St. Albans hacia 1972. Ella se lamentó de una larga lista de decepciones sentimentales y él, incapaz de criticar a Alsana y hasta de mencionarla, le habló de sus hijos: de su preocupación por la afición de Millat por las obscenidades y una ruidosa serie de televisión acerca de un tal Equipo A; de su inquietud acerca de si Magid tomaba suficiente sol. ¿Qué les estaba haciendo a sus hijos este país?, se preguntaba. ¿Qué les estaba haciendo?

—Me gustas—dijo ella al fin—. Mucho. Eres muy gracioso. ¿Sabes que eres muy gracioso?

Samad sonrió y movió la cabeza negativamente.

—Nunca me consideré un gran talento cómico.

—Pues eres gracioso. Eso que has dicho de los camellos... —Se echó a reír, y su risa era contagiosa.

—¿El qué?

—Eso de los camellos... cuando veníamos.

—Ah, ¿te refieres a eso de que «los hombres son como los camellos: no hay ni uno entre cien al que uno confiaría su vida»?

—¡Sí!

—Pues no es un chiste. Está en el *Bukhari*, octava parte, página ciento treinta —dijo Samad—. Y es una buena máxima. He podido comprobarlo.

—De todos modos, tiene gracia.

Ella se arrimó a él en el banco y le dio un beso en la oreja.

—En serio. Me gustas.

—Podría ser tu padre. Estoy casado. Soy musulmán.

—De acuerdo. Una agencia matrimonial no habría emparejado nuestras fichas. ¿Y qué pasa?

—¡Y qué pasa! ¿Qué expresión es ésa? Eso no es inglés. ¿Es que hoy día sólo hablan correctamente los inmigrantes?

—Aun así, sigo diciendo: Y...

Pero Samad le tapó la boca con la mano y, durante un momento, pareció que iba a golpearla.

—Y muchas cosas. Esta situación no tiene nada de graciosa. Ni de buena. No deseo discutir contigo sobre el bien y el mal. Vamos a ceñirnos a lo que nos ha traído aquí —terminó secamente—. Lo físico, no lo metafísico.

Poppy se alejó hasta el extremo del banco, se inclinó hacia delante y apoyó los codos en las rodillas.

—Ya sé que esto es lo que es y nada más. Pero no me gusta que me hablen en ese tono.

—Perdona. He hecho mal en...
—Sólo porque tú te sientas culpable, yo no tengo de qué...
—Sí, sí, perdona. Yo no tenía...
—Porque puedes irte ahora mismo, si...
Medios pensamientos. Sumados, dan menos de lo que uno tenía al empezar.
—No quiero irme. Te quiero a ti.
Poppy se animó un poco y esbozó su sonrisa medio triste y medio boba.
—Quiero pasar la noche... contigo.
—Bien —respondió ella—. Porque, mientras tú comprabas esos pasteles azucarados, yo he entrado en la tienda de al lado a comprar una cosa para ti.
—¿Qué cosa?
Ella rebuscó en su bolso. Y, durante el intervalo en el que ella revolvía entre barra de labios, llaves del coche y monedas sueltas, sucedieron dos cosas:

1.1 Samad cerró los ojos y oyó las palabras: «Para los puros todas las cosas son puras.» Y, casi enseguida: «Más justo no puedo ser.»
1.2 Samad abrió los ojos y vio claramente, al lado del quiosco de música, a sus dos hijos que hincaban sus blancos dientes en relucientes manzanas y saludaban agitando la mano alegremente.

Y entonces Poppy sacó la mano del bolso blandiendo, satisfecha, un objeto de plástico rojo.
—Un cepillo de dientes —dijo.

8

Mitosis

El desconocido que entra casualmente en el Billar O'Connell, esperando oír el melodioso acento de su abuelo o, quizá, con intención de hacer rebotar una bola roja en el costado e introducirla en la tronera del ángulo, se siente decepcionado al descubrir que el local ni es irlandés ni tiene billar. Verá con extrañeza paredes enmoquetadas, reproducciones de cuadros ecuestres de George Stubbs y fragmentos de escritura oriental enmarcados. Buscará una mesa de *snooker* y encontrará a un individuo alto y moreno con un acné virulento, que fríe huevos y champiñones detrás del mostrador. Su mirada tropezará con desconcierto en una bandera irlandesa y un mapa de los Emiratos Árabes anudados y colgados de pared a pared, que lo separan del resto de los clientes. Entonces reparará en varios pares de ojos que lo observan, altaneros unos e incrédulos otros, y el desconocido, intimidado, saldrá rápidamente del local andando hacia atrás y derribará la figura de Viv Richards recortada a tamaño natural. Los clientes reirán. El O'Connell no es lugar para los desconocidos.

El O'Connell es esa clase de lugar al que acuden los padres de familia en busca de otra clase de familia. Aquí, a diferencia de lo que sucede en el parentesco de sangre, hay que ganarse el lugar en la comunidad; lleva años de perseverante rondar por la casa, matar el tiempo, calentar sillas y ver cómo se seca la pintura; requiere mucha más dedicación de la que suelen poner los hombres en el despreocupado momento de procrear. Hay que conocer el sitio. Por ejemplo, existen razones por las que O'Connell es un billar irlandés que es propiedad de árabes y en el que no hay billar. Y existen razones por las que Mickey, el hombre de los granos en la cara, fríe patatas, huevo y alubias, o huevo, patatas y alubias, o alubias, patatas, huevo y champiñones, pero no, bajo ningún concepto, patatas, alubias, huevo y tocino. Pero hay que pasarse mucho tiempo allí para enterarse. Más adelante lo explicaremos. Por el momento, baste decir que éste es el segundo hogar de Archie y Samad; durante diez años, han ido de seis (hora en que Archie sale de trabajar) a ocho de la tarde (hora en que Samad entra a trabajar), para hablar de todo, desde el significado de la Revelación hasta las tarifas de los fontaneros. Y de mujeres. Mujeres hipotéticas. Si pasaba una mujer por delante del ventanal manchado de yema de huevo del O'Connell (nadie recordaba que una mujer se hubiera aventurado a entrar), ellos sonreían y especulaban —según la sensibilidad religiosa que tuviera Samad aquella tarde— sobre cuestiones de tanto calado como si la echarían de la cama a puntapiés a toda prisa o sobre las ventajas de las medias sobre los leotardos, para terminar, inevitablemente, con el gran debate sobre si pechos pequeños (que se quedan enhiestos) o pechos grandes (que caen hacia los lados). Pero nunca de mujeres de verdad, mujeres de carne y hueso, mujeres húmedas y viscosas. Hasta entonces. Por consiguiente, los excepcionales acontecimientos de los últimos meses exigían la celebración de una reunión en el O'Connell antes de la hora habitual. Finalmente, Samad había llamado por teléfono a Archie y le había confesado el terrible embrollo: había sido infiel a su esposa, estaba siendo infiel a su esposa; los niños lo habían visto, y ahora él veía a los niños de día y de noche, como el que ve visiones. Archie se había quedado mudo, y luego:

—Me cago en la leche. Pues espérame a las cuatro. Me cago en la leche, tú. —Así era Archie. Sereno en las crisis.

Pero ya eran las cuatro y cuarto y Archie no se había presentado. Samad, después de comerse todas las uñas hasta la cutícula, se había dejado caer sobre el mostrador, con la nariz aplastada contra el vidrio caliente bajo el que se conservaban las correosas hamburguesas, y los ojos clavados en una postal con vistas de las ocho maravillas del condado de Antrim.

Mickey, chef, camarero y propietario, que se jactaba de conocer el nombre de cada cliente y de saber cuándo cada cliente estaba disgustado, separó la cara de Samad del vidrio con la pala de los huevos.

—¡Eh!
—Hola, Mickey, ¿qué hay?
—Lo de siempre, lo de siempre. Pero no hablemos de mí. ¿Qué te pasa, chico, eh? Cuenta. Sammy, desde que has entrado no te quito ojo. Te veo muy alicaído. Anda, cuéntaselo a Mickey.
Samad gimió.
—Eh, no. Nada de eso. Tú me conoces, sabes que conmigo puedes desahogarte. Aquí hay sensibilidad. Buen servicio con una puta sonrisa. Si no tuviera esta jodida cabeza tan grande, hasta me pondría una gorrita roja y una corbata como los gilipollas esos de Mr. Burger.
No exageraba. Mickey tenía un cabezón enorme, como si su acné necesitara más espacio y hubiera conseguido permiso para obras de ampliación.
—¿Qué te pasa?
Samad miraba la gran cara roja de Mickey.
—Espero a Archibald, Mickey. Por favor, no te preocupes. No me pasa nada.
—¿No es un poco temprano?
—¿Cómo?
Mickey miró el reloj que estaba detrás de él, adornado con incrustaciones paleolíticas de huevo en la esfera.
—Decía que es temprano. Para ti y Archie. Siempre llegáis a las seis. Uno de patatas, alubias, huevo y champiñones. Y uno de tortilla y champiñones. Con variaciones estacionales, naturalmente.
—Tenemos mucho de que hablar —suspiró Samad.
Mickey puso cara de resignación.
—No irás a empezar otra vez con lo del Panda Comocoñosellame, ¿eh? Que si a éste lo mataron ésos y al otro lo ahorcaron los otros, y que si mi abuelo mandaba a los paquis o loquecoñosea, como si a alguien le importara una mierda. Me espantas a la clientela. Estás creando... —Mickey hojeó su nueva biblia, *Alimento de la mente: Guía para empresarios y trabajadores de la industria de la restauración - Estrategias para el trato con la clientela*—. Estás creando un «síndrome repetitivo» que trastorna la «experiencia gastronómica» de esos capullos.
—No, no. Hoy no hablaremos de mi bisabuelo. Son otras cosas.

—Pues me alegro, joder. Porque, si hay un síndrome repetitivo, es ése. —Mickey dio unos golpecitos afectuosos en el libro—. Está todo aquí, colega. Las cuatro libras con noventa y cinco mejor gastadas de mi vida. Por cierto, ¿hoy no te pica? —preguntó Mickey señalando hacia abajo.

—Soy musulmán, Mickey. Ya no me lo permito.

—Bueno, claro, sí, todos somos hermanos... pero un hombre tiene que vivir, ¿no? Pregunto yo: ¿no?

—No lo sé, Mickey. ¿Tú crees que sí?

Mickey dio a Samad una palmada en la espalda.

—¡Claro que sí! Decía a mi hermano Abdul...

—¿A qué Abdul?

En la familia de Mickey, tanto la próxima como la más lejana, era tradición imponer a todos los hijos varones el nombre de Abdul, para prevenir la vanidad de pretender distinguirse de los demás, lo cual era santo y bueno, pero daba lugar a confusiones desde la más tierna infancia. No obstante, los niños son creativos y cada Abdul se añadía un nombre inglés, que venía a ser el complemento del primero.

—Abdul-Colin.

—Ya.

—Como ya sabes, a Abdul-Colin le ha dado por lo fundamentalista (HUEVOS, ALUBIAS, PATATAS, TOSTADAS); que si una barba de cojones, que si nada de cerdo, ni alcohol, ni follar... El colmo, joder. Aquí tiene, jefe.

Abdul-Mickey empujó un plato de ulcerantes hidratos de carbono hacia un anciano arrugado con los pantalones tan subidos que parecía que se lo iban a tragar.

—Bueno, ¿dónde dirías que vi a Abdul-Colin hace una semana? Pues en un bar de Harrow Road, y yo le digo: «Eh, Abdul-Colin, ¡no te jode! ¿A ti te parece bonito...?» Y él, muy serio, con toda su barba, me dice...

—Mickey, Mickey, ¿te importaría dejarlo para después? Es que...

—Vale, vale. Me gustaría saber por qué coño me preocupo.

—Te agradeceré que cuando llegue Archibald le digas que estoy en la mesa de detrás de la máquina del millón. Ah, y para mí lo de siempre.

—Eso está hecho, tío.

Unos diez minutos después se abrió la puerta, y Mickey, al levantar la mirada del capítulo VI —«Una mosca en la sopa: cómo afrontar asuntos de higiene en un contexto hostil»—, vio acercarse al mostrador a Archibald Jones, que llevaba en la mano una cartera barata.

—Qué hay, Archie. ¿Cómo va el asunto de doblar papel?

—Comsí-comsá. ¿Anda por ahí Samad?

—¿Que si anda por ahí? Media hora lleva aquí. Pero está muy mustio y apagado. Necesita que le levanten el ánimo.

Archie puso la cartera en el mostrador y frunció el entrecejo.

—Decaído, ¿eh? Entre tú y yo, Mickey, me preocupa Samad.

—Todos tenemos nuestras preocupaciones —dijo Mickey, contrariado por la indicación que había encontrado en el capítulo VI, de que había que aclarar los platos en agua muy caliente—. Te espera en la mesa que está detrás de la máquina.

—Gracias, Mickey. Ah, una tortilla y...

—Ya sé, champiñones.

Archie se alejó por los pasillos de linóleo del O'Connell.

—Hola, Denzel. Buenas tardes, Clarence.

Denzel y Clarence eran dos jamaicanos octogenarios, gruñones y soeces. Denzel era increíblemente obeso y Clarence, terriblemente delgado. Sus familias habían muerto, los dos llevaban sombrero de fieltro flexible y parecían decididos a pasar las horas que les quedaran jugando al dominó en la mesa del rincón.

—¿Qué dice ese memo?

—Dice que buenas tardes.

—¿Es que no ve que estoy jugando al dominó?

—¡Y qué va a ver! Con esa cara de culo... ¿Cómo quieres que vea nada?

Archie encajó el comentario estoicamente y se sentó frente a Samad.

—No lo entiendo —dijo Archie enlazando inmediatamente con la conversación telefónica que habían interrumpido—. ¿Dices que los ves con la imaginación o los ves en la vida real?

—Es muy sencillo. La primera vez, la primera de todas, estaban allí. Pero desde entonces, durante estas últimas semanas, Archie, veo a los gemelos siempre que estoy con ella. ¡Como apariciones! Hasta cuando estamos... los veo. Y me sonríen.

—¿No será, sencillamente, exceso de trabajo?

—Escucha lo que te digo, Archie: los veo. Es una señal.
—Vamos a ceñirnos a los hechos, Sam. El día en que te vieron en realidad, ¿qué hiciste?
—¿Qué podía hacer? Les dije: «Hola, hijos. Saludad a la señorita Burt-Jones.»
—¿Y ellos qué hicieron?
—La saludaron.
—¿Y qué hiciste tú?
—Archibald, ¿no crees que podría contarte sencillamente lo que ocurrió, sin tanta pregunta?
—¡PATATAS, ALUBIAS, HUEVO, TOMATE Y CHAMPIÑONES!
—Eso es para ti, Sam.
—Qué va a ser para mí. Yo nunca pido tomate. No quiero un pobre tomate pelado, hervido hasta morir y luego frito.
—Pues mío no es. Yo he pedido tortilla.
—Mío tampoco. Ahora, ¿puedo seguir?
—Por favor.
—Miré a mis chicos, Archie... Miré a mis guapos hijos... y se me partió el corazón. Se me partió en pedazos y cada pedazo se me clavaba en la carne, causándome una herida mortal. Y yo pensaba: ¿Cómo puedo enseñar nada a mis hijos, cómo puedo mostrarles el camino recto, si yo he perdido el norte?
—Creía —empezó Archie, hablando despacio— que el problema era la mujer. Si en realidad no sabes qué hacer, pues... podrías echarlo a suertes. Lanzamos una moneda al aire: cara, sigues con ella; cruz, la dejas. Por lo menos, habrás hecho una...
Samad golpeó la mesa con el puño bueno.
—¡No quiero echar al aire una puta moneda! Además, ya es tarde para eso. ¿Es que no te das cuenta? Lo hecho, hecho está. Yo ya estoy condenado. Lo único que puedo hacer es tratar de salvar a mis hijos. Tengo que hacer una elección moral. —Samad bajó la voz y, antes de que siguiera hablando, Archie ya sabía lo que iba a decir—. Tú también tomaste decisiones difíciles, Archie, hace muchos años. Disimulas, pero yo sé que no has olvidado lo que es eso. Tienes un trozo de metralla en la pierna que lo demuestra. Tú luchaste con él. Y ganaste. No lo he olvidado, y siempre te he admirado por ello, Archibald.
Archie miraba al suelo.
—Yo prefiero que no...

—Créeme, no me gusta rememorar lo que te resulta desagradable, amigo. Pero sólo trato de hacerte comprender mi situación. Entonces, como ahora, la cuestión es: ¿En qué mundo quiero que crezcan mis hijos? Una vez tú actuaste por principio. Ahora me toca a mí.

Archie, que seguía sin comprender bien los discursos de Samad después de cuarenta años, jugueteaba con un mondadientes.

—¿Y por qué no... en fin... dejas de verla y punto?

—Ya lo intento, ya.

—¿Tan fabuloso es eso vuestro?

—No, bueno, no es eso precisamente... Lo que quiero decir es que está bien, sí... pero no hay desenfreno... Nos besamos, nos abrazamos...

—¿Y no...?

—No; estrictamente hablando, no.

—Pero algo de...

—Archibald, ¿te interesan mis hijos o mi esperma?

—Los hijos —dijo Archie—. Por supuesto, los hijos.

—Porque el espíritu de la rebelión alienta en ellos, Archie, puedo darme cuenta. Todavía es débil, pero crecerá. No sé qué les está pasando a nuestros hijos en este país. A dondequiera que uno vuelve la mirada, ve lo mismo. La semana pasada, pillaron al hijo de Zinat fumando marihuana. ¡Como un jamaicano!

Archie alzó las cejas.

—Perdona, Archibald, no quería ofenderte.

—No ha habido ofensa, compañero. Pero no deberías juzgar sin conocimiento. Estar casado con una jamaicana me ha ido de maravilla para la artritis. Pero esto es otra historia. Sigue.

—Fíjate en las hermanas de Alsana. Todos sus hijos son conflictivos: no quieren ir a la mezquita, no rezan, hablan raro, visten raro, comen porquerías, tienen relaciones con Dios sabe quién. No respetan la tradición. Lo llaman integración, pero no es más que corrupción. ¡Corrupción!

Archie trató de parecer escandalizado y después probó mostrarse asqueado, por no saber qué decir. A Archie le gustaba que la gente saliera adelante. A él le parecía que había que vivir todos juntos en paz y armonía, o algo por el estilo.

—¡PATATAS, ALUBIAS, HUEVO Y CHAMPIÑONES! ¡TORTILLA Y CHAMPIÑONES!

Samad levantó una mano y se volvió hacia el mostrador.

—¡Abdul-Mickey! —gritó, con un leve acento *cockney* un tanto ridículo—. Aquí, patrón, si hace el favor.

Mickey miró a Samad, se apoyó en el mostrador y se limpió la nariz con el delantal.

—Eh, que esto es self-service. ¡No el jodido Waldorf!

—Yo lo traeré —dijo Archie, levantándose.

—¿Cómo está? —preguntó Mickey en un susurro, empujando la bandeja hacia Archie.

Archie frunció el entrecejo.

—No sé. Vuelve a la carga con lo de la tradición. Le preocupan sus hijos. Hoy en día es fácil que los chicos se descarríen. Realmente, no sé qué decirle.

—¡Qué me vas a contar ! —Mickey movió la cabeza hacia uno y otro lado—. Abdul-Jimmy, mi hijo pequeño, está citado por el Tribunal de Menores la semana que viene por robar unos jodidos emblemas de Volkswagen. Y yo le digo: «Joder, ¿eres idiota o qué? ¿De qué coño sirve eso? Por lo menos roba el puto coche, si te da por ahí.» Es lo que yo digo: ¿por qué? Dice que es algo de no sé qué jodida pandilla o una parida por el estilo. Pues como yo los agarre andan listos, le digo yo, y la jodida advertencia es gratis. Y es que no tienen sentido de la tradición, ni jodida moral ni nada, eso es lo malo.

Archie asintió y cogió varias servilletas para manipular los platos calientes.

—Si me permites un consejo, y tienes que permitírmelo, porque forma parte de la relación entre patrón y cliente, yo le diría a Samad que tiene dos opciones. Enviarlos a su país, a la India...

—Bangladesh —rectificó Archie, picando una patata del plato de Samad.

—Dondecoñosea. Puede enviarlos allí para que los abuelos los eduquen como es debido, que aprendan su puta cultura y crezcan con unos putos principios. O bien... un momento: ¡PATATAS, ALUBIAS, EMPANADILLA Y CHAMPIÑONES! ¡DOS RACIONES!

Denzel y Clarence, muy despacio, se acercaron al mostrador.

—La empanadilla está rara —dijo Clarence.

—Éste quiere envenenarnos —dijo Denzel.

—El champiñón tiene un nosequé —dijo Clarence.

—Éste quiere meterle a la buena gente comida del diablo —dijo Denzel.

Mickey golpeó a Denzel en los dedos con la pala de los huevos.

—Eh, pareja de listos. A ver si os inventáis otro jodido número, ¿vale?

—¿O bien? —insistió Archie.

—Éste quiere matar a un pobre viejo. Un pobre viejo desvalido —rezongó Denzel mientras él y su compañero volvían a su mesa arrastrando los pies.

—Joder, qué pareja. Si están vivos es porque son muy ratas para pagarse la jodida incineración.

—¿O bien?

—¿Qué?

—¿Cuál es la segunda opción?

—Ah, sí. Bueno, la segunda opción está bien clara.

—¿Sí?

—Aceptarlo. Tendrá que aceptarlo. Ahora todos somos ingleses, colega. O lo tomas o lo dejas, como las lentejas. Son dos con cincuenta, Archibald, amigo mío. Los buenos tiempos de los vales de almuerzo se han acabado.

Los buenos tiempos de los vales de almuerzo se habían acabado hacía diez años. Diez años hacía que Mickey decía: «Los buenos tiempos de los vales de almuerzo se han acabado.» Y esto era lo que a Archie le encantaba del O'Connell: que todo perduraba, no se perdía nada. La historia nunca se retocaba, reinterpretaba, adaptaba ni velaba. Era simple e inmutable como la yema de huevo pegada al reloj.

Cuando Archie volvió a la mesa ocho, Samad estaba, si no enojado, por lo menos, molesto.

—¿Tú me has escuchado, Archibald? ¿Te has dado cuenta de mi dilema o andabas distraído? Estoy corrompido, mis hijos van camino de corromperse, todos arderemos en el fuego del infierno. Son problemas urgentes, Archibald.

Archie sonrió serenamente y picó otra patata.

—Problema resuelto, mi buen Samad.

—¿Resuelto?

—Resuelto. Escucha: a mi modo de ver, tienes dos opciones...

• • •

A principios del siglo XX, la reina de Tailandia viajaba en un barco con su séquito de criados, doncellas, lavapiés y probadores de comida. De pronto, una ola sacudió la embarcación y la reina cayó a las aguas turquesa del Nippon-Kai, en las que, pese a sus gritos de socorro, se ahogó, porque ni uno solo de los que estaban a bordo se lanzó al agua para salvarla. Lo que era un misterio para los extranjeros, estaba perfectamente claro para los tailandeses: la tradición prohibía, y sigue prohibiendo, que alguien, hombre o mujer, toque a la reina.

Si la religión es el opio del pueblo, la tradición es un estupefaciente más siniestro todavía, sencillamente porque casi nunca parece siniestra. Si la religión es una cinta de goma prieta, una vena palpitante y una aguja, la tradición es un preparado más casero: una taza de té con semillas de amapola trituradas, o de cacao aderezado con cocaína; cosas que podría hacer una abuela. Para Samad, lo mismo que para el pueblo de Tailandia, tradición era cultura, y cultura significaba raíces, y éstos eran principios buenos y puros. Eso no quería decir que él pudiera vivir con arreglo a ellos, observarlos o asimilarlos, pero raíces eran raíces y las raíces eran buenas. De nada servía decirle que también las malas hierbas tienen tubérculos ni que cuando empieza a moverse una muela es porque hay algo podrido dentro de la encía. Las raíces eran lo que salvaba, las cuerdas que uno arroja para rescatar a los que se ahogan, para Salvar sus Almas. Y cuanto más se alejaba Samad de la costa, arrastrado hacia las profundidades por una sirena llamada Poppy Burt-Jones, más firme era su determinación de afianzar las raíces de sus hijos en tierra, de manera que ningún temporal pudiera moverlas. Pero esto se dice pronto. Un día, repasando sus cuentas en el coquetón pisito de Poppy Burt-Jones, no tuvo más remedio que reconocer que tenía más hijos que dinero. Tendría que enviar a los abuelos dinero para la manutención, para la escuela, para ropa. Y apenas alcanzaba para los billetes de avión. Poppy dijo:

—¿Y tu esposa? Su familia es rica, ¿verdad?

Pero Samad aún no había revelado su plan a Alsana. Sólo había tanteado el terreno, mencionándolo a Clara de pasada, de un modo hipotético, mientras ella trabajaba en el jardín. ¿Cómo reaccionaría si una persona, por el bien de Irie, se llevara a la niña donde pudiera tener una vida mejor? Clara se levantó del parterre, lo miró en silencio con gesto preocupado y luego soltó una carcajada larga y sonora.

—Al que me hiciera eso —dijo al fin acercándole las podadoras a la entrepierna—, chaca, chaca.

«Chaca, chaca», pensó Samad, y entonces vio claramente lo que tenía que hacer.

—¿A uno de los dos?

Otra vez en el O'Connell, 6.25 de la tarde. Una de patatas, alubias, huevo y champiñones. Y una de tortilla, champiñones y guisantes (variación estacional).

—¿Solamente a uno?

—Baja la voz, Archibald, por favor.

—Pero... ¿sólo a uno?

—Ya lo has oído. Chaca, chaca. —Partió el huevo frito por la mitad—. No hay otra manera.

—Pero...

Archie estaba otra vez tratando de discurrir lo mejor posible. Lo de siempre. Eso de que ¿por qué la gente no puede limitarse a ir tirando y vivir todos juntos en paz y armonía? O algo así. Pero no dijo nada de eso. Sólo dijo:

—Pero... —Y luego—: Pero... —Y por último—: Pero ¿cuál de ellos?

Y éste era (contando el billete de avión, la manutención y las matrículas) un problema de tres mil doscientas cuarenta y cinco libras. Una vez conseguido el dinero —sí, pidió una segunda hipoteca sobre la casa, arriesgando su tierra, la mayor equivocación que puede cometer un inmigrante—, sólo era cuestión de elegir al niño. La primera semana iba a ser Magid, decididamente Magid. Magid era el más inteligente, Magid se adaptaría, aprendería la lengua más pronto, y Archie tenía un interés especial en mantener a Millat en el país, porque era el mejor delantero que el Willesden Athletic FC había tenido en varias décadas (categoría infantil). Y Samad empezó a escamotear la ropa de Magid para meterla subrepticiamente en la maleta, solicitó un pasaporte individual (se iría con la tía Zinat el 4 de noviembre) e hizo una discreta gestión en la escuela (larga dispensa de asistencia por tener que ausentarse, si podían darle deberes, etcétera).

Pero a la semana siguiente cambió de opinión, y sería Millat el que se fuera, porque el verdadero favorito de Samad era Magid y deseaba verlo crecer, y, a fin de cuentas, Millat era el que estaba más necesitado de guía moral. Y entonces fue hurtando ropa de Millat, tramitó su pasaporte, y dejó caer su nombre en los oídos de las personas indicadas.

A la semana siguiente fue Magid hasta el miércoles y después Millat, porque el viejo corresponsal de Archie, Horst Ibelgaufts, escribió la siguiente carta, que Archie, ya familiarizado con el extraño carácter profético de las misivas de Horst, hizo leer a Samad.

15 de septiembre de 1984

Mi muy querido Archibald:

Ha transcurrido algún tiempo desde mi última carta, pero hoy he sentido el deseo de escribirte para contarte una cosa magnífica que ha sucedido en mi jardín y que me ha procurado no poca satisfacción durante estos meses últimos. En resumidas y faustas cuentas, por fin me decidí a sacar el hacha y corté el viejo roble del rincón, y no sabes qué diferencia. Ahora el sol llega hasta las semillas más débiles, que se han puesto tan hermosas que hasta puedo sacar esquejes, y por primera vez que yo recuerde cada uno de mis hijos tiene un tiesto de peonias en el alféizar de la ventana. Durante muchos años, yo había vivido en el error de que era un jardinero mediocre, cuando la realidad era que aquel árbol enorme se me comía medio jardín con sus raíces y no dejaba crecer nada más.

La carta seguía, pero aquí Samad se impacientó y dejó de leer.

—¿Y qué tengo yo que deducir exactamente de... esto?

Archie se golpeó con el dedo una aleta de la nariz, con ademán de enterado.

—Cortar el roble. Tiene que ser Millat. Es una señal, hombre. Puedes confiar en Ibelgaufts.

Y Samad, que normalmente no solía hacer caso de señales ni vaticinios, estaba ahora tan nervioso que aceptó el consejo. Pero entonces Poppy (que era consciente de haber pasado a segundo término en la mente de Samad desde que éste andaba tan preocupado por sus hijos) se interesó de pronto por la cuestión y dijo que en un sueño había intuido que tenía que ser Magid, y volvió a ser Magid. Samad, en su desesperación, hasta dejó que Archie echara una moneda al aire, pero se hacía difícil aceptar la decisión —ni a dos de tres, ni a tres de cinco—: Samad no podía confiar en el azar. Y, aunque cueste creerlo, de esta manera Archie y Samad jugaban a la lotería con dos niños, haciendo girar la rueda entre las paredes del O'Connell, lanzando al aire las almas para ver de qué lado caían.

Una cosa hay que dejar clara en su defensa: en ningún momento se mencionó la palabra «rapto». En realidad, de haberse propuesto este término para describir lo que iba a hacer, Samad se habría sentido horrorizado y estupefacto, como el sonámbulo que despierta en la habitación de matrimonio con un cuchillo en la mano, y habría abandonado el proyecto. Se dio cuenta de que todavía no había informado a Alsana. Se dio cuenta de que había reservado plaza en un vuelo de las tres de la madrugada. Pero en ningún momento se le ocurrió asociar lo uno con lo otro ni considerar que ambas circunstancias, sumadas, eran igual a rapto. Por consiguiente, no fue pequeña la sorpresa de Samad cuando, a las 2 de la madrugada del 31 de octubre, encontró a Alsana encorvada sobre la mesa de la cocina, sollozando violentamente. No pensó: «Ay, ha descubierto lo que pienso hacer con Magid» (porque, definitivamente, sería Magid), porque él no era el villano bigotudo de una novela de misterio victoriana, aparte de que no era consciente de estar tramando delito alguno. Su primer pensamiento fue: «Ajá, ya sabe lo de Poppy»; y su reacción instintiva fue la de cualquier adúltero en estas circunstancias: atacar primero.

—¿Así que esto es lo que he de encontrar al llegar a casa? —Ahora, dejar la bolsa con un golpe seco, para mayor efecto—. Después de pasar toda la noche en ese restaurante infernal, ¿tengo que aguantar tus melodramas?

Alsana se convulsionaba y derramaba gruesas lágrimas. Samad observó que de las bonitas carnes que se veían vibrar por la abertura del sari brotaba un gorgoteo audible. Ella hizo ademán de ahuyentarlo y se tapó los oídos.

—¿Es necesario todo esto? —preguntó Samad, tratando de disimular el miedo (él esperaba cólera; ante las lágrimas no sabía qué hacer)—. Vamos, Alsana, ¿no estás exagerando?

Ella volvió a agitar la mano, y se incorporó ligeramente, y entonces Samad descubrió que el gorgoteo no era orgánico y que su mujer estaba inclinada sobre algo: una radio.

—¿Qué diablos...?

Alsana empujó la radio hacia el centro de la mesa e hizo seña a Samad de subir el volumen. Cuatro señales archiconocidas, las señales que siguen a los ingleses a todos los territorios que conquistan, sonaron en la cocina, y Samad oyó las siguientes palabras, pronunciadas con la adecuada voz oficial:

> *Aquí, el* Servicio Mundial *de la BBC de las 3 horas. La señora Indira Gandhi, primera ministra de la India, ha sido asesinada hoy de varios disparos por sus escoltas sijs, en un acto de amotinamiento, mientras paseaba por el jardín de su residencia en Nueva Delhi. No hay duda de que el asesinato ha sido un acto de venganza por la «operación Estrella Azul», el asalto al templo sij de Amritsar realizado en junio último. La comunidad sij, que considera que su cultura es víctima de...*

—Basta —dijo Samad, apagando la radio—. Para lo que servía esa mujer, y en todo caso, ninguno de esos cabrones. Y a quién le importa lo que ocurra en la ciénaga de la India. Santo cielo... —Y, antes ya de decirlo, se preguntaba por qué, por qué se sentía esa noche tan irritable—. Eres francamente penosa. Me gustaría saber si derramarías tantas lágrimas si el muerto fuera yo. ¡Ja! Te importa más una gobernante corrupta a la que no conoces. Eres el ejemplo perfecto de las masas ignorantes, Alsi, ¿lo sabías? —dijo, tomándola de la barbilla, como a una niña—. Lloras por los ricos y poderosos que no se dignarían ni mear encima de ti. Cualquier día llorarás porque la princesa Diana se ha roto una uña.

Alsana almacenó toda la saliva que su boca podía contener y se la lanzó.

—*Bhainchute!* No lloro por ella, idiota. Lloro por mis amigos. Habrá sangre en las calles a causa de esto. En la India y también en Bangladesh. Habrá disturbios, saldrán los cuchillos y las pistolas. La muerte en las calles. Yo lo he visto. Será como Mahshar, el Día del Juicio: la gente morirá en las calles, Samad. Tú lo sabes y yo lo sé. Y lo peor será en Delhi, como siempre. Tengo familia en Delhi, tengo amigos, antiguos novios...

Samad le dio una bofetada, en parte por los antiguos novios y en parte porque hacía muchos años que nadie lo llamaba «*Bhainchute*» (traducido literalmente, el que se tira a sus hermanas).

Alsana se llevó la mano a la mejilla y siguió hablando con calma.

—Lloro de pena por esas pobres familias y lloro de alivio por mis propios hijos. Su padre los descuida y los maltrata, sí, pero por lo menos ellos no morirán en la calle, como ratas.

Así que ésta iba a ser otra de sus peleas: las mismas posiciones, los mismos argumentos, las mismas recriminaciones, los mismos golpes de derecha. Sin guantes. Suena el gong. Samad sale de su rincón.

—No; ellos sufrirán un destino peor, mucho peor: vivir en un país moralmente arruinado, con una madre que está volviéndose loca. Completamente desquiciada. Como una cabra. ¡Mírate, mírate bien! ¡Lo gorda que te has puesto! —Le agarró un puñado de carne y la soltó como si temiera contaminarse—. ¡Y cómo vistes! Sari y zapatillas deportivas. ¿Y eso qué es?

«Eso» era uno de los pañuelos africanos de Clara, una bonita tela *kenti* de color naranja, con la que Alsana se recogía ahora su abundante cabellera. Samad se lo arrancó y lo arrojó lejos, haciendo que la melena le cayera por la espalda.

—Tú no sabes ni quién eres ni de dónde vienes. Ya no vemos a la familia... Me da vergüenza llevarte. «¿Por qué tuviste que ir hasta Bengala para buscar esposa? —me preguntan—. A una como ésa hubieras podido encontrarla en Putney.»

Alsana sonrió y movió la cabeza tristemente, mientras Samad, con falsa calma, llenaba el cacharro de hervir el agua y lo ponía en el fogón con un golpe seco.

—Pues el lungi que llevas tú, Samad Miah, no puede ser más elegante —dijo ella con sarcasmo, indicando con la mirada el chandal de felpa azul, complementado con una gorra de béisbol de los LA Raiders que le había dado Poppy.

—La diferencia está aquí —dijo Samad sin mirarla, golpeándose con el pulgar el lado izquierdo del pecho—. Dices que te alegras de que estemos en Inglaterra, y eso es porque te la has tragado entera. Yo te aseguro que esos chicos tendrían allí una vida mejor que...

—¡Samad Miah! ¡No se te ocurra siquiera volver a empezar con eso! ¡Si esta familia ha de volver a un país en el que la vida no tiene valor, será pasando por encima de mi cadáver! Clara ya me ha contado, ya, esas preguntas que le haces sin venir a cuento. ¿Qué estás tramando, Samad? Zinat también me ha dicho no sé qué de un seguro de vida... ¿Quién se muere? ¿Qué ocurre? Te digo que tendrás que pasar por encima de mi cadáver...

—¡Pero si tú ya estás muerta, Alsi!

—¡Cállate! ¡Cállate! Yo no estoy loca. ¡Eres tú el que trata de volverme loca! He hablado por teléfono con Ardashir, Samad. Me ha dicho que sales del restaurante a las once y media. ¡Y son las dos de la mañana! ¡Yo no estoy loca!

—No; es peor que eso. Tu mente está podrida. Te llamas a ti misma musulmana...

Alsana se volvió vivamente hacia Samad, que trataba de concentrarse en el vapor que salía silbando del hervidor de agua.

—No, Samad. Ah, no. Ah, no. Yo no me llamo nada. Yo no pretendo nada. Eres tú el que te llamas a ti mismo musulmán. Eres tú el que hace tratos con Alá. A ti se dirigirá el Día del Juicio. A ti, Samad Miah. A ti. A ti. A ti.

Segundo asalto. Samad abofeteó a Alsana. Alsana le lanzó un directo al estómago, seguido de un golpe al pómulo izquierdo. Luego corrió hacia la puerta trasera, pero Samad la asió por la cintura con un placaje de rugby, la derribó y le clavó el codo en el coxis. Alsana, que pesaba más que Samad, se irguió de rodillas y, levantándolo, le dio la vuelta, lo arrastró al jardín y le dio dos puntapiés —dos golpes secos y en corto a la frente—, pero las suelas de goma causaron poco impacto y al cabo de un momento él se había puesto de rodillas. Se agarraron del pelo. Samad estaba decidido a tirar hasta que viera sangre. Pero este movimiento dejó libre la rodilla de Alsana, que conectó rápidamente con la entrepierna de Samad, lo cual lo obligó a soltar el pelo y lanzar un golpe casi a ciegas que iba destinado a la boca pero le dio en la oreja. En ese momento, los gemelos se levantaron de la cama y, medio dormidos, se pusieron a contemplar la pelea desde la ancha ventana de la cocina, mientras se encendían los focos de seguridad de los vecinos, que iluminaron el jardín de los Iqbal como si fuera un estadio.

—Abba —dijo Magid, examinando la marcha de la pelea—. Decididamente, abba.

—¡Qué va! —dijo Millat, parpadeando a la luz—. Te apuesto dos caramelos de naranja a que amma le hace morder el polvo.

—¡Ooooooh! —gritaron al unísono los gemelos, como si se tratara de un castillo de fuegos artificiales, y luego—: ¡Aaaaaah!

Alsana había acabado la pelea ayudándose con el rastrillo.

—¡A ver si ahora los que tenemos que ir a trabajar por la mañana podemos dormir un poco! ¡Paquis de mierda! —gritó un vecino.

Minutos después (porque, después de la pelea, siempre se abrazaban, en parte por afecto y en parte por agotamiento), Samad, ligeramente conmocionado, entró en la casa y dijo:

—A la cama.

Acarició la cabeza a cada uno de sus hijos. En la puerta se paró y, volviéndose hacia Magid, que sonrió débilmente, pensando que quizá por fin abba accediera a comprarle el juego de química después de todo, agregó:

—Algún día me lo agradecerás. Este país no es bueno. En este país nos destrozamos unos a otros.

Luego subió la escalera y llamó a Poppy Burt-Jones. La despertó para decirle que se habían terminado los besos de la tarde, los paseos clandestinos, los taxis furtivos. Fin de la aventura.

Quizá todos los Iqbal eran profetas, porque el olfato de Alsana para los desastres no la había engañado. Decapitaciones públicas, familias quemadas mientras dormían, cadáveres colgados en la puerta de Cachemira, gentes que vagaban tambaleándose, aturdidas y mutiladas, mutilaciones de musulmanes por sijs, de sijs por hindúes; piernas, narices, dedos y dientes, dientes en todas partes, esparcidos por todo el país, entre el polvo. Mil personas habían muerto el 4 de noviembre, cuando Alsana salió de la bañera mientras la voz de «nuestro corresponsal en Delhi» le hablaba desde lo alto del armario de las medicinas.

Terribles noticias. Pero, según lo veía Samad, hay personas que pueden permitirse el lujo de tomar un baño y escuchar las noticias del extranjero mientras otras tienen que salir a ganarse la vida, olvidar una aventura y raptar a un niño. Se ciñó el pantalón acampanado blanco, comprobó el billete de avión, llamó por teléfono a Archie para repasar el plan y se fue a trabajar.

En el Metro iba una muchacha bastante joven y bastante bonita, tipo español, cejijunta, que lloraba. Estaba sentada frente a él y llevaba unos leotardos de color rosa. Lloraba sin disimulo. Nadie decía nada. Nadie hacía nada. Todos esperaban que se apease en Kilburn. Pero ella seguía allí sentada, llorando. West Hampstead, Finchley Road, Swiss Cottage, St. Johns' Wood... Al llegar a Bond Street, la muchacha sacó de la mochila la foto de un joven bastante feo y la mostró a Samad y a otros pasajeros.

—¿Por qué se ha ido? Me ha destrozado el corazón... Neil, dijo que se llamaba. Neil, Neil, Neil.

En Charing Cross, final de trayecto, Samad la vio cruzar el andén y subir al tren que volvía a Willesden Green. Romántico, en cierto modo. Su forma de decir «Neil» como si la palabra fuera a reventar por la carga de la pasión pasada, de la desesperación. Aquel dolor caudaloso, femenino... Algo parecido había esperado él de Poppy; suaves y rítmicos sollozos por teléfono y, más adelante, cartas, quizá perfumadas y manchadas de lágrimas. Y el dolor de ella lo habría hecho crecer, como probablemente crecía Neil en ese momento; su dolor habría sido una revelación que lo habría acercado a su propia redención. Pero sólo oyó:

—Vete a la mierda, cabrón.

—Te lo advertí —dijo Shiva moviendo negativamente la cabeza y pasando a Samad un cesto lleno de servilletas amarillas que había que doblar en forma de castillo—. Te advertí que con ésa la cagarías. Demasiada historia en todo ese asunto. Porque no está cabreada sólo contigo, ¿eh?

Samad se encogió de hombros y se puso a hacer torreones.

—No, hombre, no —siguió Shiva—. Todo es historia, historia. Todo se reduce a un hombre de color que planta a una inglesa. Es Nehru que dice «Ya nos veremos» a *madame* Britannia. —Shiva, deseoso de cultivarse, se había inscrito en la Universidad a Distancia—. Todo es muy complicado, más complicado que la puñeta, y todo es orgullo. Apostaría diez libras a que te quería de criado, un *wallah* que le pelara las uvas.

—No —protestó Samad—. Nada de eso. No estamos en la Edad Media, Shiva, estamos en mil novecientos ochenta y cuatro.

—Eso demuestra lo equivocado que estás. Por lo que me has contado, es un caso clásico.

—Bueno, ahora tengo otras preocupaciones —murmuró Samad (calculando que sus dos hijos ya estarían durmiendo en casa de los Jones, adonde habían ido a pasar la noche, y que dentro de dos horas Archie despertaría a Magid, dejando que Millat siguiera durmiendo)—. Preocupaciones familiares.

—¡No hay tiempo para eso! —gritó Ardashir, que se había acercado por detrás sigilosamente, como de costumbre, para examinar las almenas de los castillos de Samad—. No hay tiempo para las preocupaciones familiares, primo. Todo el mundo está preocupado, todo el mundo trata de sacar a su familia de ese follón de país... Yo mismo he tenido que soltar mil de los grandes para que la cotorra de mi hermana pueda hacer el viaje... Pero no puedo dejar de venir a trabajar, tengo que seguir al pie del cañón. Hay mucho trabajo esta noche, primo —dijo Ardashir, que se disponía a salir de la cocina para hacer la ronda del restaurante con su esmoquin—. No me defraudes.

Era la noche más ajetreada de la semana, el sábado, la noche en la que la gente llega en oleadas: antes del teatro, después del teatro, después del pub y después del club. La primera, educada y conversadora; la segunda, tarareando la música del espectáculo; la tercera, camorrista; la cuarta, los ojos como platos y agresiva. El público del teatro era, naturalmente, la clientela preferida de los camareros; gente reposada que daba buenas propinas y preguntaba por el origen de los platos —sus raíces orientales, su historia—, que los camareros más jóvenes se inventaban despreocupadamente (lo más al este que habían llegado ellos era, en su diario desplazamiento a casa, Whitechapel, Smithfield y la

Isle of Dogs) y los mayores situaban con precisión y orgullo, en bolígrafo negro, en el reverso de una servilleta rosa.

I'll Bet She Is! era la obra que se representaba en el National desde hacía varios meses, reposición de una comedia musical de los años cincuenta, ambientada en los treinta. Era la historia de una joven rica que huye de su casa y en la carretera conoce a un hombre pobre que se dirige a España, a luchar en la Guerra Civil. Hasta Samad, que no tenía buen oído para la música, conocía la mayoría de las canciones, de oírlas cantar en las mesas, y le gustaban porque lo distraían de la monotonía del trabajo (y esa noche, además, lo aliviaban de la preocupación de si Archie conseguiría sacar a Magid del Palace a la una en punto), y las canturreaba con el personal en la cocina, en una especie de rítmico acompañamiento a las labores de picar, marinar, cortar y exprimir.

«Yo he visto la ópera de París y las maravillas de Oriente...»

—Samad Miah, estoy buscando la mostaza en grano Rajah.

«He pasado los veranos en el Nilo y los inviernos en la nieve...»

—Mostaza en grano... Me parece que la tenía Muhammed.

«He lucido brillantes y rubíes, pieles y capas de terciopelo...»

—Eso son falsas acusaciones... Yo no he visto la mostaza en grano.

«He tenido a Howard Hughes besando el suelo...»

—Lo siento, Shiva; si el viejo no la tiene, no sé dónde puede estar.

«Pero ¿qué es todo esto sin amor?»

—¿Y esto qué es? —Shiva se había acercado desde su puesto al lado del chef y tenía en la mano un paquete de mostaza en grano que había encontrado junto a Samad—. Vamos, Sam, despierta. Esta noche estás en las nubes.

—Perdona... Tengo muchas cosas en la cabeza esta noche.

—La damisela, ¿eh?

—Baja la voz, Shiva.

—«Me llaman niña mimada, me llaman mujer fatal» —cantó Shiva con un grotesco acento hindi—. Adelante, el coro: «Pero si tú me amas nuestra dicha será inmortal.» —Shiva se acercó a los labios un florerito azul y atacó el final con brío—.

«Y ni todo el oro del mundo hará mía a mi adorada...» Toma nota, Samad Miah —dijo Shiva, que estaba convencido de que la reciente segunda hipoteca de Samad había de servir para financiar sus relaciones ilícitas—. Es un buen consejo.

Al cabo de unas horas, Ardashir reapareció por las puertas oscilantes e interrumpió los cantos con su segunda arenga de la noche.

—¡Caballeros, caballeros! Ya basta. Ahora escuchen: son las diez y media. Han visto la función. Tienen hambre. Sólo han tomado una mísera tarrina de helado en el entreacto y mucha ginebra de Bombay, que, como todos sabemos, estimula el apetito de curry, y ahí entramos nosotros, caballeros. Acaban de llegar dos mesas de quince, que están en el fondo. Ahora, cuando pidan agua, ¿qué hay que hacer? ¿Qué hay que hacer, Ravind?

Ravind era nuevo, sobrino del chef, dieciséis años, nervioso.

—Hay que decirles...

—No, Ravind. Antes de hablar, ¿qué hay que hacer?

Ravind se mordió los labios.

—No lo sé, Ardashir.

—Hay que mover la cabeza negativamente —dijo Ardashir moviendo la cabeza negativamente—. Con gesto compungido y solícito. —Ardashir hizo una demostración del gesto—. ¿Y qué hay que decir entonces?

—El agua no es buena para el ardor, señor.

—¿Y qué es bueno para el ardor, Ravind? ¿Qué aliviará al caballero ese ardor que ahora siente?

—Más arroz, Ardashir.

—¿Y? ¿Y?

Ravind estaba perplejo y sudaba. Samad, que había sido humillado por Ardashir demasiadas veces como para gozar viendo a otro en el papel de víctima, se inclinó y susurró la respuesta al oído de Ravind.

—¡Más pan de *naan*, Ardashir!

—Sí, porque absorbe el chile y, lo que es más importante, el agua es gratis y el pan de *naan* se cobra a una libra con veinte. Y tú, primo, responde a esto —dijo entonces Ardashir agitando un dedo huesudo ante los ojos de Samad—: ¿cómo quieres que ese chico aprenda? La próxima vez deja que conteste él. Tú tienes tu propio trabajo. Dos señoras de la mesa doce han pedido que las sirva el camarero jefe. Así que...

—¿Que las sirva yo? Creí que esta noche podría quedarme en la cocina. Además, no se me puede obligar a ser una especie de mayordomo personal. Hay mucho trabajo aquí. No es buena política, primo.

En ese momento, Samad siente pánico. Está tan absorto en el rapto de la una, en la idea de que va a separar a los gemelos, que no se siente capaz de enfrentarse a calientaplatos y soperas humeantes, a la grasa que salpican los pollos asados en horno de arcilla ni a los demás peligros que amenazan a un camarero manco. No piensa más que en sus hijos. Esa noche está ausente. Ha vuelto a morderse las uñas hasta la cutícula, ya llega a las translúcidas lúnulas, está sangrando.

Ahora se oye decir a sí mismo:

—Ardashir, tengo un millón de cosas que hacer aquí en la cocina. ¿Por qué he de...?

Y llega la respuesta:

—Porque el camarero jefe es el mejor camarero y porque, naturalmente, me han dado, nos han dado, propina por el privilegio. Basta de discutir, por favor, primo. Mesa doce, Samad Miah.

Y, un poco sudoroso, Samad Miah se cuelga una servilleta blanca del antebrazo izquierdo y empuja las puertas, tarareando el número principal de la obra.

«¿Qué no hará un hombre por una mujer? ¡Qué dulce el aroma, qué sublime la perla!»

Es largo el camino hasta la mesa doce. No por la distancia —apenas veinte metros— sino por lo que se tarda en llegar, a través de los olores fuertes, y el murmullo de voces, y las peticiones, y los gritos de los ingleses. En la mesa dos, el cenicero está lleno, y él lo cubre con otro y lo sustituye por el limpio como si nada. En la mesa cuatro tiene que pararse porque les han servido un plato imposible de identificar que no han pedido. Luego tiene que discutir con los de la mesa cinco, que quieren unirla con la seis sin reparar en las molestias. En la mesa siete quieren arroz frito con huevo, aunque sea un plato chino. La mesa ocho baila, y quieren más vino. ¡Más cerveza! Es largo el camino si hay que cruzar la selva, atendiendo a la infinidad de cosas necesarias e innecesarias, los deseos, las exigencias de las caras sonrosadas que ahora Samad imagina que pertenecen a hombres tocados con salacot, que apoyan los pies en la mesa y sostienen un rifle atravesado sobre las rodillas, mientras las señoras toman el té en los porches donde unos niños de piel oscura mueven abanicos de plumas de avestruz colgados del techo, para refrescar el ambiente.

«¡Qué distancias no viajará, cuántos golpes de mazo no dará!»

Por Alá, qué agradecido se siente («Sí, señora, un momento, señora»), qué contento, por la idea de que Magid, por lo menos Magid, vaya a estar volando hacia el Este dentro de cuatro horas, alejándose de este lugar y sus exigencias, sus urgencias constantes; este lugar que no conoce la paciencia ni la compasión, donde la gente quiere las cosas ahora, ahora mismo («Hace veinte minutos que hemos pedido la verdura»), que esperan que sus amantes, sus hijos, sus amigos y hasta sus dioses lleguen pronto y cuesten poco, tal como la mesa diez espera sus langostinos *tandoori*...

«En la subasta que ella elige, ¿cuántos Rembrandt, Klimt, De Kooning?»

Esta gente que cambiaría toda la fe por sexo y todo el sexo por poder, que cambiaría el temor de Dios por el ego, el conocimiento por la ironía, una cabeza cubierta y recatada por una cabellera chillona, larga y color naranja...

Es Poppy, en la mesa doce. Poppy Burt-Jones. Y en ese momento bastaría su solo nombre (porque Samad está de lo más irritable: va a separar a sus hijos en dos como aquel nervioso cirujano que blandía su cuchillo húmedo de saliva sobre la piel unida de los gemelos de Siam) para hacerle estallar el cerebro. Su solo nombre es un torpedo que va hacia una pequeña barca de pesca, y hará volar por el aire sus pensamientos. Pero es más que el nombre, el eco de un nombre pronunciado por un idiota atolondrado o encontrado al pie de una vieja carta: es la propia Poppy Burt-Jones en pecosa carne y hueso. Sentada con gesto frío y decidido al lado de su hermana, que, al igual que todos los hermanos de aquellos a los que hemos deseado, parece una réplica más fea, desfigurada.

—Di algo, hombre —salta Poppy, jugueteando con un paquete de Marlboro—. ¿No vas a tener una frase ingeniosa? ¿Alguna parida de camellos o cocos? ¿No dices nada?

Samad no tiene nada que decir. Sólo deja de canturrear, inclina la cabeza en el justo ángulo de deferencia y apoya el bolígrafo en el bloc. Es como un sueño.

—Está bien entonces —dice Poppy secamente; mira a Samad de arriba abajo y enciende un cigarrillo—. Como quieras. Primero tomaremos *samosas* de cordero con yogur comosellame.

—Y después —dice la hermana, más baja, más fea, más naranja y más chata—, asado de cordero con arroz, y patatas fritas, por favor, camarero.

Por lo menos, Archie es puntual: hora, día y año correctos: 1 de la madrugada del 5 de noviembre de 1984. Delante de la puerta del restaurante, con una trinchera larga, al lado de su Vauxhall, acariciando con una mano unos flamantes neumáticos Pirelli y fumando ávidamente con la otra, como un Bogart, o un chófer, o un chófer de Bogart. Sale Samad, estrecha la mano derecha de Archie, siente sus dedos fríos y siente también la gran deuda de gratitud contraída con su amigo. Involuntariamente, le echa a la cara una vaharada de aliento.

—No olvidaré esto, Archibald —dice—. No olvidaré lo que esta noche haces por mí, amigo.

Archie se revuelve, incómodo.

—Sam, antes de que... Tengo que decirte...

Pero Samad ya alarga la mano hacia la puerta, y la explicación de Archie sigue a la visión de tres niños que tiritan acurrucados en el asiento trasero.

—Se han despertado, Sam. Dormían todos en la misma habitación. No he podido evitarlo. Les he puesto el abrigo encima del pijama. No podía arriesgarme a que Clara oyera... Tuve que traerlos.

Irie duerme con la cabeza apoyada en el cenicero y los pies en la caja de cambios, pero Millat y Magid extienden los brazos hacia su padre, alborozados, le tiran del pantalón y le dan palmadas en la barbilla.

—¡Eh, abba! ¿Adónde vamos, abba? ¿A una fiesta sorpresa en una discoteca? ¿En serio?

Samad mira a Archie con severidad. Archie se encoge de hombros.

—Vamos de excursión a un aeropuerto. A Heathrow.

—¡Uau!

—Y, cuando lleguemos, Magid... Magid...

Es como un sueño. Samad siente las lágrimas antes de que pueda contenerlas, alarga el brazo hacia su hijo el mayor por dos minutos y lo estrecha contra su pecho con tanta fuerza que le rompe una patilla de las gafas.

—Y entonces Magid se irá de viaje con la tía Zinat.

—¿Y volverá? —Es Millat—. ¡Sería alucinante que no volviera!

Magid se suelta de la tenaza de su padre.

—¿Está lejos? ¿Habré vuelto el lunes? Es que tengo que ver cómo va mi fotosíntesis para la clase de ciencia. Puse una planta dentro del armario y otra en la ventana... y tengo que ver, abba, tengo que ver cuál de las dos...

Años después, incluso horas después de que despegue ese avión, ésta será una escena que Samad tratará de no recordar. Que su memoria no se esforzará en retener. Una piedra que se hunde. Una dentadura postiza que baja en silencio al fondo del vaso.

—¿Volveré a tiempo para ir a la escuela, abba?

—Vamos ya —dice Archie solemnemente desde el asiento delantero—. Tenemos que darnos prisa si queremos llegar a tiempo.

—El lunes estarás en una escuela, Magid, te lo prometo. Ahora subid al coche ya. Hacedlo por abba, por favor.

Samad cierra la puerta del coche y se agacha para mirar a sus gemelos, que han empañado el cristal con el aliento. Levanta la mano y la acerca a los sonrosados labios pegados al cristal. La saliva se mezcla con la condensación en la ventanilla tiznada.

9

¡Rebelión!

Para Alsana la verdadera diferencia entre la gente no la marcaba el color. Ni el género, la fe o la habilidad para bailar a un ritmo sincopado o abrir la mano para mostrar un puñado de monedas de oro. La verdadera diferencia era mucho más fundamental. Estaba en la tierra. Estaba en el cielo. Según ella, se podía dividir a toda la humanidad en dos sectores con sólo pedir a cada persona que rellenara un cuestionario muy simple, de esos que salen en las revistas femeninas:

a) ¿Suelen descargar durante semanas los cielos bajo los que duermes?
b) ¿Suele temblar y agrietarse el suelo que pisas?
c) ¿Existe la posibilidad (y haz el favor de responder afirmativamente, por pequeña que ésta parezca) de que la siniestra montaña que a mediodía proyecta su sombra sobre tu hogar entre en erupción el día menos pensado?

Porque, si uno responde «sí» a alguna de estas preguntas, vive una vida tenebrosa, siempre al filo de la medianoche; es una vida volátil, endeble; es una vida inútil, en el más estricto sentido de la palabra, tan fácil de perder como un llavero o una horquilla del pelo. Y es un letargo: ¿por qué no quedarse toda la mañana, todo el día, todo el año, sentado al pie del mismo ciprés, dibujando ochos en el polvo? Peor aún, es el desastre, es el caos: ¿por qué no derrocar a un gobierno por capricho, por qué no sacar los ojos al hombre que uno odia, por qué no volverse loco, andar por la ciudad agitando los brazos y mesándose el pelo como un poseso? Nada lo impide... Mejor dicho, cualquier cosa podría impedirlo, en cualquier momento. Ésa es la sensación. Ahí reside la verdadera diferencia en la vida. La gente que vive sobre un suelo firme, bajo cielos seguros, nada sabe de esto; son como los prisioneros de guerra ingleses de Dresde, que seguían sirviendo el té y vistiéndose para cenar incluso mientras sonaban las alarmas y la ciudad se convertía en una bola de fuego. Los ingleses, nacidos en una tierra verde y plácida, una tierra mesurada, son esencialmente incapaces de concebir el desastre, aunque venga de la mano del hombre.

Las cosas son distintas para la gente de Bangladesh, antes Paquistán Oriental, antes India, antes Bengala. Viven bajo el dedo invisible del desastre caprichoso, entre la inundación y el ciclón, el huracán y la avalancha de lodo. La mitad del tiempo, la mitad de su país está bajo el agua; generaciones aniquiladas con matemática periodicidad; esperanza de vida: cincuenta y dos años en el supuesto más optimista. Y ellos son tranquilamente conscientes de que, cuando se habla de apocalipsis, cuando se habla de mortandad en masa, pues bien, ellos van a la cabeza en este campo, ellos serán los primeros en desaparecer, los primeros en ir a parar, cual nueva Atlántida, al fondo del mar cuando los dichosos casquetes polares empiecen a fundirse. Porque Bangladesh es el país más ridículo del mundo. Es lo que Dios entiende por una broma pesada, un ensayo de humor negro. No es necesario repartir cuestionarios entre los bengalíes. Los datos del desastre son los datos de su vida. Por ejemplo, entre el día en que Alsana cumplió sus dieciséis tiernos años (1971) y el año en que dejó de hablar directamente a su marido (1985) murieron en Bangladesh más personas que en Hiroshima, Nagasaki y Dresde juntas. Un millón de personas perdieron una vida que ya habían aprendido a infravalorar.

Y, si quieren ustedes saber la verdad, esto era en realidad lo que Alsana no perdonaba a Samad, más que la traición, más que las mentiras, más que el rapto en sí: el que Magid tuviera que aprender a infravalorar su vida. A pesar de que allá, en los montes Chittagong, la zona más alta de un país bajo y llano, estaría relativamente seguro, la atormentaba pensar que Magid tuviera que verse como se había visto ella: llevando una vida que no valía ni una *paisa*, caminando abúlicamente por tierras inundadas con el agua hasta la cintura, estremeciéndose bajo el peso de cielos negros...

Naturalmente que se puso histérica. Naturalmente que trató de hacerlo regresar. Habló con las autoridades competentes. Las autoridades competentes respondían: «Francamente, señora, lo que a nosotros nos preocupa son los que vienen» o «A decir verdad, si el viaje lo organizó su esposo, es muy poco lo que nosotros...» y ella colgaba el teléfono. Al cabo de unos meses, dejó de llamar. Desesperada, se iba a Wembley y a Whitechapel, a casa de parientes, donde pasaba épicos fines de semanas de lágrimas, comida y conmiseración, pero su intuición le indicaba que, si bien el curry podía ser bueno, la conmiseración no era tan sincera como parecía, porque no faltaban los que, en el fondo, se alegraban de que Alsana Iqbal, con aquella bonita casa, aquellos amigos blancos y negros, aquel marido que se parecía a Omar Sharif y aquel hijo que hablaba como el príncipe de Gales, supiera lo que eran la zozobra y la incertidumbre como lo sabían ellos y se habituara a la pena como a un viejo manto de seda. Era motivo de cierta satisfacción, incluso, para Zinat (que nunca reveló su papel en la operación), oprimir la mano de Alsana con su compasiva garra por encima del brazo de la butaca.

—¡Oh, Alsi, no puedo dejar de pensar que es una lástima que se llevara al mejor! ¡Tan inteligente, tan educado! Con él no hubieras tenido que preocuparte por drogas ni por chicas guarras. Sólo por el gasto de los lentes, con tanta lectura.

Producía cierto placer, sí. Pero no hay que despreciar a la gente, como no hay que despreciar el placer que les reporta observar una desgracia ajena, dar una mala noticia, ver un bombardeo por televisión, oír sollozos ahogados al otro extremo del hilo telefónico. La Desgracia en sí es sólo Desgracia. Pero Desgracia + Distancia puede ser = entretenimiento, voyeurismo, interés humano, *cinéma vérité*, una carcajada interna, una sonrisa compasiva, una ceja que se alza, desdén disfrazado. Alsana percibía estas y más cosas al otro extremo de la línea telefónica cuando, el 28 de mayo de 1985, recibió un aluvión de llamadas que le brindaban información y conmiseración por el último ciclón.

—Alsi, tenía que llamarte. Dicen que hay muchos cadáveres flotando en el golfo de Bengala...

—Acabo de oír por la radio las últimas cifras... ¡Diez mil!

—Los supervivientes se han refugiado en los tejados, y tienen tiburones y cocodrilos a un palmo de los talones.

—Tiene que ser horroroso, Alsi, no poder saber, no estar seguros...

Durante seis días y seis noches, Alsana no supo, no estuvo segura. Durante este período leía asiduamente al poeta bengalí Rabindranath Tagore, esforzándose por creer en sus palabras («La oscuridad de la noche es una bolsa que estalla con el oro del amanecer»), pero en el fondo era una mujer práctica y no encontraba consuelo en la poesía. Durante aquellos seis días, su vida fue una vida tenebrosa, siempre al filo de la medianoche. Pero al séptimo día llegó la luz: se recibió la noticia de que Magid estaba sano y salvo; sólo tenía la nariz rota, del golpe que le había dado un jarrón al caer de su peligrosa situación en un estante alto de la mezquita, debido a las primeras ráfagas de viento (no pierdan de vista ese jarrón, por favor, ya que es el mismo que, mediante la nariz, llevará a Magid a su vocación). Eran sólo los criados, que dos días antes se habían ido a Dacca en la desvencijada furgoneta familiar en una excursión de placer, llevándose unas secretas existencias de ginebra, los que ahora flotaban panza arriba en el río Yamuna, mientras unos peces de aletas plateadas los contemplaban con ojos redondos, atónitos.

Samad estaba radiante.

—¿Lo ves? ¡Nada malo le pasará en Chittagong! Y, lo que es más, estaba en una mezquita. ¡Vale más que se rompa la nariz en una mezquita que en una pelea callejera en Kilburn! Está aprendiendo las viejas costumbres. ¿No está aprendiendo las viejas costumbres?

Alsana meditó un momento y dijo:

—Quizá, Samad Miah.

—¿Qué quieres decir con «quizá»?

—Quizá sí, Samad Miah, quizá no.

Alsana había decidido dejar de dar respuestas concretas a su marido. Durante los ocho años siguientes, nunca le diría ni sí ni no, para obligarlo a vivir como vivía ella, sin saber, sin estar nunca segura de nada; mantendría a Samad en la incertidumbre, hasta que fuera compensada plenamente con el regreso de su hijo número uno, primogénito por dos minutos, y pudiera volver a acariciar su espeso pelo con su carnosa mano. Éste fue su juramento y su maldición sobre Samad, y fue una venganza exquisita, que a veces lo llevaba al filo del abismo, al cuchillo de cocina o al armario de las medicinas. Pero Samad era de los que son muy tozudos para suicidarse, si ello ha de dar una satisfacción a otra persona. Él resistía. Alsana se agitaba en sueños murmurando:

—Devuélvemelo, idiota... Si esto te vuelve loco, sólo tráeme a mi niño.

Pero, aunque Samad se hubiera sentido inclinado a enarbolar el *dhoti* blanco, no había dinero para hacer regresar a Magid. Y tuvo que aprender a soportarlo. Llegó al extremo de que, si alguien le decía «sí» o «no», en la calle o en el restaurante, él no sabía cómo reaccionar, porque había olvidado el significado de estas elegantes pequeñas fórmulas que nunca oía de labios de Alsana. Cualquiera que fuera la pregunta, en casa de los Iqbal la respuesta era ambigua:

—¿Has visto mis zapatillas, Alsana?

—Es posible, Samad Miah.

—¿Qué hora es?

—Podrían ser las tres, Samad Miah, pero Alá sabe que también podrían ser las cuatro.

—Alsana, ¿dónde habéis puesto el mando a distancia?

—Tanto puede estar en el cajón, Samad Miah, como detrás del sofá.

Y así sucesivamente.

Algún tiempo después del ciclón de mayo, los Iqbal recibieron una carta de su primogénito por dos minutos, escrita con pulcra caligrafía en una hoja de papel escolar que envolvía una fotografía reciente. No era la primera carta que escribía Magid, pero Samad vio en ella algo diferente, algo que lo hacía vibrar y que justificaba la impopular decisión que había tomado; un cambio de tono, un atisbo de madurez, de incipiente sabiduría oriental. Después de leerla atentamente en el jardín, se dio el gusto de llevarla a la cocina y leerla en voz alta a Clara y Alsana, que tomaban té de menta.

—Escuchad lo que dice: «Ayer el abuelo pegó a Tamim (el criado) con el cinturón hasta ponerle el trasero más rojo que un tomate. Dijo que Tamim había robado unas velas (es verdad, yo lo vi) y que esto era lo que se merecía. Dice que a veces castiga Alá y a veces tienen que castigar los hombres, y que el hombre sabio ha de saber si le toca a Alá o a él. Espero ser sabio un día.» ¿Habéis oído? Quiere ser sabio. ¿Cuántos chicos de esa escuela conocéis vosotras que quieran ser sabios?

—Quizá ninguno, Samad Miah. Quizá todos.

Samad fulminó a su esposa con la mirada y prosiguió:

—Y aquí, escuchad lo que dice de la nariz: «Me parece una tontería que se ponga un jarrón en un sitio del que pueda caerse y romper la nariz a un chico. Debe de ser culpa de alguien y alguien tendría que ser castigado (pero no con un azote en el trasero, si no es un niño. Si no tiene menos de doce años). Cuando sea mayor, creo que me gustaría encargarme de que no se pongan jarrones en lugares peligrosos, y también me quejaré de otras cosas peligrosas (por cierto, ¡la nariz está muy bien ahora!).» ¿Lo veis?

Clara frunció el entrecejo.

—¿Qué hay que ver?

—¡Está claro que no le gusta la iconografía en la mezquita, no le gustan los adornos profanos, inútiles y peligrosos! Este niño está destinado a hacer grandes cosas, ¿no os parece?

—Quizá sí, Samad Miah, quizá no.

—Quizá sea funcionario del gobierno, o abogado —apuntó Clara.

—¡Tonterías! Mi hijo servirá a Dios, no a los hombres. Él no teme al deber. No teme ser un auténtico bengalí, un buen musulmán. Aquí dice que la cabra de la foto está muerta. «Yo ayudé a matar la cabra, abba —dice—; siguió moviéndose un rato después de que la cortáramos por la mitad.» ¿Esto es un chico pusilánime?

Como era evidente que alguien tenía que decir que no, Clara lo dijo, sin entusiasmo, y alargó la mano hacia la foto que le tendía Samad. Magid, vestido de gris, como siempre, estaba al lado de la sentenciada cabra, delante de la vieja casa familiar.

—Oh, mira, mira la nariz. Por ahí se la rompió. Pero si ahora tiene nariz griega... Está hecho un pequeño aristócrata, un inglés. Mira, Millat. —Clara puso la foto al lado de la nariz de Millat, más pequeña y chata—. Ya no os parecéis tanto.

—Parece un gran jefe —dijo Millat tras lanzar a la foto una mirada rápida.

Samad, que nunca estaba al corriente del argot de la calle e ignoraba que este «gran jefe» equivalía al cabecilla de una banda, asintió muy serio y dio unas palmadas en la cabeza a su hijo.

—Vale más que ya desde ahora veas la diferencia que existe entre vosotros dos, Millat. —Samad lanzó una mirada furibunda a Alsana, que hacía girar el índice en la sien: chiflado, pirado—. Aunque haya quien haga burla, tú y yo sabemos que tu hermano guiará a otros para ayudarlos a salir de la selva. Será un líder de tribus. Es un jefe nato.

Al oír esto, a Millat le dio un ataque de risa tan fuerte que, en sus convulsiones, resbaló en una bayeta, perdió el equilibrio y se rompió la nariz contra el fregadero.

Dos hijos. Uno, invisible y perfecto, congelado a la bonita edad de nueve años, estático en un portarretratos, mientras el televisor que tenía debajo escupía toda la mierda de los ochenta —bombas irlandesas, disturbios ingleses, relaciones transatlánticas paralizadas— y, sobre este zafarrancho, el niño, intachable e impoluto, elevado a la categoría de Buda de la perpetua sonrisa en serena contemplación oriental; capaz de todo, un líder natural, un musulmán natural, un jefe natural; en suma: una aparición. Un daguerrotipo espectral creado por el mercurio de la imaginación paterna y preservado por la solución salina de las lágrimas maternas. Este hijo permanecía mudo, distante y «presuntamente» sin novedad, cual destacamento colonial de Su Majestad, en estado perenne de inocencia original, de perpetua prepubertad. Era el hijo que Samad no podía ver. Y hacía mucho tiempo que Samad había aprendido a adorar lo que no podía ver.

En cuanto al hijo que Samad podía ver, el que tenía siempre delante y con el que se tropezaba a cada paso, en fin, valdría más evitar que Samad la emprendiera con el tema, el tema de «problema de Millat», pero aquí lo tenemos: es el segundo en nacer, el que llega con retraso, como el autobús, como el franqueo de tarifa reducida, el lento, el rezagado, el que perdió la primera carrera antes de nacer y ahora, por predisposición genética, por insondable designio de Alá, ya nunca ha de poder recuperar aquellos dos minutos vitales, por lo menos, ante esos espejos parabólicos que todo lo ven, los glóbulos cristalinos de la divinidad, los ojos de su padre.

Ahora bien, un niño más melancólico que Millat, un niño más reflexivo, hubiera podido pasarse el resto de la vida tratando de recuperar aquellos dos minutos, atormentándose, persiguiendo la esquiva presa hasta conseguir depositarla a los pies de su padre. Pero lo que su padre dijera de él no preocupaba demasiado a Millat: él sabía que no era un segundón, ni un tarado, ni un cagón, ni un soplón, ni un pelota, ni un paliza, dijera lo que dijese su padre. En el lenguaje de la calle, Millat era un duro, un audaz, siempre en primera línea, cambiando de imagen como de zapatos; cachondo, genial, fenómeno, se llevaba a los chicos calle arriba a jugar al fútbol, calle abajo a saquear máquinas de caramelos, de la escuela al vídeo. En Rocky Video, el favorito de Millat, que regentaba un traficante de coca sin escrúpulos, se conseguía porno a los quince, «sólo adultos» a los once y cintas sadomasocas a escondidas por cinco libras. Aquí aprendió Millat lo que son los «padres». Padrinos, hermanos de sangre, PacinoDeniros, hombres de negro con buena facha, que hablan deprisa y nunca tienen que esperar una (puta) mesa, hombres con dos manos útiles que saben disparar con ellas. Aprendió que no hay que vivir con inundaciones ni ciclones para saber lo que es el peligro, ni para ser sabio. El peligro se busca. A los doce años, Millat iba a buscarlo y, aunque Willesden Green no es el Bronx ni South Central, encontraba el suficiente. No se rajaba ni se mordía la lengua. Llevaba dentro bien comprimidos todos los ingredientes de la belleza masculina y a los trece años se destaparon, momento en que pasó de líder de chicos con acné a favorito de las chicas. El flautista de Willesden Green, con su cortejo de jovencitas colgadas que lo seguían con la lengua fuera y los pechitos prietos, para caer en el pozo del desengaño... y todo porque él era el más GRANDE y el más MALO, vivía su joven vida en MAYÚSCULAS: el primero en fumar, el primero en beber y hasta el primero en perder eso —¡ESO!— a los trece años y medio. Desde luego, no SINTIÓ mucho, ni TOCÓ mucho, todo estaba HÚMEDO y LIADO; lo perdió sin saber muy bien dónde, pero lo perdió, porque no cabía duda, NINGUNA DUDA, de que él era el mejor, en cualquier terreno de la delincuencia juvenil, él era la estrella de la comunidad adolescente, el DON, el JEFE, el CAPO, un chico de la calle, un líder de tribus. En realidad, el único problema de Millat era que le encantaban los problemas. Y se pintaba solo para encontrarlos. Toma ya. Era grande.

A pesar de todo, se hablaba mucho —en casa, en la escuela, en las varias cocinas del amplio clan Iqbal-Begum— del Problema de Millat, el rebelde Millat de trece años, que se echaba pedos en la mezquita, perseguía a las rubias y olía a tabaco, y no sólo de Millat sino de todos los hijos del clan: Mujib (catorce años, fichado por *joyriding*), Khandakar (dieciséis, novia blanca, se ponía rímel para salir de noche), Dipesh (quince, marihuana), Kurshed (dieciocho, marihuana y pantalón con pinzas), Khaleda (diecisiete, sexo con un chico chino antes de casarse), Bimal (diecinueve, estudiante de arte dramático). ¿Cuál era el problema de todos aquellos chicos, qué les había pasado a aquellos primeros descendientes del gran experimento transoceánico? ¿No tenían cuanto pudieran desear? Zonas verdes, tres comidas al día, buena ropa de Marks and Sparks, enseñanza de primera clase. ¿No habían hecho los padres cuanto podían? ¿No habían llegado todos a esta isla para algo? Para tener seguridad. ¿No tenían seguridad?

—Demasiada seguridad —explicaba Samad pacientemente a los atribulados y desconcertados progenitores—. En este país hay demasiada seguridad. Viven en grandes burbujas de plástico que nosotros mismos les hemos fabricado, se encuentran la vida resuelta. Personalmente, ya lo sabes, yo aborrezco a san Pablo, pero su consejo es bueno, es un consejo dictado por el mismo Alá: apartad de vosotros las niñerías. ¿Cómo van a hacerse hombres nuestros hijos, si no tienen desafíos de hombres? ¿Eh? No hay duda: bien mirado, enviar a casa a Magid fue una buena idea. Yo lo recomiendo.

Y, al llegar a este punto, los circunstantes interrumpen sus lamentaciones y miran lúgubremente la venerada foto de Magid con la cabra. Se quedan hipnotizados, como hindúes que esperaran el mugido de una vaca de piedra, hasta que de la foto parece emanar una aureola: bondad y valentía contra la adversidad, contra viento y marea; el auténtico musulmán; el hijo que ellos no han tenido. Era patético, pero Alsana no dejaba de encontrarlo un poco divertido: ahora se habían cambiado las tornas, ahora ya nadie lloraba por ella, todos lloraban por sí mismos y por sus hijos, por lo que los terribles años ochenta estaban haciendo con unos y otros. Estos cónclaves eran como cumbres políticas en última instancia, reuniones desesperadas del Gobierno y la Iglesia a puerta cerrada, mientras la muchedumbre amotinada corría por las calles rompiendo cristales. Se marcaba una distancia no sólo entre padres e hijos, viejos y jóvenes, nacidos allí y nacidos aquí, sino entre los que se quedaban en casa y los que se amotinaban en la calle.

—Demasiada seguridad, demasiadas facilidades —repitió Samad, mientras la tía abuela Bibi frotaba amorosamente el cristal del retrato de Magid—. Un mes en el viejo país los pondría a tono a todos.

Pero lo cierto era que Millat no necesitaba ir al viejo país: él tenía un pie en Bengala y un pie en Willesden. En espíritu, estaba allí y estaba aquí. No necesitaba pasaporte para vivir en dos sitios a la vez, no necesitaba visado para vivir la vida de su hermano al mismo tiempo que la suya (al fin y al cabo, eran gemelos). Alsana fue la primera en notarlo. Se lo dijo a Clara: «Ay, Dios, están unidos, son como los dos cabos de un mismo cordel, como un balancín, del que no se puede mover un extremo sin que se mueva el otro; lo que ve Millat, ya lo ha visto Magid y viceversa.» Y Alsana no sabía más que las coincidencias menores: enfermedades similares, accidentes simultáneos, mascotas que se les morían con continentes por medio. Ella ignoraba que, mientras Magid observaba cómo el ciclón de 1985 hacía caer los objetos situados en lugares altos, Millat estaba tentando a la suerte, encaramado a la alta tapia del cementerio de Fortune Green; que el 10 de febrero de 1988, mientras Magid caminaba entre una violenta muchedumbre en Dacca, esquivando los golpes de los que se empeñaban en ventilar unas elecciones a cuchilladas y puñetazos, Millat se enfrentaba a tres irlandeses borrachos, furiosos y de patada fácil, en la puerta del tabernucho de Biddy Mulligan en Kilburn. Ah, pero ¿no los convencen las simples coincidencias? ¿Quieren hechos, hechos, hechos? ¿Quieren roces con la Dama del manto negro y la guadaña? De acuerdo: el 28 de abril de 1989, un tornado se llevó por los aires la cocina de Chittagong con todo lo que contenía, excepto a Magid, que quedó milagrosamente indemne, acurrucado en el suelo. Ahora pasemos a Millat, a ocho mil kilómetros de distancia, en el momento de acostarse con la legendaria Natalia Cavendish, de sexto curso (que ignora el terrible secreto que anida en su cuerpo). Los condones están sin abrir, en el bolsillo de atrás del pantalón. Pero Millat no se contagia, mientras se mueve rítmicamente, arriba y abajo, más adentro y de lado, bailando con la muerte.

TRES DÍAS:

15 de octubre de 1987

A pesar de que se habían apagado las luces y el viento aporreaba los dobles cristales de las ventanas, Alsana, fiel creyente en su oráculo de la BBC, permanecía sentada en el sofá en camisón, decidida a no moverse.

—Si el señor Fish dice que no pasa nada, no pasa nada. ¡Es la BBC, puñetas!

Samad desistió (era imposible conseguir que Alsana dejara de confiar en sus instituciones inglesas favoritas, entre otras: la princesa Ana, Blu-Tack, los vástagos de la realeza, Eric Morecambe, el programa *La hora de la mujer...*). Sacó la linterna del cajón de la cocina y subió en busca de Millat.

—¿Millat? ¡Contesta, Millat! ¿Estás ahí?

—Puede que sí y puede que no, abba.

Samad siguió la voz hasta el cuarto de baño, donde encontró a Millat sumergido hasta el cuello en sucia agua jabonosa, leyendo un cómic.

—Ah, papá, genial. Acércame la linterna, para que pueda leer.

—Déjate de lecturas. —Samad le arrancó de las manos la revista—. Está soplando un huracán de todos los diablos, y la loca de tu madre piensa quedarse sentada hasta que nos caiga el tejado en la cabeza. Sal de ahí, ve al cobertizo y trae maderas y clavos, para que podamos...

—¡Pero abba, estoy en pelotas!

—Nada de remilgos conmigo... Es una emergencia. Quiero que...

Del exterior llegó un crujido tremendo, como de algo arrancado de cuajo y arrojado contra una pared.

Dos minutos después, la familia Iqbal, más o menos vestida, miraba por la ventana de la cocina a la zona del jardín donde había estado el cobertizo. Millat dio tres taconazos de saludo y exclamó en tono teatral:

—¡Ay, ay, ay... hogar, dulce hogar!

—Y tú, mujer, ¿vendrás ahora?

—Quizá, Samad Miah, quizá.

—¡Mierda! No es momento para hacer un referéndum. Nos vamos a casa de Archibald. Quizá ellos aún tengan luz. Y cuantos más seamos, más seguros estaremos. ¡Vosotros dos, vestíos y recoged lo indispensable, cosas de vida o muerte, y subid al coche!

Samad, sosteniendo la tapa del maletero abierta contra un viento empeñado en cerrarla, se sintió, al principio, divertido y, después, deprimido al ver las cosas que su esposa e hijo consideraban indispensables, de vida o muerte:

Millat
Born to Run (álbum), Springsteen
Póster de De Niro en *Taxi Driver*
Copia Betamax de *Purple Rain* (película rock)
Pantalón Levi's ceñido (etiqueta roja)
Zapatos negros de béisbol
La naranja mecánica (libro)

Alsana
Máquina de coser
Tres tarros de bálsamo de tigre
Pierna de cordero (congelada)
Palangana para pediluvios
Las señales de los astros de Linda Goodman (libro)
Caja gigante de cigarrillos *beedi*
Divargiit Singh en *Luna sobre Kerala* (vídeo musical)

Samad cerró el maletero con un golpe seco.

—Ni navaja, ni comestibles, ni lámparas. De puta fábula. No hay que ser un lince para adivinar quién es el veterano de guerra en casa de los Iqbal. Y a nadie se le ha ocurrido ni por asomo llevarse el Corán, elemento clave en una emergencia, el apoyo moral. Volveré a entrar. Subid al coche y no mováis ni un músculo.

Una vez en la cocina, Samad hizo girar en derredor la luz de la linterna: el hervidor de agua, la puerta del horno, una taza de té, la cortina y, entonces, la visión surrealista del cobertizo, depositado, como una casita de cuento de hadas, en lo alto del castaño de Indias del jardín vecino. Sacó la navaja del ejército suizo que recordaba haber dejado debajo del fregadero y se fue a la sala, en busca del Corán ribeteado de oro y terciopelo. Ya iba a volver al coche cuando sintió la tentación de palpar el temporal, de contemplar la formidable destrucción. Esperó un momento de tregua del vendaval, abrió la puerta de la cocina y, mientras avanzaba a tientas por el jardín, un relámpago iluminó una escena de apocalipsis suburbana: robles, cedros, sicomoros y olmos tumbados jardín tras jardín, vallas arrancadas, muebles de jardín destrozados. Tan sólo su parcela, que con frecuencia era ridiculizada por su cerca de plancha ondulada, su falta de árboles y sus macizos de hierbas levemente aromáticas, había quedado relativamente indemne.

Samad iba a formular con satisfacción una alegoría sobre el flexible junco oriental y el rígido roble occidental, cuando el viento volvió a enardecerse y una ráfaga lo tumbó de lado y siguió su camino hasta el doble cristal de la ventana, al que hizo estallar sin esfuerzo alguno, lanzando los fragmentos al interior para luego regurgitar todo lo que había en la cocina. Samad, con un colador llegado por vía aérea colgado de la oreja, y el Corán apretado contra el pecho, corrió hacia el coche.

—¿Qué haces tú en el asiento del conductor?

Alsana, firmemente agarrada al volante, habló a su hijo por el retrovisor.

—¿Alguien hará el favor de decir a mi marido que conduciré yo? Yo me he criado en el golfo de Bengala y he visto a mi madre conducir con vientos como éstos, mientras mi esposo mariconeaba por Delhi con un hatajo de señoritos universitarios. Sugiero que mi esposo se acomode en el asiento del pasajero y se abstenga hasta de tirarse un pedo sin mi permiso.

Alsana iba a diez por hora por la calle oscura y desierta mientras los vientos huracanados destrozaban las partes altas de los edificios.

—¡Vaya con Inglaterra! ¡Y yo que me vine a Inglaterra huyendo de esto! Nunca más volveré a fiarme del señor Crab.

—Se llama Fish, amma.

—Desde ahora, para mí, será el señor Crab —respondió Alsana, enfadada—, aunque sea de la BBC.

Archie no tenía luz, pero la casa de los Jones estaba preparada contra cualquier desastre, desde un maremoto hasta un accidente nuclear. Cuando llegaron los Iqbal, se habían encendido en la casa docenas de quinqués, velas de jardín y luces de pilas, la puerta de entrada y las ventanas habían sido protegidas con placas de aglomerado, y los árboles del jardín tenían las ramas recogidas con cuerdas.

—Hay que estar preparados —declaró Archie al abrir la puerta a los desvalidos Iqbal cargados con sus pertenencias, como un rey del bricolaje acogiendo a los desamparados—. Quiero decir que tiene uno que proteger a la familia, ¿no? No es que tú hayas fallado en ese aspec... Bueno, ya sabes a lo que me refiero; es sólo mi manera de verlo: yo contra el viento. No sé cuántas veces te lo habré dicho, Iqbal: hay que comprobar las paredes maestras. Si no están en perfectas condiciones, estás apañado, hombre. De verdad. Y hay que tener en casa una llave neumática para tuercas. Indispensable.

—Eso es fantástico, Archibald, pero ¿podemos entrar?

Archie se hizo a un lado.

—Claro que sí. A decir verdad, te esperaba. Tú nunca has distinguido un taladro de un destornillador, Iqbal. Eres bueno para la teoría, pero nunca supiste manejarte con la práctica. Pasad. Cuidado con las linternas de la escalera. Buena idea, ¿verdad? Hola, Alsi, tan guapa como siempre. Hola, Millat, granuja. Anda, Sam, cuenta, ¿qué habéis perdido?

Samad detalló dócilmente las pérdidas sufridas hasta el momento.

—Ah, ¿lo ves? La culpa no ha sido de los cristales que yo te instalé sino de los marcos. Arrancados porque la pared no ha resistido, imagino.

Samad reconoció a regañadientes que así era.

—Y lo peor aún no ha llegado, puedes estar seguro. En fin, a lo hecho, pecho. Clara e Irie están en la cocina. Hemos encendido un infiernillo, y la cena no tardará. Pero qué mierda de temporal, ¿eh? Sin teléfono, sin luz. Nunca había visto cosa igual.

Reinaba en la cocina una cierta calma artificial. Clara removía unas alubias tarareando entre dientes *Buffalo Soldier*. Irie estaba inclinada sobre una libreta escribiendo su diario con ese ahínco obsesivo de los trece años.

> *8.30 de la noche. Acaba de entrar Millat. Está guapísimo, pero insoportable. Vaqueros ceñidos, como de costumbre. No me mira (como de costumbre, salvo de un modo AMISTOSO). Estoy enamorada de un imbécil, estúpida de mí. ¡Si por lo menos tuviera el cerebro de su hermano! Bueno, en fin, bla, bla... Tengo un amor infantil y unos michelines infantiles. Ufff. La tormenta sigue dale que te pego. Tengo que parar. Luego seguiré.*

—Qué hay —dijo Millat.

—Ya ves —dijo Irie.

—Qué pasada, ¿eh?

—Sí, de miedo.

—Mi padre está que se sube por las paredes. La casa ha quedado hecha migas.

—Pues aquí no te cuento. Un desmadre.

—Me gustaría saber dónde estarías de no ser por mí, jovencita —dijo Archie, asegurando un tablero con otro clavo—. Ésta es la casa mejor protegida de todo Willesden. Desde aquí dentro nadie diría que ahí fuera hay temporal.

—No —dijo Millat, lanzando una última mirada morbosa a los árboles estremecidos, antes de que Archie tapara por completo la vista con más madera y clavos—. Eso es lo malo.

Samad pellizcó una oreja a su hijo.

—No empieces con tu descaro habitual. Nosotros sabemos muy bien lo que hacemos. Olvidas que Archibald y yo hemos salido de situaciones extremas. Cuando uno ha tenido que reparar un tanque con cinco hombres dentro en medio de un campo de batalla, jugándose la vida a cada paso, con balas que le pasan silbando a pocos centímetros del trasero y, mientras tanto, captura al enemigo en las condiciones más arduas, permite que te diga que un huracán es una nimiedad... Sí, sí, muy gracioso, desde luego —refunfuñó Samad, al ver que los dos niños y las dos esposas fingían narcolepsia—. ¿Quién quiere judías? Yo serviré.

—Que alguien cuente una historia —dijo Alsana—. Será una lata estar toda la noche escuchando las hazañas de los héroes de la guerra.

—Anda, Sam —dijo Archie guiñando un ojo—. Háblanos de Mangal Pande. Siempre resulta divertido.

Alrededor de la mesa hubo un clamor de «noooes» y ademanes de autodegüello y estrangulamiento.

—La historia de Mangal Pande no es para reírse —protestó Sam—. Por él somos como somos; él fue el cosquilleo que provoca el estornudo, el fundador de la India moderna, la gran figura trascendental.

—La gran mamarrachada. Hasta el más tonto sabe que la gran figura trascendental es Gandhiji. O Nehru. O incluso Akbar, pero era jorobado y tenía la nariz muy grande. Nunca me gustó.

—¡Maldita sea! No digas estupideces, mujer. ¿Qué sabes tú? La verdad es que todo es sencillamente cuestión de economía de mercado, publicidad y derechos cinematográficos. La cuestión es: ¿van a querer interpretar tu personaje los guaperas de los dientes blancos? Gandhi tuvo al señor Ben Kingsley, ¡bravo por él! Pero ¿quién querría hacer de Pande, eh? Pande no da bien en el cine. Demasiado indio, nariz grande, cejas grandes. Por eso siempre tengo que ser yo quien os hable de Mangal Pande, ingratos. Y es que, en definitiva, si no lo hago yo, no lo hará nadie.

—Un momento —dijo Millat—. Yo haré la versión abreviada. El bisabuelo...

—Tu tatarabuelo, tonto —lo corrigió Alsana.

—Lo que sea. Quiere mandar a los ingleses a tomar por el saco.

—¡Millat!

—Quiere rebelarse contra los ingleses, él solito, fumando hasta las cejas. Pega un tiro a su capitán, falla, se pega un tiro, falla, lo cuelgan...

—Ahorcan —dijo Clara maquinalmente.

—¿Cuelgan no es correcto? Traeré el diccionario —dijo Archie, soltando el martillo y bajándose de la encimera.

—Y qué más da. Fin de la historia. Una lata.

Y entonces un árbol mastodonte —de la especie endémica en la zona norte de Londres, de esos que se dividen en tres árboles antes de estallar en soberbia nube de verdor y que pueblan la ciudad para cobijo de urracas—, uno de esos árboles se desprendió de la caca de perro y el asfalto, dio un paso vacilante, giró desmayadamente sobre sí mismo y se vino abajo; atravesó el canalón, la doble ventana y la tabla de aglomerado, volcó un quinqué y fue a caer en un espacio que aún conservaba la forma de Archie, porque éste acababa de abandonarlo.

Archie fue el primero en movilizarse, arrojando un paño sobre el pequeño fuego que avanzaba por las baldosas de corcho de la cocina, mientras los demás temblaban, lloraban y comprobaban la integridad física unos de otros. Archie, visiblemente alterado por este golpe a su habilidad para el bricolaje, trató de asumir el control sobre los elementos, atando varias ramas con trapos de cocina y ordenando a Millat y a Irie que fueran a apagar todos los quinqués de la casa.

—No es cosa de que ahora nos achicharremos todos. Yo iré a ver si encuentro plásticos y cinta aislante. Hay que hacer algo con esto.

Samad lo miraba con incredulidad.

—¿Hacer algo con esto, Archibald? No veo cómo la cinta aislante va a remediar el hecho de que haya medio árbol en la cocina.

—Chico, yo tengo miedo —tartamudeó Clara, tras unos minutos de silencio, cuando el viento comenzaba a amainar—. La calma siempre es mala señal. Mi abuela, que Dios tenga en la gloria, siempre lo decía. La calma es que Dios se para a tomar aliento antes de volver a gritar. Vale más que nos vayamos al otro cuarto.

—Era el único árbol de este lado de la calle. Yo digo que es preferible que nos quedemos aquí. Aquí ya ha pasado lo peor. Además —Archie oprimió cariñosamente el brazo de su mujer—, vosotros, los Bowden, las habéis visto peores. Tu madre nació durante un terremoto de narices, en 1907. Kingston que se hunde y Hortense que viene al mundo. Ella no se inmutaría por una pequeña tormenta como ésta. Era una mujer de una pieza, dura como el pedernal.

—No es ser duro lo que cuenta —dijo Clara quedamente, levantándose para mirar por la ventana rota el caos exterior—, es la suerte. La suerte y la fe.

—Propongo que recemos —dijo Samad tomando su lujoso Corán—. Propongo que reconozcamos la fuerza del Creador, que esta noche nos está mostrando con toda su ira.

Samad hojeaba los sagrados textos y, cuando encontró lo que buscaba, los pasó a su esposa, en actitud patriarcal, pero ella cerró el libro bruscamente y miró a Samad con ojos centelleantes. Alsana que, pese a su impiedad, conocía bien la palabra de Dios (buena escuela y buena familia, desde luego) y no le faltaba sino la fe, se dispuso a hacer lo que sólo hacía en las emergencias: recitar.

—«Yo no sirvo lo que vosotros servís, y vosotros no servís lo que yo sirvo. Yo no sirvo lo que vosotros habéis servido y vosotros no servís lo que yo sirvo. Vosotros tenéis vuestra religión y yo la mía.» Sura 109. Ahora me gustaría que alguien —Alsana miró a Clara— me hiciera el favor de decir a mi esposo que él no es el señor Manilow ni conoce las canciones que hacen cantar a todo el mundo. Que él silbe su música y yo silbaré la mía.

Samad volvió la espalda a su mujer con aire de desdén y, en actitud rígida, puso las manos sobre su libro.

—¿Quién reza conmigo?

—Lo siento, Sam —dijo una voz ahogada. (Archie tenía la cabeza metida en un armario en el que buscaba las bolsas de la basura)—. Eso tampoco va conmigo. Nunca fui hombre de iglesia. Sin ánimo de ofender.

Pasaron otros cinco minutos sin viento. Luego el silencio estalló y Dios gritó, tal como Ambrosia Bowden había dicho a su nieta. Un trueno cayó sobre la casa como la bilis de un agonizante, seguido de un relámpago, como su maldición final, y Samad cerró los ojos.

—¡Irie! ¡Millat! —gritaron Clara y luego Alsana. No hubo respuesta.

Archie irguió el cuerpo y su cabeza chocó con el estante de las especias.

—Caray, hace diez minutos que se han ido. ¿Dónde están los chicos?

• • •

Uno de los chicos estaba en Chittagong, con un amigo que lo desafiaba a quitarse el *lungi* y atravesar una charca conocida por sus cocodrilos, y los otros dos habían salido de la casa para sentir el ojo del huracán y ahora caminaban contra el viento como si estuvieran metidos en agua hasta las caderas. Vadeando llegaron hasta el parque infantil de Willesden, donde tuvo lugar esta conversación:

—Es increíble.

—Sí; de alucine.

—Alucine como el tuyo, tú.

—¿Qué dices? Si estoy perfectamente.

—¡Qué va! Siempre mirándome. ¿Y qué escribías? Eres una pava. Siempre escribiendo.

—Nada. Cosas. Bueno, es como un diario.

—Estás colada por mí. Salta a la vista.

—¡No te oigo! ¡Habla más alto!

—¡COLADA! ¡SE TE NOTA! Y LO HAS OÍDO.

—¡Ni en sueños! ¡Eres un fantasma!

—Te tiene loca mi culito.

—¡No seas gilipollas!

—Pues no tienes nada que hacer. Demasiado gorda. No me gustan las gordas. Ni hablar.

—Ni ganas, presumido.

—Además, imagina la pinta que tendrían nuestros hijos.

—Creo que tendrían buena pinta.

—Serían entre castaño y negro y entre negro y castaño. Afro, chatos, dientes de conejo y pecas. ¡Una birria!

—¡Mira quién habló! He visto el retrato de tu abuelo...

—TATARABUELO.

—Narizota, cejas gordas...

—Eso es la impresión del pintor, no seas burra.

—Y estarían locos... Él estaba loco... Todos en tu familia están locos. Es genético.

—Sí, sí, ¿y qué más?

—Y, para que te enteres, a mí tampoco me gustas tú, en absoluto. Tienes la nariz cascada. Eres conflictivo. ¿Quién quiere conflictos?

—Bueno, toma nota de esto —dijo Millat, que se inclinó hacia delante, chocó con unos dientes salidos, introdujo fugazmente la lengua y se apartó—, porque es todo el conflicto que vas a tener.

14 de enero de 1989

Millat separó las piernas como Elvis y dejó la billetera en la repisa con un golpe seco.

—Uno para Bradford, ¿vale?

El taquillero acercó su cara cansada al cristal.

—¿Me lo pides o me lo cuentas, chico?

—Te lo digo, vale. Uno para Bradford, ¿vale? ¿Algún problema? ¿Hablas inglés? Esto es King's Cross, ¿no? Pues uno para Bradford, ¿vale?, y venga ya.

La pandilla de Millat (Rajik, Ranil, Dipesh y Hifan) reían y se apretujaban detrás de él, coreando los «vale» como un grupo de animadores.

—¿Por favor?

— Por favor ¿qué? Uno para Bradford y punto. ¿Te enteras? Uno para Bradford... jefe.

—¿Ida y vuelta? ¿Tarifa reducida?

—Sí, tío. Quince años, ¿vale? Claro que ida y vuelta. También tengo cueva a la que volver, como todo el mundo.

—Son setenta y cinco libras, por favor.

Esto provocó el desagrado de Millat y su pandilla.

—¿Cuánto? ¡Qué bárbaro! Setenta... anda ya. Eso es una pasada. ¡Yo no pago setenta libras!

—Lo siento mucho, pero es el precio. La próxima vez que atraques a una anciana —dijo el taquillero mirando significativamente los adornos de oro que relucían en las orejas, muñecas, dedos y cuello de Millat—, te pasas por aquí antes de ir a la joyería.

—¡Qué morro! —chilló Hifan.

—Te está acusando —confirmó Ranil.

—¡Merece una lección! —apuntó Rajik.

Millat esperó. Elegir bien el momento era lo que importaba. Se dio media vuelta, se inclinó apuntando a la taquilla con el culo y soltó un pedo potente y largo.

La pandilla gritó al unísono:

—¡Somokami!

—¿Qué me habéis llamado? ¿Qué habéis dicho? Guarros, ¿no podéis decírmelo en inglés? ¿Tenéis que hablar en paqui?

Millat dio un puñetazo al cristal que hizo vibrar todas las ventanillas, hasta la de los billetes para Milton Keynes, que era la última.

—Primero, yo no soy paqui, tarugo. Y, segundo, no necesitas intérprete porque te lo digo en la cara. Eres un jodido maricón, ¿vale? Reina, loca, mariposa, bujarrón.

De nada se ufanaba tanto la pandilla de Millat como de la cantidad de sinónimos de homosexualidad que podían enumerar.

—Mariposón, soplapollas, mamón.

—Puedes dar gracias de que hay un cristal que nos separa, chico.

—Sí, sí, sí. Gracias a Alá, ¿vale? A ver si te da... Nos vamos a Bradford, a darles a tus amigos, ¿vale, jefe?

Por la mitad del andén 12, cuando iban a subir al tren sin billete, un guardia de seguridad de King's Cross paró a la pandilla de Millat para hacerles una pregunta:

—Chicos, ¿no estaréis buscando jaleo?

La pregunta era oportuna. La pandilla de Millat tenía todo el aspecto de buscar jaleo. Y, en aquella época, una pandilla con un aspecto semejante tenía un nombre, era de una raza: Raggastanis.

Era una raza nueva, que hacía poco se había sumado a las otras bandas callejeras: Los del arroyo, Chicos A, Chavales de India, Chicos salvajes, Delirantes, Chicos rudos, Drogatas, Sharons, Tracies, Kevs, Hermanos de la Nación, Raggas y Paquis. Los Raggastanis se manifestaban como un híbrido cultural de las tres últimas categorías y hablaban una extraña mezcla de dialecto jamaicano, bengalí, gujarati e inglés. Su credo, su manifiesto, si así podía llamárselo, era también un combinado: Alá figuraba pero más como un hermano mayor del colectivo que como ser supremo, un viejales duro de pelar que, llegado el caso, pelearía en su bando. Kung Fu y las hazañas de Bruce Lee eran también parte esencial de su filosofía, todo ello con unas pinceladas de Black Power (representado por el álbum *Fear of a Black Planet*, de Public Enemy); pero su misión, principalmente, consistía en devolver el aire de invencible a lo indio, de mala uva a lo bengalí, de ferocidad a lo paquistaní. La gente había jodido a

Rajik cuando iba al club de ajedrez y llevaba jersey con escote de pico. La gente había puteado a Ranil cuando se sentaba en el fondo de la clase y copiaba cuidadosamente en la libreta todos los comentarios de la maestra. La gente había puteado a Dipesh y a Hifan cuando iban a jugar al parque con el traje tradicional. La gente había puteado a Millat cuando llevaba vaqueros ajustados y le gustaba el rock blando. Pero ya nadie puteaba a ninguno de ellos porque ahora tenían pinta conflictiva. Y conflictiva en estéreo. Naturalmente, había un uniforme. Todos rezumaban oro y llevaban pañuelos atados a la cabeza, a un brazo o a una pierna. Los pantalones eran enormes, envolventes, con la pernera izquierda siempre, inexplicablemente, subida hasta la rodilla; no menos espectaculares eran las zapatillas, con unas lengüetas que les llegaban hasta la espinilla; las gorras de béisbol eran obligadas, bien encasquetadas e inamovibles, y todo, todo, todo era Nike TM. Adondequiera que fueran los cinco, la impresión que dejaban era la de un silbido gigantesco, una contundente demostración de autocomplacencia colectiva. Y hasta andaban de un modo peculiar, como si tuvieran el lado izquierdo del cuerpo ligeramente entumecido y hubiera de ser arrastrado por el lado derecho, en un renquear interesante y original, como el movimiento lento y muelle que Yeats imaginó para su feroz bestia milenaria. Con diez años de adelanto, mientras los felices Drogatas bailaban durante el «*Summer of Love*», la pandilla de Millat iba camino de Bradford.

—De jaleo, nada, ¿vale? —dijo Millat al guardia de seguridad.

—Sólo vamos... —empezó Hifan.

—... a Bradford —concluyó Rajik.

—Para un asunto, ¿vale? —explicó Dipesh.

—¡Hasta luego, *bidayo*! —gritó Hifan cuando subían al tren. Le hicieron un corte de mangas y le mostraron el fondillo de los pantalones mientras las puertas se cerraban.

—La ventanilla es mía, ¿vale? Genial. Descarado que tengo que fumar. Estoy cabreado. Me revienta esto, tío. Jodido tiparraco. Capullo de mierda. Me gustaría joderlo bien.

—¿Va a estar allí?

Todas las preguntas serias eran dirigidas a Millat, y Millat siempre respondía al grupo en general.

—¡Qué va a estar! Sólo estaremos los hermanos. Es una protesta, tronco. ¿Cómo quieres que vaya a una jodida protesta contra él mismo?

—Era sólo una pregunta —dijo Ranil, ofendido—. Es que me gustaría echármelo a la cara, ¿sabes? Libro de mierda...

—¡Un cochino insulto! —dijo Millat, escupiendo un poco de goma al cristal de la ventanilla—. Demasiado lo que hemos aguantado en este país. Y ahora hemos de aguantárselo a uno de los nuestros. Es un *bador* de mierda. Un monigote de los blancos.

—Dice mi tío que no sabe ni ortografía —barbotó Hifan, el más sinceramente religioso del grupo—. ¡Y se atreve a hablar de Alá!

—¡Alá le dará su merecido, a que sí! —gritó Rajik, el menos inteligente, para el que Dios era un combinado de Batman y Bruce Willis—. Le pateará los huevos. Libro de mierda.

—¿Lo habéis leído? —preguntó Ranil mientras cruzaban velozmente por Finsbury Park.

Silencio general.

—Leerlo no lo he leído exactamente —dijo Millat—. Pero sé de qué va esa mierda, ¿vale?

Para ser más exactos, Millat no lo había leído, Millat no sabía nada del autor y nada del libro; no hubiera sabido distinguirlo entre otros libros, ni hubiera identificado al autor en una rueda de reconocimiento entre otros escritores (irresistible, esta rueda de reconocimiento de escritores acusados: Sócrates, Protágoras, Ovidio y Juvenal, Radclyffe Hall, Boris Pasternak, D. H. Lawrence, Solzhenitsin, Nabokov, cada uno sosteniendo su número para la foto de la ficha y cerrando los ojos al flash). Pero Millat sabía otras cosas. Sabía que él, Millat, era un paqui, sin que importara dónde hubiera nacido; que olía a curry; que no tenía identidad sexual; que quitaba el trabajo a otra gente, o que no trabajaba y holgazaneaba a expensas del Gobierno; o que daba todos los puestos de trabajo a sus familiares; que podía ser dentista, tendero o cocinero de restaurante típico, pero no futbolista ni cineasta; que debería volver a su país, o quedarse en éste y ganarse la vida decentemente; que adoraba a elefantes y usaba turbante; que nadie que tuviera el aspecto de Millat, hablara como Millat o sintiera como Millat saldría en el telediario, a no ser que lo hubieran asesinado recientemente. En suma, él sabía que en este país no tenía cara, que en este país no tenía voz. Pero de pronto, hacía dos semanas, la gente que era como Millat estaba en todos los canales, en todas las radios y en todos los periódicos, y estaba furiosa, y Millat reconoció el furor, y pensó que el furor lo reconocía a él, y lo hizo suyo.

—Ya... ¿No lo has leído? —preguntó Ranil nerviosamente.

—Pero ¿tú te has creído que yo iba a comprar esa basura, tío? Ni hablar, colega.

—Ni yo —dijo Hifan.

—Claro —dijo Rajik.

—Una puta basura —dijo Ranil.

—¡Y cuesta doce noventa y cinco, eh! —dijo Dipesh.

—Además —dijo Millat en tono terminante, a pesar de que acababa las frases con tono aflautado—, no tienes que leer una mierda para saber que es blasfema, ¿me captas?

En Willesden, Samad Iqbal expresaba el mismo sentimiento en voz alta, ahogando las noticias de la noche.

—Yo no necesito leerlo. Me han hecho fotocopias de los pasajes en cuestión.

—¿Alguien hará el favor de recordar a mi marido —dijo Alsana hablando al presentador— que no sabe de qué trata ese maldito libro, porque lo último que ha leído es el abecedario?

—Una vez más he de pedirte que te calles, para que pueda ver las noticias.

—Oigo gritos, pero no parece mi voz.

—¿Es que no lo entiendes, mujer? Esto es lo más importante que nos ha pasado en este país. Es una crisis. Es la gota de agua. Es la hora crucial. —Samad pulsó varias veces el botón del sonido con el pulgar—. Esa mujer, Moira no sé qué balbucea. ¿Por qué la dejan dar las noticias, si no sabe hablar como es debido?

Moira, cuya voz se elevó bruscamente a mitad de la frase, decía:

—... el autor rechaza la acusación de blasfemia y aduce que el libro trata de la lucha entre los conceptos secular y religioso de la vida.

Samad bufó.

—¡Qué lucha! Yo no veo lucha por ninguna parte. Yo vivo muy tranquilo. Todas mis células grises están en perfecto estado. Ningún conflicto mental.

Alsana se rió con amargura.

—Mi marido libra todos los días la jodida Tercera Guerra Mundial dentro de su cabeza, lo mismo que todos...

—No, no, no. Nada de lucha. ¿De qué habla ese hombre? No puede escabullirse apelando a lo racional. ¡La racionalidad! La virtud occidental más sobrevalorada. Oh, no. Sencillamente, ha sido ofensivo, ésta es la verdad. Ha ofendido...

—Escucha —cortó Alsana—. Cuando nos reunimos las de mi grupo, si en algo no estamos de acuerdo, lo hablamos. Por ejemplo, Mohona Hossain no puede sufrir a Divargiit Singh. Detesta sus películas. Lo detesta a él furiosamente. ¡A ella le gusta ese estúpido que tiene pestañas de mujer! Pero cada cual respeta los gustos de las demás. ¡Nunca se me ocurriría quemar uno de sus vídeos!

—No es lo mismo, señora Iqbal, eso es otra cuestión.

—Ah, en el club femenino hay mucha pasión. ¡Qué sabe Samad Iqbal! Pero yo no soy como Samad Iqbal. Yo me contengo. Vivo. Dejo vivir.

—No se trata de dejar vivir. Se trata de proteger del insulto la propia cultura. Aunque, naturalmente, tú no entiendes de estas cosas. Estás siempre muy ocupada con esas bobas películas hindis, para prestar atención a tu propia cultura.

—¡Mi propia cultura! ¿Y cuál es mi cultura, si me haces el favor?

—Eres bengalí. Actúa como una bengalí.

—¿Y qué es una bengalí, esposo, por favor?

—Sal de delante del televisor y míralo en el diccionario.

Alsana sacó el tomo «BÁLTICO-BRAILLE», el tercero de los veinticuatro de su *Enciclopedia del Reader's Digest*, buscó la página correspondiente y leyó:

> *La gran mayoría de los habitantes de Bangladesh son bengalíes, descendientes en su mayor parte de los indoarios que empezaron a emigrar al país procedentes del oeste hace miles de años y que en Bengala se mezclaron con grupos autóctonos, de etnias distintas. Entre las minorías étnicas figuran*

los pueblos chakma y mogh, pueblos mongoloides que habitan en la zona de los montes Chittagong; los santal, descendientes de inmigrantes de la actual India, y los biharis, musulmanes no bengalíes que emigraron de la India después de la partición.

—Mira por dónde, indoarios... ¡Ahora resulta que voy a ser occidental, después de todo! Quizá tendría que escuchar a Tina Turner y llevar faldas cortitas de cuero. ¡Bah! Eso demuestra que, yendo para atrás, atrás en el tiempo, es más fácil encontrar la bolsa de aspiradora adecuada que encontrar a una persona pura y una fe pura, en todo el globo. ¿Tú crees que hay alguien que sea inglés? ¿Inglés de verdad? ¡Es un cuento de hadas!

—No sabes lo que dices. No tienes ni idea.

Alsana levantó el tomo de la enciclopedia con una sonrisita.

—Oh, Samad Miah, ¿también quieres quemarlo?

—Mira, ahora no tengo tiempo para discusiones. Estoy tratando de escuchar una noticia muy importante. Hay graves disturbios en Bradford. Así que, si no te importa...

—Ay, Dios mío —gritó Alsana mientras la sonrisa se le borraba de la cara. Se arrodilló delante del televisor y su dedo fue del libro que ardía a una cara conocida que le sonreía a través del tubo catódico, aquel loco de su segundo hijo, bajo la foto del primero—. ¿Qué hace? ¿Ha perdido el juicio? ¿Quién se ha creído que es? ¿Qué está haciendo ahí? ¡Debería estar en la escuela! ¿Es que ha llegado el día en que los niños queman libros? No lo puedo creer.

—Eso no tiene nada que ver conmigo. Es el cosquilleo que provoca el estornudo, señora Iqbal —dijo Samad fríamente, arrellanándose en la butaca—. El cosquilleo.

Cuando Millat llegó a casa aquella noche, en el jardín de atrás ardía una gran hoguera. Todos sus tesoros, acumulados durante cuatro años —álbumes, pósters, camisetas de edición especial, programas de cine coleccionados durante más de dos años, bonitas zapatillas Air Max, ejemplares 20-75 de 2000 *AD Magazine*, foto firmada de Chuck D., una copia buscadísima de *Hey Young World* de Slick Rick, *El guardián entre el centeno*, su guitarra, *El Padrino I* y *II*, *Malas calles*, *La ley de la calle*, *Tarde de perros* y *Shaft en África*—, todo había ardido en la pira funeraria, que ahora era un montón de cenizas humeantes del que emanaban gases de plástico que irritaban los ojos, ya llenos de lágrimas.

—Todo el mundo necesita una lección —había dicho Alsana horas antes, al encender el fósforo, con un nudo en la garganta—. Y si él anda por ahí quemando las cosas de los demás, también tiene que perder algo sagrado. Todo el mundo recibe su merecido, antes o después.

10 de noviembre de 1989

Se estaba derribando un muro. Era algo de la historia. Era un hecho histórico. Nadie sabía exactamente quién lo había levantado ni quién lo derribaba, ni si esto era bueno, malo o regular; nadie sabía cómo era de alto ni de largo, ni por qué había muerto gente al tratar de cruzarlo, ni si moriría más gente en el futuro, pero no dejaba de ser instructivo, y era una excusa tan buena como otra cualquiera para reunirse. Era jueves por la noche, Alsana y Clara habían hecho la cena y todos estaban viendo historia por televisión.

—¿Quién quiere más arroz?

Millat e Irie alargaron el plato, disputándose el primer puesto.

—¿Qué pasa ahora? —preguntó Clara, volviendo rápidamente a su sitio con un bol de buñuelos al estilo de Jamaica, de los que Irie cogió tres.

—Pues más de lo mismo —gruñó Millat—. Lo mismo. Lo mismo. Lo mismo. Bailan encima de la pared. Y la aporrean con martillos. Quiero ver qué más dan, ¿vale?

Alsana le arrancó de la mano el mando a distancia y se hizo sitio entre Clara y Archie.

—Ni se te ocurra, joven.

—Es educativo —dijo Clara lentamente, con el bloc y el lápiz en el brazo de la butaca preparados para entrar en acción a la primera insinuación de una escena edificante—. Estas cosas tendría que verlas todo el mundo.

Alsana asintió mientras engullía dos *bhajis* de forma extraña.

—Eso es lo que yo quería decirle al chico. Algo grande. Un momento histórico. Cuando tus pequeños Iqbal te tiren del pantalón y te pregunten qué hacías tú cuando...

—Les contestaré que me cagaba de aburrimiento viéndolo por la tele.

Millat recibió un coscorrón por el «cagaba» y otro por la impertinencia del sentimiento. Irie, que tenía una gran semejanza con los que estaban encima del muro, con su indumentaria de diario, insignias pro Desarme Nuclear, pantalones cubiertos de pintadas y abalorios en el pelo, movió la cabeza con pena e incredulidad. Estaba en «esa» edad. Lo que ella decía eran sentencias, brotes de genialidad en un silencio secular. Lo que ella tocaba se hallaba virgen de todo contacto. Lo que ella creía no estaba alimentado por la fe sino esculpido en la certidumbre. Lo que ella pensaba no había sido pensado antes.

—Ése es precisamente tu problema, Mill. No te interesa el mundo exterior. Yo lo encuentro asombroso. ¡Ahora todos son libres! Después de tanto tiempo, ¿no te parece asombroso? Que, después de estar tantos años bajo la negra nube del comunismo del Este, salgan a la luz de la democracia de Occidente, unidos —dijo citando textualmente *Newsnight*—. Yo creo que la democracia es el mejor invento del hombre.

Alsana, que opinaba que la hija de Clara se estaba volviendo una pedante insoportable, levantó la cabeza de un pescado frito al estilo de Jamaica, en señal de protesta.

—No, mona. Estás equivocada. El mejor invento del hombre es el pela-patatas. O, si no, el recoge-cacas de perro.

—Lo que tienen que hacer es dejarse de martillos, poner un poco de plástico y volar la cosa esa, si no les gusta. ¿Me captáis? Más rápido, ¿no?

—¿Por qué hablas de ese modo? —dijo Irie devorando un buñuelo—. No es tu voz. Suena ridículo.

—Y tú vale más que tengas cuidado con los buñuelos —dijo Millat golpeándose el vientre—. Lo gordo no es bello.

—Vete al cuerno.

—¿Sabéis qué pienso? —empezó Archie masticando un ala de pollo—. No estoy seguro de que sea tan buena cosa. Quiero decir, no olvidemos que Samad y yo estábamos allí. Y, creedme, hay buenas razones para mantenerla partida en dos. Divide y vencerás, jovencita.

—Jo, papá, ¿con qué rollo nos sales ahora?

—Ningún rollo —dijo Samad, severo—. Vosotros, los jóvenes, ignoráis por qué se hicieron ciertas cosas, desconocéis su significado. Nosotros estábamos allí. No a todos nos gusta pensar en una Alemania unida. Eran otros tiempos, jovencita.

—¿Qué tiene de malo que la gente meta ruido por haber conseguido la libertad? Míralos. Mira lo contentos que están.

Samad miró a los contentos que bailaban sobre el muro y sintió desdén y algo más, algo irritante que podía ser envidia.

—No es que yo desapruebe los actos de rebelión per se. Es sólo que, si se pretende suprimir un antiguo orden, hay que estar seguro de que se puede ofrecer algo mejor para sustituirlo; esto es lo que Alemania debe comprender. Por ejemplo, fíjate en mi bisabuelo, Mangal Pande...

Irie lanzó el más elocuente de los suspiros que se hayan oído en el mundo.

—Paso, si no te importa.

—¡Irie! —dijo Clara, porque le pareció que tenía que decirlo.

Irie se enfurruñó. Y resopló.

—¡Bueno! Es que habla como si lo supiera todo. Y siempre habla de él, mientras que yo trato de hablar de ahora, de hoy, de Alemania. Apuesto a que de Alemania sé yo más que tú —dijo volviéndose hacia Samad—. Vamos, pregunta. La hemos estudiado todo el curso. Ah, y vosotros no estabais allí. Tú y papá os fuisteis en 1945, y el Muro no lo levantaron hasta 1961.

—La Guerra Fría —dijo Samad agriamente, sin entrar en la discusión—. Ya no se habla de guerra caliente. La guerra en la que mueren los hombres. Ahí supe yo lo que era Europa. Eso no se encuentra en los libros.

—Huy, huy —dijo Archie, tratando de calmar los ánimos—, ¿sabéis que dentro de diez minutos empieza *El último vino del verano* por la BBC Dos?

—Vamos —insistió Irie, arrodillándose en el asiento para encararse con Samad—. Pregunta.

—La distancia que media entre los libros y la experiencia es un océano solitario —declamó Samad solemnemente.

—Está bien. Pero vosotros dos estáis cargados de puñe...

El rápido cachete de Clara en la oreja no la dejó terminar.

—¡Irie!

Irie volvió a sentarse, más exasperada que derrotada, y subió el volumen del televisor.

La cicatriz de 45 kilómetros, el más horrendo símbolo de un mundo dividido entre Este y Oeste, ha quedado vacía de significado. Eran muy pocos, incluido este reportero, los que pensaban que vivirían para verlo, pero anoche, a las doce, miles de personas congregadas a uno y otro lado del Muro profirieron un alarido y se lanzaron a cruzar por los puestos de control y a escalarlo.

—Qué disparate. Ahora van a tener un problema de inmigración masiva —dijo Samad al televisor, mojando un buñuelo en ketchup—. No se puede dejar entrar a un millón de personas en un país rico. Es la fórmula para el desastre.

—¿Quién se ha creído que es? ¿El señor Churchill? —dijo Alsana entre risas—. Auténtico rollo de rocas blancas de Dover, puré de patatas y arenque, bulldog británico.

—Una cicatriz —dijo Clara, tomando nota—. Una palabra muy gráfica, ¿no os parece?

—¡Joder! ¿Es que ninguno de vosotros es capaz de darse cuenta de la enormidad de lo que está pasando ahí? Son los últimos días de un régimen. Apocalipsis político, el acabose. Es un momento de trascendencia histórica.

—Eso repite todo el mundo —dijo Archie, repasando el *TV Times*—. Pero ¿qué me decís de *El Factor Krypton*? Siempre es entretenido. Lo están dando ahora por ITV.

—Y a ver si paráis de una vez con eso de la «trascendencia histórica». ¿Por qué tenéis que ser tan relamidos?

—¡No seas gilipollas! ¿Qué carajo puede importar eso?

(Estaba enamorada de él, aunque fuera un bruto.)

Samad se levantó.

—¡Irie! Ésta es mi casa y tú eres una invitada. Aquí no tolero ese lenguaje.

—¡Fantástico! Pues me voy con él a la calle, con el resto del proletariado.

Alsana hizo chasquear la lengua.

—Esa niña se ha tragado una enciclopedia y una cloaca al mismo tiempo.

Millat resopló.

—¡Ahora tú! Me gustaría saber por qué en esta jodida casa todo el mundo se da esas putas ínfulas.

Samad señaló a la puerta.

—Ya basta, señorito. A tu madre no le hablas en ese tono. Fuera tú también.

—No creo que sea conveniente desalentar a los niños cuando tienen una opinión —dijo Clara suavemente después de que Millat subió furioso a su habitación—. Hay que estimularlos a pensar con mentalidad abierta.

—¿Y qué sabes tú? —replicó Samad, burlón—. Será lo mucho que abres tu mentalidad, todo el día en casa, viendo televisión.

—¿Cómo dices?

—Con el debido respeto, Clara, el mundo es complicado. Y si algo tienen que comprender los niños es que se necesitan reglas para enfrentarse a él, no fantasías.

—Tiene razón, desde luego —dijo Archie, muy serio, sacudiendo la ceniza del cigarrillo en un bol de curry vacío—. La cosa del sentimiento, sí, eso es lo vuestro...

—¡Ya... cosas de mujeres! —gritó Alsana con la boca llena—. Muchas gracias, Archibald.

Archie pugnó por continuar.

—Es que nada supera a la experiencia. Quiero decir que vosotras dos todavía sois jóvenes, en cierto modo. Mientras que nosotros, bueno, nosotros somos... somos como pozos de experiencia de los que los chicos pueden beber, cuando sientan la necesidad. Somos como enciclopedias. Vosotras no podéis ofrecerles lo mismo que nosotros. Eso tenéis que reconocerlo.

Alsana puso la palma de la mano en la frente de Archie y le dio unos golpecitos.

—Qué tonto eres. ¿Es que no te has dado cuenta de que estáis tan anticuados como los coches de caballos o como la luz de las velas? ¿No sabes que ellos os ven tan pasados y tan rancios como la bolsa del pescado frito de ayer? Estoy de acuerdo con tu hija en una cuestión importante. —Alsana se levantó y siguió a Clara que, después del último insulto, se había ido, llorosa, a la cocina—. Vosotros dos, caballeros, estáis cargados de ya sabéis qué.

Una vez solos, Archie y Samad encajaron la deserción de sus respectivas familias poniendo cara de resignación con sonrisa de mártir. Callaron un momento, mientras el ágil pulgar de Archie saltaba de *Un momento histórico* a *Un drama de época ambientado en Jersey*, *Cómo construir una balsa en treinta segundos*, *Debate sobre el aborto* y otra vez a *Un momento histórico*.

Clic.

Clic.

Clic.

Clic.

Clic.

—¿Mi casa? ¿El pub? ¿El O'Connell?

Archie iba a meter la mano en el bolsillo para sacar una moneda, cuando se dio cuenta de que no hacía falta.

—¿El O'Connell? —dijo Archie.

—El O'Connell —dijo Samad.

10

La pulpa dentaria de Mangal Pande

Finalmente, el O'Connell. Inevitablemente, el O'Connell. Sencillamente porque en el O'Connell uno podía estar sin familia, sin posesiones ni posición social, sin glorias pasadas ni esperanzas futuras: podía entrar por aquella puerta sin nada y ser exactamente igual a todos los que allí estaban. Fuera podía ser 1989, o 1999, o 2009, y uno seguía sentado junto al mostrador con el jersey con escote de pico que llevaba el día de su boda en 1975, 1945 o 1935. Aquí nada cambia; las cosas, simplemente, vuelven a contarse, se rememoran. Por eso a los viejos les encanta.

Todo es cuestión de tiempo. No sólo de la inmovilidad del tiempo, sino de su tremenda cantidad. Cantidad más que calidad. Esto es difícil de explicar. Si hubiera una especie de ecuación... algo así como:

$$\frac{\text{TIEMPO PASADO AQUÍ}}{\text{TIEMPO QUE HUBIERA PODIDO APROVECHAR EN OTRO SITIO}} \quad \text{DISFRUTE x MASOQUISMO} = \text{Razón por la que soy cliente habitual}$$

Algo que explicara racionalmente por qué uno volvía y volvía al mismo sórdido escenario, al igual que el nieto de Freud con su juego fort-da. Pero al fin todo se reduce al tiempo. Cuando uno ha pasado cierta cantidad de tiempo en un sitio, cuando ha invertido tanto tiempo en él, el propio nivel de crédito aumenta espectacularmente y uno se siente con fuerzas para atracar el banco cronológico. Quiere quedarse allí hasta que el sitio le devuelva todo el tiempo que uno le ha dado, aun sabiendo que no va a devolvérselo.

Y, con el tiempo, están los recuerdos, está la historia. Fue en el O'Connell donde, en 1974, Samad aconsejó a Archie que volviera a casarse. Debajo de la mesa 6, en un charco de vómito, celebró Archie, en 1975, el nacimiento de Irie. Hay una mancha en un ángulo de la máquina del millón donde, en 1980, Samad derramó por primera vez sangre civil al asestar un poderoso gancho de derecha a un racista borracho. Allí estaba Archie la noche de 1977 en que vio surgir ante sus ojos, entre las brumas del whisky, como la imagen de un naufragio, la cifra de sus cincuenta años. Y allí fueron los dos la Nochevieja de 1989 (ya que ni la familia Iqbal ni la familia Jones habían manifestado el deseo de entrar en los noventa en su compañía), contentos de poder consumir la fritada especial de Año Nuevo de Mickey: tres huevos, alubias, dos raciones de tostada, champiñones y una buena loncha de pavo navideño por dos libras ochenta y cinco.

El pavo navideño era la propina. Para Archie y Samad, lo más importante era estar allí, ser habituales. Ellos acudían porque conocían el local. Palmo a palmo. Y, si uno no puede explicar a sus hijos por qué el cristal se rompe con unos impactos y con otros no, si no comprende cómo puede establecerse un equilibrio entre el secularismo democrático y la fe religiosa dentro de un mismo Estado, o no recuerda en qué circunstancias fue dividida Alemania, es un consuelo —más que eso, es un gozo— conocer por lo menos un sitio determinado, un período determinado, por experiencia, de primera mano, por haber sido testigo presencial; ser una autoridad, tener el tiempo de su parte, por una vez, por una vez. No había mejores historiadores ni especialistas en todo el mundo que Archie y Samad por lo que a la reconstrucción y crecimiento del Billar O'Connell durante la posguerra se refería.

1952

Ali (el padre de Mickey) y sus tres hermanos llegan a Dover con treinta libras antiguas y el reloj de oro de bolsillo de su padre. Todos sufren una afección cutánea que los desfigura.

1954-1963

Matrimonios; empleos diversos; nacimientos de Abdul-Mickey, de los otros cinco Abduls y de sus primos.

1968

Después de trabajar durante tres años de mozos de reparto de una tintorería yugoslava, Ali y sus hermanos han reunido una pequeña suma con la que fundan una empresa de taxis llamada Servicio de Taxis Ali.

1971

Los taxis son una mina, pero Ali no está contento. Decide que lo que él desea realmente es «servir comida, hacer feliz a la gente, conversar cara a cara de vez en cuando». Compra el viejo billar irlandés situado junto a la antigua estación del ferrocarril de Finchley Road y acomete su renovación.

1972

En Finchley Road, los únicos negocios que subsisten son los irlandeses. Por lo tanto, a pesar de que él procede del Cercano Oriente y de que abre un café y no un billar, Ali decide respetar el nombre irlandés original. Pinta todas las maderas de naranja y verde, cuelga cuadros de caballos de carreras y registra el nombre comercial de «Andrew O'Connell Yusuf». Por devoción, sus hermanos lo instan a colgar de las paredes fragmentos del Corán, *para que el híbrido negocio sea «visto con buenos ojos».*

13 de mayo de 1973

Inauguración del O'Connell.

2 de noviembre de 1974

Samad y Archie pasan casualmente por delante y entran a tomar un plato combinado.

1975

Ali decide enmoquetar las paredes para disimular manchas de comida.

Mayo de 1977

Samad gana quince libras en la tragaperras.

1979

Ali sufre un infarto fatal, a causa de la acumulación de grasa en torno al corazón. Su familia atribuye su muerte al impío consumo de productos porcinos. El cerdo es desterrado del menú.

1980

Año trascendental. Abdul-Mickey se hace cargo del O'Connell. Crea una sala de juego en el sótano, para compensar las pérdidas en salchichas. Se instalan dos grandes mesas de billar, la de la Muerte y la de la Vida. Los que quieren jugarse dinero juegan en la Muerte. Los que prefieren no jugarse dinero, a causa de sus creencias religiosas o de la situación de su bolsillo, se congregan en torno a la amigable Vida. La idea es un éxito. Samad y Archie juegan en la mesa de la Muerte.

Diciembre de 1980

Archie obtiene una puntuación récord en la máquina del millón: 51.998 puntos.

1981

Archie encuentra una efigie recortada de Viv Richards, descartada en la entrada de Selfridges, y la lleva al O'Connell. Samad pide que se cuelgue el retrato de su bisabuelo Mangal Pande. Mickey se niega, aduciendo que tiene «los ojos demasiado juntos».

1982

Samad deja de jugar en la mesa de la Muerte por motivos religiosos. Sigue solicitando que se cuelgue el retrato.

31 de octubre de 1984

Archie gana 268,78 libras en la mesa de la Muerte. Compra un magnífico juego de neumáticos Pirelli para el viejo cacharro.

Nochevieja de 1989, 22.30

Samad convence por fin a Mickey para que cuelgue el retrato. Mickey sigue pensando que «quita el apetito» a los clientes.

—Sigo pensando que quita el apetito a los clientes. Y más en Nochevieja. Lo siento, amigo. No quiero ofenderte. Es mi opinión, no la jodida palabra de Dios, como si dijéramos, pero no deja de ser mi opinión.

Mickey ató un alambre a la parte posterior del marco barato, limpió rápidamente con el delantal el polvo del vidrio y, de mala gana, colgó el retrato del gancho que había encima del fogón.

—Lo que yo digo es que tiene pinta de mala uva. Esos bigotes... No es simpático. ¿Y por qué el pendiente? No sería marica, ¿verdad?

—No, no, no. Entonces no tenía nada de particular que los hombres llevaran alhajas.

Mickey no estaba convencido y miraba a Samad como solía mirar a los que reclamaban porque la máquina del millón se había tragado sus cincuenta peniques y querían que él se los devolviera. Salió de detrás del mostrador para mirar el retrato desde otro ángulo.

—¿Tú qué dices, Arch?

—Está bien —dijo Archie categóricamente—. Yo digo: bien.

—Te lo ruego. Lo consideraría un gran favor personal que lo tuvieras ahí.

Mickey ladeó la cabeza primero hacia la derecha y luego hacia la izquierda.

—Como te decía, no es por ofender ni nada de eso, pero a mí me parece un poco tétrico. ¿No tienes otro retrato suyo?

—Ése es el único que se conserva. Yo lo consideraría un gran favor personal, un enorme favor.

—Bien... —caviló Mickey, dando la vuelta a un huevo—. Siendo como eres un asiduo, como si dijéramos, y como siempre estás a vueltas con lo mismo, supongo que habrá que dejarlo ahí. ¿Hacemos una encuesta? ¿Vosotros qué decís, Denzel, Clarence?

Denzel y Clarence estaban en el rincón, como siempre. Las únicas concesiones a la Nochevieja eran unas tiras de espumillón sarnoso que colgaban del sombrero de Denzel y un matasuegras con plumas que cohabitaba con un cigarro en la boca de Clarence.

—¿Qué hay?

—Decía que qué os parece este sujeto que Samad quiere que tengamos ahí. Es su abuelo.

—Bisabuelo —rectificó Samad.

—¿Es que no ves que estoy jugando al dominó? ¿Quieres estropear a un viejo lo que es su única distracción? ¿Dónde está el sujeto? —Denzel se volvió de mala gana a mirar el retrato—. ¿Ése? Hm. No me gusta. Parece de la banda de Satanás.

—¿Pariente tuyo? —chirrió Clarence con su voz de mujer—. Eso explica muchas cosas, amigo, muchas cosas. Tiene una cara que parece el culo de un mono.

Denzel y Clarence estallaron en una risotada obscena.

—¡Basta para que a uno se le corte la digestión!

—¡Ya lo oyes! —exclamó Mickey, mirando a Samad con aire triunfal—. Quita el apetito a la clientela, lo que yo decía.

—No me digas que vas a hacer caso a esos dos.

—Pues no sé... —Mickey se retorcía delante del fogón: pensar intensamente siempre exigía la ayuda involuntaria del cuerpo—. Yo a ti te respeto y todo lo que tú quieras, Samad; además, conociste a mi padre, pero, no te lo tomes a mal..., te estás poniendo un poco pesado con eso, amigo Samad. La clientela joven podría no...

—¿Qué clientela joven? ¿Ésa? —preguntó Samad señalando a Clarence y Denzel.

—Sí, te entiendo... pero el cliente siempre tiene razón, ya sabes lo que quiero decir.

Samad estaba realmente dolido.

—Yo soy un cliente. Yo soy un cliente. Hace quince años que vengo a tu casa, Mickey. Y eso es mucho tiempo, se mire como se mire.

—Sí, pero es la mayoría la que cuenta, ¿no? En casi todo lo demás, me inclino ante tu opinión. Los chicos te llaman «el Profesor» y razón no les falta. Yo respeto tu opinión seis días de cada siete. Pero, en resumidas cuentas, si tú eres el capitán y el resto de la tripulación quiere amotinarse, bueno... pues estás jodido.

Mickey ilustró la inapelable lógica de su argumento con la sartén, demostrando cómo doce champiñones podían hacer saltar al suelo a un champiñón.

Con las risitas de Denzel y Clarence resonando todavía en los oídos, una corriente de furor recorrió el cuerpo de Samad y le subió a la garganta antes de que él pudiera impedirlo.

—¡Dámela! —Alargó el brazo por encima del mostrador hacia el lugar en el que Mangal Pande colgaba sobre los fogones, un poco torcido—. Nunca debí pedirte... ¡Sería una deshonra, arrojaría ignominia sobre la memoria de Mangal Pande tenerlo en esta... esta casa de impiedad y desvergüenza!

—¿Cómo dices?

—¡Dame la foto!

—Oye... espera un momento...

Mickey y Archie trataban de sujetarlo, pero Samad, afligido y harto de todas las humillaciones de la década, forcejeaba para vencer el obstáculo de la maciza figura de Mickey. Por fin el cuerpo de Samad se relajó y, ligeramente sudoroso, se rindió.

—Cálmate, Samad. —Mickey lo cogió de los hombros con tanto afecto que Samad sintió que iba a echarse a llorar—. No pensé que fuera tan importante para ti. Hagamos un trato. Dejaremos ahí la foto una semana, a ver qué pasa, ¿de acuerdo?

—Gracias, amigo. —Samad sacó un pañuelo y se lo pasó por la frente—. Se agradece. Se agradece.

Mickey le dio una palmada conciliadora en la espalda.

—Joder, después de todo lo que he tenido que oír de él durante estos años, por mí puede quedarse en la puta pared. Qué más da. Comsí-comsá, que dicen los franchutes. Quiero decir, al carajo. Al carajo. Y el pavo cortesía de la casa cuesta dinero, Archibald, amigo. Los días felices de los vales de almuerzo ya pasaron. Ay, señor, cuánto follón para nada...

Samad miraba fijamente a su bisabuelo a los ojos. Samad y Pande habían librado esta batalla muchas veces, la batalla por la reputación del segundo. Los dos sabían bien que la moderna opinión sobre Mangal Pande se dividía en dos campos:

Héroe no reconocido	*Mucho follón para nada*
Samad Iqbal	Mickey
A. S. Misra	Magid y Millat
	Alsana
	Archie
	Irie
	Clarence y Denzel
	La historiografía británica desde 1857 hasta nuestros días

Una y otra vez, Samad había discutido con Archie la cuestión hasta la saciedad. Durante los años que habían pasado en el O'Connell habían vuelto sobre el debate, a veces con nuevos datos conseguidos por Samad en su infatigable investigación. Pero desde que Archie descubrió la «verdad» acerca de Pande, hacia 1953, ya tenía formada su opinión. El único derecho de Pande a la fama, según Archie no se cansaba de repetir, era su aportación semántica a la lengua inglesa, con la palabra «*pandy*», título bajo el que el lector curioso encontrará en el diccionario de Oxford la siguiente definición:

> *Pandy* /pandi / s. col. (ahora hist.) También -dee. [Quizá, del nombre del primer rebelde de los *sepoys* de casta alta del

ejército bengalí]. 1 Todo *sepoy* que se rebelara durante el Motín de la India de 1857-1859. 2 Amotinado o traidor. 3 Torpe o cobarde en contexto militar.

—Más claro, el agua, amigo. —Y aquí Archie cerraba el libro con un golpe seco y triunfal—. Pero yo no necesito un diccionario para saber eso. Y tú tampoco. Está en el lenguaje corriente. Cuando tú y yo estábamos en el ejército, lo mismo. Trataste de liarme una vez, pero la verdad siempre acaba por salir. «*Pandy*» sólo quiere decir una cosa. Yo que tú, disimularía la relación familiar en lugar de estar todo el día dando la tabarra.

—Archibald, que la palabra exista no significa que sea una fiel representación de la personalidad de Mangal Pande. Con la primera definición estoy de acuerdo: mi bisabuelo fue un rebelde, de lo cual me enorgullezco. Reconozco que las cosas se torcieron, pero ¿traidor?, ¿cobarde? Ese diccionario es viejo y las definiciones están obsoletas. Pande no era un traidor ni un cobarde.

—Ay, verás, hemos hablado de esto muchas veces, y es lo que yo digo: por el humo se sabe dónde está el fuego —decía Archie, impresionado por la profundidad de su conclusión—. Ya sabes lo que quiero decir. —Éste era uno de los recursos analíticos preferidos de Archie ante una noticia, un acontecimiento histórico o el complicado proceso diario de separar la realidad de la ficción. Por el humo se sabe dónde está el fuego. Había algo tan vulnerable en su manera de apoyarse en esta convicción que Samad nunca había tenido el valor de sacarlo del error. ¿Qué se gana diciendo a un hombre maduro que puede haber humo sin fuego, así como hay heridas profundas que no sangran?

—Desde luego, comprendo tu punto de vista, Archie, claro que sí. Pero lo que yo digo, y lo he dicho desde la primera vez que hablamos del tema, lo que yo digo es que ésa no es toda la historia. Y sí, ya sé que hemos estudiado a fondo el asunto más de una vez, pero el hecho es que las historias completas son tan escasas como la honradez y tan preciosas como los diamantes. Si uno tiene la suerte de descubrir una, le pesará en la mente como el plomo. Son difíciles. Son larguísimas. Son épicas. Son como las historias que cuenta Dios: están repletas de información tremendamente prolija. No se encuentran en el diccionario.

—Está bien, profesor, está bien. Oigamos tu versión.

• • •

A veces vemos a viejos sentados en un rincón oscuro de un pub que discuten y gesticulan utilizando jarras de cerveza y saleros para representar a personas muertas hace mucho tiempo y lugares lejanos. En ese momento, despliegan una vitalidad que no se aprecia en ningún otro aspecto de su vida. Se iluminan. Mientras van esparciendo toda una historia encima de la mesa —aquí, el tenedor Churchill; allá, la servilleta Checoslovaquia; más allá, una acumulación de tropas alemanas, representadas por un montoncito de guisantes fríos—, vuelven a despertar a la vida. Pero cuando, durante los años ochenta, Archie y Samad mantenían estos debates de sobremesa, no bastaban cuchillos y tenedores. Aquellos dos historiadores de ocasión tenían que recrear vívidamente en el interior del O'Connell el asfixiante verano indio de 1857, todo aquel año de rebeliones y matanzas. La zona comprendida entre la gramola y la máquina tragaperras era Delhi; Viv Richards se prestaba calladamente a representar al capitán Hearsay, el superior inglés de Pande; Clarence y Denzel, sin dejar de jugar al dominó, eran los levantiscos contingentes de *sepoys* del ejército británico. Cada hombre iba sacando las piezas de su argumentación y las disponía y ordenaba ante el otro. Se montaban escenas. Se trazaban trayectorias de balas. Predominaban las discrepancias.

Según la leyenda, durante la primavera de 1857, en una fábrica de Dum-Dum, empezó a producirse un nuevo tipo de bala británica. Estaba destinada a ser utilizada en fusiles británicos por soldados indios y, al igual que la mayoría de las balas de la época, tenía una envoltura que había que morder para hacerla encajar en el cañón. No parecía tener nada de particular hasta que un suspicaz trabajador de la fábrica descubrió que las balas se untaban de una grasa obtenida del cerdo, algo monstruoso para los musulmanes, y de la vaca, sagrada para los hindúes. Fue un error inocente —todo lo inocentes que pueden ser las cosas en una tierra robada—, un patinazo colosal de los ingleses. ¡Pero qué huracán de ira y consternación el que se desató entre la población cuando corrió la noticia! Con el malicioso pretexto de modernizar el armamento, los ingleses pretendían destruir su casta, su honor, sus méritos a los ojos de los dioses y de los hombres; en suma, todo cuanto hacía la vida digna de ser vivida. Imposible atajar semejante rumor, y aquel verano el rumor se extendió como un incendio por las secas tierras de la India, de la cadena de producción a las calles, de las casas urbanas a las chozas campesinas, de cuartel en cuartel, hasta que todo el país bullía en ansias de rebelión. Y el rumor llegó hasta las grandes y antiestéticas orejas de Mangal Pande, un oscuro *sepoy* de la pequeña ciudad de Barrackpore, que un día —29 de marzo de 1857— dio un paso al frente en el patio de armas saliéndose de la formación para entrar en la historia.

—Dirás para hacer el ridículo —apostilla Archie, que ahora no se traga los panegíricos de Pandy con la complacencia de antes.

—Es que tú no entiendes su sacrificio —responde Samad.

—¿Qué sacrificio? ¡Si ni siquiera acertó cuando iba a suicidarse! Tu problema, Samad, es que no aceptas los hechos. Yo he leído mucho sobre eso. La verdad es la verdad, por amarga que nos sepa.

—¡Pero bueno! Está bien, amigo mío, ya que eres un especialista en las actividades de mi familia, te agradeceré que me ilumines. Oigamos tu versión.

Ahora bien, hoy en día, el estudiante en general es consciente de la complejidad de las fuerzas, movimientos y corrientes profundas que motivan las guerras y encienden las revoluciones. Pero, cuando Archie iba a la escuela, el mundo parecía mucho más dúctil a la ficción. Entonces la Historia era una materia diferente; se enseñaba con un ojo puesto en la narrativa y el otro en el drama, sin que importara si era verosímil o cronológicamente exacta. Según este esquema, la Revolución rusa estalló porque la gente tenía atragantado a Rasputín. El Imperio romano cayó porque Marco Antonio se había enrollado con Cleopatra. Enrique V venció en Agincourt porque los franceses estaban muy ocupados en engalanarse. Y el Gran Motín de la India de 1857 empezó cuando un borracho estúpido llamado Mangal Pande disparó una bala. A pesar de las protestas de Samad, Archie estaba más convencido de ello cada vez que leía lo que ahora sigue:

Lugar de la acción: Barrackpore; fecha: 29 de marzo de 1857. Es domingo por la tarde, pero en el polvoriento patio de armas se desarrolla una acción que tiene de todo menos de descanso dominical. Una abigarrada multitud de sepoys, *unos vestidos, otros a medio vestir, unos armados y otros sin armas, pero todos hirviendo de excitación, se agitan, charlan y gesticulan. A unos treinta pasos por delante de la línea del 34, se pasea contoneándose un* sepoy *llamado Mangal Pande. Está medio borracho de* bhang *y borracho del todo de fanatismo religioso. Con el mentón al aire y el mosquete en la mano, va de un lado al otro pavoneándose casi como en una danza ritual, gritando con voz estridente, monótona y nasal: «¡Salid, granujas! ¡Fuera todos! Los ingleses vienen por nosotros. ¡Si mordemos esos cartuchos, nos convertiremos todos en infieles!»*

El hombre se encuentra realmente en ese estado provocado por el bhang *y la excitación nerviosa, combinación que hace estallar a cualquier malayo; y cada grito que sale de sus labios recorre como una llamarada el cerebro y los nervios de los camaradas* sepoys *que lo escuchan, cuyo número va en aumento mientras crece la excitación. En suma, un polvorín humano va a explotar.*

Y explotó. Pande disparó contra su teniente y falló. Entonces desenvainó una gran espada, un *tulwar*, y cobardemente hirió al teniente por la espalda. Un *sepoy* trató de sujetarlo, pero Pande siguió luchando. Entonces llegaron refuerzos: un tal capitán Hearsay acudió corriendo, con su hijo al lado, ambos armados y honorables, y dispuestos a morir por su patria. («¡Eso son patrañas! Infundios. ¡Mentiras!») Y Pande, al verse perdido, se apuntó a la cabeza con su enorme arma, oprimió dramáticamente el gatillo con el pie izquierdo y falló. Días después, Pande fue juzgado y declarado culpable. Ordenó su ejecución, desde una tumbona en el otro extremo del país, un tal general Henry Havelock (un hombre al que, para indignación de Samad, se había levantado una estatua en Trafalgar Square, a la derecha de Nelson, frente al restaurante Palace), quien, en una posdata, agregaba que esperaba que aquello pusiera fin a tanta imprudente palabrería sobre rebelión como se oía últimamente. Pero ya era tarde. Cuando Pande colgaba de un cadalso improvisado, acariciado por una cálida brisa, sus camaradas del 34, licenciados, se dirigían a Delhi para unirse a las fuerzas rebeldes del que sería uno de los más sangrientos motines fracasados de aquel siglo y de cualquier otro.

Esta versión de los hechos —debida a un historiador contemporáneo llamado Fitchett— provocaba en Samad espasmos de furor. Cuando un hombre no tiene más atributos que los de la sangre, cada gota importa, importa terriblemente y debe ser defendida a ultranza. Hay que protegerla de atacantes y detractores. Hay que pelear por ella. Pero el relato del Pande ebrio e incompetente que hizo Fitchett fue recogido, como en el juego de los despropósitos, por una serie de historiadores posteriores, con el resultado de que el relato había ido mutando y desfigurándose, cada vez más lejos de la verdad. No importaba que fuera poco probable que el *bhang*, un destilado de marihuana que se tomaba en pequeñas dosis con fines medicinales, pudiera causar una embriaguez semejante, ni que Pande, hindú riguroso, difícilmente lo habría tomado. No importaba que Samad no hubiera podido hallar ni un solo indicio que corroborara que Pande había tomado *bhang* aquella mañana. La tergiversación seguía adherida al apellido Iqbal, de un modo tan sólido e inamovible como la maliciosa interpretación que se hacía de la supuesta afirmación de Hamlet de que conocía «bien» a Yorick.

—¡Basta! No importa cuántas veces me leas esas cosas, Archibald. —A veces, Archie llegaba armado de una bolsa de plástico llena de libros de la biblioteca Brent, propaganda antipande y distorsiones a porrillo—. Es como pillar a una banda de chiquillos con las manos en una enorme olla de miel: todos me dicen la misma mentira. No me interesa esta clase de infundios. No me interesa el teatro de títeres ni la farsa trágica. A mí me interesa la acción, amigo mío. —Y aquí Samad hacía como si se cerrara los labios con una cremallera o arrojara una llave—. Acción de verdad. No palabras. Puedes estar seguro, Archibald, de que Mangal Pande sacrificó su vida por la justicia en la India, no porque estuviera ebrio o loco. Pásame el ketchup.

Era la Nochevieja de 1989 en el O'Connell y el debate estaba en su apogeo.

—Cierto, no fue un héroe como los que os gustan en Occidente: él no triunfó sino con su honrosa muerte. Pero imagina:

allí estaba él —Samad señaló a Denzel, que iba a hacer la jugada final y ganar la partida— ante el tribunal, sabiendo que le esperaba la muerte, negándose a dar los nombres de sus camaradas de conspiración...

—Bueno, eso —dijo Archie golpeando su montón de historiadores escépticos: Michael Edwardes, P. J. O. Taylor, Syed Moinul Haq y demás— depende de lo que uno lea.

—No, Archie. Ahí te equivocas. La verdad no depende de lo que uno lea. Pero, por favor, no ahondemos ahora en la naturaleza de la verdad. Así tú no tendrás que comerte mi huevo ni yo, tu castaña.

—De acuerdo. Pero ahora dime: ¿qué consiguió Pande? ¡Nada! Todo lo que hizo fue iniciar una rebelión prematuramente, fíjate bien, antes de la fecha acordada. Y perdona la expresión, pero eso, en términos militares, es cagarla. Hay que planear las cosas, no se puede actuar por impulso. Provocó muchas bajas innecesarias, entre los ingleses y entre los indios.

—Perdona, pero no creo que fuera ése el caso.

—Pues te equivocas.

—Perdona, pero creo que estoy en lo cierto.

—Mira, Sam, imagina que éstos —se acercó un montón de platos sucios que Mickey iba a meter en el lavavajillas— son todos los que han escrito acerca de tu Pande durante los últimos ciento y pico años. Y que éstos son los que están conmigo. —Puso diez platos a un lado de la mesa—. Y éste —acercó un plato a Samad— es el chiflado que está contigo.

—A. S. Misra es un prestigioso funcionario indio. No un chiflado.

—De acuerdo. Bien, tardarías por lo menos otros ciento y pico años en reunir tantos platos como tengo yo, y hasta tendrías que fabricarlos tú mismo. Y lo más seguro es que, cuando los tuvieras, no encontraras al capullo que quisiera comer en ellos. Metafóricamente hablando. ¿Sabes lo que quiero decir?

A. S. Misra era el único, sí. Un sobrino de Samad, Rajnu, le había escrito en la primavera del ochenta y uno desde la Universidad de Cambridge y en su carta mencionaba casualmente que había caído en sus manos un libro que podría interesarle. En él, decía Rajnu, podría encontrar una elocuente defensa de Mangal Pande, su común antepasado. El único ejemplar que quedaba estaba en la biblioteca de su facultad. Su autor era un tal Misra. ¿Había oído hablar de él? Si no era así (agregaba Rajnu en una discreta posdata), ¿no podría ser ésta una buena excusa que le permitiera volver a ver a su tío?

Samad llegó en tren al día siguiente y estuvo mucho rato en el andén bajo la lluvia, estrechando una y otra vez la mano de su circunspecto sobrino y hablando con vehemencia.

—Es un gran día —repetía una y otra vez, hasta que los dos hombres estuvieron empapados—, un gran día para nuestra familia, Rajnu, un gran día para la verdad.

Como en las bibliotecas universitarias no está permitida la entrada a los hombres mojados, tío y sobrino pasaron la mañana secándose en el altillo de un buen café, entre señoras que tomaban buen té. Rajnu, el oyente perfecto, resistía estoicamente la verborrea torrencial de su tío —lo importante que era el descubrimiento, y cómo había esperado él este momento—, asintiendo cuando era oportuno y sonriendo cariñosamente cada vez que Samad se enjugaba una lágrima.

—Es un libro solvente, ¿verdad? —preguntó Samad en tono suplicante a su sobrino, que dejó una generosa propina a las antipáticas camareras que no parecían mirar con buenos ojos a los indios exaltados que se quedaban allí sentados tres horas con un té con leche y dejaban manchas de humedad en el mobiliario—. Estará reconocido, ¿no?

Rajnu, en el fondo, comprendía que el libro era un ejercicio de erudición menor, insignificante y olvidado, pero quería mucho a su tío, de modo que sonrió, asintió y volvió a sonreír con más firmeza.

En la biblioteca, Samad tuvo que inscribirse en el registro de visitantes:

> *Nombre*: Samad Miah Iqbal
> *Universidad*: Estudios en el extranjero (Delhi)
> *Tema de consulta*: La verdad.

Rajnu, estimulado por la última anotación, tomó la pluma y agregó: «y la tragedia».

—Verdad y tragedia —dijo una impávida bibliotecaria dando la vuelta al registro—. ¿Algún género en particular?

—No se apure —dijo Samad jovialmente—. Nosotros lo encontraremos.

Hizo falta una escalera para alcanzarlo, pero el libro valía el esfuerzo. Cuando Rajnu lo pasó a su tío, Samad sintió un cosquilleo en los dedos y, al contemplar las tapas, la forma y el color, vio que era tal como él lo había soñado. Pesaba, tenía muchas páginas, estaba encuadernado en piel color arena y cubierto de ese fino polvillo que distingue lo increíblemente precioso, lo que casi nunca se toca.

—Puse una señal. Hay mucho que leer, pero creo que te gustará ver antes esta página en particular —dijo Rajnu, dejando el libro en una mesa con un golpe sordo. Samad miró la página marcada, y lo que vio era más de lo que él esperaba—. Es sólo la impresión del artista, pero el parecido...

—Calla... —dijo Samad pasando los dedos sobre el grabado—. Es nuestra sangre, Rajnu. No creí que un día vería... ¡Qué cejas! ¡Qué nariz! ¡Yo tengo su nariz!

—Tienes su cara, tío. Aunque eres más guapo, desde luego.

—¿Y qué... qué dice al pie? ¡Maldita sea! ¿Dónde habré puesto las gafas? Léemelo, Rajnu; la letra es muy pequeña.

—¿El pie? «Mangal Pande disparó la primera bala del movimiento de mil ochocientos cincuenta y siete. Su sacrificio fue la señal para que la nación empuñara las armas contra la dominación extranjera en un levantamiento en masa sin parangón en la historia. Aunque el esfuerzo fracasó en sus consecuencias inmediatas, puso los cimientos de la Independencia que se ganó en mil novecientos cuarenta y siete. Mangal pagó su patriotismo con la vida. Pero hasta su último suspiro se negó a revelar los nombres de los que instigaban y preparaban el alzamiento.»

Samad, sentado en el peldaño inferior de la escalera, lloraba.

—Ya. A ver si me aclaro. Me estás diciendo que, sin Pande, no habría habido Gandhi. Que, sin el chalado de tu tío, no hubiera habido cochina independencia...

—Bisabuelo.

—Déjame terminar, Sam. ¿En serio es eso lo que pretendes hacernos creer a nosotros? —Archie dio sendas palmadas en la espalda a Clarence y Denzel, que permanecían ajenos a la conversación—. ¿Tú lo crees? —preguntó a Clarence.

—Sí que lo creo —dijo Clarence, que no sabía de qué hablaban.

Denzel se sonó con una servilleta.

—Si quieres que te diga la verdad, yo ni creo ni dejo de creer. Yo, ni ver, ni oír, ni decir nada malo. Ése es mi lema.

—Él fue el cosquilleo que provoca el estornudo, Archibald. Sencillamente. Estoy convencido.

Se hizo silencio. Archibald veía deshacerse tres terrones en su taza de té. Luego, despacio, como tanteando, dijo:

—Yo tengo mi propia teoría, ¿sabes? Quiero decir, aparte de los libros.

Samad se inclinó.

—Por favor, instrúyenos.

—Bueno, pero no te enfades... Piénsalo bien un momento. ¿Por qué un hombre tan religioso como Pande iba a emborracharse con *bhang*? Ya sé que he bromeado mucho sobre eso, pero ahora en serio, ¿por qué?

—Ya sabes mi opinión. No estaba borracho. Eso lo dijo la propaganda inglesa.

—Y era buen tirador...

—De eso no te quepa duda. A. S. Misra reproduce en su libro un documento en el que se hace constar que Pande hizo instrucción durante un año en una guardia especial en el uso de mosquetes.

—Bien. Entonces, ¿cómo pudo fallar? ¿Por qué?

—Creo que la única explicación posible es que el arma era defectuosa.

—Sí, pudo ser. Pero quizá... quizá fuera otra cosa. Quizá lo empujaron a salir y montar aquella escena, quizá otros lo azuzaban. Y, sobre todo, él no quería matar a nadie. Así que fingió estar borracho para que los chicos del cuartel creyeran que había fallado.

—Es la teoría más tonta que he oído en mi vida —dijo Samad con un suspiro, mientras el segundero del reloj manchado de huevo entraba en el tramo de los treinta segundos para las doce—. Una teoría que sólo tú podías sugerir. Es absurda.

—¿Por qué?

—¿Por qué? Archibald, esos ingleses, esos capitanes Hearsay, Havelock y demás, eran enemigos mortales de todos los indios. ¿Por qué no había de sacrificar unas vidas que despreciaba?

—Quizá, sencillamente, no podía. Quizá no fuera de esa clase.

—¿Crees realmente que hay una clase de hombres que matan y una clase que no?

—Quizá la haya y quizá no, Sam.

—Ya hablas como mi mujer —rezongó Samad, rebañando el plato de los restos del huevo—. Voy a decirte una cosa, Archibald. Un hombre es siempre un hombre. Con su familia amenazada, su fe atacada, su forma de vida destruida, su mundo al borde del aniquilamiento... ese hombre mata. No te quepa duda. No deja que el nuevo orden lo arrolle sin luchar. Y hay gente a la que está dispuesto a matar.

—Y gente a la que no puede matar —dijo Archie Jones con una expresión enigmática que su amigo nunca hubiera pensado que pudieran componer aquellas facciones fláccidas y carnosas—. Puedes creerme.

—¡Cinco! ¡Cuatro! ¡Tres! ¡Dos! ¡Uno! ¡Jamaica Irie! —dijeron Denzel y Clarence, brindando con café irlandés caliente y reanudando inmediatamente la partida de dominó.

—¡FELIZ JODIDO AÑO NUEVO! —vociferó Mickey desde detrás del mostrador.

Irie

1990, 1907

En este mundo de hierro forjado, de barrotes cruzados de causa y efecto, ¿no será que el latido oculto que les robé no influyó en su futuro?

VLADIMIR NABOKOV, *Lolita*

11

La ofuscación de Irie Jones

Había una farola, equidistante entre la casa de los Jones y el Instituto de Enseñanza Media de Glenard Oak, que había empezado a aparecer en los sueños de Irie. No la farola en sí, sino un pequeño anuncio hecho a mano, pegado con cinta adhesiva al mástil a la altura de los ojos, en el que se leía:

PIERDA PESO Y GANE DINERO 081 555 6752

Porque Irie Jones, a los quince años, era grande. No había heredado las proporciones europeas de la figura de Clara, sino el robusto armazón jamaicano de su abuela Hortense, bien surtido de piñas tropicales, mangos y guayabas. Era una chica de peso, con tetas grandes, nalgas grandes, ancas grandes, muslos grandes y dientes grandes. Pesaba ochenta kilos y sus ahorros eran escasos. Sabía que aquel mensaje no podía tener mejor destinataria que ella; sabía, mientras iba camino de la escuela, con la boca llena de donut y los brazos cruzados sobre los michelines, que el anuncio le hablaba a ella. A ella. PIERDA PESO (DECÍA) Y GANE DINERO. Usted, usted, usted, señorita Jones, la de los brazos estratégicamente colocados y el jersey en el culo (el eterno misterio: ¿cómo reducir las montañosas proporciones del trasero jamaicano?), la de la braga-faja, el sostén reforzado y el ceñidor de cintura bien enfundado en lycra, la versión de los noventa del corsé de ballenas. Irie sabía que el anuncio era para ella, pero no acababa de entender lo que decía. ¿De qué iba? ¿Te pagaban por adelgazar? ¿Ganabas más dinero si eras delgada? ¿O era algo más siniestro, el plan de un sórdido Shylock de Willesden que te daba una libra en metálico por una libra de carne?

Sus sueños. Unas veces, se pasea por la escuela en biquini con el enigma de la farola escrito en tiza sobre sus oscuras redondeces, sus diversos salientes (superficie de apoyo para libros, tazas de té, cestos... o mejor niños, sacos de fruta, cántaros de agua), repisas diseñadas por la genética pensando en otro país, otro clima. Otras veces, el sueño de la pérdida de peso patrocinada: llama a puerta tras puerta, en cueros, con una tablilla en la mano, a la luz del sol, intentando convencer a unos viejos para que colaboren en la operación con una aportación en efectivo a cambio de un puñado de carne. Y, el peor de todos los sueños: se arranca jirones de carne veteada de blanco y los embute en viejas botellas curvilíneas de Coca-Cola que lleva a la tienda de comestibles de la esquina, y el tendero, ataviado con delantal y jersey con escote de pico, es Millat, que las cuenta y, de mala gana, abre la caja con dedos ensangrentados y le da el dinero. Un poco de carne caribeña a cambio de unas monedas inglesas.

Irie Jones estaba obsesionada. A veces, su madre, preocupada, la acorralaba en el recibidor antes de que se escabullera a la calle, pellizcaba su complicada corsetería y le decía:

—¿Qué te pasa? ¿Qué es todo eso que te has puesto? ¿Cómo puedes respirar? Irie, cielo, si estás muy bien, eres una Bowden de cuerpo entero. ¿Es que no sabes que estás muy bien?

Pero Irie no sabía que estuviera muy bien. Allí fuera estaba Inglaterra, un espejo gigantesco, en el que Irie no se veía reflejada. Una extraña en país extraño.

Pesadillas y ensueños, en el autobús, en el baño, en clase. Antes. Después. Antes. Después. Antes. Después. El mantra del que sueña con la transformación. Aspira. Respira. No se resigna al destino genético, sino que espera dejar de ser un reloj jamaicano, cargado con la arena acumulada en las cascadas del Dunn, para transformarse en rosa inglesa (oh, ya sabes a quién me refiero: es esbelta y delicada, no está hecha para los soles ardientes, es una tabla de surf acariciada por la ola).

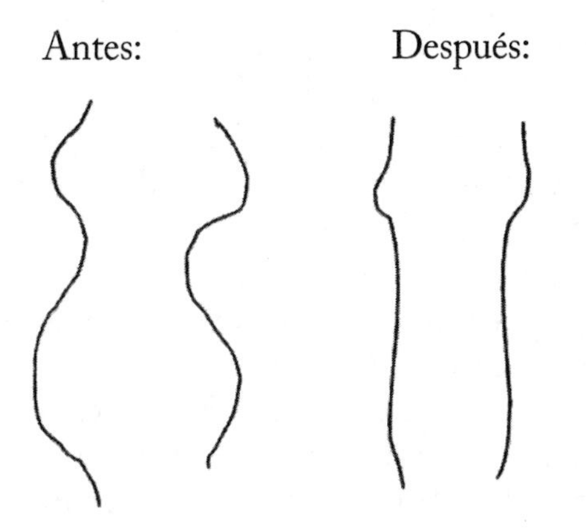

La señora Olive Roody, maestra inglesa, especialista en detección de distracciones en clase a distancias de hasta veinte pasos, cogió la libreta de Irie, arrancó la hoja en cuestión y la contempló con perplejidad antes de preguntar con melodioso énfasis:

—¿Antes y después de qué?

—Nada, nada, señorita.

—¿Nada? Vamos, señorita Jones. No sea modesta. Es evidente que se trata de algo más interesante que el Soneto 127.

—No es nada. Nada.

—¿Seguro? ¿No desea seguir entorpeciendo la clase? Es que... algunos desean escuchar... No: algunos tienen una pizca de interés por lo que debo decirles. De manera que, si puede bajar de las nuuubes...

Nadie, absolutamente nadie, decía «bajar de las nubes» con tanto sentimiento como Olive Roody.

—... y volver con nosotros, continuaremos. ¿Y bien?

—¿Y bien qué?

—¿Puede volver con nosotros?

—Sí, señora Roody.

—Magnífico. Es una gran satisfacción. El Soneto 127, por favor.

—«En los tiempos antiguos no se tenía lo negro por hermoso» —prosiguió Francis Stone, con la cantinela catatónica con que los alumnos leen el verso isabelino—. «O, si hermoso era, no se le daba el nombre de hermosura.»

Irie se puso la mano derecha en la cintura, hundió el estómago y trató de llamar la atención de Millat. Pero Millat estaba ocupado en enseñar a la bonita Nikki Tyler cómo enrollaba la lengua en forma de flauta, y Nikki Tyler le enseñaba a él que tenía los lóbulos de las orejas pegados a la cabeza en lugar de sueltos. Coqueteos inspirados por la lección de Ciencias de aquella mañana: «Rasgos heredados. Primera Parte. a) Suelto. Pegado. Enrollado. Plano. Ojos azules. Ojos castaños.» Antes. Después.

—«Así los ojos de mi señora son negros como el endrino, semejantes son sus cejas, enlutadas plañideras... Los ojos de mi señora no rivalizan con el sol; más rojo es el coral que rojos son sus labios; si blanca es la nieve, por qué son sus pechos osc...»

La pubertad, la pubertad patente y descarada (no el pechito que empieza a abultarse o la sombra de vello que se insinúa) había separado a los viejos amigos Irie Jones y Millat Iqbal. En la escuela se movían por órbitas distintas. Irie creía que a ella no habían podido tocarle peores cartas: curvas monumentales, dientes salidos con grueso corrector, pelo afro incontrolable y, para colmo, ojos miopes, que exigían unos gruesos cristales rosa pálido. (Y tampoco eran azules, porque los ojos azules —aquellos ojos que tanto habían entusiasmado a Archie— no duraron más que dos semanas. Azules eran cuando nació, sí, pero un día Clara descubrió que los ojos que la miraban eran marrones; la transición había sido como la de capullo a flor abierta, inapreciable a simple vista.) Su complejo de fea le había hecho perder su antiguo desparpajo; ahora guardaba para sí sus comentarios pedantes y mantenía siempre la mano en el estómago. Un desastre.

Millat, por el contrario, era como la estampa de la juventud vista a través de la lente nostálgica de la vejez, la belleza que se parodia a sí misma: alto, delgado, con los músculos lisos levemente nervados; ojos color de chocolate con reflejos verdosos, como de claro de luna en un mar oscuro; sonrisa irresistible de dientes blancos y grandes, y aquella nariz rota que hacía tan interesante su perfil. Al Instituto de Glenard Oak iban negros, paquistaníes, griegos e irlandeses, pero los que tenían *sex appeal* estaban por encima de todos y formaban una especie aparte.

—«Si alambre fuera el cabello, negros alambres crecen en su cabeza...»

Ella estaba enamorada de Millat, por supuesto. Pero él decía:

—El caso es que la gente quiere que sea como soy. Todos quieren que sea el Millat de siempre. El granuja de Millat. Quieren poder contar con Millat. Tengo que estar en la onda. Es prácticamente una responsabilidad.

Y lo era, prácticamente. Ringo Starr dijo de los Beatles que nunca fueron más grandes que a finales de 1962, en Liverpool. Después sólo llegaron a más países. Y esto le ocurrió a Millat. Era tan formidable en Cricklewood, en Willesden y en West Hampstead aquel verano de 1990 que nada de lo que hizo después podría superarlo. Había ampliado su primitiva pandilla Raggastani con tribus de toda la escuela y de toda la zona norte de Londres. Era demasiado grande para ser sólo el objeto del afecto de Irie, el jefe de los Raggastanis o el hijo de Samad y Alsana Iqbal. Tenía que gustar a todo el mundo en todo momento. Para los golferas *cockney* de vaquero blanco y camisa de colores, era el lanzado, el audaz, el conquistador. Para los chicos negros era el colega fumador de hierba y apreciado cliente. Para los asiáticos era el héroe y portavoz. Un camaleón social. Y, en el fondo, debajo de todo ello, había siempre rabia y frustración, esa sensación de no ser de ningún sitio que experimentan los que son de todas partes. Era este punto sensible lo que lo hacía más adorable a los ojos de Irie y de las niñas de clase media y falda larga que tocaban el oboe, más atractivo para las pijas de ondeante melena que cantaban fugas; él era su príncipe negro, amante ocasional o pasión imposible, objeto de húmedas fantasías y ensueños ardientes...

Y era también su preocupación: ¿qué hacer con Millat? Desde luego, tenía que dejar de fumar hierba. Hemos de impedir que siga saliendo de clase. Las preocupaba su «actitud» promiscua, hablaban de hipotéticas carreras para Millat con sus propios padres («Verás, ese chico indio, sí, el que siempre estaba metiéndose en...») y hasta escribían poesías. Las chicas o lo deseaban o deseaban reformarlo y a veces las dos cosas. Deseaban reformarlo... pero sólo hasta que él les demostrara que su deseo de ayudarlo estaba justificado. Todo el mundo tiene un poco de mala entraña, Millat Iqbal.

—Pero tú eres diferente —decía Millat Iqbal a la mártir Irie Jones—. Tú eres diferente. Lo nuestro viene de antiguo. Nosotros tenemos historia. Tú eres una amiga de verdad. En realidad, ellas no son nada para mí.

A Irie le gustaba creerlo así. Que tenían historia, que ella era diferente, en el buen sentido.

—«Tu negrura es a mi juicio hermosura...»

La señora Roody levantó un dedo para silenciar a Francis.

—Vamos a ver, ¿qué es lo que nos dice el poeta, Annalese?

Annalese Hersh, que se había pasado la clase trenzándose hilo rojo y amarillo en el pelo, levantó la cara, confusa y alelada.

—Di algo, Annalese, guapa. Cualquier idea. Por pequeña que sea. Por raquítica que sea.

Annalese se mordió el labio. Miró el libro. Miró a la señora Roody. Miró el libro.

—¿Lo negro... es... bueno...?

—Sí... Bien, sumaremos eso a la contribución de la semana pasada: «¿Hamlet... está... loco...?» ¿Alguien más? ¿Qué os parece esto? «Porque desde que la mano asumió el poder de la naturaleza, y da a lo feo la falsa hermosura que presta el arte...» ¿Qué puede significar esto?

Joshua Chalfen, el único de la clase que no esperaba a que le preguntaran para dar una opinión, levantó la mano.

—¿Sí, Joshua?

—Maquillaje.

—Sí —dijo la señora Roody, que parecía próxima al orgasmo—. Sí, Joshua, eso es. ¿Qué más?

—Tiene la piel oscura y ella trata de aclararla con maquillaje. A los isabelinos les gustaba la piel blanca.

—Pues tú les hubieras encantado —comentó Millat con una risita, porque Joshua era descolorido, prácticamente anémico, retaco y con el pelo rizado—. Como un Tom Cruise capullo.

Risas. No porque tuviera gracia sino porque era Millat que ponía a un empollón donde tenía que estar. En su sitio.

—¡Una palabra más, señor Iqbal, y lo echo de clase!

—Shakespeare. Rancio. Cagarruta. Tres palabras. No se moleste, sé el camino.

Éstas eran las cosas que Millat hacía con tanta soltura. Sonó un portazo. Las pijas intercambiaron una de aquellas miradas («Es tan incontrolable, tan loco... Realmente necesita ayuda, ayuda personal de una persona amiga...»). Los chicos soltaron una carcajada. La maestra se preguntó si esto podía ser el principio de un motín. Irie se puso la mano derecha en el estómago.

—Qué bonito. Muy maduro. Supongo que Millat Iqbal es una especie de héroe.

La señora Roody miró una a una las caras de quinto F, y por primera vez vio con angustiosa claridad que esto era precisamente Millat.

—¿Alguien más tiene algo que decir de estos sonetos? ¡Señorita Jones! ¿Quiere hacer el favor de dejar de mirar la puerta con esa cara de funeral? Se ha marchado, ¿de acuerdo? A no ser que quiera usted reunirse con él...

—No, señora Roody.

—Está bien. ¿Tiene algo que decir de los sonetos?

—Sí.

—¿El qué?

—¿Ella es negra?

—¿Quién?

—La dama morena.

—No, guapa, es morena. No es negra. Entonces no había... no había afrocaribeños en Inglaterra, hijita. Éste es un fenómeno moderno, como tú ya debes de saber. Era el siglo diecisiete. No puedo estar segura, pero no parece probable, a no ser que se tratara de una esclava, y no parece lógico que el autor dedicara una serie de sonetos a un lord y después a una esclava, ¿verdad?

Irie se ruborizó. Por un momento, le había parecido ver un vago reflejo, pero éste se desvaneció rápidamente.

—No lo sé.

—Además, él dice claramente: «En nada eres más negra que en tus actos...» No, guapa, es sólo que tiene la piel morena, probablemente como la mía.

Irie miró a la señora Roody, que era del color de la crema de fresa.

—Tiene razón Joshua, ¿sabes? En aquel tiempo, había preferencia por las mujeres de cutis muy pálido. El soneto trata de la diferencia entre su color natural y los afeites que estaban de moda en aquel entonces.

—Yo pensé... Como aquí dice: «Entonces juraré que es negra la hermosura misma...» Y eso del pelo rizado, alambres negros...

Irie desistió ante las risitas.

—No, mujer, tú lo lees con mentalidad moderna. No hay que leer lo antiguo con mentalidad moderna. Éste va a ser el principio de hoy. ¿Podéis escribirlo, por favor?

La clase de quinto F lo escribió. Y el reflejo que Irie había entrevisto se sumió en la oscuridad habitual. Al salir de clase, Annalese Hersh le pasó un papel encogiéndose de hombros para dar a entender que no era su autora sino simplemente una de los muchos intermediarios. Decía así: «De William Shakespeare: ODA A LETITIA Y A TODAS MIS VACAS PELO DE ESTOPA Y CULO GORDO.»

El establecimiento de enigmático nombre P. K. Estilista Afro estaba situado entre la Funeraria Fairweather y la Clínica Dental Raakshan, y tal proximidad sugería que más de un cadáver de origen africano pasaría por los tres sitios antes de llegar al féretro. Por ello, cuando uno pedía hora por teléfono y Andrea o Denise o Jackie le daban a las tres y media, hora de Jamaica, naturalmente querían decir «ven tarde» porque cabía la posibilidad de que una difunta dama de iglesia se hubiera empeñado en ir a la tumba con uñas de porcelana y un lavado y marcado. Aunque parezca extraño, hay mucha gente que no desea presentarse ante el Señor con un peinado afro.

Irie, ignorante de todo ello, se presentó puntualmente a las tres y media, ávida de transformación, deseosa de combatir sus genes, con la maraña de su pelo cubierta por un pañuelo y la mano en el estómago.

—¿Qué deseas, mona?

Pelo lacio. Lacio largo negro suave que brinque se agite se sacuda se acaricie se peine con los dedos. Y flequillo.

—Las tres y media —fue todo lo que Irie fue capaz de decir—. Con Andrea.

—Andrea está ahí al lado —dijo la mujer estirando el chicle y moviendo la cabeza en dirección a la funeraria—, de fiesta con una finada. Espera ahí sentadita sin meter bulla. No sé cuánto tardará.

Irie parecía perdida, de pie en medio de la tienda, con la mano en el estómago. La mujer se apiadó, se tragó el chicle y la miró de arriba abajo. Suavizó la expresión al observar la piel cacao y los ojos castaños.

—Jackie.

—Irie.

—Caramba, piel clara y hasta pecas. ¿Eres mexicana?

—No.

—¿Árabe?

—Medio jamaicana. Medio inglesa.

—Mestiza —explicó Jackie pacientemente—. ¿Es blanca tu madre?

—Mi padre.

Jackie frunció la nariz.

—Suele ser al revés. ¿Tienes el rizo muy fuerte? Déjame ver. —Alargó la mano hacia el pañuelo. Irie, horrorizada por la idea de ser expuesta en una habitación llena de gente, se sujetó el pañuelo con fuerza.

Jackie chasqueó con la lengua.

—¿Cómo quieres que hagamos algo si no podemos verlo?

Irie se encogió de hombros. Jackie movió la cabeza, divertida.

—¿Has estado aquí otras veces?

—No, nunca.

—¿Qué quieres hacer?

—Estirar —dijo Irie con firmeza, pensando en Nikki Tyler—. Pelo lacio y rojo oscuro.

—¿En serio? ¿Cuánto hace que te lo has lavado?

—Ayer —dijo Irie, ofendida.

Jackie le dio una palmada a un lado de la cabeza.

—¡No hay que lavarlo! ¡Si quieres estirarlo, no lo laves! ¿Nunca te han puesto amoníaco en la cabeza? Es como si el diablo diera una fiesta en tu cuero cabelludo. ¿Estás loca? Dos semanas sin lavarlo y luego vuelve.

Pero Irie no disponía de dos semanas. Lo tenía todo planeado: esa misma noche iría a casa de Millat con su nueva melena recogida en un moño, y se quitaría las gafas y se soltaría el pelo y él le diría: «Caramba, señorita Jones, nunca imaginé... Vaya, señorita Jones, es usted...»

—Tiene que ser hoy. Mi hermana se casa.

—Bueno, cuando vuelva Andrea te va a achicharrar el pelo, y tendrás suerte si no sales de aquí como una bola de billar. Pero es tu funeral. Toma —dijo poniéndole en la mano un montón de revistas—. Ahí —y le señaló una silla.

P. K. se dividía en dos mitades, masculina y femenina. En la sección masculina, en la que un estéreo afónico vomitaba espasmódicamente un *ragga* implacable, los adolescentes, atendidos por peluqueros poco mayores que ellos, virtuosos de la maquinilla eléctrica, se hacían recortar en el occipital logos de Adidas, Badmutha, Martin. En la sección masculina todo era charla, risa y broma; allí reinaba un ambiente relajado al que no era ajena la circunstancia de que el corte de pelo nunca pasaba de seis libras ni de quince minutos. Era una transacción relativamente sencilla, en un ambiente desenfadado: el zumbido de la cuchilla giratoria junto al oído, la enérgica fricción de una mano cálida, espejos delante y detrás para que el cliente admirara la transformación. Se entraba con picos y remolinos escondidos debajo de una gorra de béisbol, y se salía al poco rato convertido en otro hombre, oliendo a dulce aceite de coco y con un corte limpio y afilado como la espada del juramento.

En comparación, la sección de señoras de P. K. era nefasta. Aquí el imposible deseo de lisura y «movimiento» se estrellaba diariamente contra la rebeldía del curvo folículo africano; aquí el amoníaco, la plancha, las horquillas y el puro fuego eran movilizados para la guerra y se empleaban a fondo para someter hasta el último rizo.

«¿Está lacio?», era la única pregunta que se oía cuando retiraban las toallas y las cabezas salían del secador, doloridas y palpitantes. «¿Está lacio, Denise? ¿Está lacio, Jackie?»

A lo que Jackie o Denise, que no estaban sujetas a las obligaciones de las peluqueras blancas (no tenían que hacer té ni besar culos, ni adular ni dar conversación, porque ellas no trataban con clientes sino con infelices pacientes desesperadas), resoplaban con escepticismo mientras sacudían el peinador verde bilis. «Está todo lo lacio que puede estar.»

Ahora había cuatro mujeres sentadas frente a Irie, que se mordían los labios y miraban fijamente a un sucio espejo apaisado, esperando ver materializarse su imagen transformada. Mientras Irie hojeaba nerviosamente revistas norteamericanas de peluquería negra, las cuatro mujeres hacían muecas de dolor. «¿Cuánto hace?», preguntaba a veces alguna a la vecina, a lo que ésta respondía, ufana: «Quince minutos. Y usted ¿cuánto?» «Veintidós. Veintidós minutos llevo con esta mierda en la cabeza. Como no se me estire...»

Era una competición en sufrimiento. Como la de esas mujeres ricas que en los restaurantes de lujo encargan ensaladas a cuál más ligera.

Finalmente, se oía un grito o un «¡Basta! ¡Mierda, no aguanto más!», y la cabeza en cuestión era llevada a toda prisa a la pila, donde el lavado nunca podía ser lo bastante rápido (nunca es posible sacarse el amoníaco de la cabeza con la rapidez deseada), y empezaba el llanto silencioso. En este momento surgía la hostilidad; había cabellos más o menos crespos, afros más o menos peleones, y algunos sobrevivían. Y la hostilidad ya no se concentraba en la cliente más afortunada, sino que se hacía extensiva a la peluquera, la causante del dolor, y era natural que se atribuyera a Jackie o a Denise un cierto sadismo: sus dedos no se movían con la suficiente rapidez para sacar aquel mejunje de la cabeza y parecía que el agua salía a gotas y no a chorro y, mientras tanto, el diablo se montaba una verbena en la cabeza de una.

—¿Está lacio? Jackie, ¿está lacio?

Los chicos asomaban la cabeza por la mampara. Irie levantaba la mirada de la revista. Había poco que decir. El pelo siempre quedaba estirado o relativamente estirado. Pero también muerto. Seco. Quebradizo. Rígido. Sin elasticidad. Como el pelo de un cadáver cuando se evapora la humedad.

Jackie y Denise, que sabían que el curvo folículo africano nunca deja de seguir sus instrucciones genéticas, enfocaban filosóficamente la mala noticia: «Está todo lo lacio que puede estar. Tres semanas, con suerte.»

A pesar del evidente fracaso del proyecto, cada una de las mujeres de la fila creía que su caso sería diferente, que cuando le quitaran la toalla aparecería una melena lacia, sedosa, dócil al peine y al secador. Irie, no menos confiada que el resto, volvía a su revista.

> *Malika, la joven y vital revelación de la sensacional serie de televisión* La vida de Malika, *explica cómo consigue ese pelo suave y sedoso: «Cada noche lo envuelvo en una toalla caliente, después de untarme ligeramente las puntas con la crema Brillos Afro. Por la mañana, caliento un peine en el horno durante aproximadamente...»*

Regreso de Andrea. Alguien arrancó a Irie la revista de las manos y el pañuelo de la cabeza antes de que ella pudiera impedirlo, y cinco uñas largas y expresivas le rozaron el cuero cabelludo.

—Ooooh —murmuró Andrea.

Esta señal de aprobación era un hecho lo bastante insólito para que el resto de la peluquería se asomara a la mampara a mirar.

—Oooooh —agregó Denise, sumando sus dedos a los de Andrea—. Qué suelto.

Una mujer que hacía muecas de dolor debajo de un secador movió la cabeza de arriba abajo con admiración.

—Qué suelto el rizo —murmuró Jackie, abandonando a su escaldada paciente para hundir la mano en la melena de Irie.

—Esto sí que es pelo mestizo. Ojalá el mío fuera así. Se relajará estupendamente.

Irie frunció los labios.

—Yo lo odio.

—¡Lo odia! —dijo Denise al auditorio—. ¡Y tiene mechones castaño claro!

—Después de estar toda la mañana peinando a un cadáver, da gusto tocar esta suavidad —dijo Andrea saliendo de su ensueño—. ¿Quieres estirarlo?

—Sí. Estirado. Estirado y rojo.

Andrea le ató un peinador debajo de la barbilla y la sentó en una silla giratoria.

—Lo de rojo tendrá que esperar, nena. Estirar y teñir el mismo día no se puede. Lo mataríamos. Pero estirar sí, y quedará precioso, cariño.

Como la comunicación entre las peluqueras de P. K. dejaba bastante que desear, nadie advirtió a Andrea que Irie se había lavado el pelo. Dos minutos después de tener la espuma blanca del amoníaco esparcida sobre la cabeza, Irie sintió cómo la sensación inicial de frío se convertía en un escozor insoportable. No había capa de suciedad que protegiera el cuero cabelludo, e Irie empezó a gritar.

—¡Si acabo de ponértelo! Quieres pelo lacio, ¿no? Pues aguanta.

—¡Es que duele!

—La vida duele —dijo Andrea en tono burlón—. La belleza duele.

Irie aguantó otros treinta segundos, hasta que empezó a sangrar por encima de la oreja derecha. Entonces la pobre se desmayó.

Cuando volvió en sí tenía la cabeza en la pila y su pelo se iba por el desagüe a puñados.

—Tendrías que haberme avisado —gruñía Andrea—. Tendrías que haberme dicho que te lo habías lavado. Tiene que estar sucio. Ahora mira.

Ahora mira. Una cabellera que antes le llegaba hasta las vértebras medias, le había quedado a pocos centímetros de la cabeza.

—Mira lo que has hecho —prosiguió Andrea mientras Irie lloraba sin recato—. A ver qué dice de esto el señor Paul King. Voy a llamarlo; a lo mejor podemos arreglarte esto gratis.

El señor Paul King, el P. K. del rótulo, era el dueño del establecimiento. Era un blanco corpulento, de unos cincuenta y tantos años, que había sido empresario en la industria de la construcción hasta que el Miércoles Negro y los excesos de su esposa con la tarjeta de crédito lo habían dejado con cuatro ladrillos y un poco de mortero. Buscando nuevas ideas, un día en la sección de Sociedad de su periódico del desayuno leyó que las mujeres negras gastan cinco veces más que las blancas en cosmética y nueve veces más en el cuidado del pelo. Tomando a Sheila, su esposa, como arquetipo de la mujer blanca, a Paul King empezó a hacérsele la boca agua. Un poco más de documentación en la biblioteca pública le reveló una industria que movía miles de millones de libras. Paul King compró lo que había sido una carnicería de Willesden High Road, fichó a Andrea, que estaba trabajando en un salón de Harlesden, y probó fortuna con la peluquería negra. El éxito fue instantáneo. King descubrió con asombro que mujeres con ingresos bajos gastaban cientos de libras al mes en el pelo, y aún más en uñas y estética en general. Y no dejó de hacerle gracia averiguar por Andrea que el dolor físico formaba parte del proceso. Y lo mejor de todo era que no había peligro de que lo demandaran: ellas contaban con las quemaduras. El negocio perfecto.

—Está bien, Andrea, cariño, arréglaselo gratis —dijo Paul King a gritos por un móvil con forma de ladrillo, para ahogar el ruido de las obras del nuevo salón que iba a abrir en Wembley—. Pero que no sirva de precedente.

Andrea volvió junto a Irie con la buena nueva.

—Todo arreglado, tesoro. Nosotros corremos con los gastos.

—Pero ¿qué...? —balbuceó Irie contemplando en el espejo su devastada cabeza—. ¿Qué podéis vosotros...?

—Ahora te pones otra vez el pañuelo y al salir bajas hacia la izquierda hasta una tienda que se llama Productos para Peluquería Roshi. Enseñas esta tarjeta y les dices que te envía P. K. Te traes ocho paquetes de pelo negro del número 5 con reflejo caoba y vuelves como el rayo.

—¿Pelo? —repitió Irie entre mocos y lágrimas—. ¿Pelo artificial?

—No seas tonta. No es artificial. Es natural. Y cuando lo tengas en la cabeza será tu pelo natural. ¡Andando!

Haciendo pucheros como una niña, Irie salió de la peluquería y bajó por la calle evitando cuidadosamente mirarse en los escaparates. Al llegar a Roshi, procuró calmarse, se puso la mano derecha en el estómago y empujó la puerta.

Era un local oscuro que olía a lo mismo que P. K.: a amoníaco y aceite de coco, mezcla de dolor y placer. A la indecisa luz de un tubo fluorescente que parpadeaba, Irie vio que no había estanterías propiamente dichas, sino que la mercancía yacía amontonada en el suelo y que los accesorios (peines, diademas, esmalte de uñas) estaban grapados a la pared con el precio al lado en rotulador. El único producto expuesto de modo reconocible colgaba del techo de una cuerda que daba la vuelta al local, como una colección de cabelleras de víctimas propiciatorias o trofeos de caza. Pelo. Largas guedejas, prendidas a pocos centímetros unas de otras. Debajo de cada una se indicaba su linaje en una cartulina:

2 metros. Tailandés natural. Lacio. Castaño.
1 metro. Paquistaní natural. Ondulado. Negro.
5 metros. Chino natural. Lacio. Negro.
3 metros. Sintético. Rizo tirabuzón. Rosa.

Irie se acercó al mostrador. Una mujer enormemente obesa con sari volvía balanceándose de la caja con veinticinco libras en la mano, que tendió a una muchacha india rapada descuidadamente.

—Y no me mires así. Veinticinco libras es un buen precio. No puedo darte más, tiene las puntas abiertas.

La muchacha protestó en otra lengua, recogió la bolsa de pelo de encima del mostrador e hizo ademán de marcharse, pero la mujer se la arrancó de la mano.

—Vamos, basta de tonterías. Las dos hemos visto las puntas. Veinticinco es lo máximo que puedo darte. No conseguirás más en otro sitio. Por favor —dijo mirando a Irie por encima del hombro de la muchacha—. Hay clientes esperando.

Irie vio asomar a los ojos de la muchacha unas lágrimas gruesas, parecidas a las suyas. La muchacha se quedó quieta un momento, temblando ligeramente de cólera, agarró de un manotazo las veinticinco libras del mostrador y fue hacia la puerta.

La mujer gruesa agitó las papadas mirando a la muchacha que se alejaba.

—Desagradecida.

Luego desprendió una etiqueta adhesiva de su soporte de papel marrón y la pegó a la bolsa de pelo. Decía: «6 metros. Indio. Lacio. Negro rojizo.»

—¿Sí, guapa? ¿Qué deseas?

Irie repitió las instrucciones de Andrea y entregó la tarjeta.

—¿Ocho paquetes? Eso serán unos seis metros, ¿no?

—No lo sé.

—Sí, sí, seis. ¿Lacio u ondulado?

—Lacio. Completamente lacio.

La mujer obesa hizo un cálculo mental y cogió la bolsa de pelo que acababa de dejar la muchacha.

—Tengo lo que buscas. Aún no he podido embalarlo, pero está completamente limpio. ¿Lo quieres?

Irie vacilaba.

—No te preocupes por lo que he dicho. No tiene las puntas abiertas. Es sólo que esa tontita quería sacarme más de la cuenta. Hay personas que no saben lo que es la economía... Les duele cortarse el pelo, y esperan un millón de libras o un disparate. Y el pelo es bonito. Cuando yo era joven, también lo tenía bonito, no creas.

La mujer obesa lanzó una carcajada estridente que le hizo temblar el bigote. La risa se apagó.

—Di a Andrea que son treinta y siete cincuenta. Nosotras, las indias, tenemos bonito pelo, ¿eh? Es el que más pide la gente.

Una mujer negra que esperaba detrás de Irie, con dos niños en un cochecito de gemelos y un paquete de horquillas en la mano, hizo chasquear la lengua.

—Qué manera de darse importancia —murmuró, como hablando consigo misma—. A algunas nos gusta nuestro pelo africano. Yo no necesito comprar el pelo de una pobre india. Y ojalá pudiera comprar productos para peluquería negra a proveedores negros. ¿Cómo quieren que salgamos adelante en este país si no manejamos nuestros propios negocios?

La mujer obesa apretó los labios y se puso a hablar deprisa mientras metía el pelo de Irie en una bolsa y extendía el recibo, dirigiendo sus comentarios a la mujer vía Irie y haciendo caso omiso de las interjecciones de la otra.

—Si no les gusta comprar aquí, pues que no compren. ¿Alguien las obliga? Digo yo, ¿alguien las obliga? La gente tiene un descaro que no se puede creer. Yo no soy racista, pero no lo entiendo. Yo estoy aquí para servir al público, para servir al público. A mí que no me vengan con insultos. Puede dejar el dinero en el mostrador, porque no voy a servirla.

—¡Si aquí nadie la ha insultado, joder!

—¿Es culpa mía si quieren pelo lacio? Y piel más blanca, como Michael Jackson. ¿También tengo yo la culpa de lo de Michael Jackson? Me dicen que no venda el blanqueador del doctor Peacock... ¡La que han armado los periódicos, Señor! Pero ellos lo compran... Da este recibo a Andrea, por favor, tesoro. Yo sólo trato de ganarme la vida en este país, lo mismo que todo el mundo. Toma, tesoro, tu pelo.

La mujer alargó el brazo desde detrás de Irie y dejó el importe exacto en el mostrador con un golpe seco.

—¡Aquí tiene, joder!

—¿Qué puedo hacer yo si eso es lo que quieren? Oferta y demanda. ¡Y no consiento las palabrotas! Es simple economía. Cuidado con el escalón al salir, tesoro. Y usted haga el favor de no volver por aquí, o llamaré a la policía. A mí amenazas no. Porque llamo a la policía.

—Bueno, bueno, bueno.

Irie sostuvo la puerta para que pasara el cochecito y lo agarró de un lado para ayudar a hacerlo bajar el escalón. En la calle, la mujer se puso las horquillas en el bolsillo. Parecía fatigada.

—Odio venir a esta tienda —dijo—. Pero necesitaba horquillas.

—Yo necesitaba el pelo —dijo Irie.

La mujer movió la cabeza negativamente.

—Tú tienes pelo.

• • •

Tras cinco horas y media de arduo trabajo, consistente en trenzar mechoncitos de cabello ajeno a dos o tres dedos de pelo que le habían quedado a Irie y encolarlo, Irie Jones tenía una melena larga, lacia y negra con reflejos rojizos.

—¿Está lacio? —preguntó, sin dar crédito a lo que veía.

—Más lacio que la puñeta —dijo Andrea, admirando su obra—. Pero, si quieres que aguante, tendrás que trenzarlo. ¿Te lo trenzo yo? Si lo llevas suelto no aguantará.

—Aguantará —dijo Irie, extasiada por su reflejo—. Tiene que aguantar.

Bastaría con que él —Millat— lo viera una sola vez, al fin y al cabo, una sola vez. Para asegurarse de que el peinado se mantenía en perfectas condiciones, Irie fue hasta casa de los Iqbal sujetándolo con las dos manos, no fuera a alborotarlo una ráfaga de viento.

Alsana abrió la puerta.

—Hola. No está. Ha salido. No me preguntes adónde, porque no me cuenta nada. La mayoría de las veces, antes podría decir dónde está Magid.

Irie entró en el recibidor, mirándose disimuladamente al espejo al pasar. Todo seguía en su sitio.

—¿Puedo esperarlo aquí?

—Pues claro. Te veo distinta, cariño. ¿Has adelgazado?

—Es el peinado —dijo Irie, radiante.

—Oh, sí... Pareces una presentadora de la tele. Muy bonito. Pasa a la sala. Están la sobrina desvergonzada y su amiga indeseable, pero no te preocupes. Yo estoy en la cocina, cosiendo, y Samad en el jardín, arrancando hierbas, así que nada de ruido.

Irie entró en la sala.

—¡Joder! —chilló Neena ante aquella aparición—. ¿Se puede saber qué coño te has hecho? ¡Pero hay que ver cómo estás!

Hermosa estaba. Pelo lacio, sin ricitos de negro. Hermosa.

—¡Qué fenómeno! ¡Que me jodan! Maxine, tía, borra eso. ¡Hostia, Irie! ¿Qué pretendías exactamente?

¿No era evidente? Pelo lacio. Suavidad. Flexibilidad.

—Quiero decir, ¿cuál era el propósito? ¿Ser la Meryl Streep negra? —Neena se retorcía de risa.

—¡Sobrina desvergonzada! —llegó la voz de Alsana desde la cocina—. La costura exige concentración. Cierra el pico, haz el favor.

La amiga «indeseable» de Neena, conocida también como la novia de Neena, una muchacha atractiva y esbelta llamada Maxine con una bonita cara de porcelana, ojos oscuros y una hermosa melena castaña rizada, tiró del extraño flequillo de Irie.

—¿Qué te has hecho? Tenías un pelo precioso, chica. Espeso y ensortijado. Era fabuloso.

Irie se quedó un momento sin habla. Ni se le había ocurrido que ella pudiera ser algo más que una birria.

—Me he cortado el pelo, nada más. No es para tanto.

—Ese pelo no es tuyo, joder. Es el de alguna pobre paquistaní oprimida que necesitaba dinero para sus hijos —dijo Neena dándole un tirón y quedándose con un mechón en la mano—. ¡OH, MIERDA!

A Neena y Maxine les dio otro ataque de risa.

—Bueno, ya basta, ¿vale? —Irie se retiró a una butaca y se abrazó las rodillas. Con estudiada indiferencia, preguntó—: Eh... ¿dónde está Millat?

—¿Así que por ahí van los tiros? —se asombró Neena—. ¿Todo eso es por el insensato de mi primo?

—No. Y no te importa.

—Pues no está. Anda con una pájara nueva. Una gimnasta del Bloque Oriental con un vientre como una tabla de lavar. No está mal; unas tetas espectaculares, pero más estirada que el carajo. Y se llama... ¿cómo se llama?

—Stasia —dijo Maxine levantando fugazmente la mirada de *Top of the Pops*—. O una parida semejante.

Irie se hundió un poco más en los deteriorados muelles de la butaca favorita de Samad.

—Irie, ¿quieres un consejo? Desde que te conozco, andas detrás de ese chico como un perrito faldero. Y él se lo monta con todas, lo que se dice con todas menos contigo. Hasta me besuqueó a mí, que soy prima hermana suya, joder.

—Y a mí —dijo Maxine—. Y eso que yo no tengo esa tendencia.

—¿Nunca se te ha ocurrido pensar por qué no lo ha intentado contigo?

—Porque soy fea. Y gorda. Y tengo el pelo afro.

—No, tonta; porque tú eres lo único que tiene. Él te necesita. Tenéis una larga historia. Tú lo conoces. Y él está hecho un lío. Un día todo es que si Alá esto y Alá lo otro, y al día siguiente privan las rubias pechugonas, las gimnastas rusas y los porros. Confunde la gimnasia con la magnesia. Le pasa lo que a su padre: no sabe quién es. Pero tú lo conoces, al menos un poco; tú has seguido todas sus etapas. Y él necesita eso. Tú eres diferente.

Irie puso cara de resignación. A veces una quiere ser diferente. Y a veces sacrificaría hasta el último pelo de su cabeza para ser como todas.

—Mira, Irie, tú eres una chica lista. Pero te han comido el coco. Lo que tienes que hacer es reeducarte. Darte cuenta de lo que vales, olvidarte de ese amor ciego y vivir, Irie. Búscate un chico, búscate una chica, pero vive.

—Eres una chica muy atractiva, Irie —dijo Maxine con dulzura.

—Sí. Que lo voy a creer.

—Puedes confiar en su palabra: esta chica es una tortillera de narices —dijo Neena despeinando a Maxine con un ademán cariñoso y dándole un beso—. Pero la verdad es que ese corte que te han hecho a lo Barbra Streisand no te pega nada. El afro era guay, era atrevido. Era tuyo.

Alsana apareció de pronto en la puerta con una gran fuente de galletas y una mirada de intensa suspicacia. Maxine le envió un beso.

—¿Quieres galletas, Irie? Ven a la cocina conmigo, a comer galletas.

—No te asustes, tiíta. No pensamos reclutarla para el culto de Safo.

—No sé lo que hacéis ni me importa. No quiero saber de esas cosas.

—Estamos viendo la televisión.

En la pantalla del televisor estaba Madonna, que se pasaba las manos por unos pechos cónicos.

—Eso debe de parecerte muy bonito, supongo —espetó Alsana mirando a Maxine con ojos llameantes—. ¿Galletas, Irie?

—A mí me gustarían unas galletitas —murmuró Maxine moviendo sus largas pestañas.

—Estoy segura de que de las que a ti te gustan no tengo —dijo Alsana hablando despacio, como en clave.

Neena y Maxine volvieron a desternillarse de risa.

—Irie... —dijo Alsana, señalando la cocina con una mueca.

Irie salió tras ella.

—Yo soy tan liberal como quien más —se lamentó Alsana cuando estuvieron solas—. Pero ¿por qué tienen que estar siempre riéndose y tomándolo todo a broma? A mí que no me digan que la homosexualidad es tan divertida. La heterosexualidad tampoco, desde luego.

—Me parece que no quiero volver a oír esa palabra en esta casa —dijo Samad lapidariamente, entrando del jardín y dejando los guantes de jardinero encima de la mesa.

—¿Cuál de ellas?

—Ninguna de las dos. Yo hago cuanto puedo por mantener una casa piadosa.

Samad descubrió la figura sentada a la mesa de la cocina, frunció el entrecejo, decidió que era realmente Irie Jones e inició el ritual acostumbrado.

—Hola, señorita Jones. ¿Cómo está su padre?

Irie se encogió de hombros, como de costumbre.

—Usted lo ve más que nosotras. ¿Cómo está Dios?

—Divinamente, gracias. ¿Ha visto últimamente a mi hijo el inútil?

—Últimamente no.

—¿Y a mi hijo bueno?

—No, desde hace años.

—¿Le dirá de mi parte al inútil cuando lo vea que es un inútil?

—Lo intentaré, señor Iqbal.

—Que Dios la bendiga.

—Gesundheit.

—Ahora, si me perdonan... —Samad alargó la mano hacia la alfombrilla de orar que estaba encima del frigorífico y salió de la cocina.

—¿Qué le pasa? —preguntó Irie, que había observado que Samad había representado su papel sin su habitual convicción—. Parece, no sé, triste.

—Está triste —suspiró Alsana—. Piensa que la ha cagado en toda regla. Y es verdad que la ha cagado, pero es lo que yo digo: quién es el que puede tirar la primera piedra, etcétera. Ahora reza y reza. Pero no quiere darse cuenta de la realidad: Millat, siempre por ahí con sabe Dios qué gente, y siempre con muchachas blancas, y Magid...

Irie evocó a su primer amorcito, rodeado por una tenue aureola de perfección, una ilusión nacida de las decepciones que Millat le había causado a lo largo de los años.

—¿Qué le pasa a Magid?

Alsana frunció el entrecejo y alargó la mano hacia el estante más alto de la cocina, de donde sacó un fino sobre de avión que entregó a Irie. Ésta extrajo la carta y la foto que contenía.

La foto era de Magid, ahora un joven alto y distinguido. El pelo era tan intensamente negro como el de su hermano, pero no lo llevaba peinado con flequillo sino con raya a un lado, planchado y recogido detrás de la oreja derecha. Vestía traje de tweed y lo que parecía —aunque no podía estar segura, porque la foto no era buena— un pañuelo para el cuello. En una mano sostenía un gran sombrero de paja y con la otra oprimía la mano del eminente escritor indio sir R. V. Saraswati. Saraswati vestía de blanco y se tocaba con un sombrero de ala ancha; en la mano libre tenía un ostentoso bastón. Los dos posaban con un gesto un tanto autocomplaciente, sonriendo de oreja a oreja y como si acabaran de darse palmaditas en la espalda o fueran a dárselas. El sol de mediodía reverberaba en la escalinata de la Universidad de Dacca, donde se había captado la escena.

Alsana limpió una mancha de tizne de la foto con el índice.

—¿Conoces a Saraswati?

Irie asintió. Texto obligatorio para el examen: *Una puntada a tiempo*, de R. V. Saraswati, una narración agridulce de los últimos días del Imperio.

—Samad no traga a Saraswati, ¿comprendes? Lo llama retrógrado y colonialista, lamedor de culos ingleses.

Irie leyó en voz alta un párrafo de la carta elegido al azar.

> *Como veréis, un espléndido día de marzo tuve la suerte de conocer al mejor escritor de la India. Después de ganar un concurso de ensayos (lo titulé:* Bangladesh. ¿Hacia quién puede volverse?*), fui a Dacca a recoger el premio (un diploma y una pequeña cantidad en metálico) de manos del gran*

hombre durante un acto que se celebró en la universidad. Me cabe el honor de decir que me tomó simpatía y pasamos juntos una tarde muy agradable; un té y una larga charla, seguidos de un paseo por las zonas más atractivas de Dacca. Durante nuestras largas conversaciones, sir Saraswati hizo elogio de mi mente y hasta llegó a decir (y cito sus palabras) que yo era «un joven excelente», comentario que siempre significará mucho para mí. Sugirió que mi futuro podía estar en el derecho, la universidad o, incluso, en su propio campo de la creación literaria. Yo le dije que la primera de las alternativas era la que más me atraía y que hace tiempo que era mi intención contribuir a hacer de los países asiáticos lugares en los que impere la sensatez, prevalezca el orden, se prevengan los desastres y un niño no esté expuesto a que le caiga un jarrón en la cabeza (!). Se necesitan nuevas leyes y nuevas ordenanzas (le dije) para permitirnos afrontar nuestro desdichado destino: el desastre natural. Pero él me rectificó. «No es el destino —dijo—. Con harta frecuencia, nosotros, los indios, nosotros, los bengalíes, nosotros, los paquistaníes, levantamos los brazos al cielo y frente a la historia exclamamos: ¡El destino! Pero muchos de nosotros somos gente inculta, muchos de nosotros no comprendemos el mundo. Tendríamos que ser más como los ingleses. Los ingleses combaten el destino hasta la muerte. Ellos no prestan oídos a la historia, a no ser que les diga lo que desean oír. Nosotros decimos: ¡Tenía que ser! No tenía que ser. Nada tiene que ser.» Aprendí más de este gran hombre en una tarde que...

—¡No aprende nada! —Samad irrumpió en la cocina y puso el cacharro de hervir el agua en el fogón con un golpe seco—. ¡Nada se puede aprender de un hombre que nada sabe! ¿Dónde tiene la barba? ¿Dónde, la *khemise*? ¿Dónde está su humildad? Si Alá dispone que haya tormenta habrá tormenta. Y si terremoto, habrá terremoto. ¡Y así debe ser! Ésta es la razón por la que envié al chico allá: para que comprendiera que, esencialmente, somos débiles, que no controlamos las cosas. ¿Qué significa «islam»? ¿Qué significa esta palabra, la palabra en sí? Me entrego. Me entrego a Dios. Me rindo. Esta vida no es mía sino de Dios. La vida que yo llamo mía es suya, y Él puede disponer de ella. Las olas me revolcarán y me arrojarán, y yo nada podré nacer. ¡Nada! La misma naturaleza es musulmana, porque obedece las leyes que el Creador ha implantado en ella.

—¡En esta casa no se predica, Samad Miah! Hay sitios para eso. Ve a la mezquita, pero no nos prediques en la cocina, que aquí la gente tiene que comer...

—Pero nosotros, nosotros no obedecemos automáticamente. Nosotros, los humanos, somos unos tramposos, unos cerdos tramposos. Llevamos dentro el mal, el libre albedrío. Tenemos que aprender a obedecer. Eso es lo que yo quería que descubriera el niño Magid Mahfuz Murshed Mubtasim Iqbal y para eso lo envié allá. Dime ¿lo envié acaso para que le envenenara la mente una vieja reina hindú propagandista del *Rule-Britannia*?

—Quizá sí, Samad Miah, quizá no.

—No empieces, Alsi, te advierto...

—Bueno, adelante, viejo charlatán. —Alsana se apretó los michelines con los brazos como un luchador de sumo—. ¡Dices que no tenemos control, y tú tratas de controlarlo todo! ¡Déjalo ya, Samad Miah! Deja en paz al chico. Es la segunda generación; él nació aquí y es natural que haga las cosas de otra manera. Tú no puedes disponerlo todo. Al fin y al cabo, ¿qué es eso tan terrible? ¿Que no estudia para *alim*? ¿Y qué importa? ¡Es instruido, es limpio!

—¿Y eso es todo lo que pides a tu hijo? ¿Que sea limpio?

—Quizá, Samad Miah, quizá...

—¡Y a mí no me hables de segunda generación! ¡Una sola generación! ¡Indivisible! ¡Eterna!

En este punto de la discusión, Irie salió discretamente de la cocina y se encaminó a la puerta de la calle. Captó un poco halagador reflejo suyo entre las motas que acribillaban el espejo del recibidor. Parecía una hija natural de Diana Ross y Engelbert Humperdinck.

—Tienes que permitir que cometan sus propios errores... —A través de la delgada puerta de la cocina, la voz de Alsana llegó desde el fragor de la batalla hasta el recibidor, donde Irie, delante del espejo, estaba ocupada en arrancarse de la cabeza un pelo que no era suyo.

• • •

Como cualquier escuela, Glenard Oak tenía una disposición compleja. No es que su trazado fuera especialmente laberíntico. Había sido construida en dos etapas: la primera, en 1886, como asilo de pobres (resultado: mastodonte victoriano de ladrillo rojo) y la segunda, en 1963, cuando se convirtió en escuela y se le agregó un anexo (resultado: monolito gris del patrimonio inmobiliario municipal). Los dos monstruos fueron enlazados en 1974 por medio de un enorme pasillo tubular de material plástico. Pero no bastaba un puente para unificar los dos edificios ni para frenar la tendencia de la masa estudiantil a la disgregación y el fraccionamiento. La escuela había tenido que admitir, a regañadientes, que no se puede unir a mil estudiantes bajo una frase latina (lema de la escuela: *Laborare est orare*); los chicos son como los gatos y como los topos, que marcan sus territorios, cada uno con sus propias reglas, creencias y compromisos. A pesar de todos los intentos realizados por el profesorado para eliminar estas delimitaciones, la escuela contenía parcelas, reservas, territorios en disputa, estados satélites, estados de emergencia, guetos, enclaves, islas... No había mapa, pero el sentido común aconsejaba, por ejemplo, no aventurarse en la zona comprendida entre los contenedores de basura y Trabajos Manuales. Había habido bajas (por ejemplo, aquel pobre imbécil de Keith, al que metieron la cabeza en una prensa), y no había que bromear con aquellos chicos larguiruchos que patrullaban la zona, porque eran los hijos flacos de los hombres gordos que llevan un ejemplar de prensa amarilla en el bolsillo de atrás del pantalón como si fuera una pistola, los hombres gordos que creen en la justicia fulminante: vida por vida, para ellos la horca no es suficiente.

Al otro lado, los bancos, tres, puestos en fila. Aquí se realizaba el tráfico subrepticio de minúsculas cantidades de droga. Cosas como, por ejemplo, dos libras con cincuenta de resina de marihuana, una bolita tan pequeña que se perdía en el plumier o se confundía con un trozo de goma de borrar. O un cuarto de pastilla de éxtasis, cuya mayor utilidad era la de aliviar los dolores menstruales especialmente persistentes. Los incautos también podían adquirir artículos varios de uso doméstico —té de jazmín, césped vulgar, aspirina, regaliz, harina—, todos ellos disfrazados de drogas de primera clase, que se ingerían o se fumaban en la cavidad que había detrás de la sección de Teatro. Si uno sabía situarse en ese entrante de la pared, quedaba fuera del alcance de las miradas de los profesores, y allí fumaban los que aún no tenían edad para acceder al jardín de fumadores (un jardín de cemento reservado para los que habían cumplido dieciséis años y estaban autorizados a fumar como chimeneas. ¿Quedará todavía alguna escuela parecida?). No había que acercarse a la cavidad de Teatro. Aquéllos eran realmente unos tipos de cuidado, canallas de doce y trece años que empalmaban un cigarrillo con otro y a los que nada importaba una mierda. Realmente, nada les importaba: su salud, la de los demás, los maestros, los padres, la policía; nada. Fumar era su respuesta al universo, su filosofía, su razón de ser. Tenían pasión por los cigarrillos. No eran exigentes ni tenían preferencias por la marca, sólo cigarrillos, cualesquiera cigarrillos. Los chupaban como los niños chupan la teta, y cuando los habían terminado los aplastaban en el barro con los ojos húmedos. Los adoraban. Cigarrillos, cigarrillos, cigarrillos. Aparte de éstos sólo les interesaba la política o, concretamente, aquel mamón de ministro que no sabía más que subir el precio del tabaco. Porque nunca había bastante dinero ni bastantes cigarrillos. Había que hacerse especialista en gorrear, mendigar y robar. Una táctica muy socorrida era la de gastar la paga semanal en un paquete, repartirlo y pasarse el mes siguiente recordando a los que tenían cigarrillos que uno los había invitado. Pero era una política muy arriesgada. Valía más tener una cara de las que no llaman la atención, gorrear un pitillo y poder volver por otro a los cinco minutos sin ser reconocido. Valía más cultivar una imagen gris, ser un sujeto borroso llamado Mart, Jules o Ian. De lo contrario, se dependía de la caridad y del reparto. Un cigarrillo podía dividirse de muchas maneras. La cosa funcionaba así: uno (el que había llevado el paquete) enciende. Otro grita «mitades». A la mitad el cigarrillo cambia de manos. Cuando el segundo lo toma, se oye «tercios», luego «parada» (que es la mitad de un tercio), después «colilla» y, por último, si el día es frío y la necesidad, imperiosa, «¡última calada!». Pero la última calada es sólo para los desesperados, está más allá del límite del filtro, más allá de la marca, más allá de lo que podría llamarse la colilla. En la última calada está esa sustancia amarillenta que es menos que tabaco, esa sustancia que se acumula en los pulmones como una bomba de relojería, destruye el sistema inmunológico y provoca una destilación nasal permanente. La sustancia que tiñe de amarillo los dientes blancos.

• • •

En Glenard Oak, todo el mundo iba a lo suyo; una Babel de lenguas, colores y clases, cada cual en su industrioso rincón, exhalando por el incensario de la boca la ofrenda votiva de humo de tabaco, destinada a sus múltiples dioses (informe de las escuelas Brent de 1990: 67 religiones y 123 lenguas).

Laborare est orare:
Empollones en el estanque, comprobando el sexo de las ranas;
Niñas pijas en Música, cantando cánones franceses, hablando latín macarrónico, siguiendo dietas de pomelo, reprimiendo instintos lesbianos;
Chicos gordos en el pasillo de Educación Física, masturbándose;
Chicas nerviosas alrededor del bloque de Lenguas, leyendo novelas de crímenes;
Chicos indios jugando al críquet con raquetas de tenis en el campo de fútbol;
Irie Jones, buscando a Millat Iqbal;
Scott Breeze y Lisa Rainbow, follando en los aseos;
Joshua Chalfen, un «duende», un «sabio» y un «enano», jugando a Duendes y Gorgonas detrás del bloque de Ciencias.

Y todos, todos, fumando cigarrillos, cigarrillos y cigarrillos, pidiendo un cigarrillo, encendiendo un cigarrillo, inhalando el humo de un cigarrillo, recogiendo colillas y liando un cigarrillo, celebrando el poder del cigarrillo para unir a las personas de distintas culturas y religiones, pero mayormente sólo fumando —venga un pitillo, danos un pitillo—, fumando como pequeñas chimeneas hasta que el humo era tan denso que los encargados de encender las chimeneas en tiempos del asilo, en 1886, no hubieran notado mucha diferencia.

Y, entre la niebla, Irie buscaba a Millat. Había mirado en el campo de béisbol, el jardín de fumadores, la sección de Música, la cafetería, los aseos de uno y otro sexo y el cementerio que lindaba con la escuela. Tenía que avisarle. Iba a haber una batida para cazar a todos los fumadores clandestinos de hierba o tabaco, una operación combinada del personal docente y la comisaría de policía local. El sordo retumbar de aviso del terremoto había partido de Archie, el ángel de la revelación; Irie había oído su conversación telefónica y descubierto los secretos propósitos de la Asociación de Padres y Maestros. Ahora a Irie le había tocado una tarea mucho más ardua que la del sismólogo; la suya era la misión del profeta, porque ella sabía el día y la hora del seísmo (ese día, a las dos y media), conocía su fuerza (posible expulsión) y sabía quién podía caer en la falla. Tenía que salvarlo. Sujetándose las carnes que vibraban y sudando bajo cuatro dedos de pelo afro, Irie corría de un lado a otro llamándolo, preguntando, buscando en los sitios que solía frecuentar, pero Millat no estaba ni con los vendedores callejeros cockneys, ni con las pijas, ni con la pandilla india, ni con los chicos negros. Finalmente, trotó hacia el bloque de Ciencias, que formaba parte del antiguo asilo y era un punto de la escuela muy concurrido, ya que entre la esquina este del edificio y la tapia quedaban treinta preciosos metros de césped ocultos a la vista general. Era un día de otoño claro y fresco y el lugar estaba lleno. Irie tuvo que abrirse paso entre las consabidas competiciones de morreo y magreo, saltar por encima de la partida de Duendes y Gorgonas de Joshua Chalfen («¡Eh, mira dónde pones los pies! ¡Cuidado con la caverna de los muertos!») y bucear a través de una prieta falange de fumadores antes de llegar a Millat, que estaba en el epicentro, dando cortas chupadas a un porro cónico mientras escuchaba a un tipo alto y barbudo.

—¡Mill!

—Ahora no, Jones.

—¡Pero Mill!

—Haz el favor, Jones. Es Hifan, un viejo amigo. Quiero escuchar lo que dice.

Hifan, el tipo alto, no había interrumpido el discurso. Tenía una voz grave y susurrante como el agua de un arroyo, y como el agua fluía, constante, imparable. Hubiera hecho falta una fuerza superior a la de la repentina aparición de Irie, superior, quizá, a la de la gravedad, para detener su curso. Vestía sobrio traje negro, camisa blanca y corbata verde de lazo. La chaqueta tenía bordado en el bolsillo del pecho un pequeño emblema, dos manos que sostenían una llama, con algo debajo, muy pequeño para que pudiera distinguirse. Aunque no era mucho mayor que Millat, sorprendía su poblada barba, que lo avejentaba considerablemente.

—... y por eso la marihuana debilita las facultades, la fuerza del individuo, y en este país nos roba a los mejores; a hombres como tú, Millat, que tienen dotes de mando naturales, que poseen la habilidad para tomar a la gente de la mano y elevarla. Un *hadith* del *Bukhârî*, quinta parte, página 2, dice así: «Los mejores de mi comunidad son mis contemporáneos y mis seguidores.» Tú eres contemporáneo mío, Millat. Te ruego que seas también seguidor; porque hay guerra, Millat, hay guerra.

Y siguió hablando en el mismo tono. Las palabras se sucedían sin puntuación ni pausa, en el mismo tono de arrullo; casi daban ganas de acostarse en sus frases y quedarse dormido.

—Mill. Mill. Es importante.

Millat parecía soñoliento, pero no estaba claro si era por la hierba o por el discurso de Hifan. Sacudiéndose la mano de Irie de la manga, intentó una presentación:

—Irie, Hifan. Él y yo andábamos juntos. Hifan...

Hifan se adelantó, alzándose sobre Irie como un campanario.

—Celebro conocerte, hermana. Soy Hifan.

—Magnífico. Millat...

—Irie, tía, mierda. ¿Podrías estar un minuto calladita? —Le pasó el canuto—. Estoy tratando de escuchar al chico, ¿vale? Hifan es el Don. Fíjate qué traje... ¡estilo gángster! —Millat pasó el dedo por el borde de la solapa de Hifan, que no pudo menos que sonreír, halagado—. En serio, tío, estás imponente. De fábula.

—¿Sí?

—Esto es mejor que lo que llevabas antes, en los tiempos de Kilburn. ¿Te acuerdas cuando fuimos a Bradford y...?

Hifan recordó su papel y volvió a adoptar la expresión de piadosa determinación.

—Lo siento, no me acuerdo de los tiempos de Kilburn, hermano. Entonces obraba en la ignorancia. Era otra persona.

—Ya —dijo Millat, confuso—. Claro.

Millat dio a Hifan un amistoso puñetazo en el hombro, y Hifan permaneció tan quieto como un poste.

—Bien, así que ha empezado una puta guerra espiritual... ¡De puta madre! Ya iba siendo hora, porque tenemos que dejar huella en este jodido país. ¿Cómo dices que se llama tu gente?

—Soy de la rama de Kilburn de los Guardianes de la Eterna y Victoriosa Nación Islámica —dijo Hifan con orgullo.

Irie dio una calada.

—Guardianes de la Eterna y Victoriosa Nación Islámica —repitió Millat, impresionado—. Un nombre genial. Suena a Kung-fu y patadón al culo.

Irie arrugó la frente.

—¿GEVNI?

—Somos conscientes de que las siglas no suenan bien —dijo Hifan solemnemente, señalando el emblema, en el que, debajo de la llama y las manos, Irie distinguió ahora las diminutas iniciales bordadas.

—Desde luego.

—Pero es el nombre inspirado por Alá y no puede cambiarse. Volviendo a lo que estaba diciendo: tú, Millat, amigo, podrías ser jefe de la rama de Cricklewood...

—Mill.

—Podrías tener todo lo que tengo yo, en lugar de esa terrible confusión en la que te hallas, y de utilizar una droga que es especialmente importada por los gobiernos para someter a la comunidad negra y asiática, para minar nuestro poder.

—Sí —dijo Millat tristemente, liando otro canuto—. Yo no lo veo exactamente así, aunque imagino que debería verlo así.

—Mill.

—Jones, vale ya. Estoy hablando de cosas serias. ¿Y a qué escuela vas ahora, Hifan?

Hifan movió la cabeza negativamente con una sonrisa.

—Hace tiempo que abandoné el sistema educativo británico. Pero mi educación dista mucho de estar terminada. Si me permites, te citaré del *Tabrîzî, hadith* 220: «La persona que va en busca del conocimiento está activamente al servicio de Dios hasta su regreso y el...»

—Mill —susurró Irie bajo el flujo de la meliflua retórica de Hifan—. Mill.

—¿Qué coño pasa? Perdona, Hifan, chico, un minuto.

Irie dio una larga calada al porro y pasó el aviso. Millat suspiró.

—Irie, ellos entran por un lado y nosotros salimos por el otro. No pasa nada. Es lo de siempre. ¿De acuerdo? Ahora, ¿por qué no te vas a jugar con las niñas? Aquí estamos hablando de cosas serias.

—Encantado de conocerte, Irie —dijo Hifan tendiéndole la mano y mirándola de arriba abajo—. Si me lo permites, te diré que resulta refrescante ver a una mujer que viste con modestia y lleva el pelo corto. Los GEVNI creemos que una mujer no debería sentir la necesidad de ceder a las fantasías eróticas de la sexualidad occidental.

—¿Eh? Sí. Gracias.

Irie, sintiéndose tratada injustamente y medio colocada, volvió sobre sus pasos por entre el muro de humo y una vez más pisó los Duendes y Gorgonas de Joshua Chalfen.

—¡Eh, tú, que estamos jugando!

Irie se revolvió con furor reprimido.

—¿Y?

Los compañeros de Joshua —un chico gordo, otro con granos y otro con la cabeza grande— retrocedieron asustados. Pero Joshua aguantó. Él tocaba el oboe detrás de Irie —que, en el remedo de orquesta de la escuela, era segunda viola— y, mirando su extraño pelo y sus anchos hombros, más de una vez había pensado que quizá con ella tuviera una oportunidad. Era lista y no del todo fea, y algo empollona, a pesar de andar siempre con aquel individuo. El indio. Iba con él pero no era como él. Joshua Chalfen sospechaba que aquella chica, en el fondo, era de los suyos. Tenía cualidades ocultas que él creía poder sacar a la superficie. Era una inmigrante integrada en las filas de los empollones, que había abandonado la tierra de los gordos, los facialmente desfavorecidos y los pícaros. Había escalado las montañas de Caldor, cruzado a nado el río Leviathrax y desafiado la sima de Duilwen, escapando audazmente de sus verdaderos compatriotas hacia otra tierra.

—Sólo digo que parece que te gusta pisar la tierra de Golthon. ¿Quieres jugar con nosotros?

—No; no quiero jugar con vosotros, fantasma. Ni siquiera te conozco.

—Joshua Chalfen. Ibamos a la misma escuela primaria. Estamos juntos en Gramática. Y también estamos juntos en la orquesta.

—No; no estamos juntos. Yo estoy en la orquesta. Tú estás en la orquesta. Pero no estamos juntos.

El duende, el viejo y el enano, que disfrutaban con los duelos verbales, soltaron una risita sarcástica. Pero para Joshua no significaban nada los insultos. Joshua, encajando insultos, era un Cyrano de Bergerac. Los había oído de todas clases, desde los más afectuosos (Chalfen Retaco, Josh el Pijo, Josh Ricitos) hasta los más ordinarios (hippy gilipollas, mamón de pelo rizado, comemierda); había oído insultos durante toda su puñetera vida, y había sobrevivido y salido indemne y satisfecho de sí mismo. Un insulto no era sino una piedrecita en su camino: sólo demostraba la inferioridad intelectual de quien la arrojaba. Él volvió a la carga, impávido:

—Me gusta lo que te has hecho en el pelo.

—¿Es cachondeo?

—No; a mí me molan las chicas con el pelo corto. Me gusta esa cosa andrógina. En serio.

—¿Se puede saber qué mosca te ha picado? ¿Tienes algún problema?

Joshua se encogió de hombros.

—No. La más ligera noción de la teoría freudiana básica sugeriría que quien tiene un problema eres tú. ¿De dónde sale toda esa agresividad? Creí que fumar sosegaba. ¿Me das una calada?

Irie había olvidado el porro que llevaba en la mano.

—Oh, cómo no. Aquí se fuma de todo, ¿eh?

—Se hace lo que se puede.

El enano, el viejo y el duende emitieron resoplidos y sorbetones.

—Bueno —dijo Irie con un suspiro, agachándose para pasarle el porro—. Como quieras.

—¡Irie!

Era Millat. Había olvidado recuperar el porro y ahora llegaba corriendo en su busca. Irie, que iba a pasárselo a Joshua, se volvió y vio a Millat que iba hacia ella y, al mismo tiempo, sintió vibrar el suelo con un temblor que primero agitó el pequeño ejército de duendes de hierro de Joshua y después los hizo caer del tablero.

—¿Qué co...? —barbotó Millat.

Era el comité de la redada. Por recomendación del miembro de la asociación Archibald Jones, ex militar que se atribuía experiencia en materia de emboscadas, se había decidido que el grupo, compuesto por un centenar de personas, entraría por los dos lados a la vez (una táctica inédita), para aprovechar el factor sorpresa, sin más aviso que el rumor de sus pasos. Sencillamente, encerrarían a aquellos granujas, sin darles escapatoria. Fue así como pillaron a elementos tales como Millat Iqbal, Irie Jones y Joshua Chalfen en el acto de consumir marihuana.

El director de Glenard Oak parecía hallarse en un estado de implosión permanente. La línea del nacimiento del pelo se había retirado como una marea definitiva; los ojos se le hundían en las órbitas y los labios como absorbidos por la boca. Prácticamente ya no tenía cuerpo, y con lo que le quedaba había hecho un paquete atado con brazos y piernas cruzados. Como para contrarrestar este repliegue personal, el director había dispuesto las sillas en un ancho círculo, un gesto expansivo que él esperaba que ayudara a cada cual a expansionarse y situar en perspectiva a los demás, animándolo a dar su versión y hacerse escuchar de manera que todos juntos pudieran resolver problemas en lugar de castigar comportamientos. Había padres que se sentían preocupados porque el director les parecía un liberal blando de corazón. Si se le preguntaba a Tina, su secretaria (y no es que alguien se molestara en preguntar a Tina algo que no fuera cosas tales como «¿Y qué han hecho estos tres granujas?»), el corazón del director era un puro merengue.

—Vamos a ver —dijo el director a Tina con una sonrisa compungida—, ¿qué han hecho estos tres granujas?

Tina leyó cansinamente las tres acusaciones de posesión de marihuana. Irie levantó la mano para hacer una objeción, pero el director la silenció con una afable sonrisa.

—Comprendo. Eso es todo, Tina. Haga el favor de dejar la puerta abierta al salir. Sí, así está mejor... Para que nadie se sienta... encerrado. Bien. Creo que la manera más civilizada de discutir esto —dijo el director apoyando las manos en las rodillas con la palma hacia arriba, para demostrar que no llevaba armas —es que no nos atropellemos unos a otros, así yo digo mi parte y vosotros la vuestra, empezando por ti, Millat, y acabando por Joshua. Y, cuando cada cual haya dicho lo que tenga que decir, yo digo mi parrafito final. Relativamente indoloro. ¿De acuerdo? De acuerdo.

—Necesito un cigarrillo —dijo Millat.

El director cambió de postura. Quitó la pierna derecha de encima de la izquierda y puso la izquierda encima de la derecha, juntó los índices delante de los labios en forma de torre de iglesia y hundió el cuello entre los hombros como una tortuga.

—Millat, por favor.

—¿Tiene un cenicero?

—Ahora no, Millat, vamos...

—Entonces saldré a fumar a la calle.

Así presionaba al director toda la escuela. Él no podía tener a un millar de chicos fumando por las calles de Cricklewood, pues eso sería un descrédito para el centro. Era la época de la tabla de clasificación. Los padres quisquillosos indagaban en el suplemento de educación del *Times* y clasificaban escuelas por letras y números y por informes de inspectores. El director se veía obligado a desconectar las alarmas de incendio durante cursos enteros y esconder a sus mil fumadores en el interior de la escuela.

—Oh... pues acerca la silla a la ventana. Vamos, vamos, no nos montes un número. Así. ¿Conforme?

Millat se colgó de los labios un Lambert & Butler.

—¿Tiene fuego?

El director hurgó en el bolsillo del pecho de la camisa, donde tenía un paquete de picadura alemana y un encendedor, entre pañuelos de celulosa y bolígrafos.

—Vamos ya.

Millat encendió el cigarrillo y echó el humo a la cara del director, que tosió como una vieja.

—Bien, Millat, primero tú. Porque de ti espero, por lo menos, esto. Los hechos.

—Yo estaba allí, detrás del bloque de Ciencias, por un tema de desarrollo espiritual.

El director se inclinó hacia delante y se golpeó los labios varias veces con la torre de la iglesia.

—Tendrás que darme más elementos de trabajo, Millat. Si concurren circunstancias de índole religiosa sólo podrán pesar a tu favor, pero necesito saberlo.

—Yo estaba hablando con mi amigo Hifan —amplió Millat.

El director movió la cabeza negativamente.

—No te sigo, Millat.

—Es un líder espiritual que me daba consejos.

—¿Un líder espiritual? ¿Hifan? ¿Estudia en la escuela? ¿Hablamos de algún culto, Millat? Necesito saber si se trata de un culto.

—¡No es ningún culto! —gritó Irie, frenética—. ¿No podemos ir al grano? Tengo clase de viola dentro de diez minutos.

—Irie, ahora está hablando Millat. Todos escuchamos a Millat. Y es de esperar que, cuando te llegue el turno, Millat te otorgue más respeto del que tú acabas de mostrar hacia él. ¿De acuerdo? Hay que proceder con orden. De acuerdo, Millat. Continúa. ¿Que clase de líder espiritual?

—Musulmán. Estaba ayudándome con mi religión. Es el jefe de la rama de Cricklewood de los Guardianes de la Eterna y Victoriosa Nación Islámica.

—¿Los GEVNI?

—Ya son conscientes de que las siglas no suenan bien —explicó Irie.

—Así que ese chico era de los GEVNI —dijo el director con interés frunciendo el entrecejo, y agregó—: ¿Ha sido él quien os ha dado la sustancia?

—No —respondió Millat aplastando el cigarrillo en el alféizar—. Era mía. Él hablaba y yo fumaba.

—Mire —dijo Irie, tras varios minutos más de charla infructuosa—, es muy simple. La sustancia era de Millat. Yo fumé sin pensar y luego pedí a Joshua que me lo sostuviera mientras me ataba el zapato, pero él no tiene nada que ver. ¿Y ahora podemos irnos?

—Sí tengo que ver.

Irie miró a Joshua.

—¿Qué?

—Ella trata de protegerme. Parte de la marihuana era mía. Yo traficaba con marihuana. Luego esos cerdos se me echaron encima.

—¡Hostia, Chalfen, estás pirado!

Quizá. Pero durante los dos últimos días Chalfen había recibido más muestras de respeto y palmadas en la espalda que en toda su vida, y había podido pavonearse como nunca. Parte del encanto de Millat parecía habérsele contagiado por asociación y, en cuanto a Irie... bueno, Joshua había permitido que el «vago interés» del principio se convirtiera en una pasión en toda regla. Nada menos. Sentía pasión por los dos. Ellos tenían un algo irresistible. Más que Elgin el enano o Moloch el brujo. Le gustaba estar relacionado con ellos, aunque fuera tenuemente. Habían coincidido por pura casualidad, y él había pasado de la oscuridad a la luz de los focos. No volvería a la oscuridad sin pelear.

—¿Es verdad eso, Joshua?

—Sí. Hm... Empezó en poca cosa, pero ahora me parece que tengo un problema. Yo no quiero traficar con drogas, evidentemente, pero es como una compulsión...

—¡Venga ya...!

—Irie, deja que Joshua se explique. Su palabra vale tanto como la tuya.

Millat introdujo la mano en el bolsillo del director y sacó el paquete de tabaco, que vació en la mesita de centro.

—Vamos, Chalfen, terror del gueto. Aparta un octavo.

Joshua contempló el maloliente montoncito de tabaco.

—¿Un octavo europeo o inglés?

—¿Quieres hacer lo que dice Millat? —apremió el director con irritación, inclinándose hacia adelante para examinar el tabaco—. A ver si podemos aclarar esto.

Con dedos temblorosos, Joshua tomó un pellizco de tabaco y se lo puso en la palma. El director levantó la mano de Joshua hasta la altura de la nariz de Millat, para su examen.

—Eso no valdría ni cinco libras —dijo Millat con desdén—. Yo nunca te compraría mierda a ti.

—Bien, Joshua —dijo el director volviendo a meter el tabaco en el paquete—. Creo que la cosa está clara. Hasta yo he visto que eso ni se parecía a un octavo. Pero me preocupa que te hayas creído en la necesidad de mentir, y tendremos que hablar de esto en otro momento.

—Sí, señor.

—Entretanto, he hablado con tus padres y, en la línea de la política de la escuela, tendente a configurar el comportamiento de modo constructivo, rehuyendo toda noción de castigo, muy generosamente, ellos han propuesto un programa de dos meses.

—¿Un programa?

—Cada martes y jueves, tú, Millat, y tú, Irie, iréis a casa de Joshua para realizar con él dos horas de estudios complementarios de matemáticas y biología, las asignaturas en las que vosotros estáis más flojos y él está más fuerte.

—¿No lo dirá en serio? —bufó Irie.

—Pues mira, lo digo muy en serio. Me parece una idea francamente interesante. De este modo, los dos podréis beneficiaros por igual de los conocimientos de Joshua y os encontraréis en un entorno estable, con la ventaja de que no estaréis tanto en la calle. He hablado con vuestros padres y están encantados con este arreglo. Y lo realmente interesante es que el padre de Joshua es un científico relevante y su madre es horticultora, según creo, de manera que podéis salir muy beneficiados. Los dos tenéis un gran potencial, pero me parece que os están afectando cosas que son un peligro para ese potencial (no sé si se trata de circunstancias familiares o de conflictos personales), y ésta es una excelente oportunidad para sustraeros a ellas. Espero que os daréis cuenta de que esto es algo más que un castigo. Es algo constructivo. Es ayuda entre las personas. Y confío en que pongáis vuestra mejor voluntad. Porque este tipo de cosas están en armonía con la historia, el espíritu y el ethos de Glenard Oak, desde la época del propio sir Glenard.

La historia, el espíritu y el ethos de Glenard Oak, como sabía todo glenardiano digno de tal nombre, se remontaban a sir Edmund Flecker Glenard (1842-1907), personaje victoriano al que la escuela había decidido honrar como generoso benefactor. Según la versión oficial, Glenard había donado los fondos para la construcción del primer edificio, llevado de su altruista interés en el desarrollo social de los menos favorecidos. Más que como asilo, el folleto de la Asociación de Padres y Maestros lo describía como «refugio, taller y centro educativo» que en tiempos había sido utilizado por ingleses y caribeños conjuntamente. Según el folleto de la APM, el fundador de Glenard Oak era «un gran filántropo y pedagogo». Pero, también según el folleto de la APM, «un período de reflexión en horas no lectivas sobre conducta irregular» era un eufemismo por «quedarse castigado después de clase».

Una atenta investigación de los archivos de la biblioteca Grange revelaría que sir Edmund Flecker Glenard fue un próspero colono que hizo una bonita fortuna en Jamaica cultivando tabaco o, mejor dicho, supervisando grandes extensiones de tierras en las que se cultivaba el tabaco. Tras veinte años de esta actividad y habiendo reunido mucho más dinero del necesario, sir Edmund se arrellanó en su imponente sillón de piel y se preguntó si no habría algo que él pudiera hacer. Algo que le permitiera envejecer sintiéndose estimado y respetable. Algo por la gente. Aquella gente que estaba viendo por la ventana. En los campos.

Durante varios meses, sir Edmund estuvo indeciso. Hasta que un domingo por la tarde, mientras daba un plácido paseo por Kingston, oyó un sonido familiar que lo afectó de un modo especial. Cantos litúrgicos. Palmadas. Sollozos y lamentos. Cálidos sones que salían de una iglesia y otra, y se unían, en coro invisible, en el bochornoso aire de Jamaica. Allí había algo, pensó sir Edmund. Porque, a diferencia de muchos de sus ex compatriotas, para quienes aquellos cánticos eran maullidos de gato y los tildaban de paganos, sir Edmund siempre se había sentido conmovido por la devoción de los cristianos de Jamaica. A él le gustaba la idea de una iglesia alegre, en la que se pudiera toser, sorber el aire por la nariz o hacer un movimiento brusco sin que el cura mirase con extrañeza. Sir Edmund estaba seguro de que Dios, en su inmensa sabiduría, nunca había pretendido que el culto religioso fuera aquella función rígida y lúgubre que se oficiaba en Tunbridge Wells, sino algo alegre, con canto y baile, con palmas y taconeo. Los jamaicanos lo habían comprendido. A veces, parecía que esto era lo único que comprendían. Sir Edmund se paró un momento en la puerta de una iglesia en la que la vibración era especialmente intensa, para reflexionar sobre este misterio: la gran diferencia que existía entre la devoción que un jamaicano sentía hacia su Dios y la que le inspiraba su patrón. Era algo que lo intrigaba desde hacía mucho tiempo. Ese mismo mes, mientras él trataba de concentrarse en el problema que se había planteado a sí mismo, sus capataces se habían presentado en su despacho para informarle de tres huelgas: varios hombres habían sido sorprendidos durmiendo o en estado de embriaguez en horas de trabajo, y todo un grupo de madres (entre ellas, varias mujeres Bowden) protestaban por los bajos jornales y se negaban a trabajar. Y ahí precisamente estaba el quid. Se podía hacer que un jamaicano se pusiera a rezar a cualquier hora del día o de la noche y acudían en masa a la iglesia en todas las festividades religiosas, hasta las más insignificantes... pero, si se les quitaba la vista de encima un minuto, cesaba la actividad en los campos de tabaco. Cuando rezaban rebosaban energía, se movían como habichuelas saltarinas, vociferaban en los pasillos... pero en el trabajo estaban huraños y apáticos. La cuestión lo tenía tan intrigado que hasta escribió una carta al *Gleaner* aquel mismo mes, solicitando opiniones, pero hasta el momento no había recibido ninguna respuesta satisfactoria. Cuanto más lo pensaba Edmund más se convencía de que en Inglaterra sucedía todo lo contrario. La fe de los jamaicanos era impresionante y su ética del trabajo, deplorable, mientras que la ética del trabajo del inglés era admirable y su fe dejaba mucho que desear. Y entonces, cuando sir Edward daba media vuelta para regresar a su plantación, descubrió que él se hallaba en una situación privilegiada para influir en aquel estado de cosas y quién sabe si corregirlo. Sir Edmund, que era un hombre bastante corpulento, un hombre que daba la impresión de que podía llevar escondido dentro a otro hombre, prácticamente volvió a casa brincando.

Al día siguiente escribió una carta electrizante a *The Times* y donó cuarenta mil libras a un grupo misionero, con la condición de que las destinaran a la adquisición de una gran propiedad en Londres. Allí los jamaicanos podrían trabajar codo con codo con los ingleses, embalando los cigarrillos de sir Edmund durante el día y tomando clases de cultura general por la noche. Aneja a la fábrica se construiría una pequeña capilla, en la que el domingo, prosiguió sir Edmund, los jamaicanos enseñarían a los ingleses cómo debe ser el culto.

Se aprontó aquello y, tras prometerles rápidamente una lluvia de oro, sir Edmund embarcó a trescientos jamaicanos rumbo a Londres norte. Dos semanas después, desde el otro lado del mundo, los jamaicanos enviaban a Glenard un telegrama comunicándole que habían llegado sin novedad, y Glenard les telegrafió a su vez para sugerir que, bajo la placa que ya llevaba su nombre, se pusiera una frase latina: «*Laborare est orare*.» Durante algún tiempo, las cosas marcharon bastante bien. Los jamaicanos eran optimistas acerca de Inglaterra. Pusieron buena cara al clima frío, dejándose reconfortar por el calor interno de aquel súbito y entusiasta interés de sir Edmund por su bienestar. Pero a sir Edmund siempre le había costado trabajo perseverar en el entusiasmo y el interés. Tenía una mente pequeña y llena de agujeros por los que solían escapársele las aficiones, y, en el tiovivo de su cerebro, «la fe de los jamaicanos» no tardó en ceder el paso a otros temas: la excitabilidad del militar hindú, la falta de sentido práctico de la virgen inglesa, el efecto del calor extremo en las tendencias sexuales de los nativos de Trinidad... Durante los quince años siguientes, la fábrica de Glenard Oak no tuvo de él más noticias que los cheques que su secretario enviaba con relativa regularidad. Hasta que, durante el terremoto que asoló Kingston en 1907, Glenard murió aplastado por una virgen de mármol, en presencia de la abuela de Irie. (Son éstos viejos secretos que saldrán en su momento oportuno, como las muelas del juicio.) Fue una lástima, porque aquel mismo mes sir Edmund pensaba regresar a las costas inglesas, para comprobar cómo marchaba el experimento que tan abandonado tenía. La carta que había enviado con los detalles de sus planes de viaje llegó a Glenard Oak poco más o menos en el mismo momento en que un gusano, después de hacer la travesía del cerebro en dos días, le salía al infortunado Glenard por el oído izquierdo. Pero si, por un lado, el hombre se convirtió en pasto de gusanos, por otro lado se ahorró una decepción, porque el experimento iba de mal en peor. El embarque de tabaco húmedo y pesado con destino a Inglaterra era un proceso costoso y poco práctico. Cuando, seis meses atrás, habían dejado de llegar los donativos de sir Edmund, el negocio se hundió, el grupo misionero desapareció discretamente y los ingleses se fueron a trabajar a otros sitios. Los jamaicanos, que no podían trabajar en ningún otro sitio, se quedaron en la fábrica hasta que se agotaron las provisiones. Para entonces ya dominaban el modo subjuntivo, la tabla del nueve, la vida y milagros de Guillermo el Conquistador y las características de un triángulo equilátero, pero tenían hambre. Unos murieron de inanición, otros fueron a la cárcel por los pequeños hurtos inducidos por el hambre, muchos se desplazaron hacia el East End y la clase obrera inglesa... Unos cuantos se encontraron, diecisiete años después, en el pabellón de Jamaica de la Exposición del Imperio Británico de 1924, vestidos de jamaicanos representando un horrendo simulacro de su vida anterior —con tambores de hojalata y collares de coral—, porque ahora eran ingleses, más ingleses que los ingleses, en virtud de sus decepciones. En suma, pues, el director estaba equivocado: no podía decirse que Glenard hubiera sido un faro, un ejemplo edificante para las generaciones futuras. Un legado no es algo que se pueda dar y quitar al antojo de uno, y en ese oscuro asunto de la herencia es imposible estar seguro de nada. Por mucho que ello hubiera podido horrorizar a Glenard, su influencia tuvo un carácter más físico que profesional o pedagógico, ya que se transmitió por la sangre de la gente y de sus familias, se transmitió a través de tres generaciones de inmigrantes que a veces podían sentirse abandonados y hambrientos aun rodeados de sus familias y ante la mesa de un festín; y también se transmitió a Irie Jones, del clan jamaicano Bowden, aunque ella no lo sabía (pero alguien hubiera debido advertirle que no perdiera de vista a Glenard; Jamaica es pequeño, se lo puede recorrer en un día, y todos los que vivían allí tenían que acabar por encontrarse).

—¿Tenemos elección? —preguntó Irie.

—Vosotros habéis sido sinceros conmigo y yo quiero ser sincero con vosotros —dijo el director mordiéndose el incoloro labio inferior.

—No tenemos elección.

—Sinceramente, no. O eso o dos meses de reflexión en horas no lectivas sobre conducta irregular. Lo siento, Irie, pero hay que complacer a la gente. Y, si no podemos complacer siempre a todo el mundo, por lo menos podemos complacer a una parte de...

—Sí, genial.

—Los padres de Joshua son personas realmente encantadoras, Irie. Creo que esta experiencia será muy formativa para vosotros. ¿No te parece, Joshua?

Joshua resplandecía.

—Sí, señor, desde luego.

—Y lo mejor es que esto podría ser una especie de experimento piloto para toda una serie de programas —dijo el director, pensando en voz alta—. Poner en contacto a chicos de entornos desfavorecidos o minoritarios con chicos que puedan tener algo que ofrecerles. Y podría haber un intercambio a la inversa. Chicos que enseñaran a otros chicos baloncesto, fútbol, etcétera. Podríamos conseguir una subvención. —Al influjo de la palabra mágica, subvención, los hundidos ojos del director empezaron a desaparecer intermitentemente tras unos agitados párpados.

—Qué mierda, tú —dijo Millat moviendo negativamente la cabeza con incredulidad—. Necesito un cigarrillo.

—A medias —dijo Irie saliendo tras él.

—¡Hasta el martes, chicos! —se despidió Joshua.

12

Caninos: los dientes que desgarran

Aunque la comparación pueda parecer un tanto rebuscada, yo diría que la revolución sexual y cultural que hemos experimentado durante las dos últimas décadas no está tan alejada de la revolución horticultural que ha tenido lugar en nuestros arriates herbáceos y nuestros cuadros de flores. Si antes nos dábamos por satisfechos con muestras bianuales, flores de colorido pobre que crecían débiles y florecían unas cuantas veces al año (si había suerte), ahora exigimos a nuestras plantas tanto variedad como continuidad de floración, queremos los colores intensos de las variedades exóticas 365 días al año. Si antes los jardineros preferían la seguridad de la planta autopolinizada en la que el polen pasa del estambre al estigma de la misma flor (autogamia), ahora somos más audaces y cantamos las alabanzas de la polinización cruzada en la que el polen pasa de una flor a otra de la misma planta (geitonogamia) o a una flor de otra planta de la misma especie (xenogamia). Lo que debemos favorecer es la acción de los pájaros y las abejas, crear una densa nube de polen. Desde luego, la autopolinización es el más simple y seguro de los dos procesos de fertilización, especialmente para muchas especies que se multiplican en su entorno repitiendo copiosamente la misma variedad parental. Pero una especie que reproduzca esta descendencia uniforme se expone al peligro de que toda su población se vea exterminada por un solo evento evolutivo. En el jardín, al igual que en la arena social y política, la única constante debería ser el cambio. Nuestros padres y las petunias de nuestros padres han tenido que aprender esta lección. La marcha de la historia no tiene entrañas y pisotea una generación y sus plantas anuales con inflexible determinación.

Lo cierto es que la polinización cruzada produce vástagos más variados y capaces de soportar los cambios del entorno. Se dice que las plantas de polinización cruzada producen semillas más abundantes y de mejor calidad. Si hemos de guiarnos por mi hijo de un año (¡cruce entre una feminista horticultora católica no practicante y un intelectual judío!) puedo certificar la veracidad de esto. Hermanas, el lema es: para seguir luciendo flores en el pelo dentro de una década, éstas tienen que ser robustas y abundantes, algo que sólo puede asegurar la jardinera realmente maternal. Si queremos patios de recreo alegres para nuestros hijos y rincones de contemplación para nuestro marido, necesitamos crear jardines con diversidad e interés. La Madre Tierra es grande y generosa, pero incluso ella necesita a veces la ayuda de una mano amiga.

JOYCE CHALFEN, *El nuevo poder de las flores*,
Editorial Oruga, 1976.

Joyce Chalfen escribió *El nuevo poder de las flores* en una buhardilla diminuta situada sobre su laberíntico jardín, durante el tórrido verano del 76. Era un ingenioso comienzo para un extraño librito —que trataba de relaciones humanas más que florales— que había tenido buena acogida a finales de los setenta (no imprescindible para tenerlo en la mesita de centro, ni mucho menos, pero una mirada atenta a la biblioteca de un ciudadano de mediana edad lo descubriría, polvoriento y olvidado, junto a otros viejos conocidos con la firma del doctor Spock y de Shirley Conran, y un manoseado ejemplar de *La tercera vida de Grange Copeland* de Alice Walker). La popularidad de *El nuevo poder de las flores* a nadie sorprendió más que a la propia Joyce. El libro prácticamente se había escrito solo; le llevó apenas tres meses, la mayor parte de los cuales los había pasado Joyce en camiseta y bragas, para defenderse del calor, dando el pecho a Joshua a intervalos, casi distraídamente, y diciéndose entre párrafo y párrafo, a cual más fluido, que ésta era exactamente la clase de vida que ella había soñado. Éste era el futuro que se había permitido concebir la primera vez que vio cómo los ojillos inteligentes de Marcus admiraban sus grandes piernas blancas mientras cruzaba el patio de su colegio de Oxbridge, en minifalda, hacía siete años. Ella era una de esas personas que lo sabían todo inmediatamente, a primera vista, incluso antes de que su futuro esposo abriera la boca para decir nerviosamente un primer «hola».

El suyo era un matrimonio muy feliz. Aquel verano del 76, entre el calor, las moscas y las interminables melodías de los carritos de helados, las cosas ocurrían como en un sueño, y a veces Joyce tenía que pellizcarse para convencerse de que aquello era real. El despacho de Marcus estaba al fondo del pasillo, a la derecha, y dos veces al día ella se acercaba con Joshua apoyado en una robusta cadera y empujaba la puerta suavemente con la otra, sólo para comprobar que él seguía allí, que él existía realmente, e, inclinándose sensualmente sobre la mesa, robaba un beso a su genio favorito, que trabajaba afanosamente con espirales, letras y números. Le gustaba distraerlo de todo aquello para mostrarle la última proeza de Joshua, una gracia o algo que había aprendido, sonidos, letras, coordinación de movimientos, imitación; «igual que tú», decía Joyce, «buenos genes», decía Marcus dándole unas palmadas en las nalgas o en aquellos muslos soberanos, sopesando cada pecho, acariciando el pequeño vientre y, en general, admirando su monumento, su diosa de la tierra... y entonces ella volvía a su despachito satisfecha, como una gata grande con una cría entre los dientes, cubierta por una fina capa de sudor de felicidad y murmurando una versión oral de las inscripciones que las adolescentes garabatean en las puertas de los lavabos: Joyce y Marcus, Marcus y Joyce.

También Marcus escribía un libro aquel verano del 76. En realidad, menos un libro (al estilo del de Joyce) que un estudio. Se titulaba *Ratones quiméricos: Valoración y exploración práctica de la obra de Brinster (1974) sobre la fusión de embriones de ratón en la fase de desarrollo octocelular.* Joyce había estudiado biología en la universidad, pero ni se le ocurría tocar el voluminoso manuscrito que iba creciendo a los pies de su marido como una topera. Joyce conocía sus limitaciones. No tenía el menor deseo de leer los libros de Marcus. En cierto modo, le bastaba saber que estaba escribiéndolos. Su marido no se limitaba a ganar dinero, no hacía cosas ni vendía las cosas que hacían otros, sino que creaba seres. Iba hasta el límite de su divina imaginación y creaba ratones que Yahvé no podría ni imaginar: ratones con genes de conejo, ratones con patas palmeadas (o eso imaginaba Joyce, porque ella no hacía preguntas), ratones que año tras año expresaban de un modo más y más elocuente los designios de Marcus: desde el proceso empírico de la cría selectiva hasta la quimérica fusión de embriones, y después los rápidos desarrollos que estaban más allá de la comprensión de Joyce pero que se hallaban en el futuro de Marcus —microinyección de ADN, transgénesis por retrovirus (que casi le valió el Nobel en 1987), transferencia embrionaria de genes por células madre—, procesos todos por los que Marcus manipulaba óvulos y regulaba el grado de expresión de un gen, implantando instrucciones e imperativos en el germen, que se traducirían en características físicas. Creando ratones cuyos cuerpos hacían exactamente lo que Marcus les ordenaba. Y, siempre, por el bien de la humanidad —la cura del cáncer, la parálisis cerebral, el Parkinson—, siempre con fe en la perfectibilidad de toda vida, en la posibilidad de hacerla más eficaz, más lógica (porque, para Marcus, la enfermedad no era más que falta de lógica en el genoma, al igual que el capitalismo no era más que falta de lógica en el animal social), más eficiente, más «chalfenista» en sus procesos. Marcus despreciaba tanto a los maníacos de los derechos de los animales —una gente horrible a la que Joyce tuvo que ahuyentar de la puerta con una barra de cortina cuando unos extremistas descubrieron los manejos de Marcus con los ratones— como a los hippies, a los verdes y a todo el que fuera incapaz de comprender la simple realidad de que el progreso científico iba de la mano del progreso social. Durante generaciones, formaba parte del talante de los Chalfen una congénita incapacidad para soportar a los estúpidos. Si, hablando con un Chalfen, alguien trataba de defender a esos extraños individuos franceses que piensan que la verdad puede depender del lenguaje, que la historia puede tener diversas interpretaciones y que la ciencia es metafórica, el Chalfen en cuestión lo escuchaba cortésmente y luego movía la mano con displicencia, negándose a dignificar tal bobada con una respuesta. Para un Chalfen la verdad era la verdad. Y el genio era el genio. Marcus creaba seres. Y Joyce era su esposa, industriosamente entregada a la tarea de crear pequeñas versiones de Marcus.

Quince años habían transcurrido, y Joyce aún hubiera desafiado a cualquiera a mostrarle un matrimonio más feliz que el suyo.

Otros tres hijos habían seguido a Joshua: Benjamin (catorce años), Jack (doce) y Oscar (seis), chicos vitales, con el pelo rizado, extravertidos y simpáticos. *La vida íntima de las plantas de interior* (1984) y una cátedra para Marcus los habían llevado por los ochenta viento en popa, financiando otro cuarto de baño, un invernadero y los placeres de la vida: queso curado, buen vino y vacaciones de invierno en Florencia. Ahora había otras dos obras en curso de ejecución: *Las pasiones secretas del rosal trepador* y *Ratones transgénicos: Estudio de «Las limitaciones inherentes en la microinyección de ADN» (Gordon y Ruddle, 1981), comparado con «Transferencia de genes por medio de células madre embrionarias» (Gossler et al., 1986).* Marcus trabajaba también, no sin escrúpulos, en un libro de divulgación científica en colaboración con un novelista, con el que esperaba poder financiar, por lo menos, los estudios universitarios de sus dos hijos mayores. Joshua era un fenómeno de las matemáticas, Benjamin quería ser genetista como su padre, la pasión de Jack era la psiquiatría y Oscar daba jaque mate a su padre en quince jugadas. Y, todo ello, a pesar de que los Chalfen habían enviado a sus hijos a Glenard Oak, en una valerosa apuesta ideológica que solían rehuir los padres de su posición social, aquellos liberales pusilánimes que se encogían de hombros y se rascaban el bolsillo para pagar una enseñanza privada. Y no sólo eran niños brillantes sino también felices, porque no estaban sobreprotegidos. Su única actividad extraescolar (despreciaban el deporte) consistía en cinco horas de psicoterapia individual por semana, a cargo de una anticuada freudiana llamada Marjorie que atendía a Joyce y a Marcus (por separado) el sábado. Esto podría parecer una exageración, pero Marcus había sido educado en un profundo respeto hacia la psicoterapia (en su familia, hacía tiempo que la psicoterapia había suplantado al judaísmo), y los resultados eran incuestionables. Todos y cada uno de los Chalfen se proclamaban mentalmente sanos y emocionalmente estables. Los niños habían tenido sus complejos de Edipo a edad temprana y por el orden normal; todos eran ferozmente heterosexuales, adoraban a la madre y admiraban al padre y, curiosamente, estos sentimientos habían aumentado al llegar la adolescencia. Las peleas eran raras, se mantenían en un tono irónico y se ceñían a temas políticos o intelectuales (la importancia de la anarquía, la necesidad de mayores impuestos, el problema de África del Sur, la dicotomía alma/cuerpo) sobre los que, en el fondo, todos estaban de acuerdo.

Los Chalfen no tenían amistades. Se trataban principalmente con la numerosa familia Chalfen (los buenos genes a los que con tanta frecuencia se aludía: dos científicos, un matemático, tres psiquiatras y un primo más joven que trabajaba para el partido laborista). A regañadientes, en las fiestas señaladas, se visitaba a la familia de Joyce, repudiada hacía tiempo: el clan Connor, chovinistas retrógrados que seguían sin poder disimular su desagrado porque Joyce se hubiera casado por amor con un israelita. En resumen, los Chalfen no necesitaban a otras personas. Se daban a sí mismos atributo de sustantivos, verbos y, en ocasiones, adjetivos: «Es el estilo Chalfen», «Y entonces salió con un auténtico chalfenismo», «Ya está otra vez chalfeneando», «Tendríamos que ser un poco más chalfenianos en esto». Joyce hubiera desafiado a cualquiera a mostrarle una familia más feliz, más chalfeniana, que la suya.

Y sin embargo, sin embargo... Joyce añoraba los tiempos en los que ella era el eje de la familia Chalfen. En los que sin ella nadie podía comer. En los que nadie podía vestirse sin su ayuda. Ahora hasta Oscar sabía prepararse un bocadillo. A veces parecía que no quedaba nada que mejorar, nada que cultivar; últimamente, mientras podaba su rosal trepador, casi sin darse cuenta, se había puesto a pensar que le gustaría encontrar algún defecto digno de atención en Joshua, algún trauma secreto en Jack o en Benjamin, una perversión en Oscar. Pero todos eran perfectos. En ocasiones, cuando los Chalfen estaban sentados a la mesa de la cena del domingo, destrozando un pollo hasta no dejar más que la carcasa, engullendo en silencio, hablando sólo para pedir la sal o la pimienta, el aburrimiento era palpable. El siglo tocaba a su fin y los Chalfen se aburrían. Eran la familia ideal cuyos miembros parecían clones unos de otros; la mesa de la cena era una muestra de la perfección reflejada, el chalfenismo y todos sus principios reproducidos hasta el infinito, pasando de Oscar a Joyce, de Joyce a Joshua, de Joshua a Marcus, de Marcus a Benjamin, de Benjamin a Jack *ad nauseum* por entre la carne y las verduras. Seguían siendo la misma formidable familia que habían sido siempre, pero sin la menor relación con sus antiguos condiscípulos de la universidad —jueces, directivos de televisión, publicistas, abogados, actores y demás frívolas profesiones que el chalfenismo miraba con desdén—, por lo que no quedaba nadie que pudiese admirar el chalfenismo en sí. Su espléndida lógica, su buen corazón, su intelecto. Eran como pasajeros del *Mayflower* con los ojos muy abiertos pero sin nuevo mundo a la vista. Peregrinos y profetas sin tierra ignota. Se aburrían, y Joyce, la que más.

Para distraer las largas horas que pasaba sola en casa (Marcus se desplazaba a la universidad todos los días), Joyce solía hojear las numerosas revistas a las que estaban suscritos los Chalfen (*New Marxism*, *Living Marxism*, *New Scientist*, *Oxfam Report*, *Third World Action*, *Anarchist's Journal*) y a veces miraba con anhelo a los rumanos calvos o a los bellos niños etíopes de vientre hinchado —sí, era terrible, lo reconocía, pero no podía remediarlo— que le gritaban desde el papel satinado, que la necesitaban. Ella necesitaba que la necesitaran. Era la primera en reconocerlo. Por ejemplo, se había llevado un disgusto cuando, uno tras otro, sus hijos, adictos a la leche materna, que engullían poniendo los ojos redondos, habían dejado el hábito. Ella prolongaba la lactancia hasta los dos o tres años y, en el caso de Joshua, hasta los cuatro, pero, si bien la oferta no menguaba, la demanda se retraía. Vivía temiendo el momento en que pasaran de la droga blanda a la dura, la transición del calcio a las azucaradas delicias de las papillas de frutas y cereales. Y, cuando Oscar dejó de mamar, Joyce se volcó de nuevo en la jardinería, dispensando sus atenciones al cálido mantillo en el que vivían pequeñas cosas que dependían de ella.

Y un buen día Millat Iqbal e Irie Jones irrumpieron a regañadientes en su vida. Ella estaba en el jardín de atrás, examinando con tristeza sus delfinios Garter Knight (color heliotropo y azul cobalto, con el centro negro azabache, como un orificio de bala en el cielo), en busca de señales de thrips, una cochina plaga que ya le había devastado la boconia. Sonó el timbre de la puerta. Joyce levantó la cabeza y esperó hasta que oyó las zapatillas de Marcus bajar corriendo del estudio y entonces, confiando en que abriría él, volvió a abstraerse. Alzando las cejas, inspeccionó las pomposas flores dobles que se erguían en posición de firmes en lo alto de los dos metros y medio del tallo del delfinio. «Thrips», se dijo en voz alta, al descubrir el típico rizo en una flor de cada dos. «Thrips», repitió, no sin cierto placer, porque ahora tendría que poner remedio y la cosa podría dar lugar a un libro o a un capítulo por lo menos. Porque Joyce sabía algunas cosas del thrip:

> *Thrips*: insectos diminutos que se alimentan de plantas diversas y muestran preferencia por la atmósfera cálida que requieren las plantas exóticas o de interior. La mayoría de las especies no miden más de 1,5 mm en la fase adulta, algunas carecen de alas y otras tienen dos pares de alas cortas bordeadas de pelillos. Tanto los adultos como las ninfas poseen órganos bucales que succionan y perforan. Aunque los thrips polinizan algunas plantas y también devoran insectos parásitos, son a un tiempo aliados y enemigos del jardinero moderno. En general se consideran plagas que hay que combatir con insecticidas como el Lindex.
> *Clasificación científica*: orden de los trisanópteros.
>
> JOYCE CHALFEN, *La vida íntima de las plantas del hogar*, extracto del índice de plagas y parásitos.

Sí. Los thrips tienen buenas intenciones; esencialmente, son organismos productivos y bondadosos que ayudan al desarrollo de la planta. Los thrips son de buena índole, pero se pasan de rosca y, no contentos con polinizar la planta y comerse los parásitos, empiezan a devorar la planta desde dentro. El thrip, si se lo deja, contaminará generación tras generación de delfinios. ¿Qué hacer con el thrip cuando, como en este caso, el Lindex no da resultado? ¿Qué hacer sino podar a fondo y sin contemplaciones y volver a empezar? Joyce suspiró profundamente. Tenía que hacerlo por el bien del delfinio. Tenía que hacerlo porque, sin ella, la planta no tenía posibilidad alguna. Joyce sacó las grandes podadoras del bolsillo del delantal, agarró con mano firme las asas naranja chillón y puso la garganta de un delfinio azul entre dos hojas plateadas. Amor que mata.

—¡Joyce! ¡Han llegado Joshua y sus amigos fumadores de marihuana!

Pulchritude, belleza física. Del latín *pulcher*, hermoso. Ésta fue la primera palabra que se le ocurrió a Joyce cuando Millat Iqbal se adelantó hacia los escalones del invernadero, riendo burlonamente de los chistes malos de Marcus y protegiendo sus ojos violeta del pálido sol de la tarde invernal. *Pulchritude*: no ya el concepto sino la palabra en sí apareció ante ella como si alguien se la hubiera mecanografiado en la retina; hermosura donde uno menos la espera, oculta en una palabra que suena a eructo o a infección cutánea. Hermosura en un muchacho alto y moreno que Joyce no tenía por qué distinguir de los que habitualmente le vendían el pan o la leche, le revisaban las cuentas o le pagaban los cheques en la ventanilla del banco.

—Millat Iqbal —dijo Marcus enunciando teatralmente las sílabas extranjeras—. E Irie Jones, al parecer. Amigos de Josh. Decía a Josh que son los más guapos de todos los amigos suyos que hemos visto hasta hoy, que suelen ser bajitos o larguiruchos, con muchas dioptrías o botas de alza. ¡Y ninguno del género femenino! ¡Bueno! —prosiguió Marcus jovialmente, desentendiéndose de la mirada de consternación de Joshua—. Me alegro mucho de veros aquí. Estábamos buscando esposa para el viejo Joshua...

Marcus estaba en lo alto de los escalones del jardín, admirando sin recato los pechos de Irie (que por cierto le sacaba toda la cabeza).

—Es buen chico, listo, un poco tímido, pero a pesar de todo lo queremos. Bien...

Marcus hizo una pausa mientras Joyce salía del invernadero, se quitaba los guantes, estrechaba la mano de Millat y los seguía a la cocina.

—¡Eres una chica atlética!

—Eh... gracias.

—Eso nos gusta: gente sana y con buen apetito. Todos los Chalfen tenemos buen apetito. Yo no engordo ni cien gramos, pero Joyce sí. Aunque en buen sitio, naturalmente. ¿Os quedaréis a cenar?

Irie estaba embobada, en el centro de la cocina, demasiado nerviosa para poder hablar. Esta especie de padres era nueva para ella.

—No hagas caso a Marcus —dijo Joshua con un guiño jovial—. Es un viejo zorro. La táctica Chalfen. Bombardear de entrada a la gente para ver su reacción. Los Chalfen no gastan bromas porque sí. Joyce, te presento a Irie y a Millat. Los que estaban conmigo detrás del bloque de Ciencias.

Joyce, que empezaba a reponerse de la impresión causada por Millat Iqbal, procuró asumir su papel de Chalfen madre.

—Así que vosotros sois los dos que queréis llevar por el mal camino a mi hijo mayor. Soy Joyce. ¿Queréis té? Conque sois las malas compañías de Josh. Bueno, me habéis pillado podando los delfinios. Éste es Benjamin, Jack... y el del pasillo, Oscar. ¿Fresa y mango o normal?

—Para mí normal, Joyce, gracias —dijo Joshua.

—Yo lo mismo, gracias —dijo Irie.

—Vale —dijo Millat.

—Tres normal y uno de mango, Marcus, cariño, por favor.

Marcus, que se iba hacia la puerta con una pipa recién cargada, volvió sobre sus pasos con una sonrisa de resignación.

—Soy un esclavo de esta mujer —dijo agarrándola por la cintura con los dos brazos, con el ademán del jugador que recoge las fichas—. Y es que, si no, sería capaz de marcharse con el primer joven guapo que entrara en la casa. Y esta semana no me apetece ser víctima del proceso darwiniano de la selección natural.

El abrazo, todo lo explícito que pueda ser un abrazo, fue aparentemente una demostración dedicada a Millat. Los grandes ojos azul porcelana de Joyce no se apartaban de él.

—Esto es lo que te conviene, Irie —dijo Joyce en un sonoro cuchicheo con familiaridad, como si se hubieran conocido cinco años atrás y no hacía cinco minutos—. Un hombre como Marcus, para toda la vida. Los crápulas son divertidos, pero ¿qué clase de padres pueden ser?

Joshua se sonrojó.

—¡Joyce, si acaba de llegar! ¡Deja que por lo menos tome el té!

Joyce fingió sorpresa.

—No te habré violentado, ¿verdad? Perdona a mamá Chalfen, que es muy propensa al patinazo.

Pero Irie no estaba cohibida; estaba fascinada, prendada a los cinco minutos. En casa de los Jones, nadie hacía chistes sobre Darwin, ni decía «propensa al patinazo», ni ofrecía distintas clases de té, ni permitía que la charla fluyera libremente entre jóvenes y adultos, como si las vías de comunicación entre una y otra tribu estuvieran expeditas, despejadas, libres.

—Bueno —dijo Joyce cuando Marcus la hubo soltado, aposentándose en la mesa circular e invitándolos a imitarla—. Tenéis un aspecto muy exótico. ¿De dónde sois, si se me permite preguntar?

—De Willesden —dijeron Irie y Millat al unísono.

—Sí, sí, claro, pero yo quería decir de dónde procedéis.

—Oh —dijo Millat adoptando lo que él llamaba un vago acento—. ¿Quiere decir de dónde vengo?

Joyce estaba incómoda.

—Sí, de dónde.

—De Whitechapel —dijo Millat sacando un cigarrillo—, vía Royal London Hospital y autobús 207.

Todos los Chalfen que deambulaban por la cocina, Marcus, Josh, Benjamin y Jack, se echaron a reír y Joyce los imitó dócilmente.

—Tranquilos —dijo Millat con suspicacia—. Tampoco tiene tanta puta gracia.

Pero los Chalfen seguían riendo. Los Chalfen raramente hacían chistes, si acaso cerebrales o numéricos, o las dos cosas: «¿Qué le dijo el cero al ocho? Bonito cinturón.»

—¿Vas a fumar eso? —preguntó Joyce bruscamente cuando remitieron las risas, con una nota de pánico en la voz—. ¿Aquí dentro? Es que no nos gusta el olor. Sólo toleramos el olor del tabaco alemán. Y para fumar nos vamos al estudio de Marcus, porque a Oscar le molesta el humo, ¿verdad, Oscar?

—No —dijo Oscar, el pequeño y más angelical de los chicos, que estaba muy atareado construyendo un imperio Lego—. No me molesta.

—Le molesta —repitió Joyce con su penetrante cuchicheo—. No lo soporta.

—Entonces... iré... al... jardín —dijo Millat lentamente, vocalizando como si hablara con un deficiente mental o con un extranjero—. Vuelvo... enseguida.

Cuando Millat estuvo fuera del alcance de su voz y Marcus sirvió los tés, Joyce, rejuvenecida a ojos vistas, se inclinó sobre la mesa como una colegiala.

—Oye, qué guapo. Omar Sharif con treinta años menos. Y qué nariz. ¿Tú y él estáis...?

—Deja a la chica, Joyce —la reconvino Marcus—. No esperarás que te lo cuente, ¿verdad?

—No —dijo Irie, con la sensación de que a estas personas se lo contaría todo—. Nada de eso.

—Quizá sea mejor. Probablemente, sus padres le tendrán preparado un matrimonio. Me dijo el director que es musulmán. Puede estar contento de no haber nacido mujer, ¿eh? Es increíble lo que hacen con las chicas. ¿Recuerdas el artículo del *Time*, Marcus?

Marcus revolvía en el frigorífico, en busca de las patatas de la víspera.

—Hm. Increíble.

—Pero, por lo poco que he podido observar, ése en nada se parece a la mayoría de los chicos musulmanes. Y hablo por experiencia. Yo, con esto de la jardinería, visito muchas escuelas y trabajo con chicos de todas las edades. Los musulmanes, por regla general, son callados y dóciles, y él no parece de los que se muerden la lengua. A estos chicos les gustan las mujeres rubias y altas, ¿no? Me refiero a que, en definitiva, cuando son tan guapos, esto es lo que más les importa. Imagino cómo debes de sentirte... Cuando yo tenía tu edad me gustaban los turbulentos, pero después uno va aprendiendo. Y es que, a fin de cuentas, lo peligroso no es tan sexy, créeme. A ti te conviene mucho más un chico como Joshua.

—¡Mamá!

—Ha estado toda la semana hablando sólo de ti.

—¡Mamá!

Joyce enjugó el reproche con una sonrisita.

—Bueno, quizá soy demasiado franca para vosotros, chicos. No sé... En mis tiempos éramos mucho más directas; había que serlo, si una quería llevarse al que le interesaba. ¡En la universidad, doscientas chicas y dos mil hombres! Se disputaban a las chicas, y si una era lista podía ser exigente.

—Jo, tú eras exigente —dijo Marcus, acercándose a ella por detrás y dándole un beso en la oreja—. Y tenías buen gusto.

Joyce aceptó el beso como la muchacha que hace un favor al hermano pequeño de su mejor amiga.

—Pero tu madre no estaban tan segura. Ella creía que yo era una sabihonda y que no querría tener hijos.

—Pero tú la convenciste. ¡Esas caderas convencen a cualquiera!

—Sí, al fin... pero me subestimaba. No me consideraba apta para convertirme en una Chalfen.

—Es que ella entonces no te conocía.

—Bueno, después la obligamos a rectificar, ¿no?

—¡Pero lo que hemos tenido que follar para complacerla!

—¡Cuatro nietos le hemos dado!

Durante esta conversación, Irie trataba de concentrar la atención en Oscar, que estaba fabricando un ouroboro con un gran elefante rosa por el procedimiento de meterle la trompa por el extremo posterior. Ella nunca había estado tan cerca de esta cosa extraña y hermosa que era la clase media, y experimentaba ese cohibimiento que en realidad es curiosidad y fascinación. Era algo extraño y maravilloso a la vez. Se sentía como la pudibunda que camina por una playa nudista con la mirada fija en la arena. Como Colón frente a los desnudos arahuacos, sin saber dónde poner los ojos.

—Disculpa a mis padres —dijo Joshua—. Siempre tienen que estar tocándose.

Pero hasta esto lo decía con orgullo, porque los chicos Chalfen sabían que sus padres eran criaturas de una especie rara, un matrimonio feliz, de los que no habría más de una docena en todo Glenard Oak. Irie pensó en sus propios padres, cuyo contacto había llegado a ser meramente virtual y sólo acaecía a través de los objetos que pasaban por las manos de uno y otro: el mando a distancia, la tapa de la caja de las galletas, los interruptores de la luz.

—Debe de ser genial sentir eso al cabo de veinte años o los que sea.

Joyce se volvió como movida por un resorte.

—¡Es maravilloso! ¡Es increíble! Un día uno se despierta y se da cuenta de que la monogamia no es una cadena, ¡sino que te hace libre! Y los niños tienen que crecer en este ambiente. No sé si tú lo habrás sentido... Se ha escrito mucho sobre la incapacidad de los afrocaribeños para establecer relaciones duraderas. Es muy triste, ¿no te parece? En *La vida íntima de las plantas domésticas* escribí sobre una dominicana que había paseado su tiesto de azaleas por las casas de seis hombres distintos; primero en la ventana, después en un rincón oscuro, luego en el dormitorio orientado al sur, etcétera. No se le puede hacer eso a una planta.

Era uno de los temas favoritos de Joyce, y Marcus y Joshua se miraron y pusieron cara de resignación, cariñosamente.

Millat, terminado el cigarrillo, volvió a entrar.

—Pero ¿no íbamos a estudiar? Todo esto es muy simpático, pero esta noche me gustaría salir. Tarde o temprano.

Mientras Irie divagaba en un ensueño, contemplando a los Chalfen como una antropóloga romántica, Millat había estado fumando en el jardín y mirando por las ventanas. Donde Irie veía cultura, refinamiento, clase e intelecto, Millat veía dinero, dinero ocioso, dinero que flotaba alrededor de esta familia sin hacer nada en particular, dinero que necesitaba una buena causa que bien podía ser él.

—Bueno —dijo Joyce dando una palmada, en un intento por mantenerlos a todos en la cocina un poco más, de demorar todo lo posible la vuelta al silencio Chalfen—, así que vais a estudiar todos juntos. Me alegro de teneros aquí a ti y a Irie. Dije al director, ¿verdad Marcus?, que esto no tenía por qué parecer un castigo. Tampoco es tan grave. Entre nosotros, yo solía cultivar marihuana en otro tiempo...

—... muy lejano —dijo Millat.

«Muchos cuidados —pensó Joyce—. Paciencia, riego regular y no excederse con la poda.»

—... y el director nos explicó que vuestro entorno familiar no es precisamente... Bien, estoy segura de que aquí estaréis más cómodos. Es un año importante, con el examen de reválida. Y es evidente que los dos sois inteligentes: no hay más que miraros a los ojos, ¿verdad, Marcus?

—Josh, tu madre pregunta si el cociente intelectual se manifiesta en las características físicas secundarias, como el color de los ojos, la forma, etcétera. ¿Hay una respuesta lógica a esta pregunta?

Joyce siguió adelante. Ratones y hombres, genes y gérmenes eran la parcela de Marcus. Semillas, fuentes de luz, desarrollo, abono, el corazón oculto de las cosas... eran la suya. Al igual que en un barco misionero, las tareas estaban repartidas: Marcus, en la proa, avizorando la tempestad; Joyce abajo, en los camarotes, comprobando que no hubiera chinches en las sábanas.

—El director sabe lo mucho que detesto que se desperdicie un buen potencial. Por eso os ha mandado a esta casa.

—Y porque sabe que la mayoría de los Chalfen somos cien veces más listos que él —dijo Jack haciendo una pirueta. Aún era joven y no había aprendido a manifestar el orgullo familiar de un modo más discreto—. Hasta Oscar lo es.

—No, yo no —dijo Oscar aplastando con el pie el garaje Lego recién construido—. Yo soy el más tonto del mundo.

—Oscar tiene un cociente de 178 —susurró Joyce—. Es impresionante, hasta para una madre.

—¡Vaya! —dijo Irie volviéndose, con el resto de los presentes, hacia Oscar, que trataba de ingerir la cabeza de una jirafa de plástico—. Es fantástico.

—Sí, pero es que siempre lo ha tenido todo, y los buenos cuidados son muy importantes, ¿verdad? Yo así lo creo. Hemos tenido la suerte de poder darle tanto... Y, con un padre como Marcus, es como tener un rayo de sol iluminándolo las veinticuatro horas del día, ¿verdad, cariño? Ha tenido mucha suerte. Bueno, la han tenido todos. Quizá os parezca extraño, pero yo siempre quise casarme con un hombre que fuera más inteligente que yo. —Joyce se puso las manos en las caderas y se quedó esperando a que Irie lo encontrara extraño—. Es la verdad. Y soy una feminista convencida. Que lo diga Marcus.

—Es una feminista convencida —dijo Marcus con la cabeza metida en el frigorífico.

—No creo que vosotros podáis comprenderlo... Vuestra generación tiene ideas distintas... pero yo sabía que eso sería una liberación. Y sabía la clase de padre que quería para mis hijos. Esto os sorprende, ¿verdad? Tendréis que perdonarme, pero en esta casa no se hace charla trivial. Y he pensado que, si vais a venir aquí todas las semanas, teníais que saber, de entrada, lo que somos los Chalfen.

Todos los Chalfen que oyeron la última frase sonrieron y movieron la cabeza afirmativamente.

Joyce hizo una pausa y miró a Irie y Millat como había mirado los delfinios. Era rápida y certera cuando de detectar una enfermedad se trataba, y allí había un daño: en la muchacha, una pena callada (*Irieanthus negressium marcusilia*), quizá la falta de una figura paterna, un intelecto sin explotar, escasa autoestima. Y, en el chico (*Millaturea brandolidia joyaculatus*), una tristeza más profunda, una terrible pérdida, una herida abierta. Un agujero que requería algo más que buenos cuidados o dinero. Que requería amor. A Joyce le hubiera gustado tocar la herida con la yema de su dedo Chalfen de horticultora, cerrarla, suturar la piel.

—¿Puedo preguntar qué hacen vuestros padres?

(Joyce quería saber qué hacían los padres, qué habían hecho. Cuando observaba una mutación en una primera flor, quería averiguar de dónde procedía el esqueje. Pero no era esto lo que importaba. No eran los padres, no era sólo una generación, era todo el siglo. No era la flor, era su genealogía.)

—¿Qué hace mi padre? Menear el curry —dijo Millat—. Mozo de comedor. Camarero.

—El mío dobla papel —explicó Irie—. Se ocupa de plegados y perforaciones... Es como una especie de propaganda por correo, pero no es propaganda propiamente dicha... por lo menos, no es la idea. Plegados... —Desistió—. Es difícil de explicar.

—Oh, sí. Sí, sí, sí. Cuando falta la figura masculina modelo... es cuando se tuercen las cosas. Yo lo he visto. En un artículo que escribí hace poco para la revista *Women's Earth*, hablaba de una escuela en la que había trabajado. Di a cada niño una clemátide en un tiesto y les dije que la cuidaran como un papá o una mamá cuidan a un hijito. Cada niño eligió a cuál de sus padres iba a imitar. Un jamaicano precioso, Winston, dijo que él sería el papá. Al cabo de una semana, su madre me llamó por teléfono para preguntarme por qué había dicho a Winston que diera Pepsi a la planta y la pusiera delante del televisor. Es terrible, ¿no? Lo que yo creo es que muchos de esos padres no cuidan a sus hijos como es debido. En parte es la cultura. Yo me indigno. Lo único que dejo ver a Oscar son las noticias, media hora al día. Es más que suficiente.

—Feliz Oscar —dijo Millat.

—De todos modos, estoy muy contenta de teneros aquí, porque los Chalfen... Quiero decir... quizá os parezca extraño, pero he querido convencer al director de que era una buena idea y ahora que os conozco estoy más segura que nunca... Y es que los Chalfen...

—Saben extraer de la gente lo mejor que hay en ellos —terminó Joshua—. Lo hicieron conmigo.

—Sí —dijo Joyce, aliviada por no tener que seguir buscando las palabras y radiante de orgullo—. Sí.

Joshua echó la silla hacia atrás y se levantó.

—Bueno, vale más que empecemos a estudiar. Marcus, ¿podrás subir a ayudarnos con la biología? Soy muy malo en eso de reducir las cuestiones reproductoras a bocados digeribles.

—No faltaba más. Aunque estoy muy ocupado con mi RatónFuturo. —Era el nombre humorístico que la familia daba al proyecto de Marcus, y los pequeños Chalfen cantaron a coro «¡RatónFuturo!» imaginando a un roedor antropomorfo, vestido con calzón rojo—. Y antes tengo que tocar un poco el piano con Jack. Scott Joplin. Jack mano izquierda y yo mano derecha. No somos Art Tatum —dijo despeinando a Jack—, pero nos defendemos.

Irie trató de imaginar al señor Iqbal tocando la parte para la mano derecha de Scott Joplin con sus atrofiados dedos grises. O al señor Jones reduciendo algo a bocados digeribles. Sintió que le ardía la cara por efecto del calor de la revelación del chalfenismo. Así que existían padres que vivían en el presente, que no arrastraban historia antigua como una bola y una cadena. Así que había hombres que no estaban hundidos hasta el cuello en la ciénaga del pasado.

—Os quedaréis a cenar, ¿verdad? —rogó Joyce—. Oscar quiere que os quedéis. A Oscar le encanta tener forasteros en casa, lo encuentra muy estimulante. Especialmente, si son morenos. ¿Verdad, Oscar?

—No —respondió Oscar escupiendo a Irie en una oreja—. No me gustan los forasteros morenos.

—Los encuentra realmente estimulantes —susurró Joyce.

Éste ha sido el siglo de los forasteros, morenos, amarillos y blancos. Ha sido el siglo del gran experimento de los inmigrantes. Hasta el presente no se podía entrar en un parque infantil y encontrar a Isaac Leung junto al estanque, a Danny Rahman en el campo de fútbol, a Quang O'Rourke botando una pelota de baloncesto y a Irie Jones tarareando una canción. Niños con nombres y apellidos disonantes, en rumbo de colisión. Nombres y apellidos que hablan de éxodos masivos, de barcos y aviones repletos, de fríos recibimientos, de revisiones médicas. Sólo en el presente, y posiblemente sólo en Willesden, se puede encontrar a dos amigas inseparables como Sita y Sharon, cuyos nombres todos confunden porque Sita es blanca (su madre se encaprichó del nombre) y Sharon es paquistaní (su madre lo prefirió así, para evitar complicaciones). Sin embargo, a pesar de la mezcla, a pesar de que nos hemos habituado a vivir juntos con relativa comodidad (como el hombre que vuelve a la cama de su amante, después de un paseo de medianoche), a pesar de todo, aún resulta difícil reconocer que no hay nadie más inglés que el indio ni nadie más indio que el inglés. Todavía hay jóvenes blancos que se sienten indignados por esto y que, después de cerrar las tiendas, salen a las calles mal iluminadas con un cuchillo de cocina en la mano.

Pero el inmigrante no puede menos que reírse al oír los temores del nacionalista, que teme la contaminación, la infiltración, el mestizaje, porque esto son bagatelas, chorradas, comparado con lo que teme el inmigrante, que es la disolución, la desaparición. Incluso la imperturbable Alsana Iqbal se había despertado más de una noche bañada en sudor, después de soñar que Millat (genéticamente bb, siendo «b» símbolo de «bengalí») se casaba con una muchacha llamada Sarah (genéticamente aa, siendo «a» símbolo de «aria») y tenían un hijo llamado Michael (ba) que, a su vez, se casaba con una muchacha llamada Lucy (aa), y daba a Alsana un legado de bisnietos irreconocibles (¡Aaaaaa!), con su sangre bengalí completamente diluida, y el genotipo oculto por el fenotipo. Es a un tiempo el sentimiento más irracional y más natural del mundo. En Jamaica, esto se refleja hasta en la gramática: no existe diversidad de pronombres personales, no hay diferencia entre yo, tú o ellos: sólo el puro y homogéneo yo. Cuando Hortense Bowden, que era medio blanca, se enteró del matrimonio de Clara, se presentó en la casa y dijo desde el umbral de la puerta: «Que quede claro: desde ahora, yo y yo no nos hablamos»; dio media vuelta y mantuvo su palabra. Después de todo lo que se había esforzado Hortense para casarse con un negro, a fin de salvar sus genes desde el mismo borde del precipicio, ahora su hija traería al mundo una descendencia más descolorida todavía.

En la familia Iqbal la línea de batalla estaba también claramente trazada. Cada vez que Millat llevaba a su casa a una Emily o una Lucy, Alsana lloraba en silencio en la cocina y Samad salía al jardín a pelearse con el cilantro. A la mañana siguiente, había una espera tensa, un morderse la lengua furiosamente hasta que Emily o Lucy se iba y podía empezar la guerra de palabras. Pero entre Irie y Clara casi nunca se hablaba del tema, porque Clara comprendía que no estaba en condiciones de sermonear. A pesar de todo, no disimulaba su decepción ni su profunda tristeza. Entre los ídolos de Hollywood de ojos verdes que poblaban el dormitorio de Irie y la tropa de amigos blancos que entraban y salían de la casa, Clara veía a su hija sumida en un océano de pieles sonrosadas y temía que la corriente se la llevara.

Era en parte por esta razón por lo que Irie no hablaba a sus padres de los Chalfen. No era que pensara emparejarse con ellos... pero ésta era la impresión. Había concebido por ellos una nebulosa pasión de quinceañera, arrolladora pero sin una dirección u objeto claros. Ella deseaba, en fin, fusionarse con ellos. Adquirir su estilo inglés, su estilo Chalfen. Aquella pureza. No se le ocurrió que, en cierto modo, los Chalfen también eran inmigrantes (tercera generación, oriundos de Polonia, vía Alemania, apellido original Chalfenovski), ni que la necesitaran tanto como ella los necesitaba a ellos. Para Irie, los Chalfen eran más ingleses que los ingleses. Cuando Irie cruzaba el umbral de los Chalfen sentía el cosquilleo del placer ilícito, como el de un judío que saboreara una salchicha o un hindú que hincara el diente a un Big Mac. Estaba cruzando una frontera, colándose en Inglaterra; era la sensación de estar haciendo algo prohibido, como ponerse el uniforme, o la piel, de otra persona.

Irie decía que el martes por la noche tenía baloncesto y no daba más explicaciones.

En casa de los Chalfen, la conversación fluía libremente. A Irie le parecía que allí nadie rezaba, ni ocultaba sus sentimientos en una caja de herramientas, ni acariciaba fotos descoloridas pensando en lo que podría haber sido. La conversación era la esencia de la vida.

—¡Hola, Irie! Pasa, pasa. Joshua está en la cocina con Joyce. Tienes muy buen aspecto. ¿No viene Millat?

—Vendrá más tarde. Tenía una cita.

—Ah, bien, si en el examen os sale alguna pregunta sobre comunicación oral, para él será un paseo. ¡Joyce! ¡Ha venido Irie!

¿Y cómo van esos estudios? ¿Cuánto hace ya? ¿Cuatro meses? ¿Se os ha contagiado el genio Chalfen?

—Sí, no van mal, no van mal. No creí que yo tuviera aptitudes para las ciencias, pero... parece que funciona. Aunque no sé. A veces me duele el cerebro.

—Es el lado derecho del cerebro que se te despierta de un largo sueño y trata de ponerse a tono. Realmente, estoy impresionado. Ya te dije que era posible convertir en poco tiempo a un insípido estudiante de arte en un as para la ciencia. Ah, tengo las fotos del RatónFuturo. Querías verlas, ¿no? Después me lo recuerdas. Joyce, ha llegado la gran diosa morena.

—Marcus, no te pases... Hola, Joyce. Hola, Josh. Eh, Jack. Oh, ho... la, Oscar, tesoro.

—¡Hola, Irie! Ven a darme un beso. ¡Mira, Oscar, Irie ha venido a vernos otra vez! Oh, qué cara... Seguramente, quiere saber dónde está Millat, ¿verdad, Oscar?

—No.

—Oh, claro que sí, cielo... Mira esa cara... Se enfada mucho cuando Millat no viene. Di a Irie cómo se llama el mono nuevo que te ha traído papá.

—George.

—No; George no. Le pusiste Monomillat, ¿te acuerdas? Porque los monos son traviesos y Millat también, ¿verdad, Oscar?

—No lo sé. No me importa.

—Oscar se enfada mucho cuando Millat no viene.

—Vendrá dentro de un rato. Tenía una cita.

—¿Y cuándo no la tiene? ¡Ay, todas esas chicas despampanantes! Podríamos tener celos, ¿verdad, Oscar? Está más tiempo con ellas que con nosotros. Pero no debemos bromear. Supongo que debe de ser un poco difícil para ti.

—No; no me importa, Joyce, de verdad. Estoy acostumbrada.

—Todo el mundo quiere a Millat, ¿verdad, Oscar? Es difícil no quererlo, ¿verdad, Oscar? Nosotros lo queremos mucho, ¿verdad, Oscar?

—Yo lo odio.

—Oscar, no digas tonterías.

—¿No podríamos dejar de hablar de Millat, por favor?

—Sí, Joshua, de acuerdo. ¿Te has fijado? Está celoso. Yo trato de hacerle comprender que Millat necesita un poco de atención extra. Tiene un entorno muy conflictivo. Yo he de dedicar más tiempo a las peonias que a los ásteres, porque los ásteres crecen en cualquier sitio... A veces eres un poco egoísta, Josh.

—Está bien, mamá, está bien. ¿Cuándo se cena? ¿Antes o después del estudio?

—Antes, diría yo. ¿No, Joyce? Tengo que trabajar toda la noche con el RatónFuturo.

—¡RatónFuturo!

—Oscar, déjame oír a papá.

—Mañana doy una conferencia, así que mejor cenar temprano. Si no tienes inconveniente, Irie, aunque tú siempre tienes buen apetito.

—Por mí, encantada.

—No digas esas cosas, Marcus, cariño. Ya sabes lo susceptible que es con el peso.

—No, realmente yo no...

—¿Susceptible con el peso? Pero si a todo el mundo le gustan las chicas monumento. Por lo menos, a mí.

—Buenas noches a todos. La puerta estaba entornada y he entrado sin llamar. Un día entrará alguien y se os cargará a todos.

—¡Millat! ¡Oscar, mira, es Millat! Oscar, estás muy contento de ver a Millat, ¿verdad, cielo?

Oscar arrugó la nariz, hizo como que vomitaba y arrojó un martillo de madera a los tobillos de Millat.

—Oscar se excita mucho al verte. Bueno. Llegas a tiempo para cenar. Pollo con budín de coliflor. Siéntate. Josh, llévate la chaqueta de Millat. Eso es. ¿Cómo va todo?

Millat se dejó caer en la silla con unos ojos que parecían haber visto lágrimas hacía poco. Sacó la tabaquera y una bolsita de hierba.

—De puta pena.

—¿En qué sentido? —preguntó Marcus distraídamente, concentrada la atención en cortar una loncha de un enorme queso Stilton—. ¿No has podido meterte en las bragas de la chica? ¿O ella no ha querido meterse en tus pantalones? ¿O no llevaba bragas? A propósito, ¿qué bragas...?

—¡Papá! Déjalo ya —gimió Joshua.

—Mira, Josh, si un día llegaras a meterte en las bragas de alguien —dijo Marcus mirando elocuentemente a Irie—, yo podría disfrutar a través de ti, pero hasta el momento...

—Callaos, vosotros dos —cortó Joyce—. Quiero escuchar a Millat.

Cuatro meses antes, tener de colega a un tipo duro como Millat había parecido a Josh una suerte fenomenal. El que Millat fuera a su casa cada martes había hecho subir la popularidad de Josh en Glenard Oak más de lo que podía imaginar. Y ahora que Millat, animado por Irie, había empezado a frecuentar la casa voluntariamente, ahora que iba en plan de visita, Joshua Chalfen, alias Chalfen Retaco, tendría que haber estado más que satisfecho. Y no lo estaba. Estaba cabreado. Porque Joshua no contaba con el poder del atractivo de Millat. Su magnetismo. Veía que Irie, en el fondo, seguía colada por él, y a veces parecía que su misma madre no tenía ojos más que para Millat, que toda la energía que dedicaba al jardín, a sus hijos y a su marido se concentraba ahora en este único objeto, absorbida por su magnetismo como virutas de hierro. Y esto lo tenía cabreado.

—¿Es que no puedo hablar? ¿No voy a poder hablar en mi propia casa?

—Joshi, no seas tonto. Está claro que a Millat le ocurre algo... Sólo quiero saber de qué se trata.

—Pobre, pobrecito Joshi —ronroneó Millat en tono malicioso—. ¿Su mami no le hace caso? ¿Quiere que mami le limpie el culito?

—Vete a la mierda, Millat.

—Oooooh.....

—Joyce, Marcus —apeló Joshua buscando un juicio imparcial—. Decidle algo.

Marcus se metió un gran trozo de queso en la boca y se encogió de hombros.

—Lo siento, pero Millat es competencia de tu madre.

—Deja que antes me ocupe de esto, Joshi —dijo Joyce—. Después... —Joyce dejó que el resto de la frase quedara cortado por la puerta de la cocina que su hijo mayor cerró violentamente al salir.

—¿Voy a buscarlo...? —preguntó Benjamin.

Joyce movió la cabeza negativamente y dio un beso en la mejilla a Benjamin.

—No, Benji. Es mejor dejarlo solo.

Se volvió hacia Millat y rozó con la yema del dedo la huella de sal de una vieja lágrima.

—Cuenta. ¿Qué ha ocurrido?

Millat empezó a liar un canuto lentamente. Quería hacerlos esperar. A un Chalfen se le podía sacar más si se lo hacía esperar.

—Oh, Millat, no fumes eso. Ahora siempre que te vemos estás fumándolo. A Oscar le da mucha pena. Ya no es tan pequeño y comprende más de lo que imaginas. Sabe lo que hace la marihuana.

—¿Qué Mary Cuana? —preguntó Oscar.

—Tú sabes lo que es, Oscar. Es lo que pone a Millat tan terrible, como decíamos hoy, y está matando las células chiquititas que tiene en el cerebro.

—Basta de paridas, Joyce.

—Yo sólo trato... —Joyce lanzó un suspiro melodramático y se pasó los dedos por el pelo—. Millat, ¿qué ocurre? ¿Necesitas dinero?

—Pues, casualmente, sí.

—¿Por qué? ¿Qué ha pasado? Millat, habla. ¿Otra vez la familia?

Millat guardó la marihuana y se puso el cigarrillo entre los labios.

—Mi padre me ha echado de casa, ni más ni menos.

—Dios mío —dijo Joyce, ya con lágrimas en los ojos, acercando la silla y tomándole una mano—. Si yo fuera tu madre... Bueno, no lo soy, desde luego... pero es tan incompetente... Me da tanta... Figúrate, consentir que el marido le quite a uno de sus hijos y haga con el otro sabe Dios... Es que yo no...

—Deja en paz a mi madre. No la conoces. Yo no estaba hablando de ella.

—Bien, ella no quiere conocerme. Se ha tomado esto como una especie de competición.

—Corta el rollo, Joyce.

—En fin, no discutamos. Te disgusta... Me doy cuenta, estás en carne viva... Marcus, un poco de té. Este chico necesita una taza de té.

—¡Y un huevo! No quiero té. ¡No sabéis beber más que té! Debéis de mear puro té de mierda.

—Millat, yo sólo quiero...

—Pues no.

A Millat se le había quedado una semilla entre los labios. La desprendió y se la metió en la boca.

—Un poco de brandy no me vendría mal.

Joyce hizo a Irie una seña de ¡qué le vamos a hacer! e indicó entre el índice y el pulgar una pequeña dosis del Napoleón de treinta años. Irie se subió a un cubo puesto del revés para alcanzarlo del último estante.

—Bien, a ver si nos tranquilizamos. ¿De acuerdo? Cuenta. ¿Qué ha sido esta vez?

—Lo he llamado cabrón. Es un cabrón. —Millat dio un manotazo a los dedos de Oscar que, buscando un juguete, se acercaban con disimulo a sus fósforos—. Necesito un sitio para estar unos días.

—Bueno, ni que decir tiene que puedes quedarte aquí, naturalmente.

Irie pasó el brazo entre los dos, Joyce y Millat, para dejar en la mesa la barriguda copa de brandy.

—Irie, no lo abrumes.

—Yo sólo iba a...

—Sí, de acuerdo... pero en este momento es mejor no atosigarlo...

—Es un hipócrita de mierda —cortó Millat hoscamente, mirando al vacío, como si hablara al invernadero—. Reza cinco veces al día, pero no ha dejado de beber, y no tiene amigos musulmanes. Y entonces va y se mete conmigo porque he follado con una chica blanca. Está cabreado por Magid y la paga conmigo. Y quiere que deje de ir con los GEVNI. Yo soy más musulmán que él. ¡Que lo jodan!

—¿Quieres hablar de eso delante de toda esta tropa? —preguntó Joyce paseando significativamente la mirada por la cocina—. ¿O a solas conmigo?

—Joyce —dijo Millat vaciando la copa de un trago—, me importa un huevo.

Joy tradujo «a solas conmigo» y sacó a los demás de la cocina con una mirada.

Irie se alegró de poder irse. En los cuatro meses que ella y Millat habían frecuentado la casa de los Chalfen, machacando el tomo I de Ciencias y comiendo el repertorio familiar de platos hervidos, se había configurado un esquema extraño. Cuanto más progresaba Irie —tanto en sus estudios, como en sus esfuerzos por conversar educadamente, como en su concienzuda imitación del chalfenismo— menos interés le demostraba Joyce. Y cuanto peor se portaba Millat —apareciendo un domingo por la noche sin estar invitado, con todo el morro, llevando a chicas, fumando hierba por toda la casa, bebiéndose a escondidas su Dom Perignon 1964, orinando en la rosaleda, celebrando una reunión de los GEVNI en la sala, gastando trescientas libras de teléfono en llamadas a Bangladesh, diciendo a Marcus que era un mariquita, amenazando con castrar a Joshua, llamando a Oscar malcriado de mierda, acusando a la propia Joyce de ser una maníaca— más lo adoraba Joyce. En cuatro meses, Millat le había sacado más de trescientas libras, un anorak de pluma y una rueda de bici.

—¿Subes? —preguntó Marcus a Irie sosteniendo la puerta de la cocina y doblando el cuerpo hacia un lado y otro como un junco, mientras sus hijos pasaban corriendo.

Irie sonrió con gratitud. Era Marcus el que parecía preocuparse por ella. Era Marcus el que la había ayudado durante aquellos cuatro meses, mientras su cerebro se transformaba y lo que hasta entonces había sido una cosa amorfa y confusa se convertía en algo firme y definido, a medida que, poco a poco, se familiarizaba con la filosofía de los Chalfen. Al principio creía que ello suponía un gran sacrificio para un hombre tan ocupado, pero ahora se preguntaba si Marcus no encontraría cierta satisfacción en este proceso. Quizá algo así como observar a un ciego palpar las formas de un objeto nuevo. O a una rata de laboratorio descubrir la salida de un laberinto. En cualquier caso, en reciprocidad con sus atenciones, Irie había empezado a mostrar interés por el RatónFuturo, al principio por razones estratégicas y ahora con sinceridad. En consecuencia, eran cada vez más frecuentes las invitaciones a visitar el estudio de Marcus, situado en lo alto de la casa y con mucho la habitación favorita de Irie.

—Bueno, no te quedes ahí sonriendo como el tonto del pueblo. Sube.

El estudio de Marcus no se parecía a ninguna habitación que Irie hubiera visto. No tenía más utilidad ni finalidad que la de ser el estudio de Marcus; allí no se guardaban juguetes, ni chucherías, ni cosas rotas, ni tablas de planchar; allí nadie comía, ni dormía, ni follaba. No era como el desván de Clara, un almacén de cachivaches cuidadosamente embalados en cajas y etiquetados, por si un día tenía que huir de este país. No era como los desvanes de los inmigrantes, llenos hasta el techo de todo lo que han poseído en su vida, por deteriorado e inservible que esté, montones de trastos viejos que atestiguan que ahora estas personas que antes no tenían nada son dueñas de cosas. El estudio de Marcus estaba destinado únicamente a Marcus y al trabajo de Marcus. Un estudio. Como en una novela de la Austen o en *Arriba y abajo* o en Sherlock Holmes. Y éste era el primer estudio que Irie había visto en su vida real.

La habitación era pequeña e irregular, con suelo desnivelado y techo de madera inclinado, lo que quería decir que había sitios en los que se podía estar de pie y otros en los que había que agacharse. Por la ventana, que más bien era un tragaluz, entraban estrechas franjas de sol en las que bailaban las motas de polvo. Había cuatro archivadores, fieras con la boca abierta que escupían papel; papel amontonado en el suelo, en los estantes, en círculos alrededor de las sillas. A ras del techo flotaba el aroma dulce de un tabaco de pipa germánico, en una nube que amarilleaba las hojas de los libros situados en los estantes más altos. En una mesita auxiliar había un juego de fumador completo y complicado: boquillas de repuesto y pipas de formas diversas, desde la curvada normal en forma de U hasta las más estrambóticas, junto con cajas de rapé y una colección de limpiapipas, todo muy bien dispuesto en un estuche de piel forrado de terciopelo, como si fuera instrumental médico. Diseminadas por las paredes y alineadas en la repisa de la chimenea había fotos del clan Chalfen, incluidos retratos de una joven Joyce hippy de pechos insolentes, con una naricita respingona asomando entre dos cascadas de pelo. Y, destacándose entre la colección de fotos, varios motivos centrales enmarcados. El árbol genealógico de los Chalfen. Un primer plano de Mendel con expresión de suficiencia. Un gran póster de Einstein en su fase de icono norteamericano —pelambrera de profesor chiflado, cara de «sorpresa» y pipa enorme— con el epígrafe de «Dios no juega a los dados con el mundo». Finalmente, la gran butaca de roble de Marcus, debajo de un retrato de Crick y Watson con expresión fatigada pero feliz, junto a su modelo del ácido desoxirribonucleico, una escalera de caracol con peldaños metálicos, que iba desde el suelo de su laboratorio de Cambridge hasta más allá de lo que abarcaba el objetivo del fotógrafo.

—Pero ¿y Wilkins, dónde está Wilkins? —preguntó Marcus agachándose bajo el techo inclinado y golpeando la foto con un lápiz—. En 1962, Wilkins obtuvo el Nobel de Medicina con Crick y Watson. Pero no sale en las fotos. Sólo Crick y Watson. Watson y Crick. La historia tiene predilección por los genios solitarios o por las parejas. No le gustan los tríos. —Marcus rectificó—: Como no sean de cómicos o músicos de jazz.

—Entonces tú tendrás que ser un genio solitario —dijo Irie alegremente, dando la espalda a la foto y sentándose en una silla sueca sin respaldo.

—Ah, pero es que yo tengo un mentor, ¿sabes? —Señaló una foto tamaño póster en blanco y negro que estaba en la otra pared—. Y los mentores son harina de otro costal.

Era un primer plano de un anciano, con los rasgos bien dibujados por rayas y sombras, como los trazos de un plano topográfico.

—Un gran francés, un gran sabio y un gran señor. Me ha enseñado prácticamente todo lo que sé. Setenta y tantos años, y una mente diáfana. Pero lo bueno de tener un mentor es que no hay que rendir tributo directamente. A ver dónde se habrá metido esa dichosa foto...

Mientras Marcus registraba en un archivador, Irie estudió un pequeño sector del árbol genealógico de los Chalfen, un roble con artísticos dibujos que abarcaba desde el 1600 hasta la actualidad. Las diferencias entre los Chalfen y los Jones / Bowden saltaban a la vista. En primer lugar, en la familia Chalfen la gente parecía tener un número de hijos normal. Y, lo más importante, todo el mundo sabía de quién era cada hijo. Los hombres vivían más años que las mujeres. Los matrimonios eran en singular y de larga duración. Las fechas del nacimiento y de la muerte eran exactas. Y los Chalfen sabían realmente quiénes eran en 1675. Archie Jones no podía dar razón de su ascendencia más allá de la azarosa llegada de su padre a este planeta, en la trastienda de una taberna de Bromley, allá por el 1895, 1896 o 1897, según la nonagenaria ex camarera a la que se le preguntara. Clara Bowden sabía algo de su abuela y creía a medias la historia de que su famoso y prolífico tío abuelo P había tenido treinta y cuatro hijos, pero sólo podía afirmar categóricamente que su madre había nacido a las 2.45 de la tarde del 14 de enero de 1907, en una iglesia católica, en pleno terremoto de Kingston. El resto eran rumores, consejas y mitos.

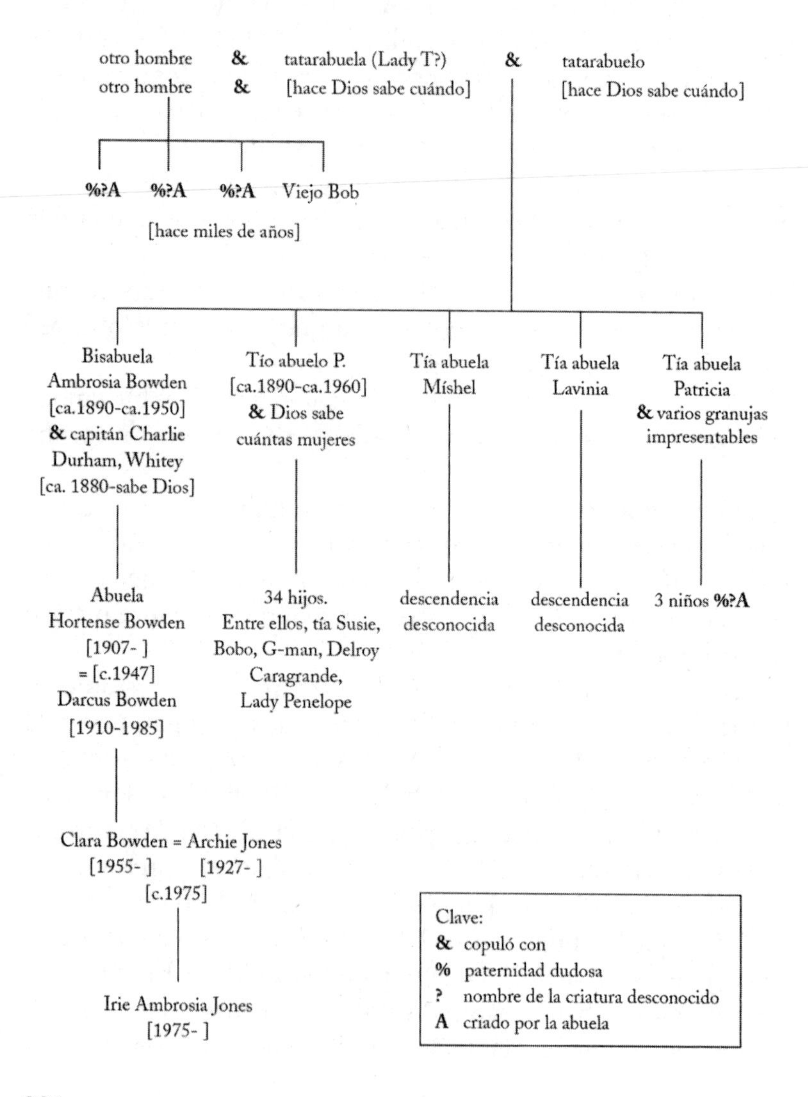

—Venís de muy antiguo —dijo Irie cuando Marcus se acercó a ver qué miraba—. Es increíble. No puedo imaginar la sensación que eso debe de dar.

—Tonterías. Todos tenemos la misma antigüedad. Es sólo que los Chalfen siempre lo han puesto todo por escrito —dijo Marcus pensativo, llenando la pipa—. Eso sirve de ayuda si uno quiere que lo recuerden.

—Supongo que mi familia ha sido más bien de tradición oral —dijo Irie encogiéndose de hombros—. Pero lo que es Millat... Tendrías que preguntarle. Él desciende de...

—Un gran revolucionario. Eso tengo entendido. Pero yo en tu lugar no lo tomaría muy en serio. Me da la impresión de que en esa familia hay una cuarta parte de realidad y tres cuartas partes de ficción. ¿Hay algún personaje histórico en la tuya? —preguntó Marcus y, desinteresándose inmediatamente de su propia pregunta, volvió a su exploración del archivador número dos.

—No... Nadie... importante. Pero mi abuela nació en enero de 1907, durante el...

—¡Aquí está!

Marcus se alzó triunfante del cajón metálico agitando una delgada carpeta de plástico con unos papeles dentro.

—Fotos. Especialmente para ti. Si los defensores de los derechos de los animales las vieran, contratarían a un asesino a sueldo. Una a una. Y con cuidado.

Marcus pasó a Irie la primera foto. Era un ratón tendido boca arriba, con pequeñas tumefacciones de color marrón en forma de hongo en el vientre. La postura hacía que la boca se abriera de un modo artificial en un grito de dolor. Pero no dolor auténtico, pensó Irie, sino un dolor ficticio. Parecía un ratón que hiciera teatro. Un ratón mal comediante. Ratón de culebrón. Con un toque de sarcasmo.

—Mira, las células embrionarias son una gran cosa; nos ayudan a entender los factores genéticos que pueden contribuir al cáncer, pero lo que realmente necesitamos es saber cómo avanza un tumor en tejido vivo. Quiero decir que eso, con un cultivo, no se consigue ni de lejos. Así que hay que pasar a introducir carcinógenos químicos en un órgano determinado, pero...

Irie escuchaba sólo a medias, absorta en las fotografías que le iba pasando Marcus. La siguiente era, al parecer, del mismo ratón, tomado de espaldas, donde los tumores eran más grandes. Había uno en el cuello, casi del tamaño de la oreja. Pero el ratón parecía muy satisfecho. Casi como si hubiera desarrollado adrede un nuevo órgano para oír lo que Marcus decía de él. Irie comprendía que era una estupidez pensar tal cosa de un ratón de laboratorio. Pero, también aquí, la cara del ratón reflejaba astucia ratonil. Había sarcasmo de ratón en sus ojos de ratón. Una burlona sonrisa de ratón en sus labios de ratón. «¿Enfermedad terminal? —decía el ratón a Irie—. ¿Qué enfermedad terminal?»

—... lento e inexacto. Pero, si se modifica el genoma en sí, de manera que unos tumores específicos se manifiesten en tejidos específicos en momentos predeterminados del desarrollo del ratón, entonces ya no se actúa de forma aleatoria. Entonces se elimina lo imponderable de un mutagénico. Se accede al programa genético del ratón, una fuerza que activa los oncogenes que están dentro de las células. Mira, este ratón es un macho joven...

En esta foto, RatónFuturo© era sostenido por las patas delanteras por dos dedos gigantes de color rosa, para mantenerlo en posición vertical como un ratón de dibujos animados, con lo que lo obligaba a levantar la cabeza. Parecía sacar su lengua de ratón al fotógrafo y también a Irie. Los tumores del cuello colgaban como grandes gotas de una lluvia sucia.

—... y manifiesta el oncogén H-ras en algunas células de la piel y desarrolla múltiples papilomas cutáneos benignos. Lo interesante es que las hembras jóvenes no los desarrollan, lo que indica...

Un ojo cerrado y el otro abierto. Un guiño. Un astuto guiño de ratón.

—¿... y eso por qué? A causa de la rivalidad entre machos: las peleas producen abrasión. No se trata de un imperativo biológico sino social. Resultado genético: el mismo. ¿Lo ves? Pero estas diferencias sólo se pueden comprender con ratones transgénicos, modificando experimentalmente el genoma. Y este ratón, el que estás mirando, es un ratón único, Irie. Yo planto un cáncer, y el cáncer crece precisamente allí donde yo espero. Quince semanas de experimento. Su código genético es nuevo. Es una especie nueva. No hay mejor argumento para conseguir una patente, si quieres que te diga la verdad. O, por lo menos, alguna especie de convenio de royalties: 80 por ciento para Dios y 20 por ciento para mí. O viceversa, con un buen abogado. Esos desgraciados de Harvard aún están discutiéndolo. Pero, personalmente, a mí no me interesa la patente. A mí me interesa la ciencia.

—¡Vaya! —exclamó Irie devolviéndole las fotos de mala gana—. Resulta difícil de asimilar. Por un lado lo entiendo y por el otro no. Es asombroso.

—En fin —dijo Marcus con falsa modestia—. Me mantiene ocupado.

—Si se puede eliminar lo aleatorio...

—Si se elimina lo aleatorio se domina el mundo —dijo Marcus con naturalidad—. ¿Por qué limitarnos a los oncogenes? Podríamos programar cada fase del desarrollo de un organismo: reproducción, hábitos alimentarios, expectativa de vida —y, con voz artificial, extendiendo los brazos como un autómata y haciendo girar los globos oculares, agregó—: LA DOMINACIÓN DEL MUNDO POR LA BUENA PROGRAMACIÓN.

—Ya veo los titulares sensacionalistas —dijo Irie.

—En serio —dijo Marcus, ordenando las fotos en la carpeta y volviéndose hacia el archivador para guardarlas—. El estudio de razas aisladas de animales transgénicos arroja una luz esencial sobre lo aleatorio. ¿Me sigues? Un ratón sacrificado por cinco mil millones de humanos. No puede hablarse de apocalipsis ratonil. No es mucho pedir.

—No; desde luego.

—¡Maldita sea! Esto está hecho un caos. —Marcus intentó por tres veces cerrar el cajón de abajo del archivador y luego dio una patada a un costado con impaciencia—. ¡Cochino trasto!

Irie se acercó a mirar el cajón abierto.

—Necesitas más separadores —dijo con firmeza—. Y usas mucho papel A3, A2 y de tamaño irregular. Tienes que utilizar un plegado sistemático, en lugar de meter los papeles de cualquier manera.

Marcus echó la cabeza hacia atrás y soltó una carcajada.

—Bueno, imagino que es una opinión autorizada. De tal padre tal hija.

Él se agachó a su lado y dio varios empujones al cajón.

—En serio, no sé cómo puedes trabajar así. Mis cosas del cole están mejor organizadas, y yo no trabajo en el programa de Dominación del Mundo.

Marcus levantó la cabeza para mirarla. Vista desde abajo, ella parecía una cordillera, una versión blanda y muelle de los Andes.

—A ver qué te parece esto: quince libras a la semana por venir dos veces a organizarme este desastre de archivo. Tú aprendes algo y yo tengo mis papeles en orden. ¿Eh? ¿Qué dices?

¿Qué decía? Joyce ya pagaba a Millat un total de treinta y cinco libras a la semana por actividades diversas tales como hacer de canguro de Oscar, lavar el coche, arrancar hierbas, limpiar ventanas y reciclar diarios y revistas. Pero lo que pagaba en realidad era, desde luego, la presencia de Millat, aquella energía. Y aquella seguridad.

Irie entendía el trato que iba a hacer; ella no lo aceptaba con atolondramiento porque estuviera bebida, colocada, desesperada o confusa, como le ocurría a Millat. Además, ella lo deseaba; deseaba asimilarse a los Chalfen, ser una misma carne, separada de la carne de su propia familia, caótica, fortuita y fundida transgénicamente con otra. Un animal único. Una nueva especie.

Marcus frunció el entrecejo.

—¿A qué viene tanta vacilación? Me gustaría tener la respuesta este mismo milenio, si no te importa. ¿Te parece buena idea o no?

Irie asintió con una sonrisa.

—Claro que sí. ¿Cuándo empiezo?

Alsana y Clara no se sentían satisfechas. Pero tardaron algún tiempo en comparar notas y consolidar su desagrado. Clara asistía a clases nocturnas tres días a la semana (cursos «El imperialismo británico desde 1765 hasta nuestros días», «Literatura galesa medieval» y «Feminismo negro») y Alsana trabajaba ante la máquina de coser durante todas las horas de luz que daba Dios, mientras en torno a ella hacía estragos una guerra familiar. Las dos mujeres hablaban por teléfono sólo de tarde en tarde y se veían aún menos. Pero una y otra sentían cierta inquietud acerca de los Chalfen, de los que venían oyendo hablar más y más. Al cabo de varias semanas de disimulada vigilancia, Alsana ya estaba segura de que era a casa de los Chalfen adonde iba Millat en sus periódicas ausencias. Y Clara se consideraba afortunada si pillaba a Irie en casa una tarde a la semana. Además, hacía tiempo que había dejado de creer la excusa del baloncesto. Desde hacía meses, todo era los Chalfen esto y los Chalfen lo otro; que si Joyce había dicho esta cosa fantástica y que si Marcus era tan inteligente. Pero Clara no era de las que hacen escenas; ella deseaba desesperadamente lo mejor para Irie, y siempre había pensado que las nueve décimas partes de ser padres eran sacrificio. Hasta sugirió un encuentro con los Chalfen; pero, o bien Clara estaba paranoica, o bien Irie hacía todo lo posible por evitarla. Y de nada serviría acudir a Archibald en busca de ayuda. Él sólo veía a Irie fugazmente —cuando ella iba a casa a ducharse, vestirse o comer— y no parecía importarle que su hija se entusiasmara hablando de los chicos Chalfen («Parecen buena gente, cariño»), o de lo que había hecho Joyce («¿Eso hizo? Debe de ser muy lista, cielo»), o de lo que había dicho Marcus («Suena como Einstein, ¿verdad, cariño? Bueno, espléndido. Ahora tengo que darme prisa. Sammy me espera a las ocho en el O'Connell»). Archie no era susceptible. Su condición de padre era para él una posición genética tan sólida (éste era el hecho más trascendental de la vida de Archie) que no se le ocurría que alguien pudiera disputarle la corona. Y Clara tenía que morderse los labios a solas, confiar en que no estuviera perdiendo a su única hija y tragarse la sangre.

Pero al fin Alsana comprendió que aquello era una guerra en toda regla y que necesitaba una aliada. A últimos de enero del 91, con la Navidad y el Ramadán fuera del horizonte, descolgó el teléfono.

—¿Así que tú conoces a esos Chaffinch?

—Chalfen. Tengo entendido que el apellido es Chalfen. Sí; son los padres de un amigo de Irie, creo —dijo Clara con falsa inocencia, deseosa de averiguar qué sabía Alsana, antes de soltar prenda—. Joshua Chalfen. Parecen buena gente.

Alsana resopló por la nariz.

—Yo los llamo Chaffinch, esos pajaritos ingleses que picotean los mejores granos. Esos pájaros hacen con las hojas de mi laurel lo mismo que esa gente con mi chico. Pero ellos son peores, porque son como pájaros con colmillos, con unos caninos pequeños y afilados. Ellos no sólo roban sino que desgarran. ¿Qué sabes de ellos?

—Pues... en realidad, nada. Ayudaban a Irie y a Millat a repasar las ciencias, eso es lo que me dijo Irie. No hay nada malo en ello, Alsi. Y ahora Irie va muy bien en la escuela. La verdad es que no para en casa, pero no puedo oponerme.

Clara oyó a Alsana golpear furiosamente la barandilla de la escalera de los Iqbal.

—¿Tú has hablado con ellos? Porque yo no. Y sin embargo se toman la libertad de dar a mi hijo dinero y habitación como si él no tuviera ninguna de las dos cosas... y hablan mal de mí, estoy segura. Sólo Dios sabe lo que le habrán dicho. ¿Quiénes son? Yo no los conozco de nada. Millat pasa todo el tiempo libre en su casa, y yo no veo que sus notas hayan mejorado. Sigue fumando porros y acostándose con las chicas. Y, si trato de hablar con Samad, no me escucha, es como si viviera en un mundo aparte. Grita a Millat y a mí no me habla. Ahora estamos tratando de reunir dinero para traer a Magid y enviarlo a un buen colegio. ¡Con lo que yo me esfuerzo por mantener unida a esta familia, y ahora vienen estos Chaffinch y tratan de romperla en pedazos!

Clara se mordió los labios y asintió en silencio al teléfono.

—Eh, señora, ¿sigue usted ahí?

—Sí. Sí. Verás... Irie, bueno... da la impresión de que los adora. Al principio eso me disgustaba, pero luego pensé que era una tontería. Archie dice que soy una tonta.

—Si a ese cabeza de chorlito le dijeras que en la Luna no hay gravedad, te diría que eres tonta. Hace quince años que nos las arreglamos sin su opinión y seguiremos haciéndolo, Clara —dijo Alsana, y por el teléfono se oyó su respiración jadeante y la fatiga de su voz—. Tú y yo siempre nos hemos ayudado... Ahora te necesito.

—Sí... Sólo estaba pensando...

—Por favor. No pienses. He reservado entradas para una película, vieja y francesa, de las que te gustan a ti. Nos encontraremos delante del cine Tricycle. La sobrina desvergonzada también vendrá. Tomaremos el té. Hablaremos.

La película era *À bout de souffle*, 16 mm, blanco y negro. Fords viejos y bulevares. Gabardinas con el cuello subido y pañuelos en la cabeza. Besos y cigarrillos. A Clara le encantó («¡Fantástico Belmondo! ¡Fantástica Seberg! ¡Fantástico París!»), Neena la encontró demasiado francesa y Alsana no consiguió entenderla.

—Un chico y una chica que corren por toda Francia, que dicen tonterías, matan policías, roban coches y no usan sostenes. Si eso es cine europeo, a mí que me den Hollywood todos los días de la semana. Ahora, señoras, ¿vamos a lo que importa?

Neena fue a buscar los tés y los puso en la mesita con un golpe seco.

—¿Qué es eso de una conspiración de Chaffinches? Suena a Hitchcock.

Alsana expuso la situación taquigráficamente.

Neena hurgó en el bolso en busca de sus Consulates, encendió uno y exhaló humo mentolado.

—Tiíta, por lo que dices, parecen una familia de clase media cargada de buenas intenciones, que quieren ayudar a Millat con sus estudios. ¿Para eso me haces dejar el trabajo? Bueno, quiero decir que no se trata de una conspiración.

—No —dijo Clara cautelosamente—, no; claro que no. Lo único que dice tu tía es que Millat e Irie pasan allí mucho tiempo, y por eso nos gustaría conocerlos un poco más. Es natural, ¿no?

—Eso no es lo único que yo digo —protestó Alsana—. ¡Yo digo que esa gente está robándome a mi hijo! ¡Pájaros con dientes! ¡Están anglificándolo completamente! Están apartándolo deliberadamente de su cultura, su familia y su religión...

—¿Desde cuándo te importa un pito su religión?

—¡Tú, sobrina desvergonzada, tú no sabes que yo he sudado sangre por ese chico, tú no sabes...!

—Bueno, si no sé nada de nada, ¿para qué coño me haces venir? Como si yo no tuviera nada más que hacer. —Neena agarró el bolso bruscamente y fue a levantarse—. Perdona, Clara. No sé por qué siempre hemos de acabar así. Hasta pronto...

—Siéntate —dijo Alsana con un siseo, sujetándola del brazo—. Siéntate. Está bien, comprendido, doña Lesbiana Lista. Mira, te necesitamos. ¿Vale? Siéntate, y perdona, perdona. ¿Vale? Eso está mejor.

—Está bien —dijo Neena aplastando el cigarrillo en una servilleta de papel—. Pero voy a decir lo que pienso y, por una vez, tú cerrarás esa bocaza mientras hablo yo, ¿vale? Bueno, vamos a ver. Dices que Irie va estupendamente en la escuela. Si Millat no va tan bien, no tiene por qué asombrarte: es que no hace nada. Pero, por lo menos, ahora alguien trata de ayudarlo. Y estoy segura de que, si va tanto a su casa, es por su propia voluntad, no por la de ellos. En este momento, vuestra casa no es precisamente un paraíso. Él trata de escapar de sí mismo y busca algo que esté lo más lejos posible de los Iqbal.

—¡Ajá! ¡Pero es que esa gente vive a dos calles! —gritó Alsana triunfalmente.

—No, tiíta. Trata de alejarse de vosotros conceptualmente. Y es que, a veces, ser un Iqbal resulta agobiante. Para él esa familia es un refugio. Probablemente, son una buena influencia, o algo así.

—Algo así —dijo Alsana lúgubremente.

—¿De qué tienes miedo, Alsi? Millat es segunda generación. Tú misma no te cansas de repetirlo: hay que dejarlos que elijan su camino. Mírame a mí: yo puedo ser tu sobrina desvergonzada, Alsi, pero me gano bien la vida con mis zapatos. —Alsana miró dubitativamente las botas negras hasta la rodilla que llevaba Neena, diseñadas y confeccionadas por ella—. Y vivo bien. De acuerdo con mis principios. Es lo que yo digo: Millat ya está en guerra con el tío Samad. No hagas que lo esté también contigo.

Alsana dio un gruñido y tomó un sorbo de su té de arándano.

—Si quieres preocuparte por algo, tiíta, preocúpate por esa gente, los GEVNI, con los que anda siempre. Son unos dementes. Y están por todas partes. Donde menos podrías imaginar: Mo, ya sabes, el carnicero, el de los Hussein-Ishmael, la rama Ardashir de la familia, es uno de ellos. Y el gilipollas de Shiva, el del restaurante... se ha convertido.

—Bien hecho —dijo Alsana secamente.

—Es que no tiene nada que ver con el islam, Alsi. Son un grupo político. Y vaya política. Uno de esos capullos nos dijo a Maxine y a mí que nos asaríamos en los abismos del infierno. Al parecer, somos la forma de vida más baja que existe, más baja que las babosas. Le retorcí la bolsa de los huevos una vuelta entera. Ésa es la gente de la que tienes que preocuparte.

Alsana movió negativamente la cabeza e hizo un ademán de rechazo.

—¿Es que no lo entiendes? Me preocupa que me quiten a mi hijo. Ya he perdido a uno. Seis años hace que no veo a Magid.

Seis años. Y ahora esa gente, esos Chaffinch, tienen a Millat más tiempo que yo. ¿Entiendes eso, por lo menos?

Neena suspiró, jugueteó con un botón de la blusa y, al ver asomar las lágrimas a los ojos de su tía, asintió en silencio.

—Millat e Irie cenan allí a menudo —dijo Clara en voz baja—. Y... verás, Neena. Tu tía y yo hemos pensado... que un día tú podrías ir con ellos. Tú eres joven, pareces joven; podrías ir y luego...

—Daros el parte —terminó Neena poniendo cara de resignación—. Infiltrarme en las líneas enemigas. Esa pobre gente no saben con quién se la juegan. Están bajo vigilancia y no se han enterado. Es como en la película *Los treinta y nueve escalones*.

—¿Sí o no, sobrina?

Neena gimió.

—Sí, tiíta. Si no hay más remedio.

—Muy agradecida —dijo Alsana apurando el té.

No era que Joyce fuera homófoba precisamente. Le gustaban los gays. Y ella les gustaba a ellos. Incluso, sin darse cuenta, había reunido un pequeño club de fans gays en la universidad, un grupo de hombres que veían en ella una especie de híbrido de Barbra Streisand, Bette Davis y Joan Baez, y se reunían una vez al mes para hacerle la cena y admirar su gusto en materia de indumentaria. Por lo tanto, Joyce no podía ser homófoba. Pero las lesbianas... las lesbianas tenían un algo que desconcertaba a Joyce. No es que le desagradaran. Era sólo que no podía comprenderlas. Joyce entendía por qué los hombres amaban a los hombres; ella había dedicado su vida a amar a los hombres, y sabía lo que era eso. Pero la idea de que las mujeres amaran a las mujeres era tan extraña a su esquema del mundo que Joyce era incapaz de procesarla. Simplemente no concebía la mera idea de su existencia. Y bien sabía Dios que se había esforzado. Durante los setenta había leído *El pozo de la soledad* y *Our Bodies Ourselves* (que tenía cierto pequeño capítulo); últimamente había leído y visto *Fruta prohibida*, pero nada de aquello había servido. Y no era que se hubiera sentido escandalizada. Era que, sencillamente, no le veía la gracia. Así que, cuando Neena se presentó a cenar del brazo de Maxine, Joyce se quedó mirándolas atónita por encima del primer plato (legumbres sobre pan de centeno). Estuvo muda durante los veinte primeros minutos, dejando que el resto de la familia procediera con la rutina Chalfen sin su vital colaboración. Era como estar hipnotizada o envuelta en una nube densa, y a través de la niebla oía fragmentos de la conversación que se desarrollaba sin ella.

—Vamos a ver. Como siempre, la primera pregunta Chalfen: ¿a qué se dedica?

—Hago zapatos.

—Ah. Bueno, no es tema para una conversación chispeante. ¿Y la bella damisela?

—Soy una bella damisela ociosa. Llevo los zapatos que hace ella.

—Ah. ¿No va a la universidad?

—No. Preferí no tomarme esa molestia. ¿Comprende?

Neena no estaba menos a la defensiva.

—Y, antes de que pregunten, yo tampoco he ido a la universidad.

—Bueno, no pretendía violentarla.

—No me ha violentado.

—En realidad, no me sorprende... Me consta que su familia no es precisamente la más académica del mundo.

Joyce sabía que aquello pintaba mal, pero no podía encontrar la manera de remediarlo. Un millón de peligrosas palabras de doble sentido se agolpaban en su garganta y estaba segura de que, si abría la boca, aunque fuera una rendija, alguna se escaparía. Marcus, que nunca se preocupaba de si sus palabras podían ofender, seguía charlando alegremente.

—Ustedes dos son terribles tentaciones para un hombre.

—¿En serio?

—Oh, todas las tortilleras lo son. Y estoy seguro de que ciertos caballeros tendrían alguna posibilidad... aunque sospecho que ustedes prefieren la belleza al intelecto, de modo que yo no tendría ninguna oportunidad.

—Parece usted muy seguro de su intelecto, señor Chalfen.

—¿No debería estarlo? Es que soy muy inteligente.

Joyce no dejaba de mirarlas, pensando: «¿Quién se apoya en quién? ¿Quién instruye a quién? ¿Quién mejora a quién? ¿Quién poliniza y quién cultiva?»

—Bien, es muy agradable tener a otra Iqbal sentada a la mesa, ¿verdad, Josh?

—Yo no soy una Iqbal. Yo soy una Begum.

—No puedo menos que pensar —prosiguió Marcus, sin darse por enterado— que un Chalfen y una Iqbal serían una mezcla fabulosa. Como Fred y Ginger. Ustedes nos darían sexo y nosotros les daríamos sensibilidad o algo así. ¿Eh? Usted haría danzar a un Chalfen, es tan fogosa como un Iqbal. La pasión india. Es curiosa su familia: la primera generación, todos un poco idos, pero en la segunda generación tienen la cabeza bien firme sobre los hombros.

—Mire, de mi familia nadie dice que están idos. Aunque sea verdad. ¿Vale? Si acaso, lo diré yo.

—Bueno, a ver si nos servimos del lenguaje como es debido. Se puede decir «nadie dice que están idos», pero no es correcto. Porque la gente lo dirá, si quiere. Está mejor: «No quiero que nadie diga, etcétera.» La cosa no tiene mayor importancia, pero nos entenderemos mejor no usando mal el lenguaje.

Entonces, en el momento en que Marcus alargaba la mano hacia el fogón para retirar el segundo plato (pollo en salsa), Joyce abrió la boca y, por alguna razón inexplicable, esto fue lo que salió:

—¿Usa cada una los pechos de la otra a modo de almohada?

El tenedor de Neena, que iba camino de la boca, se paró a la altura de la nariz. Millat se atragantó con un trozo de pepino. Irie hizo lo posible por unir el maxilar inferior con el superior. A Maxine le dio la risa tonta.

Pero Joyce no iba a ruborizarse. Joyce descendía de aquellas mujeres con temple de acero que seguían adelante por las selvas africanas cuando los porteadores soltaban la carga y salían corriendo y los hombres blancos se apoyaban en la escopeta y movían la cabeza negativamente. El temple de las mujeres de la frontera que, armadas sólo con una biblia, una carabina y una mosquitera, se cargaban fríamente a los hombres de piel oscura, avanzando hacia las llanuras que se extendían más allá de la línea del horizonte. Joyce no sabía lo que era retroceder. Ella seguiría adelante.

—Es que en la poesía india se habla mucho de la almohada de los pechos, pechos mullidos, pechos de pluma. Y entonces se me ha ocurrido preguntarme si duerme blanco sobre moreno o a la inversa, como parece lo más lógico. Prolongando la... la metáfora de la almohada, me preguntaba...

El silencio fue largo, amplio y malévolo. Neena movió la cabeza negativamente con desdén y dejó caer los cubiertos en el plato con estrépito. Maxine tamborileó con los dedos en el mantel unos nerviosos compases de Guillermo Tell. Joshua parecía a punto de echarse a llorar.

Finalmente, Marcus miró al techo, dio una palmada y soltó una fuerte carcajada Chalfen.

—He estado toda la noche deseando preguntar eso mismo. ¡Bien hecho, mamá Chalfen!

Y, por primera vez en su vida, Neena tuvo que reconocer que su tía tenía razón.

—Querías un informe y aquí tienes un informe completo: locos, tocados, como una cabra, con los tornillos flojos, de atar, casos clínicos. Todos y cada uno.

Alsana asintió con la boca abierta, y pidió a Neena que repitiera por tercera vez aquello de que, mientras servía el bizcocho de crema y fruta, Joyce había preguntado si no era difícil para las mujeres musulmanas hacer pasteles envueltas en aquella sábana negra. ¿No se les manchaban de pasta los bordes? ¿No corrían peligro de prenderse fuego con los fogones de gas?

—Como una cabra —concluyó Neena.

Pero, como suele suceder en estos casos, una vez corroborada la información, nadie sabía muy bien qué hacer con ella. Irie y Millat tenían dieciséis años, y no se cansaban de repetir a sus respectivas madres que, para ciertas cosas, ya eran mayores de edad y podían hacer lo que les... cuando les... Nada podían hacer Clara y Alsana, como no fuera poner candados en las puertas y barrotes en las ventanas. Y las cosas iban de mal en peor. Irie pasaba ahora más tiempo que nunca inmersa en el chalfenismo. Clara observaba que hacía muecas de desagrado ante la conversación de su padre y miraba con repugnancia el periodicucho que Clara se llevaba a la cama. Millat desaparecía de casa durante semanas enteras y volvía con un dinero que no era suyo y hablando con un acento que oscilaba entre la suave modulación de los Chalfen y la áspera arenga callejera del clan de los GEVNI. Samad estaba furioso. Millat no era ni una cosa ni otra, ni esto ni aquello, ni musulmán ni cristiano, ni inglés ni bengalí; vivía en medio, hacía honor a su segundo nombre, Zufilkar, el choque de dos espadas.

—¿Cuántas veces es necesario decir gracias en una sola transacción? —gruñó Samad después de observar a su hijo comprar la autobiografía de Malcolm X—. «Gracias» cuando das el libro a la dependienta, «gracias» cuando ella lo toma, «gracias» cuando te dice el precio, «gracias» cuando firmas el comprobante, «gracias» cuando se lo das. Eso no es urbanidad inglesa: es simple arrogancia. ¡El único que merece tantas gracias es Alá!

Y, una vez más, Alsana se vio entre los dos, tratando desesperadamente de encontrar la posición intermedia.

—Si estuviera Magid, él os aclararía las ideas a los dos. Tiene cabeza de abogado y pondría las cosas en su sitio. —Pero Magid no estaba, y aún no había dinero suficiente para hacerlo volver.

Llegó el verano y, con el verano, los exámenes. Irie quedó inmediatamente detrás del empollón de Joshua Chalfen, y Millat, mucho mejor de lo que todos esperaban, incluido él mismo. Ello tenía que deberse a la influencia de los Chalfen, y Clara, por lo menos, se sintió un poco avergonzada de sí misma. Alsana sólo dijo:

—Es el cerebro de los Iqbal. Al fin siempre triunfan. —Y decidió celebrarlo con una barbacoa conjunta Iqbal/Jones en el jardín de Samad.

Neena, Maxine, Ardashir, Shiva, Joshua, tías, primos, amigos de Irie, amigos de Millat, amigos GEVNI, el director; todos acudieron y brindaron alegremente con espumoso español en vasos de papel (menos los GEVNI, que formaban un corrillo en un rincón).

Todo iba bastante bien hasta que Samad descubrió al corro de los brazos cruzados y las corbatas verdes de lazo.

—¿Qué hacen aquí ésos? ¿Quién ha dejado entrar a los infieles?

—Bueno, tú estás aquí, ¿no? —espetó Alsana, mirando las tres latas de Guinness que Samad ya había vaciado y el jugo de perrito caliente que le resbalaba por la barbilla—. ¿Quién arrojará la primera piedra, en una barbacoa?

Samad le lanzó una mirada llameante y se alejó airadamente con Archie, para admirar su labor conjunta de reconstrucción del cobertizo. Clara aprovechó la ocasión para llevarse a Alsana a un lado y hacerle una pregunta.

Alsana dio un puntapié a su propio cilantro.

—¡No! Ni hablar. ¿Por qué he de darle las gracias? Si ha aprobado es porque tiene buena cabeza, cabeza de Iqbal. Ni una vez, ni una sola vez esa Chaffinch de dientes largos se ha dignado llamarme a mí. Antes tendrían que matarme.

—Pues... a mí me parece que sería un detalle ir a darle las gracias por todo el tiempo que ha dedicado a los chicos... Quizá la hayamos juzgado mal.

—Vaya usted, lady Jones, si quiere —dijo Alsana sarcásticamente—. Pero yo, ni a rastras.

—Y éste es el doctor Solomon Chalfen, el abuelo de Marcus. Era uno de los pocos especialistas que hacían caso a Freud cuando en Viena todos pensaban que estaban delante de un caso de desviación sexual. Tiene una fisonomía increíble, ¿no le parece? Su rostro refleja mucha sabiduría. La primera vez que Marcus me enseñó esa foto comprendí que quería casarme con él. Pensé: ¡Si Marcus es así a los ochenta años, seré una chica con suerte!

Clara sonrió y admiró el daguerrotipo. Hasta entonces había admirado ocho, puestos en fila en la repisa, seguida por una hosca Irie, y quedaban por lo menos otros tantos.

—Es una familia ilustre y antigua y, si no le parece presunción de mi parte, Clara... Es «Clara», ¿verdad?

—Sí, Clara, por favor, señora Chalfen.

Irie esperó que Joyce pidiera a Clara que la llamara Joyce.

—Bien, como le decía, es una familia ilustre y antigua y, si no le parece presunción por mi parte, me gustaría considerar a Irie, en cierto modo, parte de ella. Es una chica notable. Hemos estado encantados de tenerla con nosotros.

—Ella también lo ha estado. Y está en deuda con ustedes. Todos lo estamos.

—Oh, no, no, no. Yo creo en la Responsabilidad de los Intelectuales... pero, aparte de eso, ha sido un placer. De verdad. Y espero que siga viniendo, aunque hayan terminado los exámenes. ¡Todavía le quedan los de nivel A, por lo menos!

—Estoy segura de que vendría de todos modos. Siempre está hablando de ustedes. Los Chalfen esto, los Chalfen lo otro...

Joyce oprimió las manos de Clara.

—Oh, Clara, cuánto me alegro. Y también me alegro de que por fin nos hayamos conocido. Pero aún no había terminado. ¿Dónde estábamos...? Ah, sí, éstos son Charles y Anna, tíos abuelos, fallecidos hace tiempo, por desgracia. Él era psiquiatra, sí, otro, y ella, botánica, lo que me la hace muy querida.

Joyce retrocedió un paso, como un crítico de arte en una galería, y se puso las manos en las caderas.

—Bueno, es lo que yo digo: al fin no hay más remedio que deducir que eso está en los genes, ¿no le parece? Me refiero a la inteligencia. Porque no basta sólo con cultivarla. Bueno, eso supongo, ¿no?

—Uh, no —convino Clara—. Creo que no.

—Ahora, por interés puramente científico... Quiero decir que me pica la curiosidad... ¿De qué parte cree que le viene a Irie esa inteligencia, de la jamaicana o de la inglesa?

Clara recorrió con la mirada la hilera de hombres blancos muertos, con cuello almidonado, algunos con monóculo, otros con uniforme, otros rodeados de familia, cada uno aguantando firmemente la postura, mientras la cámara realizaba su larga operación. Todos le recordaban vagamente a alguien. A su propio abuelo, el arrojado capitán Charlie Durham, en la única fotografía que quedaba de él: estirado y pálido, mirando a la cámara, retador, no tanto haciéndose retratar como proyectando su imagen en el acetato. Lo que algunos llamaban un «cristiano musculoso». La familia Bowden lo llamaba Whitey. El maldito estúpido creía que era dueño de todo lo que tocaba.

—De mi parte —dijo Clara, vacilando—. Supongo que de la rama inglesa de mi parte. Mi abuelo era inglés, muy distinguido, según me cuentan. Su hija, mi madre, nació durante el terremoto de Kingston de 1907. Yo he pensado muchas veces que, a lo mejor, con las sacudidas, se le pusieron las neuronas en su sitio, porque desde entonces vamos bastante bien.

Joyce comprendió que Clara esperaba una risa y se apresuró a otorgársela.

—En serio. Probablemente se deba al capitán Charlie Durham. Mi abuela lo aprendió todo de él. Una buena educación inglesa. Si no, no imagino a qué puede deberse.

—¡Qué interesante! Es lo que digo a Marcus: eso está en los genes, por más que él lo dude. Dice que simplifico demasiado, pero él es excesivamente teórico. ¡Y los hechos siempre me dan la razón!

Cuando la puerta de la calle se cerró a su espalda, Clara se mordió el labio una vez más, ahora con frustración y cólera. ¿Por qué había dicho que Irie debía su inteligencia al capitán Charlie Durham? Era una mentira como un templo. Más falso que sus blancos dientes. Clara era más lista que el capitán Charlie Durham. Hortense era más lista que el capitán Charlie Durham. Incluso la abuela Ambrosia debía de ser más lista que el capitán Charlie Durham. El capitán Charlie Durham no era listo. Él se lo creía, pero no lo era. Sacrificó a mil personas porque quería salvar a una mujer a la que en realidad nunca llegó a conocer. El capitán Charlie Durham era un maldito estúpido.

13

La pulpa dentaria de Hortense Bowden

Un poco de educación inglesa puede ser peligroso. A Alsana le gustaba poner el ejemplo de lord Ellenborough que, al arrebatar a la India la provincia de Sind, envió a Delhi un telegrama de una sola palabra: «*peccavi*», «pequé» en latín.

—Los ingleses —agregaba Alsana con desagrado— son el único pueblo que no se conforma con robar a los demás sino que, además, tiene que educarlos. —La desconfianza de Alsana hacia los Chalfen se debía, sencillamente, a esto.

Clara estaba de acuerdo, y por razones mucho más personales: un recuerdo de familia, un vestigio no olvidado de mala sangre en los Bowden. Su madre, estando en el vientre de su propia madre (porque, para contar esta historia, tendremos que ir poniéndolas a una dentro de otra, como las muñecas rusas: a Irie dentro de Clara, a Clara dentro de Hortense, a Hortense dentro de Ambrosia), había sido testigo mudo de lo que ocurre cuando, de repente, a un inglés se le ocurre que tiene que educar a alguien. Porque el capitán Charlie Durham —recién destinado a Jamaica— no se dio por satisfecho con preñar a la hija adolescente de su casera una noche de borrachera de mayo de 1906 en la despensa de los Bowden. No tuvo bastante con desflorarla. Además, tenía que educarla.

—¿A mí? ¿Quiere educarme a mí? —Ambrosia Bowden juntó las manos sobre el bultito que era Hortense y puso cara de inocente—. ¿Por qué quiere educarme?

—Tres veces por semana —dijo su madre—. No me preguntes por qué. Pero Dios sabe que no te vendrá mal un poco de educación. Debes dar gracias por el favor. Cuando un caballero inglés, guapo y arrogante como el señor Durham, quiere hacerte un favor, no hay que preguntar por qué ni por cuánto.

Hasta Ambrosia Bowden, una muchacha de pueblo, caprichosa y patilarga, que en sus catorce años de vida no había puesto los pies en una escuela, comprendía que el consejo no era bueno. Cuando un inglés quería ser generoso lo primero que había que preguntar era por qué, y es que siempre había un motivo.

—¿Aún estás aquí, chiquilla? Él quiere verte ahora mismo. ¡Despabila, mujer!

Y Ambrosia Bowden, con Hortense dentro de su vientre, subió rápidamente a la habitación del capitán, y siguió subiendo, tres veces a la semana, para instruirse. Letras, números, la Biblia, historia de Inglaterra, trigonometría... y, terminados estos estudios, cuando la madre de Ambrosia no se encontraba en casa, anatomía, que era una lección más larga, que se daba encima de la alumna mientras ella estaba echada de espaldas, riendo por lo bajo. El capitán Durham le decía que no se preocupara por el niño, que aquello no le haría ningún daño. El capitán Durham le decía que su hijo secreto sería el negrito más listo de Jamaica.

Mientras iban pasando los meses, Ambrosia aprendió del apuesto capitán cosas maravillosas. Él le enseñó a leer las desgracias de Job y a interpretar los avisos de la Revelación, a manejar un palo de críquet, a cantar *Jerusalem*. A sumar una columna de números. A declinar una palabra en latín. A besar a un hombre en el oído hasta hacerlo llorar como un niño. Pero, sobre todo, le enseñó que ya no era una criada, que su educación la había elevado; que ahora, en el fondo, era una señora, aunque sus tareas seguían siendo las mismas. «Aquí dentro, aquí dentro», le decía señalándole el esternón, el lugar en el que ella solía apoyar el mango de la escoba. «Ya no eres una criada, Ambrosia, ya no eres una doncella», repetía, secretamente divertido con el doble sentido.

Una tarde, cuando Hortense llevaba ya cinco meses gestándose, Ambrosia subió corriendo la escalera, con un holgado vestido de algodón a cuadros apto para disimular su estado, golpeó la puerta con una mano escondiendo a la espalda en la otra un manojo de caléndulas. Quería dar una sorpresa a su amante con unas flores que ella sabía que le recordarían su hogar. Golpeaba y golpeaba y lo llamaba y llamaba, pero él se había marchado.

—No me preguntes por qué —dijo la madre de Ambrosia, mirando con suspicacia la cintura de su hija—. Se ha levantado y se ha marchado sin más. Pero ha dejado un mensaje: quiere que se te cuide bien. Quiere que vayas cuanto antes a la plantación y te presentes al señor Glenard, un buen caballero cristiano. Bien sabe Dios que necesitas que te ayuden. ¿Qué haces todavía aquí? ¡Despabila, mujer...!

Pero, antes de que las palabras dejaran de vibrar en el aire, Ambrosia ya había salido de la habitación.

Al parecer, Durham había ido a controlar la situación en una imprenta de Kingston, donde un joven llamado Garvey había organizado una huelga de impresores para pedir aumento de salario. Y luego pensaba estar ausente otros tres meses, mientras adiestraba a los soldados de Su Majestad en Trinidad. Los ingleses son especialistas en la táctica de rehuir una responsabilidad asumiendo otra. Pero, al mismo tiempo, les gusta considerarse personas de conciencia, de modo que, en el ínterin, Durham confió la educación de Ambrosia Bowden a su buen amigo sir Edmund Flecker Glenard, que compartía la opinión de Durham de que los nativos necesitaban educación, fe cristiana y guía moral. Glenard estaba encantado de tenerla en su casa. ¿Y cómo no iba a estarlo? Una muchacha bonita, obediente, amable y servicial. Pero, al cabo de dos semanas, el embarazo empezó a notarse y la gente, a murmurar. Aquello no podía ser.

—¡No me preguntes por qué! —dijo la madre de Ambrosia arrancando de manos de su hija, que lloraba, la carta en la que Glenard se excusaba—. ¡Quién sabe, quizá aún se te pueda educar! Quizá no quiera tener el pecado andando por su casa. ¡Lo cierto es que has vuelto! ¡No hay nada que hacer! —Pero en la carta había una sugerencia que podía servir de consuelo—. Aquí dice que vayas a ver a una tal señora Brenton, una dama cristiana. Dice que puedes quedarte en su casa.

Durham había dado instrucciones para que Ambrosia fuera introducida en la iglesia anglicana, y Glenard había sugerido la iglesia metodista jamaicana, pero la señora Brenton, una solterona escocesa de armas tomar, especialista en almas perdidas, tenía ideas propias.

—Vamos a la Verdad —dijo tajantemente cuando llegó el domingo, porque no le gustaba la palabra «iglesia»—. Tú y yo y el chiquitín inocente —dijo dando unas palmaditas a Ambrosia en el vientre, a pocos centímetros de la cabeza de Hortense— iremos a oír la palabra de Jehová.

(Porque fue la señora Brenton quien introdujo a los Bowden a los Testigos de Jehová, los russellitas, la Atalaya, la Sociedad de la Senda de la Biblia: en aquellos tiempos se los conocía por muchos nombres. La señora Brenton había conocido a Charles Taze Russell en persona en Pittsburgh a finales de siglo, y quedó impresionada por la sabiduría de aquel hombre, por su abnegación, por su gran barba. Fue su influencia lo que la convirtió, apartándola del protestantismo y, al igual que tantos conversos, la señora Brenton experimentaba un gran placer en convertir a otros. Y en Ambrosia y en la criatura que llevaba dentro encontró a dos prosélitos fáciles y dóciles, porque Ambrosia no tenía religión de la que apartarse.)

La Verdad entró en las Bowden aquel invierno de 1906 y pasó por la corriente sanguínea directamente de Ambrosia a Hortense. Ésta creía que, en el momento en que su madre reconoció a Jehová, ella misma fue consciente de ello, a pesar de estar todavía en su vientre. Años después, juraría sobre cualquier Biblia que le pusieran delante que, ya dentro del vientre de su madre, cada palabra del Alba del Milenio que se leía a Ambrosia noche tras noche, pasaba a su alma como por ósmosis. Sólo esto podía explicar por qué le parecía estar «recordando» cuando, años después, siendo ya una mujer, leyó los seis tomos, y por qué podía tapar la página con la mano y recitarla de memoria, a pesar de no haberla leído anteriormente. Por esta razón, cualquier conducto radicular de Hortense tiene que partir de los comienzos, porque ella estaba allí, ella recuerda; los hechos del 14 de enero de 1907, el día del terrible terremoto de Jamaica, los tiene muy presentes, diáfanos y vibrantes como una campana.

—«Pronto te buscaré... Mi alma tiene sed de ti, mi carne te anhela en una tierra seca y sedienta, en la que no hay agua...»

Así cantaba Ambrosia, salida ya de cuenta, bajando con su enorme vientre por King Street, rezando por el regreso de Cristo o el regreso de Charlie Durham —los dos hombres que podían salvarla—, que en su imaginación se parecían tanto que los confundía. Iba por la tercera estrofa, o así lo contaba Hortense, cuando aquel borrachín presumido de sir Edmund Flecker Glenard, acalorado por haber bebido unas copas de más en el Jamaican Club, les salió al paso. «¡La doncella del capitán Durham!», recordaba Hortense haberle oído decir a modo de saludo; y, al recibir de Ambrosia nada más que una mirada de cólera, agregó: «Un día espléndido, ¿eh?» Ambrosia trató de sortearlo, pero él volvió a cortarle el paso.

«Así que ahora eres una buena chica, ¿eh? Dicen que la señora Brenton te ha llevado a su iglesia. Son gente muy interesante esos Testigos. Pero me pregunto si estarán preparados para recibir en su grey a ese mulatito.»

Hortense recordaba bien aquella mano gruesa y caliente que se posó en su madre; y recordaba haberle dado un puntapié con todas sus fuerzas.

«Bah, niña, no te apures. El capitán me contó tu secreto. Pero, naturalmente, los secretos tienen un precio, Ambrosia. Lo mismo que los ñames, y el pimiento, y mi tabaco, algo cuestan. Dime, ¿has visto la vieja iglesia española de Santa Antonia? ¿Has entrado alguna vez? Está aquí mismo. Es una preciosidad, una maravilla, más desde el punto de vista estético que religioso. Sólo será un momento, niña. Al fin y al cabo, no hay que desperdiciar la ocasión de adquirir un poco de educación.»

Cada momento ocurre dos veces: una dentro y otra fuera, y son dos historias diferentes. Fuera de Ambrosia había mucha piedra blanca, bancos vacíos, un altar bañado en oros, poca luz, velas humeantes, nombres españoles grabados en el suelo y una gran virgen de mármol en un alto pedestal, con la cabeza inclinada. Fuera, cuando Glenard empezó a manosearla, había una calma sobrenatural. Pero dentro había el galope de un corazón y la crispación de un millón de músculos que desesperadamente deseaban rechazar los intentos educativos de Glenard, los dedos sudorosos que se metían bajo el fino percal del vestido buscando el pecho, que oprimían unos pezones ya cargados de leche, una leche que no estaba destinada a una boca tan áspera. Por dentro, ella ya corría por King Street abajo. Pero por fuera Ambrosia estaba paralizada, petrificada, una piedra tan femenina como cualquier virgen.

Y entonces el mundo se echó a temblar. Dentro, Ambrosia rompió aguas. Fuera de Ambrosia se abrió el suelo. La pared del fondo se derrumbó, los vitrales estallaron y la virgen cayó desde las alturas, como un ángel desmayado. Ambrosia corrió tambaleándose, pero sólo pudo llegar hasta los confesionarios antes de que el suelo volviera a abrirse —¡un crujido portentoso!—, y cayó al suelo, desde donde veía a Glenard, aplastado bajo su ángel, con los dientes por el suelo y los pantalones en los tobillos. Y la tierra seguía temblando. Otro crujido. Y un tercero. Las columnas se vinieron abajo y la mitad del tejado desapareció. Cualquier otra tarde, los gritos de Ambrosia, los gritos que seguían a cada contracción de su vientre, del que Hortense pugnaba por salir, habrían llamado la atención, hecho acudir a alguien. Pero aquella tarde, en Kingston, el mundo se acababa. Y los gritos salían de todas las gargantas.

Si esto fuera un cuento de hadas, ahora al capitán Durham le tocaría hacer el papel de héroe. Y no parecen faltarle atributos para ello. No es que no sea apuesto y fuerte, ni que no desee ayudarla, ni que no la ame (la ama, oh, sí; la ama como los ingleses amaban a la India, y a África, y a Irlanda; eso es lo malo, porque la gente maltrata a los que ama), no es eso. Lo malo será, quizá, el escenario. Será, quizá, que nada que ocurra en tierra robada puede acabar bien.

Porque cuando, al día siguiente del terremoto, Durham regresa, encuentra una isla devastada, dos mil muertos, fuego en las montañas, partes de Kingston bajo el mar, hambre, terror, calles enteras tragadas por la tierra, y nada lo horroriza tanto como pensar que quizá no vuelva a ver a Ambrosia. Ahora comprende lo que es el amor. Está en la plaza de armas, solitario y consternado, rodeado por mil caras negras a las que no reconoce; la otra única figura blanca es la estatua de Victoria, que las cinco réplicas del terremoto han hecho girar poco a poco hasta dejarla de espaldas al pueblo. Lo cual no está tan lejos de la realidad. Son los norteamericanos, no los británicos, los que disponen de recursos para aportar ayuda: tres buques de guerra cargados de provisiones llegan costeando procedentes de Cuba. Es un golpe de propaganda de los norteamericanos que los ingleses encajan mal, y el capitán Durham, al igual que sus compatriotas, no puede evitar sentirse herido en el orgullo patrio. Para él esta tierra es suya, para amarla o para explotarla, incluso ahora que ha demostrado tener un genio muy suyo. Él conserva todavía la suficiente educación inglesa para sentirse ofendido cuando descubre a dos soldados norteamericanos, que han desembarcado sin permiso (todos los desembarcos deben ser autorizados por Durham o sus superiores), delante del edificio del consulado de ellos, masticando tabaco con insolencia. Es una extraña sensación esta impotencia, este descubrimiento de que hay otro país mejor equipado que el de los ingleses para salvar a esta pequeña isla. Es una extraña sensación la de mirar un océano de pieles de ébano, sin poder descubrir a la que él ama, de la que él cree ser dueño. Porque Durham tiene órdenes de ir llamando al puñado de sirvientes, mayordomos y criadas, los pocos elegidos a los que los ingleses llevarán consigo a Cuba hasta que se apaguen los fuegos. Si él supiera el apellido de Ambrosia, la llamaría, desde luego. Pero, con tanto enseñar, no llegó a saberlo. Olvidó preguntarlo.

Pero no fue por este olvido por lo que el capitán Durham, el gran educador, era recordado en los anales del clan Bowden como un chico estúpido. No tardó en averiguar dónde estaba Ambrosia; entre la multitud, descubrió a la primita Marlene y la envió con una nota a la capilla en la que había sido vista por última vez, cantando con los Testigos, dando gracias por la llegada del Día del Juicio. Mientras Marlene corría con toda la velocidad de sus piernas cenicientas, Durham, dando el asunto por resuelto, se encaminó tranquilamente a King's House, la residencia de sir James Swettenham, gobernador de Jamaica, al que solicitó hacer una excepción con Ambrosia, una «negra educada» con la que pensaba casarse. Ella no era como los demás. Ella debía tener un puesto, junto a Durham, en el primer barco.

Pero, cuando hay que gobernar una tierra que no es la suya, uno se acostumbra a no hacer excepciones, y Swettenham le dijo francamente que en sus barcos no había sitio para putas negras ni ganado. Durham, ofendido, y para mortificar a su superior, respondió que Swettenham no tenía autoridad propia, que la llegada de los barcos norteamericanos así lo demostraba y, para remate, le habló de los dos soldados norteamericanos a los que había visto en suelo inglés sin autorización, intrusos presuntuosos en una tierra que no les pertenecía. «¿Hemos de actuar con exceso de celo? —inquirió Durham, colorado como un pimiento, y entonces esgrimió la religión de la propiedad, su patrimonio inalienable—. ¿No es ésta nuestra tierra? ¿Hemos de permitir que se derrumbe nuestra autoridad por unos simples temblores de tierra?»

El resto es esa cosa terrible llamada historia. Mientras Swettenham ordenaba a los barcos norteamericanos que regresaran a Cuba, Marlene llegaba corriendo con la respuesta de Ambrosia. Una página arrancada del libro de Job con esta frase: «Yo buscaré mi sabiduría en lo lejano.» (Hortense conservaba la Biblia de la que había sido arrancada la página y solía decir que, desde aquel día, ninguna Bowden había tomado lecciones de nadie más que del Señor.) Marlene entregó la frase a Durham y, feliz y contenta, se alejó corriendo por el patio de armas en busca de sus padres, que estaban en las últimas, esperando un barco, como otros miles. Quería darles la buena nueva, lo que le había dicho Ambrosia: «Ya viene, ya viene.» «¿El barco?», preguntó Marlene, y Ambrosia movió la cabeza afirmativamente, extática, muy abstraída en la oración para oír la pregunta. «Ya viene, ya viene», dijo, repitiendo lo que había aprendido de la Revelación, lo que le habían enseñado Durham, y después Glenard, y después la señora Brenton, cada uno a su manera; lo que el fuego y el retumbar de la tierra que se abría refrendaban. «Ya viene», dijo a Marlene, que creyó en sus palabras como en el Evangelio. Un poco de educación inglesa puede ser peligrosa.

14

Más inglés que los ingleses

Según la mejor tradición de la educación inglesa, Marcus y Magid se carteaban. Cómo empezó la correspondencia era tema de agrias discusiones (Alsana culpaba a Millat, Millat afirmaba que Irie había dado la dirección a Marcus, Irie decía que Joyce había curioseado en su libreta de direcciones, explicación verdadera esta última). Lo cierto era que, a partir de marzo del 91, las cartas iban y venían con una regularidad que sólo perturbaban las crónicas deficiencias del sistema postal de Bengala. Su producción epistolar conjunta era increíble. En dos meses, la correspondencia hubiera podido llenar un tomo tan grueso como la de Keats y, a los cuatro, se aproximaba rápidamente al volumen de los auténticos epistófilos, san Pablo, Clarissa y los eternos descontentos de los residentes de Tunbridge Wells. Marcus conservaba copia de todas las cartas que enviaba, por lo que Irie tuvo que reorganizar todo el archivo para reservar un cajón exclusivamente a la correspondencia. Las cartas se archivaban por orden cronológico pero en dos apartados, uno para cada corresponsal. Porque allí se trataba esencialmente de las personas. Personas que se comunicaban y encontraban a través de continentes y mares. Una sección del material estaba marcada por un separador que decía: «De Marcus a Magid»; y la otra: «De Magid a Marcus.»

Una mortificante mezcla de celos e inquina indujo a Irie a abusar de sus funciones de secretaria. Escamoteaba pequeñas series de cartas que no se echarían de menos, se las llevaba a casa, las sacaba de los sobres y, después de leerlas con la mayor atención, las devolvía cuidadosamente al archivo. Lo que encontraba en aquellos sobres de avión de colorista franqueo no le producía satisfacción. Su mentor tenía un nuevo discípulo. Marcus y Magid. Magid y Marcus. Hasta sonaba mejor. Del mismo modo que Watson y Crick sonaba mejor que Watson, Crick y Wilkins.

John Donne dijo que, más que los besos, unen las almas las cartas, y así es; Irie se alarmó al descubrir aquella unión, aquella perfecta fusión de dos seres a través de la distancia, a base de tinta y papel. No podía haber carta de amor más ardiente, ni pasión más plenamente correspondida, ya desde el principio. Las primeras cartas rebosaban la alegría sin límites del descubrimiento mutuo, proceso tedioso para los chicos del correo de Dacca que fisgoneaban, desconcertante para Irie, pero fascinante para ambos corresponsales:

Me parece que te conozco desde siempre; si fuera hindú, pensaría que nos habíamos conocido en una vida anterior. Magid.

Tú piensas como yo. Con precisión. Eso me gusta. Marcus.

Lo expones muy bien y expresas mis pensamientos mejor de lo que nunca podría expresarlos yo. En mi deseo de estudiar leyes, en mi afán de mejorar la suerte de mi pobre país —víctima de todos los caprichos de Dios, de todos los huracanes e inundaciones—, en estos objetivos, ¿cuál es el instinto fundamental? ¿Cuál es la raíz, el sueño que sustenta estos propósitos? Dar un sentido al mundo. Eliminar la fatalidad. Magid.

Vino luego la admiración mutua. Duró varios meses:

Tu trabajo, Marcus —con esos ratones extraordinarios—, es francamente revolucionario. Cuando indagas en los misterios de las características hereditarias, es indudable que vas directamente al alma de la condición humana, de un modo tan dramático y fundamental como cualquier poeta, salvo que tú dispones de un arma esencial de la que el poeta carece: la verdad. A mí las ideas visionarias y los visionarios me infunden un gran respeto. Marcus Chalfen me infunde un gran respeto. Considero un honor poder llamarlo amigo. Te agradezco de todo corazón que te tomes ese generoso e inexplicable interés por mi familia. Magid.

Me parece increíble el jaleo que arma la gente con la idea de la clonación. La clonación, cuando llegue (y puedes estar seguro de que llegará, y antes de lo que muchos imaginan), no será ni más ni menos que la producción diferida de gemelos, y en toda mi vida no he conocido a unos gemelos que rebatan más palmariamente que tú y Millat el argumento del determinismo genético: las buenas cualidades que a él le faltan tú las posees en abundancia... y me gustaría poder decir «y viceversa», pero la triste realidad es que él no tiene más cualidad que la de hacer vibrar la goma de las bragas de mi mujer. Marcus.

Y, finalmente, llegaron los planes para el futuro, planes hechos a ciegas y con amorosa celeridad, como los de aquel idiota inglés que se casó con una mormona de Minnesota que pesaba ciento veinte kilos, porque le sonaba sexy por la línea del chat:

Tienes que regresar a Inglaterra lo antes posible, a principios del 93 a más tardar. Si hace falta, estoy dispuesto a ayudar económicamente. Luego te inscribimos en la escuela del distrito, haces tu examen y te enviamos a la catedral del saber que más te ilusione (aunque, evidentemente, la elección no deja lugar a dudas). Entonces te das prisa en cumplir años, estudias leyes y te haces la clase de abogado que yo necesito para que pelee en mi rincón. Mi RatónFuturo© necesita un defensor enérgico. Date prisa, compañero. No dispongo de todo el milenio. Marcus.

La última carta, no la última que escribieron sino la última que Irie pudo soportar, incluía este párrafo final de Marcus:

Bien, las cosas por aquí siguen lo mismo, salvo que ahora mis archivos están bien ordenados, gracias a Irie. Te gustará, es lista y tiene unos pechos fabulosos... Lamentablemente, no puedo cifrar grandes esperanzas en sus posibilidades en el campo de la «ciencia seria», y menos en el mío propio, el de la biotecnología, a pesar de que ella parece hacerse ilusiones al respecto... En cierto modo, es lista, pero lo suyo es la labor subordinada, el trabajo de a pie; podría ser una buena ayudante de laboratorio, pero para lo que son conceptos no tiene talento, ningún talento. Podría probar medicina, pero incluso ahí se necesita un poco más de iniciativa de la que ella tiene... por lo que nuestra Irie habría de dedicarse, por ejemplo, a la odontología (por lo menos, así podría arreglarse sus propios dientes), una profesión honrada, sin duda, pero que espero que tú no aspires a ejercer...

Irie no se ofendió. Se sintió dolida, sí, pero se le pasó pronto. Ella, al igual que su madre y que su padre, poseía una gran capacidad para reinventarse a sí misma, era una gran conformista. ¿No puedo ser corresponsal de guerra? Seré ciclista. ¿No puedo ser ciclista? Plegaré papel. ¿No puedo sentarme junto a Jesús con los 144.000? Me uniré a la Gran Muchedumbre. ¿No puedo soportar a la Gran Muchedumbre? Me casaré con Archie. Irie no se alteró demasiado. Sólo pensó: «Vale, odontología. Seré dentista. Odontología. De acuerdo.»

Y entretanto Joyce estaba abajo, en los camarotes, tratando de descifrar los problemas de Millat con las mujeres blancas. Que no eran pocos. Todas las mujeres, de todos los colores, desde el negro de medianoche hasta el albino, se colaban por Millat. Le pasaban con disimulo su número de teléfono, le hacían felaciones en lugares públicos, cruzaban bares abarrotados para pedir una copa para él, lo atraían a los taxis, lo seguían hasta su casa. Fuera lo que fuere —la nariz griega, los ojos mar oscuro, la piel de chocolate, el pelo como cortinas de seda negra o quizá, sencillamente, el olor de su cuerpo— daba resultado. Pero no hay que envidiarlo por ello. No tiene objeto. Siempre ha habido y siempre habrá personas que, simplemente, respiran sexualidad, que la exudan. Unos cuantos ejemplos al azar: Brando de joven, Madonna, Cleopatra, Pam Grier, Valentino, una tal Tamara que vive enfrente del Hippodrome, en pleno Londres, Imran Khan, el David de Miguel Ángel. Frente a esta fuerza maravillosa e inexplicable, nada puede hacerse, porque no siempre responde a la simetría o la belleza clásica (Tamara tiene la nariz un poco torcida), ni existen medios para conseguirla. Aquí puede aplicarse una de las más viejas sentencias norteamericanas, que rige en materia económica, política y sentimental: *you either got it or you don't*, o tienes eso o no lo tienes. Y Millat lo tenía. En cantidad. Podía elegir entre las féminas más seductoras de todo el mundo conocido; desde la talla 36 hasta la 50, de Tailandia a Tonga, de Zanzíbar a Zúrich, las perspectivas de las vaginas voluntarias se extendían en todas las direcciones hasta donde alcanzaba la mirada. De un hombre con semejantes posibilidades cabría esperar que experimentara con una amplia variedad de mujeres. Sin embargo, Millat Iqbal dedicaba sus atenciones casi exclusivamente a mujeres blancas y protestantes de la talla 38, comprendidas entre los quince y los veintiocho años y residentes en la zona oeste de Hampstead.

En principio, esto a Millat ni le preocupaba ni le chocaba. La escuela estaba llena de muchachas de este tipo. Según el cálculo de probabilidades —siendo él el único individuo de toda Glenard Oak que merecía un revolcón—, tenía que acabar revolcando a una gran proporción de ellas. Y con Karina Cain, su fija del momento, las cosas iban viento en popa. Sólo la engañaba con tres (Alexandra Andrusier, Polly Houghton y Rosie Dew), lo cual era todo un récord personal. Por otra parte, Karina Cain era diferente. Con Karina Cain no todo era sexo. Él la apreciaba, y ella a él. Además, Karina tenía sentido del humor, lo que parecía un milagro, y lo cuidaba cuando estaba deprimido, y él a ella, a su manera, llevándole flores y esas cosas. Era la ley de las probabilidades unida a un azar afortunado lo que había hecho que Millat estuviera en esos momentos más contento de lo habitual. Ésta era la situación.

Pero él no contaba con los GEVNI. Una noche en que Karina lo había llevado a una de sus reuniones en el Renault de su madre, el hermano Hifan y el hermano Tyrone cruzaron la sala de actos de Kilburn en la que se habían congregado, como dos hombres-montaña camino de Mahoma. Los dos tenían gran estatura.

—Hola, Hifan, tío. Tyrone, colega, ¿por qué esas caras tan largas?

Pero los hermanos Hifan y Tyrone no le revelaron el porqué de las caras largas. Lo que hicieron fue darle un folleto. Se titulaba *¿Quién es auténticamente libre? ¿Las hermanas GEVNI o las her-*

manas del Soho? Millat les dio las gracias cordialmente y lo metió en la bolsa.

—¿Qué te ha parecido? —le preguntaron a la semana siguiente—. ¿Ha sido una lectura interesante, hermano Millat?

La verdad era que el hermano Millat no lo había leído (y, francamente, él prefería los folletos titulados *El gran diablo norteamericano: cómo la mafia de Estados Unidos gobierna el mundo* o *La ciencia frente al Creador: no hay color*), pero, viendo que aquello parecía importar mucho al hermano Tyrone y al hermano Hifan, les dijo que sí. Ellos parecieron alegrarse y le dieron otro folleto. El título de éste era *¿La liberación a través de la lycra? Violación y el mundo occidental.*

—¿Se hace la luz en tu oscuridad, hermano Millat? —le preguntó con vivo interés el hermano Tyrone en la reunión del miércoles siguiente—. ¿Se aclaran las cosas?

«Aclararse» no le parecía a Millat el verbo más apropiado. Aquella semana había dedicado un rato a leer los dos folletos, y desde entonces tenía una sensación extraña. En aquellos tres días, Karina Cain, una chica estupenda, legal donde las haya, que en realidad nunca lo había irritado (al contrario, lo hacía sentirse muy a gusto, en la gloria), lo había irritado más que en todo el año que llevaban follando. Y no era una irritación normal sino profunda e ilocalizable, como un picor en un miembro amputado. Y no tenía claro por qué.

—Sí, Tyrone, tío —asintió Millat con una amplia sonrisa—. Claras como el cristal, como el cristal, tú.

El hermano Tyrone asintió a su vez. Millat se alegró de ver que se alegraba. Era como estar en la mafia de la vida real, o en una película de Bond o algo por el estilo. Los dos, con sus trajes negros y blancos, mirándose y asintiendo. Te comprendo, nos comprendemos.

—Te presento a la hermana Aeyisha —dijo el hermano Tyrone, enderezando la corbata verde de lazo de Millat y empujándolo hacia una muchacha negra, menuda y muy bonita, de ojos almendrados y pómulos altos—. Es una diosa africana.

—¿En serio? —dijo Millat, impresionado—. ¿De dónde eres?

—De Clapham Norte —dijo la hermana Aeyisha con una sonrisa tímida.

Millat dio una palmada y una patada en el suelo.

—¡Vaya! Pues conocerás el Redback Café...

A la hermana Aeyisha, la diosa africana, se le iluminó la cara.

—¡Y cómo no! He ido mucho por allí. ¿Tú también?

—¡Continuamente! Es genial. Pues a ver si cualquier día nos vemos. Me alegro de haberte conocido, hermana. Ahora tengo que darme prisa, hermano Tyrone. Mi chica me está esperando.

El hermano Tyrone pareció decepcionado. Antes de que Millat se alejara, le dio otro folleto y le sostuvo la mano hasta que el papel empezó a humedecerse entre sus palmas unidas.

—Tú podrías ser un gran líder de hombres, Millat —dijo el hermano Tyrone (¿por qué se empeñaban todos en decirle eso?), mirándolo primero a él y después la curva de los senos de Karina, claramente visibles por la ventanilla del coche cuyo claxon acababa de sonar—. Pero en este momento eres sólo la mitad de ese hombre. Nosotros necesitamos al hombre completo.

—Sí, genial, gracias, lo mismo digo, hermano —respondió Millat, echando una rápida ojeada al folleto y empujando las puertas—. Hasta luego.

—¿Qué traes ahí? —preguntó Karina inclinándose para abrir la puerta del pasajero, al ver el papel humedecido y arrugado que él llevaba en la mano.

Con un movimiento instintivo, Millat se lo metió en el bolsillo. Lo cual era extraño. Normalmente, no tenía secretos para Karina. Ahora la sola pregunta lo irritaba. ¿Y qué se había puesto? El top del ombliguito al aire, como siempre. Pero ¿no le quedaba hoy más corto que nunca? ¿No estaban los pezones más marcados?

—Nada —dijo él, malhumorado. Pero algo era. Era el último folleto de la serie GEVNI sobre las mujeres occidentales: *El derecho a descubrirse: la verdad desnuda sobre la sexualidad occidental.*

Hablando de desnudeces, Karina Cain tenía un cuerpecito precioso. Curvas suaves y extremidades esbeltas. Y, cuando llegaba el fin de semana, le gustaba la ropa que le permitiera lucirlo. La primera vez que Millat se fijó en ella fue en una fiesta, al ver brillar un pantalón plateado y un sujetador sin hombreras de igual color que dejaban al descubierto la curva suave del vientre, con un parchecito de plata en el ombligo. La barriguita de Karina Cain tenía un algo hospitalario. Ella la detestaba, pero a Millat le encantaba. Le gustaba que llevara prendas que la dejaran al descubierto. Pero ahora los folletos estaban aclarando las cosas.

Millat empezó a fijarse en lo que ella llevaba y en la forma en que otros hombres la miraban. Y, si él lo mencionaba, ella decía: «No sabes cómo me revientan esos viejos verdes.» Pero a Millat le parecía que ella los provocaba, que deseaba que los hombres la miraran, que —tal como sugería *El derecho a descubrirse*— ella «se prostituía a la mirada del hombre». Sobre todo, del hombre blanco. Porque era así como los hombres y las mujeres occidentales hacían esas cosas, ¿no? Les gustaba hacerlo todo en público. Cuanto más lo pensaba más se cabreaba. ¿Por qué no podía taparse un poco? ¿A quién trataba de impresionar? Las diosas africanas de Clapham Norte se respetaban a sí mismas; ¿por qué no Karina Cain? «Yo no puedo respetarte si tú no te respetas a ti misma», decía Millat lentamente, procurando repetir las palabras tal como las había leído. Karina Cain decía que ella se respetaba, pero Millat no le creía. Y era extraño, porque Karina Cain no decía mentiras, no era de ésas.

Cuando se arreglaban para ir a algún sitio, él decía: «No te vistes para mí, te vistes para todos»; a lo que ella respondía que no se vestía ni para él ni para nadie, que se vestía para sí misma. Un día en que ella cantó *Sexual Healing* en el karaoke del pub, él le dijo: «El sexo es una cosa íntima, entre tú y yo, no para toda esa gente»; a lo que Karina contestó que ella estaba cantando, no practicando el sexo delante de los clientes de La rata y la zanahoria. Cuando hacían el amor, él decía: «Así no... No me lo ofrezcas como si fueras una puta. ¿No sabes lo que son los actos antinaturales? Además, yo lo tomaré si quiero... ¿Y por qué no puedes ser más señora en lugar de hacer tanto ruido?» Ella lloraba, hasta que un día le dio una bofetada y le dijo que no sabía qué le pasaba. «Lo malo es que yo tampoco lo sé», pensó Millat, al dar un portazo que casi hizo saltar los goznes. Y después de aquella pelea estuvieron algún tiempo sin hablarse.

Dos semanas después, mientras trabajaba de eventual en el Palace para hacerse un dinero extra, Millat sacó el tema con Shiva, un converso relativamente reciente a los GEVNI y un astro en ascenso dentro de la organización.

—No me hables de las mujeres blancas —gruñó Shiva, preguntándose a cuántas generaciones de Iqbal tendría que dar el mismo consejo—. En Occidente se ha llegado a un extremo en el que las mujeres son como los hombres: quieren follar a todas horas. Y se visten como si fueran pidiéndolo a gritos. ¿Y a ti te parece bien? ¿Te parece bien?

Pero, antes de que pudieran proseguir la conversación, Samad entró por la puerta doble en busca de *chutney* de mango, y Millat continuó haciendo el picadillo.

Aquella noche, al salir del trabajo, Millat vio por la ventana de un café de Piccadilly a una mujer india de cara redonda y aspecto recatado que, vista de perfil, se parecía a las fotografías de su madre cuando era joven. Llevaba jersey negro de cuello alto y pantalón negro y su larga cabellera negra le sombreaba los ojos. Su único adorno eran las marcas rojas de *mhendi* en la palma de las manos. Estaba sola en una mesa.

Con el mismo desparpajo con que hablaba a las muñequitas de discoteca y el arrojo del hombre que no tiene empacho en abordar a los desconocidos, Millat entró en el café y empezó a soltarle casi literalmente la segunda parte de *El derecho a descubrirse*, con la esperanza de que ella lo comprendiera. Le habló de almas gemelas, del respeto a uno mismo, de las mujeres que aspiran a brindar «placer visual» sólo a los hombres que las aman.

—Es la liberación del velo, ¿comprendes? —le explicó—. Mira lo que dice aquí: «Liberada de la persecución de la mirada masculina y de los cánones del atractivo, la mujer está en disposición de ser quien ella es interiormente, inmune a ser exhibida como símbolo sexual y objeto de deseo, como carne en un mostrador que se palpa e inspecciona.» Eso es lo que nosotros pensamos —dijo, no muy seguro de si era lo que pensaba él—. Ésta es nuestra opinión —terminó, sin saber si era su opinión—. Mira, yo pertenezco a un grupo que...

La mujer frunció los labios y el entrecejo y le puso el dedo índice en los labios con delicadeza.

—Oh, tesoro —murmuró tristemente, admirando su belleza—, si te doy un poco de dinero, ¿te marcharás?

Y entonces llegó el acompañante, un chino altísimo con cazadora de cuero.

Millat se retiró, asustado, y decidió caminar los ocho kilómetros hasta su casa, partiendo de Soho, fulminando con la mirada a las prostitutas de minifalda, braguita sin entrepierna y boa de pluma. Cuando llegó a Marble Arch estaba tan furioso que llamó a Karina Cain desde una cabina empapelada con tetas y culos (putas, putas, putas) y rompió sin contemplaciones. Las otras chicas a las que follaba (Alexandra Andrusier, Polly Houghton, Rosie Dew) no importaban porque eran unas putillas pijas. Pero Karina Cain importaba, porque era su amor, y su amor tenía que ser su amor y de nadie más. Protegida como la mujer de Liotta en *Uno de los nuestros* o la hermana de Pacino en *El precio del poder.* Tratada como una princesa. Portándose como una princesa. En una torre. Tapada.

Ahora caminaba más despacio, arrastrando los pies, porque no tenía nadie que lo esperase. En Edgware Road le salieron al paso los gordos de la vieja pandilla. («¡Mira, si es Millat, Millat el Conquistador! ¡El Príncipe de los Sobacoñetes! Eres demasiado importante para venir a fumar con nosotros, ¿eh?»), y él se rindió con una sonrisa compungida. Narguiles, pollo *halal* frito y ajenjo de contrabando, sentados en mesas cojas en la acera; viendo pasar a las mujeres que caminaban presurosas, envueltas en el velo, como atareados fantasmas negros, haciendo las compras de última hora o buscando a maridos descarriados. A Millat le gustaba verlas pasar: con su charla animada, sus ojos expresivos, las explosiones de risa de los labios invisibles. Recordó lo que le había dicho su padre tiempo atrás, cuando aún se hablaban: «Tú no sabrás lo que es el erotismo, Millat, mi segundo hijo, no sabrás lo que es el deseo hasta que te hayas sentado en Edgware Road con un narguile y hayas utilizado todo el poder de tu imaginación para visualizar lo que está más allá de ese palmo de piel que revela el *hajib*, lo que hay debajo de esas grandes sábanas azabache.»

Seis horas después, Millat compareció ante la mesa de la cocina de los Chalfen, bebido, lloroso y violento. Destruyó el cuartel de bomberos Lego de Oscar y arrojó la cafetera al suelo. Luego hizo lo que Joyce había estado esperando durante aquellos doce meses: pedirle consejo.

Daba la sensación de que habían pasado meses sentados a aquella mesa de la cocina, desde que Joyce había hecho salir a los demás, había repasado mentalmente todas sus lecturas y se había retorcido las manos. El olor a hachís se mezclaba con el humo de un sinnúmero de tazas de té de fresa. Porque Joyce lo quería de verdad y deseaba ayudarlo, pero su consejo fue largo y complicado. Se había documentado en el tema. Al parecer, Millat sentía odio hacia sí mismo y su gente, quizá poseía mentalidad de esclavo, o quizá sufría complejo de color centrado en su madre (él era mucho más oscuro), o un deseo de autoaniquilamiento mediante la disolución en un pozo de genes blancos, o una incapacidad para conciliar dos culturas opuestas entre sí... Y se daba el caso de que el sesenta por ciento de los hombres asiáticos hacían esto... y el noventa por ciento de los musulmanes pensaban aquello... Era sabido que con frecuencia las familias asiáticas... y hormonalmente los chicos eran más propensos a... Y la psicoterapeuta que le había buscado era una persona estupenda; tres sesiones a la semana y no tenía que preocuparse por el dinero... ni por Joshua, porque sólo era una rabieta... Y... y... y...

No sabía cuándo, entre la maraña del hachís y de las palabras, Millat recordó a una muchacha que se llamaba Karina Nosecuantos, que le había gustado mucho. Y él a ella. Y aquella muchacha tenía un sentido del humor fenomenal que parecía un milagro, y lo cuidaba cuando estaba deprimido, y él a ella, a su manera, con flores y esas cosas. Ahora ella parecía estar muy lejos, como los juegos callejeros y la niñez. Y eso era todo.

Había jaleo en casa de los Jones. Irie iba a ser la primera Bowden o Jones (posiblemente, quizá, si nada lo impedía, Dios mediante, crucemos los dedos) en ir a la universidad. Sus asignaturas de bachillerato superior eran química, biología y religión. Quería estudiar odontología (¡Profesión liberal! ¡Más de veinte mil libras al año!), lo cual complacía a todos, pero también quería tomarse «un año sabático» para ir a Bangladesh y a África (¡Malaria! ¡Pobreza! ¡La solitaria!), lo cual provocó tres meses de guerra abierta entre ella y Clara. Un bando quería permiso y financiamiento, el otro estaba decidido a no conceder ninguna de las dos cosas. El conflicto era encarnizado y constante, y los mediadores se retiraban con las manos vacías (Samad: «Está decidida, con esa chica no se puede razonar») o bien se implicaban en la batalla verbal (Alsana: «¿Y por qué no ha de poder ir a Bangladesh si ella quiere? ¿Estás diciendo que mi país no es lo bastante bueno para tu hija?»).

El conflicto entró en punto muerto, pero el ambiente estaba tan cargado que se hizo necesario dividir el territorio: Irie reclamó para sí su dormitorio y el desván; Archie, objetor de conciencia, se conformó con el cuarto de invitados, un televisor y una parabólica (canal estatal), y Clara ocupó el resto de la casa. El cuarto de baño era territorio neutral. Se dieron portazos. La hora de las conversaciones había pasado.

El 25 de octubre de 1991, a la una de la madrugada, Irie lanzó un ataque nocturno. Sabía por experiencia que su madre era más vulnerable cuando estaba en la cama; por la noche hablaba bajito, como una niña, y el cansancio le daba un ceceo pronunciado; a esa hora era cuando más probabilidades había de conseguir lo que uno deseara: un aumento de la asignación semanal, una bici, permiso para volver a casa más tarde. Era una táctica tan vieja que hasta entonces Irie no la había considerado apta para ésta, su más dura y larga campaña frente a su madre. Pero no se le ocurría nada más.

—¿Irie? ¿Qué...? Esh medianoshe... Vuelve a la cama...

Irie abrió por completo la puerta, y la luz del pasillo entró en el dormitorio.

Archie hundió la cara en la almohada.

—Pero, cariño, es la una de la madrugada. Algunos tenemos que ir a trabajar por la mañana.

—Quiero hablar con mamá —dijo Irie con firmeza, acercándose a los pies de la cama—. Como durante el día ella no me habla, tengo que venir ahora.

—Irie, por favor... Eshtoy rendida... Me gushtaría dormir.

—No es sólo que yo quiera un año sabático: es que lo necesito, me es imprescindible. Soy joven, quiero vivir experiencias. No he salido de este cochino barrio en toda mi vida. Aquí todo el mundo es igual. Yo deseo conocer otras gentes... Es lo que hace Joshua, ¡y sus padres lo ayudan!

—Es que nosotros no tenemos dinero para esas cosas, joder —gruñó Archie, sacando la cabeza del edredón—. Nosotros no somos científicos bien pagados.

—A mí no me importa el dinero... Encontraré trabajo. ¡Lo que necesito es el permiso! De los dos. No me gustaría estar seis meses fuera de casa pensando que estáis enfadados.

—Mira, cariño, no depende de mí. En realidad es tu madre...

—Sí, papá. Gracias, no hace falta que me lo jures.

—Ah, muy bien —dijo Archie volviéndose de cara a la pared, ofendido—. Vale más que me guarde mis comentarios.

—Oh, papá, no quería decir... Mamá, ¿no podrías sentarte y hablar como es debido? ¿Estoy intentando razonar? ¿Parece que esté hablando sola? —dijo Irie con una entonación absurda, porque era el año en que las series de televisión de las antípodas enseñaban a la juventud inglesa a decirlo todo en tono de interrogación—. Mira, lo que yo quiero es tu permiso, ¿sabes?

En la penumbra, Irie pudo ver que Clara fruncía el entrecejo.

—¿Permisho para qué? ¿Para ir a ver qué hacen unosh pobresh negrosh? ¿El doctor Livingshtone, shupongo? Esho esh lo que hash aprendido de losh Shalfen? Porque shi esh esho, puedesh hacerlo aquí mishmo. ¡No tienesh másh que eshtar sheish meshesh mirando a tu madre!

—¡No es eso! ¡Yo quiero ver cómo vive otra gente!

—¿Y hacer que te maten, de pasho? ¿Por qué no te vash ahí al lado? Hay otra gente. ¡Ve a ver cómo viven!

Irie, furiosa, agarró bruscamente el pomo de los pies la cama y se dio impulso para acercarse a su madre.

—¿Por qué no te sientas de una vez y me hablas como es debido, sin ese ceceo de niña peq...?

En la semioscuridad, Irie volcó un vaso y dio un respingo al sentir el agua fría que le corría entre los dedos de los pies. Luego, cuando la alfombra hubo absorbido el agua, tuvo la extraña y horripilante sensación de que la mordían.

—¡Au!

—¡Me cago en la...! —dijo Archie encendiendo la lámpara de la mesita de noche—. ¿Qué pasa ahora?

Irie bajó la mirada, buscando la causa del dolor. Aquello era un golpe bajo en cualquier guerra. Una dentadura sin boca le aprisionaba los dedos del pie derecho.

—¿Qué coño...?

Pero no necesitaba preguntar: mientras las palabras salían de su boca, Irie ya había sacado su conclusión. Ceceo durante la noche. Perfección y blancura durante el día.

Clara alargó la mano rápidamente, desprendió los dientes del pie de Irie y, como ya era tarde para cualquier disimulo, los puso directamente en la mesita de noche.

—¿Ya eshtash contenta? —dijo con tono de cansancio. (No era que se lo hubiera ocultado adrede; sencillamente, no había encontrado la ocasión.)

Pero Irie tenía dieciséis años, y a esa edad todo parece hecho a propósito. Para ella éste era otro capítulo de una larga lista de hipocresías y falsedades de sus padres, otro ejemplo de la predilección Jones/Bowden por los secretos, cosas que nunca cuentan, un pasado que uno no llega a conocer del todo, un rumor que no aclaran; lo cual no tendría nada de malo si uno no se tropezara continuamente con indicios y sugerencias: la metralla de la pierna de Archie... la foto del abuelo Durham, blanco y misterioso... el nombre de «Ophelia» y la palabra «manicomio»... un casco de ciclista y un guardabarros vetusto... el olor a frito del O'Connell... el vago recuerdo de un viaje nocturno en coche y de despedir con la mano a un niño que se iba en avión... cartas con sellos suecos (Horst Ibelgaufts: si no se encuentra al destinatario, devolver al remitente)...

Oh, qué enmarañada tela la que tejemos entre todos. Millat tenía razón: estos padres eran unos tarados, sin manos, sin dientes... Estos padres poseían una información que uno quería saber y no se atrevía a oír. Pero ella no quería seguir, estaba harta. Harta de no conseguir nunca la verdad completa. Se volvía al remitente.

—No pongas esa cara, cariño. Son sólo unos dientes, joder. Ahora ya lo sabes, y no es el fin del mundo.

Pero, en cierto modo, era el fin del mundo. Irie ya no podía más. Volvió a su habitación, metió los libros y la ropa indispensable en una gran mochila y se puso un abrigo grueso encima del camisón. Durante un momento pensó en los Chalfen, pero comprendía que allí no encontraría respuestas, sólo escapatorias. Además, los Chalfen no tenían más que una habitación para invitados, y ya la ocupaba Millat. Irie sabía adónde tenía que ir, al mismo corazón de todo ello, adonde, a esa hora de la noche, sólo podía llevarla el N17. Sentada en el piso superior, entre asientos decorados de vómito, después de 47 paradas, por fin llegó a su destino.

—¡Señor Jesús! —murmuró Hortense en el umbral, sin mover ni un bigudí, con ojos adormilados y lagrimeantes—. Irie Ambrosia Jones, ¿eres tú?

15

Chalfenismo frente a bowdenismo

Era Irie Jones, efectivamente. Con seis años más que la última vez que se habían visto. Más alta, con pechos y sin pelo y con unas zapatillas asomando por el bajo de una larga trenca. Y era Hortense Bowden. Con seis años más, más baja, más ancha, con los pechos en el vientre y sin pelo (aunque mantenía la curiosa costumbre de ponerse los bigudíes en la peluca) y unas zapatillas asomando por el bajo de una bata guateada color de rosa. Pero la verdadera diferencia estribaba en que Hortense tenía ochenta y cuatro años. Aunque no era una viejecita sino una mujer robusta, con unas grasas tan prietas que a la piel le estaba costando mucho trabajo arrugarse. De todos modos, ochenta y cuatro años no son setenta y siete ni sesenta y tres; a los ochenta y cuatro años no se puede esperar nada más que la muerte, se la tiene siempre ahí delante con una insistencia que llega a hacerse tediosa. Todo aquello reflejaba su cara, e Irie nunca lo había visto tan claro. La espera y el miedo, y el bendito alivio.

Estas diferencias no impidieron que, mientras bajaba la escalera del semisótano de Hortense, Irie se sintiera sobrecogida por la sensación de que nada había cambiado. Tiempo atrás iba a visitar a su abuela con regularidad: eran visitas clandestinas, con Archie, mientras su madre estaba en la academia, y siempre se iba con algo fuera de lo corriente: una cabeza de pescado salado, unos buñuelos de chile, un fragmento de la letra de un salmo pegadizo. Hasta que, en el entierro de Darcus, en 1985, a Irie se le escapó una mención de aquellas visitas, y Clara les puso fin. Aún se llamaban por teléfono, de vez en cuando. E Irie había seguido recibiendo cartitas en hojas de libreta, acompañando un ejemplar de *Atalaya*. A veces, al mirar la cara de su madre, Irie veía a la abuela: aquellos pómulos majestuosos, aquellos ojos felinos. Pero llevaban seis años sin verse.

Por lo que a la casa se refería, como si hubieran sido seis segundos. Seguía oscura, húmeda y hundida. Seguía adornada con cientos de figuritas («Cenicienta camino del baile», «Doña Menudencia lleva a las ardillitas de merienda»), cada una con su tapetito y riéndose entre ellas, muy divertidas porque alguien hubiera pagado ciento cincuenta libras en quince plazos por unas piezas de porcelana y cristal de tan mala calidad. Un enorme tapiz en tríptico, cuya confección recordaba Irie, estaba ahora colgado encima de la chimenea. La primera sección mostraba a los Ungidos sentados con Jesús en el cielo, en juicio. Todos los Ungidos eran rubios, con los ojos azules y una expresión tan beatífica como permitían las lanas baratas utilizadas por Hortense. Desde las alturas contemplaban a la Gran Muchedumbre, cuyos integrantes gozaban del eterno paraíso en la tierra y parecían felices, aunque no tanto como los Ungidos. La Gran Muchedumbre, a su vez, miraba con compasión a los paganos (el grupo más numeroso), muertos en sus tumbas, unos encima de otros, como sardinas en lata.

Lo único que faltaba en la casa era Darcus (a quien Irie recordaba sólo vagamente como una mezcla de olor y textura: naftalina y lana húmeda); allí estaba su butacón vacío, todavía fétido, y su televisor, todavía encendido.

—¡Pero Irie, cómo vienes! ¡Criatura, si no vas vestida! ¡Debes de estar muerta de frío! ¡Si estás temblando como una hoja! Deja que te toque. ¡Tienes fiebre! ¿Me traes la fiebre a esta casa?

Delante de Hortense, lo importante era no admitir que uno estaba enfermo. La cura, como en la mayoría de las casas jamaicanas, era siempre más dolorosa que los síntomas.

—Estoy bien. No me pasa na...

—¿De verdad? —Hortense puso la mano de Irie en su propia frente—. Tienes fiebre, tan seguro como que la fiebre es la fiebre. ¿No lo notas?

Irie lo notaba. Se abrasaba.

—Ven aquí. —Hortense tomó una manta de la butaca de Darcus y se la puso a Irie en los hombros—. Vamos a la cocina ahora mismo. ¡Con esta noche, en la calle y en camisón! Algo caliente, y a la cama como el rayo.

Irie aceptó la hedionda manta y siguió a Hortense a la minúscula cocina, donde se sentó.

—Deja que te mire.

Hortense se apoyó en los fogones, con las manos en las caderas.

—Pareces la hija de la muerte. ¿Cómo has venido hasta aquí?

Una vez más, había que responder con cautela. El desdén de Hortense hacia los transportes de Londres era el gran consuelo de su vejez. Con una palabra tan simple como «tren» podía hacer una canción (Línea Norte) que después se convertía en aria (El Metropolitano) para a continuación desarrollarse en un tema (El Elevado) y por último dar lugar a una opereta (Los males y las iniquidades de los ferrocarriles británicos).

—Pues... en el autobús. El N17. Hacía frío en la parte de arriba. Quizá me he resfriado.

—Nada de quizá, criatura. Y no sé por qué has tenido que tomar el autobús, si hay que esperarlo tres horas, con este frío, y cuando llega trae las ventanas abiertas y uno se congela.

Hortense se echó en la mano un líquido incoloro de una botellita de plástico.

—Acércate.

—¿Por qué? —preguntó Irie, recelosa—. ¿Qué es?

—Nada. Ven. Quítate las gafas.

Hortense se acercaba haciendo cuenco con la mano.

—¡A los ojos no! ¡En los ojos no tengo nada!

—No grites. No voy a ponerte nada en los ojos.

—Pero dime qué es —suplicó Irie, tratando de averiguar a qué orificio estaba destinado el remedio y dando un grito cuando la mano en forma de cuenco le llegó a la cara y le esparció el líquido de la frente a la barbilla—. ¡Ay! ¡Quema!

—Ron de malagueta —explicó Hortense con naturalidad—. Para quemar la fiebre. No, no te lo quites. Deja que haga efecto.

Irie hacía rechinar los dientes, mientras la tortura de mil alfilerazos se reducía a la de quinientos, luego a la de veinticinco y finalmente a un cálido hormigueo como el que produce una bofetada.

—¡Vaya! —dijo Hortense, ya completamente despierta y en tono triunfal—. Veo que por fin te has apartado de la impía. Y, de paso, has pillado una gripe. Bien...hay gente que no te lo reprochará, no, no, señora. Nadie sabe mejor que yo lo que es esa mujer. No para en casa, siempre en la universidad, aprendiendo «ismos» y «logías», dejando al marido y a la criatura en casa, hambrientos y abandonados. ¡Señor, es natural que te escapes! En fin... —Suspiró y puso un cacharro de cobre en el fogón—. Está escrito: «Y huiréis por el valle de mis montes, porque el valle de los montes llegará hasta donde os salvaré. Huiréis como huisteis cuando el terremoto en tiempos de Ozías rey de Judá. Y vendrá entonces el Señor mi Dios y con Él todos sus santos.» Zacarías, capítulo quince, versículo cinco. Al final los justos huirán del mal. Oh, Irie Ambrosia... Yo sabía que al final vendrías. Al final todos los hijos de Dios regresan.

—No vengo en busca de Dios, abuela. Sólo de tranquilidad para estudiar y aclararme las ideas. Necesito estar unos meses... por lo menos, hasta Año Nuevo. Uf... estoy un poco mareada. ¿Me das una naranja?

—Sí, al final todos vuelven al Señor Jesús —prosiguió Hortense como si hablara consigo misma, metiendo la amarga raíz del cerace en un perol—. No son naranjas de verdad, niña. Toda la fruta es de plástico, y las flores también son de plástico. No creo que el Señor quiera que me gaste el poco dinero que tengo para los gastos de la casa en artículos perecederos. Toma dátiles.

Irie hizo una mueca a la arrugada fruta que su abuela le puso delante con un golpe seco.

—Y has dejado a Archibald con esa mujer... Pobre hombre. A mí siempre me ha gustado Archibald —dijo Hortense tristemente, frotando los círculos marrones del fondo de una taza de té con dos dedos jabonosos—. No tengo nada contra él como tal. Es un hombre sensato. Bienaventurados los pacíficos. Siempre me ha parecido pacífico. Más que nada es el principio de la cuestión, ¿comprendes? De negro con blanco nada bueno se puede esperar. El Señor Jesús no quería que nos mezcláramos. Por eso armó aquel jaleo cuando los hijos de los hombres quisieron construir la torre de Babel. Él quiere la separación de cada cual. «Y el señor confundió la lengua de la tierra toda y de allí los dispersó por la faz de toda la tierra.» Génesis, capítulo once, versículo nueve. De la mezcla no puede salir nada bueno. No estaba en sus planes. Menos tú —agregó después de reflexionar—. Tú eres lo único bueno que ha salido de eso... Criatura, a veces es como mirarse al espejo —dijo levantando la barbilla de Irie con sus arrugados dedos—. Tú estás hecha como yo, grande. Buenas caderas, buen trasero y buenas tetas. Mi madre era igual. Y hasta te llamas como ella.

—¿Irie? —preguntó Irie tratando de prestar atención mientras los cálidos vapores de la fiebre le nublaban la vista.

—No, niña. Ambrosia. Lo que te hace vivir para siempre, la ambrosía. Vamos —dijo dando una palmada y atrapando entre las manos la siguiente pregunta de Irie—. Tú dormirás en la sala. Traeré una manta y almohadas y por la mañana hablaremos. Yo me levanto a las seis, porque tengo asuntos de los Testigos, así que no pienses que vas a seguir durmiendo después de las ocho. ¿Me has oído, criatura?

—Sí. Pero ¿y la habitación de mamá? ¿No podría dormir allí?

Apoyando el peso de Irie en su hombro, Hortense la llevó a la sala.

—Eso no puede ser. Hay cierta circunstancia —dijo misteriosamente—. Pero la explicación puede esperar hasta que salga el sol. «No los temáis, porque nada hay oculto que no llegue a descubrirse» —recitó dando media vuelta para marcharse—. «Ni secreto que no venga a conocerse.» Mateo, capítulo diez, versículo veintiséis.

Una mañana de invierno era el único momento en que merecía la pena estar en aquel semisótano. A primera hora, cuando el sol aún se hallaba bajo, la luz entraba por la ventana frontal, teñía la sala de amarillo, salpicaba la alargada parcela de 2 x 10 metros que había delante de la casa y ponía un barniz saludable en los tomates. Entonces uno casi podía imaginar que estaba en una casita de campo del continente o, por lo menos, en una ciudad balneario de Devonshire al nivel de la calle, y no en un semisótano del extrarradio de Londres. El resplandor no dejaba ver el apartadero del ferrocarril donde terminaba la franja verde ni los pies presurosos que todas las mañanas cruzaban por delante de la ventana, lanzando polvo al cristal a través de la reja. A primera hora de la mañana, todo era luz blanca y un claroscuro clemente. Sentada a la mesa de la cocina, rodeando con las manos la taza de té, mirando la hierba con ojos entornados, Irie veía viñedos y escenas florentinas, en lugar de la línea irregular de los tejados de Lambeth; veía la silueta de un italiano atlético que recolectaba unos frutos gruesos y los aplastaba con el pie. Luego una nube disipaba el espejismo creado por el sol. Y sólo quedaban deterioradas viviendas de principios de siglo. Un apartadero del ferrocarril que llevaba el nombre de una criatura imprudente. Una parcela de tierra larga y estrecha en la que no crecía casi nada. Y un hombre de piel descolorida, patizambo, pelirrojo y desgarbado que golpeaba con el pie la escarcha del suelo, para desprender del tacón de una de sus botas de agua los restos de un tomate aplastado.

—Es el señor Topps —dijo Hortense cruzando la cocina rápidamente con los corchetes de su vestido granate oscuro sin abrochar y un sombrero en la mano con unas flores de plástico ladeadas—. Me ha sido de gran ayuda desde que murió Darcus. Él aplaca mi cólera y calma mi mente.

Hortense saludó al hombre agitando una mano y él le devolvió el saludo. Irie lo vio levantar del suelo dos bolsas de plástico llenas de tomates y encaminarse hacia la puerta trasera con andares de palomo.

—Y es el único que ha conseguido hacer crecer alguna cosa ahí fuera. ¡Una cosecha de tomates como ni te imaginas! Irie Ambrosia, deja ya de mirarme con esa cara y ven a abrocharme el vestido. Deprisa, antes de que los ojos se te salgan de la cabeza.

—¿Vive aquí? —susurró Irie con asombro, intentando conectar uno y otro lado del vestido de Hortense sobre el flanco poderoso—. Quiero decir, ¿contigo?

—No en el sentido que tú piensas —respondió Hortense aspirando por la nariz—. Es sólo una gran ayuda en mi vejez. Hace seis años que vive aquí. Que Dios lo bendiga y proteja su alma. Ahora pásame el alfiler.

Irie le dio el largo alfiler del sombrero que estaba en una mantequera. Hortense enderezó los claveles de plástico y los ensartó firmemente dejando asomar del fieltro el extremo del alfiler, enhiesto como la punta de un casco alemán.

—No pongas esa cara de susto. Es un arreglo muy satisfactorio. Una mujer necesita a un hombre en su casa, para que las cosas funcionen. El señor Topps y yo somos dos viejos soldados de la batalla del Señor. Tiempo atrás, se convirtió a la iglesia de los Testigos y ha subido deprisa. Cincuenta años he esperado yo para hacer algo en el Salón del Reino que no fuera limpiar —dijo Hortense con tristeza—. No dejan que las mujeres intervengan en los asuntos de la iglesia. Pero el señor Topps trabaja mucho y a veces me deja ayudar. Es muy bueno. Pero su familia es de lo peor —murmuró en tono confidencial—. El padre es terrible, jugador y putañero... Por eso, cuando Darcus se fue y la casa quedó tan vacía, le pedí que viniera a vivir conmigo. Es un chico muy civilizado. No está casado. Casado con la iglesia, eso sí. Y durante todos estos años me ha llamado señora Bowden, nunca otra cosa. —Hortense suspiró ligeramente—. No sabe lo que es una incorrección. Lo único que desea es ser uno de los Ungidos. Yo tengo por él la mayor admiración. Ha mejorado mucho. Ahora habla con elegancia. Y también tiene muy buena mano para la fontanería. ¿Cómo va la fiebre?

—Ha bajado. El último corchete... Lista.

Hortense casi salió rebotada al pasillo, a abrir la puerta trasera a Ryan.

—Pero, abuela, ¿por qué vive...?

—Bueno, esta mañana tienes que comer. A la fiebre, alimentarla, y al resfriado, matarlo de hambre. Tomates fritos con plátano largo y pescado de anoche. Frito y pasado por el microondas.

—Yo creí que había que matar de hambre a la fie...

—Buenos días, señor Topps.

—Buenos días, señora Bowden —dijo el señor Topps cerrando la puerta a su espalda y quitándose el chaquetón con capucha que llevaba encima de un traje azul barato, con una crucecita de oro en la solapa—. Confío en que estará lista. Hemos de llegar al Salón puntualmente.

Ryan aún no había visto a Irie. Estaba agachado sacudiéndose el barro de las botas. Y lo hacía con una lentitud majestuosa, la misma con que hablaba, mientras sus párpados translúcidos temblaban como los de un hombre en coma. Desde donde se encontraba, Irie sólo podía ver de él un flequillo rojo, una rodilla doblada y un puño de camisa.

Pero la voz en sí era tan plástica como una imagen: *cockney* pero refinada, una voz muy trabajada que articulaba con esmero pero casi exclusivamente por la nariz, con apenas una ligera ayuda de la boca.

—Hermosa mañana, señora Bowden. Gracias sean dadas al Señor.

Hortense parecía muy nerviosa ante la inminente probabilidad de que él levantara la cabeza y descubriera a la muchacha que estaba junto a los fogones. Incapaz de decidirse sobre la conveniencia de presentarlos, hacía señas a Irie para que se adelantara y luego le indicaba que se escondiera.

—Sí, señor Topps. Y ya estoy lista. El sombrero me ha dado un poco de trabajo, pero me he puesto un alfiler y...

—Las vanidades de la carne no interesan al Señor, señora Bowden —dijo Ryan enunciando trabajosamente cada palabra, mientras, con el cuerpo doblado, se quitaba la bota izquierda—. Jehová tiene necesidad de su alma.

—Oh, muy cierto. Ésa es una gran verdad —dijo Hortense, palpándose con preocupación los claveles de plástico—. Pero, al mismo tiempo, una señora testigo no puede ir a la casa del Señor como una... en fin, una perdularia.

Ryan frunció el entrecejo.

—Digo yo que en adelante debe usted abstenerse de interpretar las Escrituras por su cuenta, señora Bowden. Pregúnteme a mí y a mis colegas. Pregúntenos: ¿interesa al Señor el atuendo personal? Y yo y mis colegas de entre los Ungidos buscaremos el capítulo y el versículo correspondientes.

La frase de Ryan se diluyó en un prolongado «ejemmm», sonido frecuente en él. Empezaba en sus arqueadas fosas nasales y reverberaba por sus largas y deformes extremidades como el postrer temblor de un ahorcado.

—No sé por qué lo hago, señor Topps —dijo Hortense moviendo la cabeza negativamente—. A veces me parece que podría ser de los que enseñan, ¿comprende? A pesar de ser mujer... Me parece que el Señor me habla de un modo especial... Es sólo una mala costumbre... pero en la Iglesia han cambiado muchas cosas últimamente. A veces no puedo estar al día de todas las reglas y preceptos.

Ryan miró por la ventana. Tenía una expresión dolorida.

—Nada cambia en la palabra de Dios, señora Bowden. Es la gente la que se equivoca. Lo mejor que puede hacer por la Verdad es orar para que el Salón de Brooklyn nos comunique pronto la fecha definitiva. Ejemmm.

—Oh, sí, señor Topps. Rezo de día y de noche.

Ryan dio una palmada con una vaga imitación del entusiasmo.

—¿Dice usted que hay plátano largo para desayunar, señora Bowden?

—Sí, señor Topps, y los tomates, si hace el favor de dárselos al chef.

Tal como Hortense esperaba, la entrega de los tomates coincidió con el descubrimiento de Irie.

—Le presento a mi nieta, Irie Ambrosia Jones. El señor Ryan Topps. Saluda, Irie, cariño.

Irie saludó adelantándose nerviosamente con la mano extendida. Pero no hubo reacción de Ryan Topps, y la desigualdad de sus respectivas actitudes se acentuó cuando, de pronto, él pareció reconocerla; había una expresión de familiaridad en los ojos que la miraban de arriba abajo, mientras que Irie no veía en él nada que le fuera ni remotamente familiar, ni siquiera en el tipo o género de la fisonomía. Su monstruosidad era singular: más rojo que cualquier pelirrojo, con pecas y con venas azules por todas partes.

—Es... es la hija de Clara —dijo Hortense tras una ligera vacilación—. El señor Topps conocía a tu madre, hace mucho tiempo. Pero no hay cuidado, señor Topps. Ahora ha venido a vivir con nosotros.

—Sólo una temporada —rectificó Irie apresuradamente, al observar la mirada de horror del señor Topps—. Sólo unos meses, quizá, mientras estudio. Me examino en junio.

El señor Topps no se movía. Nada de él se movía. Como el ejército de terracota chino: en orden de combate pero inmóvil.

—La hija de Clara —repitió Hortense con un lloroso susurro—. Podría ser hija suya.

A Irie no le sorprendió este final, musitado en un aparte; algo que añadir a la lista: Ambrosia Bowden parió durante un terremoto... El capitán Charlie Durham era un muchacho estúpido e inútil... Unos dientes en un vaso... Podría ser hija suya...

Sin convicción ni confianza en que recibiría respuesta, Irie preguntó:

—¿Qué?

—Oh, nada, Irie, tesoro, nada, nada. Empezaré a freír los plátanos. Me parece que oigo gruñir tripas. Usted se acuerda de Clara, ¿verdad, señor Topps? Usted y ella eran buenos... amigos. Señor Topps...

Ya hacía dos minutos que Ryan miraba a Irie sin pestañear, con el cuerpo erguido y la boca entreabierta. Al oír la pregunta, pareció hacer un esfuerzo por controlarse, cerró la boca y se sentó a un extremo de la mesa, que no estaba puesta.

—La hija de Clara, ¿eh? Ejemmm...

Sacó del bolsillo del pecho lo que parecía un pequeño bloc de policía y apoyó en él un bolígrafo. Como si con esto pusiera en marcha la memoria.

—Verás, muchos de los episodios, las personas y los hechos de mi vida anterior han quedado, por así decir, cercenados de mi vida por la espada todopoderosa que me separó de mi pasado cuando el Señor Jehová tuvo a bien iluminarme con la Verdad. Y, como él me ha elegido para una nueva misión, yo, tal como tan sabiamente recomienda Pablo en su epístola a los corintios, tengo que apartar de mí las cosas pueriles y hacer que anteriores encarnaciones de mi persona queden envueltas en una densa niebla. —Aquí Ryan Topps se paró a respirar, al tiempo que tomaba los cubiertos de manos de Hortense—. Niebla en la que al parecer ha desaparecido tu madre y cualesquiera recuerdos que pudiera guardar de ella. Ejemmm.

—Ella tampoco me ha hablado nunca de usted —dijo Irie.

—Bien, todo eso fue hace mucho tiempo —dijo Hortense con forzada jovialidad—. Pero usted hacía cuanto podía, ¿eh, señor Topps? Mi Clara era mi niña del milagro. ¡Yo tenía cuarenta y ocho años! Creí que era hija de Dios. Pero Clara estaba destinada para el mal... Nunca fue una muchacha piadosa y al fin nada se pudo hacer.

—El Señor enviará su venganza, señora Bowden —dijo Ryan con más animación de la que Irie le había visto desplegar hasta entonces—. Él enviará terribles torturas a los que se han hecho acreedores a ellas. Tres plátanos, si me hace el favor.

Hortense repartió los platos, e Irie, recordando que no había comido desde el día anterior por la mañana, se sirvió una buena ración de plátano.

—¡Au! ¡Está muy caliente!

—Mejor caliente que tibio —dictaminó Hortense muy seria con un estremecimiento elocuente—. Así sea. Amén.

—Amén —repitió Ryan, atacando con arrojo el plátano candente—. Amén. Bien. Exactamente, ¿qué es lo que estudias? —preguntó mirando tan fijamente por encima del hombro de Irie que ella tardó en comprender que le hablaba a ella.

—Química, biología y estudios religiosos. —Irie sopló un trozo de plátano—. Quiero ser dentista.

Ryan aguzó el oído.

—¿Estudios religiosos? ¿Y te dan a conocer la única iglesia verdadera?

Irie se revolvió en su asiento.

—Pues... Más bien las tres grandes. Judíos, cristianos, musulmanes. Hicimos un mes de catolicismo.

Ryan hizo una mueca.

—¿Y no tienes otras aficiones?

Irie reflexionó.

—La música. Me gusta mucho. Los conciertos, los clubes, todo eso.

—Ya. Ejemmm. A mí también me gustaba eso hace tiempo. Hasta que recibí la Buena Nueva. Las grandes concentraciones de jóvenes, de esos que frecuentan los conciertos populares, suelen ser terreno abonado para el culto al diablo. Una chica con tus... dotes físicas puede ser atraída a los lascivos brazos de un maníaco sexual —dijo Ryan levantándose de la mesa y mirando el reloj—. Si bien se mira, en cierta manera sí que te pareces a tu madre. Los mismos... pómulos.

Ryan se enjugó de la frente una hilera de gotitas de sudor. Se hizo un silencio mientras Hortense, inmóvil, apretaba nerviosamente un paño de cocina e Irie tuvo que cruzar la cocina y servirse un vaso de agua, para escapar materialmente de la mirada del señor Topps.

—Bueno, señora Bowden, quedan veinte minutos. Traeré las cosas, ¿no le parece?

—Oh, sí, señor Topps —dijo Hortense, con una amplia sonrisa.

Pero, en cuanto Ryan salió de la cocina, la sonrisa se torció en mueca adusta.

—¿Por qué tienes que decir esas cosas? ¿Quieres que piense que eres una pagana endemoniada? ¿Por qué no puedes decir que coleccionas sellos o algo por el estilo? Vamos, que tengo que fregar los platos... Termina.

Irie miró la comida que tenía en el plato y se golpeó el estómago con gesto contrito.

—Vaya, lo que me figuraba. Tienes los ojos más grandes que el estómago. Trae. —Hortense se apoyó en el fregadero y empezó a meterse en la boca trozos de plátano—. Nada de palique con el señor Topps mientras estés aquí. Tú tienes que estudiar y él también —dijo Hortense bajando la voz—. En estos momentos, está en deliberaciones con los señores de Brooklyn... para fijar la fecha definitiva. Esta vez no puede haber error. No hay más que ver cómo está el mundo para darse cuenta de que se acerca el día señalado.

—No voy a molestar —dijo Irie disponiéndose a fregar los platos, en señal de buena voluntad—. Es sólo que me ha parecido un poco... raro.

—Los elegidos del Señor siempre parecen extraños a los impíos. Lo que ocurre es que el señor Topps es un incomprendido. Él significa mucho para mí. Yo nunca había tenido a nadie. Tu madre, desde que se ha vuelto tan fina, no habla de esas cosas, pero la familia Bowden ha pasado muy malos tragos. Yo nací durante un terremoto. Casi me muero antes de nacer. Y, después, mi propia hija me abandonó. Y no podía ver a mi única nieta. Durante muchos años, sólo tuve al Señor. El señor Topps ha sido el primer ser humano que se ha preocupado por mí. Tu madre fue una tonta al dejarlo escapar, ¡sí señor!

Irie lo intentó por última vez.

—¿Qué? ¿Qué quieres decir?

—Oh, nada, nada, Señor... Esta mañana me ha dado por hablar... Ah, señor Topps, ya está aquí. No vamos a llegar tarde, ¿verdad?

El señor Topps acababa de volver a la cocina enfundado en cuero de pies a cabeza, con un enorme casco de motorista, una lucecita roja atada al tobillo izquierdo y una lucecita blanca al derecho. Levantó la visera.

—No; vamos bien de tiempo, gracias a Dios. ¿Dónde tiene el casco, señora Bowden?

—Oh, ahora lo guardo en el horno. Así lo encuentro calentito las mañanas frías. ¿Haces el favor de traérmelo, Irie Ambrosia?

Efectivamente, en la parte central del horno, precalentada al nivel 2, estaba el casco de Hortense. Irie lo sacó y lo puso cuidadosamente sobre los claveles de plástico de su abuela.

—Así que van en moto —dijo Irie, por dar conversación.

Pero el señor Topps parecía estar a la defensiva.

—Es una Vespa GS, nada especial. En cierto momento pensé en regalarla. Representaba una vida que preferiría olvidar, si quieres que te diga la verdad. Una moto tiene magnetismo sexual, y, que Dios me perdone, yo me servía de él. Así que había decidido desprenderme de ella, pero la señora Bowden me convenció de que, teniendo que hablar tanto en público, necesitaba algo rápido para ir de un sitio a otro. Y ella, a su edad, no puede andar por ahí en autobuses y trenes, ¿verdad, señora Bowden?

—Claro que no. Y entonces me compró ese carrito...

—Sidecar —rectificó Ryan, irascible—. Se llama sidecar. Modelo Minetto 1973, accesorio para motocicleta.

—Eso, un sidecar, que es tan cómodo como una cama. Y el señor Topps y yo vamos así a todas partes.

Hortense descolgó el abrigo de un gancho de la puerta y sacó del bolsillo dos tiras reflectantes, que se ciñó con velcro a cada brazo.

—Bueno, Irie, hoy tengo muchas cosas que hacer, así que tendrás que prepararte la comida, porque no sé a qué hora volveremos. Pero no te preocupes. Vendré en cuanto pueda.

—Descuida.

Hortense hizo chasquear la lengua.

—No hay cuidado. Eso es lo que Irie significa en jamaicano: no hay cuidado. Me gustaría a mí saber qué nombre es ése para una...

El señor Topps no contestó. Ya estaba en la acera, dando gas a la Vespa.

—Primero, tengo que alejarla de esos Chalfen —dice Clara por teléfono, con un vibrante trémolo de ira y miedo en la voz—, y, ahora, otra vez vosotros.

Su madre está sacando la ropa de la lavadora y escucha en silencio por el inalámbrico que sujeta entre el oído y un hombro fatigado, mientras prepara la respuesta.

—Hortense, no quiero que le llenes la cabeza con un montón de tonterías. ¿Me has oído? Tu madre se dejó embaucar y tú te dejaste embaucar, pero conmigo se acabó la racha. Si Irie vuelve a casa predicando esas memeces, ya puedes olvidarte de la Segunda Venida, porque cuando llegue ya habrás muerto.

Palabras fuertes. ¡Pero qué frágil es el ateísmo de Clara! Como una de esas diminutas palomas de cristal que Hortense tiene en la vitrina de la sala: bastaría un soplo para disiparlo. Y es que Clara todavía contiene el aliento cuando pasa por delante de una iglesia, por un reflejo similar al que impulsa a un adolescente vegetariano a apresurar el paso a la vista de una carnicería, y evita ir a Kilburn los sábados, por miedo a los predicadores callejeros encaramados a la típica caja de manzanas. Hortense percibe el terror de Clara. Vuelve a cargar la lavadora de ropa blanca, mide el detergente con ojo de mujer ahorrativa, y responde de forma concisa y enérgica:

—No te preocupes por Irie Ambrosia. Está en lugar seguro. Ella misma te lo dirá. —Como si hubiera ascendido junto a las legiones celestiales, en lugar de sepultarse bajo tierra en el municipio de Lambeth con Ryan Topps.

Clara oye descolgar el teléfono, un crujido y la voz de su hija, clara como un carillón:

—Oye, no pienso volver a casa, de modo que no te preocupes. Cuando vuelva ya me verás, así que tranquila.

No debería haber de qué preocuparse, y no lo hay, a no ser, quizá, de que hace mucho frío en la calle y hasta la caca de perro se ha helado, y empieza a haber escarcha en los parabrisas, y Clara ha pasado inviernos en aquella casa. Sabe lo que significa. Oh, a primera hora de la mañana es una maravilla, una luz fabulosa durante una hora. Pero, a medida que los días se acortan y las noches se alargan y en la casa crece la oscuridad, es más fácil confundir una sombra con un mensaje escrito en la pared, y el sonido de pasos en la calle con el lejano retumbar del trueno, y las campanadas de un reloj en Año Nuevo con el doblar de campanas que anuncia el fin del mundo.

• • •

Pero Clara no tendría que haberse preocupado. El ateísmo de Irie era robusto. Ella poseía el aplomo chalfenista, y encaraba su estancia en casa de Hortense con ecuanimidad y buen humor. La intrigaban la casa y sus habitantes. Era un lugar de final del partido, de prórrogas, de puntos y aparte y epílogos; un lugar en el que era un lujo contar con que habría un mañana, donde todos los suministros de la casa, desde la leche hasta la electricidad, se pagaban al día, para no malgastar dinero en servicios ni provisiones, porque Dios podía presentarse con su santa cólera al día siguiente. El bowdenismo había dado un sentido nuevo a la frase «vivir al día». Era vivir en el instante eterno, haciendo equilibrio, continuamente al borde del precipicio del aniquilamiento total; hay personas que se drogan para experimentar algo comparable a la existencia día a día de Hortense Bowden, de ochenta y cuatro años. ¿Así que has visto cómo unos enanos se abrían el vientre y te enseñaban las tripas, has sido un televisor que se apaga sin avisar, has experimentado el mundo entero como si fueras la conciencia de Krishna, libre del ego individual, flotando por el cosmos infinito del alma? ¡Gran cosa! Eso son chorradas, al lado del colocón de san Juan cuando Cristo le endilgó los veintidós capítulos de la Revelación. Debió de ser todo un trauma para el apóstol: después de toda la propaganda del Nuevo Testamento, con sus dulces palabras y sus sentimientos sublimes, descubrir el tremendismo del Antiguo Testamento acechando tras la esquina. «A tantos como amo, reprendo y escarmiento.» Menudo chasco.

Todos los chiflados van a parar a la Revelación. Última parada del *Paranoia exprés*. Y el bowdenismo, que era Testigos más Revelación más otras cosas, era el desequilibrio total. *Par example*: Hortense Bowden tomaba al pie de la letra la Revelación 3, 15: «Conozco tus palabras y que no eres frío ni caliente. Ojalá fueras frío o caliente, mas porque eres tibio y no eres caliente ni frío, te vomitaré de mi boca.» Para ella, «tibio» era una propiedad nefasta en sí misma. Procuraba tener a mano un microondas en todo momento (su única concesión a la tecnología moderna: durante algún tiempo, la cosa estuvo a cara o cruz entre complacer al Señor y exponerse al programa estadounidense de control de la mente por medio de las ondas de radio de alta frecuencia) a fin de calentar cada plato a una temperatura imposible; también tenía siempre dispuestos cubos de hielo para que cada vaso de agua estuviera «de lo más frío». Llevaba dos bragas, como una mujer precavida que temiera ser víctima de un accidente de tráfico. Cuando Irie le preguntó por qué, le respondió tímidamente que, cuando oyera las primeras señales del Señor (un trueno que se acercaba, una voz estentórea, la tetralogía del Anillo de Wagner), pensaba quitarse las de debajo, para que Jesús la encontrara fresca, limpia y dispuesta para el cielo. Tenía un bote de pintura negra en el recibidor, para, llegado el momento, marcar las puertas de los vecinos con la señal de la Bestia, a fin de ahorrar al Señor la molestia de buscar a los malos y separar a los corderos de los cabritos. Y en aquella casa no se podía pronunciar una frase que contuviera una palabra como «final», «terminación», «acabar», etcétera, porque eran como resortes que lanzaban a Hortense y a Ryan a un morboso regodeo:

Irie: Ya he acabado de fregar.
Ryan Topps (moviendo solemnemente la cabeza a derecha e izquierda ante la tremenda verdad): Todos acabaremos un día, mi buena Irie; por lo tanto, sé piadosa y arrepiéntete.

O bien:

Irie: Una película estupenda. ¡Un final súper!
Hortense Bowden (llorosa): Y el que para este mundo espere semejante final se llevará una cruel decepción, porque el Señor traerá el terror y, ay, la generación que presencie los hechos de 1914 verá arder la tercera parte de los árboles, y la tercera parte de las aguas teñirse en sangre, y la tercera parte de...

Y luego estaba el horror que inspiraban a Hortense las previsiones del tiempo. Quienquiera que las hiciera, por simpático y afable que fuera y correcta su manera de vestir, era blanco de sus furibundas maldiciones durante los cinco minutos que aparecía en pantalla. Y después, por lo que parecía pura perversidad, Hortense hacía todo lo contrario de lo que se aconsejaba (chaqueta fina y sin paraguas si anunciaban lluvia, chaquetón con capucha y equipo para lluvia si el pronóstico era tiempo soleado). Irie tardó varias semanas en comprender que la tarea de los hombres del tiempo era el equivalente profano de la labor a la que Hortense había consagrado su vida, labor que, esencialmente, consistía en una especie de tentativa supercósmica de adivinar los designios del Señor mediante una potente exégesis bíblica de una previsión meteorológica. Los hombres del tiempo eran, pues, unos intrusos... «Y mañana, procedente del este, se espera que se abra un averno abrasador que envolverá toda la zona en llamas que, en lugar de luz, despiden unas tinieblas visibles... mientras que en las regiones septentrionales habrá que defenderse de una acometida gélida y existe la posibilidad de que la costa sea azotada por un temporal de viento y granizo que no se fundirá tierra adentro.» Michael Fish y sus congéneres daban palos de ciego, propalaban las bobadas del Servicio Meteorológico y hacían un pobre remedo de aquella ciencia exacta que era la escatología, a cuyo estudio había dedicado Hortense más de cincuenta años de su vida.

—¿Alguna novedad, señor Topps? —(Pregunta hecha casi invariablemente a la hora del desayuno, con ilusionado acento infantil, como una niña preguntaría si ha llegado papá Noel.)

—No, señora Bowden. Aún estamos terminando nuestros estudios. Denos tiempo a mí y a mis colegas para deliberar detenidamente. En esta vida están los que son maestros y están los que son discípulos. Hay ocho millones de Testigos de Jehová que esperan nuestra decisión, que esperan el Día del Juicio. Pero debe usted acostumbrarse a dejar estas cosas a quienes tienen la línea directa, señora Bowden, la línea directa.

Después de varias semanas de holganza, a últimos de enero, Irie volvió a la escuela. Pero se sentía muy distante, desconectada; el mismo viaje de cada mañana, de sur a norte, parecía una formidable expedición polar o, lo que era peor, una expedición que no llegaba al objetivo, que se detenía en zonas templadas, que parecían anodinas comparadas con la tórrida vorágine de casa Bowden. «Porque eres tibio y no eres caliente ni frío, te vomitaré de mi boca.» Cuando uno se acostumbra a lo extremo, nada más puede llenarlo.

Veía a Millat con regularidad, pero sus conversaciones eran cortas. Ahora él llevaba corbatín verde y tenía otras miras. Irie seguía archivando los papeles de Marcus dos veces a la semana, pero rehuía al resto de la familia. A veces veía a Josh fugazmente. Él parecía evitar a los Chalfen con la misma constancia que la propia Irie. A sus padres los veía los fines de semana, reuniones glaciales en las que todos se llamaban por el nombre de pila: («Irie, ¿quieres pasar la sal a Archie?» «Clara, dice Archie que dónde están las tijeras») y todos se sentían abandonados. Le parecía que en su antiguo barrio se murmuraba de ella, como los londinenses de la zona norte suelen murmurar de quien se sospecha que está afectado de esa fea enfermedad que es la religión. Por todo ello, Irie regresaba rápidamente al número 28 de Lindaker Road, Lambeth, aliviada de estar otra vez en la oscuridad, porque aquello era como hibernar o estar en el capullo, y sentía tanta curiosidad como los demás por averiguar cómo sería la Irie que saliera de allí. Aquello no era una cárcel. Aquella casa era una aventura. En armarios, en cajones olvidados y en marcos mugrientos había secretos guardados durante muchísimo tiempo, como si los secretos pasaran de moda. Encontró fotografías de su bisabuela Ambrosia, una mujer esbelta y hermosa de ojos grandes y almendrados, y otra de Charlie Durham Whitey de pie sobre un montón de escombros con un mar color sepia a la espalda. Encontró una Biblia con una página arrancada. Encontró fotos de carné de Clara con uniforme del colegio y unos dientes horrendos, sonriendo de oreja a oreja. Alternaba la lectura de *Anatomía dental* de Gerald M. Cathey con la de *La Biblia de la Buena Nueva*, mientras devoraba la pequeña y ecléctica biblioteca de Hortense, soplando de las tapas el polvo rojo de una escuela de Jamaica y usando un cortaplumas para cortar hojas nunca leídas. La lista de las lecturas de febrero comprendía:

> *Crónica de un sanatorio de las Indias Occidentales*, de Geo. J. H. Sutton Moxly, Londres, Sampson, Low, Marston & Co., 1886. (La calidad del libro era inversamente proporcional a la longitud del nombre del autor.)
> *Diario de Tom Cringle*, de Michael Scott, Edimburgo, 1875.
> *En la tierra de la caña de azúcar*, de Eden Phillpotts, Londres, McClure & Co., 1893.

Dominica: Notas y consejos a futuros colonos, de Su Excelencia H. Hesketh Bell, Londres, A. & C. Black, 1906.

Cuanto más leía, más curiosidad le inspiraba la fotografía del gallardo capitán Durham: bien parecido y triste, contemplando la mampostería de media iglesia con gesto de hombre de mundo a pesar de su juventud; un inglés de pies a cabeza, con aspecto de poder decir a alguien unas cuantas cosas sobre algo. Quizá a la propia Irie. Por si acaso, lo tenía debajo de la almohada. Y, por las mañanas, lo de allá fuera ya no eran viñedos toscanos: era caña, caña, caña, y más allá, tabaco, e imaginaba que el olor a plátano largo la enviaba lejos, muy lejos, a un lugar ficticio, porque ella nunca había estado allí. Un lugar que Colón llamó Sant Yago y los arahuacos, tercamente, rebautizaron Jamayca, nombre que duraría más que ellos. Bien arbolada y regada. No es que Irie hubiera oído hablar de aquellas pequeñas criaturas barrigonas y afables que habían sido víctimas de su propia afabilidad. Aquéllos eran otros jamaicanos, que no habían pasado a la historia. Ella reclamaba el pasado —su versión del pasado— agresivamente, como el que rescata correo con las señas equivocadas. Así que de aquí procedía ella. Todo esto era suyo, era su patrimonio, como unos pendientes de perlas o un bono de la Caja Postal. La X marca la propiedad, e Irie ponía una X en todo lo que encontraba, cosas diversas (certificados de nacimiento, mapas, partes militares, recortes de periódico) que guardaba debajo del sofá, como si por ósmosis pudiera impregnarse de su significado, a través de la tela, mientras dormía.

Cuando, en enero, despuntaron las yemas, Irie empezó a recibir tantas visitas como una relaciones públicas. Primero, voces. Por la neolítica radio de Hortense le llegó, entre chisporroteos, la de Joyce Chalfen en *Consultas sobre jardinería*.

Locutor: Otra pregunta del público, si no me equivoco. La señora Sally Whitaker, de Bournemouth, tiene una pregunta para nuestro equipo. ¿No es así, señora Whitaker?
Señora Whitaker: Gracias, Brian. Bien, soy una jardinera novata y éstas son mis primeras heladas. En sólo seis

meses mi jardín ha pasado de una explosión de color a la desolación... Unos amigos me han aconsejado flores en matas compactas, pero eso me deja con un montón de prímulas diminutas y margaritas dobles, lo que resulta un poco soso, porque el jardín es realmente grande. Me gustaría plantar algo un poco más vistoso, con el porte de un delfinio, pero el viento lo troncha, y la gente mira por encima de la valla pensando «Oh, qué lástima» (risas compasivas del público del estudio). Así que mi pregunta a la mesa es: ¿Cómo guardar las apariencias en lo más crudo del invierno?

Locutor: Muchas gracias, señora Whitaker. Bien, éste es un problema muy frecuente, y no crea que es mucho más fácil para el jardinero veterano. Personalmente, yo nunca acierto. Bien, pasemos la pregunta al equipo. Joyce Chalfen, ¿alguna respuesta o sugerencia para lo más crudo del invierno?

Joyce Chalfen: Bien, en primer lugar, he de decir que sus vecinos me parecen unos cotillas. Yo en su lugar les diría que se ocuparan de sus propios plantones (risas del público). Pero, hablando en serio, creo que este afán por tener flores todo el año es insalubre para el jardín, para el jardinero y, especialmente, para el suelo, desde luego... El invierno debería ser época de descanso, de colores suaves, para que, cuando por fin llegue la primavera, consigamos un estallido. ¡Boom! Una explosión de flores. Yo opino que el invierno es el momento de cuidar el suelo, removerlo, dejarlo descansar y hacer proyectos para dar una sorpresa a los vecinos cotillas. Para mí, el suelo de un jardín es como el cuerpo de una mujer, con sus ciclos, fértil en una época y yermo en otra, y es lo natural. Pero, si realmente está decidida, pruebe el eléboro, *Helleborus corsicus*. Resisten muy bien el frío, en suelo calcáreo, aunque son...

Irie apagó a Joyce. Resultaba realmente terapéutico apagar a Joyce. No era algo personal. Era sólo que, de repente, parecía fatigoso e innecesario extraer algo por la fuerza del recalcitrante suelo inglés. ¿Por qué preocuparse teniendo ahora aquel otro sitio? (Porque, a los ojos de Irie, Jamaica estaba recién creada. Lo mismo que Colón, por el mero hecho de descubrirla, creía haberle dado el ser.) Este lugar arbolado y regado. Donde los frutos brotaban de la tierra sin orden ni control, y un joven capitán blanco y una muchacha negra podían encontrarse sin complicaciones, frescos e incontaminados, sin pasado y sin un futuro trazado; un lugar donde las cosas, simplemente, eran. Sin fingimiento, sin mitos, sin mentiras, sin complicadas tramas: así imaginaba Irie su patria. Porque «patria» es una de esas palabras mágicas que, como «unicornio», «alma» e «infinito», ocupan un lugar especial en el lenguaje. Y la magia particular de «patria», su encanto para Irie, era que sonaba a principio. El principio del principio. Como la primera mañana en el Edén y el día después del Apocalipsis. Una página en blanco.

Pero, cada vez que Irie se sentía más cerca de aquello, de aquel pasado completamente en blanco, el presente llamaba a la puerta de los Bowden, como un intruso. El Día de la Madre trajo una visita sorpresa de Joshua, que apareció en el umbral, hosco, con diez kilos menos y más desaliñado que de costumbre. Antes de que Irie tuviera tiempo de manifestar sorpresa o preocupación, él se había colado en la sala y cerrado con un portazo.

—¡Estoy harto! ¡Hasta la puta coronilla!

La vibración de la puerta hizo caer al capitán Durham de su lugar en el alféizar de la ventana, e Irie lo enderezó cuidadosamente.

—Sí, yo también me alegro de verte. ¿Por qué no te sientas y te calmas? ¿Harto de qué?

—De ellos. Me dan asco. ¡No saben hablar más que de derechos y libertades y luego se zampan cincuenta pollos a la semana! ¡Hipócritas de mierda!

Irie no acertaba a ver la relación. Sacó un cigarrillo, preparándose para una larga historia. Sorprendida, vio que Joshua cogía otro. Arrodillados en el banco situado debajo de la ventana, echaban el humo a la calle a través de la reja.

—¿Tú sabes cómo viven los pollos de las granjas?

Irie no lo sabía. Joshua se lo explicó. Encerrados durante la mayor parte de su puta vida de pollos, en completa oscuridad, comprimidos como sardinas, rebozados en su puta mierda y alimentados con grano del peor.

Y esto, según Joshua, no era nada comparado con la forma en que los cerdos, las vacas y los corderos pasaban el tiempo.

—Es un jodido crimen. Pero prueba a decirle eso a Marcus. Prueba a hacerle renunciar a su festín de cerdo del domingo. Es que no se entera. ¿No te has dado cuenta? Sabe muchísimo de una cosa, pero pasa de todo lo demás... Ah, que no se me olvide, toma un folleto.

Irie nunca creyó que llegaría el día en el que Joshua Chalfen le diera un folleto. Pero allí estaba, en su mano. El título era: *El crimen de la carne: realidad y ficción*, publicado por la organización ALTEA.

—Es la Asociación para la Lucha contra la Tortura y la Explotación de los Animales. Son como la rama más radical de Greenpeace o algo así. Léelo. No son sólo unos fantasmas hippies, sino que vienen de un medio científico y académico sólido, y trabajan con planteamientos anarquistas. Me siento como si por fin hubiera encontrado mi sitio. Es un grupo realmente increíble. Consagrados a la acción directa. El delegado es un antiguo profesor de Oxford.

—Hm. ¿Cómo está Millat?

Joshua se encogió de hombros.

—No sé. Pirado. O camino de estarlo. Y Joyce sigue dándole todos los caprichos. No me preguntes por ellos. Todos me dan asco. Las cosas han cambiado. —Josh se pasó las manos por el pelo, que casi le llegaba por los hombros. Era un estilo que el vecindario de Willesden llamaba afectuosamente «afro de judío pelirrojo»—. No tienes ni idea de cómo ha cambiado todo. Ahora tengo esos auténticos... momentos de claridad.

Irie asintió. Sabía lo que eran los momentos de claridad. Sus diecisiete años estaban plagados de ellos. Y tampoco la sorprendía la metamorfosis de Joshua. Cuatro meses de la vida de una persona de diecisiete años dan para mucho. Fans de los Stones se convierten en fans de los Beatles, conservadores en liberales y otra vez en conservadores, seguidores acérrimos del vinilo se pasan al CD. Nunca más en la vida se vuelve a tener esa capacidad para la transformación de la personalidad.

—Sabía que tú lo comprenderías. Ojalá te lo hubiera dicho antes, pero ahora no aguanto estar en casa, y cuando te veo siempre está Millat delante. De verdad que me alegro de verte.

—Yo también. Estás distinto.

Con un ademán displicente, Josh se señaló la ropa, que era bastante menos exótica que antes.

—No puede uno llevar siempre el pantalón de pana viejo de su padre.

—Supongo que no.

Joshua dio una palmada.

—Bien, he reservado billete para Glastonbury y quizá no vuelva. He conocido a una pareja de ALTEA y me voy con ellos.

—Estamos en marzo. No te irás antes del verano, supongo.

—Joely y Crispin, los de ALTEA, dicen que mejor ir ahora. Así hacemos un poco de acampada.

—¿Y la escuela?

—Si tú puedes fumártela, yo también... Además, tampoco voy a retrasarme tanto. Todavía tengo una cabeza Chalfen sobre los hombros. Volveré para los exámenes y luego me largaré otra vez. Irie, tienes que conocer a esa gente. Son... son increíbles. Él es dadaísta. Y ella, anarquista. Pero de verdad, no como Marcus. Le hablé de Marcus y de su RatónFuturo de mierda y dicen que parece un individuo peligroso. Quizá, incluso, un psicópata.

Irie reflexionó.

—Bueno, yo no diría tanto.

Sin apagar el cigarrillo, Josh lo lanzó a la acera.

—Voy a dejar la carne. Aún como pescado, pero también lo dejaré. Nada de medias tintas. Me haré vegetariano.

Irie se encogió de hombros, sin saber qué contestar.

—Tiene razón la vieja consigna —añadió Josh.

—¿Qué consigna?

—Combatir fuego con fuego. Sólo si se llega hasta el extremo se puede hacer que alguien como Marcus escuche. Él ni siquiera se da cuenta de lo desfasado que está. De nada sirve ser razonable con él porque está convencido de que toda la razón es suya. ¿Qué se puede hacer con personas así? Ah, y también voy a dejar de usar cosas de cuero y productos animales. La gelatina y demás.

Después de un rato de ver pasar pies —zapatos de cuero, zapatillas, tacones—, Irie dijo:

—Así aprenderán.

• • •

El primero de abril se presentó Samad. Iba camino del restaurante, vestido de blanco, mustio y arrugado como un santo desengañado. Parecía a punto de echarse a llorar. Irie abrió la puerta y lo hizo pasar.

—Hola, señorita Jones —dijo Samad con una leve inclinación—. ¿Cómo está su padre?

Irie sonrió con aire de complicidad.

—Usted lo ve más que nosotras. ¿Cómo está Dios?

—Divinamente, gracias. ¿Ha visto últimamente al inútil de mi hijo?

Antes de que Irie pudiera seguir con su papel, Samad se vino abajo delante de ella, y hubo que llevarlo a la sala, sentarlo en la butaca de Darcus y darle una taza de té para que pudiera seguir hablando.

—¿Pasa algo malo, señor Iqbal?

—¿Pasa algo bueno?

—¿Le ha ocurrido algo a mi padre?

—Oh, no, no... Archibald está bien. Él es como las lavadoras de los anuncios, que siguen y siguen lo mismo que siempre.

—¿Entonces qué?

—Millat. Hace tres semanas que ha desaparecido.

—Dios. ¿Ha preguntado a los Chalfen?

—No está con ellos. Yo sé dónde está. Ha saltado de la sartén al fuego. Está en un retiro con esos chiflados del corbatín verde. En un centro deportivo de Chester.

—Joder.

Irie se sentó, cruzó las piernas y sacó un cigarrillo.

—En el colegio no lo veo, pero no sabía desde cuándo faltaba. Aunque si sabe dónde está...

—No he venido para que me ayudes a buscarlo sino para pedirte consejo, Irie. ¿Qué puedo hacer? Tú lo conoces bien... ¿Cómo se puede llegar hasta él?

Irie se mordió el labio, la vieja costumbre de su madre.

—Bueno, no sé... Ya no somos tan íntimos como antes... pero siempre he pensado que es por Magid... Lo echa de menos... Bueno, él nunca lo reconocería... pero Magid es su hermano gemelo y quizá si lo viera...

—No, no. No, no, no. Ojalá fuera ésa la solución. Alá sabe que yo había puesto todas mis esperanzas en Magid. Y ahora viene a estudiar leyes a Inglaterra... pagando los Chalfen. Quiere dedicarse a las leyes de los hombres y no a las leyes de Dios. No ha aprendido ninguna de las lecciones de Mahoma, que la paz sea con él. Su madre, claro, está encantada. Pero para mí no es más que una gran decepción. Más inglés que los ingleses. Créeme, Magid no hará ningún bien a Millat, ni Millat se lo hará a Magid. Los dos andan extraviados. Se han apartado de la vida que yo quería para ellos. Seguro que los dos se casarán con mujeres blancas que se llamen Sheila, y me llevarán a la tumba antes de tiempo. Lo único que yo quería era dos buenos musulmanes. Oh, Irie... —Samad le dio en la mano libre unas palmadas tristes y afectuosas—. No sé en qué me he equivocado. Uno les habla, pero ellos no escuchan porque tienen la música de Public Enemy a todo volumen. Uno les muestras el camino, y ellos toman la senda nefasta de los tribunales de justicia. Uno los guía, y ellos se escurren entre los dedos para ir a un centro deportivo de Chester. Uno trata de planear las cosas, y nada sale como esperaba...

«Pero, si se pudiera volver a empezar —pensaba Irie—, si se pudiera llevarlos a las fuentes del río, al punto de partida, a la patria...» Pero no lo dijo, porque el sentimiento de él era como el de ella, y los dos sabían que aquel intento sería tan inútil como el de tratar de cazar la propia sombra. Lo que hizo fue retirar la mano de debajo de la de él y devolverle las palmaditas.

—Señor Iqbal, no sé qué decir...

—No hay palabras. El que envié a la patria regresa para convertirse en un *pukka* inglés de traje blanco y peluca ridícula. El que dejé aquí se me convierte en un terrorista fundamentalista a sueldo con corbata verde. A veces me gustaría saber por qué me preocupo tanto —dijo Samad con amargura, delatando la inflexión inglesa adquirida durante sus veinte años de residencia en el país—. Es la verdad. Últimamente tengo la impresión de que, cuando uno entra en este país, firma un pacto con el diablo. Enseña el pasaporte, se lo sellan, quiere ganar un poco de dinero, abrirse camino... ¡pero piensa regresar! ¿Quién querría quedarse aquí? Con frío, lluvia, un tiempo horrible, una comida infame, unos periódicos canallescos... ¿quién iba a querer quedarse? Un lugar en el que a uno no lo quieren, sólo lo toleran. A duras penas lo toleran. Como al animal que por fin ha aprendido a no ensuciarse en casa. ¿Quién querría quedarse? Pero uno ha firmado un pacto con el diablo... Esta tierra lo absorbe y, cuando quiere recordar, ya no puede volver, sus hijos son irreconocibles, no es de ningún sitio.

—Oh, eso no puede ser cierto.

—Y entonces uno empieza a renunciar a la misma idea de identidad. De pronto, esta identidad parece una mentira interminable y abyecta... y uno piensa que el lugar de nacimiento es un accidente, que todo es accidente. Pero ¿adónde lleva pensar eso? ¿Qué se puede hacer? ¿Qué puede importar nada?

Mientras Samad describía este desarraigo con una expresión de horror, Irie descubrió con sonrojo que a ella aquel lugar accidental le parecía el paraíso. Sonaba a libertad.

—¿Lo entiendes, niña? Sé que lo entiendes.

Y lo que quería decir en realidad era: ¿Hablamos el mismo lenguaje? ¿Somos del mismo sitio? ¿Somos iguales?

Irie le oprimió la mano y asintió vigorosamente, tratando de evitar sus lágrimas. ¿Qué podía ella decir sino lo que él había ido a oír?

—Sí —respondió—. Sí, sí, sí.

Cuando Hortense y Ryan llegaron a casa por la noche, después de una oración conjunta vespertina, los dos parecían muy agitados. Ésta era la noche. Ryan dio a Hortense un aluvión de instrucciones acerca del formato y mecanografiado de su último artículo para la revista *Atalaya* y salió al recibidor a llamar por teléfono a Brooklyn, para recibir noticias.

—Yo pensaba que estaba en deliberaciones con ellos.

—Y lo está, sí... pero la confirmación final, ¿comprendes?, tiene que darla el propio señor Charles Wintry desde Brooklyn —dijo Hortense casi sin aliento—. ¡Qué día éste! ¡Qué día! Tráeme la máquina de escribir... Ponla encima de esta mesa.

Irie fue en busca de la enorme y vetusta Remington y la depositó delante de Hortense. Ésta dio a Irie varias hojas de papel cubiertas con la diminuta letra de Ryan.

—Ahora, Irie Ambrosia, me lees esto, despacio... y yo lo paso a máquina.

Irie estuvo leyendo durante media hora, haciendo muecas por la horrenda y retorcida prosa de Ryan, pasando el frasquito del corrector cuando era necesario, y rechinando los dientes por las interrupciones del autor, que cada diez minutos entraba a modificar la sintaxis o cambiar el redactado de un párrafo.

—¿Ya ha podido hablar, señor Topps?

—Todavía no, señora Bowden, todavía no. El señor Charles Wintry es un hombre muy ocupado. Volveré a intentarlo.

Una frase, una frase de Samad, martilleaba en el fatigado cerebro de Irie: «A veces me gustaría saber por qué me preocupo tanto.» Y ahora, aprovechando la ausencia de Ryan, hizo la pregunta, aunque formulándola con cautela.

Hortense se apoyó en el respaldo y dejó las manos en el regazo.

—He hecho esto durante mucho tiempo, Irie Ambrosia. Estoy esperando desde que era una criatura con calcetines altos.

—Pero eso no es razón para...

—¿Y qué sabes tú de razones? Nada de nada. La iglesia de los Testigos es donde yo tengo mis raíces. Ha sido buena conmigo cuando nadie más lo era. Es lo mejor que me dio mi madre, y no voy a dejarla ahora que el final está tan cerca.

—Pero, abuela, no está... Tú nunca podrás...

—Deja que te diga una cosa. Yo no soy como ellos, los Testigos, que sólo tienen miedo de morir. Sólo tienen miedo y quieren que se muera todo el mundo menos ellos. Ésta no es razón para dedicar la vida a Jesucristo. Yo tengo ideas muy diferentes. Yo espero ser de los Ungidos, aunque sea mujer. Lo he querido toda mi vida. Quiero estar al lado del Señor, haciendo las leyes y tomando decisiones. —Hortense hizo una larga y sonora inhalación entre los dientes—. Estoy cansada de que la iglesia me diga siempre que soy una mujer y que no estoy lo bastante educada. Siempre hay gente que trata de educarnos; educarnos en esto, educarnos en esto otro... Éste ha sido siempre el problema que hemos tenido las mujeres de nuestra familia: que siempre ha habido alguien que quería educarnos, diciendo que era cuestión de conocimientos, cuando en realidad es cuestión de una batalla de voluntades. Pero, si yo fuera una de los ciento cuarenta y cuatro mil, nadie trataría de educarme a mí. ¡Eso sería cosa mía! Yo haría mis propias leyes, sin necesitar la opinión de nadie. Mi madre, en el fondo, era una persona de voluntad firme, y yo también lo soy. Y tú también.

—Háblame de Ambrosia —dijo Irie, descubriendo en la coraza de Hortense un resquicio por el que colarse—. Por favor.

Pero Hortense se mantuvo impenetrable.

—Ya sabes todo lo que hay que saber. El pasado está liquidado. Nadie puede aprender nada de él. Página cinco, arriba... Me parece que estábamos ahí. Vamos.

Ryan volvió a entrar en la cocina, con la cara más colorada que nunca.

—¿Qué, señor Topps? ¿Ya está? ¿Sabe algo?

—¡Que Dios proteja a los paganos, señora Bowden, porque el día está cerca! Ya lo dijo claramente el Señor en su libro de la Revelación. Él no ha dispuesto que haya un tercer milenio. Necesito ese artículo mecanografiado lo antes posible y otro que le dictaré después, improvisado... Y usted llamará a todos los miembros de Lambeth y enviará folletos a...

—Sí, señor Topps... pero permítame un momento... que me haga a la idea. Es que la fecha no podía ser otra, ¿verdad, señor Topps? Ya le dije que lo sentía en los huesos.

—No estoy seguro de que sus huesos hayan tenido mucho que ver en ello, señora Bowden. Sin duda, ello se debe en mayor medida al minucioso estudio de las escrituras realizado por mí y mis colegas...

—Y a Dios, seguramente —lo cortó Irie con una mirada severa, abrazando a Hortense, que sollozaba. Hortense le dio un beso en cada mejilla, e Irie sonrió al sentir la cálida humedad de sus labios.

—¡Qué alegría que estés aquí para compartir este momento, Irie Ambrosia! Yo he vivido todo este siglo. Vine al mundo cuando empezaba, durante un terremoto, y veré cómo acaba, con toda esta contaminación del mal y del pecado barrida por otro potente temblor de la tierra. ¡Alabado sea el Señor! Al fin llegará lo que prometió. Yo sabía que viviría para verlo. Sólo siete años más. ¡Noventa y dos! —Hortense chasqueó la lengua con desdén—. ¡Ja! Mi abuela vivió hasta los ciento tres y podía saltar a la cuerda hasta el día en que se dio media vuelta y cayó muerta. Yo lo conseguiré. Si he llegado hasta aquí... Mi madre sufrió para hacerme llegar... pero ella sabía cuál era la iglesia verdadera y se esforzó por hacerme salir adelante en las más difíciles circunstancias, para que yo pudiera ver el día de gloria.

—¡Amén!

—Amén, amén, señor Topps. ¡A ceñirse la armadura de Dios! Y ahora, Irie Ambrosia, a ti te pongo por testigo de lo que voy a decir: yo estaré allí. Y estaré en Jamaica para verlo. Yo volveré al hogar el año de Nuestro Señor. Y tú también podrás estar allí, si aprendes de mí y escuchas. ¿Querrás ir a Jamaica en el año dos mil?

Irie lanzó un gritito y corrió a dar otro abrazo a su abuela.

Hortense se enjugó las lágrimas con el delantal.

—¡Señor Jesús, yo he vivido este siglo! He vivido este siglo terrible con todos sus males y sufrimientos. Y gracias a ti, Señor, yo habré percibido el estruendo del principio y del final.

Magid, Millat y Marcus

1992, 1999

fundamental adj. 1 Que pertenece a la base o fundamento; que va a la raíz de la cuestión. 2 Que sirve de base o fundamento; esencial o indispensable. También, primario, original; aquello de donde se derivan otras cosas. 3 Que pertenece al fundamento de un edificio. 4 De un estrato: el más bajo, el que está en el fondo.

fundamentalismo m. Estricto mantenimiento de creencias o doctrinas religiosas tradicionales; especialmente, creencia en la infalibilidad de los textos religiosos.

Traducción de las entradas de
The New Shorter Oxford English Dictionary

You must remember this, a kiss is still a kiss,
A sigh is just a sigh;
The fundamental things apply,
As time goes by.

HERMAN HUPFELD, *As Time Goes By* (canción de 1931)

16

El regreso de Magid Mahfuz Murshed Mubtasim Iqbal

—Perdone, no irá usted a fumar eso, ¿o sí?

Marcus cerró los ojos. Detestaba la fórmula. Siempre sentía la tentación de responder con idéntica impropiedad gramatical: «Sí, no voy a fumar eso. No, voy a fumar eso.»

—Perdone, le he dicho que...

—Sí, ya la he oído —dijo Marcus en voz baja, volviéndose hacia su derecha para mirar a la persona con la que compartía el apoyabrazos, en la larga fila de asientos de plástico moldeado—. ¿Alguna razón en particular?

Su irritación se desvaneció al ver a su interlocutora, una joven asiática, bonita y delgada, con un atractivo hueco entre los dientes delanteros, pantalón militar y una cola de caballo en la coronilla, que sostenía en el regazo (¡casualmente!) un ejemplar de su libro de ciencia divulgativa publicado la primavera anterior (en colaboración con el novelista Surrey T. Banks), titulado *Bombas de relojería y relojes corporales: la aventura genética de nuestro futuro.*

—Sí, más de una razón, gilipollas. En Heathrow no se puede fumar. Por lo menos, en esta zona. Y mucho menos una puta pipa. Y estas sillas están pegadas, y yo tengo asma. ¿Suficientes razones?

Marcus se encogió de hombros amigablemente.

—Sí, más que suficientes. ¿Es bueno el libro?

Ésta era una experiencia nueva para Marcus. Conocer a uno de sus lectores. Conocer a una lectora suya, en la sala de espera de un aeropuerto. Él había sido toda su vida autor de textos académicos, textos destinados a un público selecto y restringido, a la mayoría de cuyos componentes conocía en persona. Nunca lanzaba sus trabajos al mundo a la buena de Dios, sin saber adónde irían a parar.

—¿Cómo?

—No se apure, no fumaré si usted no quiere que fume. Sólo me gustaría saber si le parece bueno ese libro.

La muchacha arrugó la cara, que no era tan bonita como le había parecido en un primer momento: el mentón, un tanto pronunciado. Cerró el libro (iba por la mitad) y miró la tapa, como si hubiera olvidado qué libro era.

—Bah, no está mal, supongo. Quizá un poco raro. Tirando a rollo.

Marcus frunció el entrecejo. El libro había sido idea de su agente, un libro con dos vertientes, científica y popular, en el que Marcus escribiría un capítulo de ciencia «seria» sobre un tema de genética concreto y el novelista, en un capítulo paralelo, desarrollaría las ideas desde un punto de vista futurista, especulando sobre «qué pasaría si esto nos llevara a esto otro», hasta un total de ocho capítulos cada uno. Marcus tenía que costear las carreras universitarias de sus hijos, más los estudios de leyes de Magid, y había aceptado por motivos económicos. El libro no había tenido el éxito que él esperaba y necesitaba, y Marcus, si alguna vez pensaba en él, lo consideraba un fracaso. Pero ¿raro?, ¿rollo?

—Hm, ¿raro en qué aspecto?

La muchacha lo miró con suspicacia.

—¿Qué es esto? ¿Un interrogatorio?

Marcus se retrajo ligeramente. Su chalfenista aplomo era menos evidente fuera del seno de su familia. Él era un hombre directo que no veía la utilidad de hacer sino preguntas directas, pero durante los últimos años había observado que con las preguntas directas no siempre se conseguían respuestas directas de los desconocidos, a diferencia de lo que ocurría en su pequeño círculo. En el mundo exterior, fuera de la universidad y el hogar, había que adornar las cosas. Sobre todo, si uno tenía un aspecto un poco raro, como Marcus suponía que era su caso; es decir, si era un poco viejo, tenía el pelo rizado y se lo peinaba de un modo excéntrico y usaba gafas montadas al aire. Era conveniente añadir explicaciones que hicieran más digeribles las palabras. Fórmulas de cortesía, frases de relleno, gracias y por favores.

—No; nada de interrogatorio. Es sólo que pensaba leerlo. He oído decir que es bastante bueno. Y me gustaría saber por qué le parece raro.

En aquel momento, la muchacha decidió que Marcus no era un asesino en serie ni un violador, relajó los músculos y se acomodó en la silla.

—Pues no sé. Quizá, más que raro, da un poco de miedo.

—¿Por qué da miedo?

—Bueno, todo eso de la ingeniería genética da miedo, ¿no?

—¿Usted cree?

—Sí, eso de meterse con el cuerpo. Dicen que hay un gen para la inteligencia, otro para la sexualidad... prácticamente para cada cosa, ¿sabe? Tecnología de recombinación del ADN —dijo la muchacha con cautela, como tanteando lo que sabía Marcus. Al no observar reacción en su cara, prosiguió con más confianza—: Una vez que se conoce la enzima que bloquea una, digamos, brizna concreta de ADN, se puede conectar y desconectar lo que se quiera, como si fuera un vulgar estéreo. Para no hablar, digamos, de los organismos patogénicos, es decir, productores de enfermedades, que tienen en platos de laboratorio por todas partes. Quiero decir, yo estudio ciencias políticas y pregunto: ¿qué están creando? ¿Y a quién quieren exterminar? Hay que ser muy inocente para no comprender que Occidente piensa utilizar esta mierda en Oriente, contra los árabes. Una manera rápida de acabar con los fundamentalistas musulmanes. No, en serio, tío —agregó la muchacha en respuesta a una ceja levantada de Marcus—, estas cosas dan miedo. Quiero decir, al leer estas cosas uno se da cuenta de lo cerca que la ciencia está de la ciencia ficción.

En opinión de Marcus, la ciencia y la ciencia ficción eran como dos barcos que se cruzan en la niebla durante la noche. Por ejemplo, un robot de ciencia ficción —incluso lo que su hijo Oscar esperaba de un robot— estaba mil años por delante de lo que la robótica o la inteligencia artificial podían conseguir. Mientras los robots que Oscar imaginaba cantaban, bailaban y vibraban con todas sus alegrías y sus temores, allá en el Instituto de Tecnología de Massachusetts un pobre diablo se estrujaba las meninges para conseguir que una máquina imitara el movimiento de un pulgar humano. En la otra cara de la moneda, los hechos biológicos más simples, la estructura de las células animales, por ejemplo, eran un misterio para todo el mundo salvo para los chicos y chicas de catorce años y los científicos como él; los primeros, porque tenían que dibujarlas en clase, y los últimos, porque les inyectaban ADN ajeno. Entre unos y otros, o eso creía Marcus, había un gran océano de idiotas, conspiradores, lunáticos religiosos, novelistas presuntuosos, activistas pro derechos de los animales, estudiantes de ciencias políticas y otras especies de fundamentalistas que hacían extrañas objeciones a lo que era la labor de su vida. Durante los últimos meses, desde que su RatónFuturo había sido objeto de cierta publicidad, Marcus se había visto obligado a creer en toda esa gente, a creer que existían realmente en masa, y esto le parecía tan sorprendente como que lo llevaran al fondo del jardín y le dijeran que allí habitaban las hadas.

—Lo que quiero decir es que se habla mucho de progreso —decía la muchacha, ya un poco agitada, con voz chillona—. Se habla de los grandes avances en el terreno de la medicina y todas esas cosas, pero lo que importa es que, si alguien da con la manera de eliminar de las personas características indeseables, ¿cree que algún gobierno no lo hará? Lo que yo digo, ¿qué es indeseable? Todo eso me huele a fascismo... Seguramente es un buen libro, pero hay momentos en los que uno se pregunta: ¿adónde vamos? ¿Qué buscamos? ¿Millones de rubios de ojos azules? ¿Niños por catálogo? Creo que el que es indio como yo ya puede echarse a temblar, ¿no? Y luego están plantando cánceres en pobres criaturas, y digo yo: ¿quiénes son para meterse con las interioridades de un ratón? Crear un animal para hacerlo morir. ¡Es como ser Dios! Yo personalmente soy hindú, no soy religiosa ni nada, pero creo en la santidad de la vida, ¿vale? Y esta gente es como si programaran el ratón, fijan cada uno de sus pasos, cuándo va a tener crías, cuándo va a morirse... Es antinatural.

Marcus asintió, tratando de disimular que estaba exhausto. Se cansaba sólo de escucharla. En ningún punto del libro Marcus se había referido al eugenismo humano: no era su especialidad ni tenía por él un interés especial. Y no obstante esta muchacha leía un libro que trataba casi exclusivamente de los más prosaicos procesos de la recombinación del ADN —terapia genética, proteínas para disolver coágulos, la clonación de insulina— y de la lectura sacaba las consabidas fantasías neofascistas de la prensa amarilla, tales como clones humanoides sin cerebro, orientación genética de las características sexuales y raciales, enfermedades mutadas, etcétera. Únicamente el capítulo sobre su ratón podía provocar esta histérica reacción. A su ratón se refería el título del libro (por sugerencia del agente), y en su ratón se concentró la atención mediática. Ahora Marcus veía claramente lo que antes sólo sospechaba: que, de no ser por el ratón, el libro no hubiera interesado en absoluto. Ninguno de los libros en los que había intervenido había captado la atención del público tanto como sus ratones. Eso de poder determinar el futuro de un ratón conmovía a la gente. Precisamente porque la gente lo entendía así: no se trataba de determinar el futuro de un cáncer ni de un ciclo reproductivo, ni de la predisposición a envejecer. Se trataba de determinar el futuro del ratón. La gente se concentraba en el ratón de una manera que nunca dejaba de sorprenderlo. Parecían incapaces de ver el animal como un campo biológico de experimentación para el estudio de la herencia, la enfermedad, la mortalidad. La figura del ratón prevalecía. En el *Times* había aparecido una fotografía procedente del laboratorio de Marcus, de uno de sus ratones transgénicos, para ilustrar un artículo que trataba de los esfuerzos por conseguir una patente. Él y el diario habían recibido una tonelada de cartas furibundas de personas y entidades tan diversas como la Asociación de Damas Conservadoras, el grupo Antivivisección, la Nación del Islam, el párroco de Santa Inés de Berkshire y el consejo editorial del ultraizquierdista *Schnews*. Neena Begum lo llamó por teléfono para comunicarle que él se reencarnaría en una cucaracha. Glenard Oak, siempre sensible a la corriente mediática, retiró a Marcus la invitación a participar en la Semana de las Ciencias Naturales de la escuela. Su propio hijo, su Joshua, aún no le hablaba. La irracionalidad de todo aquello lo tenía consternado. El miedo que inconscientemente había provocado. Y todo porque el público se encontraba tres pasos por delante de él, lo mismo que el robot de Oscar, y ya había terminado la partida, ya había decidido cuál sería el resultado de su investigación —¡cosa que él no se había atrevido ni a imaginar!—, sobrealimentado como estaba de clones, zombis, niños de diseño y genes gays. Desde luego, él comprendía que su trabajo rozaba una zona moralmente difusa; pero eso les ocurre a todos los científicos. En parte, uno se mueve en la oscuridad, ignorante de las ramificaciones futuras, del repudio que pueda llegar a suscitar su nombre, de los cadáveres que le dejen en la puerta. Nadie que trabaje en un campo nuevo, que haga una labor de visionario, puede estar seguro de acabar su siglo o el siglo siguiente sin mancharse las manos de sangre. Pero ¿hay que parar el trabajo? ¿Amordazar a Einstein? ¿Atar las manos a Heisenberg? ¿Qué se conseguirá con ello?

—De todos modos —empezó Marcus, más irritado de lo que esperaba—, de todos modos, ésa es precisamente la cuestión. En cierto modo, todos los animales están programados para morir. Es perfectamente natural. Si la muerte parece tener un factor aleatorio es sólo porque no la comprendemos con claridad. No acabamos de comprender por qué hay personas que parecen predispuestas al cáncer. No acabamos de comprender por qué algunas personas mueren por causas naturales a los sesenta y tres años y otras, a los noventa y siete. Sin duda, sería interesante saber un poco más de esas cosas. Seguramente, la utilidad de disponer de un oncorratón es la de darnos la oportunidad de contemplar la vida y la muerte, fase a fase, por el micros...

—Sí, sí, claro —dijo la muchacha guardando el libro en la bolsa—. Lo que usted diga. Ya tengo que ir a la puerta 52. Encantada. Y, en conjunto, creo que debería leerlo. Yo soy una entusiasta de Surrey T. Banks... Escribe de muerte.

Marcus vio alejarse a la muchacha por el amplio pasillo, haciendo brincar la cola de caballo, y la siguió con la mirada hasta que se perdió entre un grupo de jóvenes de cabello oscuro. Instantáneamente sintió alivio y recordó con placer su cita en la puerta 32 con Magid Iqbal, que era harina de otro costal, ni punto de comparación. Con quince minutos de antelación, abandonó su café, que había pasado de candente a tibio, y se encaminó hacia las puertas inferiores a 50. La frase «comunión de espíritus» le bailaba insistentemente en la cabeza. Comprendía que era absurdo pensar eso en relación con un muchacho de diecisiete años, pero lo pensaba, lo sentía; sí, sentía cierta euforia, quizá algo similar a lo que su propio mentor había experimentado cuando el joven Marcus Chalfen, de diecisiete años, pisó por primera vez su despachito de la universidad. Cierta satisfacción. Marcus estaba familiarizado con esa autocomplacencia mutuamente gratificante que se establece y retroalimenta entre el maestro y el discípulo (¡Ah, que una personalidad tan brillante se digne dedicarme su tiempo! ¡Ah, que un joven tan prometedor se haya fijado en mí entre tantos otros!). Sí, Marcus se felicitaba. Y se alegraba de poder estar a solas con Magid en este primer encuentro, aunque confiaba en no tener que reprocharse haber maniobrado para que así fuera. Ello era más bien resultado de una serie de circunstancias fortuitas. El coche de los Iqbal estaba averiado, y el tres puertas de Marcus no era grande, por lo que éste había hecho comprender a Samad y Alsana que, si iban ellos, no habría sitio para el equipaje de Magid. Millat estaba en Chester con los GEVNI y al parecer había dicho (con una expresión que recordaba a sus días de aficionado a los vídeos de la mafia): «Yo no tengo hermano.» Irie tenía un examen aquella mañana. Joshua se negaba a subir a un coche si Marcus iba en él; en realidad, en esos momentos Josh renegaba de los coches en general y había optado por el transporte de dos ruedas, más ecológico. Por lo que a la decisión de Josh se refería, Marcus opinaba lo mismo que respecto a todas las decisiones humanas de esta índole: no se podía estar de acuerdo ni en desacuerdo con ellas como ideas. Y es que para muchas de las cosas que hacía la gente no había motivo ni razón. Y en su actual distanciamiento de Joshua se sentía más impotente que nunca. Le dolía que su propio hijo no fuera tan chalfenista como él había imaginado. Por todo ello, durante los últimos meses se había hecho grandes ilusiones respecto a Magid (y esto explicaría por qué ahora aceleraba el paso: puerta 28, puerta 29, puerta 30); quizá había concebido la esperanza de que Magid fuera un faro de chalfenismo bienpensante, justo cuando este talante agonizaba en aquella selva. Se salvarían mutuamente. «¿No será esto una especie de fe, Marcus?», se interrogó mientras avanzaba presuroso. La pregunta lo inquietó durante una puerta y media. Luego llegó la respuesta tranquilizadora: «No, no, Marcus, no es fe, no es fe de esa sin ojos. Es algo más fuerte, más firme. Es fe intelectual.»

Bien. Puerta 32. Así pues, estarían los dos solos cuando por fin se encontraran, después de salvar la distancia entre continentes, solos en el momento histórico del primer apretón de manos, maestro y discípulo. Marcus no pensó ni por un segundo que aquello pudiera ir mal. Él no era un estudioso de la historia (y la ciencia le había enseñado que el pasado era la región en la que las cosas se hacían a través de un cristal y en medio de la oscuridad, mientras que el futuro era siempre más luminoso, un lugar en el que hacemos las cosas bien o, por lo menos, mejor), a él no lo asustaban las historias de hombre negro que se encuentra con hombre blanco, los dos con grandes expectativas, pero sólo uno con poder. Tampoco había llevado consigo una cartulina blanca ni otro distintivo con su nombre, como algunos de los que esperaban con él, y ahora, mientras miraba la puerta 32, sintió una súbita desazón. ¿Cómo se reconocerían? Entonces recordó que estaba esperando a un gemelo, y este recuerdo lo hizo reír abiertamente. Incluso a él le parecía increíble y sublime que por aquel túnel pudiera salir un muchacho que tenía exactamente el mismo código genético que otro muchacho al que ya conocía y, no obstante, ser diferente en casi todos los aspectos imaginables. Lo vería y, al mismo tiempo, no lo vería. Lo reconocería, pero este reconocimiento sería falso. Antes de que tuviera ocasión de pensar lo que esto significaba, o si significaba algo, empezaron a ir hacia él los pasajeros del vuelo BA 261: una multitud habladora y exhausta de piel oscura que se acercaba como un río y se desviaba en el último instante, como si él fuera el borde de la catarata. *Nomoskâr... sâlâm â lekum... kamon âchô?* Estas cosas se decían unos a otros y a sus amigos al otro lado de la barrera; mujeres con velo, mujeres con sari, hombres vestidos con materiales diversos: cuero, tweed, lana y nailon, hombres con gorro Nehru; niños con jerséis hechos por taiwaneses y mochilas en rojos y amarillos chillones, que se arremolinaban en la puerta 32, que se encontraban con tías, con chóferes, con niños, con funcionarios, con empleados de líneas aéreas de piel tostada y dientes blancos...

—Señor Chalfen.

Espíritus que se encuentran. Marcus levantó la cabeza para mirar al muchacho alto que estaba delante de él. Era la cara de Millat, desde luego, pero con rasgos más regulares y un aspecto más joven. Los ojos no eran tan violetas o, por lo menos, no tan violentamente violetas. El pelo, hueco, al estilo de los colegios privados ingleses y peinado hacia la frente. Una figura robusta y sana. Marcus no entendía de ropa, pero por lo menos podía decir que el traje era blanco y que la tela parecía buena, suave y bien cortada. Y era un muchacho guapo, hasta Marcus podía darse cuenta. Lo que le faltaba del carisma byroniano de su hermano lo suplía en nobleza, con un mentón recio y una mandíbula enérgica. Pero estas cosas eran la aguja en el pajar, las diferencias que se observan sólo por ser tan acusado el parecido. Eran gemelos desde las narices rotas hasta los pies, enormes y desgarbados. Marcus se sintió ligeramente defraudado por ello. Pero, dejando aparte lo externo y superficial, no cabía duda. Marcus se preguntaba a quién podía parecerse este muchacho, Magid. ¿No había localizado a Marcus entre la multitud? ¿No se habían reconocido el uno al otro ahora mismo, a un nivel más profundo y fundamental? No estaban hermanados como ciudades ni como las dos mitades de un óvulo dividido al azar, sino hermanados como cada parte de una ecuación: lógica, esencial, inevitablemente. Como suelen hacer los racionalistas, Marcus abandonó durante un momento el racionalismo frente a lo portentoso del hecho. Este encuentro en la puerta 32, guiado por el instinto (Magid había ido directamente hacia él), este encuentro en medio de una multitud de quinientas personas por lo menos... ¿cuáles eran las posibilidades? Parecía tan increíble como la hazaña de los espermatozoides que a ciegas se abren paso hacia el óvulo. Tan mágica como la división del huevo en dos. Magid y Marcus. Marcus y Magid.

—¡Sí! ¡Magid! ¡Por fin nos encontramos! Me parece que hace tiempo que te conozco... y así es, por un lado, pero por otro... Ahora dime, ¿cómo me has conocido?

La cara de Magid se iluminó con una sonrisa torcida que poseía un poderoso y angélico encanto.

—Verás, Marcus, tú eras el único blanco que había en la puerta 32.

El regreso de Magid Mahfuz Murshed Mubtasim convulsionó considerablemente las casas de los Iqbal, los Jones y los Chalfen.

—No lo reconozco —dijo en confianza Alsana a Clara cuando él llevaba varios días en casa—. Tiene algo especial. Cuando le dije que Millat estaba en Chester, no dijo ni palabra. Ni se inmutó. Hace ocho años que no ve a su hermano. Pues ni un sonido, ni un suspiro. Dice Samad que debe de ser un clónico, que no es un Iqbal. Da reparo hasta tocarlo. Los dientes se los cepilla seis veces al día. La ropa interior se la plancha. Es como sentarse a desayunar con David Niven.

Joyce e Irie observaban al recién llegado con no menos recelo. Después de querer tanto al otro hermano durante tanto tiempo, la aparición de esta cara nueva y sin embargo familiar les producía el mismo efecto que si al poner nuestra serie de televisión favorita nos encontramos con que el actor que interpretaba un personaje muy popular ha sido arteramente sustituido por otro con un corte de pelo similar. Durante las primeras semanas, sencillamente, no sabían qué pensar. En cuanto a Samad, si hubiera podido, habría escondido al chico para siempre, lo habría encerrado debajo de la escalera o lo habría enviado a Groenlandia. Temía las inevitables visitas de todos sus parientes (los mismos ante los que él se había ufanado, todas las tribus que habían rendido culto ante el altar de la foto del marco) cuando vieran a este Iqbal joven, con sus corbatas de lazo, su Adam Smith, su E. M. Forster de mierda y su ateísmo. La única ventaja era el cambio en Alsana. «¿La guía de teléfonos? Sí, Samad Miah, está en el primer cajón de la derecha, ahí, sí.» La primera vez, él tuvo un sobresalto. Se había levantado la maldición. No más «quizá, Samad Miah», no más «es posible, Samad Miah». Sí, sí, sí. No, no, no. Categórico. Era un alivio, pero no bastaba. Sus hijos lo habían decepcionado. El dolor era insoportable. Deambulaba por el restaurante mirando al suelo. Si llamaban los tíos y las tías, él rehuía las preguntas o, sencillamente, mentía. ¿Millat? Está en Birmingham, trabajando en la mezquita, sí, renovando su fe. ¿Magid? Sí, pronto se casará, sí, un muchacho muy bueno, quiere casarse con una joven bengalí encantadora, sí, el continuador de la tradición, sí.

Así las cosas, hubo, en primer lugar, una especie de juego de las sillitas, en el que todos se desplazaron un lugar hacia la derecha o hacia la izquierda. Millat regresó a primeros de octubre. Más delgado, barbudo, taciturno y firmemente decidido a no ver a su hermano, por razones políticas, religiosas y personales.

—Si Magid se queda —dijo Millat (esta vez, era De Niro)—, yo me marcho.

Y, como Millat parecía desmejorado y disgustado, Samad dijo que Millat podía quedarse, por lo cual Magid no tuvo más remedio que ir a vivir con los Chalfen (con gran disgusto de Alsana) hasta que se resolviera la situación. Joshua, furioso al verse postergado en el afecto de sus padres por otro Iqbal, fue a casa de los Jones, mientras que Irie, aunque aparentemente había vuelto a casa (previa concesión de un «año sabático»), pasaba mucho tiempo en casa de los Chalfen, organizando el trabajo de Marcus, a fin de ganar dinero para sus dos cuentas bancarias («Amazonia, verano del 93» y «Jamaica 2000»). A menudo terminaba muy tarde y dormía en el sofá.

—Nuestros hijos nos han abandonado, todos se han ido —dijo Samad a Archie por teléfono en un tono tan melancólico que Archie pensó que estaba recitando una poesía—. Son como extraños en tierra extraña.

—Di mejor que se han escapado —respondió Archie tristemente—. Si tuviera un penique por cada vez que he visto a Irie durante los últimos meses...

Tendría unos diez peniques. No paraba en casa. Irie se encontraba entre la espada y la pared, lo mismo que Irlanda, que Israel, que la India. Una situación en la que sólo cabía elegir entre lo malo y lo peor. Si se quedaba en su casa, allí estaba Joshua que le recriminaba su implicación con los ratones de Marcus. Argumentos para los que Irie no tenía respuesta, ni estómago: ¿Pueden patentarse los organismos vivos? ¿Es lícito inocular agentes patógenos en animales? Irie no lo sabía y, con el instinto de su padre, cerraba la boca y se mantenía a distancia. Pero, si estaba en casa de los Chalfen, haciendo lo que había resultado ser un trabajo de verano a jornada completa, tenía que habérselas con Magid. Aquí la situación era imposible. Su trabajo para Marcus, que había empezado nueve meses antes como un poco de archivo, se había multiplicado por siete; la envergadura que había tomado el proyecto de Marcus obligaba a Irie a atender las llamadas de los medios de comunicación, abrir sacas de correo y programar entrevistas. Su salario había aumentado en la misma proporción que sus funciones y ahora era el de una secretaria. Pero eso era lo malo: ella era una secretaria, mientras que Magid era el confidente, el aprendiz y el discípulo que acompañaba a Marcus en sus viajes y lo observaba en el laboratorio. El muchacho brillante. El elegido. Y, además de brillante, encantador. Y, además de encantador, generoso. Para Marcus, Magid era la respuesta a sus oraciones. Este muchacho podía urdir las más bellas defensas morales con un profesionalismo impropio de sus pocos años y ayudaba a Marcus a formular argumentos que él solo no hubiera tenido paciencia para desarrollar. Era Magid quien lo instaba a salir de su laboratorio, tomándolo de la mano, parpadeando al sol de un mundo en el que la gente reclamaba su presencia. La gente necesitaba a Marcus y a su ratón, y Magid sabía cómo administrárselos. Si el *New Statesmen* necesitaba dos mil palabras sobre el debate de la patente, Marcus hablaba y Magid escribía, parafraseando sus palabras con un lenguaje elegante, transformando el discurso árido de un científico ajeno a los debates morales en la pulida argumentación de un filósofo. Si Channel 4 News solicitaba una entrevista, Magid explicaba cómo tenía que sentarse, mover las manos, inclinar la cabeza. Y todo esto un muchacho que había pasado la mayor parte de su vida en los montes Chittagong, sin televisión ni periódicos. Marcus —a pesar de que toda su vida había odiado la palabra y no la había usado desde que, a los tres años, había recibido por ello un bofetón de su padre—, Marcus estaba tentado de llamarlo milagro. O, por lo menos, considerarlo un hecho en extremo afortunado. Aquel chico estaba cambiándole la vida, y esto era extraordinario. Por primera vez en su existencia, Marcus estaba dispuesto a reconocerse defectos; pequeños, desde luego, pero defectos al fin. Hasta entonces se había aferrado excesivamente a sus propias ideas, quizá, quizá sí. Se había mostrado agresivo ante el interés del público por su trabajo, quizá, quizá sí. Ahora veía la posibilidad de cambiar. Y lo más fabuloso, lo portentoso, era que en ningún momento Magid daba a Marcus motivo para pensar que hubiera que poner en tela de juicio el chalfenismo. Diariamente expresaba vivo afecto e imperecedera admiración por este talante. Lo único que deseaba, explicaba Magid a Marcus, era llevar el chalfenismo a la gente. Y a la gente había que darle lo que quería de manera que pudiera entenderlo. Y esto lo expresaba de un modo tan sublime, tan tranquilizador, tan auténtico que Marcus, que seis meses antes hubiera abominado de semejante argumentación, se dejaba convencer.

—En este siglo aún queda sitio para otro fenómeno —decía Magid (este chico era un maestro de la adulación)—. Freud, Einstein, Crick y Watson... Hay un asiento vacío, Marcus. El autobús no está a tope. ¡Ling, ling! Uno más...

Y era una oferta insuperable. Irresistible. Marcus y Magid. Magid y Marcus. Nada más importaba. Los dos eran insensibles al disgusto de Irie y a las extrañas ondas sísmicas que su amistad había desatado en todos los demás. Marcus se había retirado, lo mismo que Mountbatten se retiró de la India o un adolescente saciado se retira de su última pareja. Marcus se desentendía de sus responsabilidades hacia todo y hacia todos —los Chalfen, los Iqbal o los Jones—, hacia todo y hacia todos, salvo hacia Magid y sus ratones. Todos los demás eran unos fanáticos. E Irie se mordía la lengua porque Magid era bueno, y Magid era amable, y Magid andaba por la casa vestido de blanco. Pero, al igual que todas las manifestaciones de la Segunda Venida, santos, salvadores y gurús, Magid Iqbal era, en las elocuentes palabras de Neena, como un forúnculo. Una conversación de muestra:

—Irie, me siento confuso.

—Ahora no, Magid, estoy hablando por teléfono.

—No deseo robar tu precioso tiempo, pero es un asunto un tanto urgente. Estoy desconcertado.

—Magid, ¿no podrías...?

—Mira, Joyce me ha regalado este pantalón vaquero. Se llama Levi's.

—Un momento. ¿Puedo llamarlo después? De acuerdo... Sí... Hasta luego. ¿De qué se trata, Magid? Era una llamada importante. ¿Qué ocurre?

—Mira, tengo este fantástico pantalón Levi's norteamericano, blanco, que la hermana de Joyce ha traído de sus vacaciones en Chicago, la Ciudad del Viento la llaman, aunque yo no creo que su clima tenga algo de sorprendente, habida cuenta de su proximidad al Canadá. Mi pantalón de Chicago. Un bonito detalle. Me sentí abrumado al recibirlo. Pero luego dentro vi esta etiqueta que dice «*shrink-to-fit*» y me pregunto que querrá decir eso de «encoger para adaptar».

—Pues que se encoge hasta que se te adapta al cuerpo, Magid. Es lo que yo diría.

—Pero Joyce, muy certeramente, lo encargó de la talla justa, ¿ves? A 32, 34.

—Está bien, Magid. No hace falta que me lo enseñes. Te creo. Pues no lo encojas.

—Ésa era también mi idea. Pero parece que no hay alternativa. Si se lava, encoge.

—Muy interesante.

—Y llegará un día en que habrá que lavarlo, ¿no?

—¿Adónde quieres ir a parar, Magid?

—Verás. ¿Encoge una cantidad determinada previamente y, en tal caso, cuál? Si no fuera exacta, los fabricantes se expondrían a que los demandaran, ¿no? De nada sirve que el pantalón sea adaptable si no se adapta a mí. Cabe otra posibilidad, según ha sugerido Jack, y es la de que se encoja para moldear el cuerpo. Pero ¿cómo se consigue esto?

—Mira, ¿por qué no te metes en la bañera con el jodido pantalón a ver qué pasa?

Pero no se podía ofender a Magid con palabras. Él siempre ponía la otra mejilla. Y podía ocurrir cientos de veces al día. Ahora un lado, ahora el otro, como un agente de tráfico que hubiera entrado en éxtasis. Tenía una manera especial de sonreír, ni herido ni enfadado, y luego inclinaba la cabeza (exactamente en el mismo ángulo que su padre cuando tomaba nota de un encargo de langostinos al curry) con gesto de indulgencia plenaria. Magid tenía la facultad de identificarse con todo el mundo. Y era como un forúnculo.

—Eh, yo no quería... ¡Mierda! Perdona. Mira... no sé... pero eres tan... ¿Has sabido algo de Millat últimamente?

—Mi hermano me rehuye —dijo Magid sin modificar su expresión de beatitud y perdón universal—. Ve en mí la marca de Caín porque no soy creyente. Por lo menos, no creo en su dios ni en dioses que tengan nombre. Y por eso se niega a verme y hasta a hablar conmigo por teléfono.

—Bueno, ya se le pasará. Siempre ha sido un gilipollas testarudo.

—Sí, claro, tú estás enamorada de él —prosiguió Magid sin dar a Irie ocasión de protestar—. Tú conoces sus hábitos y maneras. Comprenderás entonces lo mucho que lo afecta mi conversión. Yo me he convertido a la Vida. Veo a su dios en la millonésima posición de pi, en las fábulas de Fedro, en una paradoja perfecta. Pero a Millat esto no le basta.

Irie lo miraba fijamente. Había en la cara de Magid algo que durante aquellos cuatro meses no había podido definir porque estaba enmascarado por su juventud, su hermosura, su ropa bien cuidada y su higiene personal. Pero ahora lo veía. Magid tenía aquello, lo mismo que tenían Mary la Loca, el indio de la cara blanca y los labios azules y el tipo que llevaba el peluquín colgado de un palo. Y lo mismo que tenían todas aquellas personas que andaban por las calles de Willesden sin intención de comprar cerveza Etiqueta Negra, robar un estéreo, cobrar el subsidio o mear en un callejón. Las personas que tienen un tema muy diferente: la profecía. Esto tenía Magid en la cara. Quería decir y decir y decir.

—Millat exige rendición incondicional.

—Parece típico.

—Quiere que me una a los Guardianes de los Valores...

—Sí, los GEVNI, ya los conozco. Entonces es que has hablado con él.

—No tengo que hablar con él para saber lo que piensa. Es mi hermano gemelo. No quiero verlo. No lo necesito. ¿Tú comprendes la naturaleza de los gemelos? ¿La millonésima posición de pi? ¿Comprendes el significado de la palabra «identidad»? Mejor dicho, el doble significado...

—Magid, no te enfades, pero tengo trabajo.

Magid se inclinó ligeramente.

—Claro. Disculpa. Iré a someter mi pantalón de Chicago al experimento que me has sugerido.

Irie apretó los dientes y descolgó el teléfono para restablecer la comunicación interrumpida. Era con un periodista (en esos días siempre eran periodistas) al que tenía que leer unas declaraciones. Desde los exámenes había hecho un curso intensivo de relaciones con los medios de comunicación, y había sacado la conclusión de que no tenía objeto tratar individualmente con cada uno. Imposible dar un punto de vista específico al *Financial Times*, al *Mirror* y al *Daily Mail*. Era tarea de ellos, no suya, dar el enfoque, escribir su libro respectivo de la gran biblia mediática. Cada uno escribía para su clientela. Los reporteros eran partidistas y fanáticos y cada cual defendía su parcela obsesivamente, remachando lo mismo día tras día. Así había sido siempre. ¿Quién iba a figurarse que Lucas y Juan iban a enfocar la noticia del siglo, la muerte del Señor, desde ángulos tan diferentes? Esto demostraba que de esa gente uno no se podía fiar. La tarea de Irie consistía, pues, en dar la información escueta, leyendo el comunicado redactado por Marcus y Magid que estaba clavado en la pared.

—Adelante —dijo el periodista—. Grabadora en marcha.

Y aquí Irie tropezaba con el primer obstáculo del trabajo de relaciones públicas: creer en lo que se está vendiendo. No se trataba de un problema moral. Era algo aún más fundamental. No podía creer en ello como un hecho físico. No creía que aquello existiera. RatónFuturo© era una idea tan desorbitada, espectacular y caricaturesca (estaba en las columnas de todos los periódicos; los más serios cavilaban: «¿Habría que patentarlo?»; y los sensacionalistas: «¿El mayor logro del siglo?»), que a veces uno esperaba que el maldito ratón se levantara y empezara a hablar. Irie aspiró profundamente. Aunque había repetido aquellas palabras varias veces, siempre le parecían fantásticas y absurdas —ficción aliñada con fantasía— con una buena dosis de Surrey T. Banks:

COMUNICADO PARA LA PRENSA: 15 de octubre de 1992

Asunto: Presentación de RatónFuturo©

El profesor Marcus Chalfen, escritor, científico prestigioso y figura relevante de un grupo de investigadores en genética de St. Jude's College, piensa presentar en público su último «diseño», con objeto de favorecer la comprensión de la transgenética y estimular el interés y las inversiones en su trabajo. El diseño demostrará la sofisticación del trabajo que se realiza actualmente en la manipulación genética y desmitificará esta rama de la investigación biológica, injustamente reprobada. El programa de presentación de los trabajos comprende una exposición completa, conferencias, zona multimedia y juegos interactivos para niños. Está subvencionado por la Comisión Científica gubernamental del Milenio, con la colaboración de empresas privadas.

El 31 de diciembre de 1992 se exhibirá un RatónFuturo© de dos semanas de edad en el Instituto Perret de Londres. Allí permanecerá a la vista del público hasta el 31 de diciembre de 1999. Es un ratón genéticamente normal, salvo por lo que respecta a un grupo seleccionado de nuevos genes que se han agregado al genoma. En el huevo fertilizado del ratón se inyecta un clon del ADN de estos genes, que se une a los cromosomas del zigoto y es así heredado por las células del embrión resultante. Antes de inyectar los genes en el huevo, se los diseña de manera que se los pueda «activar» y que se manifiesten sólo en un tejido específico del ratón y en un plazo previsible. El ratón nos permitirá llevar a cabo un experimento de envejecimiento celular, de la progresión del cáncer dentro de las células, y de varias cosas más que no dejarán de depararnos sorpresas durante el proceso.

El periodista rió.
—Joder. ¿Y eso qué quiere decir?
—No sé —dijo Irie—. Sorpresas, seguramente.
Y prosiguió:

El ratón vivirá los siete años que permanecerá expuesto, lo que supone, aproximadamente, una esperanza de vida del doble de la de un ratón cualquiera. Por lo tanto, el desarrollo se demora a razón de dos años por cada año de vida normal. Al terminar el primer año, el oncogén SV40 T mayúscula que el ratón porta en las células pancreáticas productoras de insulina se manifestará en carcinomas pancreáticos, que seguirán desarrollándose a ritmo retardado durante toda su vida. Al término del segundo año, el oncogén H-ras de las células dérmicas empezará a manifestarse en múltiples papilomas benignos que el observador podrá apreciar claramente a simple vista al cabo de tres meses. A los cuatro años de iniciado el experimento, el ratón empezará a perder la propiedad de producir melanina, a causa de una lenta erradicación programada de la enzima tirosinasa. En esta fase, el ratón perderá su pigmentación y se convertirá en albino: un ratón blanco. Si no se produce una interferencia externa o inesperada, el ratón seguirá vivo el 31 de diciembre de 1999, y morirá dentro del mes siguiente. El experimento RatónFuturo© ofrece al público una oportunidad única de seguir de cerca el proceso de la vida y la muerte. La oportunidad de asistir a la aplicación de una tecnología que puede frenar el avance de la enfermedad, controlar el proceso de envejecimiento y eliminar los defectos genéticos. El RatónFuturo© encierra la promesa de inaugurar en la historia del hombre una fase en la que hayamos dejado de ser víctimas del azar para pasar a ser rectores y árbitros de nuestro destino.

—¡Joder! —dijo el periodista—. Esta mierda asusta un poco.

—Sí, desde luego —dijo Irie inexpresivamente (aquella mañana tenía que hacer otras diez llamadas)—. ¿Le envío material fotográfico por correo?

—Vale. Así me ahorro buscar en el archivo. Chao.

Cuando Irie colgaba el teléfono, Joyce irrumpió como una cometa hippy: caftán y echarpe de terciopelo negro con flecos y varios chales de seda.

—¡No uses el teléfono! Ya te lo he dicho otras veces. Hay que dejar libre la línea por si llama Millat.

Cuatro días antes, Millat no había acudido a la cita concertada por Joyce con una psiquiatra. Desde entonces no se había dejado ver. Todos sabían que estaba con los GEVNI y todos sabían que no tenía intención de llamar a Joyce. Todos menos Joyce.

—Es indispensable que yo hable con él si llama. Estamos tan cerca del punto decisivo... Marjorie está casi segura de que se trata de un trastorno de hiperactividad por déficit de atención.

—¿Y tú cómo lo sabes? Creí que Marjorie era médica. ¿Qué ha sido de la confidencialidad médico-paciente?

—No seas tonta, Irie. También es una amiga. Sólo quiere que esté informada.

—Mafia de la clase media, eso es lo que parece.

—Vamos, mujer. No te pongas histérica. Cada día estás más histérica. Oye, no quiero que toques el teléfono.

—Ya lo sé. Me lo has dicho antes.

—Porque, si tiene razón Marjorie y es un caso de THDA, necesitará tratamiento a base de metilfenidato. Ese trastorno debilita mucho.

—Joyce, Millat no tiene ningún trastorno, sólo es musulmán. Y son mil millones. No todos pueden tener THDA.

Joyce suspiró.

—Eres muy cruel. Ésa es la clase de comentario que no ayuda en nada.

Se acercó llorosa a la encimera, cortó un gran trozo de queso y dijo:

—Mira, lo más importante es conseguir que los dos hermanos se hablen. Ya es hora.

—¿Por qué es hora? —preguntó Irie, escéptica.

Joyce se metió el queso en la boca.

—Es hora porque se necesitan el uno al otro.

—Pero, si no quieren hablar, no hay nada que hablar.

—A veces, las personas no saben lo que quieren. No saben lo que necesitan. Esos dos chicos se necesitan el uno al otro como... —Joyce se quedó pensativa. La metáfora no era su fuerte. En un jardín nunca se plantaba una cosa donde tenía que haber otra—. Se necesitan el uno al otro como Laurel y Hardy, como Crick necesitó a Watson...

—O Paquistán Oriental a Paquistán Occidental.

—Irie, eso no tiene ninguna gracia.

—No me río, Joyce.

Joyce cortó otra loncha de queso, pellizcó dos trozos de pan y se improvisó un bocadillo.

—Lo cierto es que los dos chicos tienen graves problemas emocionales, y que Millat se niegue a ver a Magid no ayuda a resolverlos. Esto lo perturba mucho. Están divididos por su religión y su cultura. ¿Imaginas el trauma?

En ese momento, a Irie le pesaba no haber dejado que Magid le contara, contara y contara. Por lo menos, tendría información. Algo que esgrimir contra Joyce. Porque escuchando a los profetas se consigue munición. La naturaleza de los gemelos. La millonésima posición de pi (¿tienen principio los números infinitos?). Y, sobre todo, la ambivalencia de la palabra «identidad», que tanto puede unir como separar. ¿Y qué era más traumático, la unión o la separación?

—Joyce, ¿por qué, por una vez, no te preocupas por tu propia familia? Para variar. ¿Y Josh? ¿Cuánto hace que no lo ves?

Joyce endureció la expresión

—Josh está en Glastonbury.

—Estaba en Glastonbury hace más de dos meses, Joyce.

—Pues estará de viaje. Dijo que quizá viajara.

—¿Y con quién está? No sabes nada de esa gente. ¿Por qué no te preocupas por eso una temporada y dejas de meterte en los asuntos de los demás, joder?

Joyce ni parpadeó. Resulta difícil explicar lo familiarizada que estaba con el lenguaje soez de los adolescentes; lo oía tanto en boca de sus propios hijos y de los amigos de éstos, que ni tacos ni insolencias la afectaban. Sencillamente, los podaba.

—La razón de que no me preocupe por Josh, como muy bien sabes —dijo Joyce sonriendo ampliamente y hablando con su voz de manual Chalfen sobre cómo tratar a los hijos—, es que lo que él quiere es llamar la atención. Lo mismo que tú en este momento. Es perfectamente natural que un chico instruido de la clase media dé guerra a su edad. —A diferencia de otras muchas personas de la época, Joyce no tenía escrúpulos en utilizar la denominación «clase media». En el léxico Chalfen, la clase media era la heredera de la Ilustración, la creadora del Estado del bienestar, la crema de la intelectualidad y la fuente de toda la cultura. Sería difícil decir de dónde había sacado esta convicción—. Pero no tardan en volver al redil. Estoy completamente tranquila respecto a Joshua. Quiere rebelarse contra su padre, pero ya se le pasará. Magid, por el contrario, tiene verdaderos problemas. He estado observando, Irie. Y he visto muchas señales. Yo sé interpretarlas.

—Pues quizá las hayas interpretado mal —replicó Irie, porque intuía que iba a empezar una batalla—. Magid está perfectamente. Ahora mismo he estado hablando con él. Es un maestro zen. Es el tío más sereno que he visto en mi vida. Trabaja con Marcus, que es lo que le gusta, y es feliz. ¿Y si por una vez probáramos todos una política de no intervención? ¿Un poco de *laissez-faire*? A Magid no le pasa nada.

—Irie, cariño —dijo Joyce, obligando a Irie a moverse para situarse ella al lado del teléfono—. Lo que tú no comprendes es que las personas son extremistas. Sería una delicia que todo el mundo fuera como tu padre, que sigue impertérrito aunque el cielo se desplome sobre su cabeza. Pero hay mucha gente que no puede hacer eso. Magid y Millat tienen comportamientos extremos. Está muy bien eso de decir *laissez-faire* y mantenerse al margen, pero lo que importa es que Millat se está metiendo en terreno muy peligroso con esos fundamentalistas. Muy peligroso. La preocupación no me deja dormir. En los periódicos se lee cada cosa de esos grupos... Y eso causa una fuerte tensión psíquica a Magid. ¿Y tú quieres que me cruce de brazos mientras esos dos chicos se despedazan, sólo porque a sus padres... no, lo digo porque es la verdad... sólo porque a sus padres no parece importarles? A mí sólo me interesa el bien de los chicos, y tú deberías saberlo mejor que nadie. Necesitan ayuda. Ahora mismo, al pasar por delante del cuarto de baño, he visto a Magid sentado en la bañera con el pantalón vaquero puesto. Sí. ¿Te parece normal? Mira —terminó Joyce con bovina serenidad—, me parece que yo sé muy bien lo que es un chico traumatizado.

17

Crisis, deliberaciones y tácticas de urgencia

—¿Señora Iqbal? Soy Joyce Chalfen. ¿Señora Iqbal? La estoy viendo claramente. Soy Joyce. Creo que debemos hablar. ¿Podría... eh... abrir la puerta?

Sí, podía. Teóricamente, podía. Pero en ese ambiente de extremismos, con hijos en guerra y bandos irreconciliables, Alsana necesitaba una táctica propia. Había probado la del silencio, la de los sermones y la del atracón (lo opuesto a la huelga de hambre: se aumenta de tamaño para intimidar al enemigo) y ahora había empezado una sentada.

—Señora Iqbal... concédame sólo cinco minutos. Magid está muy afectado por todo esto. Le preocupa Millat, y a mí también. Cinco minutos, señora Iqbal, por favor.

Alsana no se levantó. Siguió con la costura, sin apartar la mirada del hilo negro que pespunteaba el plástico ni dejar de accionar furiosamente el pedal de la Singer, como si espoleara al caballo en el que deseaba cabalgar hacia el ocaso.

—Podrías dejarla entrar —dijo con voz de cansancio Samad desde la sala, donde su plácida contemplación de Bazar de antigüedades había sido interrumpida por la persistencia de Joyce. (Éste era su programa favorito después de El ecualizador, interpretado por Edward Woodward, el gran árbitro moral. Durante sus quince últimos años de telespectador, Samad había estado esperando que un ama de casa londinense sacara del baúl alguna reliquia de Mangal Pande. «Oh, señora Winterbottom, qué interesante. Lo que tenemos aquí es el cañón del mosquete que perteneció a...» Samad mantenía la mano derecha encima del teléfono para, en tal eventualidad, llamar a la BBC y pedir la dirección de la Winterbottom, con objeto de interesarse por el precio. Hasta el momento, sólo habían aparecido medallas del Motín y un reloj de bolsillo que había pertenecido a Havelock, pero él se mantenía alerta, por si acaso.)

Samad miró la borrosa silueta de Joyce, que se adivinaba al fondo del pasillo, tras el vidrio de la puerta, y, tristemente, se rascó los testículos. Llevaba su indumentaria de telespectador: jersey chillón de escote en pico, que el estómago le abultaba como una bolsa de agua caliente, una apolillada bata larga y pantaloncito con estampado de cachemir que dejaba al descubierto unas piernas de palillo, reliquia de su juventud. Cuando se encontraba en guisa de telespectador, Samad renunciaba a toda acción. La caja del rincón (que a él le gustaba considerar una especie de antigüedad, montada en madera y con cuatro patas, especie de robot victoriano) le chupaba toda la energía.

—¿Por qué no hace usted algo, señor Iqbal? Haga que se marche. En lugar de quedarse ahí enseñando sus miserias.

Samad lanzó un gruñido y metió la causa de todos sus males, dos enormes bolas peludas y un pene fláccido y derrotado, en el forro de los shorts.

—Ésa no se va —murmuró—. Si acaso, será para volver con refuerzos.

—Pero ¿por qué? ¿Es que no ha causado ya bastantes problemas? —dijo Alsana alzando la voz lo suficiente para que la oyera Joyce—. Tiene su propia familia, ¿no? ¿Por qué no se mete con ellos? ¿No tiene cuatro hijos, cuatro chicos? ¿Cuántos más necesita? ¿Cuántos, puñeta?

Samad se encogió de hombros, abrió un cajón y sacó los auriculares que, enchufados al televisor, lo aislaban del mundo exterior. Él, lo mismo que Marcus, se había desconectado. «Dejémoslos», era su actitud. Dejémoslos con sus batallas.

—Pues muchas gracias —dijo Alsana cáusticamente a su marido, que volvía a su Hugh Scully y sus antiguallas—. Muchas gracias, Samad Miah, por tu valiosa ayuda. Para eso sirven los hombres. Montan el fregado, se arma el cisco y luego que las mujeres limpien la mierda. ¡Gracias, marido!

Alsana aumentó la velocidad de la costura; empujaba la tela con saña, y la aguja corría por la parte interior de la pernera mientras, al otro lado de la puerta, la esfinge que adornaba el buzón seguía haciendo preguntas sin respuesta.

—Señora Iqbal, por favor, ¿no podríamos hablar? ¿Hay alguna razón que lo impida? ¿Hemos de comportarnos como niños?

Alsana empezó a cantar.

—Señora Iqbal, ¡por favor! ¿Qué conseguiremos con eso?

Alsana cantó más alto.

—Sepa usted que no estoy aquí por mi gusto —dijo Joyce, estridente aun a través de tres hojas de madera y doble cristal—. Le guste o no que yo me involucre en esto, ya estoy involucrada, ¿comprende? Ya lo estoy.

Involucrada. Por lo menos, había encontrado la palabra justa, pensó Alsana levantando el pie del pedal y dejando que la rueda diera unas vueltas por inercia antes de detenerse con un chirrido. A veces, en Inglaterra, en la parada del autobús o en las telenovelas en horario diurno, se oía decir a alguien: «Quiero involucrarme contigo», como si fuera algo maravilloso, un estado que uno persiguiera y disfrutara. Alsana nunca lo había entendido así. Involucrarse llevaba mucho tiempo, era algo que tiraba de uno como la arena movediza. Involucrados se habían sentido Alsana Begum, la joven de cara redonda, y el apuesto Samad Miah, una semana después de que los llevaron a aquel comedor del desayuno y les dijeron que tenían que casarse. Involucrarse era lo que habían hecho Clara Bowden y Archie Jones al pie de una escalera. Involucrados quedaron una niña llamada Ambrosia y un muchacho llamado Charlie (sí, Clara le había contado aquella triste historia) desde el momento en que se besaron en la despensa de una casa de huéspedes. Involucrarse no era bueno ni era malo. Era sólo consecuencia de vivir, consecuencia de la ocupación y la inmigración, de los imperios y de la expansión, de una estrecha convivencia... Uno se involucra y tiene que andar un largo camino para desinvolucrarse. Y tenía razón esta mujer: uno no se involucraba por su propio bien. A estas alturas del siglo eran muy pocas las cosas que uno hacía por su propio bien. Alsana no se engañaba respecto a la moderna condición de la sociedad. Veía muchos *reality shows* —«Mi esposa se acostó con mi hermano», «Mi madre no deja en paz a mi novio»—, y la persona que estaba frente al micro, tanto si era Moreno Dientes Blancos como Pareja Angustiada, siempre hacía la misma pregunta estúpida: «¿Qué necesidad tenía..?» ¡Muy mal! Alsana se veía obligada a gritarlo una y mil veces a la pantalla: «No seas bobo: ellos no buscaban esto, no querían esto: se han involucrado, sencillamente, ¿te enteras? Se encuentran atrapados. Involucrados.» Pasan los años, la cosa se lía y ahí lo tienes. Tu hermano se acuesta con la prima segunda de la sobrina de mi ex mujer. Involucrados. Una cosa manida e inevitable. La manera en que Joyce dijo «involucrada» —con cansancio y una ligera aspereza— indicó a Alsana que esta palabra significaba lo mismo para ella. Una enorme red que uno teje para prenderse a sí mismo.

—Ya va, señora, ya va, pero sólo cinco minutos. Esta mañana tengo que hacer tres mallas aunque se hunda el mundo.

Alsana abrió la puerta, Joyce entró en el recibidor y durante un momento las dos mujeres se inspeccionaron mutuamente, como se miran dos boxeadores antes de subir a la báscula, calculando el peso del adversario. Lo que a Joyce le faltaba de pectoral lo suplía con trasero. Y la fragilidad que en Alsana pudieran sugerir unas facciones delicadas —una nariz bonita y pequeña y unas cejas finas— quedaba sobradamente compensada por la robustez de los brazos, mullidos y maternales y con hoyuelos. Porque, a fin de cuentas, aquí la madre era ella. La madre de los muchachos en cuestión. Si había que jugar fuerte, ella tenía la carta ganadora.

—Está bien, adelante —dijo Alsana metiendo el cuerpo por la estrecha puerta de la cocina e invitando a Joyce con un ademán a seguirla—. ¿Té o café?

—Té —dijo Joyce con firmeza—. De fruta si es posible.

—De fruta no es posible. Ni siquiera Earl Grey es posible. Vengo de la tierra del té a este país del horror y no puedo permitirme ni una taza de un té decente. Posible es P. G. Tips y nada más.

Joyce hizo una ligera mueca.

—Pues P. G. Tips, por favor.

—Como guste.

El tazón de té que golpeó la mesa delante de Joyce minutos después tenía un cerco de espumilla gris y miles de microorganismos flotantes, aunque no tan «micros» como pudiera parecer a primera vista. Alsana dio a Joyce tiempo para inspeccionarlos.

—Hay que dejarlo reposar —explicó afablemente—. Mi marido dio con el azadón a la tubería del agua cuando cavaba un surco para plantar cebollas. Desde entonces tenemos un agua un poco rara. A veces da diarrea, pero no siempre. De todos modos, si lo deja reposar un minuto se aclara. ¿Ve? —Alsana agitó el líquido haciendo subir a la superficie partículas de materia no identificada—. ¿Lo ve? ¡Si espera un poco, será digno de un rajá!

Joyce tomó un sorbo de prueba y dejó la taza a un lado.

—Ya sé que en el pasado nuestras relaciones no han sido las mejores posibles, señora Iqbal, pero...

—Señora Chalfen —dijo Alsana levantando su largo dedo índice para impedir que Joyce siguiera hablando—. Hay dos reglas que conoce todo el mundo, desde el primer ministro hasta el que tira de un rickshaw. Primera, no permitir nunca que el propio país se convierta en factoría. Muy importante. Si mis antepasados hubieran seguido este consejo, hoy mi situación sería muy diferente. Pero son las cosas de la vida. La segunda, no interferir en los asuntos familiares de los demás. ¿Leche?

—No, no, gracias. Un poco de azúcar...

Alsana echó en la taza de Joyce una cucharada sopera de azúcar bien colmada.

—¿Usted cree que estoy interfiriendo?

—Creo que ya ha interferido.

—Es que yo sólo quiero que los gemelos se reúnan.

—Usted es la causante de su separación.

—Pero si Magid vive con nosotros es sólo porque Millat no quiere vivir aquí con él. Y Magid dice que su padre no quiere ni verlo.

Alsana, con toda la presión acumulada, explotó como una olla a presión.

—¿Y eso por qué? ¡Porque ustedes, usted y su marido, han involucrado a Magid en algo que es contrario a nuestra cultura y nuestras creencias. ¡Si apenas reconocemos a nuestro hijo! ¡Eso han hecho ustedes! Ahora Magid está peleado con su hermano. ¡Es un conflicto que no tiene solución! Y esos canallas de la corbata verde... Ahora Millat está involucrado con ellos. Muy involucrado. Él no me lo ha dicho, pero yo oigo cosas. Se llaman seguidores del islam, pero no son más que una pandilla de gamberros que andan por Kilburn metiendo bulla como todos los otros tarados. Y ahora, ahora están enviando los... ¿cómo se dice...?, los papeles doblados...

—¿Folletos?

—Folletos. Folletos que hablan de su marido y de ese condenado ratón. Va a haber complicaciones. Se los encontré debajo de la cama, cientos y cientos. —Alsana se levantó, sacó una llave del bolsillo del delantal y abrió un armario de la cocina. Una pila de folletos verdes se desparramó por el suelo—. Ha vuelto a desaparecer, tres días hace que no lo vemos. Tendré que ponerlos donde estaban antes de que vuelva. Llévese unos cuantos, señora, lléveselos y léaselos a Magid. Que vea lo que ustedes han hecho. Dos chicos enfrentados, cada uno en un bando. Ustedes han puesto guerra entre mis hijos. ¡Ustedes los han separado!

Un minuto antes, Millat había hecho girar suavemente la llave en la cerradura y desde entonces estaba en el recibidor, escuchando y fumando un cigarrillo. ¡Era genial! Era como una disputa entre dos matriarcas italianas de clanes enemigos. Millat adoraba los clanes. Se había unido a los GEVNI porque los clanes le encantaban (además del traje y la corbata), sobre todo, los clanes en guerra. Marjorie, la psiquiatra, había apuntado que este afán de adherirse a un clan era señal de que, en el fondo, se sentía como una mitad de un par de gemelos. Marjorie, la psiquiatra, había apuntado también que, probablemente, la conversión de Millat respondía más a la necesidad de adherirse a un grupo que a una actitud intelectual generada por una creencia en la existencia de un creador todopoderoso. Quizá. Que dijeran lo que quisieran. Por lo que a él se refería, podían seguir analizando hasta que mearan las gallinas, pero era fabuloso verse vestido de negro, fumando un cigarrillo y escuchando a dos *mammas* pelearse por uno con estilo operístico:

—Dice usted que quiere ayudar a mis chicos, cuando no ha hecho nada más que enfrentarlos. Ahora ya es tarde. He perdido a mi familia. ¿Por qué no se va a su casa y nos deja en paz?

—¿Imagina que mi casa es un paraíso? También mi familia está dividida por esto. Joshua no se habla con Marcus. ¿Lo sabía? Con lo unidos que habían estado siempre... —Joyce parecía a punto de echarse a llorar, y Alsana, a regañadientes, le pasó el papel de cocina—. Yo quiero ayudar a todos. Y lo más urgente es conseguir que Magid y Millat dialoguen antes de que continúe esta escalada. Creo que sobre esto podemos ponernos de acuerdo. Si pudiéramos encontrar un terreno neutral, un lugar en el que ninguno de los dos sintiera presiones ni influencia externa...

—¡Es que ya no hay terreno neutral! Estoy de acuerdo en que tienen que hablar, pero ¿dónde y cómo? ¡Usted y su marido lo han estropeado todo!

—Perdone, señora Iqbal, pero en su familia había problemas mucho antes de que interviniéramos mi marido o yo.

—Quizá sí, quizá sí, señora Chalfen, pero ustedes han sido la sal en la herida, ¿sabe? El pepinillo de más en la salsa picante.

Millat oyó a Joyce aspirar profundamente.

—Perdone otra vez, pero no puedo estar de acuerdo. Hace mucho tiempo que las cosas no van bien entre ustedes. Millat me ha contado que hace años usted quemó todas sus pertenencias. Bien, es sólo un ejemplo, pero me parece que usted no comprende el trauma que esa clase de cosas pueden causar en un muchacho como Millat. Está muy afectado.

—Ah, conque golpe por golpe. Y ahora me toca recibir a mí. Aunque no es asunto suyo, le diré que si quemé todo aquello fue para darle una lección, para enseñarle a respetar la vida de los demás.

—Extraña manera de enseñar, permita que se lo diga.

—¡No se lo permito! ¡Qué sabe usted!

—Sólo sé lo que veo. Y veo que Millat tiene muchas cicatrices en su mente. Quizá usted no lo sepa, pero estoy pagándole sesiones con una psiquiatra. Y puedo decirle que la vida interior de Millat, su karma supongo que lo llamarán ustedes en bengalí... todo el mundo de su subconsciente, está gravemente dañado.

En realidad, el problema del subconsciente de Millat (y él no necesitaba que esto se lo dijera Marjorie) era que estaba dividido en dos. Por un lado, se esforzaba realmente por vivir como sugerían Hifan y los otros. Para ello tenía que asumir cuatro criterios principales:

1. Ser ascético en sus hábitos (ni beber, ni fumar, ni follar).
2. Recordar siempre la gloria de Mahoma (¡la paz sea con Él!) y el poder del Creador.

3. Conseguir la plena asimilación intelectual con los GEVNI y el Corán.
4. Purificarse de la corrupción de Occidente.

Él sabía que era el gran experimento de los GEVNI, y deseaba sinceramente dar el máximo de sí. En las tres primeras áreas iba bien. Fumaba algún que otro cigarrillo y tomaba una Guinness de vez en cuando (más justo no puedo ser), pero había vencido el hábito de la mala hierba y la tentación de la carne. Había dejado de ver a Alexandra Andrusier, Polly Houghton y Rosie Dew (aunque a veces visitaba a una tal Tanya Chapman-Jones, una pelirroja menudita que comprendía la delicada índole de su dilema y le hacía una buena mamada sin que Millat tuviera que tocarla en absoluto; era una solución mutuamente ventajosa: ella era hija de un juez y se divertía escandalizando al viejo carcamal, y Millat podía eyacular sin participar activamente en la operación). En cuanto a las escrituras, él pensaba que Mahoma (que la paz sea con él) era un tío legal, un sujeto con toda la barba, y sentía temor del Creador, en toda la extensión de la palabra: terror, espanto, lo que se dice miedo de cagarse... y Hifan aseguraba que eso estaba bien, que así debía ser. Él comprendía esta idea de que la suya no era una religión basada en la fe —como la de los cristianos, los judíos y demás—, sino una religión que podía ser demostrada intelectualmente por las mentes más poderosas. Él comprendía la idea, pero desgraciadamente Millat no poseía una mente poderosa, ni siquiera una mente razonable; todo ejercicio intelectual para demostrar o refutar algo excedía sus posibilidades. No obstante, comprendía que apoyarse sólo en la fe, como hacía su padre, era despreciable. Y nadie podía decir que él no se entregaba a la causa al ciento por ciento. Esto parecía ser suficiente para los GEVNI. Estaban más que satisfechos con su punto fuerte, que era el de vender la cosa. La presentación. Por ejemplo, si una mujer de aspecto nervioso acudía al puesto de los GEVNI de la biblioteca de Willesden con una pregunta sobre la fe, Millat se inclinaba sobre la mesa, le tomaba la mano, se la oprimía y le decía: «Fe no, hermana. Aquí no nos ocupamos de la fe. Escucha cinco minutos a mi hermano Rakesh y él te demostrará intelectualmente la existencia del Creador. El Corán es un documento científico, un documento de pensamiento racional. Cinco minutos, hermana, si te preocupa tu futuro más allá de este mundo.» Y, como colofón, le vendía varias cintas (*Guerra ideológica* o *Que tengan cuidado los estudiosos*) a dos libras cada una. O incluso, si se hallaba en su mejor forma, algún que otro libro. Los GEVNI estaban vivamente impresionados. Hasta aquí, perfecto. Y, en los programas de acción directa, de carácter menos ortodoxo, Millat era el más activo de los GEVNI, siempre en primera línea, el primero en entrar en combate si había *jihad*, más frío que la leche en las crisis, un hombre de acción, como Brando, como Pacino, como Liotta. Pero, incluso mientras lo pensaba con orgullo en el recibidor de su madre, sentía un peso en el estómago. Porque ahí precisamente residía el mal. Regla número cuatro: purificarse de Occidente.

Porque él sabía, sabía que el cine de Hollywood era el más completo exponente del estado moribundo, decadente, degenerado, violento y dominado por el sexo de la cultura capitalista occidental, y de su lógica obsesión por la defensa de las libertades individuales (folleto *El extravío de Occidente*). Y sabía también (¿cuántas veces no lo habría discutido con Hifan?) que las películas de gángsteres, el género de mafiosos, era el peor ejemplo. Y no obstante... esto era lo que más le costaba dejar. Habría dado gustoso todos los porros que se había fumado y todas las mujeres que se había tirado para recuperar las cintas que había quemado su madre, o incluso las pocas que había adquirido recientemente y que Hifan había confiscado. Había roto su tarjeta de socio del Rocky Video y había tirado el aparato de vídeo de sus padres para distanciarse de la tentación, pero ¿era culpa suya si Channel 4 pasaba un ciclo de De Niro? ¿Podía evitar que de una tienda de ropa salieran las notas de *Rags to Riches* de Tony Bennett y se le metieran en el alma? Su más vergonzoso secreto era que siempre que abría una puerta —de un coche, de un maletero, la puerta de la sala de reuniones de los GEVNI o ahora mismo la de su casa— le venía a la cabeza la primera escena de *Los buenos chicos* y descubriera esta frase rondando por lo que él suponía que era su subconsciente:

Que yo recuerde, siempre he querido ser gángster.

Hasta lo veía en el tipo de letra del cartel que anunciaba la película. Y siempre que se pillaba a sí mismo haciendo eso, trataba desesperadamente de rectificar, de dejarlo, pero su cabeza era un caos y las más de las veces acababa empujando la puerta andando con la cabeza hacia atrás y los hombros hacia delante, estilo Liotta, pensando:

Que yo recuerde, siempre he querido ser musulmán.

Sabía que, en cierto modo, esto era peor, pero no podía evitarlo. Llevaba un pañuelo blanco en el bolsillo de arriba de la chaqueta y unos dados en el bolsillo de abajo, a pesar de no tener ni la más remota idea de lo que era una partida de dados; le gustaban los chaquetones de pelo de camello, hacía unos *linguini* con marisco para chuparse los dedos y no sabía guisar el cordero al curry. Todo era *haraam*, lo comprendía.

Lo peor era aquella cólera que tenía dentro. No la cólera virtuosa de un hombre del Señor, sino la cólera sorda y violenta de un gángster, de un delincuente juvenil decidido a probarse a sí mismo, decidido a dirigir el clan, decidido a ganar a todos. Y, si lo que estaba en juego era Dios, si la partida consistía en un combate contra Occidente, contra la presunción de la ciencia occidental, contra su hermano o contra Marcus Chalfen, Millat estaba decidido a ganarla. Aplastó el cigarrillo en la barandilla. Lo cabreaba que no fueran éstos pensamientos piadosos. Pero apuntaban en la buena dirección, ¿no? Él tenía lo fundamental, ¿no? Vida limpia, oración (cinco veces al día, sin falta), ayuno, trabajo por la causa, difundir el mensaje. Y esto era suficiente, ¿no? Quizá. En fin, allá penas. De todos modos, ahora ya no había vuelta atrás. Vería a Magid, sí... Se verían las caras, y él saldría reforzado; diría a su hermano que era una cucaracha y saldría del *tête-à-tête* más decidido aún a cumplir su destino. Millat se enderezó el lazo verde y, echando el cuerpo hacia delante como Liotta (todo amenaza y seducción), empujó la puerta de la cocina («Que yo recuerde...»), esperando que dos pares de ojos, cual dos cámaras de Scorsese, encuadraran y enfocaran su cara.

—¡Millat!

—Amma.

—¡Millat!

—Joyce.

(«Magnífico, soberbio. Ahora que ya nos conocemos todos —prosiguió el monólogo interior de Millat, en la voz de Paul Sorvino— podemos ir al grano.»)

—No se alarmen, caballeros, no ocurre nada. Simplemente, es mi hijo. Magid, Mickey. Mickey, Magid.

Otra vez el O'Connell. Porque, finalmente, Alsana había transigido con el punto de vista de Joyce, pero no quería ensuciarse las manos y ordenó a Samad que se llevara a Magid «a algún sitio» y dedicara una velada a tratar de convencerlo para que se reuniera con Millat. Pero el único «sitio» que Samad conocía era el O'Connell, y la idea de llevar allí a su hijo le repugnaba. Él y su mujer tuvieron una encarnizada pelea en el jardín para decidir la cuestión, pelea de la que él confiaba salir vencedor hasta que Alsana, después de engañarlo con una finta, le hizo una combinación de llave de brazo y rodillazo a la entrepierna. Y aquí estaba ahora, en el O'Connell, y la elección era tan mala como había sospechado. Cuando él, Archie y Magid aparecieron en la puerta, procurando pasar inadvertidos, cundió la consternación entre el personal y la clientela. El último desconocido que se recordaba que hubiera llegado con Arch y Sam era el gestor de Samad, un hombrecito con cara de rata que aconsejaba a la gente acerca de lo que tenía que hacer con sus ahorros (¡como si la parroquia del O'Connell tuviera ahorros!) y que había pedido morcilla, no una vez sino dos, a pesar de que se le había explicado que la casa no servía cerdo. Aquello fue hacia 1987, y nadie guardaba buen recuerdo. ¿Y ahora qué? Apenas cinco años después, y se presentan con otro, vestido de blanco de pies a cabeza —con una pulcritud casi insultante, para un viernes por la noche en el O'Connell—, y muy por debajo de la edad implícitamente requerida (treinta y seis años). ¿Qué se había propuesto Samad?

—¿Se puede saber qué es esto, Sammy? —preguntó Johnny, un flaco y lúgubre ex orangista que estaba inclinado sobre el mostrador de los platos calientes, sirviéndose repollo y patatas—. ¿Una invasión?

—¿Quién es? —preguntó Denzel, que aún no había muerto.

—¿El chalado de tu chico? —inquirió Clarence, que también, por la gracia de Dios, seguía frecuentando la casa.

—No se alarmen, caballeros, no ocurre nada. Simplemente es mi hijo. Magid, Mickey. Mickey, Magid. Mickey.

El propietario, un tanto estupefacto por las presentaciones, miraba a los recién llegados con un huevo frito que chorreaba aceite colgando de la espumadera.

—Magid Mahfuz Murshed Mubtasim Iqbal —dijo Magid solemnemente—. Es un honor conocerte, Michael. He oído hablar mucho de ti.

Lo cual era curioso, porque Samad nunca le había dicho nada.

Mickey miró a Samad por encima del hombro de Magid, buscando confirmación.

—¿Qué? ¿Éste es el que... eh... enviaste a casa? ¿Es Magid?

—Sí, sí, Magid —respondió Samad, irritado por la atención que se dedicaba al chico—. Bien, Archibald y yo tomaremos lo de siempre y...

—Magid Iqbal —repitió Michael lentamente—. Vaya, pues yo ni que me mataran... Es que no pareces un Iqbal. Tienes una cara, cómo te diría, que da confianza, una cara amable, no sé si me entiendes.

—Pues soy un Iqbal, Michael —dijo Magid, posando su mirada cargada de empatía en Michael y la colección de desechos de humanidad congregados ante el mostrador—. Aunque he estado fuera mucho tiempo.

—Y tanto. Vaya, una visita importante. Yo tengo... espera, a ver si me aclaro... a tu tatarabuelo ahí arriba, ¿lo ves?

—Lo he visto nada más entrar, y te aseguro, Michael, que mi alma se siente reconfortada y agradecida —dijo Magid resplandeciente como un ángel—. Hace que me sienta como en mi casa y, puesto que este lugar es tan grato a mi padre y a su amigo Archibald Jones, estoy seguro de que también me lo será a mí. Me han traído aquí para hablar de cosas importantes, y me parece que mejor sitio no hubieran podido elegir, a pesar de tu evidente afección cutánea.

Mickey, boquiabierto y sin poder disimular su satisfacción, dirigió su respuesta tanto a Magid como al resto de la concurrencia.

—No te jode, cómo habla el chico. Como un jodido Olivier. Un académico. Y es simpático. Tú eres la clientela que me conviene, Magid, desde luego. Educada y todo eso. Y por los granos no hay que preocuparse, que ni tocan la comida ni me molestan. Jo, qué educado. Dan ganas de moderar el lenguaje al hablar con él, ¿eh?

—Para mí y para Archibald, lo de siempre, por favor, Mickey —dijo Samad—. Dejaré que mi hijo decida por sí mismo. Nos pondremos al lado de la máquina del millón.

—Vale, vale —dijo Mickey, que no se molestó en apartar la mirada de los oscuros ojos de Magid. O tal vez no podía hacerlo.

—Es bonito el traje —murmuró Denzel palpando el lino blanco con nostalgia—. Como los que llevaban los ingleses en Jamaica, ¿te acuerdas, Clarence?

Clarence asintió despacio, babeando un poco, de beatitud.

—Vamos, vamos, vosotros, ¡aire! —gruñó Mickey ahuyentándolos—. Ya os llevaré lo vuestro, ¿vale? Ahora tengo que atender a Magid. El chico está creciendo y tiene que comer. ¿Qué va a ser, Magid? —Mickey se inclinó sobre el mostrador, solícito como una dependienta servicial—. ¿Huevos? ¿Champiñones? ¿Judías? ¿Loncha frita?

—Me parece... —empezó Magid repasando lentamente los menús de la polvorienta pizarra y volviendo al fin hacia Mickey una cara animada—. Un sandwich de beicon. Sí, eso es. Un sandwich de beicon, jugoso pero crujiente, con ketchup. Pan moreno.

¡Oh, la lucha que en aquel momento reflejaba el semblante de Mickey! ¡Visajes de gárgola! Era una lucha entre el deseo de complacer al cliente más refinado que había tenido y el principio más sagrado del O'Connell. CERDO NO.

El ojo izquierdo de Mickey tembló con un pequeño espasmo.

—¿No preferirías unos huevos revueltos? Hago unos huevos revueltos deliciosos, ¿verdad, Johnny?

—Mentiría si dijera que no —respondió Johnny lealmente desde su mesa, a pesar de que los huevos revueltos que hacía Mickey eran famosos por lo secos y pardos—. Sería un solemne embustero, por la salud de mi madre.

Magid frunció la nariz y movió la cabeza negativamente.

—Bueno, ¿y por qué no champiñones con judías? ¿Tortilla con patatas fritas? No; mejor patatas Finchley Road. Vamos, hijo —suplicó Mickey desesperado—. Tú eres musulmán, ¿no?

No querrás destrozarle el corazón a tu padre con un sandwich de beicon.

—Un sandwich de beicon no destrozará el corazón a mi padre. Lo más seguro es que se lo destroce una acumulación de grasas saturadas por haber comido quince años en tu establecimiento. Uno no puede menos que preguntarse —prosiguió Magid llanamente— si no cabría emprender una acción judicial contra ciertas empresas del ramo de la alimentación que no especifican claramente en la etiqueta el contenido en grasas o, cuando menos, no ponen una advertencia sanitaria de carácter general. Son cosas que uno se pregunta.

Todo esto fue dicho con una voz dulce y melodiosa y sin asomo de amenaza, por lo que el pobre Mickey no sabía cómo tomárselo.

—Bueno, claro —dijo nerviosamente—. En teoría, es una cuestión interesante. Muy interesante.

—Eso creo, sí.

—Sí, desde luego.

Mickey, pensativo, pulía la placa caliente, actividad en la que incurría una vez cada diez años.

—Eso es. Como un espejo. En fin. ¿Dónde estábamos?

—Un sandwich de beicon.

Al sonido de la palabra «beicon» se aguzaron oídos en las mesas más cercanas.

—Si bajaras un poquito la voz...

—Un sandwich de beicon —susurró Magid.

—Beicon. Vale. Bueno, tendré que ir en un salto aquí al lado, porque en este momento no tengo... pero siéntate con tu papá y te lo llevaré. Costará un poco más, ¿sabes?, por el esfuerzo extra. Pero no te preocupes, yo te lo traigo. Y di a Archie que, si no tiene bastante efectivo, que no se apure. Acepto vales de almuerzo.

—Eres muy amable, Michael. Toma uno de éstos. —Magid sacó un díptico del bolsillo.

—No me jodas, ¿otro folleto? Es que no puede uno dar ni un jodido paso... Perdona la manera de hablar, pero es que hoy día no puede uno dar un paso por Londres norte sin que le endosen un folleto. Mi hermano Abdul-Colin está siempre inundándome de folletos. Pero, tratándose de ti, venga.

—No es un folleto —dijo Magid tomando tenedor y cuchillo de la bandeja—. Es una invitación a una presentación.

—¿Qué me dices? —preguntó Mickey, entusiasmado (en el vocabulario de su periódico amarillo, «presentación» significaba docenas de cámaras, pájaras elegantes con tetas enormes, alfombras rojas)—. ¿En serio?

Magid le pasó la invitación.

—Aquí se verán y se oirán cosas increíbles.

—Oh —dijo Mickey, mirando la elegante cartulina con evidente decepción—. Ya estoy enterado de lo de ese sujeto y su ratón. —Se había enterado de lo del sujeto y el ratón por el mismo diario. La noticia era una especie de relleno entre tetas por un lado y tetas por el otro lado, con un titular que decía: UN SUJETO Y SU RATÓN—. A mí me da mala espina eso de meterse con Dios y demás. Y eso de la ciencia no va conmigo. Me viene grande.

—Oh, no lo creo. Sólo tienes que enfocarlo desde un punto de vista personal. Tus granos, por ejemplo.

—Ya me gustaría, ya, que alguien se interesara por mis granos —bromeó Mickey pacientemente—. Estoy hasta las mismas narices de mis granos.

Magid no sonrió.

—Tú padeces un fuerte trastorno endocrino. Lo que quiero decir es que no se trata simplemente de acné juvenil, causado por una hipersecreción de sebo, sino de una carencia hormonal. Supongo que en tu familia debe de haber más casos.

—¿Uh...? Pues sí. Todos mis hermanos. Y mi hijo. Abdul-Jimmy. Todos tienen granos.

—Pero no querrás que tu hijo transmita ese defecto a sus descendientes.

—Claro que no. Yo en el colegio lo pasaba fatal. Con decirte que aún llevo navaja... Pero no hay nada que hacer, Magid. Hace décadas que esto dura.

—Pues en eso te equivocas, porque puede evitarse —dijo Magid (¡y con qué maestría descubría el punto de vista personal!)—. Sería muy sencillo y se evitarían muchos sufrimientos. De eso se hablará en la presentación.

—Ah, siendo así, cuenta conmigo. Yo creía que la cosa trataba de un jodido ratón mutante o algo por el estilo. Pero siendo así...

—Treinta y uno de diciembre —dijo Magid antes de alejarse por el pasillo en dirección a la mesa de su padre—. Será un placer verte allí.

—Has tardado —dijo Archie cuando Magid llegó a la mesa.

—¿Es que has venido atravesando el Ganges? —rezongó Samad, desplazando el cuerpo, para hacer sitio.

—Perdón. Sólo estaba hablando con tu amigo Michael. Una persona muy agradable. Oh, Archibald, antes de que se me olvide, me ha dicho que esta noche puedes pagarle con vales de almuerzo.

Archie estuvo a punto de atragantarse con el mondadientes que estaba mordisqueando.

—¿Que ha dicho qué? ¿Estás seguro?

—Completamente. Bien, abba, ¿empezamos?

—No hay nada que empezar —gruñó Samad, sin mirarlo a la cara—. Creo que ya estamos metidos de lleno en la trampa diabólica que el destino me tenía preparada. Y quiero que sepas que no estoy aquí por mi voluntad sino porque tu madre me lo ha suplicado, y porque tengo más respeto por esa pobre mujer del que tú y tu hermano le habéis demostrado.

Magid esbozó una leve sonrisa maliciosa.

—Creí que estabas aquí porque amma te había ganado en la pelea.

Samad frunció el entrecejo.

—Sí, búrlate. ¡Mi propio hijo! ¿Es que no has leído el Corán? ¿No sabes que un hijo debe respeto a su padre? Me enfermas, Magid Mubtasim.

—Vamos, Sammy, chico —dijo Archie manoseando el bote de ketchup y tratando de suavizar el tono—. Cálmate.

—¡No quiero calmarme! Este chico es una espina que tengo clavada en el pie.

—¿No era en el costado?

—Archibald, no te metas.

Archie volvió a concentrar la atención en la sal y la pimienta y a tratar de mezclar una y otra.

—De acuerdo, Sam.

—Tengo que dar un mensaje, lo daré y asunto concluido. Magid, tu madre quiere que hables con Millat. La Chalfen organizará la entrevista. Las dos piensan que tenéis que hablar.

—¿Y qué piensas tú, abba?
—Tú no quieres oír mi opinión.
—Al contrario, abba, me gustaría oírla.
—Pues, sencillamente, me parece un error. Creo que ninguno de los dos puede hacer el menor bien al otro. Creo que deberíais ir a extremos opuestos de la tierra. Creo que me han tocado dos hijos más conflictivos que Caín y Abel.
—Yo estoy dispuesto a reunirme con él, abba, si él no se opone.
—Al parecer, no se opone. Es lo que me han dicho. No lo sé. No hablo con él más de lo que hablo contigo. En este momento estoy muy ocupado tratando de hacer las paces con Dios.
—Hm... —dijo Archibald mordisqueando el mondadientes con fruición y nerviosismo, porque Magid le daba dentera—. Iré a ver si está la cena, ¿eh? Sí. ¿Qué tengo que recoger para ti, Madge?
—Un sandwich de beicon, Archibald, si eres tan amable.
—¿Bei...? Uh... Vale. Vale.
La cara de Samad se encendió como uno de los tomates fritos de Mickey.
—¿Así que pretendes hacer mofa de mí? Quieres alardear de infiel en mi propia cara. ¡Adelante, híncale el diente a tu cerdo delante de mí! Eres tan listo, el sabelotodo, el inglés flemático con su pantalón blanco y sus grandes dientes blancos. Tú lo sabes todo, sabes hasta lo que hay que saber para escapar de tu propio día del juicio.
—Yo no soy tan listo, abba.
—No, no lo eres. No eres ni la mitad de listo de lo que imaginas. No sé por qué me molesto en avisarte, pero te diré que vas camino de chocar con tu hermano, Magid. Yo mantengo los oídos alerta, he oído hablar a Shiva en el restaurante. Y hay otros: Mo Hussein-Ishmael, Abdul-Colin, el hermano de Mickey, y su hijo, Abdul-Jimmy. Y muchos más, que se están organizando contra ti. Millat está con ellos. Tu Marcus Chalfen ha encendido mucha cólera, y algunos de esos corbatas verdes están decididos a pasar a la acción. Están lo bastante locos para hacer lo que creen que debe hacerse. Lo bastante locos para empezar una guerra. No son muchos. La mayoría de nosotros no hacemos más que seguirlos, una vez que se ha declarado la guerra. Pero

hay personas que quieren llevar las cosas hasta las últimas consecuencias. Hay personas dispuestas a salir al ruedo y hacer el primer disparo. Una de ellas es tu hermano.

Mientras hablaba, la cara de Samad se convulsionaba de cólera, de desesperación, de histerismo, en tanto que la de Magid permanecía inexpresiva, una página en blanco.

—¿No tienes nada que decir? ¿No te sorprende la noticia?

—¿Por qué no hablas con ellos, abba? —dijo Magid después de una pausa—. Muchos te respetan. En la comunidad se te respeta. Razona con ellos.

—Es que yo, sin ser tan fanático, lo condeno tanto como ellos. Marcus Chalfen no tiene derecho. No tiene derecho a hacer lo que hace. No es cosa suya. Es cosa de Dios. El que manipula a una criatura, la naturaleza de una criatura, aunque sea un ratón, se mete en lo que es la creación de Dios. Está diciendo que la maravilla que es la creación de Dios se puede mejorar. Y no es así. Marcus Chalfen peca de presunción. Pretende que lo adoren cuando en el universo sólo Alá es digno de adoración. Y tú haces mal en ayudarlo. Hasta su propio hijo ha renegado de él. Del mismo modo que yo —terminó Sadam, sin poder impedir que aflorara la diva trágica que llevaba dentro— tengo que renegar de ti.

—Uno de patatas fritas, alubias, huevos y champiñones para ti, Sammy, compañero —dijo Archibald pasándole el plato—. Y uno de tortilla y champiñones para mí...

—Y un sandwich de beicon —dijo Mickey, que, rompiendo una tradición de quince años, había insistido en llevar personalmente el plato—. Para el joven profesor.

—En mi mesa no se come eso.

—Vamos, Sam —empezó Archie tímidamente—, no te pongas tan duro con el muchacho.

—¡He dicho que en mi mesa no se come eso!

Mickey se rascó la frente.

—¡Vaya! No te estarás volviendo un poco fundamentalista en la vejez, ¿eh?

—He dicho...

—Como quieras, abba —dijo Magid con aquella irritante sonrisa de absoluto perdón. Tomó el plato de manos de Mickey y se sentó en la mesa vecina con Clarence y Denzel.

Denzel lo recibió con una sonrisa.

—¡Mira, Clarence, el joven príncipe vestido de blanco! Viene a jugar al dominó. Nada más mirarlo a los ojos he visto que juega al dominó. Soy un lince.

—¿Puedo hacerles una pregunta? —dijo Magid.

—Claro que sí. Adelante.

—¿Creen que debo reunirme con mi hermano?

—Hm. No sé qué decirte —respondió Denzel, después de un período de reflexión durante el que siguió jugando.

—Yo diría que tú pareces de los que son capaces de decidir por sí mismos —dijo Clarence con cautela.

—¿Sí?

Magid se volvió hacia la mesa en la que su padre mostraba una estudiada indiferencia y Archie daba vueltas a la tortilla.

—¡Archibald! ¿Te parece que debo ver a mi hermano, sí o no?

Archie, violento, miró su plato y luego a Samad.

—¡Archibald! Es una pregunta muy importante para mí. ¿Debo verlo o no?

—Adelante —dijo Samad ásperamente—. Contéstale. Si prefiere el consejo de dos viejos idiotas o el de un hombre al que apenas conoce antes que el de su propio padre, dáselo. ¿Qué dices? ¿Sí o no?

Archie se revolvió en la silla.

—Bueno... no sé... Yo no soy quién... Supongo que si él quiere... pero si a ti no te parece...

Samad dio un puñetazo en los champiñones de Archie, y la tortilla salió disparada al suelo.

—Decide, Archibald. Por una vez en tu patética vida, decide.

—Pues... cara, sí —jadeó Archie sacando una moneda de veinte peniques del bolsillo—. Cruz, no. ¿Listos?

La moneda se elevó y giró en el aire, como se elevan y giran en el aire las monedas en un mundo perfecto, reluciendo intermitentemente el número de veces suficiente para encandilar al observador. Y entonces, en un punto de su triunfal ascensión, empezó a describir un arco, con un efecto extraño, y Archibald comprendió que la moneda no regresaba a él sino que se desviaba hacia atrás, y él y los demás se volvieron y vieron que iniciaba un elegante picado hacia la máquina del millón y se introducía por la ranura. De inmediato, la gigantesca máquina se iluminó, la bola salió disparada y empezó su carrera caótica y ruidosa por un laberinto de puertas, palancas, tubos y timbres hasta que, sin nadie que la guiara, abandonó el juego y se precipitó por el agujero.

—¡La madre...! —dijo Archibald visiblemente encantado—. ¡Ésta sí que es buena!

Un lugar neutral. Las posibilidades de encontrarlo hoy en día son escasas, quizá más aún que las de la proeza de Archie con la máquina. Hay que quitar de en medio una buena cantidad de mierda para empezar de cero. Raza. País. Propiedad. Fe. Robo. Sangre. Y más sangre. Y más. Y no tiene que ser neutral sólo el lugar sino también el mensajero que lleva a él y el mensajero que envía al mensajero. Y en Londres norte no quedan personas ni lugares así. Pero Joyce procuró arreglárselas con lo que tenía. Primeramente acudió a Clara. En el centro de estudios al que ahora iba Clara, una universidad de ladrillo rojo situada al suroeste de la ciudad, junto al Támesis, había un aula que ella utilizaba para estudiar los viernes por la tarde. Una profesora le prestaba amablemente la llave. De tres a seis estaba siempre vacía. Contenido: una pizarra, varias mesas y sillas, dos lámparas articuladas, un proyector, un archivador y un ordenador. Nada tenía más de doce años, de eso Clara podía dar fe. La universidad en sí no tenía más de doce años. Había sido edificada en un descampado: ni cementerio indio, ni viaductos romanos, ni nave extraterrestre sepultada, ni cimientos de una antigua iglesia; sólo tierra. Un lugar tan neutral como el que más. Clara dio la llave a Joyce, y Joyce se la dio a Irie.

—¿Por qué yo? Yo no tengo nada que ver.

—Exactamente, cariño. Y yo tengo demasiado que ver. Tú eres perfecta. Porque tú lo conoces pero, al mismo tiempo, no lo conoces —dijo Joyce enigmáticamente. Dio a Irie su abrigo largo, unos guantes y un gorro de Marcus, con una ridícula borla en el extremo—. Y porque lo quieres, a pesar de que él a ti no.

—Vale, Joyce. Gracias por recordármelo.

—El amor es la razón, Irie.

—No, Joyce, el amor no es la condenada razón. —Irie estaba en el umbral de los Chalfen y veía formarse grandes nubes de vapor de su aliento en el aire helado de la noche—. El amor es una palabra de cuatro letras que se utiliza para vender seguros de vida y acondicionador para el pelo. Aquí fuera hace un frío del carajo. Me debes una.

—Todos estamos en deuda con todos —convino Joyce cerrando la puerta.

Irie echó a andar por unas calles que conocía de toda la vida, por una ruta que había seguido un millón de veces. Si en aquel momento alguien le hubiera preguntado qué era el recuerdo, cuál era la más exacta definición del recuerdo, habría respondido esto: la calle en la que por primera vez uno saltó sobre un montón de hojas secas. En ella estaba ahora. Cada crujido le traía el recuerdo de otros crujidos. La asaltaban olores familiares: astillas húmedas y grava alrededor de la base del árbol, una caca de perro fresca bajo las hojas mojadas. Estas sensaciones la conmovían. A pesar de haber optado por una vida de odontóloga, aún no había perdido toda la poesía de su alma, es decir, aún podía tener su momento proustiano, percibir estratos y más estratos, a despecho de que con frecuencia los concebía en términos dentarios. Sintió una punzada —como la que produce un diente sensible o un «diente fantasma» cuando el nervio está expuesto—, una punzada al pasar por delante del garaje en el que ella y Millat, a los trece años, contaron ciento cincuenta peniques, robados de un tarro de mermelada de los Iqbal, en un intento desesperado por comprar un paquete de cigarrillos. Sintió un dolor sordo y continuo (como el de una maloclusión grave, la presión de un diente sobre otro) cuando pasó por el parque por el que paseaban en bicicleta cuando eran pequeños, en el que se fumaron su primer porro, en el que él la había besado durante una tormenta. A Irie le hubiera gustado entregarse a estas evocaciones, recrearse en ellas, hacerlas más dulces, más largas, especialmente el beso. Pero en la mano tenía una llave fría y, alrededor, unas vidas más extrañas que cualquier ficción, más curiosas que la ficción, más crueles que la ficción y con unas consecuencias que la ficción nunca puede tener. Ella no quería verse implicada en la larga historia de aquellas vidas, pero lo estaba, y se sentía arrastrada por el pelo hacia su desenlace, por la avenida principal (Mali's Kebabs, Mr. Cheungs, Raj's, Panaderías Malkovich: podría haber recitado los letreros de memoria) y luego por debajo del puente embadurnado de guano de paloma y la calle larga y ancha que desemboca en Gladstone Park como en un océano verde. Podía ahogarse en estos recuerdos, pero ella trataba de nadar dejándolos atrás. Saltó el murete que rodeaba la casa de los Iqbal como había hecho tantas otras veces y tocó el timbre. Pasado indefinido, futuro imperfecto.

Arriba, en su habitación, Millat había pasado los quince últimos minutos tratando de descifrar las instrucciones que le había dado por escrito el hermano Hifan acerca del acto de la postración (folleto: *La correcta forma de orar*).

> *Sajda*: postración. En la *sajda*, los dedos deben estar cerrados, apuntando hacia la *qibla* en línea con las orejas, y la cabeza debe estar entre las manos. Es *fard* apoyar la cabeza en algo limpio, como una piedra, tierra, madera, tela, y se dice (por los sabios) que es *wajib* poner también la nariz hacia abajo. No está permitido poner sólo la nariz en el suelo sin una buena excusa. Es *makruh* poner sólo la frente en el suelo. En la *sajda* se ha de decir «*Subhana rabbiyal-ala*» por lo menos tres veces. Los chiítas dicen que es mejor hacer la *sajda* sobre un ladrillo hecho con arcilla de Karbala. Es *fard* o *wajib* poner los dos pies o por lo menos un dedo de cada pie en el suelo. También hay sabios que dicen que esto es *sunnat*. Es decir, si no se ponen dos pies en el suelo, no se aceptará la *namaz* o bien se considerará *makruh*. Si durante la *sajda* se levanta la frente, la nariz o los pies del suelo durante poco tiempo, no se producirá daño. En la *sajda* es *sunnat* doblar los dedos de los pies y volverlos hacia la *qibla*. Está escrito en el *Radd-ul-mukhtur* que los que dicen

No había podido pasar de aquí, y quedaban tres páginas más. Estaba bañado en un sudor frío, por el esfuerzo de tratar de recordar todo lo que era *halal* o *haraam*, *fard* o *sunnat*, *makruh-tahrima* (prohibido rigurosamente) o *makruh-tanzihi* (prohibido, pero con menos severidad). Confuso, se quitó la camiseta, se ató varias correas cruzadas sobre su espectacular torso y, delante del espejo, ensayó una escena diferente, más fácil, que dominaba perfectamente:

¿Tú qué miras? ¿Tú qué miras?
Bien, ¿a quién diablos estás mirando?
Aquí no veo a nadie más.
¿Tú qué miras?

Inmerso en la acción, mostraba ya sus invisibles pistolas y cuchillos a la puerta del armario, cuando entró Irie.

—Te miro a ti —dijo Irie, y él se quedó cortado.

De forma rápida y concisa, le habló del lugar neutral, el aula, la fecha y la hora. Agregó su propia súplica personal en favor de la avenencia, la paz y la concordia (como hacían todos) y luego se acercó a él y le puso la llave fría en la mano caliente. Casi sin darse cuenta de lo que hacía, le tocó el pecho. Junto al sitio en el que se cruzaban las correas, donde el corazón, comprimido por el cuero, latía con tanta fuerza que ella lo sintió en el oído. Como carecía de experiencia en la materia, era natural que confundiera las palpitaciones provocadas por la presión en los vasos sanguíneos con el tumulto de la pasión. En cuanto a Millat, hacía mucho tiempo que nadie lo tocaba ni él tocaba a nadie. Agréguese a ello el peso de la memoria, el peso de diez años de amor no correspondido, el peso de una historia larga, larga... El resultado era inevitable.

Al poco rato, sus brazos estaban involucrados, sus piernas estaban involucradas, sus labios estaban involucrados y ellos se revolcaban por el suelo, involucrados por el vientre (sería difícil involucrarse más), encima de una alfombra de oración. Pero, con el mismo ímpetu y brusquedad con que aquello había empezado, acabó y ellos se separaron horrorizados, por distintas razones. Irie saltó hacia la puerta, encogiendo el cuerpo desnudo, avergonzada y triste al ver lo mucho que él lamentaba ahora lo ocurrido. Millat agarró la alfombra y la orientó hacia la Caaba, procurando que no quedara más alta que el nivel del suelo, que no hubiera debajo ningún zapato ni libro; juntó los dedos y apuntó con ellos a la *qibla* en línea con las orejas, cerciorándose de que tanto la frente como la nariz tocaban el suelo, con los dos pies firmemente apoyados en el piso, pero sin doblar los dedos, postrado en dirección a la Kaaba, pero no por la Kaaba sino por *Allahu ta'ala* tan sólo. Puso todo su esmero en hacer todas estas cosas a la perfección mientras Irie se vestía y se iba llorando. Puso todo su esmero en hacer todas estas cosas a la perfección porque se creía observado desde el cielo. Puso todo su esmero en hacer todas estas cosas a la perfección porque eran *fard*, y «el que desea cambiar las formas de oración se convierte en impío» (folleto: *El sendero recto*).

No hay en el infierno furia... etcétera, etcétera. Irie salió de casa de los Iqbal y se encaminó directamente a la de los Chalfen con la cara ardiendo y sed de venganza en el ánimo. Pero no contra Millat. Más bien a favor de Millat, porque ella siempre había sido su defensora, su caballero blanco de tez oscura. Millat no la quería. Y ella pensaba que Millat no la quería porque no podía. Pensaba que él estaba tan destrozado que ya nunca podría querer a nadie. Y quería descubrir qué lo había lastimado de este modo tan terrible; quería descubrir quién lo había hecho incapaz de amarla.

Ocurre una cosa muy curiosa en este mundo de ahora. En los tocadores de las discotecas se oye a chicas que dicen: «Sí, me folló y me plantó. No me quería. Era incapaz. Estaba muy jodido para saber querer.» Bueno, ¿qué es lo que ha pasado? ¿Qué tiene este poco adorable siglo para hacernos pensar que, a pesar de todo, somos adorables como personas, como especie? ¿Qué nos hace pensar que, si alguien no puede querernos, es porque está discapacitado en cierta manera? Y, si nos sustituyen por un dios, una virgen dolorosa o la cara de Cristo en una *ciabatta*, los llamamos locos. Ofuscados. Regresivos. Estamos tan convencidos de nuestra bondad y de la bondad de nuestro amor que no podemos soportar la idea de que pueda haber algo más digno de ser amado que nosotros, más digno de adoración. Las tarjetas de felicitación nos dicen rutinariamente que todo el mundo merece amor. No. Todo el mundo merece agua limpia. Pero no todo el mundo merece amor continuamente.

Millat no quería a Irie, e Irie estaba segura de que debía de haber alguien a quien poder culpar. Los engranajes de su cerebro empezaron a girar. ¿Dónde estaba la raíz de todo? En el sentimiento de inferioridad de Millat. ¿Cuál era la causa del sentimiento de inferioridad de Millat? Magid. Había nacido en segundo lugar a causa de Magid. Era el segundón a causa de Magid.

Joyce le abrió la puerta e Irie fue directamente a la escalera, decidida a hacer de Magid el segundón en algo, esta vez durante veinticinco minutos. Lo agarró, lo besó y se acostó con él hoscamente, furiosamente, sin palabras ni afecto. Lo revolcaba, le tiraba del pelo, le clavaba en la espalda las pocas uñas que tenía, y cuando él se corrió notó con satisfacción que exhalaba un ligero suspiro, como si le arrebataran algo. Pero Irie se equivocaba al considerar esto una victoria. Era sólo que él inmediatamente había comprendido de dónde venía, por qué estaba allí, y ello lo entristecía. Estuvieron mucho rato echados en silencio, desnudos, mientras la luz del otoño desaparecía de la habitación minuto a minuto.

—Me parece —dijo Magid finalmente, cuando la luna fue más clara que el sol— que has tratado de amar a un hombre como si fuera una isla y tú hubieras naufragado y pudieras marcar la tierra con una X. Me parece que ya es muy tarde para esas cosas.

Entonces le dio un beso en la frente que hizo el efecto de un bautismo, y ella lloró como una niña.

5 de noviembre de 1992, 3 de la tarde. Los hermanos se reúnen (por fin) en una habitación neutral, tras ocho años de separación, y descubren que sus genes, esos profetas del futuro, han llegado a conclusiones distintas. Millat está asombrado por las diferencias. La nariz, la mandíbula, los ojos, el pelo. Su hermano es un desconocido para él, y así se lo dice.

—Eso es sólo porque tú quieres que lo sea —dice Magid con una mirada maliciosa.

Pero Millat es rudo, enemigo de sutilezas y con una sola frase lanza pregunta y respuesta:

—Así que piensas seguir con eso, ¿eh?

Magid se encoge de hombros.

—No es algo que yo pueda continuar o parar, hermano. Pero sí, pienso ayudar en lo que pueda. Es un gran proyecto.

—Es una abominación. —Folleto: *La santidad de la Creación*.

Millat retira una silla de una de las mesas y se sienta a horcajadas. Parece un cangrejo en una trampa, con las piernas abiertas y los brazos colgando.

—Yo lo veo más bien como el intento de corregir los errores del Creador —dice Magid.

—El Creador no comete errores.

—¿Así que piensas continuar?

—Puedes estar seguro.

—Yo también.

—Bien, pues la cosa está decidida. Los GEVNI haremos todo lo necesario para deteneros a ti y a los tuyos. Y éste es el jodido final de la cuestión.

Pero, a pesar de lo que piense Millat, esto no es una película, y no hay un jodido final, como no hay un jodido principio. Los hermanos empiezan una discusión que va subiendo de tono, y hacen escarnio de la idea del lugar neutral, porque se dedican a llenar aquella sala de historia —pasada, presente y futura (porque también existe la historia futura)—. Lo que estaba en blanco lo embadurnan de la mierda rancia del pasado como niños irritables y excrementales. Llenan de sí mismos esa habitación neutral. Reproches, primeros recuerdos, principios debatidos, creencias cuestionadas.

Millat dispone las sillas para ilustrar la visión del sistema solar que, con sorprendente claridad, describía el Corán siglos antes que la ciencia occidental (folleto: *El Corán y el Cosmos*); Magid dibuja el patio de armas de Pande en una pizarra con una reconstrucción detallada de la posible trayectoria de las balas y, en la otra pizarra, un diagrama que muestra una enzima restrictiva que secciona limpiamente una secuencia de nucleótidos; Millat utiliza el ordenador a modo de televisor y un borrador a modo de foto de Magid con la cabra, y luego imita a todos y cada uno de los babeantes tíos, tías, primos y contables de los primos que aquel año desfilaron por la casa y se entregaron a la blasfema actividad de adorar un icono; Magid utiliza el proyector para iluminar un artículo que ha escrito, exponiendo a su hermano cada uno de sus argumentos para defender la patente de organismos alterados genéticamente; Millat utiliza el archivador para referirse a otro archivador que él desprecia, y lo llena de cartas imaginarias entre un científico judío y un musulmán descreído; Magid junta tres sillas y enciende dos lámparas articuladas, y ahora hay dos hermanos juntos, tiritando acurrucados en un coche, que minutos después son separados para siempre y un avión de papel emprende el vuelo.

La discusión sigue y sigue.

Y demuestra lo que tantas veces se ha dicho de los inmigrantes: son gente ingeniosa, gente que se las ingenia. Que utiliza lo que puede cuando puede.

Porque con frecuencia imaginamos a los inmigrantes en constante movimiento, itinerantes, capaces de cambiar de rumbo a cada momento, de recurrir a cada paso a su legendario ingenio. Nos han hablado de la ductilidad del señor Schmutters y del desarraigo del señor Banajii, que llegan a la isla de Ellis, a Dover o a Calais y desembarcan en tierra extranjera como gente sin pasado, libres de todo bagaje, felices y ansiosos de dejar su diferencia en los muelles y probar fortuna en la nueva tierra, fundiéndose en la unicidad de esta tierra verde, placentera y libertaria.

Toman cualquier camino que se abra ante ellos y, si termina en un callejón sin salida, pues entonces el señor Schmutters y el señor Banajii toman otro camino y siguen adelante por la Tierra Feliz de la Multicultura. A esta gente hay que aplaudirla. Pero Magid y Millat no podían hacer eso. Ellos salieron de aquella habitación neutral tal como habían entrado: lastrados, marcados, incapaces de desviarse de su rumbo, de rectificar sus trayectorias, opuestas y peligrosas. Parece que no avanzan. Los cínicos podrían decir que ni se mueven, que Magid y Millat son como dos de las jodidas flechas de Zenón, que ocupan un espacio igual a sí mismos y, lo que es peor, igual a Mangal Pande, igual a Samad Iqbal. Dos hermanos atrapados en el tiempo. Dos hermanos que abortan toda tentativa de poner fecha a esta historia, de ubicarlos, de fijar horas y días, porque no hay, no hubo, ni habrá duración. En realidad, nada se mueve. Nada cambia. Corren sin moverse de sitio. La paradoja de Zenón.

Pero ¿cuál era aquí el objetivo de Zenón (todo el mundo tiene un objetivo), cuál era su punto de vista? Hay un sector de opinión que aduce que sus paradojas forman parte de un programa espiritual más general. Para

a) primeramente, establecer que la multiplicidad, los Muchos, es una ilusión, y
b) demostrar con ello que la realidad es un todo fluido y sin fisuras. Un Uno único e indivisible.

Porque, si se puede dividir infinitamente la realidad en partes, como hicieron los hermanos aquel día en aquella aula, el resultado es una paradoja insoportable. Uno está siempre quieto, no va a ningún sitio, no hay progreso.

Pero la multiplicidad no es una ilusión. Ni lo es la velocidad con la que corren hacia ella los que se funden en el crisol. Paradojas aparte, están corriendo, como corría Aquiles. Y aventajarán a los que se resisten, tan cierto como que Aquiles hubiera adelantado a aquella tortuga. Sí, Zenón tenía su óptica. Él quería unicidad, y el mundo es multiplicidad. Y, no obstante, la paradoja sigue siendo atractiva. Cuanto más se esfuerza Aquiles por atrapar a la tortuga, con más elocuencia manifiesta su ventaja la tortuga. Del mismo modo, los hermanos correrán hacia el futuro, sólo para descubrir que, de un modo más y más elocuente, expresan su pasado, ese lugar en el que acaban de estar. Porque ésta es otra de las cosas propias de los inmigrantes (fugitivos, emigrados, exiliados): no pueden escapar de su historia más de lo que uno puede escapar de su sombra.

18

El Fin de la Historia frente al Último Hombre

—¡Mirad a vuestro alrededor! ¿Qué veis? ¿Cuál es el resultado de esta llamada democracia, de esta llamada libertad? La opresión, la persecución, la muerte. ¡Hermanos, podéis verlo en la televisión nacional todos los días, todas las tardes, todas las noches! El caos, el desorden, la confusión. ¡No se sienten avergonzados, violentos ni cohibidos! ¡No tratan de ocultar, de disimular, de disfrazar! ¡Ellos lo saben, como lo sabemos nosotros: el mundo entero está sumido en la vorágine! En todas partes los hombres caen en la lascivia, la promiscuidad, el libertinaje, el vicio, la corrupción y el desenfreno. El mundo entero está afectado por una enfermedad llamada Kufr, el rechazo de la unicidad del Creador, la negativa a reconocer las infinitas bendiciones del Creador. Y este día, primero de diciembre de mil novecientos noventa y dos, yo doy fe de que no hay nada digno de adoración más que el solo Creador, que no tiene igual. En el día de hoy, ya deberíamos saber que aquel a quien el Creador ha guiado no puede extraviarse, y aquel a quien ha extraviado del camino recto no volverá a él hasta que el Creador guíe su corazón y lo conduzca a la luz. Ahora empezaré mi tercera conferencia, que titulo *Contienda Ideológica*, y esto significa —lo explicaré para aquellos de vosotros que no lo comprendan— guerra contra esas cosas... esas ideologías contrarias a los hermanos GEVNI... Ideología es sinónimo de una especie de lavado de cerebro... y a nosotros se nos está adoctrinando, se nos está engañando, ¡se nos está lavando el cerebro, hermanos! Así que voy a tratar de clarificar, explicar y exponer...

Ninguno de los que estaban en la sala lo hubiera admitido, pero, bien mirado, el hermano Ibrahim ad-Din Shukrallah no era un gran orador. Aun prescindiendo de su tendencia a utilizar tres palabras cuando una bastaba, de apoyarse enfáticamente en la última palabra del terceto con la oscilación de su entonación caribeña; aun prescindiendo de todo ello, como todos trataban de prescindir, su sola presencia física ya decepcionaba. Tenía una barbita desflecada, un porte encorvado, un repertorio de ademanes forzados e inapropiados y un vago aire a lo Sidney Poitier pero sin llegar a la similitud necesaria para inspirar verdadero respeto. Y era bajito. Esto fue lo que más defraudó a Millat. Hubo en la sala una perceptible decepción cuando el hermano Hifan terminó su extenso discurso de presentación y el famoso pero diminuto hermano Ibrahim ad-Din Shukrallah se acercó al estrado. No es que hubiera quien pensara que un alim del islam debía tener gran estatura, ni quien se atreviera a sugerir que el Creador no había dado al hermano Ibrahim ad-Din Shukrallah precisamente la estatura que Él, en su sacrosanta omnipotencia, había elegido. De todos modos, cuando Hifan, un poco violento, bajó el micrófono y el hermano Ibrahim se estiró para llegar hasta él, uno no podía menos que pensar, utilizando el estilo del propio hermano de dar énfasis a la tercera palabra: un metro sesenta.

El otro problema del hermano Ibrahim, quizá el mayor problema, era su gran afición a la tautología. Aunque prometía explicación, clarificación y exposición, la imagen que sugería su oratoria era la de un perro que persiguiera su propia cola.

—Hay ahora muchos tipos de guerra... Mencionaré varios. La guerra química es la guerra en la que los hombres se matan guerreando químicamente. Ésta puede ser una guerra terrible. ¡La guerra física! Es la guerra con armas físicas en la que la gente se mata físicamente. Luego está la guerra de los gérmenes, en la que un hombre que sabe que es portador de sida va a un país y esparce su germen entre las mujeres de vida airada y crea la guerra de gérmenes. La guerra psicológica es una de las peores; es la guerra en la que tratan de derrotar al enemigo psicológicamente. Ésta se llama guerra psicológica. ¡Pero, ah, la guerra ideológica! Ésta es la sexta clase de guerra, que es la peor de las guerras...

A pesar de todo, el hermano Ibrahim ad-Din Shukrallah era nada menos que el fundador de los GEVNI, una personalidad de impresionante nombradía. Nacido con el nombre de Monty Clyde Benjamin, en Barbados, en 1960, hijo de dos presbiterianos descalzos, miserables y dipsómanos, se convirtió al islam a los catorce años a raíz de una «visión». A los dieciocho años cambió el verdor exuberante de su tierra natal por el desierto que rodea Riad y los libros que cubren las paredes de la universidad islámica de Al-Imam Muhammad ibn Saud. Allí estudió árabe durante cinco años, se desencantó de buena parte del sistema clerical islámico y expresó por vez primera su desprecio por los que él llamaba «secularistas religiosos», esos ulemas bobos que tratan de separar la política de la religión. Él estaba convencido de que muchos movimientos políticos radicales modernos podían asociarse con el islam; más aún, se podían encontrar en el Corán, si se buscaba bien. Escribió varios panfletos sobre ello, y descubrió que su propio radicalismo no era bien visto en Riad. Se lo consideraba un elemento perturbador y su vida estuvo amenazada «numerosas, incontables, innumerables veces». Así pues, en 1984, el hermano Ibrahim, deseoso de proseguir sus estudios, se trasladó a Inglaterra y se encerró en el garaje de su tía en Birmingham, donde pasó otros cinco años sin más compañía que el Corán y los fascículos de Gozo Infinito. Recibía la comida a través de la gatera, depositaba el pipí y la caca en una lata de galletas de la Coronación que entregaba por el mismo conducto, y realizaba un minucioso programa de flexiones y ejercicios abdominales para prevenir la atrofia muscular. Durante este período, el diario local *Selly Oak Reporter* publicaba regularmente artículos acerca del que llamaba «el gurú del garaje» (habida cuenta de la numerosa población musulmana de Birmingham, este apelativo se consideró preferible al que sugería la redacción de «pirado enclaustrado») y divertía a sus lectores con entrevistas a la desconcertada tía, una tal Carlene Benjamin, devota adepta de la Iglesia de Jesucristo de los Santos de los Últimos Días.

Aquellos artículos, crueles, burlones y ofensivos, estaban firmados por un tal Norman Henshall y ahora, considerados clásicos en su género, eran distribuidos a los GEVNI de toda Inglaterra como ejemplo (si ejemplo se necesitaba) de la virulenta corriente antigevni que ya alentaba en la prensa cuando el movimiento estaba en ciernes. Observad —se instaba a los GEVNI—, observad que los artículos de Henshall terminan a mediados de mayo del 87, el mes en el que el hermano Ibrahim ad-Din Shukrallah consiguió convertir a su tía Carlene a través de la gatera, sin utilizar nada más que la pura verdad revelada por el último profeta Mahoma (¡que la paz sea con él!). Observad cómo Henshall nada dice de las colas que formaba la gente que acudía a hablar con el hermano Ibrahim ad-Din Shukrallah, que se extendían por el centro de Selly Oak a lo largo de tres bloques de casas, desde la gatera hasta el bingo. Observad cómo este señor Henshall se guarda de publicar las 637 reglas y preceptos que el hermano extrajo del Corán durante cinco años (enumerándolas por orden de severidad y desglosándolas en subgrupos según su índole, por ejemplo: «De la limpieza y la específica higiene genital y oral»). Observad estas cosas, hermanos y hermanas, y admiraos del poder del boca a oído. Admiraos de la entrega y el compromiso de los jóvenes de Birmingham.

Su diligencia y entusiasmo eran tan notables (extraordinarios, sobresalientes, excepcionales) que casi antes de que el hermano saliera de su retiro y la anunciara por sí mismo, la idea de los GEVNI ya alentaba en la comunidad negra y asiática. Un nuevo movimiento radical en el que política y religión eran las dos caras de una misma moneda. Un grupo inspirado en el garveyismo, el movimiento pro derechos civiles norteamericano y la filosofía de Elijah Muhammed y, al mismo tiempo, fiel a la letra del Corán. Guardianes de la Eterna y Victoriosa Nación Islámica. En 1992 eran una organización pequeña pero muy extendida, con miembros que llegaban hasta Edimburgo y Land's End, corazón en Selly Oak y alma en la avenida Kilburn. GEVNI: un grupo extremista dedicado a la acción directa, con frecuencia violenta, mal visto por el resto de la comunidad islámica; popular entre los jóvenes de dieciséis a veinticinco años, temido y ridiculizado por la prensa; y que esa noche llenaba hasta los topes la sala de actos municipal de Kilburn, para escuchar a su fundador.

—Tres son las cosas que las potencias coloniales quieren hacer con vosotros, hermanos GEVNI —prosiguió el hermano Ibrahim, lanzando una ojeada a sus notas—. Primero, quieren mataros espiritualmente... porque no hay nada que ellas valoren más que vuestro sometimiento mental. Vosotros sois muchos para combatiros cuerpo a cuerpo... Pero, apoderándose de vuestra mente...

—Eh... —dijo un hombre grueso, intentando hablar en un susurro—. Hermano Millat.

Era Mohammed Hussein-Ishmael, el carnicero. Sudaba profusamente, como de costumbre, y para sentarse al lado de Millat había tenido que recorrer una larga fila. Él y Millat eran parientes lejanos y, durante los últimos meses, se había acercado rápidamente al primer círculo de los GEVNI (Hifan, Millat, Tyrone, Shiva, Abdul-Colin y otros) con aportaciones en metálico y un manifiesto interés por los aspectos más «activos» del grupo. Personalmente, Millat desconfiaba de él y le desagradaban su cara gorda y sebosa, el gran tupé que le asomaba del *toki* y su aliento de gallinero.

—He llegado tarde. Tenía que cerrar la tienda. Pero llevo un rato ahí detrás. Escuchando. El hermano Ibrahim es un hombre impresionante, ¿Hm?

—Hm.

—Muy impresionante —repitió Mo dando una palmada de conspirador en la rodilla de Millat—, un hermano muy impresionante.

Mo Hussein financiaba en parte la gira por Inglaterra del hermano Ibrahim, por lo que lo reconfortaba (o, por lo menos, lo consolaba del desembolso de dos mil libras) encontrar impresionante al hermano. Mo era un converso reciente a los GEVNI (hacía veinte años que era un musulmán aceptable), y su entusiasmo por el grupo obedecía a dos razones. En primer lugar, se sentía halagado, francamente halagado, de que se lo considerara un comerciante musulmán lo bastante próspero para dar dinero. En circunstancias normales, les hubiera dicho dónde estaba la puerta y dónde podían meterse sus folletos, pero en aquellos momentos Mo se sentía vulnerable: Sheila, su mujer, una irlandesa zancuda, lo había abandonado por un infiel. Mo se sentía un poco castrado, de manera que cuando los GEVNI pidieron cinco de los grandes a Ardashir y los consiguieron, y Nadir, el de la carnicería competidora, aportó tres, Mo, en un arranque de hombría, decidió rascarse el bolsillo.

La segunda razón de la conversión de Mo era más personal. Era la violencia. La violencia y el robo. Hacía dieciocho años que

Mo era dueño de la carnicería *halal* más famosa de Londres norte. Tan próspero era el negocio que Mo había podido adquirir el local contiguo y poner una confitería. Pero, desde que tenía los dos establecimientos, era víctima de atracos y agresiones graves, a razón de tres al año, sin contar puñetazos, estacazos, patadas en la ingle y demás ataques sin efusión de sangre, casos estos en los que Mo ya ni llamaba a su esposa, y menos aún a la policía. No; aquello era violencia grave. Mo había sido acuchillado un total de cinco veces (Ah), había perdido las falanginas de tres dedos (Huyyyy), le habían roto piernas y brazos (Uauuu), quemado los pies (yiiii), saltado muelas (ka-choc) e incrustado un balín de escopeta de aire comprimido en el trasero (ping). Menos mal que lo tenía bien forrado. Uff. Y Mo era un hombre corpulento. Un hombre corpulento con agallas. Las palizas no le habían hecho doblar la rodilla, ni moderar el lenguaje, ni tomar precauciones. Él plantaba cara. Pero era un hombre solo frente a un ejército. Nadie podía ayudarlo. La primera vez, cuando recibió un martillazo en las costillas en enero de 1970, ingenuamente lo denunció en la comisaría del barrio, y fue recompensado con la visita nocturna de cinco policías que lo molieron a patadas. Desde entonces, la violencia y el robo habían pasado a formar parte de su existencia, triste deporte espectáculo contemplado por ancianos musulmanes y jóvenes madres musulmanas que entraban a comprar un pollo y se iban apresuradamente, temiendo ser los siguientes. Violencia y robo. Los culpables podían ser chicos de la escuela secundaria que entraban en la confitería a comprar caramelos (razón por la cual Mo sólo dejaba entrar a los chicos de Glenard Oak de uno en uno, aunque no servía de nada, porque lo sacudían de uno en uno), borrachos decrépitos, matones adolescentes, padres de los matones adolescentes, fascistas en general, neonazis en particular, el equipo de *snooker* del barrio, el equipo de dardos, el equipo de fútbol y grandes contingentes de secretarias deslenguadas con blusa blanca y tacones asesinos. Estas gentes diversas tenían prejuicios diversos contra él: que era «paqui» (trata de decir a un gigantón borracho, conserje de un supercomplejo de oficinas, que eres bangladesí), que dedicaba la mitad de su confitería a vender extrañas carnes paquistaníes, que llevaba tupé, que era admirador de Elvis («¿Así que te gusta Elvis? ¿Te gusta? ¿Te gusta, eh, paqui?»); cuando no era el precio de sus cigarrillos o lo lejos que había nacido («¿Por qué no te vuelves a tu tierra?» «¿Pero entonces cómo iba a venderte cigarrillos?» Paff) o simplemente su cara. Pero todos ellos tenían una cosa en común: todos eran blancos. Y esta sola circunstancia había contribuido más a politizar a Mo durante aquellos años que todos los discursos, manifestaciones y peticiones del mundo. Lo había impulsado a abrazar su fe con más fuerza que una aparición del arcángel Gabriel. La última gota, valga la expresión, cayó un mes antes de unirse a los GEVNI, cuando tres jóvenes blancos lo ataron, lo echaron al sótano a puntapiés, le robaron todo el dinero y prendieron fuego a la tienda. Gracias a tener las articulaciones descoyuntadas (resultado de varias fracturas de muñeca) había podido salir de aquélla. Pero ya estaba harto de librarse de morir por los pelos. Cuando Mo leyó en el folleto de los GEVNI que había guerra, pensó: «Ya era hora.» Por fin alguien hablaba su idioma. Mo llevaba dieciocho años en primera línea de aquella guerra. Y los GEVNI parecían comprender que no era suficiente. No era suficiente que sus hijos fueran a un buen colegio ni que tomaran lecciones de tenis; por otra parte, tenían la piel tan clara que nadie se atrevería a tocarlos en su vida. Eso estaba bien. Pero no era suficiente. Él quería una pequeña revancha. Para sí. Quería que el hermano Ibrahim, desde aquel estrado, diseccionara la cultura cristiana y la moral occidental hasta reducirlas a polvo. Quería que se le explicara la naturaleza degenerada de aquella gente. Quería conocer la historia, la política, la raíz de aquella naturaleza. Quería que se pusiera en evidencia su arte, su ciencia, sus gustos y también sus fobias. Pero nunca serían suficientes las palabras; demasiadas había oído ya («Tiene que presentar un informe por escrito...» «Si pudiera describirnos con exactitud a su atacante...»), y las palabras nunca podrían sustituir a la acción. Él quería saber por qué aquella gente se empeñaba en darle leña. Y ahora él quería repartir un poco de leña entre aquella gente.

—Impresionante, ¿eh, Millat? Es lo que estábamos esperando.

—Sí —dijo Millat, sin convicción—. Supongo. Pero, si he de serte sincero, yo prefiero menos palabras y más acción. Los infieles están por todas partes.

Mo asintió vigorosamente.

—Oh, desde luego, hermano. En eso estoy contigo. Y hay otros —dijo Mo bajando la voz y acercando sus gruesos y húmedos labios al oído de Millat—, otros que desean acción inmediata. El hermano Hifan me ha dicho lo del 31 de diciembre. Y el hermano Shiva y el hermano Tyrone...

—Sí, sí, los conozco. Son el corazón palpitante de los GEVNI.

—Y dicen que tú conoces al hombre... al científico. Tienes ventaja. Dicen que eres amigo suyo.

—Era. Era.

—El hermano Hifan dice que tienes las invitaciones para entrar, que estás organizando...

—Shhh —dijo Millat ásperamente—. No todo el mundo puede saber eso. Si quieres estar cerca del centro de decisión, debes aprender a tener la boca cerrada.

Millat miró de arriba abajo a Mo, que había conseguido que el pijama *kurta* que llevaba tuviera cierto parecido con el mono acampanado de Elvis de finales de los setenta, y ahora sostenía sobre el regazo su vientre enorme, como si fuera un niño.

—¿No eres un poco viejo? —preguntó bruscamente.

—Crío insolente. Soy fuerte como un toro.

—Sí, pero no es fuerza lo que necesitamos —dijo Millat golpeándose la sien—. Hace falta tener algo en la azotea. Primero, hay que entrar con discreción, ¿comprendes? Será la primera noche. Estará lleno a reventar.

Mo se sonó en la palma de la mano.

—Yo sé ser discreto.

—Sí, pero eso quiere decir tener la boca cerrada.

—Y la tercera cosa —dijo el hermano Ibrahim Ad-Din Shukrallah, interrumpiéndolos al alzar la voz bruscamente y hacer zumbar los altavoces—, la tercera cosa que tatarán de hacer es convenceros de que el intelecto humano y no Alá es lo omnipotente, ilimitado, todopoderoso. Tratarán de convenceros de que no debéis utilizar vuestra mente para proclamar la gloria del Creador sino para elevaros hasta su altura y aun más arriba. Y ahora vamos a referirnos al tema más importante de esta noche. La mayor perversión del infiel está aquí, en este distrito de Brent. Yo os lo diré y no me creeréis, hermanos, pero en esta comunidad hay un hombre que cree poder perfeccionar lo que Alá ha creado. Hay un hombre que pretende cambiar, ajustar, modificar lo que ha sido dispuesto. Tomará un animal, un animal creado por Alá, y pretenderá cambiar esa creación. Crear un animal nuevo que no tiene nombre sino que es, simplemente, una abominación. Y cuando acabe con ese pequeño animal, un ratón, hermanos, empezará con los corderos, los gatos y los perros. ¿Y quién, en esta sociedad sin ley, le impedirá crear algún día un hombre? ¡Un hombre que no habrá nacido de mujer sino sólo del intelecto humano! Y él os dirá que eso es medicina... pero los GEVNI no tenemos nada en contra de la medicina. Somos una comunidad avanzada y entre nosotros, hermanos, hay muchos médicos. No os dejéis embaucar, burlar, engañar. Eso no es medicina. Y la pregunta que yo os hago, hermanos GEVNI, es ¿quién se sacrificará y detendrá a ese hombre? ¿Quién se levantará, solitario, en nombre del Creador, para mostrar al hombre moderno que las leyes del Creador aún existen y son eternas? Porque ellos, los modernos, los cínicos, los orientalistas, tratarán de haceros creer que nuestra historia, nuestra cultura, nuestro mundo está acabado. Así piensa el científico. Por eso se permite su insolencia. Pero pronto comprenderá lo que significa realmente «días finales». Así pues, ¿quién le demostrará...?

—Sí, la boca cerrada, comprendido —dijo Mo a Millat pero mirando hacia delante, como en una película de espionaje.

Millat miró en derredor y vio que Hifan le hacía una discreta seña, que él transmitió a Shiva, que la pasó a Abdul-Jimmy y Abdul-Colin, a Tyrone y al resto del equipo de Kilburn, situados junto a la pared en distintos puntos de la sala, en su calidad de encargados del orden. Hifan volvió a mirar a Millat y luego miró hacia la puerta del fondo. Entonces empezó un discreto movimiento.

—¿Pasa algo? —susurró Mo al ver que los hombres con la banda verde de encargados del orden empezaban a avanzar entre el gentío.

—Ven al despacho —dijo Millat.

—Bien, así pues, creo que se puede enfocar el tema desde dos ángulos. Por un lado, es pura tortura de laboratorio, y nos serviremos de esto, pero lo más importante es oponerse a la patente.

Ahí tenemos que apretar. Porque, si nos ponemos fuertes en eso, otros grupos nos ayudarán: el NCGA, el OHNO, etcétera. Crispin ya ha estado en contacto con ellos. Porque, en realidad, hasta ahora no hemos actuado mucho en este campo, pero es evidente que se trata de un tema clave... Creo que Crispin nos hablará de eso con más detalle dentro de un minuto. Por el momento, sólo deseo referirme al apoyo público que estamos teniendo, concretamente de la prensa; hasta los diarios sensacionalista se han portado magníficamente... Hay una fuerte oposición a la idea de patentar organismos vivos... Creo que a la gente le repugna este concepto, y con razón, y ALTEA tiene que insistir en eso y montar una campaña en gran escala, así que...

Ah, Joely. Joely, Joely, Joely. Joshua comprendía que debía escuchar, pero daba tanto gusto mirar... Mirar a Joely era una gozada. Su manera de sentarse (en la mesa, con las rodillas contra el pecho), de levantar la mirada de sus papeles (ojos de gata), de dejar escapar el aire por el hueco de los dientes, de recogerse el mechón rubio y lacio detrás de la oreja con una mano, mientras con la otra marcaba el ritmo en sus enormes botas Doc Martens. Aparte la melena rubia, se parecía mucho a su madre cuando era joven: labios ingleses carnosos, nariz de trampolín de saltos de esquí, grandes ojos de color miel. Pero la cara, aun siendo espectacular, no era más que el colofón del cuerpo más glorioso del mundo. Longuilíneo, musculoso en el muslo y flexible en la cintura, con unos pechos que no habían conocido el sostén pero eran una pura delicia y un trasero que era el ideal platónico de toda la traserología inglesa, liso y, al mismo tiempo, amelocotonado, ancho y acogedor. Además, Joely era inteligente. Además, Joely era adicta a la causa. Además, Joely despreciaba al padre de Joshua. Además, Joely tenía diez años más (lo que sugería a Joshua una gran pericia sexual que él era incapaz de imaginar siquiera sin tener una enorme erección en ese mismo momento, allí mismo, en plena reunión). Además, Joely era la mujer más maravillosa que Joshua había conocido. ¡Oh, Joely!

—A mi modo de ver, hay que insistir en esta idea de sentar un precedente. Ya sabéis, el argumento del «¿Y después qué?» Comprendo el punto de vista de Kenny, de que puede ser un planteamiento muy simplista, pero he de insistir en que es necesario, y ahora mismo lo someteremos a votación. ¿Te parece bien, Kenny? Ahora, si puedo seguir... ¿vale? Vale. ¿Dónde estaba...? Un precedente. Porque, si se pudiera argumentar que el animal objeto de experimentación es propiedad de un grupo de personas, es decir, que no es un gato sino, en realidad, un invento con características de gato, ello frustraría toda posible actuación de los grupos de defensa de los derechos de los animales y nos ofrecería una visión del futuro asquerosamente siniestra. Mm... Aquí me gustaría que Crispin nos dijera algo más sobre esto.

Por supuesto, lo jodido era que Joely estuviera casada con Crispin y que, para colmo, el suyo fuera un matrimonio de amor del bueno, de total comunión espiritual y entusiasta acción política. Fantástico, y a chincharse. Y, peor todavía, para los miembros de ALTEA, el matrimonio de Joely y Crispin era una especie de cosmogonía, un mito primordial que explicaba escuetamente lo que podía y debía ser la gente, cómo había empezado el grupo y cómo debía continuar en el futuro. Y, aunque Joely y Crispin no alentaban la idea de liderazgo ni de culto a la personalidad, se les rendía culto a pesar de todo. Y eran indivisibles. Cuando Joshua se unió al grupo, trató de obtener un poco de información sobre la pareja, para hacerse una idea de sus posibilidades. ¿Se tambaleaba su unión? ¿Los había separado el arduo carácter de su trabajo? Ni por asomo. Oyó la deprimente historia ante unas jarras de cerveza en El perro manchado, de boca de dos curtidos activistas de ALTEA: un ex empleado de correos psicótico llamado Kenny, que de niño había visto cómo su padre mataba a su perrito, y Paddy, un colombófilo sensible, subsidiado vitalicio.

—Todo el que entra en la Asociación quiere tirarse a Joely —explicó Kenny, comprensivo—, pero al fin lo supera. Uno se da cuenta de que lo mejor que puede hacer por ella es volcarse en la lucha. Y también se da cuenta de que Crispin es un tío increíble...

—Vale, sigue.

Kenny siguió.

Al parecer, Joely y Crispin se habían conocido y enamorado en el invierno de 1982, en la Universidad de Leeds: dos jóvenes estudiantes radicales, con el Che Guevara en la pared, idealismo en el corazón y una común pasión por todas las criaturas que vuelan, trotan, reptan y escarban la tierra. En aquel entonces, ambos eran miembros activos de diversos grupos de extrema izquierda, pero las luchas intestinas, las puñaladas por la espalda y las infinitas divisiones pronto los desengañaron en cuanto a lo que al destino del homo erectus se refería. Llegó un momento en el que se cansaron de defender a esta especie nuestra que con harta frecuencia prepara un golpe, lo critica a uno a sus espaldas, elige a otro representante y, si algo sale mal, le echa a uno la culpa. Y entonces concentraron su atención en nuestros mudos amigos, los animales. Joely y Crispin, que ya eran vegetarianos, dejaron de consumir todo producto de origen animal, abandonaron la universidad, se casaron y, en 1985, fundaron la Asociación para la Lucha contra la Tortura y la Explotación de los Animales. El carisma de Crispin y el encanto natural de Joely atrajeron a otros marginados de la política, y pronto eran una comuna de veinticinco personas (más diez gatos, catorce perros, un huerto lleno de conejos silvestres, un cordero, dos cerdos y una familia de zorros) que vivían y trabajaban en una habitación con derecho a cocina de Brixton contigua a unos terrenos del ayuntamiento no utilizados. En muchos aspectos, fueron pioneros. Ellos reciclaban las cosas antes de que esta práctica se pusiera de moda, crearon una biosfera tropical en el brumoso cuarto de baño y cultivaban alimentos biológicamente. No menos ortodoxa era su trayectoria política. Desde el principio, sus credenciales de extremistas eran impecables, y ALTEA era respecto a la Real Sociedad para la Protección de los Animales lo que el estalinismo respecto al partido liberal. Durante tres años, ALTEA desarrolló una campaña de terror contra los torturadores y explotadores de los animales, con el envío de amenazas de muerte al personal de las fábricas de cosméticos, asaltos a laboratorios, secuestro de técnicos y otras acciones, como la de encadenarse a verjas de hospitales. También arruinaron cacerías de zorros, filmaron la cría intensiva de pollos, incendiaron granjas, lanzaron cócteles Molotov contra restaurantes de comida rápida y destrozaron carpas de circos. Como era tan radical su actitud y tan diversos sus objetivos (todo aquello que amenazara el bienestar de los animales), no paraban, y la vida de los miembros de ALTEA era muy movida y peligrosa y estaba marcada por frecuentes períodos de cárcel. Entretanto, la relación de Joely y Crispin se hacía cada vez más sólida y servía de ejemplo para todos, un faro en la tempestad, el modelo del amor entre activistas. (Adelante con la tarea.) En 1987, Crispin fue condenado a tres años de prisión por su participación en el ataque contra un laboratorio galés con bombas incendiarias y la liberación de cuarenta gatos, trescientos cincuenta conejos y mil ratas. Antes de ingresar en la cárcel, Crispin, generosamente, autorizó a Joely a recurrir a otros miembros de ALTEA para satisfacer cualquier necesidad sexual durante su ausencia. («¿Y ella qué hizo?», preguntó Joshua. «¿Ella? ¡Joder!», respondió Kenny tristemente.)

Durante el encarcelamiento de Crispin, Joely se dedicó a transformar ALTEA de un pequeño grupo de amigos motivados y entusiastas en una fuerza política subversiva viable. Fue restando énfasis a las tácticas terroristas y, después de leer a Guy Debord, se interesó por el llamado «posicionamiento testimonial» como táctica política, el cual, a su entender, significaba hacer mayor uso de grandes pancartas, disfraces, vídeos y escenificaciones truculentas. Cuando Crispin salió de la cárcel, ALTEA había cuadruplicado sus efectivos, y la leyenda de Crispin (amante, luchador, rebelde y héroe) había crecido en la misma proporción, alimentada por la apasionada interpretación que Joely hacía de su vida y sus obras y por una foto de 1980, cuidadosamente elegida, en la que Crispin se parecía un poco a Nick Drake. Pero, si su perfil había sido retocado, él no había perdido ni un ápice de su radicalismo. Su primer afán como ciudadano libre fue planear la liberación de varios cientos de ratones, hecho que tuvo gran repercusión mediática, aunque Crispin delegó la responsabilidad de la ejecución del trabajo en Kenny, que fue encerrado durante cuatro meses en un centro penitenciario de alta seguridad («La mejor época de mi vida»). El verano anterior, 1991, Joely convenció a Crispin para que fuera con ella a California, a unirse a los grupos que luchaban contra el proyecto de patente de los animales transgénicos. Aunque los tribunales no eran el medio habitual de Crispin («Crispin es un combatiente de primera línea»), consiguió perturbar el proceso lo suficiente para provocar su anulación por vicios de procedimiento. El matrimonio regresó a Inglaterra con gran júbilo pero casi sin fondos y se encontró con que los habían expulsado de su sede de Brixton y...

Bien, a partir de aquí, el propio Joshua podía continuar la narración. Los descubrió una semana después, deambulando por la avenida de Willesden, en busca de una buena propiedad que ocupar. Parecían perdidos, y Joshua, estimulado por la efervescencia del verano y la belleza de Joely, se acercó a hablarles. Acabaron yendo a tomar unas cervezas. Y las tomaron, como las tomaba todo Willesden, en El perro manchado, un local famoso, descrito ya en 1792 como «una taberna bien concurrida», frecuentada después por los londinenses de mediados de la época victoriana que deseaban salir «al campo», posteriormente punto de reunión de los autobuses de caballos y, más adelante, abrevadero de los irlandeses del ramo de la construcción. En 1992 el local había vuelto a transformarse, ahora en polo de atracción de la gran masa inmigrante australiana de Willesden que durante los cinco últimos años habían abandonado sus playas de seda y sus mares de esmeralda para trasladarse, inexplicablemente, a aquel distrito de Londres norte. La tarde en que Joshua entró en la taberna con Joely y Crispin, el vecindario se hallaba en un estado de gran agitación. Había habido una denuncia de un olor fétido que salía de encima del gabinete quiromántico de la Hermana Mary y, cuando los empleados del departamento de Higiene entraron en el piso, encontraron a dieciséis okupas australianos que habían hecho un agujero en el suelo y asado en él un cerdo, al parecer, con el propósito de recrear el efecto del horno subterráneo típico de los mares del Sur. Los australianos fueron desalojados y se lamentaban de su suerte al tabernero, un gigantón escocés barbudo que sentía escasas simpatías hacia aquella clientela antípoda. («¿Hay en la jodida Sydney algún jodido letrero que diga ven al jodido Willesden?») Joshua, que oyó la conversación, dedujo que el piso debía de estar vacío, y llevó a Joely y a Crispin a verlo, mientras su mente ya tramaba: «Si la traigo a vivir cerca...»

Era un bello edificio victoriano ruinoso, con un balconcito, una terraza jardín y un gran agujero en el suelo. Joshua les aconsejó que procuraran pasar inadvertidos durante un mes y que después hicieran la mudanza. Así se hizo, y Joshua los veía más y más a menudo. Al cabo de un mes y de horas y horas de conversar con Joely (horas y horas de contemplar sus pechos a través de las raídas camisetas), Joshua experimentó una «conversión». En aquel momento, sintió como si alguien hubiera agarrado su dura cabeza chalfenista, le hubiera metido un cartucho de dinamita en cada oído, y hubiera abierto en su mente un boquete del carajo. De pronto, a la luz de un fogonazo cegador, comprendió que amaba a Joely, que sus padres eran unos cabritos, que él era un cabrito y que la mayor comunidad de la tierra, el reino animal, era oprimido, encerrado y asesinado día tras día, con el conocimiento y el apoyo de todos los gobiernos del mundo. Era difícil adivinar en qué medida este último descubrimiento se derivaba del anterior, pero Joshua había abandonado el chalfenismo y no tenía interés alguno en analizar las cosas para ver cómo encajaban. Lo que hizo fue dejar de comer carne, irse a Glastonbury, hacerse un tatuaje y convertirse en la clase de sujeto que podía medir un octavo con los ojos cerrados (a la mierda, Millat) y que no se paraba en barras... hasta que al fin le remordió la conciencia. Reveló entonces que era hijo de Marcus Chalfen. Esto horrorizó a Joely (a Joshua le gustaba creer que también la excitó ligeramente: durmiendo con su enemigo y todo eso). Joshua tuvo que retirarse mientras ALTEA celebraba una cumbre de dos días en torno a la cuestión: «Pero si ese chico es precisamente lo que nosotros...» «Y bien podríamos utilizar...»

Fue un proceso largo, con votaciones, mociones, objeciones y reservas, pero en definitiva la conclusión no podía ser más que: ¿«De qué lado estás?» Joshua dijo «del vuestro», y Joely le abrió los brazos y le estrechó la cabeza contra su exquisito busto. Se lo exhibía en las reuniones, se le otorgó el cargo de secretario y, en general, se lo consideraba la joya de la corona: el converso tránsfuga.

Desde entonces habían transcurrido seis meses, durante los que Joshua había dejado crecer el desprecio hacia su padre, veía mucho a su gran amor y había empezado a poner en práctica un plan a largo plazo para interponerse entre la famosa pareja (de todos modos, necesitaba un sitio para vivir, ya que la hospitalidad de los Jones empezaba a enfriarse). Joshua trataba de congraciarse con Crispin y, a pesar de la manifiesta desconfianza de éste, se había erigido en su mano derecha, se encargaba de las tareas más ingratas (fotocopiar, pegar carteles, repartir folletos), dormía a sus pies, organizó la celebración de su séptimo aniversario de boda y en su cumpleaños le regaló una púa de guitarra hecha a mano. Todo ello, odiándolo intensamente y deseando a su mujer como ninguna mujer de prójimo alguno había sido deseada jamás, y tramando planes para su caída, con unos celos que habrían dejado en ridículo al mismo Yago.

Todo ello había distraído a Joshua de la circunstancia de que ALTEA estaba planeando la ruina de su propio padre. Al principio, cuando más encendido estaba su furor por el regreso de Magid, y la idea en sí parecía vaga, un plan ambicioso para impresionar a nuevos adeptos, él se había prestado a secundar el proyecto. Pero faltaban sólo tres semanas para el 31 de diciembre y Joshua aún no había analizado de forma coherente, de forma chalfeniana, cuáles podían ser las consecuencias de lo que iba a ocurrir. Ni siquiera sabía exactamente qué iba a ocurrir: todavía no se había tomado la decisión final; y en esos momentos, mientras los miembros principales de ALTEA debatían la estrategia, sentados en el suelo con las piernas cruzadas alrededor del gran agujero, en esos momentos en que él debería haber estado escuchando atentamente estas propuestas fundamentales, Joshua divagaba. Su atención se había extraviado por el delantero de la camiseta de Joely, se había introducido por el surco de su torso atlético, bajaba por el pantalón teñido, bajaba...

—Josh, chico, ¿podrías leerme la minuta desde hace un par de minutos acá, a ver si has captado el sentido...?

—¿Uh?

Crispin suspiró y chasqueó la lengua. Joey se inclinó desde la mesa en la que estaba sentada y besó a Crispin en el oído. «Capullo.»

—La minuta, Josh, las notas de la reunión. Desde lo que ha dicho Joely acerca de la estrategia de la protesta. Después hemos pasado a lo más fuerte. Quiero oír lo que ha dicho Paddy hace unos minutos sobre la disyuntiva entre Castigo y Liberación.

Joshua miró su tablilla en blanco y tapó con ella su erección en fase descendente.

—Hm... Me parece que eso se me ha pasado por alto.

—Pues era importante, joder. Hay que estar atento. Porque, digo yo, ¿de qué sirve tanta charla...?

«Capullo, capullo, capullo.»

—Hace todo lo que puede —intercedió Joely, inclinándose de nuevo desde lo alto de la mesa, ahora para revolver con los dedos los rizos de Josh—. Probablemente, esto es difícil para

Joshi, ¿comprendes? Es algo muy personal. —Siempre lo llamaba así: Joshi. Joshi y Joely. Joely y Joshi.

Crispin frunció el entrecejo.

—Ya he dicho varias veces que si Joshua no desea intervenir personalmente en esto, a causa de simpatías personales, si quiere mantenerse al margen, pues...

—Yo no quiero mantenerme al margen —dijo Josh sin poder reprimir la agresividad—. No pienso escaquearme.

—Por eso Joshi es nuestro héroe —dijo Joely con una enorme sonrisa de aliento—. Recuerda lo que te digo: él será el último en sucumbir.

¡Ah, Joely!

—Bien, sigamos. Trata de ir tomando nota de ahora en adelante, ¿vale? Bien, Paddy, por favor, repite lo que estabas diciendo, para que se empapen todos, porque me parece que sintetiza la decisión clave que ahora hemos de tomar.

Paddy levantó rápidamente la cabeza y revolvió en sus papeles.

—Eh, bueno, básicamente... básicamente se trata de decidir cuál es nuestro objetivo real. Si es el de castigar a los perpetradores y educar al público... bien, entonces eso requiere un planteamiento, un ataque directo contra, eh, la persona en cuestión —dijo Paddy mirando nerviosamente en dirección a Joshua—. Pero si lo que importa es el animal en sí, que es lo que yo creo, entonces habría que diseñar una campaña «anti» y, si no fuera suficiente, proceder a la liberación del animal por la fuerza.

—Entiendo —dijo Crispin dubitativamente, ya que no veía cómo encajaba su papel de Crispin el Intrépido en la liberación de un ratón—. Lo que ocurre es que, en este caso, el ratón es un símbolo, es decir, ese individuo tiene muchos más ratones en el laboratorio, por lo que hay que situarse en un contexto más riguroso. Habría que hacer una incursión y...

—Verás, básicamente, básicamente, creo que ése es el error que comete OHNO, por ejemplo. Y es que toman al animal en sí como un simple símbolo... y a mi mdo de ver eso es exactamente todo lo contrario de lo que persigue ALTEA. Si el que estuviera metido en una caja de cristal durante seis años fuera un hombre, no sería un símbolo, ¿comprendes? Y no sé vosotros, pero para mí entre un hombre y un ratón no hay diferencias.

Los miembros de ALTEA reunidos en asamblea emitieron un murmullo de asentimiento, porque éstas eran las ideas que habitualmente suscitaban en ellos murmullos de asentimiento.

Crispin estaba disgustado.

—Bien, bueno, evidentemente, yo no me refería a eso, Paddy. Lo que yo digo es que hay que dar al asunto un enfoque más amplio, como el de elegir entre la vida de un solo hombre y la de muchos hombres, ¿no?

—¡Pido la palabra! —dijo Josh levantando la mano, para no perder la ocasión de poner en ridículo a Crispin. Crispin lo miró con ojos llameantes.

—Sí, Joshi —dijo Joely suavemente—. Te escuchamos.

—Lo que quiero decir es que no hay más ratones. Bueno, sí, ratones hay muchos, pero ninguno como éste. Es un proceso muy caro. Él no podría gastar tanto. Además, cuando la prensa dijo que si el RatónFuturo moría mientras estaba expuesto él podía dar el cambiazo con otro, mi padre se picó. Quiere demostrar al mundo que sus cálculos son correctos. Sólo producirá uno y le pondrá un código de barras. No hay recambio.

Joely, con una sonrisa deslumbrante, se inclinó y frotó los hombros de Josh.

—Ya. Eso tiene su lógica. Entiendo lo que dices. Así pues, Paddy, lo que tú preguntas es si vamos a dedicar nuestra atención a Marcus Chalfen o a liberar al ratón de su cautiverio, en presencia de la prensa mundial.

—¡Pido la palabra!

—Sí, Josh, ¿qué?

—Verás, Crispin, ése no es como los demás animales que habéis liberado. No servirá de nada. El daño ya está hecho. El ratón lleva su tortura consigo, en los genes. Es como una bomba de relojería. Si lo soltáis, morirá igualmente, entre atroces sufrimientos, en otro sitio.

—¡Pido la palabra!

—Adelante, Paddy.

—Bueno, básicamente... ¿no ayudarías a escapar de la cárcel a un preso político aunque tuviera una enfermedad mortal?

Las múltiples cabezas de ALTEA asintieron vigorosamente.

—Sí, Paddy, sí, tienes razón. Creo que Josh está equivocado y que Paddy nos ha planteado la elección que tenemos que hacer.

Se nos ha presentado ya muchas veces, y hemos optado por soluciones distintas, según las circunstancias. En el pasado, como sabéis, hemos atacado a los perpetradores. Se han hecho listas y se han aplicado castigos. Durante los últimos años hemos ido distanciándonos de algunas de nuestras tácticas, pero creo que hasta Joely estará de acuerdo en que ésta es en realidad nuestra prueba más importante y fundamental. Nos enfrentamos a individuos gravemente perturbados. Por otra parte, hemos organizado protestas pacíficas en gran escala y promovido la liberación de miles de animales que este Estado mantenía cautivos. En este caso, no tendremos ni el tiempo ni la oportunidad de aplicar ambas estrategias. Es un lugar muy público y... bien, ya hemos hablado de eso. Como dice Paddy, yo creo que la elección que tenemos que hacer el día treinta y uno es muy simple. Está entre el ratón y el hombre. ¿Alguien tiene inconveniente en votar sobre eso? ¿Joshua?

Joshua estaba sentado sobre las manos para elevarse un poco y dar a Joely mejor acceso a su espalda para el masaje.

—Ningún inconveniente —dijo.

A las 0.00 horas en punto del 20 de diciembre, sonó el teléfono en casa de los Jones. Irie bajó pesadamente la escalera en camisón y descolgó.

—Ejemmm. Me gustaría que tomara nota mentalmente del día y la hora en que he decidido hacerle esta llamada.

—¿Qué? ¿Cómo? ¿Es Ryan? Mire, Ryan no quiero ser brusca, pero son las doce de la noche, ¿no? ¿Qué quiere...?

—Irie, criatura, ¿estás ahí?

—Su abuela le habla por la extensión. Ella también tiene algo que decirle.

—Irie —decía Hortense, muy agitada—, tienes que hablar más alto, porque no oigo nada...

—Irie, repito: ¿ha reparado en el día y la hora de nuestra llamada?

—¿Qué? Mire, no puedo... Estoy cansada... ¿No podríais dejarlo para...?

—Es día veinte, Irie. Cero horas. Un dos seguido de ceros.

—¿Escuchas, criatura? El señor Topps trata de explicar una cosa muy importante.

—Abuela, no me habléis los dos a la vez... Me habéis sacado de la cama... Estoy rota.

—Un dos seguido de ceros, señorita Jones. Lo que significa el año 2000. ¿Y sabe usted en qué mes se produce mi llamada?

—Estamos en diciembre, Ryan. ¿Es realmente tan...?

—El duodécimo mes, Irie. Que corresponde a las doce tribus de los hijos de Israel. De las cuales cada *woz* selló doce mil. De la tribu de Judá, doce mil. De la tribu de Rubén, doce mil. De la tribu de Gad...

—Ryan, Ryan... ya me hago una idea.

—Hay días en los que el Señor desea que actuemos, días para la advertencia, días designados...

—En los que debemos salvar las almas de los que andan extraviados. Advirtiéndoles con tiempo.

—A ti te advertimos, Irie.

Hortense empezó a llorar bajito.

—Sólo queremos que estés prevenida, tesoro.

—Muy bien. Me doy por avisada. Buenas noches a todos.

—Nuestra advertencia no termina aquí —dijo Ryan solemnemente—. Ésta es sólo la primera. Hay más.

—¡No me diga...! Once más.

—¡Oh! —exclamó Hortense dejando caer el teléfono pero aún audible a lo lejos—. ¡El Señor la ha visitado! ¡Lo sabe antes de que se lo digan!

—Oiga, Ryan, ¿no podría condensar las otras once advertencias en una... o, por lo menos, decirme sólo la más importante? Es que, si no, sintiéndolo mucho, me vuelvo a la cama.

Hubo un momento de silencio y después:

—Ejemmm. Está bien. No se implique con ese hombre.

—¡Irie, Irie, escucha al señor Topps! ¡Hazle caso, por favor!

—¿Qué hombre?

—No finja que ignora el que es su mayor pecado, señorita Jones. Abra su alma. Deje que el Señor, deje que yo mismo le tienda una mano y la purifique de...

—Mire, de verdad que estoy hecha puré. ¿Qué hombre?

—El científico, Chalfen. El hombre al que llama «amigo» cuando en realidad es enemigo de toda la humanidad.

—¿Marcus? Yo no estoy implicada. Sólo atiendo su teléfono y me encargo del papeleo.

—Y ello la convierte en secretaria del diablo —dijo Ryan, lo que estimuló el llanto de Hortense—. Usted misma se denigra.

—Oiga, Ryan, no tengo tiempo para estas cosas. Marcus Chalfen sólo trata de encontrar respuestas para mierdas como... mierdas como... el cáncer, ¿vale? No sé de dónde ha sacado su información, pero puedo asegurarle que ese hombre no es la encarnación del diablo.

—¡Es sólo uno de sus esbirros! —protestó Hortense—. Sólo uno de sus soldados de primera línea.

—Cálmese, señora Bowden. Me temo que ya no nos sea posible ayudar a su nieta. Tal como yo me temía, cuando se fue de esta casa, se unió a las fuerzas de las tinieblas.

—Váyase a la mierda, Ryan. Yo no soy Darth Vader. Abuela...

—No me hables, criatura, no me hables. Yo y yo estamos muy decepcionados.

—Al parecer, nos veremos el treinta y uno, señorita Jones.

—Deje ya de llamarme señorita Jones, Ryan. ¿Qué ha dicho?

—El treinta y uno. El acto será una caja de resonancia para el mensaje de los Testigos. Allí estará la prensa de todo el mundo. Y allí estaremos nosotros. Pensamos...

—Pensamos avisar a todos —cortó Hortense—. Lo tenemos bien planeado. Cantaremos himnos y la señora Dobson nos acompañará al acordeón, porque no es cosa de llevar un piano. Y haremos huelga de hambre hasta que ese malvado deje de martirizar a las criaturas del Señor y...

—¿Una huelga de hambre? Pero, abuela, si cuando no tomas nada a media mañana te mareas. Si nunca has podido aguantar más de tres horas sin comer. Y tienes ochenta y cinco años.

—Olvidas que nací peleando —dijo Hortense secamente—. Yo soy una superviviente. No me asusta un poco de ayuno.

—¿Y usted va a permitírselo, Ryan? Tiene ochenta y cinco años, Ryan. Ochenta y cinco años. Mi abuela no puede hacer huelga de hambre.

—Escucha lo que te digo, Irie —dijo Hortense con voz potente, recalcando las sílabas con la boca pegada al micrófono—. Yo quiero hacerlo. No me asusta dejar de comer. El Señor da con la derecha y quita con la izquierda.

Irie se quedó escuchando mientras Ryan soltaba el teléfono, iba a la habitación de Hortense y lentamente le quitaba el aparato y la instaba a acostarse. Irie oyó a su abuela cantar mientras se alejaba repitiendo la frase sin dirigirse a nadie en particular y con una música irreconocible:

—¡El Señor da con la derecha y quita con la izquierda!

«Pero casi siempre es un ladrón nocturno —pensó Irie—. Que quita. Quita y quita, joder.»

Magid se sentía muy orgulloso por haber sido testigo de cada fase. El diseño de los genes. La inyección del ADN. La inseminación artificial. Y el nacimiento, tan diferente del suyo propio. Un solo ratón. No había habido carreras en el útero para ver quién llegaba primero, ni primero ni segundo, ni salvado ni condenado. Ni lotería. Ni azar. Ni la suma del hocico del padre y la afición al queso de la madre. Ni misterios que aguardaran. Ni dudas sobre cuándo llegaría la muerte. Ni afán de burlar la enfermedad y el dolor. Ni inquietud sobre quién movía los hilos. Ni omnipotencia dudosa. Ni destino incierto. Ni eventualidad de un viaje, ni añoranza de pastos más verdes; porque, a dondequiera que fuera aquel ratón, su vida sería la misma. No viajaría en el tiempo (y el tiempo es una puta, como ya sabía Magid; el tiempo es la gran puta), porque su futuro era igual a su presente, que era igual a su pasado. Un ratón que era a la vez caja china. Ni otros caminos, ni oportunidades perdidas, ni posibilidades paralelas. Ni especulaciones, ni qué hubiera pasado si..., ni lo que pudo haber sido. Sólo certeza. Certeza en su forma más pura. ¿Y qué más que eso, pensaba Magid, una vez presenciado el proceso, una vez que uno se quitaba la mascarilla y los guantes, una vez que colgaba la bata blanca, qué más que eso es Dios?

19

El espacio final

Jueves, 31 de diciembre de 1992

Así rezaba la cabecera del diario. Esto proclamaban los que bailaban por las calles desde media tarde, tocando silbatos estridentes y agitando banderas, para animar el ambiente, para crear ese sentimiento que se asocia a la fecha, deseosos de adelantar la noche (no eran más que las cinco), para que Inglaterra pudiera celebrar su juerga anual; follar, vomitar, besuquearse, achucharse y revolcarse; pararse en la puerta del tren, manteniéndola abierta para los amigos; protestar por las súbitas tácticas inflacionistas de los conductores somalíes de minitaxis, saltar al agua o jugar con fuego; todo ello, a la débil luz de las farolas que todo lo disimula. Era la noche en que Inglaterra deja de decir «por favor, gracias, por favor, perdón, por favor, me permite.» Y empieza a decir «por favor, me jodes, te jodes, cabrito» (pero sin encontrar el tono justo; y es que nosotros nunca decimos estas cosas; en nuestra boca suena raro). Es la noche en que Inglaterra regresa a los rudimentos. Era Nochevieja. Pero a Joshua le costaba creerlo. ¿Adónde se había ido el tiempo? Se había escurrido por entre las piernas de Joely, se había introducido en los secretos recovecos de sus oídos, se había escondido en el vello cálido y crespo de sus axilas. Y las consecuencias de lo que él se disponía a hacer en este día, el más grande de su vida, en el que se planteaba una situación crítica que, tres meses antes, él hubiera diseccionado, desglosado, sopesado y analizado con chalfenista rigor... también se le escapaban. No había formulado propósitos para el

Año Nuevo, no había tomado decisiones. Se sentía tan aturdido como los chicos que salían de las tabernas tambaleándose y buscando pelea; y tan despreocupado como el niño que cabalgaba en los hombros de su padre, camino de la fiesta familiar. Sin embargo, no estaba con ellos, allá en las calles, divirtiéndose, sino allí, apretujado con otros diez nerviosos miembros de ALTEA en un minibús rojo chillón que derrapaba hacia el centro, hacia el Instituto Perret, como un misil termodirigido. Habían salido de Willesden en dirección a Trafalgar Square, y Joshua oía a medias a Kenny leer algo que hablaba de su padre a Crispin, que llevaba el volante.

—«Esta noche, cuando el doctor Marcus Chalfen exponga su RatónFuturo al público, se iniciará un nuevo capítulo de nuestro futuro en genética.»

Crispin echó la cabeza hacia atrás para lanzar un sonoro «¡Ja!».

—Sí. Precisamente. Justo —convino Kenny tratando de mofarse y leer simultánemente, sin conseguirlo—. Gracias por la objetiva información. Hm. ¿Dónde estaba...? Ajá: «Es sorprendente que el doctor Chalfen haya decidido abrir al gran público esta rama de la ciencia, tradicionalmente secretista, sofisticada y compleja: el Instituto Perret mantendrá sus puertas abiertas ininterrumpidamente durante siete años. El doctor Chalfen ha señalado, no obstante, que este magno acontecimiento de ámbito nacional diferirá esencialmente de otros grandes certámenes como el Festival de la Gran Bretaña de 1951 y la Exposición del Imperio Británico de 1924, en que no tiene un contenido político.»

—¡Ja! —resopló Crispin de nuevo, volviendo la cabeza, de manera que el minibús de ALTEA (que no era oficialmente minibús de ALTEA sino que, según pregonaban unas letras amarillas de veinticinco centímetros pintadas en los costados, pertenecía al Centro Kensal de Ayuda Familiar y lo había prestado un asistente social amante de los animales) por poco atropella a un grupo de muchachas que cruzaban la calzada trotando sobre altos tacones y que los increparon con indignación—. ¿Que no tiene contenido político? ¿Y quién se traga esa gilipollez?

—Mira hacia delante, amor mío —dijo Joely lanzándole un beso—. Queremos, por lo menos, llegar enteros. Hm, ahora a la izquierda... por la avenida Edgware.

—Es un cerdo —dijo Crispin mirando a Joshua con rabia y volviéndose hacia delante—. Un cerdo.

—«Se calcula que en 1999 —siguió leyendo Kenny, pasando de la primera plana a la página 5—, año en que los especialistas prevén que el proceso de recombinación del ADN alcance pleno desarrollo, habrán visitado la exposición de RatónFuturo unos quince millones de personas y otras muchas habrán seguido el proceso en la prensa internacional. Para entonces el doctor Chalfen habrá alcanzado su objetivo de educar a una nación y de lanzar el balón de la ética al campo de la opinión pública.»

—Dan ganas de vomitar —dijo Crispin, que parecía realmente a punto de hacerlo—. ¿Qué dicen los otros periódicos?

Paddy levantó la *Biblia de la Inglaterra Media* para que Crispin pudiera verla por el retrovisor. Titular: RATONMANÍA.

—Viene con una pegatina de RatónFuturo —dijo Paddy encogiéndose de hombros y pegándose el distintivo a la boina—. Tiene su gracia.

—Pero la prensa amarilla ha dado la gran sorpresa. Están con nosotros —dijo Minnie.

Minnie era un fichaje reciente: una pólvora de diecisiete años, con guedejas rubias y *piercings* en los pezones. Joshua había contemplado la posibilidad de obsesionarse por ella, incluso lo probó durante algún tiempo, pero descubrió que no podía; no podía dejar su pequeño mundo de Joely, psicótico y atormentado, para salir a buscar vida en otro planeta. Minnie, dicho sea en honor suyo, así lo advirtió y se dejó atraer por Crispin. Llevaba tan poca ropa como el tiempo invernal permitía y no desperdiciaba la ocasión de situar sus pezones anillados en el espacio vital de Crispin, y esto hacía ahora, al inclinarse hacia el conductor para enseñarle la primera plana del tabloide en cuestión. Crispin trató de entrar en la rotonda de Marble Arch, evitar dar a Minnie un codazo en las tetas y mirar el diario, todo al mismo tiempo, y no pudo.

—No veo bien. ¿Qué es?

—La cara de Chalfen, con orejas de ratón, pegada a un torso de cabra y un culo de cerdo. Y comiendo en un pesebre que en un extremo tiene un letrero que dice: «Ingeniería genética»; y en el otro: «Dinero público.» Y en el pie: «CHALFEN SE HINCHA.»

—Está bien. Bienvenida la ayuda, por pequeña que sea.

Crispin volvió a dar la vuelta a la rotonda y esta vez consiguió torcer por donde le interesaba. Minnie estiró el cuerpo y apoyó el periódico en el salpicadero.

—Dios, está más chalfenista de mierda que nunca.

A Joshua le pesaba ahora haber hablado a Crispin de esta pequeña idiosincrasia familiar, esta costumbre de autodefinirse a partir del apellido. Le había parecido buena idea: eso divertiría a la gente y confirmaría, si aún quedaba alguna duda, de qué lado estaba él. No le dio la impresión de que traicionaba a su padre —no midió las consecuencias de su acto— hasta que oyó a Crispin ridiculizar el chalfenismo.

—Mira cómo chalfenea en el pesebre. Explotándolo todo y a todos; ése es el estilo Chalfen, ¿no, Josh?

Joshua lanzó un gruñido y, dando la espalda a Crispin, se volvió hacia la ventanilla lateral, que ofrecía una vista de Hyde Park cubierto de escarcha.

—Esa foto que han usado para la cara es clásica. La recuerdo. Es la del día en que declaró en el proceso de California. Esa cochina expresión de superioridad absoluta. ¡Muy chalfenesco!

Joshua se mordió la lengua. «No te piques. Si no te picas, ella te consolará.»

—Basta, Crisp —dijo Joely con firmeza tocando el pelo de Joshua—. Recuerda lo que vamos a hacer. No es el momento de hablar de eso.

«Bingo.»

—Bueno, vale...

Crispin pisó el acelerador.

—Minnie, ¿tú y Paddy habéis comprobado si todo el mundo tiene de todo? ¿Pasamontañas y demás?

—Sí; todo a punto. No falta nada.

—Bien. —Crispin sacó una cajita de plata que contenía todo lo necesario para liar un buen canuto y la lanzó en dirección a Joely. La caja dio a Joshua en la espinilla.

—Líanos uno, amor mío.

«Capullo.»

Joely recogió la caja del suelo. Trabajaba con el cuerpo doblado hacia delante, apoyando la hierba en la rodilla de Joshua, con el esbelto cuello al descubierto y los pechos colgando, prácticamente en las manos de él.

—¿Nervioso? —le preguntó volviendo la cabeza, una vez que hubo liado el porro.

—¿Por qué nervioso?

—Por esta noche. Conflicto de lealtades.

—¿Conflicto? —murmuró Josh roncamente, deseando estar allá fuera con la gente feliz, la gente sin conflictos, la gente de la Nochevieja.

—Dios, no sabes cómo te admiro. Y es que ALTEA está orientada a la acción extrema... Y aun ahora algunas de las cosas que hacemos siguen pareciéndome... difíciles de asumir. Y te estoy hablando del principio más sólido de mi vida, ¿comprendes? Me refiero a Crispin y ALTEA... Ellos son toda mi vida.

«Genial —pensó Josh—. Fantástico.»

—A pesar de todo, estoy que me cago de miedo por lo de esta noche.

Joely encendió el porro, inhaló y lo pasó directamente a Joshua en el momento en que el minibús torcía a la derecha después del Parlamento.

—Como dijo aquél: «Si tuviera que escoger entre traicionar a mi amigo o a mi país, confío en que tuviera agallas para traicionar a mi país.» Escoger entre un deber y un principio, ¿sabes? Yo no me siento dividida. No sé si podría hacer lo que hago, si me sintiera dividida. Me refiero a si fuera mi padre. Mi mayor compromiso es con los animales, y lo mismo le ocurre a Crispin, por lo que no hay conflicto. Para nosotros es relativamente fácil. Pero tú, Joshi, tú lo tienes más difícil que todos nosotros. Y pareces tan tranquilo... Es admirable, y estoy segura de que Crispin se siente impresionado, porque, ¿sabes?, él tenía sus dudas sobre si...

Joely siguió hablando, y Josh siguió asintiendo en los momentos pertinentes, pero la fuerte hierba tailandesa que fumaba había escogido una de sus palabras —«tranquilo»— y la había amarrado con un signo de interrogación. «¿Por qué tan tranquilo, Joshi? Vas a meterte en un buen fregado; ¿por qué tan tranquilo?»

Porque él imaginaba que exteriormente parecía tranquilo, pero la suya era una tranquilidad antinatural, porque su adrenalina reaccionaba en sentido inverso a la bullanga de la Nochevieja y al nerviosismo del grupo de ALTEA. Y, encima, el flipe... Era como caminar bajo el agua, a mucha profundidad, mientras arriba jugaban los niños. Pero lo suyo no era tanto tranquilidad como inercia. Y, mientras el minibús avanzaba Whitehall abajo, Joshua no conseguía discernir si ésta era la reacción correcta: dejar que el mundo resbalara sobre él, dejar que los acontecimientos siguieran su curso, o si no debería ser más como aquella otra gente, aquella gente de allá fuera, que voceaba, bailaba, reñía y follaba; si no debería ser más... ¿cómo decía aquella horrible tautología de finales del siglo XX? Constructivo. Más constructivo con vistas al futuro.

Pero otra fuerte inhalación lo hizo retroceder hasta los doce años, un niño precoz que cada mañana se despertaba esperando el aviso de doce horas para el apocalipsis nuclear, aquella vieja y mala película del fin del mundo. Por aquel entonces, él pensaba mucho en las decisiones extremas, en el futuro y sus fechas tope. Ya entonces le parecía improbable que fuera a pasar aquellas doce últimas horas follando con Alice, la canguro de quince años de la casa de al lado, diciendo a la gente lo mucho que los quería, convirtiéndose al judaísmo ortodoxo y haciendo todo lo que siempre había deseado y no se había atrevido a hacer. Siempre le había parecido más probable, mucho más probable, que volvería a su habitación y acabaría de construir tranquilamente el castillo medieval Lego. ¿Qué otra cosa se podía hacer? ¿De qué otra cosa se podía estar seguro? Y es que para elegir se necesita tiempo, tiempo suficiente, porque el tiempo es el eje horizontal de la moralidad: uno toma una decisión y luego espera a ver, espera a ver. Pero es muy seductora la fantasía del final del tiempo (QUEDAN DOCE HORAS, QUEDAN DOCE HORAS), el punto en el que desaparecen las consecuencias y cualquier acción está permitida («¡Estoy que me muero, me muero por eso!», era el grito que llegaba desde la calle). Pero el Josh de doce años era muy neurótico, muy anal, muy chalfenista para disfrutar con ello, ni siquiera con el pensamiento. Lo que él hacía era pensar: ¿y si el mundo no se acaba y yo me he follado a Alice Rodwell y ella se queda embarazada, y...?

Y, ahora, lo mismo. Siempre, el miedo a las consecuencias. Siempre, esta inercia terrible. Lo que él iba a hacer a su padre era tan enorme, tan colosal, que las consecuencias eran inconcebibles: no era capaz de imaginar que, después de aquel acto, pudiera existir ni un momento. Sólo el vacío. La nada. Algo así como el fin del mundo. Y respecto al fin del mundo, o aunque no fuera más que el fin del año, Josh siempre se había sentido extrañamente distante.

Cada fin de año es un apocalipsis inminente en miniatura. Uno folla donde quiere, vomita donde quiere, conserva a quien quiere conservar. Las grandes multitudes en la calle; los resúmenes de la televisión, lo mejor y lo peor; los frenéticos últimos besos: ¡10!, ¡9!, ¡8!

Joshua miraba con rabia a la gente feliz que subía y bajaba por Whitehall en aquella especie de ensayo general. Todos confiaban en que eso no llegaría y, si llegaba, podrían superarlo. Pero las cosas llegan sin que uno pueda influir en ellas. No hay nada que se pueda hacer. Ahora, por primera vez en su vida, Josh lo creía plenamente. Y Marcus Chalfen creía todo lo contrario. «Y así, en pocas palabras, se explica cómo he llegado aquí —descubrió—, a esta esquina de Westminster desde la que veo en el Big Ben acercarse la hora en la que derribaré la casa de mi padre. Aquí venimos a parar todos. Entre la espada y la pared. Entre la sartén y las brasas.»

Jueves 31 de diciembre de 1992, Nochevieja
Problemas de señalización en Baker Street
Suspendido el servicio en la línea Jubilee dirección sur desde la estación de Baker Street

Se aconseja el transbordo a la línea Metropolitana en Finchley Road
O a la línea Bakerloo en Baker Street
No hay servicio alternativo de autobús
El último tren sale a las 2.00
El Metro de Londres les desea un seguro y feliz Año Nuevo

Richard Daley, Jefe de Estación de Willesden Green

Los hermanos Millat, Hifan, Mo Hussein-Ishmael, Shiva, Abdul-Colin y Abdul-Jimmy estaban plantados como postes en la estación, mientras alrededor de ellos bullía la danza del Fin de Año.

—Genial —dijo Millat—. ¿Qué hacemos ahora?

—¿Es que no sabes leer? —preguntó Abdul-Jimmy.

—Hermanos, haremos lo que dice el papel —dijo Abdul-Colin, sofocando toda discusión con su voz de barítono, grave y apaciguadora—. Cambiaremos en Finchley Road. Alá proveerá.

La razón por la que Millat no podía leer lo que estaba escrito en la pared era bien simple: iba colocado. Era el segundo día del Ramadán, y flipaba. Todas las sinapsis de su cuerpo habían echado el cierre y se habían ido a descansar. Pero aún quedaba algún que otro trabajador celoso que movía las ruedas de su cerebro, para asegurarse de que por su cabeza seguía circulando algún pensamiento: «¿Por qué te emporras, Millat? ¿Por qué?» Buena pregunta.

A mediodía había encontrado en un cajón una onza de hachís un poco pasada, una bolsita de celofán que no había tenido valor de tirar seis meses atrás. Se la había fumado entera, una parte en su habitación, echando el humo por la ventana, una parte en Gladstone Park, en el aparcamiento de la biblioteca pública de Willesden, y el resto en un comedor para estudiantes de un tal Warren Chapman, un sudafricano aficionado al monopatín con el que solía andar en otros tiempos. Total, que ahora, en el andén con los demás, estaba tan volado que no sólo podía oír los sonidos de dentro de los sonidos sino los sonidos de dentro de dentro de los sonidos. Podía oír al ratón que corría por las vías, con un ritmo que armonizaba con el crepitar de la megafonía y con el acompañamiento de los sorbetones nasales de una señora que está a siete metros. Incluso cuando entró el tren, pudo seguir oyendo estos sonidos, a un nivel situado por debajo de la superficie. Ahora bien, hay un grado de flipe —y esto lo sabía Millat— en el que uno está tan subido que lo invade como una serenidad zen, y llega a sentirse tan fresco como si no hubiera ni encendido el canuto. Y Millat anhelaba este estado. Ah, cómo le hubiera gustado. Pero no tenía suficiente hierba.

—¿Estás bien, hermano Millat? —preguntó Abdul-Colin, preocupado, cuando se abrieron las puertas del coche—. Tienes mal color.

—Estoy perfectamente —dijo Millat, y consiguió dar una impresión muy verosímil de estar perfectamente. Porque el hachís no es como la bebida, y cuando a uno le conviene puede disimular. Para demostrarse a sí mismo esta teoría, avanzó por el pasillo del vagón con paso lento pero firme y se sentó al extremo de la fila de hermanos, entre Shiva y unos excitables australianos que iban al Hippodrome.

Shiva, a diferencia de Abdul-Jimmy, había tenido su época alocada, y podía distinguir la delatora irritación de los ojos a quince metros de distancia.

—Millat, chico —dijo en voz baja, seguro de que el ruido del tren impediría que el resto de los hermanos lo oyeran—, ¿qué te has hecho?

Millat, mirando hacia delante, respondió como si hablara a su reflejo en la ventanilla del tren.

—He estado preparándome.

—¿Y para prepararte has de ponerte ciego? —dijo Shiva en un siseo. Entornando los ojos, miró la fotocopia de la sura 52 que aún no se había aprendido del todo—. ¿Estás loco? Por si no fuera bastante difícil aprender esto sin estar en Marte.

Millat se balanceó ligeramente y se volvió hacia Shiva con un movimiento mal calculado.

—No me preparo para eso. Yo me preparo para la acción. Porque eso no lo hará nadie más. Perdemos a un hombre, y todos traicionáis a la causa. Desertáis. Pero yo me mantengo firme.

Shiva calló. Millat se refería al reciente «arresto» del hermano Ibrahim Ad-Din Shukrallah bajo falsas acusaciones de evasión de impuestos y desobediencia civil. Nadie se tomó en serio los cargos, pero todos sabían que aquello era una advertencia de la Policía Metropolitana de que tenían la mirada puesta en los GEVNI. En estas circunstancias, Shiva había sido el primero en retirarse del plan A acordado, seguido de Abdul-Jimmy y de Hussein-Ishmael, el cual, a pesar de su deseo de desatar la violencia contra alguien, contra cualquiera, tenía una tienda en la que pensar. Durante una semana hubo un encendido debate (en el que Millat defendía firmemente el plan A), pero el día 26 Abdul-Colin, Tyrone y, finalmente, Hifan reconocieron que quizá el plan A no favoreciera los intereses a largo plazo de los GEVNI. Al fin y al cabo, no podían exponerse a ser encarcelados sin estar seguros de que los GEVNI tenían líderes que pudieran sustituirlos. De modo que se anuló el plan A y se improvisó rápidamente el plan B. Éste consistía en que los siete representantes de los GEVNI se levantarían durante la conferencia de prensa de Marcus Chalfen y recitarían la sura 52, «El monte», primero en árabe (esto lo haría Abdul-Colin solo) y después en inglés. A Millat el plan B le daba náuseas.

—¿Y eso es todo? ¿Vais a leer? ¿Ése va a ser su castigo?

¿Dónde quedaba la venganza? ¿Dónde, la expiación, el desagravio, la *jihad*?

—¿Acaso sugieres que la palabra de Alá dada al profeta Mahoma, «*Salla Allahu Alaihi Wa Sallam*», no es suficiente? —inquirió Abdul-Colin con acento solemne.

Bueno, no. Y por eso, con harto dolor, Millat tuvo que transigir. Y, en lugar de cuestiones de honor, sacrificio y deber, cuestiones de vida o muerte, las razones por las que Millat se había unido a los GEVNI, en lugar de esas cuestiones, se planteaba la cuestión de la traducción. Todos convenían en que no existía una traducción del Corán que pudiera aspirar a ser considerada la palabra de Dios, pero, al mismo tiempo, todos comprendían que el plan B perdería eficacia si nadie entendía lo que se decía. Así que se discutía sobre qué traducción utilizar y por qué. ¿Una de orientalistas claros pero no muy fidedignos como Palmer (1880), Bell (1937-1939), Arberry (1955), Dawood (1956)? ¿La del poético pero excéntrico J. M. Rodwell (1861)? ¿La de Mohamed Marmaduke Pickthall (1930), el apasionado y entusiasta converso anglicano, la favorita por excelencia? ¿O una de los hermanos árabes, el prosaico Shakir o el lírico Yusuf Ali? Durante cinco días estuvieron discutiendo. Cuando Millat entraba por la noche en el local social de Kilburn no tenía más que entornar un poco los ojos para confundir este corro de sillas, estos presuntos fundamentalistas fanáticos, con una reunión del consejo editor de una revista literaria.

—¡Es que Dawood es muy pesado! —exclamaba el hermano Hifan con vehemencia—. Mirad, si no, el versículo 44 del capítulo 52: «Si vieran caer parte del cielo, dirían: ¡No es más que una masa de nubes!» ¿«Una masa de nubes»? Esto no es un concierto de rock. Rodwell, por lo menos, trata de captar la poesía, esa cualidad especial de la lengua árabe: «Y si vieran caer un fragmento del cielo, dirían: Es sólo una densa nube.» «Un fragmento», «densa»... El efecto es mucho más fuerte, ¿no?

Y entonces, titubeando, habló Mo Hussein-Ishmael:

—Yo no soy más que el dueño de una carnicería-confitería. No puedo presumir de saber mucho de eso. Pero me gusta este último verso; creo que es de Rodwell... sí, de Rodwell. Capítulo 52, versículo 49: «Y, en la estación nocturna, alabadlo cuando se ponen las estrellas.» «La estación nocturna»: me parece una bella frase. Suena como una balada de Elvis. Mucho mejor que la otra versión, la de Pickthall: «Glorifícale durante la noche y al declinar las estrellas.» Es mucho más bonito «estación nocturna».

—¿Y para esto estamos aquí? —gritó Millat—. ¿Para esto nos unimos a los GEVNI? ¿Para renunciar a la acción? ¿Para quedarnos sentados jugando con las palabras?

Pero se había mantenido el plan B, y allí se encontraban en esos momentos, camino de Trafalgar Square, para ponerlo en práctica. Y por eso Millat estaba colocado. Para tener valor para hacer otra cosa.

—Yo me mantengo firme —dijo Millat al oído de Shiva arrastrando las sílabas—. Para eso estamos aquí. Para mantenernos firmes. Por eso me uní a los GEVNI. ¿Por qué te uniste tú?

Bien, en realidad, Shiva se había unido a los GEVNI por tres razones. La primera, porque estaba harto del suplicio de ser el único hindú en un restaurante bengalí musulmán. Segunda, porque ser jefe de Seguridad Interna de los GEVNI le quitaba la espina de ser segundo camarero del Palace. Y, tercera, por las mujeres (no las mujeres de los GEVNI, que eran hermosas pero castas en extremo, sino todas las mujeres de fuera, a las que sus calaveradas de antaño habían hecho desesperar y que ahora estaban vivamente impresionadas por su ascetismo. Les encantaba la barba, le alababan el sombrero y le decían que ahora, a los treinta y ocho años, por fin había dejado de ser un muchacho. Las atraía poderosamente el hecho de que él hubiera renunciado a las mujeres y, cuanto más renunciaba, mayor era su éxito. Desde luego, la continencia tenía un límite, y ahora Shiva follaba más que cuando era *kafir*). De todos modos, comprendía que no era la verdad lo que importaba aquí, y dijo:

—Para cumplir con mi deber.

—Entonces, hermano Shiva, estamos en la misma longitud de onda —dijo Millat, inclinándose para dar una palmada a Shiva en la rodilla y fallando—. La cuestión es: ¿cumplirás con tu deber?

—Perdona, compañero —dijo Shiva, retirando el brazo de Millat, que le había caído entre las piernas—, pero en tu... eh... actual estado, la cuestión es: ¿cumplirás tú?

Bueno, habría que verlo. Millat estaba casi seguro de que, quizá, posiblemente, iba a hacer o dejar de hacer algo bueno o estúpido, algo sublime o desastroso.

—Mill, tenemos el plan B —insistió Shiva, observando las nubes de duda que cruzaban por el semblante de Millat—. Sigamos con el plan B, ¿vale? No tiene objeto buscar líos. Vamos, chico. Eres lo mismo que tu papá. Un Iqbal típico. Incapaces de dejar que las cosas sigan su curso. No podéis dejar mear al asno, o como coño quiera que sea la frase.

Millat enderezó el tronco y se miró los pies. Se había sentido más seguro al salir, cuando imaginaba el viaje como la trayectoria de un dardo frío y certero por la línea Jubilee. Willesden Green → Charing Cross, sin cambio de tren ni follones, un trayecto rectilíneo hasta Trafalgar, donde subiría por la escalera a la plaza y se encontraría cara a cara con Henry Havelock, el enemigo de su tatarabuelo, en su pedestal de piedra cagada por las palomas. Aquella visión le daría valor, y él entraría en el instituto Perret con ansias de venganza y revisionismo en la mente, y el corazón dolorido por la gloria perdida. Y entonces él... él... él...

—Me parece que voy a vomitar —dijo Millat después de una pausa.

—¡Baker Street! —gritó Abdul-Jimmy. Y, con la discreta ayuda de Shiva, Millat cruzó el andén hacia el tren de enlace.

Veinte minutos después, la línea Bakerloo los dejaba en la glacial Trafalgar Square. A lo lejos, el Big Ben. En la plaza, Nelson.

Havelock. Napier. Jorge IV. Y, al fondo, cerca de St. Martin's, la National Gallery. Todas las estatuas, de cara al reloj.

—Cómo le gustan sus falsos iconos a la gente de este país —dijo Abdul-Colin con su extraña mezcla de gravedad y sátira, indiferente a la considerable muchedumbre que escupía, danzaba y se encaramaba a los pedazos de piedra gris—. ¿Alguien podría decirme qué impulsa a los ingleses a poner sus estatuas de espaldas a la cultura y de cara a la hora? —Hizo una pausa para permitir a los ateridos hermanos GEVNI meditar esta retórica pregunta—. Porque miran hacia su futuro para olvidar su pasado. A veces, casi dan pena —prosiguió, dando una vuelta completa sobre sí mismo para contemplar la achispada multitud—. Los ingleses no tienen fe. Ellos creen en lo que hacen los hombres, pero lo que hacen los hombres se desmorona. Mirad su imperio. Esto es todo lo que tienen. Charles II Street y South Africa House, y una colección de hombres de piedra con cara de tontos, montados en caballos de piedra. Aquí se pone el sol todas las tardes y no pasa nada. Esto es todo lo que les queda.

—Mierda, estoy congelado —se quejó Abdul-Jimmy, golpeándose las enguantadas manos (los discursos de su tío le parecían un latazo)—. Vámonos ya —dijo cuando un inglés enorme, repleto de cerveza y empapado en las fuentes, chocó con él—, salgamos de este follón de mierda. Está en Chandos Street.

—Hermano... —dijo Abdul-Colin a Millat, que se había quedado a cierta distancia del grupo—. ¿Estás listo?

—Voy enseguida. —Agitó débilmente una mano, invitándolos a adelantarse—. No os preocupéis. Ya voy.

Antes quería ver dos cosas. La primera era un banco, el banco del fondo, al lado de la pared. Fue hacia él, en un viaje largo y con pies inseguros, sorteando una alborozada conga (mucho hachís en la cabeza y una carga de plomo en los pies); pero llegó y se sentó. Y allí estaba.

IQBAL

Letras de doce centímetros, de una a otra pata del banco. IQBAL. No se veían claramente, estaban borrosas y oxidadas, pero allí seguían. Era una vieja historia.

Varios meses después de llegar a Inglaterra, su padre se había sentado en este banco, sujetándose el pulgar que sangraba. Uno de los camareros viejos, torpemente, le había cortado con un cuchillo. No le dolía, porque era su mano muerta, de modo que la envolvió en un pañuelo para detener la hemorragia y siguió trabajando. Pero la tela se empapó, causaba mal efecto en el comedor y al fin Ardashir lo envió a casa. Samad se llevó del restaurante su pulgar herido, cruzó la zona de los teatros y bajó por St. Martin's Lane. Al llegar a la plaza, metió el dedo en la fuente y vio cómo su sangre teñía el agua azulada. Pero también causaba mal efecto, y la gente miraba. Entonces Samad decidió sentarse en el banco oprimiéndose el dedo hasta que dejara de sangrar. Pero la hemorragia seguía. Al cabo de un rato, se cansó de tener el pulgar en sentido vertical y lo dejó colgar hacia el suelo, como un trozo de carne *halal*, esperando que así se acelerara el desangrado. Entonces, con la cabeza entre las piernas y el pulgar chorreando, lo acometió un impulso primitivo. Lentamente, con la sangre que goteaba, escribió IQBAL de una a otra pata del banco. Después recorrió las letras con un cortaplumas, arañando la piedra, para hacerlas indelebles.

—En cuanto terminé, sentí una gran vergüenza —explicó a sus hijos años después—. Salí corriendo hacia la noche. Trataba de escapar de mí mismo. Sabía que en este país me sentía deprimido... pero esto era diferente. Terminé agarrado a las rejas de Piccadilly Circus, de rodillas y rezando, llorando y rezando, estorbando a los músicos callejeros. Porque sabía lo que aquel acto significaba. Significaba que yo quería dejar escrito mi nombre en el mundo. Significaba que era presuntuoso. Como los ingleses que ponían a las calles de Kerala el nombre de su esposa, como los norteamericanos, que plantaban su bandera en la Luna. Era un aviso de Alá. Me decía: «Iqbal, te estás volviendo como ellos.» Esto era lo que aquel acto significaba.

«No —pensó Millat la primera vez que lo oyó—; no significaba eso. Sólo significaba que no eres nada.» Y ahora, al mirar la inscripción, Millat no sentía sino desprecio. Toda su vida, él había deseado un padre Dios, y todo lo que tenía era a Samad. Un infeliz estúpido, un pobre camarero manco que, al cabo de dieciocho años de vivir en un país extranjero, no había dejado más marca que ésta. «Sólo significa que no eres nada», repitió Millat, sorteando los primeros vómitos (chicas que estaban tomando dobles desde las tres) en dirección a Havelock, para mirarlo a sus ojos de piedra. «Significa que tú no eres nada y él es algo.» Eso era todo. Y por eso Pande pendía de un árbol mientras Havelock, el verdugo, estaba tumbado en una chaise longue en Delhi. Pande no era nadie y Havelock era alguien. No hacían falta ni libros de la biblioteca, ni debates, ni reconstrucciones.

—¿Es que no lo ves, abba? —susurraba Millat—. Es eso. Es la larga historia de nosotros y ellos. Así eran antes las cosas. Pero ya no.

Porque Millat estaba allí para acabar con eso. Para tomarse el desquite. Para dar la vuelta a aquella historia. Le gustaba pensar que él tenía una actitud diferente, una actitud de segunda generación. Si Marcus Chalfen iba a escribir su nombre por todo el mundo, Millat lo escribiría con letras MÁS GRANDES. Y, en los libros de Historia, su nombre se imprimiría sin faltas de ortografía. Y sin omitir fechas. Donde Pande había caminado a trompicones, él pisaría con pie firme. Donde Pande había elegido A él elegiría B.

Sí, Millat estaba colocado. Y a nosotros nos parecerá absurdo que un Iqbal pudiera creer que las migas de pan que un Iqbal había dejado caer varias generaciones antes no habían sido barridas por el viento. Pero, en realidad, poco importa lo que pensemos nosotros. Al parecer, no detendrá al hombre que piensa que su vida presente está guiada por la vida que cree haber vivido antes, como tampoco influirá en la gitana que cree ciegamente en las reinas de su baraja del tarot. Como difícil será hacer rectificar a la exaltada que atribuye a su madre la responsabilidad de sus propios actos, o al solitario que se pasa las noches sentado en su silla plegable en la cima de una montaña, esperando a los hombrecitos verdes. Al fin y al cabo, el paisaje mental de Millat tampoco resulta tan extraño, entre los curiosos panoramas que han sustituido nuestra antigua creencia en la influencia de los astros. Él cree que las decisiones tomadas vuelven a plantearse. Él cree que la vida discurre en círculos. El suyo es un fatalismo simple y claro. Todo pasa y todo vuelve.

—Ding, ding —dijo Millat en voz alta, golpeando el pie de Havelock, antes de dar media vuelta y encaminarse, envuelto en sus vapores, hacia Chandos Street—. Segundo asalto.

31 de diciembre de 1992

Quien acrecienta su saber acrecienta sus penas

Eclesiastés, capítulo 1, versículo 18

Cuando a Ryan Topps le encargaron que confeccionara el calendario de sobremesa «Pensamiento del día» del Salón del Reino de Lambeth para el año 1992, se propuso evitar los errores de sus antecesores. Ryan había observado con frecuencia que, cuando el recopilador tenía que elegir una cita para fechas fatuas y profanas, se dejaba arrastrar por el sentimentalismo; por ejemplo, en el día de san Valentín de 1991, encontramos: «No hay lugar para el temor en el amor, antes bien, el amor perfecto expulsa el temor»; como si san Juan estuviera pensando en ese sentimiento banal que impulsa a las personas a enviarse golosinas y ositos de peluche, y no en el amor sublime de Jesucristo. Así pues, Ryan adoptó la política opuesta. Un día como la víspera de Año Nuevo, en el que la gente se lanza a formular propósitos, hacer balance del año que termina y planear éxitos para el que va a empezar, decidió hacerlos despertar a la realidad con una buena sacudida. Deseaba lanzar un pequeño recordatorio de que el mundo es cruel y absurdo, que los humanos afanes son vanos y que en este mundo no hay progreso que merezca la pena si no tiene por objeto ganar el favor de Dios y una entrada de preferencia para la otra vida. Como hacía más de un año que había terminado el calendario y olvidado la mayor parte de las citas escogidas, se llevó una grata sorpresa al arrancar la hoja del día 30 y ver en la del 31 un recordatorio que le pareció de una eficacia insuperable. El pensamiento no podía ser más apto para este día. La advertencia no podía ser más acertada. Arrancó la hoja, la guardó en el bolsillo de su ajustado pantalón de cuero y dijo a la señora Bowden que subiera al sidecar.

—«El que se arma de valor contra el desastre... —cantaba la señora Bowden mientras cruzaban el puente de Lambeth camino de Trafalgar Square— sigue al maestro sin desmayo...»

Ryan tuvo buen cuidado de hacer la señal más de un minuto antes de torcer a la izquierda, para que las señoras del Reino que iban detrás en el minibús estuvieran preparadas. Hizo un rápido inventario mental de las cosas que había puesto en la camioneta: libros de himnos, instrumentos musicales, pancartas, números de *Atalaya*. No faltaba nada. No tenían invitación, pero protestarían en la calle, soportando el frío, sufriendo como verdaderos cristianos. ¡Alabado sea Dios! ¡Un día glorioso! Todos los presagios eran buenos. Hasta había soñado la noche antes que Marcus Chalfen era el diablo en persona y que estaban los dos cara a cara. Ryan le había dicho: «Tú y yo estamos en guerra. Sólo puede haber un vencedor.» Después le había citado una frase de las Escrituras (ahora no recordaba exactamente cuál, pero era algo de la Revelación) y se la había repetido y repetido hasta que el diablo Marcus había ido haciéndose más y más pequeño, le habían crecido orejas y un rabo muy largo y bífido y finalmente había salido corriendo como un ratoncito satánico. Y lo ocurrido en el sueño ocurriría en la vida real. Ryan permanecería inflexible, impávido y perseverante hasta que el pecador se arrepintiera al fin.

Así afrontaba Ryan todos los conflictos teológicos, prácticos y personales. Sin moverse ni un centímetro. Claro que ésta había sido siempre su especialidad; él poseía una mentalidad monocorde, la facultad de mantener una idea con una tenacidad fenomenal, y nunca había encontrado algo en lo que su carácter encajara mejor que en la iglesia de los Testigos de Jehová. Ryan pensaba en blanco y negro. Lo malo de sus pasiones anteriores —las motos escúter y la música pop— era que siempre había matices de gris (aunque quizá en la vida profana sería difícil encontrar a alguien que se pareciera más a un predicador de los Testigos que esos jóvenes que escriben cartas al *New Musical Express* o los entusiastas que redactan artículos para *Scooters Today*). Siempre se planteaban aquellas difíciles cuestiones de si uno debía diluir su pasión por los Kinks con un poco de Small Faces o si los mejores fabricantes de piezas de repuesto eran los alemanes o los italianos. Ahora aquella vida le resultaba tan extraña que casi no recordaba haberla vivido. Compadecía a los que sufrían bajo el peso de semejantes dudas y dilemas. Compadecía al Parlamento, cuando él y la señora Bowden pasaban por delante; lo compadecía porque las leyes que se hacían allí eran temporales, mientras que las suyas eran eternas...

—«¡No desmaya en su firme propósito de ser peregrino!» —gorjeaba la señora Bowden—. «Quienes lo persiguen con afanes triviales... se pierden en el intento, en tanto que él se fortalece...»

Él gozaba con ello. Gozaba encarándose con el mal y desafiándolo: «Vamos, demuéstrame de lo que eres capaz. Vamos, demuéstralo.» Estaba seguro de que él, a diferencia de los musulmanes y los judíos, no necesitaba argumentos. Ni alambicadas pruebas y defensas. Sólo su fe. Y la razón no puede luchar contra la fe. Si *La guerra de las galaxias* (en secreto, la película favorita de Ryan. ¡El Bien! ¡El Mal! ¡La Fuerza! Qué sencillez. Qué verdad) es realmente el compendio de todos los mitos arcaicos y la más pura alegoría de la vida (tal como creía Ryan), entonces la fe, la fe pura e ignorante es la mejor puta espada luminosa del universo. «Vamos, demuéstralo.» Eso decía él todos los domingos cuando iba de puerta en puerta, y eso diría hoy a Marcus Chalfen: «Demuéstrame que estás en lo cierto. Demuéstrame que tienes más razón que Dios.» Y nada en el mundo podía demostrárselo. Porque Ryan no creía en nada del mundo y nada del mundo le importaba.

—¿Ya llegamos?

Ryan oprimió la frágil mano de la señora Bowden, aceleró a través del Strand y dio la vuelta por detrás de la National Gallery.

—«Nada podrá el enemigo contra su firmeza. ¡Aunque tenga que pelear contra gigantes, impondrá él su derecho a ser peregrino!»

¡Bien dicho, señora Bowden! ¡El derecho a ser peregrino! ¡El que no conoce la presunción y, no obstante, hereda la tierra! ¡El derecho a estar en lo cierto, enseñar a los demás, ser justo en todo momento porque Dios ha dispuesto que lo sea, el derecho a ir a tierras ajenas y lugares lejanos y hablar a los ignorantes, seguro de que uno no dice más que la verdad. El derecho a tener razón siempre. Tan superior a los derechos que en otro tiempo estimaba él: el derecho a la libertad, libertad de expresión, libertad sexual, el derecho a fumar hierba, el derecho a ir de fiesta, el derecho a circular en moto a cien por hora por la autopista sin casco. Era mucho más que estos derechos lo que Ryan podía reivindicar. Él ejercitaba un derecho tan raro en esta colilla del siglo que prácticamente estaba obsoleto. El más fundamental de todos los derechos. El derecho a ser el bueno.

Fecha: 31/12/1992
Autobuses Transportes de Londres
Línea 98
De: Willesden Lane
a: Trafalgar Square
Hora: 17.35
Precio: 0,70 libras
Conserve su billete para revisión

«Caray —pensó Archie—, estas cosas ya no son lo que eran.» Y no es que fueran peores. Sólo eran muy, muy diferentes. Tanta información... Cuando uno arrancaba un billete de la tira perforada, se sentía como disecado por un taxidermista que todo lo ve, congelado en el tiempo, atrapado. Él tenía un primo que años atrás trabajaba en la vieja línea 32, que iba por Oxford Street. Un buen sujeto, Bill. Siempre una sonrisa y una palabra amable para todo el mundo. Solía extraer un billete de aquellos artilugios mecánicos de manivela que hacían chuf-chuf (¿Y qué ha sido de ellos? ¿Dónde está ahora la tinta que manchaba los dedos?) y se lo pasaba con disimulo, sin cobrar: «Ahí va eso, Arch.» Así era Bill, siempre dispuesto a ayudar. Y aquellos billetes, los antiguos, no decían adónde iba uno y, mucho menos, de dónde venía. Él no recordaba haber visto fechas y, desde luego, nada de horas. Ahora todo era distinto. Cuánta información. A Archie le hubiera gustado saber por qué. Dio una palmada en el hombro a Samad, que viajaba delante de él, en el primer asiento del piso superior. Samad se volvió, inspeccionó el billete, escuchó la pregunta y miró a Archie de un modo extraño.

—¿Qué es exactamente lo que quieres saber?

Parecía mosqueado. Todos estaban mosqueados. Aquella tarde habían tenido un poco de rifirrafe. Neena había dicho que había que ir a esa cosa del ratón puesto que Irie había colaborado y Magid había colaborado, y lo menos que podían hacer era ir a apoyarlos como familia que eran porque, pensara uno lo que pensara, allí se había trabajado de firme, y los jóvenes necesitaban el apoyo de los padres y por lo menos ella pensaba ir aunque ellos no fueran, y la familia haría un pobre papel si no acudía en su gran día y... etcétera. Y, después, la tormenta de emociones. Irie se echó a llorar (¿Qué le pasaba a Irie? Estaba llorona últimamente), Clara acusó a Neena de explotar la fibra sensible, Alsana dijo que ella iría si iba Samad, y Samad declaró que él había pasado las dieciocho Nocheviejas últimas en el O'Connell y que no iba a cambiar ahora. Archie, por su parte, manifestó que maldito si iba a seguir escuchando aquel guirigay y que él prefería estar solo, en lo alto de una montaña. Todos lo miraron con extrañeza. Poco imaginaban que su reacción estaba inspirada por unas frases premonitorias recibidas de Ibelgaufts el día antes.

28 de diciembre de 1992

Mi muy querido Archibald:

Éste es tiempo de alegría... por lo menos, eso dicen, pero desde mi ventana no veo más que turbulencia. En estos momentos, seis felinos, ávidos de territorio, pelean en mi jardín. No satisfechos con su deporte otoñal consistente en empapar de orina sus parcelas, con la llegada del invierno han sentido despertar en sí instintos fanáticos... y todo son zarpazos y pelos que vuelan por el aire. ¡Sus chillidos me tienen en pie toda la noche! Creo que Gabriel, *mi propio gato, ha tenido la idea más acertada: se ha ido al tejado del cobertizo, renunciando a sus derechos territoriales a cambio de una vida tranquila.*

Pero al fin Alsana se impuso, y Archie y los demás tuvieron que ir, les gustara o no. Y no les gustaba. De modo que ahora ocupaban medio autobús, porque nadie había querido sentarse al lado de nadie. Clara iba detrás de Alsana, que iba detrás de Archie, que iba detrás de Samad, que estaba separado de Neena por el pasillo. Irie se había sentado al lado de Archie, pero sólo porque no había más asientos.

—Yo sólo decía... Verás —dijo Archie, en un primer intento de conversación, para romper el silencio glacial que mantenían desde que habían salido de Willesden—, me parece interesante la cantidad de información que ponen hoy en día en los billetes de autobús. Comparada con la de antes, bueno, ya sabes. Me gustaría saber por qué. Es muy interesante.

—Si he de serte sincero, Archibald —dijo Samad con una mueca—, no veo el interés. Me parece mortalmente aburrido.

—Ah, bien —dijo Archie—. Ya. —El autobús dio uno de aquellos virajes en los que parece que hasta un suspiro podría hacerlo volcar—. Hm... Así que no sabes...

—No, Jones, no tengo amigos íntimos en las cocheras ni dispongo de información acerca de las decisiones que sin duda se toman día a día en el seno de los Transportes de Londres. Pero si lo que deseas es mi modesta opinión, creo que ello forma parte de un vasto proceso de control del Gobierno para seguir los movimientos de un tal Archibald Jones y saber adónde va y qué hace cada día y en cada momento...

—Joder —cortó Neena—, ¿se puede saber por qué has de ser tan perdonavidas?

—Perdón, no creía estar hablando contigo.

—Él sólo hacía una pregunta, no tenías por qué ponerte tan borde. Llevas medio siglo chinchándolo. ¿Es que nunca vas a parar? ¿Por qué no lo dejas tranquilo de una vez?

—Neena Begum, te juro que si hoy me haces otra observación te arranco la lengua con mis propias manos y me la pongo de corbata.

—Calma, Sam —dijo Archie, desolado por la conmoción que involuntariamente había causado—. Yo sólo...

—A mi sobrina no la amenaces —saltó Alsana desde más atrás—. No la emprendas con ella sólo porque ahora preferirías estar comiendo tus judías con patatas fritas —«¡Ah, judías con patatas fritas!», pensó Archie melancólicamente— en lugar de ir a ver cómo tu hijo realmente hace algo...

—No parecía que tú tuvieras demasiado interés —intervino Clara, aportando su grano de arena—. La verdad, Alsi, es que tienes una manera muy cómoda de olvidar lo que ocurría hace dos minutos.

—Que diga esto la mujer que vive con Archibald Jones... —exclamó Samad con sorna—. Permite que te recuerde que quien tiene el tejado de vidrio...

—No, Samad —protestó Clara—. Ni se te ocurra emprenderla ahora conmigo. Tú eres el que no quería venir... pero tú nunca mantienes una decisión, tú sólo sabes despotricar. Archie, por lo menos, es... —Clara se atascó; por la falta de costumbre de defender a su marido, ahora no encontraba el adjetivo apropiado—. Por lo menos él mantiene sus decisiones. Por lo menos, Archie es consecuente.

—Ah, sin duda —dijo Alsana ásperamente—. Tan consecuente como puede ser una piedra, o mi abuela, por la simple razón de que está enterrada hace...

—¡Oh, cállate ya! —dijo Irie.

Alsana se quedó cortada un momento, pero la impresión pasó enseguida, y recobró el uso de la palabra.

—Irie Jones, tú no me digas...

—Sí te digo —atajó Irie, muy colorada—. Te digo que te calles. Cállate, Alsana. Y callaos todos. ¿Vale? Callaos. Por si no os habéis dado cuenta, en este autobús viajan otras personas y, aunque os cueste trabajo creerlo, no todos los habitantes del universo están deseando escucharos. Así que ya basta. Eso es. Intentadlo. Silencio. Ah. —Levantó las manos, como si pudiera tocar la calma que había creado—. ¿No es hermoso? ¿No sabéis que esto es lo que tienen otras familias? Calma. Preguntad a estas personas. Ellos os lo dirán. También tienen familia. Y así están otras familias siempre. Y hay personas que a estas familias las llaman reprimidas, frías y no sé qué más, pero ¿sabéis lo que digo yo?

Los Iqbal y los Jones, tan atónitos como el resto del pasaje (incluidas las ruidosas chicas *ragga* que iban a una fiesta de fin de año en una sala de baile de Brixton), esperaban la respuesta.

—Yo digo que tienen suerte. Una suerte de puta madre.

—¡Irie Jones! —gritó Clara—. ¡Esa lengua!

Pero nada podía parar a Irie.

—¡Qué paz! ¡Qué delicia debe de ser su vida! Abren una puerta y encuentran sólo un cuarto de baño o una sala de estar. Espacios neutrales. No este laberinto de habitaciones del presente y habitaciones del pasado con las cosas que se dijeron en ellas hace años y la mierda histórica de cada cual por todas partes. Ellos no están siempre repitiendo los mismos errores. No están siempre oyendo las mismas historias. No hacen representaciones públicas de angustia vital en los transportes urbanos.

Realmente, estas personas viven. Podéis estar seguros. Los grandes traumas de sus vidas son cosas tales como cambiar la moqueta. Pagar las facturas. Reparar la cerca. No les inquieta lo que hagan sus hijos en el mundo, mientras sean gente relativamente sana. Feliz. Y cada día de su existencia no es esta lucha terrible entre quiénes son y quiénes tendrían que ser, lo que fueron y lo que serán. Vamos, preguntadles. Que ellos os lo expliquen. No tienen mezquitas. Si acaso, una iglesia pequeña. Y pecados, pocos. Mucha tolerancia. Tampoco tienen desvanes. Ni secretos en los desvanes. Ni esqueletos en los armarios. Ni bisabuelos. Ahora mismo, apuesto veinte libras a que Samad es aquí el único que sabe cuánto medía la entrepierna de su bisabuelo. ¿Y por qué no lo saben? Porque ni puñetera falta que hace. Para ellos eso es el pasado. Esto es lo que me gusta de otras familias. Que no se permiten todo. Que no andan por ahí recreándose, recreándose, sí, en su perturbación. No dedican su tiempo a buscar la manera de complicarse la vida. Simplemente, van viviendo. Qué suerte tienen esos hijos de la gran puta, qué suerte tienen esos cabronazos.

La enorme descarga de adrenalina que provocó este insólito estallido recorrió el cuerpo de Irie, aceleró los latidos de su corazón a un ritmo de galope y cosquilleó las terminaciones nerviosas de la criatura que llevaba dentro. Porque Irie estaba embarazada de ocho semanas y lo sabía. Lo que no sabía, y comprendía que quizá nunca llegaría a saber (lo comprendió en el mismo instante en que vio aparecer las espectrales líneas azules en el papelito de la prueba, como la faz de la virgen en los *zucchini* de un ama de casa italiana), lo que no sabía ella era la identidad del padre. No había en el mundo prueba que pudiera revelarle esto. El mismo pelo negro y espeso. El mismo brillo en los ojos. La misma costumbre de morder el extremo del lápiz. El mismo número de calzado. El mismo ácido desoxirribonucleico. Ella no podía conocer cuál había sido la decisión de su cuerpo, cuál había sido su elección en la carrera hacia el gameto, entre los salvados y los no salvados. No podía saber si esta elección supondría alguna diferencia. Porque, fuera cual fuera de los dos hermanos, también sería el otro. Nunca lo sabría.

Al principio, esta circunstancia le pareció muy triste; instintivamente, consideraba los hechos biológicos de un modo sentimental, agregándoles un falso silogismo propio: si no era el hijo de alguien, ¿no sería hijo de nadie? Le venían a la memoria aquellos mapas ficticios que se desplegaban de los viejos libros de ciencia-ficción de Joshua, aquellas Aventuras Fantásticas. Así se le antojaba su hijo: algo muy bien trazado pero sin coordenadas reales. El mapa de una patria imaginaria. Pero, después de llorar, y pasearse, y darle vueltas y más vueltas, pensó: «Y qué importa, ¿comprendes? Y qué importa.» Porque, a fin de cuentas, sería así, no exactamente así pero, por lo menos, así de complicado. Porque, a fin de cuentas, se trataba de los Iqbal. Se trataba de los Jones. ¿Qué otra cosa cabía esperar?

—¿Estás bien, cariño? —le preguntó Archie, después de un largo silencio, poniéndole en la rodilla su gran mano rosada con manchas de hígado, como salpicaduras de té—. Tenías muchas cosas dentro.

—Estoy bien, papá. Estoy bien.

Archie le sonrió y le recogió un mechón de pelo detrás de la oreja.

—Papá.

—¿Sí?

—Acerca de los billetes del autobús.

—¿Sí?

—Una explicación sería que hay mucha gente que paga por el viaje menos de lo estipulado. Durante los últimos años, las compañías de autobuses han tenido déficits cada vez mayores. ¿Ves esto que pone de «Conservar para inspección»? Es para la comprobación. Indica todos los detalles, para que no se pueda hacer trampas.

¿Y antes?, se preguntaba Archie. ¿Antes la gente hacía menos trampas? ¿Eran más honrados, tenían siempre abierta la puerta de la calle, dejaban a los niños con los vecinos, hacían visitas de cumplido, compraban a crédito en la carnicería? Lo curioso de hacerse viejo en este país es que siempre hay alguien que desea oírlo a uno decir eso. Que hubo un tiempo en que era una tierra verde y placentera. Necesitan oírlo. A Archie le hubiera gustado saber si también su hija lo necesitaba. Ahora lo miraba de un modo curioso. Doblando hacia abajo las comisuras de los labios y con ojos casi suplicantes. Pero ¿qué podía decirle él? Los Años Nuevos llegan y se van, pero ni todos los buenos propósitos del mundo parecen poder cambiar el hecho de que haya mala gente. Siempre ha habido mucha mala gente.

—Cuando era niña —dijo Irie suavemente, tocando la campanilla para la parada—, pensaba que eran pequeñas coartadas. Los billetes de autobús quiero decir. Fíjate: llevan la hora. La fecha. El lugar. Y me decía que, si un día tenía que defender mi inocencia delante de un tribunal y demostrar que no podía haber estado donde y cuando ellos decían haciendo lo que ellos decían, podría enseñar uno de estos billetes.

Archie guardó silencio. Irie supuso que la conversación había terminado y por eso la sorprendió cuando, varios minutos después, tras abrirse paso por entre la multitud bullanguera y los turistas despistados, ya en la escalera del Perret Institute, su padre dijo:

—Pues no se me había ocurrido. Procuraré recordarlo. Porque uno nunca sabe... Quiero decir que es una idea. Y hasta habría que recoger todos los que uno encontrara en la calle, imagino. Y guardarlos en un tarro. Una coartada para cada ocasión.

Y toda esta gente se dirige al mismo lugar. El espacio final. Una sala grande, una de tantas del Perret Institute; una sala aparte de la exposición y sin embargo llamada Sala de Exposiciones, un lugar polivalente, una hoja en blanco; un lugar «blanco, cromado, aséptico, simple» (ésta fue la especificación para el diseño) apto para ser utilizado por la gente que quisiera reunirse en un lugar neutral a finales del siglo XX; un lugar virtual en el que poder realizar su proyecto (ya fuera cambio de marca, lanzamiento de prendas de lencería o cambio de marca de prendas de lencería), en un vacío, una cavidad no contaminada; estación terminal lógica de una milenaria sucesión de espacios superpoblados y ensangrentados. A éste lo despeja, esteriliza y ventila todos los días una señora de la limpieza nigeriana con una Hoover tamaño industrial, y lo custodia durante la noche el señor De Winter, un vigilante polaco (así se autodenomina él; el título del cargo es «coordinador de seguridad de bienes»), a quien se puede ver protegiendo el espacio, recorriendo sus límites mientras escucha aires populares polacos con un walkman; se lo puede ver a través del gran muro de vidrio si uno pasa por allí: los metros cuadrados de vacío protegido y un letrero que indica el precio de cada metro cuadrado de este espacio por espacio por espacio más largo que ancho y lo bastante alto para albergar a tres Archies uno encima del otro y media Alsana por lo menos, y esta noche hay dos enormes carteles a juego (que mañana ya no estarán) que empapelan los lados de la sala y el texto reza COMISIÓN CIENTÍFICA DEL MILENIO en diversos tipos de letra que van desde el deliberado arcaísmo de VIKING hasta la modernidad de **impact** con objeto de transmitir la sensación de mil años de tipografía (ésta era la especificación), todo ello, alternando los tonos de gris, azul pálido y verde oscuro, porque, según las encuestas, éstos son los colores que el público asocia a «ciencia y tecnología» (púrpuras y rojos evocan las artes, el azul simboliza «calidad o mercancía aprobada»); porque, afortunadamente, tras años de sinestesia corporativa (azul sal y vinagre, verde queso y cebolla), finalmente el público puede dar las respuestas idóneas cuando se designa un espacio o cuando se cambia el nombre a algo, una sala polivalente británica (ésta era la especificación: una nueva sala británica, un espacio para la Gran Bretaña, lo británico, espacio de la Gran Bretaña, espacio industrial británico, espacio para espacio cultural); porque la gente entiende el significado cuando se le pregunta en qué medida el cromado lo hace sentirse apagado; y entiende el significado de: ¿identidad nacional?, ¿símbolos?, ¿pintura?, ¿mapas?, ¿música?, ¿aire acondicionado?, ¿negritos sonrientes o chinitos sonrientes o [marque la casilla] música del mundo?, ¿moqueta o alfombra?, ¿mosaico o parqué?, ¿plantas?, ¿agua corriente?

ellos saben lo que quieren, especialmente los que han vivido en este siglo, los que se han visto obligados a trasladarse de un espacio a otro, como el señor De Winter (nacido Wojciech), con nombre nuevo, marca nueva, la respuesta a todos los cuestionarios es nada espacio por favor sólo espacio nada por favor nada espacio

20

De ratones y recuerdos

¡Es como la tele! Y éste es el mayor elogio que Archie puede dedicar a cualquier acontecimiento de la vida real. Salvo que esto es como la tele, pero mejor. Es muy moderno. Aquí dentro está todo tan bien diseñado que uno no se atreve ni a respirar. Y no digamos a peerse. Estas sillas (unas doscientas), de plástico pero sin patas, curvadas como una S, parecen sustentadas por su propio plegado; y encajan unas con otras en diez filas; y cuando uno se sienta parece que lo envuelven, que se le amoldan al cuerpo y, al mismo tiempo, dan sensación de robustez. ¡Cómodas! ¡Modernas! Un plegado admirable, piensa Archie mientras se sientan, mucho más sofisticado que todo lo que haya visto él. Muy bien.

La otra cosa que hace que esto sea mejor que la tele es que está lleno de conocidos. Al fondo ha visto al granuja de Millat, con Abdul-Jimmy y Abdul-Colin; hacia el centro de la sala descubre a Josh Chalfen y, en primera fila, está Magid con la Chalfen (Alsana no la mira, pero Archie saluda agitando la mano, porque sería una falta de educación). De cara al público (cerca de Archie, que tiene el mejor sitio de la sala) se encuentra Marcus, detrás de una mesa larga, igual que en la tele, con muchos micrófonos encima que parecen un enjambre de jodidas abejas asesinas con un abdomen negro y gigante. Al lado de Marcus hay otros cuatro individuos, tres de su misma edad y el cuarto, un viejete chupado y reseco. Todos con gafas, como los científicos de la tele. Pero sin bata blanca. Vestidos más bien de trapillo: jerséis con escote de pico, corbatas, mocasines. Esto sí que es un poquito decepcionante.

Archie ha visto muchas escenas de conferencias de prensa (padres que lloran por un niño desaparecido o, a la inversa, si la película es de un huérfano extranjero, niño que llora por falta de padres), pero esto las supera con creces, porque en el centro de la mesa hay algo muy interesante (algo que normalmente no se ve en la tele, donde sólo hay gente que llora): un ratón. Un ratón vulgar de color pardo que, a pesar de estar solo, no para de moverse por una caja de vidrio del tamaño de un televisor, con agujeros de ventilación. Archie, al verlo, ha sentido pena (¡siete años en una caja de vidrio!), pero resulta que la caja es provisional, sólo para las fotos. Irie le ha explicado que el Instituto le ha preparado una casa enorme, llena de tubos y de escondites, espacios y más espacios, para que no se aburra, y que después lo trasladarán allí. Así que no hay que preocuparse. Y parece listo el muy tunante. Da la impresión de que hace muecas. Y es que uno se olvida de lo avispados que parecen los ratones. Difíciles de cuidar, desde luego. Por eso él nunca le compró un ratón a Irie cuando era pequeña. Los peces son más limpios... y no tienen tanta memoria. Archie sabía por propia experiencia que el que tiene mucha memoria suele ser rencoroso, y una mascota rencorosa (la comida en mal estado que me diste aquel día, aquella vez que me bañaste) no es aconsejable.

—¡Ah, pero si estás aquí delante! —descubre Abdul-Mickey, dejándose caer a su lado, sin ningún respeto por la silla sin patas—. A ver si se te echa encima un jodido roedor resentido.

Archie sonríe. Mickey es la clase de sujeto con el que da gusto ir al fútbol, o al críquet, o tenerlo al lado si uno ve una pelea callejera, porque Mickey es algo así como un comentarista de la vida. Un filósofo. En su existencia diaria, que no le da muchas oportunidades de mostrar esta faceta de su personalidad, se siente frustrado. Pero lejos del fogón, sin el delantal y con espacio de maniobra es todo un carácter. A Archie le cae bien Mickey. Le cae muy bien.

—¿Cuándo piensan empezar? —pregunta a Archie—. Parece que no tienen prisa. No querrán que nos pasemos la jodida noche mirando un ratón, ¿verdad? Quiero decir que, si traen aquí a toda esta gente una noche de fin de año, tienen que darles un poco de diversión.

—Bueno, verás —dice Archie, que no es que disienta pero tampoco está totalmente de acuerdo—, supongo que tendrán que repasar las notas y todo eso... No se trata de levantarse y empezar a decir animaladas. Digo yo que aquí no se trata de divertir al público continuamente. Esto es Ciencia. —Archie dice «Ciencia» del mismo modo en que dice «Moderno», como si alguien le hubiera prestado las palabras y le hubiera hecho jurar que no las romperá—. La Ciencia —repite, asiéndola ahora con más firmeza— es otra historia.

Mickey asiente y examina la proposición con gesto reflexivo, tratando de decidir cuánto peso debe reconocer al contraargumento Ciencia, con todas sus connotaciones de pericia y planos superiores, de zonas del pensamiento que ni Mickey ni Archie han visitado jamás (respuesta: ninguno); cuánto respeto debe concederle, a la luz de estas connotaciones (respuesta: al carajo; la Universidad de la Vida es lo que cuenta, ¿no?), y cuántos segundos debe esperar para rebatirlo y machacarlo (respuesta: tres).

—Al contrario, Archibald, al contrario, joder. Es un argumento engañoso. O sea, un jodido error. La ciencia no es diferente de las demás cosas. Si bien se mira, quiero decir. A fin de cuentas, tiene que complacer a la gente, no sé si me entiendes.

Archie asiente. Él entiende a Mickey. (Ciertas personas —por ejemplo, Samad— dirán que hay que desconfiar de la gente que abusa de la expresión «a fin de cuentas»: entrenadores de fútbol, agentes de la propiedad inmobiliaria, viajantes de comercio; pero Archie nunca pensó tal cosa. Un uso prudente de esta frase nunca dejaba de convencerlo de que su interlocutor iba al fondo de la cuestión, a lo fundamental.)

—Y, si dices que hay alguna diferencia entre esto y mi café —prosigue Mickey con énfasis pero sin que, medida en decibelios, su voz pase de un susurro—, es que quieres tomarme el pelo. Al fin todo es lo mismo. Al fin todo depende del cliente. *Exempli jodida gratia*: De nada servirá que yo ponga pato *à l'orange* en el menú si nadie lo quiere. Igualmente, de nada servirá que esta gente se gaste un jodido pastón en unas ideas estupendas si no van a hacerle un bien a alguien. Piénsalo —dice Mickey dándose unos golpecitos en la sien, y Archie sigue el consejo lo mejor que puede.

»Pero eso no quiere decir que no le des una jodida oportunidad —continúa Mickey, animándose—. Tienes que dar una oportunidad a esas nuevas ideas. Si no, es que eres un bestia, Arch. Y yo, a fin de cuentas, siempre he sido un innovador. Por eso, hace dos años, introduje en el menú el repollo con patatas.

Archie asiente sesudamente. Lo del repollo con patatas había sido una especie de revelación.

—Pues lo mismo pasa aquí. Tienes que dar a estas cosas una oportunidad. Es lo que les dije a Abdul-Colin y a mi Jimmy. Les dije: «No hay que adelantarse a los acontecimientos; venid conmigo y dadle una oportunidad.» Y han venido. —Abdul-Mickey volvió la cabeza, en un saludo hosco, en dirección a su hermano y su hijo, que respondieron con gestos similares—. Quizá no les guste lo que oigan, desde luego, pero de eso nadie puede responder. Lo que cuenta es que han venido con un criterio abierto. En cuanto a mí, personalmente, yo he venido porque me lo ha aconsejado ese Magid Iqbal, y yo me fío de él, me fío de su criterio. De todos modos, como te digo, ya veremos. Vivir para ver, Archibald, joder —dice Mickey, sin ánimo de ser soez, sino porque esa palabra que empieza por «j» es para él material de relleno; no puede prescindir de ella, es como una guarnición de alubias o de guisantes—. Vivir para ver, joder. Y te diré que, si algo de lo que aquí se diga esta noche puede convencerme de que mi Jimmy podría no haber nacido con una piel que parece la superficie de la jodida luna, me habrán convencido, Arch. Francamente, no tengo ni la más jodida idea de qué pueda tener que ver un ratón con los granos del viejo Yusuf, pero puedes estar seguro de que pondría mi vida en las manos del joven Iqbal. Ese chico inspira confianza. Vale por una docena como su hermano —agrega Mickey con sorna, bajando la voz porque Sam está detrás—. Y me quedo corto. Porque, digo yo, ¿en qué coño estaría pensando ese hombre? Yo sé muy bien a cuál de los dos hubiera aviado. Desde luego.

—Era una decisión difícil —dice Archie encogiéndose de hombros.

Mickey cruza los brazos y gruñe.

—Quia, compañero. En esta vida, o uno acierta o se equivoca. Y cuando se ha comprendido esto, Arch, la vida resulta jodidamente más fácil. Te doy mi palabra.

Archie acepta las palabras de Mickey con agradecimiento y las añade a las otras perlas de sabiduría que le ha deparado el siglo: O uno acierta o se equivoca. La edad de oro de los vales del almuerzo ha pasado. Más justo no puedo ser. ¿Cara o cruz?

—Bueno, bueno, allá vamos —dice Mickey con una amplia sonrisa—. La cosa se mueve. Probando el micrófono. Uno... dos, uno... dos. La función va a empezar.

—... y éste es un trabajo de pioneros, es algo que merece dinero público y atención pública, es un trabajo cuya importancia ha de contrarrestar sobradamente, a los ojos de una persona racional, las objeciones que se han formulado contra él. Lo que necesitamos...

«Lo que necesitamos son sillas que estén más cerca del estrado», piensa Joshua. Típico plan mierdoso de Crispin. Crispin había reservado sillas centrales, con el propósito de que los ALTEA pudieran confundirse entre la gente, hasta el momento de ponerse los pasamontañas. Pero era una memez dar por descontado que habría pasillo central. Porque no lo había. Ahora tendrían que ir hasta los pasillos laterales, lo que era ridículo, como una banda de terroristas buscando butaca en el cine. Esto retardaría y entorpecería una operación en la que la rapidez y la sorpresa eran lo esencial. Qué papelón. Todo el plan cabrea a Josh. Tan estudiado y absurdo, diseñado para mayor gloria de Crispin. Crispin que da unos gritos, Crispin que saca una pistola, Crispin que esboza unos tics a lo Jack Nicholson para dar dramatismo a la cosa. FANTÁSTICO. Y lo único que tiene que decir Josh es: «Por favor, papá. Dales lo que te piden.» Aunque espera tener margen para la improvisación: «Por favor, papá. Soy muy joven. Quiero vivir. Dales lo que quieren, joder. No es más que un ratón... Soy tu hijo.» Y entonces, quizá, un desmayo fingido en reacción a un ademán intimidatorio con la pistola, si su padre se muestra recalcitrante. Es un plan tan ramplón que da grima. Pero resultará (había dicho Crispin), estas cosas siempre resultan. Y es que Crispin ha pasado tanto tiempo en el reino animal que es una especie de Mowgli: de las motivaciones de las personas no tiene ni idea. Sabe más de la psicología de un tejón de lo que nunca sabrá de la mentalidad de un Chalfen. Y ahora, al ver a Marcus allá arriba con su estupendo ratón, celebrando el mayor logro de su vida y quizá de esta generación, Joshua no puede evitar que su obstinado cerebro se pregunte si no será posible que él y Crispin y ALTEA estén completamente equivocados. Que hayan liado las cosas soberanamente. Que hayan subestimado la fuerza del chalfenismo y su notable compromiso con la racionalidad. Porque es posible que su padre no salve aquello que ama, que no actúe por impulso como el resto de la plebe. Es posible que en esto no intervenga para nada el amor. Y la sola idea hace sonreír a Joshua.

—... y deseo daros las gracias a todos, de modo especial a mi familia y amigos que han sacrificado su fin de año... Deseo daros las gracias por estar aquí, en el punto de partida de lo que estoy seguro de que todos convendréis en que es un proyecto apasionante, no sólo para mí y mis compañeros investigadores, sino para un círculo mucho más amplio...

Marcus ha empezado, y Millat observa cómo los hermanos GEVNI intercambian miradas. Esperarán unos diez minutos. Quizá quince. Abdul-Colin dará la señal. Ellos siguen instrucciones. Millat, por el contrario, no sigue instrucciones; por lo menos, no la clase de instrucciones que pasan de boca en boca o se escriben en un papel. A él lo mueve un imperativo instilado en sus genes, y el frío hierro que le pesa en el bolsillo interior es la respuesta a una antigua demanda. En el fondo, él es un *pandy*. En su sangre hay rebelión.

Con los detalles prácticos no había tenido que romperse la cabeza: dos llamadas telefónicas a chicos de la vieja panda, un acuerdo tácito, dinero de los GEVNI, un viaje a Brixton y asunto concluido, ya era suya. Pesaba más de lo que imaginaba, pero no era un armatoste. Por otra parte, casi la reconocía. Un efecto parecido le había causado un coche bomba que había visto explotar hacía muchos años, en la zona irlandesa de Kilburn. Sólo tenía nueve años, e iba con Samad; pero, mientras que Samad quedó consternado, Millat apenas parpadeó. Le resultaba familiar. No le impresionó. Porque ya no hay objetos ni sucesos insólitos, como tampoco los hay sagrados. Todo es familiar. Todo está en la tele. Así que sentir por primera vez el contacto de aquel frío metal fue algo normal. Y cuando las cosas resultan normales, cuando se plantean con facilidad, es una tentación muy fuerte usar la palabra «destino». Y, para Millat, era un concepto muy parecido al de la televisión: una narración imparable, escrita, producida y dirigida por otro.

Desde luego, ahora que está allí, flipado y asustado, y ya no parece tan fácil, y el lado izquierdo de la cazadora le pesa como si alguien le hubiera metido un yunque de película de dibujos animados... ahora ve la gran diferencia que hay entre la tele y la vida, y es como si algo lo pateara entre las piernas. Consecuencias. Pero, incluso cuando piensa esto, busca una referencia en las películas (porque él no es como Samad ni como Mangal Pande; él no ha vivido una guerra, no ha visto acción, no dispone de analogías ni de anécdotas), y se acuerda de Pacino en el primer Padrino, sobrecogido en el retrete del restaurante (como Pande estaría sobrecogido en el dormitorio del cuartel) y durante un momento piensa en lo que supone salir del retrete y emprenderla a tiros con los dos tipos sentados a la mesa del mantel a cuadros. Y Millat recuerda. Recuerda haber rebobinado y repetido la escena, y parado la acción infinidad de veces, durante años. Recuerda que, por mucho que uno se detenga en esa fracción de segundo en la que Pacino titubea, por muchas veces que se repita ese momento de duda, él no hará sino lo que, desde siempre, iba a hacer.

—... y cuando consideramos la importancia de esta tecnología para la humanidad... que estoy convencido de que resultará equiparable a los descubrimientos de este siglo en el campo de la física: la relatividad, la mecánica cuántica... cuando consideramos las posibilidades que nos brinda para escoger... no entre unos ojos azules y unos ojos castaños, sino entre unos ojos que serían ciegos y unos ojos que podrían ver...

Pero ahora Irie cree que hay cosas que el ojo humano no puede detectar, ni con lupa, ni con prismáticos, ni con microscopio. Y ella debe de saberlo, porque lo ha probado. Ha mirado al uno y al otro, al uno y al otro tantas veces que aquéllas ya no le parecen caras sino lienzos color marrón con protuberancias, al igual que una palabra repetida muchas veces deja de tener significado. Magid y Millat. Millat y Magid. Majlat. Miljid.

Ha pedido a su hijo por nacer que le haga una señal, y nada. Le viene a la memoria un canto oído en casa de Hortense, el salmo 63: «A ti te busco solícito; sedienta de ti está mi alma; mi carne languidece en pos de ti...» Pero esto es mucho pedir. Le exige volver atrás, atrás, atrás hasta la raíz, hasta el momento crucial en el que el esperma se encontró con el huevo y el huevo se encontró con el esperma, y en esta historia es imposible distinguir tan atrás. El hijo de Irie nunca podrá ser definido con exactitud, no podrá hablarse de él con certeza. Hay secretos que son permanentes. Irie ha tenido una visión de un tiempo, un tiempo no muy lejano ya, en el que las raíces habrán dejado de tener importancia, porque no pueden, no deben tenerla, porque son muy largas y muy tortuosas y porque están enterradas a una recondenada profundidad. Ella confía en que llegue pronto este tiempo.

—«Aquel que más valiente quiera ser. Contra todo desastre...»

Desde hace ya varios minutos, bajo la voz de Marcus y los chasquidos de los percutores de las cámaras se percibe otro sonido (Millat lo ha detectado antes que nadie), un cántico lejano. Marcus trata de hacer caso omiso y seguir hablando, pero los cantos se acercan. Marcus hace pausas entre frases para mirar en derredor, pero es evidente que en la sala no canta nadie.

—«Siga al maestro con constancia...»

—Ay, Dios —suspira Clara, inclinándose para hablar al oído a su marido—. Es Hortense. Hortense. Archie, tendrías que ir a ver si puedes hacer algo. Por favor. Desde tu sitio es más fácil salir.

Pero Archie está divirtiéndose mucho. Entre la charla de Marcus y los comentarios de Mickey, es como ver dos programas de televisión al mismo tiempo. Muy informativo.

—Díselo a Irie.

—No puedo. Está en medio de la fila. Archie —gruñe Clara, y en su tono amenazador se percibe ahora el acento jamaicano—, ¡no podemos dejar que estén ahí cantando todo el rato!

—Sam —dice Archie, tratando de hacer llegar el susurro a los oídos del amigo—, Sam, sal tú. Tampoco querías venir... Anda. Ya conoces a Hortense. Sólo dile que baje el volumen. Es que me gustaría escuchar esto hasta el final, sabes. Muy informativo.

—Encantado —contesta Samad con un siseo, levantándose bruscamente y sin molestarse en pedir perdón al pisar a Neena—. No hace falta que me guardéis el sitio.

Marcus, que está a la cuarta parte de una detallada descripción de los siete años del ratón, levanta la mirada del papel ante aquella perturbación e interrumpe la disertación para observar con el resto del público la salida de aquella figura.

—Me parece que alguien ha descubierto que esta historia no tiene un final feliz.

Mientras el público ríe levemente y vuelve a quedar en silencio, Mickey da un codazo en el costado a Archibald.

—¿Ves? Esto ya me gusta más —dice—. Un toque de humor. La cosa se anima. Lenguaje del hombre de la calle, ¿eh? Porque no todo el mundo ha pasado por Oxbridge, joder. Algunos fuimos a la...

—Universidad de la Vida —conviene Archie asintiendo, porque los dos han estado allí, aunque en épocas distintas—. Ninguna mejor.

En la calle, Samad siente que su decisión, tan firme cuando la puerta se cerró bruscamente a su espalda, flaquea a medida que se acerca a las aguerridas damas de los Testigos, diez en total, con pelucas imponentes, formadas en la escalera, que golpean los instrumentos de percusión como si quisieran sacar de ellos algo más que ritmo. Hoy cantan a viva voz. Cinco guardias de seguridad ya se han dado por vencidos, y hasta el mismo Ryan Topps parece un poco intimidado por su Frankenstein coral y se mantiene a distancia, en la acera, repartiendo ejemplares de *Atalaya* entre la multitud que se dirige al Soho.

—¿Hacen descuentos? —pregunta una joven borracha mirando el cielo cursi pintado en la portada y uniendo el folleto al fajo de propaganda de salas de fiestas—. ¿Se exige traje de noche?

No sin aprensión, Samad se acerca a la mujer que toca el triángulo y le da un golpecito en sus hombros de delantero de rugby. Recurre a todo el repertorio de fórmulas de cortesía de que puede hacer uso un indio para dirigirse a damas jamaicanas entradas en años y potencialmente peligrosas («si me permite por favor perdón no podría por favor perdón», todo lo cual se aprende en las estaciones de autobús), pero el estrépito continúa, redoblan los tambores, zumba el *kazoo*, chasquean los platillos. Las señoras siguen triturando la escarcha con sus endebles zapatos. Y Hortense Bowden, desde su silla plegable (ya es muy vieja para formar), fulmina con la mirada a la multitud que danza en Trafalgar Square. Sostiene entre las rodillas una pancarta que proclama, escuetamente:

«EL TIEMPO ESTÁ PRÓXIMO, Apocalipsis 1, 3.»

—¿Señora Bowden? —dice Samad, acercándose a ella durante una pausa entre estrofas—. Soy Samad Iqbal. Amigo de Archibald Jones. —Como Hortense no lo mira ni da la menor señal de reconocerlo, Samad se siente obligado a profundizar en la intrincada trama de sus relaciones—: Mi esposa es amiga de su hija, mi sobrina política también. Mis hijos son amigos de su...

Hortense hace chasquear la lengua.

—Ya sé quién es usted, hombre. Usted me conoce y yo lo conozco. Pero en este momento no hay en el mundo más que dos clases de personas.

—Es sólo que nos preguntábamos si no podrían bajar un poco el tono —la interrumpe Samad, para cortar el sermón que ve venir—. Sólo un poco...

Pero Hortense ya lo está arrollando, con los ojos cerrados y el brazo levantado, dando testimonio de la verdad al viejo estilo jamaicano:

—Dos clases de personas: los que cantan al Señor y los que lo rechazan, con peligro para su alma.

Hortense se vuelve. Se levanta. Agita la pancarta furiosamente en dirección a las hordas ebrias que oscilan rítmicamente en las fuentes de Trafalgar. Un reportero cínico, que tiene un hueco en la página 6, le pide que lo haga otra vez.

—Esa pancarta, un poco más arriba, abuela —dice, con la cámara en alto y una rodilla en la nieve—. Vamos, ahora muy enfadada, eso es. Estupendo.

Las Testigos alzan las voces, enviando su canto al firmamento.

—«A ti te busco solícito...» —canta Hortense—. «Sedienta de ti está mi alma, mi carne languidece en pos de ti en tierra árida, sedienta, sin aguas...»

Samad contempla la escena y descubre con sorpresa que no desea hacerla callar. En parte porque está cansado. En parte porque está viejo. Pero, sobre todo, porque él haría lo mismo, aunque en un nombre diferente. Él sabe lo que es buscar. Él sabe de la aridez. Él ha sentido la sed que abrasa en una tierra extraña, una sed terrible, persistente, que dura toda la vida.

«Más justo no puedo ser —piensa—, más justo no puedo ser.»

Dentro de la sala:

—Aún estoy esperando que hable de mis granos. No he oído nada de eso, ¿y tú, Arch?

—No, nada todavía. Supongo que tendrá muchas cosas que decir. Es muy revolucionario todo esto.

—Sí, desde luego... Pero el que paga puede elegir.

—Tú no has pagado entrada, ¿verdad?

—No. No, no he pagado. Pero aun así puedo tener expectativas. El principio es el mismo, ¿no? A ver, a ver, calla... Me ha parecido oír algo de «piel»...

Mickey había oído «piel». Papilomas de la piel, al parecer. Sus buenos cinco minutos de charla. Archie no entiende ni palabra. Pero Mickey, al final, parece satisfecho, como si hubiera conseguido toda la información que había ido a buscar.

—Hm, por eso vine, Arch. Muy interesante. Un gran avance de la medicina. Es que estos médicos hacen jodidos milagros.

—... y en esto —dice Marcus— él fue elemental e indispensable. No es sólo una inspiración personal sino que sentó la base para la mayor parte de este trabajo, especialmente con su obra capital, que llegó a mis manos...

—Oh, eso está bien. Dar jabón al viejo. Y se nota que está encantado de oírlo. Parece a punto de echarse a llorar. No he pescado su nombre. De todos modos, está bien eso de no acaparar toda la gloria. Pero tampoco hay que pasarse. Oyendo a Marcus parece que todo lo ha hecho el viejo.

—¡Caray! —dice Mickey, que piensa lo mismo—. Cuanta coba. Pero ¿no habías dicho que ese Chalfen era el jefe?

—Puede que sean socios en el crimen —sugiere Archie.

—... ayudando económicamente, cuando el trabajo en este campo sufría una gran penuria y parecía que iba a permanecer para siempre en el ámbito de la ciencia ficción. Sólo por esta razón se puede decir que ha sido el guía espiritual, si ustedes quieren, de nuestro grupo de investigadores y sigue siendo mi guía y consejero, como lo ha sido durante veinte años...

—¿Sabes quién es mi guía? —dice Mickey—. Mohamed Alí. Sin discusión. Integridad de mente, integridad de espíritu, integridad de cuerpo. Un tío legal. Y un gran luchador. Y cuando dijo que era el más grande no dijo sólo «el más grande».

—¿No? —pregunta Archie.

—No, compañero —responde Mickey, solemne—. Dijo que era el más grande de todos los tiempos. Pasado, presente y futuro. Era un tío cojonudo Alí. Mi maestro, sin vuelta de hoja.

El guía... piensa Archie. El suyo fue siempre Samad. A Mickey no puede decirle eso, evidentemente. Parece una bobada. Suena raro. Pero es la verdad. Siempre Sammy. A las duras y a las maduras. Aunque se acabara el mundo. En cuarenta años, nunca había tomado una decisión sin consultarlo. El bueno del viejo Sam. Sam, el hombre.

—... y si existe una persona que merezca la parte del león del reconocimiento por la maravilla que tenéis ante los ojos, esa persona es el doctor Marc-Pierre Perret. Un hombre extraordinario y un gran...

Todos los momentos ocurren dos veces: dentro y fuera, y son dos historias diferentes. Archie reconoce el nombre, le suena débilmente en su interior, pero en este momento ha vuelto la cabeza para ver si ya vuelve Samad. No lo ve. Pero descubre a Millat, que tiene un aspecto raro. Muy raro. Angustiado más que burlón. Se balancea ligeramente en la silla, y Archie no puede captar su mirada para hacerle una señal de «eh, chico, ¿te pasa algo?», porque Millat tiene los ojos fijos en algo, y cuando Archie sigue la dirección de su mirada se encuentra contemplando el mismo fenómeno: un anciano que derrama unas lagrimitas de satisfacción. Unas lágrimas rojas. Unas lágrimas que Archie reconoce.

Pero no antes de que las haya reconocido Samad; el capitán Samad Miah, que acaba de entrar sin ruido por la puerta moderna, accionada por un mecanismo silencioso; el capitán Samad Miah, que se para un momento en el umbral, mira a través de las gafas con ojos entornados y descubre que el único amigo que tiene en el mundo ha estado mintiéndole durante cincuenta años. Que la piedra angular de su amistad no era más sólida que el malvavisco y las pompas de jabón. Que Archibald Jones tenía más calado de lo que él imaginaba. Lo descubre todo de repente, como en el punto culminante de un mal musical hindi. Y entonces, con un júbilo malsano, comprende la verdad fundamental, la anagnórisis: este solo incidente va a dar chispa a estos dos viejos camaradas para cuarenta años más. Es la historia que pone fin a todas las historias. Es el regalo perenne.

—¡Archibald! —Sus ojos van del doctor a su teniente, y lanza una risa corta, sonora, histérica: se siente como la desposada que descubre al esposo con ojos nuevos, en el momento en que entre los dos todo ha cambiado—. Hipócrita, cochino hijo de puta, farsante, *misâ mâtâ*, *bhainchute*, *shora-baicha*, *syut-morâni*, *haraam jaddâ*...

Samad se suelta en su lengua vernácula bengalí, colorista y poblada de embusteros, folladores de sus hermanas, hijos e hijas de cerdos, personas que dan placer oral a su madre...

Pero ya antes de esto o, por lo menos, al mismo tiempo, mientras el público contempla atónito al viejo moreno que grita al viejo blanco en una lengua extranjera, Archie percibe algo más, un movimiento en este espacio, un movimiento potencial en toda la sala (los chicos indios del fondo, los chicos que están sentados cerca de Josh, Irie que mira de Millat a Magid y de Magid a Millat, como un árbitro) y comprende que Millat se va a adelantar a todos, porque Millat se está moviendo como Pande; y Archie ha visto cosas en televisión y ha visto cosas en la vida real, y sabe lo que ese movimiento significa, de manera que se levanta. Se levanta y se adelanta.

Y, cuando Millat saca la pistola, él está allí, esta vez sin moneda que lo ayude, está allí antes de que Samad pueda detenerlo, está allí sin excusa, está entre la decisión de Millat Iqbal y su objetivo, como ese momento que media entre el pensamiento y la palabra, esa fracción de segundo que trae un recuerdo o un remordimiento.

En un punto de la oscuridad dejaron de andar por el camino llano, y Archie empujó al médico y lo obligó a pararse frente a él, donde pudiera verlo.

—¡Quédese ahí! —dijo cuando el doctor salió a un espacio iluminado por la luna—. No se mueva.

Quería ver la maldad, la maldad en estado puro. Había llegado el momento del gran descubrimiento; necesitaba verlo antes de seguir adelante según lo previsto. Pero el doctor parecía encontrarse muy débil, no se tenía en pie. Su cara estaba cubierta de una sangre clara, como si el acto ya se hubiera consumado. Archie nunca había visto a un hombre tan desmoronado, tan derrotado. Eso le enfriaba los ánimos. A punto estuvo de decirle: «Tal como a ti te veo, así me siento yo»; porque, si podía existir una encarnación del dolor que le martilleaba las sienes y de la náusea etílica que le subía del vientre, en esos momentos la tenía delante. Pero los dos callaban; sólo se miraban desde uno y otro lado de la pistola cargada. Archie tenía la curiosa sensación de que podía doblar a este hombre en lugar de matarlo. Doblarlo y metérselo en el bolsillo.

—Mire, lo siento mucho —dijo Archie, desesperado, al cabo de treinta largos segundos de silencio—. La guerra ha terminado. Yo no tengo nada personal contra usted... pero mi amigo Sam... Bueno, estoy en una situación que... Ya ve.

El doctor parpadeó varias veces. Parecía tratar de controlar la respiración. Con los labios teñidos de rojo por su propia sangre, dijo:

—Mientras caminábamos... ¿no ha dicho que podría suplicar...?

Manteniendo las manos detrás de la cabeza, el doctor fue a arrodillarse, pero Archie negó con la cabeza y gimió.

—Ya sé lo que he dicho... pero no hay... Será mejor que... —Con gesto triste, Archie simuló el movimiento de apretar el gatillo y el retroceso del arma—. ¿No le parece? Quiero decir... es más fácil para todos.

El doctor abrió la boca como si fuera a decir algo, pero Archie volvió a mover negativamente la cabeza.

—Esto no lo he hecho nunca y estoy un poco... Bueno, francamente, me cabrea... He bebido bastante y no serviría... Usted hablaría y hablaría y probablemente yo no sacaría nada en claro, así que...

Archie levantó los brazos hasta la altura de la frente del doctor, cerró los ojos y amartilló el gatillo.

La voz del doctor subió una octava.

—¿Un cigarrillo?

Y fue en aquel momento cuando la cosa empezó a torcerse. Como se había torcido para Pande. Tendría que haberlo matado en ese instante. Probablemente. Pero abrió los ojos y vio a la víctima tratando de sacar un arrugado paquete de cigarrillos y una caja de fósforos del bolsillo de la camisa, como un ser humano.

—¿No podría... por favor? Antes de...

Archie dejó que todo el aire que había aspirado para matar a un hombre le saliera por la nariz.

—No puedo decir que no a un último deseo —dijo Archie, que había visto esa clase de películas—. Tengo lumbre, si quiere.

El doctor asintió, Archie encendió un fósforo, y el doctor se inclinó para encender el cigarrillo.

—Bueno, adelante —dijo Archie al cabo de un momento, incapaz siempre de resistirse a un debate inútil—. Si tiene algo que decir, dígalo ya. No tengo toda la noche.

—¿Puedo hablar? ¿Vamos a tener una conversación?

—No he dicho que fuéramos a tener una conversación —dijo Archie secamente.

Porque ésta era una táctica de los nazis de película (y Archie lo sabía bien porque se había pasado los cuatro primeros años de la guerra viendo en el Odeón de Brighton películas de nazis en las que parpadeaban las imágenes), porque los nazis siempre tratan de salvarse hablando.

—He dicho que usted podía hablar y que luego lo mataría.

—Oh, sí, desde luego.

El doctor se enjugó la cara con la manga y miró con curiosidad a aquel muchacho, para ver si hablaba en serio. Hablaba en serio.

—Bien, pues... si usted me lo permite, teniente... —el doctor se quedó en suspenso, esperando que Archie insertara un nombre, pero el nombre no llegó—, si usted me lo permite, teniente, me parece que se encuentra... en una especie de... de... encrucijada moral.

Archie no sabía qué quería decir «encrucijada». No hubiera podido decir por qué, la palabra le hacía pensar en carbón, en metal y en Gales; tenía reminiscencias de minería y de fundición. Desconcertado, dijo lo que solía decir en tales ocasiones:

—¡Y un cuerno!

—Ah... Pues sí, sí —dijo el doctor Sick cobrando confianza; había transcurrido todo un minuto y todavía no lo había matado—. Me parece que tiene usted un dilema... Por un lado, no creo que desee matarme.

Archie cuadró los hombros.

—Un momento, oiga...

—Pero, por otro lado, ha prometido a su celosísimo amigo que me mataría. Pero hay más.

Las manos temblorosas del doctor tropezaron con el cigarrillo, y Archie vio caerle en las botas la ceniza como una nieve gris.

—Por un lado, tiene usted un deber para con... con... con su país y sus convicciones. Por otro lado, yo soy un hombre. Un hombre que ahora le habla, un hombre que sangra lo mismo que usted. Y usted no puede saber con certeza qué clase de hombre soy. Sólo sabe lo que se dice de mí. Así que comprendo que lo tiene difícil.

—Yo no lo tengo difícil. El que lo tiene difícil es usted, hombre.

—Sin embargo, aunque no sea amigo suyo, usted tiene un deber para conmigo porque soy un ser humano. Me parece que se encuentra entre dos obligaciones. Una situación muy interesante.

Archie dio un paso hacia delante y puso el cañón a cuatro dedos de la frente del doctor.

—¿Ha terminado?

El doctor trató de decir que sí pero no le salió la voz.

—Bien.

—¡Espere! Por favor. ¿Conoce a Sartre?

Archie suspiró con impaciencia.

—No, no, no. Usted y yo no tenemos amigos comunes. Lo sé porque yo sólo tengo un amigo y se llama Iqbal. Mire, voy a matarlo. Lo siento, pero...

—No es un amigo. Es un filósofo. Sartre. *Monsieur* J. P.

—¿Quién? —preguntó Archie, desconcertado y receloso—. Suena francés.

—Es francés. Un gran francés. Lo conocí en el cuarenta y uno, estando él en la cárcel. Cuando hablé con él me planteó un problema que es similar, me parece, al suyo.

—Continúe —dijo Archie lentamente. La verdad era que no le vendría mal una ayuda.

—El problema era éste —prosiguió el doctor Sick, tratando de dominar el jadeo; sudaba tanto que se le habían formado dos charquitos en la base del cuello—: un estudiante francés debía cuidar a su madre enferma en París y, al mismo tiempo, debía ir a Inglaterra a ayudar a la Francia Libre a combatir contra los nacionalsocialistas. Ahora bien, teniendo en cuenta que hay varias clases de deber moral... uno debería dar limosna a los pobres, por ejemplo, pero no siempre la da; dar limosna es una buena acción pero no una obligación... teniendo esto en cuenta, ¿qué tendría que hacer?

—Qué pregunta más estúpida —resopló Archie, burlón—. No hay más que pensar un poco. —Gesticulaba con la pistola; la apartó de la cara del doctor y se golpeó la sien con el cañón—. A fin de cuentas, hará lo que más le importe. O quiere a su país o quiere a su madre.

—Pero ¿y si las dos opciones le importan por igual, quiero decir, su país y su madre? ¿Y si se siente obligado hacia las dos?

Archie se mostró impertérrito.

—Pues tendrá que decidirse y seguir adelante.

—Eso mismo piensa el francés —dijo el doctor tratando de sonreír—. Si ninguno de los dos imperativos tiene más peso que el otro, se elige uno y, como usted dice, se sigue adelante. Al fin y al cabo, el hombre se hace a sí mismo. Y es responsable de sus actos.

—Pues ahí lo tiene. Fin de la conversación.

Archie separó los pies y equilibró el peso, disponiéndose a absorber el retroceso del arma. Volvió a amartillar el gatillo.

—Pero... pero... piénselo, amigo... Trate de pensar. —El doctor se arrodilló, y una nube de polvo se elevó y cayó como un suspiro.

—Levántese —dijo Archie tragando saliva, horrorizado por los torrentes de sangre oftálmica, la mano que le asía la pantorrilla y los labios que le rozaban la bota—. Por favor, no hace falta...

Pero el doctor se abraza a las rodillas de Archie.

—Piénselo, por favor, pueden ocurrir tantas cosas... Aún puedo redimirme a sus ojos... o usted puede estar equivocado. Quizá su decisión caiga sobre usted mismo, como la de Edipo cayó sobre él, para su espanto y mutilación. ¡Nunca se puede estar seguro!

Archie agarró al doctor por un escuálido brazo, lo levantó y se puso a gritar.

—Mira, hombre, ya me has cabreado. Yo no soy un adivino de mierda. Que yo sepa, el mundo puede acabar mañana mismo. Pero esto tengo que hacerlo ahora. Sam me espera. Por favor —agregó, suavizando el tono, porque le temblaba la mano y le flaqueaba la voluntad—, por favor, deja ya de hablar. Yo no soy adivino.

Pero el doctor volvió a desplomarse como un pelele.

—No... no... no somos adivinos. Yo nunca hubiera podido predecir que mi vida acabaría a manos de un niño... Primera carta a los Corintios, capítulo trece, versículo ocho: «Las profecías desaparecerán, las lenguas cesarán, la ciencia se desvanecerá. Conocemos sólo en parte y profetizamos también parcialmente; pero, cuando llegue lo perfecto, desaparecerá lo parcial.» Pero ¿cuándo llegará? Yo me cansé de esperar. Es terrible conocer sólo una parte. Es terrible no poseer la perfección, la perfección humana, cuando podría conseguirse fácilmente. —El doctor se incorporó y levantó la mano hacia Archie en el momento en que éste retrocedía—. Si por lo menos fuéramos lo bastante valientes para decidir lo que hay que decidir... entre los que son dignos de la salvación y el resto... ¿Es un crimen querer...?

—Por favor, por favor —dijo Archie, avergonzado de sí mismo al darse cuenta de que estaba llorando, aunque sus lágrimas no eran rojas como las del doctor sino translúcidas y saladas, y gruesas—. Quieto ahí. Por favor, deje ya de hablar. Por favor.

—Y entonces me acuerdo del tal Friedrich, el perverso alemán. El mundo sin principio ni final, imagina, chico. —La última palabra, «chico», la lanzó como un salivazo, y fue el ladrón que cambió la relación de fuerzas entre los dos, al robar la energía que aún conservaba Archie y esparcirla al viento—. Imagina, si puedes, que los sucesos del mundo se repiten hasta el infinito, siempre igual...

—¡Quédese donde está, joder!

—Imagina que esta guerra se repitiera un millón de veces...

—No, gracias —dijo Archie con voz ronca—. Bastante mala ha sido la primera vez.

—No es en serio. Es sólo una prueba. Sólo los fuertes, los que están dispuestos a aceptar la vida aunque se repita hasta el infinito, sólo ellos son capaces de soportar la peor de las negruras. Yo podría ver las cosas que he hecho repetidas hasta el infinito. Yo soy de los que tienen confianza. Pero tú no...

—Por favor, deje ya de hablar, por favor, para que yo pueda...

—Esta decisión que ahora tomas, Archie —dijo el doctor Sick, revelando que conocía el nombre del muchacho y que se lo había estado reservando para utilizarlo en el momento más oportuno—, ¿podrías verla repetida una y otra vez durante la eternidad? ¿Podrías?

—¡Tengo una moneda! —exclamó Archie gritando, vociferando de alegría al recordarlo—. ¡Tengo una moneda!

El doctor Sick, atónito, detuvo sus pasos vacilantes.

—¡Ja! Tengo una moneda, gilipollas. ¡Ja! ¡Te jodes!

Otro paso. Las manos extendidas, las palmas hacia arriba, inocentes.

—Quieto ahí. Quédate donde estás. Eso es. Verás lo que vamos a hacer. Basta de conversación. Dejo la pistola aquí... despacio... aquí.

Archie se agachó y dejó el arma en el suelo, entre los dos, aproximadamente equidistante.

—Esto, para que te fíes de mí. Yo cumpliré mi palabra. Ahora lanzaré la moneda. Si es cara, te mato.

—Pero... —balbuceó el doctor Sic.

Por primera vez, Archie vio en sus ojos algo así como miedo real, el mismo miedo que apenas dejaba hablar a Archie.

—Si es cruz, no. No; no quiero hablar más. A mí eso de pensar no me va. Es lo más que puedo ofrecer. Bueno, allá va.

La moneda se elevó y giró en el aire, como se elevan y giran en el aire las monedas en un mundo perfecto, reluciendo intermitentemente el número de veces suficiente para encandilar al observador. Y entonces, en un punto de su triunfal ascensión, empezó a describir un arco, con un efecto extraño, y Archibald comprendió que no volvería a su mano sino que caería detrás de él, y giró la cabeza para seguir su trayectoria. Se había agachado a recogerla cuando sonó un disparo y sintió un dolor abrasador en el muslo derecho. Miró. Sangre. La bala le había atravesado el muslo sin rozar el hueso pero dejándole un fragmento de la cápsula profundamente incrustado en la carne. El dolor era terrible y extrañamente distante a la vez. Archie se volvió y vio al doctor Sick inclinado, con la pistola colgándole de la mano derecha inerte.

—La puta madre... ¿por qué lo has hecho? —dijo Archie, furioso, arrancándole la pistola al doctor sin esfuerzo—. Es cruz. ¿Lo ves? Cruz. Mira. Cruz. Es cruz.

Y ahora Archie está ahí, en la trayectoria de la bala, a punto de hacer lo inaudito, incluso para la tele: salvar dos veces al mismo hombre, y sin mayor motivo ni razón la segunda que la primera. Porque esta historia de salvar a la gente es una lata. Todos los asistentes ven con horror cómo recibe el impacto en el muslo, en el fémur precisamente, gira sobre sí mismo de un modo un tanto teatral y cae sobre la caja del ratón, que se hace añicos. Los trocitos de vidrio saltan por el aire y se esparcen por el estrado. Qué apoteosis. Si esto fuera la tele, en ese momento sonaría el saxofón y empezarían a subir los créditos.

Pero, antes, las finales. Porque, sea lo que sea lo que se piense de ellas, tienen que jugarse, aunque el resultado no sea sino el comienzo de una historia más larga todavía, como en la independencia de la India, o de Jamaica, o la firma de tratados de paz, o el amarre de los transatlánticos. El mismo equipo de producción que eligió el color de esta sala, la moqueta, el tipo de letra de los carteles y la altura de la mesa, seguramente sumaría su voto al de los que quieren que la acción se desarrolle hasta sus últimas consecuencias... y sin duda existirá un perfil demográfico común de los que desearían presenciar la declaración de los testigos, que en igual proporción identificaron a Magid y señalaron al propio Millat, y seguir el complicado proceso en el que ni la víctima ni sus familiares para nada colaboraron con la justicia, de manera que, ante la imposibilidad de sacar conclusiones, el juez claudicó y optó por sentenciar a los dos hermanos a cuatrocientas horas de trabajo comunitario, pena que cumplieron, naturalmente, trabajando de jardineros en el nuevo proyecto de Joyce, un enorme parque del milenio a orillas del Támesis...

¿Y no serán las mujeres profesionales de dieciocho a treinta y dos años las que desearán ver la foto, tomada siete años más tarde, de Irie, Joshua y Hortense sentados a orillas del Caribe (porque al fin Irie y Joshua se hacen amantes, y es que uno no puede resistirse al destino indefinidamente), mientras la hija de Irie, la niña sin padre, envía cariñosas postales a tío Millat el Malo y a tío Magid el Bueno, sintiéndose tan libre como Pinocho, una marioneta a la que le han cortado los hilos que mueve el padre? ¿Y no será el segmento de población formado por la clase criminal y la tercera edad el que deseará hacer apuestas sobre quién ganará la partida de *blackjack* que juegan Alsana y Samad, Archie y Clara el 31 de diciembre de 1999 en el O'Connell, la noche histórica en que Abdul-Mickey abrió por fin las puertas de su establecimiento a las mujeres?

Pero sin duda contar todas estas historias y otras similares sería difundir el mito, esa mentira perversa de que el pretérito siempre es imperfecto y el futuro, perfecto. Y Archie sabe que no es así. Que nunca ha sido así.

Pero sería un estudio interesante (a ver en qué grupo se encuadrarían ustedes) el de examinar el presente y dividir a los circunstantes en dos grupos: aquellos cuya mirada se posa en el hombre que está caído sobre la mesa, sangrando, y los que observan la evasión de un pequeño ratón pardo rebelde. Archie, por ejemplo, miraba al ratón. Vio cómo, durante un segundo, se quedó completamente quieto, con una expresión de presunción, como si no hubiera esperado menos. Lo vio escurrirse por encima de su mano. Lo vio cruzar la mesa como una exhalación, escabulléndose de las manos de los que trataban de atraparlo. Lo vio saltar por el extremo de la mesa y desaparecer por un conducto de ventilación. «¡Adelante, hijo!», pensó Archie.